黄河黑山峡河段开发需求与功能定位研究

谢遵党　鲁　俊　等著

黄 河 水 利 出 版 社

·郑　州·

内 容 提 要

本书以黄河黑山峡河段为研究对象,围绕黑山峡河段开发的功能定位:首先,基于黄河主要河段水沙特性及其变化规律,提出了宁蒙河段粗沙来源及组成,提出了设计水沙条件,剖析了宁蒙河段冲淤变化与淤积萎缩特点,利用理论与实测资料分析、物理模型试验和数学模型结果提出河床泥沙起动条件以及有利于宁蒙河段泥沙输移的水沙条件;其次,在对黄河重点治理河段现状、存在问题与对策分析的基础上,提出重点河段治理对策,重点研究全河水沙联合调控、宁蒙河段输沙塑槽、宁蒙河段防凌防洪、流域水资源合理调配、国家经济发展战略等方面对黑山峡河段开发的需求;最后,结合黑山峡河段开发需求,开展黑山峡水库库容需求综合分析与替代方案研究,研究黑山峡河段不同开发方案水库运用方式,明确黑山峡河段开发功能定位。本书研究成果系统性论证了黄河黑山峡河段开发需求与功能定位,可为立项决策建设黑山峡水库提供重要参考。

本书可供水库规划与管理人员、水利水电、水库淤积、水资源配置、河床演变及相关专业的工程建设与管理人员、科技研究人员与高等院校有关专业的师生,特别是关心黄河黑山峡河段开发的人士阅读参考。

图书在版编目(CIP)数据

黄河黑山峡河段开发需求与功能定位研究 / 谢遵党等著. -- 郑州 : 黄河水利出版社, 2024. 9. --ISBN 978-7-5509-4031-4

Ⅰ. TV152;TV882. 1

中国国家版本馆 CIP 数据核字第 2024TT2954 号

策划编辑:岳晓娟　电话:0371-66020903　E-mail:2250150882@ qq. com

责任编辑	王燕燕	责任校对	王单飞
封面设计	李思璇	责任监制	常红昕
出版发行	黄河水利出版社		
	地址:河南省郑州市顺河路 49 号　邮政编码:450003		
	网址:www. yrcp. com　E-mail:hhslcbs@ 126. com		
	发行部电话:0371-66020550		
承印单位	河南新华印刷集团有限公司		
开　　本	787 mm×1 092 mm　1/16		
印　　张	23. 75		
字　　数	563 千字		
版次印次	2024 年 9 月第 1 版	2024 年 9 月第 1 次印刷	
定　　价	168. 00 元		

前　言

水少沙多、水沙关系不协调,是黄河复杂难治的症结所在。要保障黄河长久安澜,必须紧紧抓住水沙关系调节这个“牛鼻子”。国务院批复的《黄河流域综合规划(2012~2030年)》提出修建龙羊峡、刘家峡、黑山峡、碛口、古贤、三门峡和小浪底等7大控制性骨干工程为主体的水沙调控工程体系。上游以龙羊峡、刘家峡、黑山峡为骨干构成水量调控子体系,中游以碛口、古贤、三门峡、小浪底为骨干构成洪水泥沙调控子体系。龙羊峡水库、刘家峡水库、三门峡水库和小浪底水库已先后建成发挥效益,但黑山峡水库、碛口水库、古贤水库尚未建设,水沙调控体系的整体合力无法充分发挥,功能性缺陷导致黄河调节水沙、防凌防洪、供水、发电及生态等方面存在系统性问题。

黑山峡河段是黄河上游干流上最后一个具备修建高坝大库条件的河段,河段出口处控制流域面积25.2万km^2,天然年径流量317.9亿m^3,约占黄河天然年径流量的64.8%。其上游是黄河主要产水区,下游紧接宁蒙河段,是黄河流域主要用水区以及重要的防凌防洪河段。黑山峡工程特殊的地理位置,决定了其对协调宁蒙河段水沙关系,遏制新悬河发展,保障防凌防洪安全,优化全河水资源配置和调蓄南水北调西线工程调入水量,加强生态环境保护,推动流域高质量发展具有重要战略意义,在黄河保护治理中具有承上启下、协调全局的战略地位,是黄河保护治理体系中不可替代的重要战略工程。

新中国成立以来,国家十分重视黄河黑山峡河段开发方案的论证研究工作。黑山峡河段开发的研究工作始于1952年,在长达70多年的研究论证工作中,水利部、原能源部、原电力工业部、原地质矿产部、中国地震局等有关部门及其下属的勘测设计单位和甘肃、宁夏的有关部门做了大量勘测、设计和研究论证工作。对河段开发功能定位和工程方案的认识在不断深化,加快河段开发具有一定共识和基础,但还有一些不同认识,主要集中在区域地质与坝址地震安全、宁蒙河段泥沙输移与河道淤积、高坝大库建设方案、淹没影响与移民安置等,究其关键在于河段开发功能定位与库容规模需求。近期,黄河黑山峡河段开发环境发生了重大变化,黄河流域生态保护和高质量发展上升为重大国家战略,黄河流域进入新发展阶段。新的形势下,黑山峡河段开发面临怎样的需求,应该如何进行功能定位,亟待回答。

为了科学论证黄河黑山峡河段开发功能定位,推进黑山峡工程建设,黄河勘测规划设计研究院有限公司(简称黄河设计公司)作为技术牵头单位,联合国内科研院所,经多年研究形成本成果。本书得到国家重点研发计划项目“黄河上游径流年际调蓄与智慧调度关键技术研究与应用”(编号2023YFC3206700)第三课题“黑山峡水库减沙与有效库容保持关键技术”(编号2023YFC3206703)、黄委优秀青年人才科技项目“黄河上游梯级水库防凌库容动态调配优化研究”(编号HQK-202319)以及黄河黑山峡河段开发论证等国家项目的支持。

本书撰写人员及撰写分工如下:第1章由谢遵党、鲁俊撰写;第2章由吴默溪、王小鹏、闫孝廉、钱裕、李彬、宋天华、张华兴撰写；第 3 章由钱裕、梁艳洁、段文龙、王小鹏、李彬、宋天华、张华兴撰写；第 4 章由鲁俊、钱裕、吴默溪、崔振华、李彬、侯立文撰写；第 5 章由鲁俊、高兴、钱裕、陈翠霞、侯立文撰写；第 6 章由蔺冬、李超群、鲁俊、马莅茗撰写；第 7 章由郭兵托、李克飞、张永永、方洪斌、郝方撰写；第 8 章由李克飞、方洪斌、郭兵托撰写；第 9 章由鲁俊、梁艳洁、钱裕、崔振华、宋天华撰写；第 10 章由谢遵党、鲁俊、罗秋实、梁艳洁、蔺冬、郭兵托、郝方撰写；第 11 章由谢遵党、鲁俊、钱裕撰写。全书由谢遵党、鲁俊、钱裕统稿。

本书撰写过程中得到了国家发展和改革委员会宏观经济研究院、中国水利水电科学研究院、清华大学、北京大学、西安理工大学、内蒙古自治区水利水电勘测设计院有限公司、黄河水利科学研究院等单位的支持和帮助，在此一并致以衷心的感谢。

作　者

2023 年 12 月

目　录

第1章　绪　论 ………………………………………………………… (1)
1.1　研究范围、水平年、任务 ………………………………………… (1)
1.2　研究内容及方法、技术路线 ……………………………………… (1)
1.3　主要研究成果 ……………………………………………………… (5)
第2章　水沙特性与变化 ………………………………………………… (7)
2.1　水沙特性 …………………………………………………………… (7)
2.2　水沙变化 …………………………………………………………… (11)
2.3　设计水沙条件 ……………………………………………………… (41)
2.4　小　结 ……………………………………………………………… (59)
第3章　宁蒙河段冲淤变化特征与成因 ………………………………… (61)
3.1　河道特点与泥沙组成 ……………………………………………… (61)
3.2　河道冲淤变化 ……………………………………………………… (67)
3.3　淤积变化的原因 …………………………………………………… (83)
3.4　小　结 ……………………………………………………………… (97)
第4章　宁蒙河段泥沙起动输移与洪水泥沙冲淤特性 ………………… (98)
4.1　泥沙起动输移研究 ………………………………………………… (98)
4.2　实测资料分析 ……………………………………………………… (108)
4.3　物理模型试验研究 ………………………………………………… (130)
4.4　数学模型计算 ……………………………………………………… (135)
4.5　小　结 ……………………………………………………………… (149)
第5章　黄河水沙关系调节对黄河黑山峡河段开发的需求 …………… (151)
5.1　重点河段治理现状、存在问题及治理对策 ……………………… (151)
5.2　全河水沙联合调控的需求 ………………………………………… (157)
5.3　宁蒙河段水沙调节需求 …………………………………………… (162)
5.4　宁蒙河段减淤需水量 ……………………………………………… (182)
5.5　黑山峡水库满足黄河水沙调控的库容需求 ……………………… (182)
5.6　小　结 ……………………………………………………………… (184)
第6章　黄河凌情特征与防凌防洪对黑山峡河段开发的需求 ………… (186)
6.1　宁蒙河段凌情特征与变化成因 …………………………………… (186)
6.2　宁蒙河段防凌存在的主要问题 …………………………………… (199)
6.3　宁蒙河段防凌防洪对适宜中水河槽规模的要求 ………………… (209)

6.4 宁蒙河段不同中水河槽规模下的防凌控泄流量 …………………………… (217)
6.5 黑山峡水库防凌运用与控泄流量 …………………………………………… (236)
6.6 黑山峡水库满足防凌防洪的库容需求 ……………………………………… (242)
6.7 小 结 ………………………………………………………………………… (244)
第7章 流域水资源合理调配对黑山峡河段开发的需求 …………………… (246)
7.1 流域水资源开发利用现状和存在的问题 …………………………………… (246)
7.2 流域水资源需求预测 ………………………………………………………… (251)
7.3 流域可供水量分析 …………………………………………………………… (253)
7.4 流域水资源供需成果分析 …………………………………………………… (255)
7.5 南水北调西线调水工程来水调节需求分析 ………………………………… (256)
7.6 水资源配置方案 ……………………………………………………………… (257)
7.7 黑山峡水库下泄流量过程分析 ……………………………………………… (259)
7.8 黑山峡水库满足工农业供水要求需要的调节库容 ………………………… (261)
7.9 小 结 ………………………………………………………………………… (263)
第8章 国家经济发展战略对黑山峡河段开发的需求 ……………………… (264)
8.1 地区经济社会发展趋势和战略布局需求 …………………………………… (264)
8.2 保障附近地区供水安全的需求 ……………………………………………… (266)
8.3 保障生态安全、改善民生的需求 …………………………………………… (277)
8.4 水电开发与供电安全的需求 ………………………………………………… (282)
8.5 小 结 ………………………………………………………………………… (291)
第9章 黑山峡河段开发水库库容需求综合分析与替代方案 ……………… (293)
9.1 黑山峡河段开发需求库容综合分析 ………………………………………… (293)
9.2 龙刘水库运用方式调整研究 ………………………………………………… (302)
9.3 其他措施分析 ………………………………………………………………… (313)
9.4 各项措施综合研究 …………………………………………………………… (316)
9.5 小 结 ………………………………………………………………………… (317)
第10章 黑山峡水库不同库容规模作用与河段功能定位 ………………… (319)
10.1 不同库容规模方案简介 …………………………………………………… (319)
10.2 水库运用方式与库区泥沙冲淤计算 ……………………………………… (322)
10.3 不同库容规模方案的减淤作用 …………………………………………… (330)
10.4 不同库容规模方案的防凌防洪作用 ……………………………………… (342)
10.5 不同库容规模方案的供水、发电作用 …………………………………… (355)
10.6 综合分析 …………………………………………………………………… (357)
第11章 结 论 ……………………………………………………………… (361)
11.1 水沙特性与变化 …………………………………………………………… (361)
11.2 河道冲淤变化特征与成因 ………………………………………………… (362)

11.3　宁蒙河段泥沙输移与洪水冲淤特性 …………………………………（363）
11.4　黄河水沙调节对黄河黑山峡河段开发的需求 …………………………（364）
11.5　黄河凌情特征与防凌防洪对黑山峡河段开发的需求 ……………………（365）
11.6　流域水资源合理调配对黑山峡河段开发的需求 ……………………………（366）
11.7　国家经济发展战略对黑山峡河段开发的需求 ………………………………（366）
11.8　黑山峡水库库容需求综合分析与替代方案研究 ……………………………（368）
11.9　黑山峡水库不同库容规模作用与河段功能定位 ……………………………（369）
参考文献 ……………………………………………………………………………（370）

第1章 绪 论

1.1 研究范围、水平年、任务

水利部批复的任务书明确了项目研究的范围、水平年和任务。

研究范围:涉及整个黄河流域,重点研究黄河龙羊峡以下(包括龙羊峡)上游河段。

研究水平年:泥沙冲淤的现状水平年为2012年,研究分无南水北调西线工程和南水北调西线一期工程生效两种情况,设计水平年按2030年考虑。研究过程中,结合资料条件和形势变化,将现状水平年调整至2019年(泥沙冲淤计算根据断面地形资料情况分析确定),设计水平年调整至2035年。

研究任务:在以往研究成果基础上,深入研究黄河主要河段水沙特性及其变化规律,进一步分析宁蒙河段泥沙淤积原因以及利用修建高坝大库冲刷河道淤积、增加调蓄能力的技术经济可行性和可替代性,系统论证国家经济发展战略、黄河长治久安对黑山峡河段开发的需求,综合分析确定黑山峡河段开发的功能定位。

1.2 研究内容及方法、技术路线

1.2.1 研究内容及方法

(1)水文泥沙和河道冲淤特性研究。补充收集黄河干支流近年水文泥沙实测数据、已建工程运行等资料。补充分析黄河干支流水沙分布特性及变化规律,分析宁蒙河道不同河段风积沙来量及颗粒组成,选取设计水沙代表系列。结合甘肃、宁夏及其他省(区)科研单位的相关成果,重点研究宁蒙河段悬移质泥沙中粗沙含量及其对河道泥沙输移的影响,论证宁蒙河段不同水沙组合洪水的冲刷效率,从来水来沙、水库运用和人类活动等方面分析近期河道淤积萎缩加剧、主槽过流能力锐减的主要原因。

(2)流域综合治理开发对黑山峡河段开发的需求分析。从维持河道中水河槽以及保持小浪底等水库长期有效库容的水沙过程出发,研究中游洪水泥沙调控子体系对上游水沙调控子体系的水沙调控要求,提出黑山峡水库水沙调控库容需求。结合刘家峡水库防凌运用经验,提出宁蒙河段防凌对河道流量的控制要求,分析所需的水库防凌库容;分析干流已建骨干工程现状运用方式在黄河水资源配置方面的作用及存在的主要问题,提出黄河水资源合理配置对黑山峡河段开发的要求;综合分析黄河长治久安的根本要求和黄河上游库容规模需求。

(3)经济社会发展对黑山峡河段开发的需求分析。依据“一带一路”倡议、《黄河流域生态保护和高质量发展规划纲要》《全国主体功能区规划》等国家经济发展战略和相关省(区)经济社会发展规划,分析供水安全、粮食安全、生态安全以及改善民生、促进地区稳定发展等方面对黑山峡河段开发的需求,分析不同开发方案对保障西北电网供电安全、提高上游梯级电站发电效益、促进多能互补清洁能源开发利用等方面的作用。

(4)功能定位综合论证。研究龙刘水库(龙羊峡水库、刘家峡水库)运用方式调整和其他相关措施替代黑山峡水库功能的可行性。研究黑山峡水库综合利用的运用方式,分析不同库容规模对长期维持中水河槽、保障防凌防洪安全、满足工农业用水需要、提高梯级电站发电效益、解决当地人民饮水困难等方面的作用,结合不同库容规模水库淹没影响和环境影响,综合分析确定黑山峡河段开发的功能定位。

1.2.2 技术路线

在充分吸纳已有研究成果的基础上,采用理论研究、实测资料分析、物理模型试验与数学模型计算等技术手段相结合的方式开展研究。

(1)在充分吸收“973计划”项目《黄河上游沙漠宽谷段风沙水沙过程与调控机理研究》、水利部黄河水沙变化研究基金项目《黄河水沙变化研究》、“十二五”国家科技支撑计划项目《黄河水沙调控研究与应用》等研究成果的基础上,进一步补充研究黄河干支流水沙分布及变化特性,结合观测资料及数值模拟计算成果,分析确定宁蒙河段风积沙入黄量及泥沙颗粒组成,在未来水沙变化趋势分析成果的基础上,提出设计水沙代表系列。

(2)在分析“黄河宁蒙河段洪水冲淤特性及淤积治理方式研究”“黄河宁蒙河段水沙特性、沉积速率及河道演变”“黄河宁蒙河道洪水冲沙对河流的影响评估”等相关研究成果的基础上,补充分析黄河主要冲积性河段冲淤特性,尤其是宁蒙河段粗颗粒泥沙的冲淤特性。利用物理模型试验和数值计算相结合的手段,研究宁蒙河段不同颗粒泥沙的起动条件和冲刷的可行性,利用典型断面套绘资料,分析河道断面形态变化及滩槽冲淤演变关系,研究提出河槽淤积萎缩的主要原因。

(3)采用理论研究与实测资料分析、数学模型计算等手段,研究黄河长治久安对黑山峡河段开发的需求。

通过分析平滩流量变化对河道防凌防洪安全的影响和适应未来水沙条件的平滩流量,提出宁蒙河道适宜的中水河槽规模;在分析不同类型洪水水沙演进及冲淤特性基础上,结合数学模型计算,提出有利于中水河槽维持的水沙调控指标;结合数学模型计算和系统分析,研究提出中游洪水泥沙调控子体系对上游水沙调控子体系的水沙调控要求;分析黑山峡河段在黄河水沙调节方面的功能及效果,研究提出水沙调控库容需求。

在分析宁蒙河段凌情特点及现状防凌存在主要问题的基础上,提出宁蒙河段防凌控泄流量,研究提出南水北调西线一期工程生效前、后宁蒙河段的防凌库容需求。

利用水资源调配模型,分析现状工程在黄河水资源合理调配方面的作用和存在问题,研究提出南水北调西线工程生效前、后满足工农业供水要求的调节库容需求。

分析年内水沙调控库容、防凌库容以及供水库容的重复利用情况,从黄河长治久安的总体要求出发,综合分析提出黄河长治久安对黄河上游库容规模的需求。

(4)根据“一带一路”倡议、《黄河流域生态保护和高质量发展规划纲要》《全国主体功能区规划》等国家经济发展战略和相关省(区)经济社会发展规划,调研地区经济社会发展趋势和战略布局,分析供水安全、粮食安全、生态安全、能源安全等方面对黑山峡河段开发的需求。

(5)采用理论研究与实测资料分析、数学模型计算等手段,开展黑山峡河段开发功能定位综合论证。

以龙羊峡水库、刘家峡水库运用方式调整替代黑山峡水库的可行性论证。分析现状龙羊峡水库、刘家峡水库调节运用方式及对水量过程的影响,从有利于提高宁蒙河段输沙效率的目标出发,拟定龙羊峡水库、刘家峡水库调整运用方案,采用数学模型计算等手段,研究龙羊峡水库、刘家峡水库运用方式调整对河道减淤、恢复中水河槽的作用以及对流域水资源供需、发电的影响,研究以龙羊峡水库、刘家峡水库运用方式调整替代黑山峡水库的可行性。

黑山峡水库不同库容规模的作用和影响分析。研究黑山峡水库不同库容规模对长期维持宁蒙河段中水河槽、保障防凌防洪安全的作用,为黄河中游水沙调控子体系提供水流动力条件,减少中下游河道淤积和长期维持中水河槽行洪输沙功能的作用,分析黑山峡河段开发对工业供水、灌溉、发电及恢复附近地区的生态环境、解决当地人民饮水困难等方面的作用。结合其他专题关于水库淹没和环境影响的分析成果,考虑协调兴利除害、开发保护、整体局部、上游下游、近期长远、客观需要和现实可能等关系,科学论证,综合分析确定黑山峡河段的功能定位。

研究技术路线见图1-1。

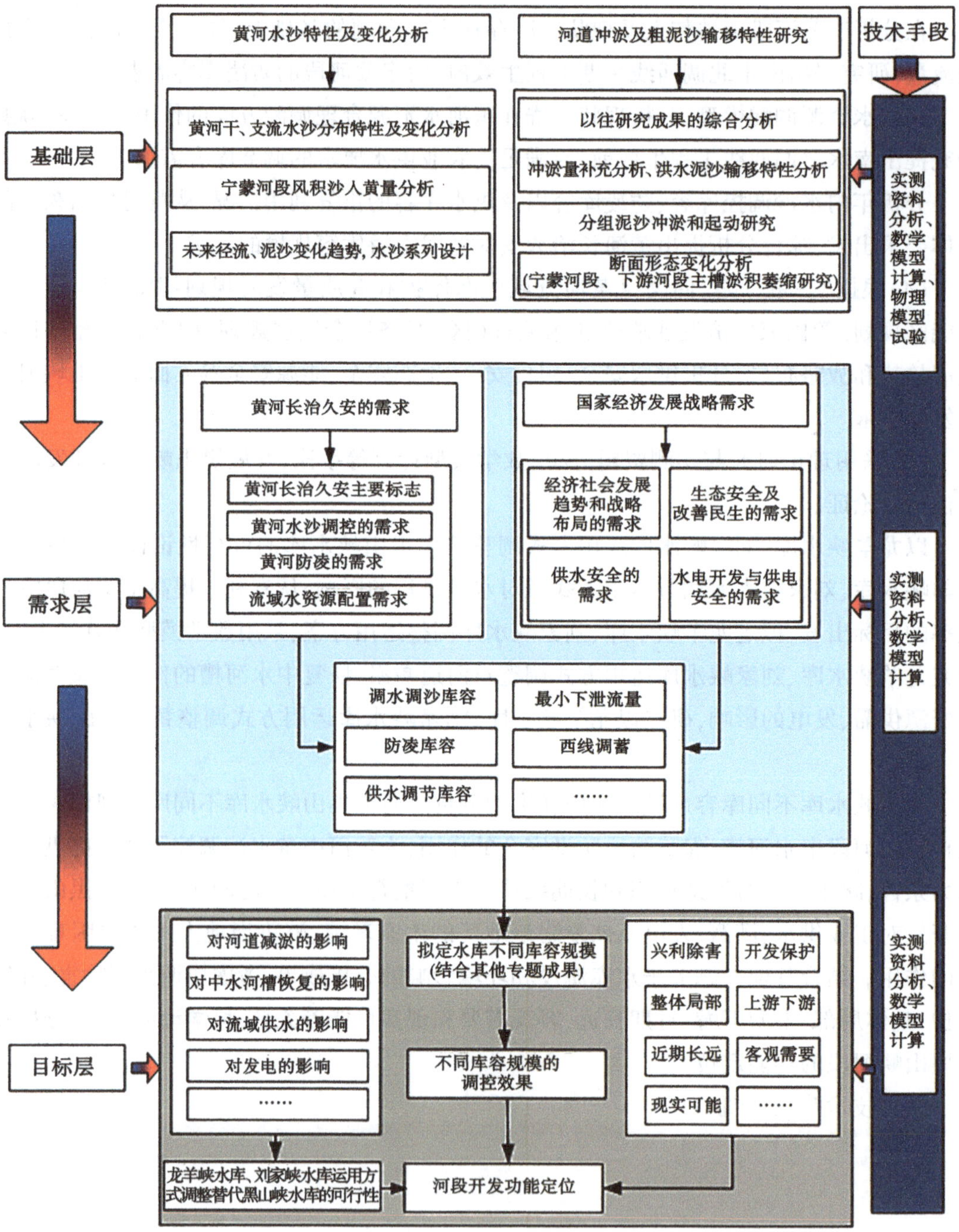
技术手段
基础层
黄河水沙特性及变化分析
黄河干、支流水沙分布特性及变化分析
宁蒙河段风积沙入黄量分析
未来径流、泥沙变化趋势，水沙系列设计
河道冲淤及粗泥沙输移特性研究
以往研究成果的综合分析
冲淤量补充分析、洪水泥沙输移特性分析
分组泥沙冲淤和起动研究
断面形态变化分析
(宁蒙河段、下游河段主槽淤积萎缩研究)
实测资料分析、数学模型计算、物理模型试验
需求层
黄河长治久安的需求
黄河长治久安主要标志
黄河水沙调控的需求
黄河防凌的需求
流域水资源配置需求
国家经济发展战略需求
经济社会发展趋势和战略布局的需求
生态安全及改善民生的需求
供水安全的需求
水电开发与供电安全的需求
调水调沙库容
最小下泄流量
防凌库容
西线调蓄
供水调节库容
……
实测资料分析、数学模型计算
目标层
对河道减淤的影响
对中水河槽恢复的影响
对流域供水的影响
对发电的影响
……
拟定水库不同库容规模
(结合其他专题成果)
不同库容规模的调控效果
兴利除害
开发保护
整体局部
上游下游
近期长远
客观需要
现实可能
……
龙羊峡水库、刘家峡水库运用方式调整替代黑山峡水库的可行性
河段开发功能定位
实测资料分析、数学模型计算

图 1-1 研究技术路线

1.3 主要研究成果

1.3.1 水沙特性与变化

分析了黄河(主要是黄河上游)水沙、风沙变化及变化成因,基本摸清了上游宁蒙河段粗沙来源及组成,分析提出了设计水沙条件。

1.3.2 河道冲淤变化特征与成因

研究了黄河干流主要冲积性河段(主要是宁蒙河段)不同时期冲淤变化,深入剖析了宁蒙河段1986年以来的淤积萎缩特点及淤积原因。

1.3.3 宁蒙河段泥沙输移与洪水冲淤特性

分析了宁蒙河段河床泥沙组成,通过理论与实测资料分析、物理模型试验和数学模型计算研究了宁蒙河段分组泥沙冲淤和起动特性,论证了宁蒙河段河床泥沙能够被冲刷,提出了河床泥沙起动条件以及有利于宁蒙河段尤其是内蒙古河段泥沙输移的水沙条件。

1.3.4 黄河水沙关系调节对黄河黑山峡河段开发的需求

在对黄河重点治理河段现状、存在问题与对策分析的基础上,重点研究了全河水沙联合调控和有利于宁蒙河段输沙对黑山峡河段开发的需求。

1.3.5 黄河凌情特征与防凌防洪对黑山峡河段开发的需求

黄河凌汛主要发生在黄河下游河段和黄河上游的宁蒙河段,特别是内蒙古河段。小浪底水库运用后基本解除了下游凌汛威胁。因此,重点研究了宁蒙河段凌情特征、凌汛成因及现状防凌存在问题,提出了宁蒙河段防凌防洪对黑山峡河段开发的需求。

1.3.6 流域水资源合理调配对黑山峡河段开发的需求

分析了黄河径流量变化和流域水资源配置要求,以充分发挥龙羊峡水库、刘家峡水库对黄河水资源和南水北调西线入黄水量的配置作用为基本原则,分析提出了水资源合理调配对黑山峡河段开发的需求。

1.3.7 国家经济发展战略对黑山峡河段开发的需求

从国家经济发展战略层面,宏观分析了地区经济社会发展趋势和战略布局、保障附近地区供水安全、保障生态安全与改善民生、水电开发与供电安全等方面对黑山峡河段开发的需求。

1.3.8 黑山峡水库库容需求综合分析与替代方案研究

结合黄河水沙调节、防凌、水资源合理调配以及国家经济发展战略等方面对黑山峡河段开发需求分析,研究了需要的库容设置及相互关系,研究了龙羊峡水库和刘家峡水库运用方式调整等方案的可行性,提出了黑山峡河段开发库容要求。

1.3.9 黑山峡水库不同库容规模作用与河段功能定位

结合水库淹没调查、环境影响评价、方案比选专题成果提出的开发方案,研究了黑山峡河段不同开发方案水库运用方式,通过库区、河道泥沙冲淤计算,分析研究了不同开发方案对黄河三大冲积性河段尤其是宁蒙河段的减淤塑槽作用,以及不同开发方案对防凌、供水、发电等方面的作用,结合不同开发方案的淹没影响、环境影响,考虑现实与可能,明确了黑山峡河段开发功能定位。

第 2 章　水沙特性与变化

2.1　水沙特性

2.1.1　输沙量大，水流含沙量高，水沙关系不协调

黄河以泥沙多而闻名于世。在我国的大江大河中，黄河的流域面积仅次于长江位居第二位，但由于大部分地区处于半干旱和干旱地带，流域水资源量极为贫乏，与流域面积相比很不相称。1956～2010 年黄河多年平均天然水量 482.4 亿 m^3，1919～1959 年人类活动影响较小时期潼关站的多年平均沙量 15.92 亿 t，多年平均含沙量达 37.36 kg/m^3，实测干流最大含沙量 911 kg/m^3（1977 年）。黄河的来水量不及长江的 1/20，而输沙量为长江的 3 倍，与世界多泥沙河流相比（见图 2-1），印度的恒河年输沙量 14.50 亿 t，与黄河相近，但水量达 3 710 亿 m^3，是黄河的 7 倍多，而含沙量较小，只有 3.9 kg/m^3，远小于黄河；美国的科罗拉多河的含沙量为 27.5 kg/m^3，与黄河相近，而年输沙量仅有 1.35 亿 t。由此可见，黄河沙量之多，含沙量之高，在世界大江大河中是绝无仅有的。水沙关系不协调主要体现在干支流含沙量高和来沙系数（含沙量和流量之比，下同）大，头道拐至龙门区间的来水含沙量高达 123 kg/m^3、来沙系数高达 0.52 $kg \cdot s/m^6$，黄河支流渭河华县的来水含沙量达 50 kg/m^3、来沙系数达 0.22 $kg \cdot s/m^6$。黄河干支流主要站区水沙特征值见表 2-1。

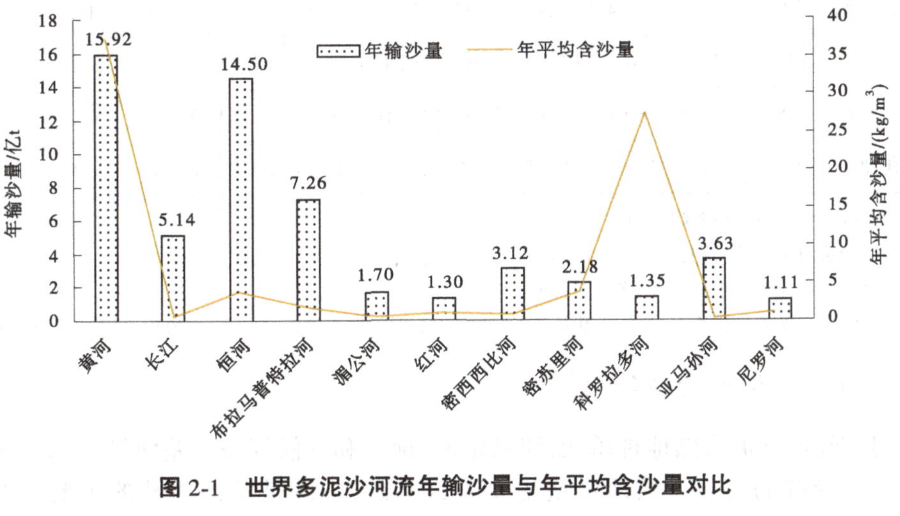

图 2-1　世界多泥沙河流年输沙量与年平均含沙量对比

表 2-1　黄河干支流主要站区水沙特征值

站(河)名		1919~1959 年实测									1956~2000 年天然水量/亿 m^3	1956~2010 年天然水量/亿 m^3
		水量/亿 m^3			沙量/亿 t			含沙量/(kg/m^3)				
		7~10月	11月至翌年6月	7月至翌年6月	7~10月	11月至翌年6月	7月至翌年6月	7~10月	11月至翌年6月	7月至翌年6月	1~12月	1~12月
上游	唐乃亥	111.4	74.1	185.5	0.05	0.02	0.07	0.46	0.22	0.37	205.1	200.6
	兰州	187.3	123.1	310.4	0.91	0.20	1.10	4.85	1.60	3.56	329.9	320.8
	下河沿	184.4	115.7	300.1	1.61	0.24	1.85	8.74	2.08	6.17	330.9	316.7
	头道拐	155.9	94.8	250.7	1.17	0.25	1.42	7.51	2.64	5.67	331.7	313.5
	湟水	29.4	18.5	47.9	0.21	0.03	0.24	0.68	0.16	0.50	—	—
	祖厉河	1.2	0.4	1.6	0.67	0.09	0.76	50.77	22.50	47.50	—	—
	宁蒙支流	4.1	2.5	6.6	0.43	0.03	0.46	104.90	12.50	70.10	—	—
中下游	龙门	196.7	128.7	325.4	9.35	1.25	10.60	47.53	9.73	32.58	379.1	352.5
	头龙区间	40.8	33.9	74.7	8.18	1.00	9.18	200.26	29.57	122.84	—	—
	渭洛汾河	64.4	37.7	102.1	5.20	0.41	5.61	80.71	10.97	54.94	108.4	90.6
	四站	261.1	166.5	427.6	14.54	1.67	16.21	55.71	10.02	37.92	487.5	443.1
	潼关	259.0	167.1	426.1	13.40	2.52	15.92	51.72	15.11	37.36	—	—
	三门峡	259.6	167.3	426.9	13.47	2.59	16.06	51.87	15.50	37.61	482.7	435.1
	伊洛沁河	32.5	16.9	49.4	0.34	0.03	0.37	10.36	1.89	7.46	41.3	40.3
	三黑武	292.1	184.2	476.3	13.80	2.63	16.43	47.25	14.25	34.49	524.0	475.4
	花园口	295.9	184.1	480.0	12.82	2.34	15.16	43.32	12.73	31.59	532.8	480.8
	利津	298.7	164.9	463.6	11.45	1.70	13.15	38.34	10.29	28.36	534.8	482.4

注:1. 头龙区间指头道拐至龙门区间;

2. 四站指黄河干流龙门、渭河华县、汾河河津、北洛河洑头;

3. 三黑武指黄河干流三门峡、伊洛河黑石关、沁河武陟;

4. 上游的宁蒙支流包括清水河、十大孔兑等,统计时段由于资料条件限制,上游支流均采用 1968 年以前的数据。

2.1.2　地区分布不均,水沙异源

黄河流经不同的自然地理单元,流域地形、地貌和气候等条件差别很大,受其影响,黄河具有水沙异源的特点。黄河水量主要来自上游,中游是黄河泥沙的主要来源区(见图 2-2)。

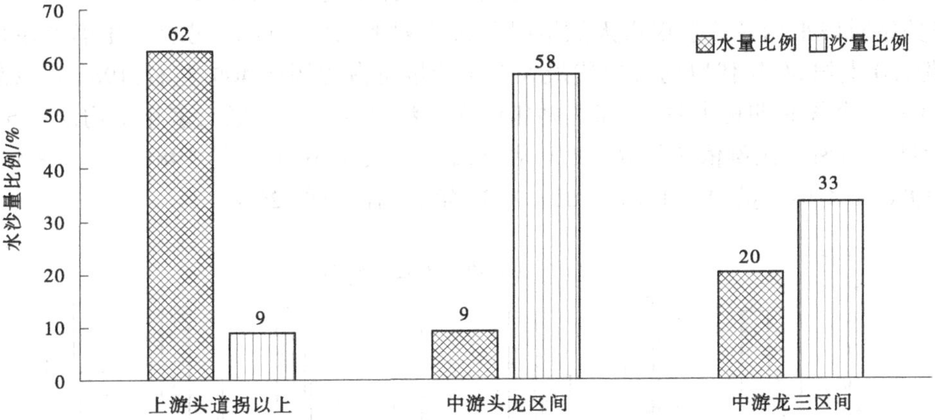

龙三区间指龙门至三门峡区间。

图 2-2　黄河上中游水沙量比例

上游头道拐以上流域面积为 38 万 km^2，占全流域面积的 51%，年均天然水量占全河水量的 62%，而年输沙量仅占全河沙量的 9%。上游径流集中来源于流域面积仅占全河流域面积 18%的兰州以上，年均天然水量占头道拐以上水量的 99%，是黄河水量的主要来源区，而上游兰州以下祖厉河、清水河、十大孔兑等支流来沙以及入黄风积沙所占比例超过上游输沙量的 50%，因此上游水沙也是异源的。

头龙区间流域面积 11 万 km^2，占全流域面积的 15%，该区间有皇甫川、无定河、窟野河等众多支流汇入，年均天然水量占全河水量的 9%，而年输沙量却占全河输沙量的 58%，是黄河泥沙的主要来源区；龙三区间流域面积 19 万 km^2，该区间有渭河、泾河、汾河等支流汇入，年均天然水量占全河水量的 20%，年输沙量占全河输沙量的 33%，该区间部分地区也属于黄河泥沙的主要来源区。

三门峡以下的伊洛河和沁河是黄河的清水来源区之一，年来水量占全河水量的 8%，年输沙量仅占全河输沙量的 2%。

2.1.3　年内分配集中，年际变化大

黄河水沙年内分配集中，主要集中在汛期（以下如无特别说明，汛期均为 7～10 月）。天然情况下黄河汛期水量占年来水量的 60%左右，汛期沙量占年输沙量的 80%以上（见图 2-3），沙量集中程度更甚于水量，且主要集中在暴雨洪水期，往往 5～10 d 的沙量可占年输沙量的 50%～90%，支流沙量的集中程度又甚于干流。例如，龙门站 1961 年最大 5 d 沙量占年输沙量的 33%；三门峡站 1933 年最大 5 d 沙量占年输沙量的 54%；支流窟野河 1966 年最大 5 d 沙量占年输沙量的 75%；内蒙古的西柳沟 1989 年最大 5 d 沙量占年输沙量的 99%。

黄河水沙年际变化大。以潼关水文站为例，实测最大年来水量为 659.1 亿 m^3（1937 年）、最小年来水量仅为 120.3 亿 m^3（2002 年），丰枯极值比为 5.5。潼关站年输沙量最大

为 37.26 亿 t(1933 年)、最小为 1.11 亿 t(2008 年),丰枯极值比为 33.57。径流丰枯交替出现,实测系列中出现过连续丰水段和连续枯水段,如黄河 1922~1932 年 11 年连续枯水段,潼关站时段平均径流量仅占天然情况下长系列平均的 70%。泥沙往往集中在几个大沙年份,20 世纪 80 年代以前各年代最大 3 年沙量所占比例在 40%左右;1980 年以来黄河来沙进入一个长时期枯水时段,潼关站年最大输沙量为 14.44 亿 t,多年平均沙量 5.86 亿 t,但大沙年份所占比例依然较高,潼关站年输沙量大于 10 亿 t 的 1981 年、1988 年、1994 年和 1996 年 4 年沙量约占 1981~2014 年 33 年总输沙量的 26%。

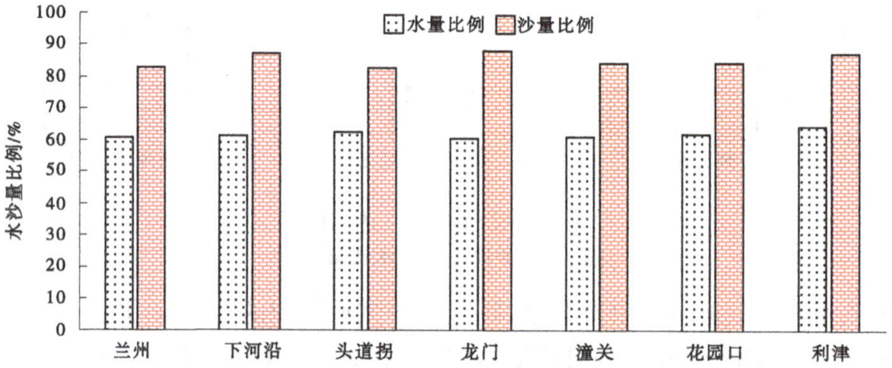

图 2-3　黄河干流主要控制站天然情况下汛期水沙量比例

2.1.4　不同地区泥沙颗粒组成不同

黄河上中游干支流泥沙颗粒组成(见表 2-2)中,头道拐以上除流经沙漠地区的十大孔兑和两岸入黄风积沙粒径较粗外,其他地区的来沙粒径相对较细,头道拐泥沙中数粒径多年平均为 0.018 mm;头道拐至龙门区间是黄河多沙、粗沙区,泥沙粒径粗,该区间主要支流除湟水河、清水河、昕水河、三川河的泥沙粒径相对较小外,其他支流泥沙中数粒径多在 0.03 mm 以上,龙门站中数粒径平均达 0.026 mm;龙门以下渭河来沙相对较细,华县站泥沙中数粒径与上游泥沙中数粒径比较接近,为 0.017 mm。

表 2-2　黄河上中游干支流泥沙颗粒组成统计(1966~2019 年)

站(河)名		分组泥沙沙重百分数/%			中数粒径/mm
		<0.025 mm	0.025~0.05 mm	>0.05 mm	
干流	兰州	63.8	19.7	16.5	0.015
	下河沿	62.6	21	16.4	0.017
	头道拐	59.7	20.1	20.2	0.018
	龙门	48.7	24.5	26.8	0.026
	潼关	55	24.6	20.4	0.021

续表 2-2

站(河)名		分组泥沙沙重百分数/%			中数粒径/mm
		<0.025 mm	0.025~0.05 mm	>0.05 mm	
支流	湟水河	63.6	18.9	17.5	0.016
	祖厉河	44.7	23.6	31.7	0.029
	清水河	62.0	24.0	14.0	0.018
	皇甫川	44.6	14	41.4	0.044
	孤山川	53.6	18	28.4	0.025
	窟野河	47	15	38	0.046
	秃尾河	31	19.4	49.6	0.05
	三川河	59.9	22.3	17.8	0.019
	无定河	42.8	25.6	31.6	0.03
	清涧河	49.6	28.1	22.3	0.025
	昕水河	65.8	21.1	13.1	0.015
	延河	49.4	26.1	24.5	0.026
	渭河华县	62.7	24	13.3	0.017
	北洛河	57.1	28.4	14.5	0.021

注:考虑各支流已有资料情况,统计开始时间为 1966 年。

2.2　水沙变化

2.2.1　干流水沙变化

对黄河主要水文站实测水量、沙量资料的统计分析表明,由于气候降雨的影响以及人类活动的加剧,黄河水沙量及过程发生了显著变化。上游下河沿站是宁蒙河段干流的进口站,头道拐站是进入中游的控制站也是宁蒙河段的出口控制站,潼关站是中游干流的重要代表站,以这些站点为主进行干流水沙变化分析。统计黄河干流主要控制站不同时期实测水量和沙量特征值,如表 2-3 所示。

(1)水沙量大幅度减少。

黄河干流下河沿站、头道拐站、潼关站 1919~1959 年多年平均水量分别为 300.1 亿 m^3、250.7 亿 m^3、426.1 亿 m^3,1987~1999 年多年平均水量分别为 250.8 亿 m^3、164.4 亿 m^3、260.6 亿 m^3,较 1919~1959 年多年平均值分别减少了 16.4%、34.4%、38.8%;2000 年以来黄河中下游水量有一定程度的恢复,以上各站 2000~2020 年多年平均水量分别为

290.4 亿 m³、188.9 亿 m³、259.0 亿 m³，与 1919～1959 年相比，分别减少了 3.2%、24.7%、39.2%。

表 2-3 黄河干流主要控制站不同时期实测水量和沙量特征值

单位：水量，亿 m^3；沙量，亿 t

水文站		1919～1959年①	1950～1968年	1969～1986年	1987～1999年②	2000～2020年③	1987～2020年④	1919～2020年	②较①少/%	③较①少/%	④较①少/%
小川	水量	—	291.8	286.9	227.7	249.2	233.7	262.7	22.0	14.6	19.9
	沙量	—	0.82	0.16	0.20	0.08	0.12	0.32	75.6	90.2	85.4
下河沿	水量	300.1	336.4	318.3	250.8	290.4	275.3	301.8	16.4	3.2	8.3
	沙量	1.85	2.09	1.07	0.88	0.42	0.60	1.34	52.4	77.3	67.6
头道拐	水量	250.7	264.0	238.4	164.4	188.9	179.5	227.3	34.4	24.7	28.4
	沙量	1.42	1.75	1.10	0.45	0.53	0.50	1.12	68.3	62.7	64.8
龙门	水量	325.4	334.0	283.5	205.4	209.5	207.9	280.5	36.9	35.6	36.1
	沙量	10.60	11.67	6.99	5.31	1.52	2.97	7.62	49.9	85.7	72.0
潼关	水量	426.1	447.7	366.5	260.6	259.0	259.6	364.1	38.8	39.2	39.1
	沙量	15.92	15.86	10.85	8.07	2.40	4.57	11.23	49.3	84.9	71.3
利津	水量	463.6	499.1	312.1	148.2	183.2	169.8	345.6	68.0	60.5	63.4
	沙量	13.15	12.40	7.96	4.15	1.41	2.46	8.53	68.4	89.3	81.3

注：1. 小川站资料统计起始于 1950 年，至 2020 年 6 月；由于 1919～1959 年资料缺失，进行对比时采用 1950～1968 年资料进行对比。

2. 水文年为当年 7 月至翌年 6 月，如 2020 年是指 2020 年 7 月至 2021 年 6 月，下同。

与来水量变化趋势基本一致，实测沙量也大幅度减少。下河沿站、头道拐站、潼关站 1919～1959 年多年平均实测沙量分别为 1.85 亿 t、1.42 亿 t、15.92 亿 t，1987～1999 年多年平均沙量分别减至 0.88 亿 t、0.45 亿 t、8.07 亿 t，较 1919～1959 年多年平均值减少了 52.4%、68.3%、49.3%；2000 年以来黄河来沙量尤其是中游来沙量大幅度减少，2000～2020 年潼关站多年平均实测沙量 2.40 亿 t，与 1919～1959 年相比减少了 84.9%，为历史上实测最枯沙时段。

(2)水沙量减少程度在空间上分布不均。

近期黄河泥沙减少主要集中在中游，尤其是头道拐至龙门区间。潼关站沙量由 1919～1959 年平均 15.92 亿 t 减少到 1987～2020 年的 4.57 亿 t，年平均减少的 11.35 亿 t 的泥沙中，头道拐至龙门区间减少了 6.71 亿 t，占 59.12%；龙门至潼关区间减少了 3.72 亿 t，占 32.78%；头道拐以上减少了 0.92 亿 t，仅占 8.10%，见图 2-4。

黄河水量减少和沙量减少的空间分布有所不同，黄河水量减少的绝对量主要集中在头道拐以上。与 1919～1959 年相比，1987 年以来潼关站减少的 166.5 亿 m³ 水量中，头道拐以上减水量为 71.2 亿 m^3，占 42.76%；头道拐至龙门区间减水量 46.3 亿 m^3，占 27.81%；龙门至潼关区间减水量为 49.0 亿 m^3，占 29.43%。见图 2-5。

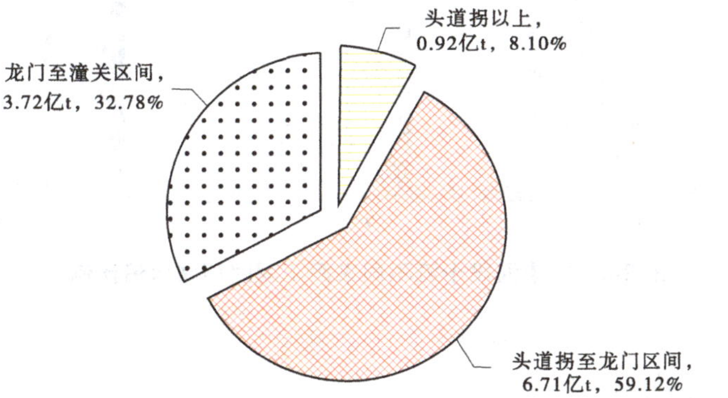

图 2-4　1987~2020 年与 1919~1959 年相比潼关站沙量减少的区间分布

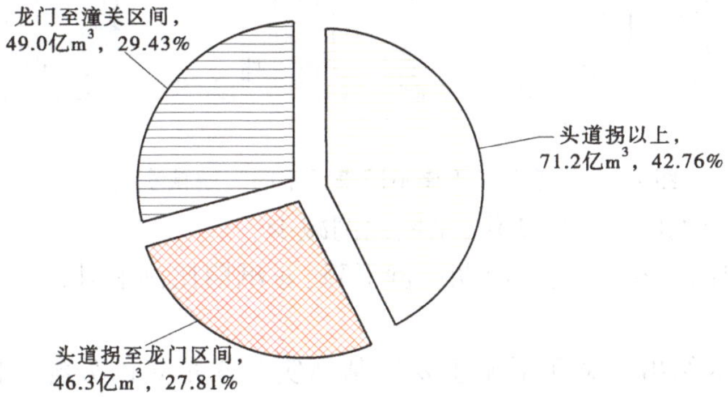

图 2-5　1987~2020 年与 1919~1959 年相比潼关站水量减少的区间分布

进入宁蒙河段干流的水沙量，减少程度在空间分布上也发生了一定变化。与 1950~1968 年下河沿站水量 336.4 亿 m^3 相比，1969~1986 年、1987~1999 年、2000~2020 年下河沿站水量分别减少 18.1 亿 m^3、85.6 亿 m^3、46.0 亿 m^3，其中小川以上减水量占相应下河沿减水量的比例分别为 27.1%、74.9%、92.7%，小川至下河沿区间的减水量所占比例分别为 72.9%、25.1%、7.3%。可见，1969~1986 年宁蒙河段干流下河沿站的来水量减少不多，减水量主要集中在小川至下河沿区间；1986 年以后下河沿站的来水量减少较多，减水量主要集中在小川以上（见图 2-6）。

与 1950~1968 年下河沿站沙量 2.09 亿 t 相比，1969~1986 年、1987~1999 年、2000~2020 年下河沿站沙量分别减少 1.02 亿 t、1.21 亿 t、1.67 亿 t，其中小川以上减沙量占相应下河沿减沙量的比例分别为 64.7%、51.2%、44.3%，小川至下河沿区间的减沙量所占比例分别为 35.3%、48.8%、55.7%。可见，1968 年以来宁蒙河段干流下河沿站的输沙量减少较多，其中 1969~1986 年减沙重心主要在小川以上，1986 年以后减沙重心逐渐转移至小川至下河沿区间（见图 2-7）。

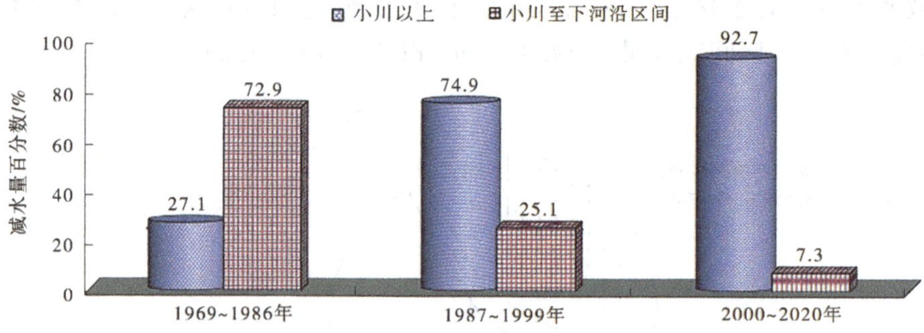

图 2-6　宁蒙河段干流不同来源不同时期减水量比例

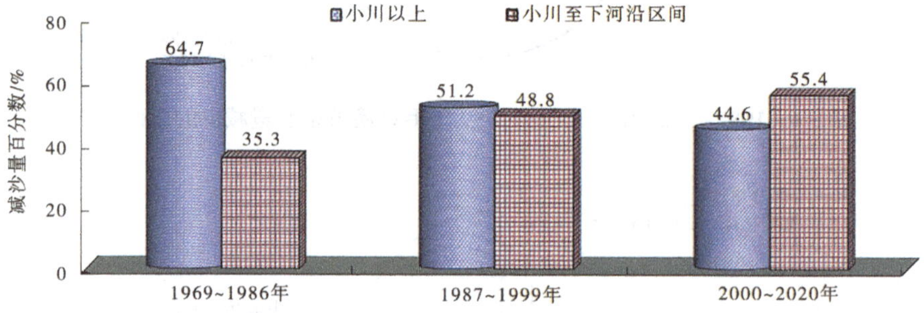

图 2-7　宁蒙河段干流不同来源不同时期减沙量比例

(3)水量年内分配比例发生变化,汛期比例减少。

水量年内分配比例发生变化,汛期比例下降,非汛期比例上升,年内水量月分配趋于均匀。

表 2-4 和图 2-8 给出了黄河干流主要控制站实测水量年内分配不同时段对比情况。可以看出,黄河干流花园口站以上,1968 年以前,汛期水量一般可占年来水量 60%左右;1968 年刘家峡水库建成后,汛期水量比例开始降低;1986 年龙羊峡水库运用以后进一步降低;普遍降到了 47%以下,多数在 40%左右,且最大月水量与最小月水量比值也逐步缩小。2000 年小浪底水库投入运用以来,下游花园口站汛期来水比例仅为 40. 5%,考虑小浪底水库调节的影响,统计 6~10 月来水比例为 54. 2%,与 1987~1999 年时段基本相同。

表 2-4　黄河干流主要控制站实测水量年内分配不同时段对比情况

站名	时段(日历年)	年内各月分配/%												
		1	2	3	4	5	6	7	8	9	10	11	12	汛期
下河沿	1950~1968 年	3.0	2.8	5.1	5.1	5.6	5.6	13.1	16.2	17.9	14.7	7.6	3.3	61.9
	1969~1986 年	5.5	5.5	7.9	7.5	3.7	4.3	11.1	14.4	15.0	13.9	6.5	4.7	54.4
	1987~1999 年	7.3	7.7	13.4	9.4	3.3	4.7	7.3	15.0	12.2	5.1	7.2	7.4	39.6
	2000~2020 年	5.0	4.0	4.7	7.7	10.0	10.0	11.5	11.4	10.7	11.4	8.0	5.6	45.0

续表 2-4

站名	时段(日历年)	年内各月分配/%												
		1	2	3	4	5	6	7	8	9	10	11	12	汛期
头道拐	1919~1968 年	2.6	2.6	4.3	4.8	5.2	7.1	14.1	17.0	16.9	14.5	7.7	3.2	62.5
	1969~1986 年	5.4	5.3	7.7	7.3	4.1	4.2	10.6	14.4	15.5	14.3	6.6	4.6	54.8
	1987~1999 年	7.3	7.6	13.2	9.6	3.3	4.7	7.6	15.4	12.0	5.0	7.0	7.3	40.0
	2000~2020 年	5.3	6.4	10.9	8.4	4.7	6.2	8.4	11.7	15.2	9.8	7.5	5.5	45.1
龙门	1919~1968 年	2.7	3.1	5.4	5.2	5.3	6.3	13.8	17.5	15.6	13.8	7.9	3.4	60.7
	1969~1986 年	4.9	5.4	7.9	7.5	4.9	3.9	10.8	15.1	14.4	13.5	6.9	4.8	53.8
	1987~1999 年	6.3	7.2	12.1	9.6	3.8	4.8	9.2	16.1	12.1	5.5	6.0	7.3	42.9
	2000~2020 年	4.7	6.4	10.3	8.3	4.6	6.7	9.4	11.9	14.4	10.1	7.3	5.9	45.8
潼关	1919~1968 年	2.8	3.2	5.2	5.8	5.8	5.5	13.0	17.6	15.5	13.7	8.2	3.7	59.8
	1969~1986 年	4.2	4.7	7.0	6.8	5.7	3.8	10.7	14.5	17.1	14.2	7.2	4.1	56.5
	1987~1999 年	5.4	6.1	10.5	9.2	4.9	5.5	10.5	16.9	12.3	6.8	5.8	6.1	46.5
	2000~2020 年	4.6	5.9	8.6	7.3	4.8	5.9	9.7	12.4	15.5	11.8	7.6	5.9	49.4
三门峡	1919~1968 年	2.8	3.1	5.1	5.3	5.6	6.4	13.6	17.6	15.5	13.5	7.7	3.8	60.2
	1969~1986 年	3.7	3.2	7.3	6.7	6.6	4.9	10.7	14.5	16.1	14.6	7.1	4.6	55.9
	1987~1999 年	4.5	5.7	9.2	9.1	7.1	6.6	10.5	17.0	12.5	6.2	5.5	6.1	46.2
	2000~2020 年	4.4	5.8	8.5	7.0	4.8	6.5	10.4	12.5	16.1	10.8	7.5	5.7	49.8
花园口	1919~1968 年	2.9	3.0	4.9	5.2	5.5	6.3	13.6	17.8	15.8	13.6	7.8	3.6	60.8
	1969~1986 年	3.8	3.0	6.8	6.3	6.2	4.5	11.0	15.0	16.5	15.0	7.3	4.6	57.5
	1987~1999 年	4.8	5.1	9.1	8.7	6.9	6.2	10.2	17.4	12.9	6.8	5.7	6.2	47.3
	2000~2020 年	4.2	4.5	8.8	8.9	8.0	13.7	13.5	9.3	8.8	8.9	6.0	5.4	40.5

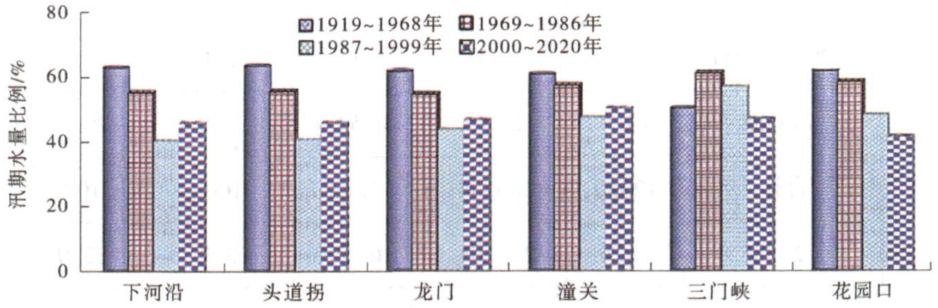

图 2-8　黄河干流主要控制站不同时期汛期水量比例变化

(4)汛期有利于输沙塑槽的大流量历时明显减少,相应水沙量比例降低。

黄河不仅径流、泥沙量大大减少,而且水沙过程也发生了很大变化,汛期有利于输沙的大流量历时和水量明显减少。

中游潼关站,1950~1968年汛期日均流量大于2 000 m^3/s出现的天数为78.4 d,占汛期的比例为63.7%,相应水量230.05亿m^3、沙量10.48亿t,相应水沙量占汛期的比例分别为82.0%、85.4%;1969~1986年,汛期日均流量大于2 000 m^3/s的天数减少至47.6 d,占汛期的比例为38.7%,相应水量129.81亿m^3、沙量6.27亿t,相应水沙量占汛期的比例分别为63.4%、69.2%;1986年以后,大流量出现天数减少更加明显,1987~1999年汛期流量大于2 000 m^3/s的天数为15.3 d,占汛期的比例为12.4%,相应水量36.80亿m^3、沙量3.21亿t,相应水沙量占汛期的比例分别为30.8%、52.5%;2000~2020年汛期流量大于2 000 m^3/s的天数为20.2 d,占汛期的比例为16.4%,相应水量48.91亿m^3、沙量0.79亿t,相应水沙量占汛期的比例分别为38.6%、42.1%(见图2-9)。潼关站不同时期大于2 000 m^3/s流量级水沙特征值见表2-5。

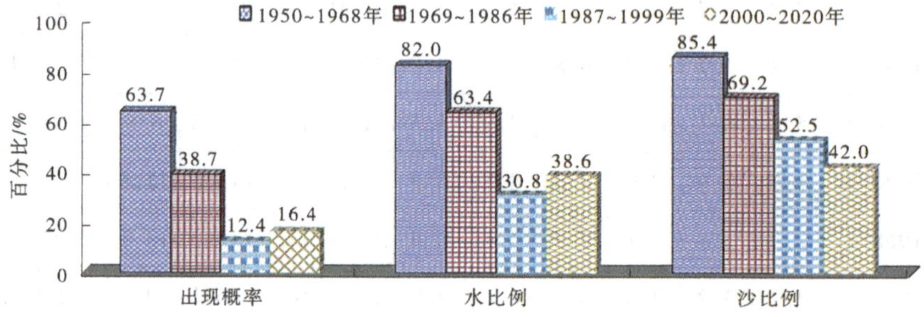

图2-9 潼关站不同时期汛期大于2 000 m^3/s流量级水沙特征值分析

表2-5 潼关站不同时期汛期(7~10月)不同流量级水沙特征值

时段(日历年)	流量级/(m^3/s)	天数/d	水量/亿m^3	沙量/亿t	出现概率/%	水比例/%	沙比例/%
1950~1968年	0~1 000	10.8	6.16	0.17	8.8	2.2	1.4
	1 000~2 000	33.8	44.33	1.62	27.5	15.8	13.2
	2 000~3 000	33.1	71.22	2.80	26.9	25.4	22.8
	3 000~4 000	25.9	76.41	3.14	21.0	27.2	25.6
	>4 000	19.4	82.42	4.54	15.8	29.4	37.0
	合计	123.0	280.54	12.27	100	100	100
	>2 000	78.4	230.05	10.48	63.7	82.0	85.4

续表 2-5

时段（日历年）	流量级/（m^3/s）	天数/d	水量/亿 m^3	沙量/亿 t	出现概率/%	水比例/%	沙比例/%
1969~1986 年	0~1 000	29.9	17.59	0.70	24.3	8.6	7.7
	1 000~2 000	45.5	57.42	2.09	37.0	28.0	23.1
	2 000~3 000	24.9	51.98	2.35	20.2	25.4	25.9
	3 000~4 000	14.0	41.78	1.86	11.4	20.4	20.5
	>4 000	8.7	36.06	2.06	7.1	17.6	22.8
	合计	123.0	204.82	9.06	100	100	100
	>2 000	47.6	129.81	6.27	38.7	63.4	69.2
1987~1999 年	0~1 000	66.2	32.40	0.62	53.8	27.2	10.1
	1 000~2 000	41.5	50.12	2.29	33.8	42.0	37.4
	2 000~3 000	11.1	23.08	1.67	9.0	19.3	27.3
	3 000~4 000	3.0	8.63	0.83	2.4	7.2	13.6
	>4 000	1.2	5.09	0.71	1.0	4.3	11.6
	合计	123.0	119.32	6.12	100	100	100
	>2 000	15.3	36.80	3.21	12.4	30.8	52.5
2000~2020 年	0~1 000	65.1	32.18	0.45	52.9	25.4	23.9
	1 000~2 000	37.7	45.69	0.64	30.7	36.0	34.0
	2 000~3 000	13.9	28.99	0.49	11.3	22.9	26.1
	3 000~4 000	5.0	14.48	0.22	4.1	11.4	11.7
	>4 000	1.3	5.44	0.08	1.0	4.3	4.3
	合计	123.0	126.78	1.88	100	100	100
	>2 000	20.2	48.91	0.79	16.4	38.6	42.1

上游下河沿站，1951~1968 年汛期日均流量大于 2 000 m^3/s 出现的天数为 54.0 d，占汛期的比例为 43.9%，相应水量 128.67 亿 m^3、沙量 1.18 亿 t，相应水沙量占汛期的比例分别为 61.4%、69.0%；1969~1986 年，汛期日均流量大于 2 000 m^3/s 的天数减少至 30.5 d，占汛期的比例为 24.8%，相应水量 75.79 亿 m^3、沙量 0.37 亿 t，相应水沙量占汛期的比例分别为 44.8%、41.6%；1986 年以后，大流量出现天数减少更加明显，1987~1999 年汛期流量大于 2 000 m^3/s 的天数为 4.2 d（主要集中在 1989 年），占汛期的比例为 3.4%，相应水量 10.09 亿 m^3、沙量 0.05 亿 t，相应水沙量占汛期的比例分别为 9.6%、7.2%；2000~

2020 年汛期流量大于 2 000 m^3/s 的天数为 12. 9 d(主要集中在 2020 年),占汛期的比例为 10. 5%,相应水量 28. 51 亿 m^3、沙量 0. 08 亿 t,相应水沙量占汛期的比例分别为 21. 9%、24. 2%(见图 2-10)。下河沿站不同时期不同流量级水沙量统计成果见表 2-6。

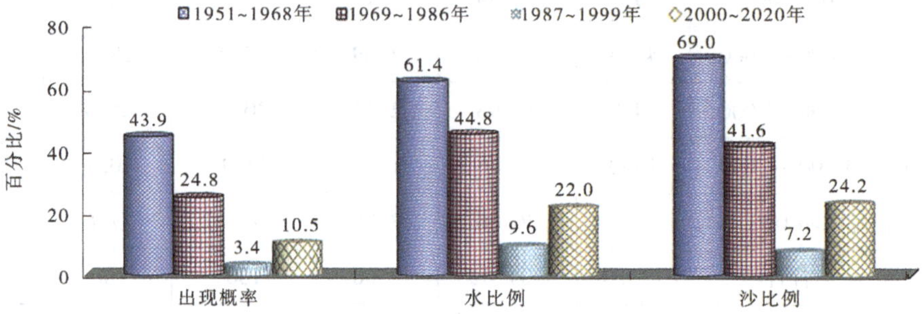

图 2-10 下河沿站不同时期汛期大于 2 000 m^3/s 流量级水沙特征值分析

表 2-6 下河沿站不同时期汛期(7~10 月)不同流量级水沙特征值

时段(日历年)	流量级/(m^3/s)	天数/d	水量/亿 m^3	沙量/亿 t	出现概率/%	水比例/%	沙比例/%
1951~1968 年	0~1 000	14. 2	9. 93	0. 03	11. 5	4. 7	1. 8
	1 000~2 000	54. 8	70. 87	0. 50	44. 6	33. 8	29. 2
	2 000~3 000	39. 6	83. 08	0. 85	32. 2	39. 7	49. 7
	>3000	14. 4	45. 59	0. 33	11. 7	21. 8	19. 3
	合计	123. 0	209. 47	1. 71	100	100	100
	>2 500	30. 8	83. 78	0. 75	25. 0	40. 0	43. 9
	>2 000	54. 0	128. 67	1. 18	43. 9	61. 4	69. 0
1969~1986 年	0~1 000	31. 8	21. 88	0. 08	25. 8	13. 0	9. 0
	1 000~2 000	60. 7	71. 42	0. 44	49. 4	42. 2	49. 4
	2 000~3 000	20. 1	42. 83	0. 20	16. 4	25. 3	22. 5
	>3 000	10. 4	32. 96	0. 17	8. 4	19. 5	19. 1
	合计	123. 0	169. 09	0. 89	100	100	100
	>2 500	19. 6	54. 70	0. 26	15. 9	32. 3	29. 2
	>2 000	30. 5	75. 79	0. 37	24. 8	44. 8	41. 6

续表 2-6

时段（日历年）	流量级/（m³/s）	天数/d	水量/亿 m³	沙量/亿 t	出现概率/%	水比例/%	沙比例/%
1987~1999 年	0~1 000	80.6	54.49	0.22	65.5	51.7	31.9
	1 000~2 000	38.2	40.86	0.42	31.1	38.7	60.9
	2 000~3 000	2.2	4.54	0.03	1.8	4.3	4.3
	>3 000	2.0	5.55	0.02	1.6	5.3	2.9
	合计	123.0	105.44	0.69	100	100	100
	>2 500	2.5	6.80	0.03	2.0	6.4	4.3
	>2 000	4.2	10.09	0.05	3.4	9.6	7.2
2000~2020 年	0~1 000	48.6	33.35	0.09	39.5	25.6	27.3
	1 000~2 000	61.5	68.23	0.16	50.0	52.4	48.5
	2 000~3 000	10.0	20.36	0.07	8.1	15.7	21.2
	>3 000	2.9	8.15	0.01	2.4	6.3	3.0
	合计	123.0	130.09	0.33	100	100	100
	>2 500	6.3	16.35	0.03	5.1	12.6	9.1
	>2 000	12.9	28.51	0.08	10.5	21.9	24.2

（5）泥沙组成变化不大，各分组泥沙量减少。

黄河泥沙组成变化不大（见表 2-7），但是由于输沙量减少，各分组泥沙量包括粗沙量也相应减少。

表 2-7　黄河中游主要控制站不同时期悬移质泥沙颗粒组成

站名	时段（日历年）	年均沙量/亿 t	分组泥沙沙重百分数/%			>0.05 mm 粗沙量/亿 t	中数粒径 d_{50}/mm
			<0.025 mm	0.025~0.05 mm	>0.05 mm		
下河沿	1965~1968 年	1.839	62.1	24.3	13.6	0.250	0.019
	1969~1986 年	1.069	62.8	22.1	15.1	0.161	0.017
	1987~1999 年	0.871	62.4	20.7	16.9	0.147	0.017
	2000~2020 年	0.434	62.6	19.5	17.9	0.078	0.016
	1965~2020 年	0.847	62.6	21.0	16.4	0.139	0.017

续表 2-7

站名	时段(日历年)	年均沙量/亿 t	分组泥沙沙重百分数/%			>0.05 mm 粗沙量/亿 t	中数粒径 d_{50}/mm
			<0.025 mm	0.025~0.05 mm	>0.05 mm		
头道拐	1958~1968 年	1.990	63.6	21.6	14.8	0.295	0.016
	1971~1986 年	1.092	59.2	22.3	18.5	0.202	0.018
	1987~1999 年	0.445	64.3	16.8	18.9	0.084	0.013
	2000~2020 年	0.484	56.4	20.0	23.6	0.114	0.021
	1958~2020 年	0.783	59.7	20.1	20.2	0.158	0.018
龙门	1957~1968 年	12.273	43.0	27.8	29.2	3.584	0.031
	1969~1986 年	7.025	46.0	26.3	27.7	1.946	0.028
	1987~1999 年	5.305	46.4	27.4	26.2	1.390	0.028
	2000~2020 年	1.520	52.6	21.2	26.2	0.398	0.022
	1957~2020 年	4.936	48.3	24.8	26.9	1.328	0.026
潼关	1961~1968 年	15.103	52.3	27.9	19.8	2.990	0.023
	1969~1986 年	10.896	53.2	26.4	20.3	2.212	0.023
	1987~1999 年	8.058	50.8	26.4	22.8	1.837	0.024
	2000~2020 年	2.448	60.0	21.1	18.9	0.463	0.018
	1961~2020 年	7.370	55.1	24.6	20.3	1.496	0.021
三门峡	1956~1968 年	14.328	55.7	24.0	20.3	2.909	0.021
	1969~1986 年	11.821	50.6	27.0	22.4	2.648	0.025
	1987~1999 年	7.932	51.2	27.1	21.7	1.721	0.024
	2000~2020 年	2.891	51.0	23.3	25.7	0.743	0.024
	1956~2020 年	7.749	51.3	25.4	23.3	1.806	0.024
花园口	1956~1968 年	11.898	60.3	23.0	16.7	1.987	0.018
	1969~1986 年	10.401	57.4	25.1	17.5	1.820	0.020
	1987~1999 年	7.110	52.9	25.1	22.0	1.564	0.023
	2000~2020 年	1.182	55.1	17.3	27.6	0.326	0.021
	1956~2020 年	6.287	55.7	22.0	22.3	1.402	0.021

注:下河沿站、头道拐站资料统计至 2019 年。

中游潼关站，1961～1968 年、1969～1986 年、1987～1999 年、2000～2020 年四个时段悬移质泥沙中数粒径分别为 0. 023 mm、0. 023 mm、0. 024 mm、0. 018 mm，粒径小于 0. 025 mm 的细沙占总输沙量的比例分别为 52. 3%、53. 2%、50. 8%、60. 0%，粒径大于 0. 05 mm 的粗沙占总输沙量的比例分别为 19. 8%、20. 3%、22. 8%、18. 9%，相应粗沙量分别为 2. 990 亿 t、2. 212 亿 t、1. 837 亿 t、0. 463 亿 t。

上游下河沿站，1965～1968 年、1969～1986 年、1987～1999 年、2000～2020 年四个时段悬移质泥沙中数粒径分别为 0. 019 mm、0. 017 mm、0. 017 mm、0. 016 mm，粒径小于 0. 025 mm 的细沙占总输沙量的比例分别为 62. 1%、62. 8%、62. 4%、62. 6%，粒径大于 0. 05 mm 的粗沙占总输沙量的比例分别为 13. 6%、15. 1%、16. 9%、17. 9%，相应粗沙量分别为 0. 250 亿 t、0. 161 亿 t、0. 147 亿 t、0. 078 亿 t。

2. 2. 2　宁蒙河段支流水沙变化

2. 2. 2. 1　支流水沙量总体变化

宁蒙河段支流较多，其中宁夏河段较大的支流有清水河、苦水河、红柳沟等，支流来沙主要集中在清水河，占 70%以上。内蒙古河段支流主要有西柳沟等十大孔兑和昆都仑河、五当沟，支流来沙主要集中在十大孔兑，占 90%以上。本次专题研究，结合实地调研、以往研究成果和有关参考文献，对无测站支流包括宁夏都斯兔河，内蒙古西柳沟、罕台川、毛不拉等 3 条孔兑外的其他 7 条孔兑的水沙量采用相似性分析、降雨面积比拟等多种方法进行了估算和合理性分析。在对宁蒙河段支流水沙资料补充收集、梳理、系统分析、处理完善的基础上，统计了宁蒙河段支流水沙量特征值（见表 2-8）、历年变化（见图 2-11）。

表 2-8　宁蒙河段支流水沙特征值

河段	时段（水文年）	来水量/亿 m³			输沙量/亿 t			含沙量/(kg/m³)		
		7～10 月	11 月至翌年 6 月	7 月至翌年 6 月	7～10 月	11 月至翌年 6 月	7 月至翌年 6 月	7～10 月	11 月至翌年 6 月	7 月至翌年 6 月
宁夏河段	1960～1968 年	2. 63	1. 69	4. 32	0. 219	0. 026	0. 245	83. 1	15. 1	56. 6
	1969～1986 年	2. 68	2. 04	4. 72	0. 204	0. 037	0. 241	76. 0	18. 1	51. 0
	1987～1999 年	3. 44	3. 03	6. 47	0. 497	0. 067	0. 564	144. 2	22. 1	87. 1
	2000～2018 年	2. 00	2. 46	4. 46	0. 205	0. 025	0. 230	102. 4	10. 2	51. 6
	1987～2018 年	2. 59	2. 69	5. 28	0. 324	0. 042	0. 366	125. 0	15. 6	69. 3
	1960～2018 年	2. 62	2. 34	4. 96	0. 271	0. 038	0. 309	103. 3	16. 2	62. 3

续表 2-8

河段	时段（水文年）	来水量/亿 m^3			输沙量/亿 t			含沙量/(kg/m^3)		
		7~10 月	11 月至翌年 6 月	7 月至翌年 6 月	7~10 月	11 月至翌年 6 月	7 月至翌年 6 月	7~10 月	11 月至翌年 6 月	7 月至翌年 6 月
内蒙古河段	1960~1968 年	1.49	0.80	2.29	0.213	0.005	0.218	143.5	6.8	95.6
	1969~1986 年	1.32	0.72	2.04	0.245	0.003	0.248	185.9	4.5	121.5
	1987~1999 年	1.59	0.80	2.39	0.411	0.006	0.417	258.4	8.0	174.5
	2000~2018 年	0.69	0.40	1.09	0.066	0.001	0.067	95.6	1.9	61.4
	1987~2018 年	1.06	0.56	1.62	0.207	0.003	0.210	195.4	5.4	129.5
	1960~2018 年	1.20	0.65	1.85	0.219	0.004	0.223	182.4	5.4	120.4
宁蒙河段	1960~1968 年	4.12	2.49	6.61	0.432	0.031	0.463	104.9	12.4	70.1
	1969~1986 年	4.00	2.77	6.77	0.448	0.040	0.488	112.1	14.6	72.2
	1987~1999 年	5.04	3.83	8.87	0.908	0.073	0.981	180.3	19.1	110.7
	2000~2018 年	2.69	2.85	5.54	0.271	0.026	0.297	100.7	9.0	53.5
	1987~2018 年	3.64	3.25	6.89	0.530	0.045	0.575	145.4	13.9	83.4
	1960~2018 年	3.82	2.99	6.81	0.490	0.041	0.531	128.1	13.9	78.0

注：支流水沙监测资料多始于 1960 年前后，故统计起始时间采用 1960 年。

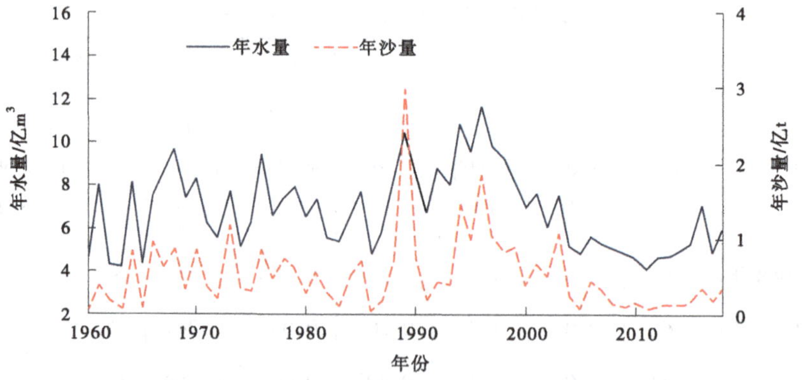

图 2-11　宁蒙河段支流水沙量历年变化

宁蒙河段支流来水量少、输沙量多，含沙量大。1960~2018 年宁蒙河段支流多年平均来水量为 6.81 亿 m^3，输沙量为 0.531 亿 t，含沙量为 78 kg/m^3。1960~1968 年、1969~1986 年、1987~1999 年、2000~2018 年宁蒙河段支流来水量分别为 6.61 亿 m^3、6.77 亿 m^3、8.87 亿 m^3、5.54 亿 m^3，输沙量分别为 0.463 亿 t、0.488 亿 t、0.981 亿 t、0.297 亿 t。

支流水沙量没有明显的趋势性变化，1987～1999 年整体偏丰，2000 年以后整体偏枯。

2.2.2.2　支流泥沙组成变化

宁蒙河段支流悬移质泥沙级配观测资料少。结合实测资料和情况类比进行宁蒙河段主要来沙支流泥沙组成变化分析。

对宁夏主要来沙支流即清水河进行了多年的悬移质颗粒级配观测。从已有资料看，清水河泉眼山悬移质泥沙中数粒径没有明显的趋势性变化；泥沙粒径小于 0.025 mm 的沙重百分数为 62%，0.025～0.05 mm 的沙重百分数为 24%，大于 0.05 mm 的沙重百分数为 14%，大于 0.08 mm 的沙重百分数为 7%，大于 0.1 mm 的沙重百分数为 2%，泥沙中数粒径在 0.018 mm 左右。泉眼山悬移质泥沙历年中数粒径变化见图 2-12，泉眼山多年平均悬移质泥沙颗粒级配曲线见图 2-13。

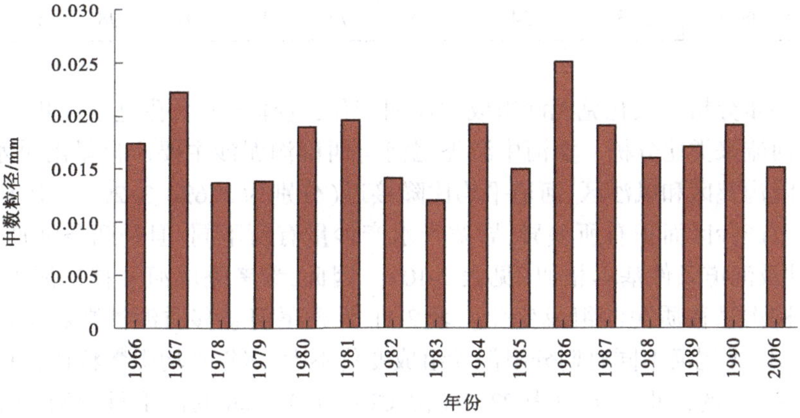

图 2-12　泉眼山悬移质泥沙历年中数粒径变化

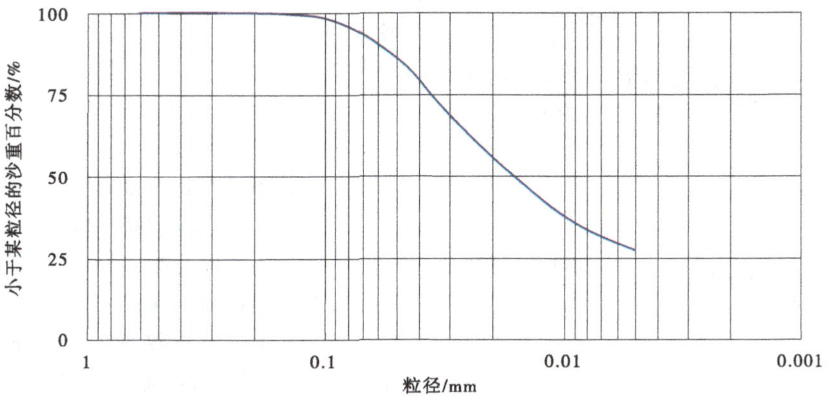

图 2-13　泉眼山多年平均悬移质泥沙颗粒级配曲线

对内蒙古主要来沙支流即十大孔兑没有进行连续的悬移质颗粒级配观测。在“十二五”国家科技支撑计划项目“黄河内蒙古段孔兑高浓度挟沙洪水调控技术研究”成果中，对 2012 年洪水期毛不拉、西柳沟和罕台川 3 条孔兑的悬移质泥沙进行过多次取样分析（见表 2-9）。分析数据表明：孔兑悬移质泥沙颗粒较粗，中数粒径在 0.025～0.128 mm；含沙量越大颗粒越粗。

表 2-9　2012 年洪水期孔兑悬移质泥沙颗粒取样分析成果

水文站	日期（月-日）	流量/（m^3/s）	含沙量/（kg/m^3）	小于某粒径/mm 的沙重百分数/%						中数粒径/mm
				0.025	0.05	0.1	0.25	0.5	1	
图格日格（毛不拉）	07-18	246	262	29	47	71	96	99	100	0.055
	07-27	61	327	13	20	38	88	100	100	0.128
龙头拐（西柳沟）	07-28	39	33	47	58	76	96	96	100	0.030
响沙湾（罕台川）	08-06	135	104	25	47	77	99	99	100	0.054
	08-07	293	134	50	74	92	97	98	100	0.025

为了进一步分析十大孔兑泥沙组成的长期变化，选择与十大孔兑条件相似且具有较长观测资料的河流来类比分析。黄河中游秃尾河与西柳沟泥沙主要产自暴雨洪水期，泥沙主要来源于丘陵沟壑区和风沙区，河道平均比降接近（分别为 3.6‰、3.2‰），由于两者流域面积尤其是主要产沙区面积有所差异，导致产水产沙量有所不同，但是两条河产沙区地貌类型、产沙条件及河道条件基本相似（见表 2-10）。因此，参考秃尾河悬移质泥沙颗粒级配资料来分析西柳沟悬移质泥沙组成变化。表 2-11 为秃尾河悬移质泥沙颗粒级配统计成果。由表 2-11 可知，秃尾河不同时期分组泥沙组成变化不大，多年平均中数粒径为 0.055 mm，粒径小于 0.025 mm 的沙重百分数为 27.7%，0.025～0.05 mm 的沙重百分数为 19.1%，大于 0.05 mm 的沙重百分数为 53.2%，其中大于 0.1 mm 的沙重百分数为 27.9%。

表 2-10　西柳沟与秃尾河相似性比较

河流名称	集水面积/km^2	水沙特征值				河道比降/‰	说明
		时段	水量/亿 m^3	沙量/万 t	含沙量/（kg/m^3）		
西柳沟	1 356（龙头拐）	1960～2019 年	0.3	330.6	121.4	3.6	流域地形南高北低，呈南北狭长形，面积 1 356 km^2，河长 106.5 km。西柳沟上游为丘陵沟壑区（面积 876.3 km^2，占流域面积的 64.6%），丘陵起伏，地表支离破碎，沟壑纵横（沟壑密度 3～4 km/km^2），植被稀疏，水土流失严重；中游为库布齐沙漠地带（面积 280.7 km^2，占流域面积的 20.7%），多为流动性沙丘，风蚀严重；下游为冲洪积扇区，属黄河冲积平原（面积 199.43 km^2，占流域面积的 14.7%），地势平坦
		1960～1969 年	0.32	292.3	92.0		

续表 2-10

河流名称	集水面积/km^2	水沙特征值				河道比降/‰	说明
		时段	水量/亿 m^3	沙量/万 t	含沙量/(kg/m^3)		
秃尾河	3 294(高家川)	1960~2019 年	3.7	1 271.7	39.4	3.2	秃尾河发源于神木瑶镇的公泊海子,流经瑶镇、高家堡、乔岔滩等地,在万镇的河口岔村注入黄河,全长 140 km,面积 3 294 km^2。流域上游和西北部为草滩区,地面多被沙土覆盖,林草植被较好;中游为流动风沙区和盖沙区,风蚀、水蚀严重;下游为黄土丘陵区,地形破碎,沟壑密度 4.6 km/km^2,植被稀少,坡面面蚀和沟谷重力侵蚀较严重
		1960~1969 年	4.3	2 604.9	60.2		

表 2-11 秃尾河悬移质泥沙颗粒级配

年份(日历年)	小于某粒径的沙重百分数/%										中数粒径/mm
	0.005	0.01	0.025	0.05	0.1	0.25	0.5	1	2	5	
1966~1968 年	12.3	15.9	26.3	44.9	71.8	88.6	96.6	99.9	100	100	0.059
1969~1986 年	13.1	16.2	26.3	45.5	72.2	87.4	96.0	99.7	99.9	100	0.060
1987~1999 年	10.6	14.3	27.0	46.7	70.0	79.6	93.5	99.8	100	100	0.052
2000~2019 年	15.1	22.0	34.9	53.4	76.2	94.4	99.1	100	100	100	0.041
1966~2019 年	12.6	16.6	27.7	46.8	72.1	86.4	95.8	99.8	100	100	0.055

2.2.3 宁蒙河段入黄风积沙变化

宁蒙河段途经腾格里沙漠、毛乌素沙地(河东沙地)、乌兰布和沙漠、库布齐沙漠,两岸入黄风积沙是河道冲淤演变的影响因子之一。入黄风积沙宏观上可分为沙尘、风沙流、沙丘前移三类,其中沙尘主要是大风将大量细颗粒带入高空进行输移,一般以沙尘暴的形式出现,对河道冲淤基本没有影响。因此,研究(数学模型)只针对风沙流输沙和沙丘前移输沙,且主要考虑从宁蒙河段干流下河沿至头道拐河段两岸直接进入河道的风沙(进入支流的风沙在支流来沙量中已经包含)。同时,考虑到宁蒙河段入黄风积沙量观测资料少,研究成果不多且差异较大,尽量采用多种方法对宁蒙河段入黄风积沙量进行计算分析。

2.2.3.1 数学模型法

入黄风积沙的影响因素包括风力条件、地形及地面植被条件、地面沙物质类型等。风沙数学模型构建考虑上述影响因素，同时利用野外实地观测数据进行模型参数率定和验证，数学模型总体架构见图 2-14。

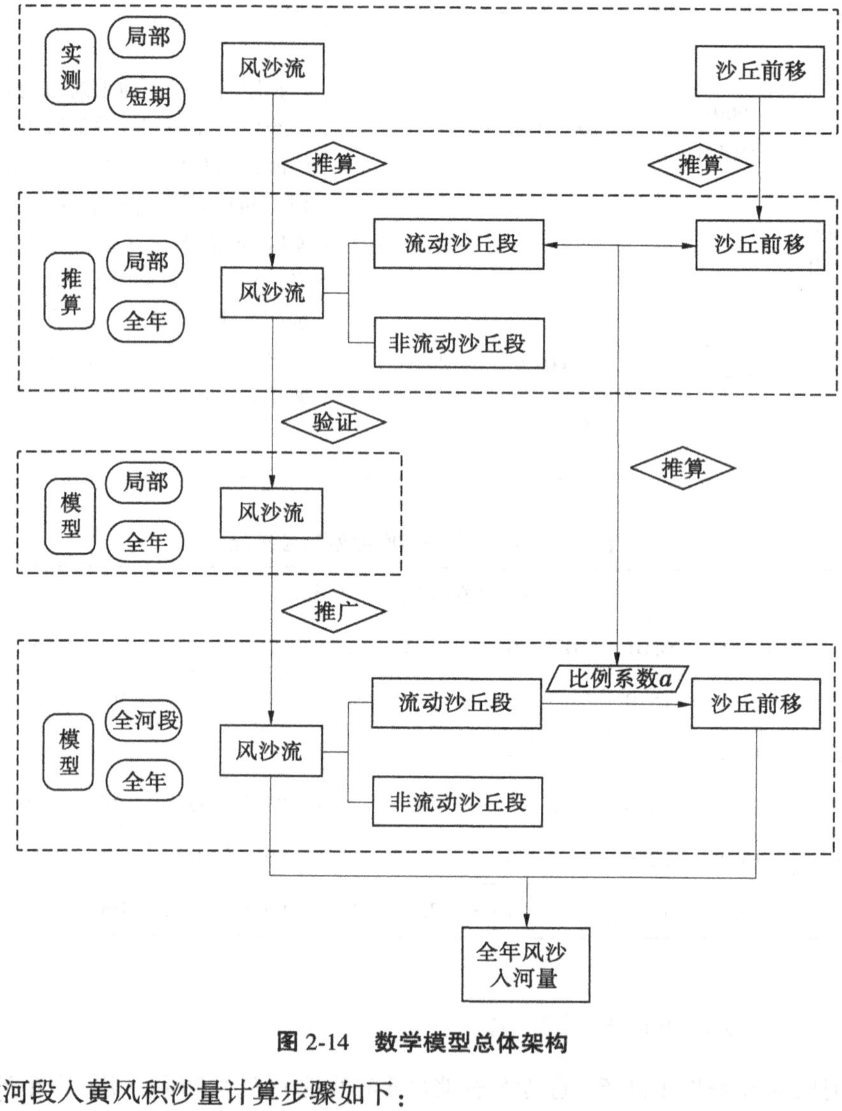

图 2-14　数学模型总体架构

宁蒙河段入黄风积沙量计算步骤如下：

（1）选取研究区域内或附近若干个风速站，用“相近原则”将研究区域划分为若干个风速区，每个风速区的风速资料采用对应风速站数据，分析研究区域风速状况。

（2）利用 GIMMS 数据和 NDVI 数据，计算研究区域植被覆盖率，分析研究区域植被覆盖率空间和时间变化。

（3）根据野外考察和遥感影像，对研究区域沙物质进行分类，得出流域面内沙物质分区图。

（4）根据风速、植被和沙物质分布信息，建立风沙动力学模型，采用实测资料进行验证,利用验证后的模型计算风沙流输入河量的空间分布和时间变化趋势。

(5)根据野外实测数据(在2015年3月29日至4月14日对黄河乌兰布和沙漠河段进行了风沙入河观测),结合风沙流模型计算结果,建立推算模型,估算沙丘前移输入河量。

(6)根据模型中各因子在研究时间内的变化,分析各因子对入黄风积沙量变化的贡献。

本次数学模型计算分离了风沙流和沙丘前移,区分了沙物质类型,充分考虑了影响风沙输移的各个影响因素(包括植被、沙粒松散性质等),使模型计算更加细致、全面,同时结合RS技术和GIS技术,提升了计算空间分辨率,提高了模型计算精度,利用野外实测数据推算结果和数学模型计算结果对比方法验证了计算结果,一定程度上解决了风沙入河结果难以验证的困难。总的来说,宁蒙河段风沙数学模型通过改进、完善,较好地完成了入河风积沙量计算。宁蒙河段1981~2014年的入黄风积沙量计算结果见表2-12、表2-13。

表2-12　宁蒙河段1981~2014年多年平均入黄风积沙量　单位:万t

项目	分类	1月	2月	3月	4月	5月	6月	7月	8月	9月	10月	11月	12月	全年	11月至翌年6月比例/%
干流	风沙流	27	34	56	66	29	15	12	8	6	10	17	28	308	88.3
	沙丘前移	30	35	65	89	53	26	20	15	10	20	29	32	424	84.7
	合计	57	69	121	155	82	41	32	23	16	30	46	60	732	86.2
支流	风沙流	46	60	95	126	75	35	20	11	13	25	42	47	595	88.4
	沙丘前移	44	58	86	132	100	49	32	21	29	43	63	45	702	82.2
	合计	90	118	181	258	175	84	52	32	42	68	105	92	1 297	85.0
干、支流	风沙流	73	94	151	192	104	50	32	19	19	35	59	75	903	88.4
	沙丘前移	73	93	151	221	153	75	52	36	39	63	92	77	1 126	83.1
	合计	147	187	302	413	257	125	84	55	57	98	151	152	2 029	85.5

表2-13　宁蒙河段不同时段入黄风积沙量　单位:万t

时段	干流			支流水文站以上			支流未控区(支流水文站以下)			干流+支流未控区			干支流合计		
	风沙流	沙丘前移	小计	风沙流	沙丘前移	小计	风沙流	沙丘前移	小计	风沙流	沙丘前移	小计	风沙流	沙丘前移	小计
1981~1990年	458	666	1 124	362	240	602	512	850	1 362	970	1 516	2 486	1 332	1 756	3 088
1991~2000年	393	545	938	422	279	701	397	740	1 137	790	1 285	2 075	1 212	1 564	2 776
2001~2014年	139	165	304	109	56	165	121	203	324	260	368	628	369	424	793
1981~2014年	307	424	731	275	176	451	317	551	868	624	975	1 599	899	1 151	2 050

注:支流未控区包括支流把口水文站至支流入黄口区段和都斯兔河。

由表2-13可知,宁蒙河段多年平均入黄风积沙量为2 050万t,其中干流入黄风积沙量为731万t,风沙流入黄量和沙丘前移入黄量分别为307万t和424万t,分别占42.0%、58.0%;支流入黄风积沙量为1 319万t,风沙流入黄量和沙丘前移入黄量分别为592万t和727万t,分别占44.9%、55.1%。从入黄风积沙量的年内变化看,入黄风积沙量主要集中在黄河的非汛期11月至翌年6月,占全年的85.4%,从入黄风积沙量的年际变化看,20世纪90年代以来宁蒙河段入黄风积沙量呈减小趋势(见图2-15),1981~1990年、1991~2000年、2001~2014年宁蒙河段干支流入黄风积沙量分别为3 088万t、2 776万t、793万t。

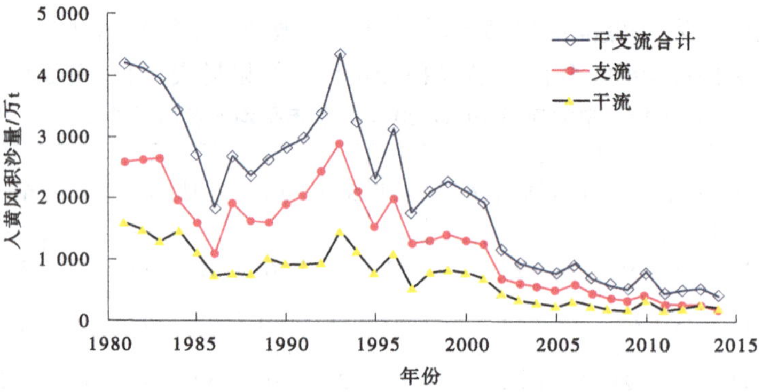

图2-15 1981~2014年干支流入黄风积沙量

扣除支流监测水文站以上,宁蒙河段干流和支流未控区的入黄风积沙量多年平均为1 599万t。

2.2.3.2 沙量平衡法

1.计算原理

根据沙量平衡原理,即所有进入河道的沙量之和等于从河道出去的沙量之和加上河道冲淤量。进入河道的沙量包括河段干流进口沙量、河段内支流来沙量、灌区退沙量、入黄风积沙量,除入黄风积沙量未知外其他采用实测资料;从河道出去的沙量包括河段干流出口沙量、河段内灌区引沙量,均采用实测资料;河道冲淤量采用断面法冲淤量。按照上述原理,进行入黄风积沙量计算。

推导公式形式如下:

沙量平衡公式:

$$W_{s进} + W_{s支} + W_{s退} + W_{s风} = W_{s出} + W_{s引} + \Delta W_s \tag{2-1}$$

则

$$W_{s风} = W_{s出} + W_{s引} + \Delta W_s - (W_{s进} + W_{s支} + W_{s退}) \tag{2-2}$$

带入

$$\Delta W_s = \Delta W_{s断面法} \tag{2-3}$$

转换为

$$W_{s风} = \Delta W_{s断面法} - (W_{s进} + W_{s支} + W_{s退} - W_{s出} - W_{s引}) \tag{2-4}$$

式中：$W_{s进}$为某河段进口沙量，亿 t；$W_{s支}$为某河段支流来沙量，亿 t；$W_{s退}$为某河段灌区退水沟退沙量，亿 t；$W_{s风}$为某河段入黄风积沙量，亿 t；$W_{s出}$为某河段出口沙量，亿 t；$W_{s引}$为某河段灌区引水渠引沙量，亿 t；$\Delta W_{s断面法}$为某河段断面法冲淤量，亿 t。

2. 计算时段

考虑到宁夏河段断面资料始于 1993 年，没有更早时期的断面资料，以及 20 世纪 80 年代及以前部分支流和引退水渠的泥沙监测资料缺失，从资料可靠、减少误差以及兼顾整个宁蒙河段入黄风积沙量分析需求，选择 20 世纪 90 年代以来的时段作为入黄风积沙量的分析时段。

3. 计算结果

根据入黄风积沙量的计算原理和选取的计算时段，计算年均入黄风积沙量结果见表 2-14。

表 2-14　宁蒙河段沙量平衡法计算年均入黄风积沙量　单位：万 t

项目	1993～2012 年		1991～2012 年		合计
	下河沿—石嘴山	石嘴山—巴彦高勒	巴彦高勒—头道拐	石嘴山—头道拐	
① $W_{s进}$	6 006	7 340	5 888	7 340	—
② $W_{s支}$	4 519	0	1 593	1 593	—
③ $W_{s退}$	134	0	404	404	—
④ $W_{s引}$	2 894	1 696	0	1 696	—
⑤ $W_{s出}$	7 470	5 888	4 052	4 052	—
⑥ $W_{s进}+W_{s支}+W_{s退}-W_{s出}-W_{s引}$	295	-244	3 833	3 589	—
⑦ $\Delta W_{s断面法}$	892	162	4 515	4 678	—
⑧ $W_{s风}$	597	406	682	1 089	1 685

注：表中⑥=①+②+③-④-⑤；⑧=⑦-⑥。

1993～2012 年下河沿—石嘴山河段，进口下河沿沙量为 6 006 万 t，区间支流沙量为 4 519 万 t，灌区引沙量 2 894 万 t，退水沟退沙量 134 万 t，出口石嘴山沙量 7 470 万 t，按照沙量平衡法，缺少入黄风积沙量计算的河道淤积量为 295 万 t，与实测断面法淤积量 892 万 t 相比，少 597 万 t，按照沙量平衡法原理，即 1993～2012 年下河沿—石嘴山河段入黄风积沙量为 597 万 t。1993～2012 年石嘴山—巴彦高勒河段，进口石嘴山沙量为 7 340 万 t，区间支流不来沙，灌区引沙量 1 696 万 t，无退水沟退沙，出口巴彦高勒沙量 5 888 万 t，按照沙量平衡法，缺少入黄风积沙量计算的河道冲刷量为 244 万 t，与实测断面法淤积量 162 万 t 相比，少 406 万 t，即 1993～2012 年石嘴山—巴彦高勒河段入黄风积沙量为 406 万 t。1991～2012 年巴彦高勒—头道拐河段，进口巴彦高勒沙量为 5 888 万 t，区间支流沙量 1 593 万 t,基本没有引水引沙(引水主要集中在巴彦高勒断面以上的三盛公闸前),退水沟退沙量 404 万 t,出口头道拐沙量 4 052 万 t,按照沙量平衡法,缺少入黄风积沙量计算的河道淤积量为 3 833 万 t,与实测断面法淤积量 4 515 万 t 相比,少 682 万 t,即 1991~2012 年巴彦高勒—头道拐河段入黄风积沙量为 682 万 t。

综上分析,沙量平衡法计算 20 世纪 90 年代以来整个宁蒙河段的年均入黄风积沙量为 1 685 万 t。

2.2.3.3　滩地淤积剥离法

根据宁蒙河段水沙和河道冲淤特点,滩地淤积主要源自漫滩洪水淤积和两岸入黄风积沙沉积(见图 2-16),因此在滩地淤积量中剥离洪水期滩地淤积量,剩余的淤积量即为入黄风积沙量,称为滩地淤积剥离法。

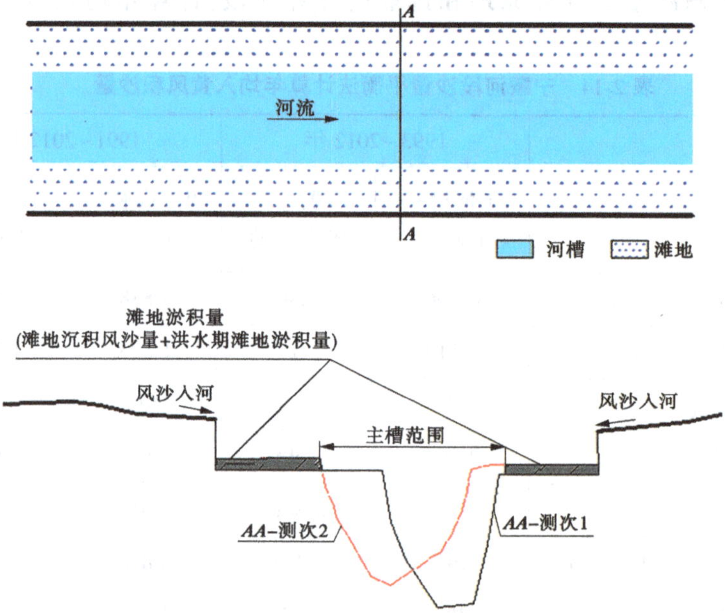

图 2-16　滩地淤积剥离分析示意图

计算公式如下:

$$\Delta W_{s风滩地} = \Delta W_{s断面法滩地} - \Delta W_{s漫滩洪水滩地} \tag{2-5}$$

$$W_{s风} = W_{s风滩地} \times S_{河道面积} \div S_{滩地面积} \tag{2-6}$$

式中:$W_{s风}$ 为河道内入黄风积沙量,亿 t;$\Delta W_{s风滩地}$ 为滩地淤积的入黄风积沙量,亿 t;$\Delta W_{s断面法滩地}$ 为断面法滩地淤积量,亿 t;$\Delta W_{s漫滩洪水滩地}$ 为漫滩洪水期间滩地淤积量,亿 t;$W_{s风滩地}$ 为滩地入黄风积沙量,亿 t;$S_{河道面积}$ 为河道面积(包含滩地面积、河槽面积),m^2;$S_{滩地面积}$ 为滩地面积,m^2。

选择 20 世纪 90 年代以来断面资料条件相对较好、较全面的时期进行滩地淤积剥离法计算入黄风积沙量。计算各河段不同时期入黄风积沙量见表 2-15 和表 2-16。

表 2-15 20 世纪 90 年代滩地淤积剥离法计算年均入黄风积沙量

项目	1993~2001 年	1991~2000 年				合计
	下河沿—石嘴山	石嘴山—巴彦高勒	巴彦高勒—三湖河口	三湖河口—头道拐	石嘴山—头道拐	
①河段长度/km	318	141	221	311	673	991
②滩地面积占河道面积比例	0.5	—	0.5	0.5	—	—
③ $\Delta W_{s断面法滩地}$/万 t	280	—	170	500	—	—
④ $\Delta W_{s漫滩洪水滩地}$/万 t	0	—	0	0	—	—
⑤ $\Delta W_{s风滩地}$/万 t	280	—	170	500	—	—
⑥ $W_{s风}$/万 t	560	232	340	1 000	1 572	2 132
⑦单位河长入黄风积沙量/(万 t/km)	1.76	1.65	1.54	—	—	—

注:表中⑤=③-④;⑦=⑥÷①;⑥=⑤÷②。

表 2-16 2000 年以来滩地淤积剥离法计算年均入黄风积沙量

项目	2001~2012 年	2000~2012 年				合计
	下河沿—石嘴山	石嘴山—巴彦高勒	巴彦高勒—三湖河口	三湖河口—头道拐	石嘴山—头道拐	
①河段长度/km	318	141	221	311	673	991
②滩地面积占河道面积比例	0.5	—	0.5	0.5	—	—
③ $\Delta W_{s断面法滩地}$/万 t	856	—	254	665	—	—
④ $\Delta W_{s漫滩洪水滩地}$/万 t	585.5	—	176	547	—	—
⑤ $\Delta W_{s风滩地}$/万 t	270.5	—	78	118	—	—
⑥ $W_{s风}$/万 t	541	169	156	236	561	1 102
⑦单位河长风积沙量/(万 t/km)	1.70	1.20	0.71	—	—	—

注:表中⑤=③-④;⑦=⑥÷①;⑥=⑤÷②。

20 世纪 90 年代,宁蒙河段基本没有发生大面积洪水漫滩,因此认为滩地淤积量就是入黄风积沙量沉积所致。该时期下河沿—石嘴山河段滩地淤积量为 280 万 t,没有洪水漫滩淤积,则滩地淤积的入黄风积沙量为 280 万 t,考虑滩地面积所占比例,计算河道内入黄风积沙量为 560 万 t。同样方式,计算得到巴彦高勒—三湖河口河段入黄风积沙量 340 万 t,三湖河口—头道拐河段入黄风积沙量为 1 000 万 t,石嘴山—巴彦高勒河段采用上下游计算的单位河段入黄风积沙量均值计算得到入黄风积沙量为 232 万 t,整个宁蒙河段年均入黄风积沙量为 2 132 万 t。

2000~2012 年,宁蒙河段除 2012 年大洪水漫滩滩地淤积外,其他时间基本没有洪水上滩淤积，因此首先计算分析 2012 年洪水漫滩淤积量。经分析，2012 年洪水期滩地淤积量 1.512 亿 t，时段平均 1 308 万 t，其中下河沿—石嘴山河段滩地淤积量 585.5 万 t，石嘴山—头道拐河段滩地淤积量 723 万 t。在滩地淤积量中扣除洪水期滩地淤积量后计算得到宁蒙河段滩地淤积的入黄风积沙量，考虑滩地面积占河道面积比例，计算河道内宁蒙河段年均入黄风积沙量为 1 102 万 t，其中下河沿—石嘴山河段入黄风积沙量 541 万 t，石嘴山—头道拐河段入黄风积沙量 561 万 t。

综上分析，滩地淤积剥离法计算 20 世纪 90 年代以来整个宁蒙河段的入黄风积沙量为 1 572 万 t。

2.2.3.4　入黄风积沙量变化综合分析

汇总宁蒙河段入黄风积沙量研究成果汇总见表 2-17。

表 2-17　宁蒙河段入黄风积沙量研究成果汇总

<table>
<tr><th>成果</th><th>河段范围</th><th>分析时段</th><th>年平均入黄风积沙量/万 t</th><th>采用方法</th><th>说明</th></tr>
<tr><td>杨根生
《黄河沿岸风成沙入黄沙量估算》
（中国科学院兰州沙漠研究所，1988 年）</td><td>沙坡头—河曲段干流（宁蒙河段）</td><td>20 世纪 80 年代以前</td><td>5 321
（5 268）</td><td>数理统计</td><td>（包括塌岸 490 万 t）</td></tr>
<tr><td>方学敏
《黄河干流宁蒙河段风沙入黄沙量计算》（黄河水利委员会黄河水利科学研究院，1993 年）</td><td>宁蒙河段干流</td><td>20 世纪 60～80 年代</td><td>2 190</td><td>沙量平衡法</td><td></td></tr>
<tr><td>西线项目建议书
（黄河设计公司，2007 年）</td><td>宁蒙河段干流</td><td>1962～2000 年</td><td>2 560</td><td>以沙量平衡法为主的综合分析</td><td></td></tr>
<tr><td>“973 计划”项目
《黄河上游沙漠宽谷段河道冲淤演变趋势预测》</td><td>宁蒙河段干流</td><td>1986～2013 年</td><td>1 750</td><td>—</td><td>PPT 材料数据</td></tr>
<tr><td rowspan="3">杜鹤强
《1986～2013 年黄河宁蒙河段风蚀模数与风沙入河量估算》（中国科学院寒区旱区环境与工程研究所，2015 年）</td><td rowspan="3">宁蒙河段干流</td><td>1986～1999 年</td><td>1 888</td><td rowspan="3">—</td><td rowspan="3"></td></tr>
<tr><td>2000～2013 年</td><td>1 561</td></tr>
<tr><td>1986～2013 年</td><td>1 725</td></tr>
<tr><td>Du 等，2015 年</td><td>宁蒙河段干流</td><td>2001～2010 年</td><td>1 587</td><td>综合风蚀模型系统</td><td></td></tr>
</table>

续表 2-17

成果		河段范围	分析时段	年平均入黄风积沙量/万 t	采用方法	说明
本次研究	北京大学	宁蒙河段干流(包括支流未控区)	1981～1990 年	2 486	数学模型	
			1991～2000 年	2 074		
			2001～2014 年	628		
			1981～2014 年	1 599		
	黄河设计公司	宁蒙河段干流	1991～2012 年	1 685	沙量平衡法	
		宁蒙河段干流	1991～2000 年	2 132	滩地淤积剥离法	
			2000～2012 年	1 102		
			1991～2012 年	1 592		

由表 2-17 可知，最早对宁蒙河段入黄风积沙研究的杨根生，基于 20 世纪 80 年代的局部资料观测，按照数理统计方法推算得到的宁蒙河段 80 年代干流的年平均入黄风积沙量为 5 321 万 t，是不同时期计算结果中的最大值；其后方学敏利用沙量平衡法分析提出宁蒙河段 20 世纪 60～80 年代的年平均入黄风积沙量为 2 190 万 t；黄河设计公司在南水北调西线工程建议书阶段结合前人成果以沙量平衡法为主综合分析提出 1962～2000 年年平均入黄风积沙量为 2 560 万 t；近期“973 计划”项目及杜鹤强等对 20 世纪 80 年代以后的入黄风积沙量进行了分析计算，入黄风积沙量在 1 700 万 t 左右。本次研究通过数学模型的完善、改进，对 20 世纪 80 年代以来的入黄风积沙量进行了推算，1981～2014 年多年平均入黄风积沙量为 1 599 万 t，其中 1981～1990 年、1991～2000 年、2001～2014 年分别为 2 486 万 t、2 074 万 t、628 万 t，同时在对宁蒙河段历史资料充分梳理分析的基础上，利用沙量平衡法和滩地淤积剥离法对入黄风积沙量进行了估算，1991～2012 年年平均入黄风积沙量在 1 600 万 t 左右，其中 1991～2000 年、2000～2012 年分别为 2 132 万 t、1 102 万 t。

以上不同时期的入黄风积沙量研究数据成果表明：一是各家成果不尽相同，但近期各家研究成果的差距在缩小；二是近期宁蒙河段入黄风积沙量减少，综合各家成果，提出 20 世纪 80 年代及以前宁蒙河段年均入黄风积沙量 2 500 万 t 左右，20 世纪 90 年代年均入黄风积沙量 2 100 万 t 左右，2000 年以来年均入黄风积沙量 1 100 万 t 左右。

2.2.3.5　入黄风积沙组成

通过野外考察，在乌兰布和沙漠、库布齐沙漠、河东沙地采集若干入河风沙沙样(包括集沙仪沙样和靠河地表沙样)，进行泥沙颗粒分析得到宁蒙河段三大沙风沙源的入河风沙颗粒级配，见表 2-18。由表 2-18 可知，宁蒙河段入黄风沙粒径较粗，几乎全是大于 0.05 mm 的泥沙。乌兰布和沙漠、库布齐沙漠、河东沙地三个不同风沙源的泥沙粒径大于 0.05 mm 的沙重百分数平均在 98.5%～99.5%。整体而言，库布齐沙漠泥沙粒径偏细些，中数粒径平均为 0.17 mm，小于乌兰布和沙漠、河东沙地的中数粒径(分别为 0.21 mm、

0. 20 mm）。

表 2-18　黄河宁蒙河段风沙源泥沙颗粒级配

风沙源	取样方式	取样编号	大于某粒径沙重百分数/%						中数粒径/mm
			0. 4 mm	0. 2 mm	0. 125 mm	0. 1 mm	0. 08 mm	0. 05 mm	
乌兰布和沙漠	集沙仪取样	1	7. 9	53. 3	76. 1	93. 8	96. 2	99. 8	0. 21
		2	0. 6	45. 4	73. 5	95. 3	97. 1	99. 8	0. 19
		3	15. 3	58. 5	77. 2	93. 4	96. 0	99. 8	0. 24
		4	12. 2	51. 6	73. 0	87. 6	92. 1	98. 8	0. 21
		5	2. 8	47. 1	75. 9	94. 4	96. 5	99. 5	0. 19
		6	7. 7	54. 4	79. 0	94. 3	96. 3	99. 3	0. 22
		均值	7. 8	51. 7	75. 8	93. 1	95. 7	99. 5	0. 21
库布齐沙漠	集沙仪取样	1	0. 8	28. 8	53. 7	78. 8	86. 9	99. 1	0. 14
		2	1. 8	14. 3	40. 0	68. 4	80. 7	99. 1	0. 12
		均值	1. 3	21. 6	46. 9	73. 6	83. 8	99. 1	0. 12
	靠河地表取样	1	11. 8	55. 3	70. 1	83. 9	89. 9	99. 0	0. 22
		2	19. 4	83. 2	90. 6	95. 5	96. 9	99. 0	0. 30
		3	0. 1	37. 0	81. 9	94. 9	96. 9	99. 8	0. 18
		4	2. 4	44. 2	73. 5	93. 0	95. 5	99. 4	0. 19
		5	0. 1	87. 8	95. 1	99. 4	99. 6	100	0. 29
		6	2. 4	73. 4	89. 2	97. 5	98. 3	99. 6	0. 27
		7	0. 1	33. 9	69. 2	93. 6	96. 0	99. 7	0. 17
		8	8. 1	22. 2	33. 8	57. 3	72. 4	94. 9	0. 11
		9	2. 7	38. 2	57. 6	73. 5	83. 5	98. 5	0. 15
		10	2. 3	8. 7	20. 9	52. 5	70. 0	96. 3	0. 102
		11	10. 6	17. 8	31. 9	62. 4	76. 8	98. 5	0. 11
		12	0. 2	13. 2	30. 5	64. 9	78. 1	97. 9	0. 11
		13	2. 5	19. 6	44. 6	73. 3	83. 4	98. 4	0. 12
		14	0. 1	13. 4	52. 7	83. 8	90. 1	99. 4	0. 13
		15	15. 0	22. 2	29. 0	46. 6	66. 9	97. 4	0. 096
		均值	5. 2	38. 0	58. 0	78. 1	86. 3	98. 5	0. 17

续表 2-18

风沙源	取样方式	取样编号	大于某粒径沙重百分数/%						中数粒径/mm
			0.4 mm	0.2 mm	0.125 mm	0.1 mm	0.08 mm	0.05 mm	
河东沙地	靠河地表取样	1	10.5	54.6	72.2	87.3	92.1	99.3	0.22
		2	2.5	44.9	74.1	93.3	95.8	99.4	0.19
		均值	6.5	49.8	73.2	90.3	94.0	99.4	0.20

库布齐沙漠,不管是集沙仪取样泥沙还是靠河地表取样泥沙,大于 0.05 mm 的沙重百分数都在 99.5%左右,但是对粒径大于 0.05 mm 的泥沙而言,靠河地表取样的沙重百分数更大(大于 0.08 mm、0.1 mm、0.2 mm 的沙重百分数分别较集沙仪取样的泥沙大 2.5%、4.5%、16.4%),也就是说相对更粗,这与水流泥沙淤积分选导致河床质泥沙粗于悬移质泥沙是同样的原理。按照库布齐沙漠靠河地表取样泥沙粒径的沙重百分数与集沙仪取样泥沙粒径的沙重百分数关系,推算河东沙地的入河风沙颗粒级配曲线。综合上述分析,采用各个沙漠集沙仪取样泥沙颗粒级配作为宁蒙河段入黄风沙颗粒级配,成果见表 2-19。

表 2-19　黄河宁蒙河段入河风沙颗粒级配

风沙源	取样位置	大于某粒径沙重百分数/%						中数粒径/mm
		0.4 mm	0.2 mm	0.125 mm	0.1 mm	0.08 mm	0.05 mm	
乌兰布和沙漠	集沙仪取样	7.8	51.7	75.8	93.1	95.7	99.5	0.21
库布齐沙漠	集沙仪取样	1.3	21.6	46.9	73.6	83.8	99.1	0.12
河东沙地	集沙仪(推算)	1.6	28.2	59.0	85.1	91.3	100	0.15

2.2.4　宁蒙灌区引水引沙变化

统计不同时期宁蒙灌区引水引沙特征值,见表 2-20。

由表 2-20 可知,1960~2018 年,宁蒙灌区多年平均引水量为 136.6 亿 m^3,多年平均引沙量为 0.384 亿 t。从不同时期的引水变化看,1960~1968 年、1969~1986 年、1987~2018 年宁蒙灌区引水量分别为 108.5 亿 m^3、138.9 亿 m^3、143.2 亿 m^3,引沙量分别为 0.377 亿 t、0.359 亿 t、0.401 亿 t,与 1968 年以前相比,1968 年以后由于灌区发展和引水条件改善(包括建成青铜峡水库以及上游水库调节影响等),灌区引水量有所增大,但并没有趋势性持续增加(见图 2-17)。

表 2-20　不同时期宁蒙灌区引水引沙特征值统计结果

河段	时段（水文年）	水量/亿 m^3			沙量/亿 t		
		7～10 月	11 月至翌年 6 月	7 月至翌年 6 月	7～10 月	11 月至翌年 6 月	7 月至翌年 6 月
宁夏灌区	1960～1968 年	31.8	29.7	61.5	0.180	0.040	0.220
	1969～1986 年	40.7	44.1	84.8	0.204	0.048	0.252
	1987～1999 年	41.2	48.9	90.1	0.332	0.096	0.428
	2000～2018 年	31.5	42.2	73.7	0.120	0.033	0.153
	1987～2018 年	35.4	44.9	80.3	0.206	0.059	0.265
	1960～2018 年	36.5	42.4	78.9	0.201	0.053	0.254
内蒙古灌区	1960～1968 年	31.6	15.4	47.0	0.133	0.024	0.157
	1969～1986 年	34.5	19.6	54.1	0.091	0.016	0.107
	1987～1999 年	40.3	24.8	65.1	0.142	0.038	0.180
	2000～2018 年	35.9	25.5	61.4	0.082	0.023	0.105
	1987～2018 年	37.7	25.2	62.9	0.107	0.029	0.136
	1960～2018 年	35.8	22.0	57.8	0.106	0.024	0.130
合计	1960～1968 年	63.4	45.1	108.5	0.313	0.064	0.377
	1969～1986 年	75.2	63.7	138.9	0.295	0.064	0.359
	1987～1999 年	81.5	73.7	155.2	0.474	0.134	0.608
	2000～2018 年	67.4	67.7	135.1	0.202	0.056	0.258
	1987～2018 年	73.1	70.1	143.2	0.313	0.088	0.401
	1960～2018 年	72.3	64.4	136.7	0.307	0.077	0.384

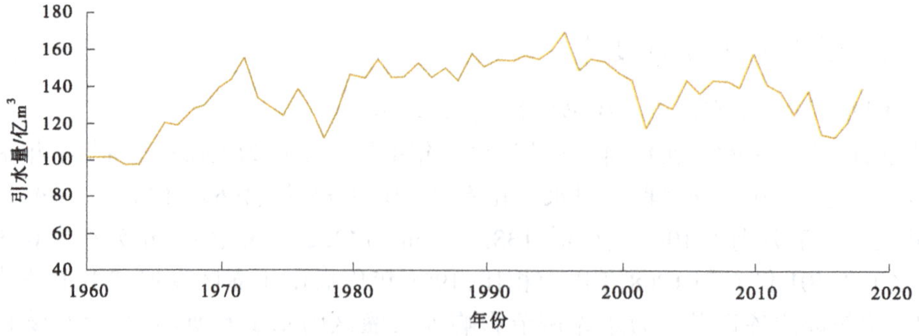

图 2-17　宁蒙灌区引水量历年变化

从灌区引水时间看,灌区引水主要集中在 4~11 月。该时期宁夏灌区引水占全年引水的 98.1%,其中 5~7 月是用水高峰期,占全年引水量的 52.8%;内蒙古灌区引水基本在 4~11 月,5~7 月也是用水高峰期,占全年引水量的 49.4%。宁夏灌区、内蒙古灌区多年平均引水引沙年内分配比例见表 2-21、图 2-18、图 2-19。

表 2-21　宁夏灌区、内蒙古灌区多年平均引水引沙年内分配比例

灌区	项目	1 月	2 月	3 月	4 月	5 月	6 月	7 月	8 月	9 月	10 月	11 月	12 月	合计
宁夏灌区	引水	0.3	0.4	0.5	5.0	17.6	17.5	17.7	15.9	7.6	5.2	11.6	0.7	100
	引沙	0	0	0	0.6	6.0	12.9	33.3	34.5	9.3	2.0	1.4	0	100
内蒙古灌区	引水	0	0	0	2.4	16.5	15.9	17.0	10.4	14.4	20.8	2.6	0	100
	引沙	0	0	0	0.8	7.7	9.2	22.5	17.0	20.2	21.5	1.1	0	100

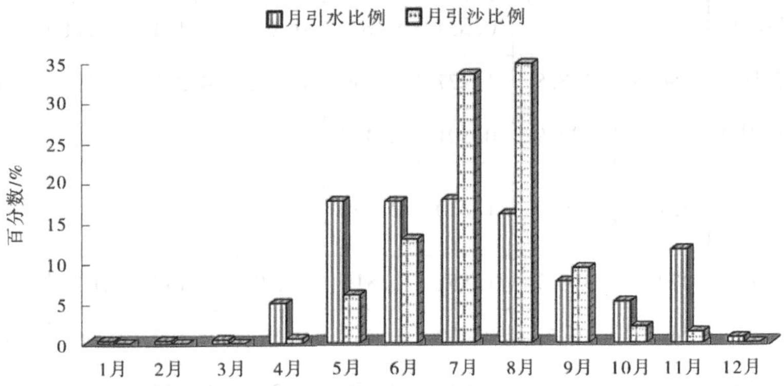

图 2-18　宁夏灌区多年平均月引水引沙比例

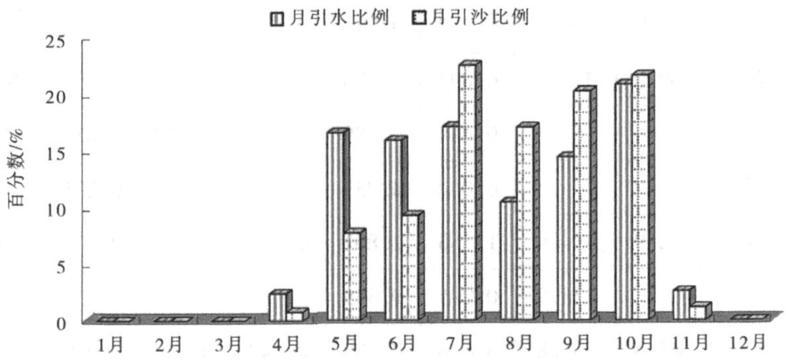

图 2-19　内蒙古灌区多年平均月引水引沙比例

2.2.5　宁蒙河段水沙变化综合分析

宁蒙河段不同来源的水沙量统计见表 2-22。由表 2-22 可知,1960~2020 年,进入宁蒙河段的年均水沙量分别为 308.8 亿 m^3、1.650 亿 t。其中,来水量主要源自黄河干流,干流来水量占宁蒙河段总水量的 97.8%,支流来水量仅占总来水量的 2.2%。来沙量由三部分组成，干流来沙和支流来沙所占比例较大，分别占总来沙量的55.4%和32.2%，另外有一部分入黄风积沙量，占总来沙量的12.4%。来沙组成上，干支流分组泥沙颗粒含量变化不大，支流及风积沙的泥沙粒径相对较粗，粒径大于0.05 mm的沙重为0.511亿t，占总输沙量的31%，粒径大于0.08 mm的沙重为0.381亿t，占总输沙量的23.1%；粒径大于0.1 mm的总沙重为0.292亿t，占总输沙量的17.7%。

表2-22 进入宁蒙河段水沙特征值汇总

时段（水文年）	水沙来源	汛期水量/亿 m^3	年水量/亿 m^3	汛期沙量/亿t	年沙量/亿t				各来源水量占总水量比例/%	各来源沙量占总沙量比例/%
					总输沙量	>0.05 mm	>0.08 mm	>0.1 mm		
1960~2020年	干流	150.7	302.0	0.753	0.915	0.142	0.088	0.051	97.8	55.4
	支流	3.8	6.8	0.490	0.531	0.166	0.109	0.070	2.2	32.2
	风积沙			0.034	0.204	0.203	0.184	0.171		12.4
	合计	154.5	308.8	1.277	1.650	0.511	0.381	0.292	100	100
	引水引沙	71.7	134.9	0.301	0.377					
1950~1968年	干流	207.5	336.4	1.830	2.090					
1960~1968年	干流	228.5	370.7	1.551	1.816	0.247	0.143	0.073	98.3	71.6
	支流	4.1	6.6	0.432	0.463	0.152	0.102	0.067	1.7	18.3
	风积沙			0.043	0.256	0.255	0.230	0.215		10.1
	合计	232.6	377.3	2.026	2.535	0.654	0.475	0.355	100	100
	引水引沙	63.4	108.5	0.313	0.377					
1969~1986年	干流	169.0	318.3	0.895	1.073	0.162	0.098	0.054	98.0	59.6
	支流	3.9	6.6	0.448	0.489	0.168	0.113	0.075	2.0	27.1
	风积沙			0.040	0.239	0.238	0.215	0.201		13.3
	合计	172.9	324.9	1.383	1.801	0.568	0.426	0.330	100	100
	引水引沙	75.2	138.9	0.295	0.359					
1987~1999年	干流	105.4	250.8	0.690	0.880	0.149	0.077	0.030	96.6	42.5
	支流	5.0	8.9	0.908	0.981	0.305	0.201	0.130	3.4	47.4
	风积沙			0.035	0.210	0.209	0.189	0.176		10.1
	合计	110.4	259.7	1.633	2.071	0.663	0.467	0.336	100	100
	引水引沙	81.5	155.1	0.474	0.607					

续表 2-22

时段（水文年）	水沙来源	汛期水量/亿 m^3	年水量/亿 m^3	汛期沙量/亿 t	年沙量/亿 t				各来源水量占总水量比例/%	各来源沙量占总沙量比例/%
					总输沙量	>0.05 mm	>0.08 mm	>0.1 mm		
2000~2020 年	干流	129.8	290.4	0.328	0.416	0.074	0.062	0.051	98.1	50.5
	支流	2.7	5.5	0.271	0.297	0.076	0.047	0.026	1.9	36.1
	风积沙			0.020	0.110	0.109	0.099	0.092		13.4
	合计	132.5	295.9	0.619	0.823	0.259	0.208	0.169	100	100
	引水引沙	65.5	129.7	0.183	0.237					
1987~2020 年	干流	120.5	275.3	0.466	0.593	0.103	0.067	0.043	97.6	44.6
	支流	3.6	6.9	0.530	0.575	0.169	0.110	0.068	2.4	43.3
	风积沙			0.027	0.161	0.160	0.145	0.135		12.1
	合计	124.1	282.2	1.023	1.329	0.432	0.322	0.246	100	100
	引水引沙	72.0	140.0	0.301	0.387					

注：1. 考虑支流及灌区引水资料长短情况，统一采用 1960 年以来时段。

2. 干流分组泥沙采用实测值；宁夏支流分组泥沙采用实测值，内蒙古支流粒径>0.05 mm、>0.08 mm、>0.1 mm 的沙重百分数采用 54.0%、38.6%、28.4%；风积沙>0.05 mm、>0.08 mm、>0.1mm 的沙重百分数采用 99.5%、90.0%、84.0%。

3. 支流水沙量及引水引沙资料统计至 2018 年水文年。

1960~1968 年，进入宁蒙河段的年均水量为 377.3 亿 m^3，干流、支流水量分别为 370.7 亿 m^3、6.6 亿 m^3，相应比例分别为 98.3%、1.7%，其中干流汛期水量比例为 61.6%；进入宁蒙河段的年均沙量为 2.535 亿 t，干流、支流及风积沙沙量分别为 1.816 亿 t、0.463 亿 t、0.256 亿 t，相应比例分别为 71.6%、18.3%、10.1%。来沙组成上，粒径大于 0.05 mm 的沙重为 0.654 亿 t，占总输沙量的 25.8%；粒径大于 0.08 mm 的沙重为 0.475 亿 t，占总输沙量的 18.7%；粒径大于 0.1 mm 的沙重为 0.355 亿 t，占总输沙量的 14.0%。

1969~1986 年，进入宁蒙河段的年均水量为 324.9 亿 m^3，干流、支流水量分别为 318.3 亿 m^3、6.6 亿 m^3，相应比例分别为 98.0%、2.0%，其中干流汛期水量比例为 53.1%；进入宁蒙河段的年均沙量为 1.801 亿 t，干流、支流及风积沙沙量分别为 1.073 亿 t、0.489 亿 t、0.239 亿 t，相应比例分别为 59.6%、27.1%、13.3%。来沙组成上，粒径大于 0.05 mm 的沙重为 0.568 亿 t，占总输沙量的 31.5%；粒径大于 0.08 mm 的沙重为 0.426 亿 t，占总输沙量的 23.7%；粒径大于 0.1 mm 的沙重为 0.330 亿 t，占总输沙量的 18.3%。

1987~1999 年，进入宁蒙河段的年均水量为 259.7 亿 m^3，干流、支流水量分别为 250.8 亿 m^3、8.9 亿 m^3，相应比例分别为 96.6%、3.4%，其中干流汛期水量比例为 42.0%；进入宁蒙河段的年均沙量为 2.071 亿 t，干流、支流及风积沙沙量分别为 0.880 亿 t、0.981 亿 t、0.210 亿 t，相应比例分别为 42.5%、47.4%、10.1%。来沙组成上，粒径大于

0.05 mm 的沙重为 0.663 亿 t，占总输沙量的 32.0%；粒径大于 0.08 mm 的沙重为 0.467 亿 t，占总输沙量的 22.5%；粒径大于 0.1 mm 的沙重为 0.336 亿 t，占总输沙量的 16.2%。

2000~2020 年，进入宁蒙河段的年均水量为 295.9 亿 m^3，干流、支流水量分别为 290.4 亿 m^3、5.5 亿 m^3，相应比例分别为 98.1%、1.9%，其中干流汛期水量比例为 44.7%；进入宁蒙河段的年均沙量为 0.823 亿 t，干流、支流及风积沙沙量分别为 0.416 亿 t、0.297 亿 t、0.110 亿 t，相应比例分别为 50.5%、36.1%、13.4%。来沙组成上，粒径大于 0.05 mm 的沙重为 0.259 亿 t，占总输沙量的 31.5%；粒径大于 0.08 mm 的沙重为 0.208 亿 t，占总输沙量的 25.3%；粒径大于 0.1 mm 的沙重为 0.169 亿 t，占总输沙量的 20.5%。

1987~2020 年，进入宁蒙河段的年均水量为 282.2 亿 m^3，干流、支流水量分别为 275.3 亿 m^3、6.9 亿 m^3，相应比例分别为 97.6%、2.4%，其中干流汛期水量比例为 43.8%；进入宁蒙河段的年均沙量为 1.329 亿 t，干流、支流及风积沙沙量分别为 0.593 亿 t、0.575 亿 t、0.161 亿 t，相应比例分别为 44.6%、43.3%、12.1%。来沙组成上，粒径大于 0.05 mm 的沙重为 0.432 亿 t，占总输沙量的 32.5%；粒径大于 0.08 mm 的沙重为 0.322 亿 t，占总输沙量的 24.2%；粒径大于 0.1 mm 的沙重为 0.246 亿 t，占总输沙量的 18.5%。

综上所述，不同时期的数据分析表明：

一是，宁蒙河段的水量绝大部分来自干流进口下河沿断面（见图 2-20），占 97.5%左右，水量及过程变化主要受干流来水影响。

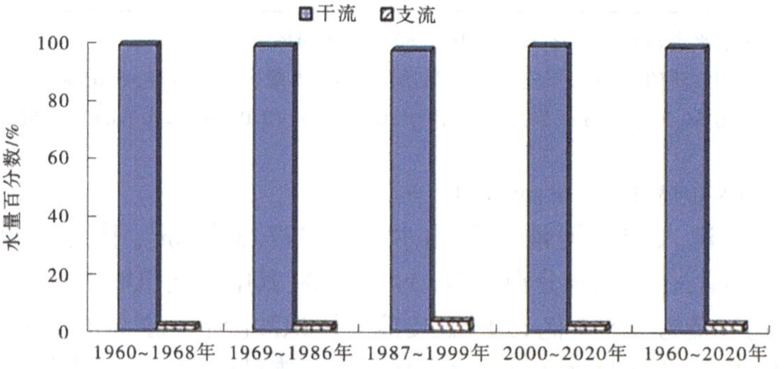

图 2-20　宁蒙河段不同时期干支流水量比例

二是，1968 年以前干流来沙是宁蒙河段来沙的主体，之后干流来沙占比下降，1987 年以后干流来沙与区间支流来沙加入黄风积沙基本各占一半（见图 2-21）。

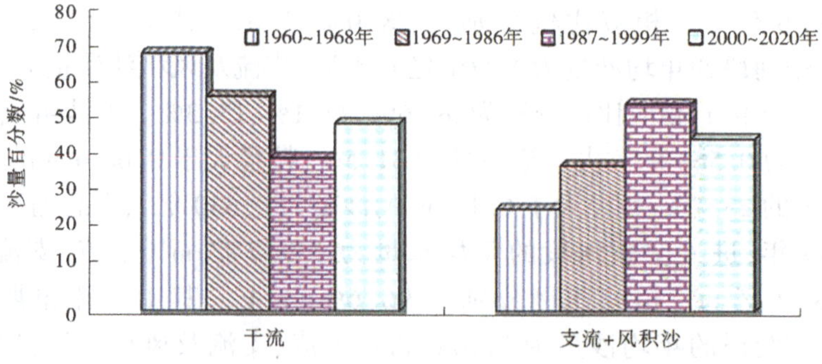

图 2-21　宁蒙河段不同时期不同来源沙量比例

三是,宁蒙河段干流、支流及两岸入黄风积沙都有一定量的粗沙,大于 0.05 mm 粗沙尤其是大于 0.1 mm 的粗沙主要来自宁蒙河段区间的支流和风积沙,占 60%~77.5%(见图 2-22)。

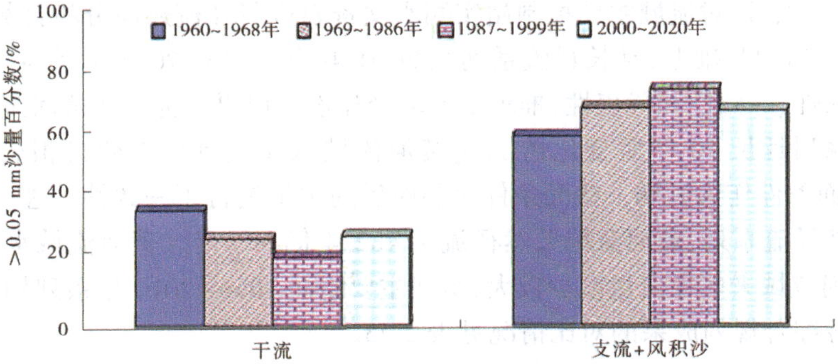

图 2-22　宁蒙河段不同时期不同来源>0.05 mm 沙量比例

四是,2000 年以前宁蒙河段粗沙量变化不大,近期十余年粗沙量明显减少(见图 2-23)。1960~1968 年、1969~1986 年、1987~1999 年、2000~2020 年>0.05 mm 的粗沙量分别为 0.654 亿 t、0.568 亿 t、0.663 亿 t、0.259 亿 t,>0.08 mm 的粗沙量分别为 0.475 亿 t、0.426 亿 t、0.467 亿 t、0.208 亿 t,>0.1 mm 的粗沙量分别为 0.355 亿 t、0.330 亿 t、0.336 亿 t、0.169 亿 t。

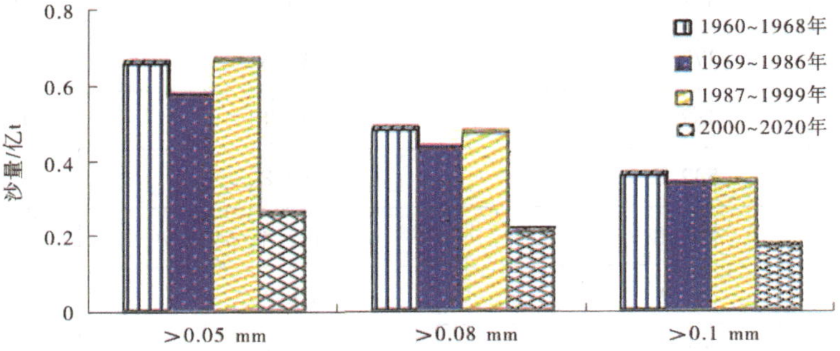

图 2-23　宁蒙河段不同时期粗沙量变化

2.3　设计水沙条件

为了满足黑山峡河段开发论证需求,对黑山峡入库水沙代表站(距离大柳树坝址 12 km)下河沿站的水沙条件和论证其开发功能作用需要的宁蒙河段区间水沙条件与需要的中下游水沙条件进行了设计,并结合有关成果,采用不同情景方案进行分析。

2.3.1　设计水量

2.3.1.1　采用的天然径流量

2009 年国务院批复的《黄河流域水资源综合规划》采用 1956~2000 年系列,分析提出黄河流域多年平均天然径流量 534.8 亿 m^3(利津断面),考虑未来人类活动对下垫面的影响，预测 2020 年、2030 年水平黄河天然径流量将减少 15 亿 m^3、20 亿 m^3，分别为 519.8 亿 m^3、514.8 亿 m^3。

根据水利部的统一安排部署，黄河水利委员会在 2012 年组织开展了“黄河流域水文设计成果修订”项目，对流域主要控制站实测水文资料进行径流还原分析计算，在 1956～2000 年径流系列的基础上，延长径流系列至 2010 年，即 1956～2010 年系列，分析水文系列资料的可靠性、一致性和代表性，推求了流域径流设计成果。为反映黄河流域水资源综合规划成果系列延长 10 年后变化情况，《黄河流域水文设计成果修订报告》以 1980～2010 年下垫面条件作为近期下垫面条件对还原后的水量进行了一致性处理，根据一致性处理后的天然径流系列，黄河流域天然径流量 482.4 亿 m^3。与《黄河流域水资源综合规划》相比，黄河流域天然径流量减少较大，黄河主要断面 1956～2010 年系列均值及其与黄河流域水资源综合规划成果的对比情况见表 2-23。

表 2-23　黄河干支流主要断面成果对比

站名	《黄河流域水资源综合规划》成果 1956～2000 年/亿 m^3	《黄河流域水文设计成果修订报告》推荐成果 1956～2010 年/亿 m^3	减少量/亿 m^3	减幅/%
兰州	329.9	320.8	−9.1	−2.8
下河沿	330.9	316.7	−14.2	4.3
头道拐	331.7	313.5	−18.2	−5.5
龙门	379.1	352.5	−26.6	−7.0
三门峡	482.7	435.1	−47.6	−9.9
花园口	532.8	480.8	−52.0	−9.8
利津	534.8	482.4	−52.4	−9.8
渭河华县	80.9	70.1	−10.8	−13.3
北洛河洑头	18.5	12.9	−5.6	−30.3
汾河河津	9.0	7.6	−1.4	−15.6

从地区分布分析，近年来黄河径流量减少主要表现在中下游河段。1956～2010 年系列与 1956～2000 年比较，头道拐站减少 18.2 亿 m^3，减幅为 5.5%；龙门站减少 26.6 亿 m^3，减幅为 7.0%；三门峡站减少 47.6 亿 m^3，减幅为 9.9%；花园口站减少 52.0 亿 m^3，减幅为 9.8%；利津站减少 52.4 亿 m^3，减幅为 9.8%。

1956～2010 年黄河流域平均降雨量(455.6 mm)与 1956～2000 年平均降雨量(456.9 mm)基本一致，但是河川天然径流量(利津断面)却由 534.8 亿 m^3 减少为 482.4 亿 m^3，减少 52.4 亿 m^3；其中头道拐以上天然径流量由 331.7 亿 m^3 减少为 313.5 亿 m^3，减少 18.2 亿 m^3。数据表明，1980～2010 年下垫面条件与 1980～2000 年下垫面条件相比，黄河流域河川天然径流量衰减程度远超《黄河流域水资源综合规划》的预期。

基于上述分析，本次进行水沙条件设计时，以《黄河流域水文设计成果修订报告》提出的 1956～2010 年各水文站的天然水量作为径流调节计算的基础资料，考虑河道外工农业用水等需求，分析预估未来河道径流量。

2.3.1.2　河道外配置水量

在国务院批复的《黄河流域水资源综合规划》中，考虑 2020 年水平情况下，由于下垫面条件变化，黄河流域地表水资源量由 534.8 亿 m^3 减少到 519.8 亿 m^3，以“87 分水方案”为基础，按照丰增枯减的原则，配置河道内外水量，配置河道外各省（区）水量 332.8 亿 m^3（含内流区 0.94 亿 m^3），入海水量 187.0 亿 m^3。

本次径流调节计算时，由于采用的 1956～2010 年黄河流域天然径流量减少到 482.4 亿 m^3，也按照丰增枯减的原则，河道外配置水量在《黄河流域水资源综合规划》提出的配置水量的基础上进行打折处理，折扣系数约为 92.8%，打折后黄河流域河道外配置水量为 308.69 亿 m^3，考虑内流区 0.94 亿 m^3 不变，黄河各主要河段河道外配置水量 307.75 亿 m^3，并按照各河段的用水过程进行年内水量分配，分配水量过程见表 2-24。

表 2-24　黄河干流河段地表水耗水过程　单位：亿 m^3

河段	7月	8月	9月	10月	11月	12月	1月	2月	3月	4月	5月	6月	全年
龙羊峡以上	0.61	0.03	0.03	0.13	0.13	0.01	0.01	0.01	0.15	0.39	0.34	0.29	2.13
龙刘区间	0.59	0.19	0.11	0.34	0.28	0.08	0.08	0.08	0.34	0.73	0.55	0.70	4.07
刘兰区间	1.98	1.00	0.80	1.52	1.41	0.64	0.64	0.65	1.05	2.78	2.00	2.49	16.96
兰州—大柳树	1.04	0.69	0.51	0.72	0.75	0.48	0.48	0.48	0.75	1.17	1.03	1.10	9.20
大柳树—青铜峡	2.23	1.60	0.73	0.55	1.29	0.04	0.04	0.04	0.04	1.12	2.39	2.11	12.18
青铜峡—头道拐	13.40	8.07	6.05	5.04	4.99	0.73	0.73	0.73	0.73	1.93	11.33	16.29	70.02
头道拐—龙门	1.79	2.15	0.96	0.92	0.83	0.81	0.81	0.81	1.38	1.81	1.83	1.88	15.98
龙门—三门峡	6.36	10.50	3.81	6.72	4.03	2.19	2.10	2.00	5.69	7.42	6.10	5.53	62.45
三门峡—花园口	1.50	2.32	0.76	2.31	1.35	0.45	0.45	0.45	2.23	4.58	4.33	3.27	24.00
花园口以下	5.84	4.96	1.67	6.97	8.78	3.43	3.41	3.81	10.97	15.18	16.11	9.63	90.76
全河	35.34	31.51	15.43	25.22	23.84	8.86	8.75	9.06	23.33	37.11	46.01	43.29	307.75
大柳树以上	4.22	1.91	1.45	2.71	2.57	1.21	1.21	1.22	2.29	5.07	3.92	4.58	32.36
大柳树—头道拐	15.63	9.67	6.78	5.59	6.28	0.77	0.77	0.77	0.77	3.05	13.72	18.40	82.20

2.3.1.3　设计水量

考虑近年来黄河水资源量变化情况，以 1956～2010 年天然径流系列为基础系列，黄河多年平均天然径流量 482.4 亿 m^3，其中黄河上游下河沿天然径流量约 316.7 亿 m^3，中游四站多年平均天然径流量约 443.1 亿 m^3。根据天然径流量及各河段水量分配方案初步估算，未来下河沿站多年平均来水量 285 亿 m^3 左右，四站多年平均来水量 270 亿 m^3 左右（见表 2-25）。

表 2-25　黄河主要断面未来水量预估成果

站名	1956～2010 年天然径流量/亿 m^3	未来水量/亿 m^3
下河沿	316.7	285
四站	443.1	270

2.3.2　设计沙量

2.3.2.1　黄河上游宁蒙河段（黑山峡入库）设计沙量

1. 宁蒙河段水沙量变化原因

水沙量变化的影响因素包括水库拦蓄、经济社会用水、支流水利水保建设等人类活动影响以及降雨、风速变化等自然因素影响。

1）干流水库拦蓄影响

截至目前，黄河上游龙羊峡以下已建或在建水库 24 座（龙羊峡以上还有玛尔挡、班多、羊曲等多座梯级水库），总库容 351.7 亿 m^3，死库容 104.6 亿 m^3。其中 20 世纪 90 年代以前建成的仅有龙羊峡水库、刘家峡水库、盐锅峡水库、八盘峡水库、青铜峡水库和三盛公水库等 6 座水库，总库容 307.9 亿 m^3，死库容 70.6 亿 m^3，其余 18 座均为 90 年代末期尤其是 2000 年以来新建水库，总库容 43.8 亿 m^3，死库容 34.0 亿 m^3。各水库特征值统计见表 2-26。20 世纪 90 年代以前黄河上游龙羊峡以下建成的 6 座水库拦蓄了大量泥沙。根据水利部黄河水沙变化研究基金项目《黄河水沙变化研究》（2014 年 7 月，水利部黄河水利委员会和中国水利水电科学研究院）分析的水库淤积量（见表 2-27），1960～1969 年、1970～1979 年、1980～1989 年、1990～1997 年 6 座水库年均合计淤积量分别为 0.90 亿 t、0.92 亿 t、0.97 亿 t、0.71 亿 t，80 年代以前淤积量差别不大，略有增加，90 年代有所减少；从不同水库淤积量看，刘家峡水库 1960～1997 年多年平均淤积量占 6 座水库淤积总量的比例为 59%，淤积量最大，青铜峡水库次之。上述 6 座水库中，目前除龙羊峡水库还有较大拦沙能力外，其他 5 座水库剩余拦沙能力较弱或淤积基本达到平衡。以刘家峡水库为例，1968～1988 年，水库累计淤积泥沙 11.23 亿 m^3，年均淤积泥沙 0.56 亿 m^3，合计 0.73 亿 t；1988～2003 年累计淤积泥沙 5.09 亿 m^3，年均淤积泥沙 0.34 亿 m^3，合计 0.44 亿 t；2003～2013 年淤积泥沙 0.55 亿 m^3，年均淤积泥沙 0.06 亿 m^3，合计 0.08 亿 t；2013～2018 年淤积泥沙 0.20 亿 m^3，年均淤积泥沙 0.04 亿 m^3，合计 0.05 亿 t。可见，刘家峡水库拦沙能力逐渐减弱，值得一提的是，刘家峡水库近期在洮河口对岸新建一条排沙隧洞，隧洞建成后有利于水库排沙，洮河来沙基本可以排泄出库。

表 2-26　黄河上游龙羊峡以下梯级水库特征值

水文站区间	编号	工程名称	建设地点	建成时间（年-月）	控制面积/万 km^2	总库容/亿 m^3	调节库容/亿 m^3	死库容/亿 m^3	建设情况
小川以上	1	龙羊峡	青海共和	1989-06	13.1	247	193.5	53.33	已建
	2	拉西瓦	青海贵德		13.2	10.1	1.5	8.56	已建
	3	尼那	青海贵德	2003-05	13.2	0.3	0.1	0.176	已建
	4	李家峡	青海尖扎	2001-09	13.7	16.5	0.6	15.9	已建
	5	直岗拉卡	青海尖扎	2006-06	13.7	0.2	—	0.124	已建
	6	康杨	青海尖扎	2009-01	13.7	0.2	0.1	0.238	已建
	7	公伯峡	青海循化	2004-09	14.4	5.5	0.8	4.91	已建
	8	苏只	青海循化	2006-03	14.5	0.3	0.1	0.313	已建
	9	黄丰	青海循化		14.5	0.7	0.1	0.452	已建
	10	积石峡	青海循化		14.7	2.4	0.4	1.93	已建
	11	大河家	青海甘肃		14.7	0.1	—	—	已建
	12	炳灵	甘肃积石山	2009-06	14.8	0.5	0.1	0.38	已建
	13	刘家峡	甘肃永靖	1974-12	18.2	57	35	15.5	已建
小川至兰州	14	盐锅峡	甘肃兰州	1961-11	18.3	2.2	0.1	1.600 0	已建
	15	八盘峡	甘肃兰州	1980-12	21.5	0.5	0.1	0.118 3	已建
	16	河口	甘肃兰州	2011-06	22	0.1	—	0.027 5	已建
	17	柴家峡	甘肃兰州	2008-12	22.1	0.2	—	0.149 0	已建
兰州至下河沿	18	小峡	甘肃兰州	2004-09	22.5	0.4	0.1	0.340 0	已建
	19	大峡	甘肃兰州	1998-06	22.8	0.9	0.6	0.350 0	已建
	20	乌金峡	甘肃靖远	2009-06	22.9	0.2	0.1	0.146 5	已建
	21	沙坡头	宁夏中卫	2001-03	25.4	0.3	0.1	—	已建
下河沿至头道拐	22	青铜峡	宁夏青铜峡	1967-08	27.5	0.4	0.1	0.07	已建
	23	海勃湾	内蒙古乌海	2014-10	31.2	4.9	1.5	—	已建
	24	三盛公	内蒙古磴口	1961-05	31.4	0.8	0.2	—	已建
合计						351.7	235.2	104.6	

表 2-27 黄河上游龙羊峡以下 20 世纪 90 年代以前建成水库不同时期淤积量

项目	时段(日历年)	龙羊峡	刘家峡	盐锅峡	八盘峡	青铜峡	三盛公	合计
时段累计/亿 t	1960~1969 年		1.26	2.22	0	5.14	0.43	9.05
	1970~1979 年		6.20	-0.09	0.24	2.94	0	9.29
	1980~1989 年	0.81	8.54	0.09	0.05	0.23	0	9.72
	1990~1997 年	1.53	4.11	0.04	0.03	0.10	0	5.81
	合计	2.34	20.11	2.26	0.32	8.41	0.43	33.87
时段平均/亿 t	1960~1969 年		0.13	0.22	0	0.51	0.04	0.90
	1970~1979 年		0.62	-0.01	0.02	0.29	0	0.92
	1980~1989 年	0.08	0.85	0.01	0.01	0.02	0	0.97
	1990~1997 年	0.19	0.51	0	0	0.01	0	0.71
	合计	0.06	0.53	0.06	0.01	0.22	0.01	0.89

20 世纪 90 年代末期以来,黄河上游龙羊峡以下又新建了 10 余座梯级水库,水库建成后增强了对上游泥沙的拦蓄能力。根据《黄河水沙变化研究》中的分析成果,2000~2012 年黄河上游梯级水库年均拦沙量为 0.61 亿 t(主要是下河沿断面以上的梯级水库)。

干流水库在拦沙的同时也拦蓄了一定的水量,仅以龙羊峡水库为例,1986 年以来年均蓄水量约 14 亿 m^3;同时水库蓄水造成的蒸发和渗漏,在一定程度也会减少进入下游的水量,根据《黄河水沙变化研究》初步估算成果,上游刘家峡、龙羊峡、李家峡、公伯峡等大型水电站年均蒸发渗漏量可达 4.93 亿 m^3。

综上所述,黄河上游梯级水库拦蓄作用直接减少了进入宁蒙河段的水量和沙量。

2)经济社会用水增加影响

黄河上游经济社会用水主要是农业灌区用水,集中在宁蒙河段。根据统计数据,1960~1968 年、1969~1986 年、1987~1999 年、2000~2018 年宁蒙灌区年均引水量(不是净耗水量)分别为 108.5 亿 m^3、138.9 亿 m^3、155.1 亿 m^3、135.1 亿 m^3,年均引沙量分别是 0.377 亿 t、0.359 亿 t、0.607 亿 t、0.259 亿 t。数据表明,2000 年以前宁蒙灌区引水引沙量是递增的,2000 年以后灌区引水引沙量有所减少。

除黄河宁蒙河段农业灌溉用水增加外,其他河段经济社会用水也在增加。根据《黄河水沙变化研究》成果,唐乃亥至兰州区间 1954~1969 年年均经济社会用水量约 12.5 亿 m^3;而根据 2000~2019 年《黄河水资源公报》,年均经济社会用水量增加到了 29.28 亿 m^3,增加了 1 倍多。

3)支流水利水保措施减水减沙影响

黄河上游主要来沙支流包括洮河、湟水、庄浪河、祖厉河、清水河和十大孔兑等。

20世纪90年代以前支流水土保持措施建设面积较小,90年代以后水土保持措施建设投入力度逐渐加大,尤其是加大了对林草等坡面措施的建设,植被覆盖率有较大程度增大。图2-24是根据Modis NDVI及GIMMS数据得到的黄河宁蒙河段1981~2010年植被覆盖率数据,可以看出20世纪90年代末黄河宁蒙地区植被覆盖率上升较为明显,1999~2010年植被覆盖率年均增长约0.68%,至2010年达到了18%。刘晓燕等在《黄土高原产沙情势变化》(科学出版社,2021)中研究提出近期十大孔兑植被覆盖率大幅增加,截至2018年,十大孔兑的林草植被覆盖率达到43.6%。需要提到的是,对宁蒙地区尤其是十大孔兑产沙区而言,由于该区域地处干旱半干旱区,干旱少雨,生态环境脆弱(如十大孔兑等多沙支流地处沙漠区域),目前恢复和保存的植被一旦遭遇连续干旱年份或者极端干旱年份,可能遭到大面积破坏。

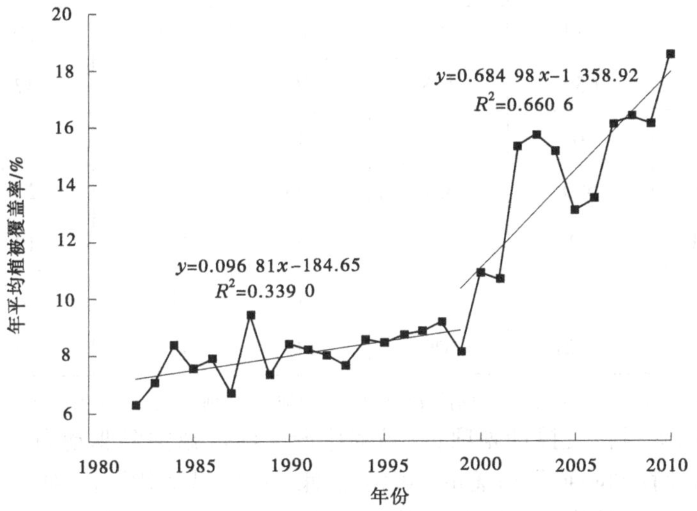

图2-24 1981~2010年黄河宁蒙地区年平均植被覆盖率

上游支流水土保持措施(梯田、林草、淤地坝等措施)的投入,在一定程度上改变了产流产沙的下垫面条件,减少了支流进入黄河的泥沙,对减少进入宁蒙河段的风沙也有积极影响。根据《黄河水沙变化研究》成果,20世纪七八十年代水土保持措施使祖厉河流域年均沙量分别减少0.10亿t、0.13亿t,使湟水(含大通河)流域年均沙量分别减少0.009亿t、0.066亿t,使洮河流域年均沙量分别减少0.028亿t、0.031亿t,下河沿断面以上三条主要来沙支流合计年均减沙量分别为0.137亿t、0.227亿t;清水河70年代、80年代水土保持措施减沙量分别为0.054亿t、0.131亿t。

20世纪90年代以后,上游支流水土保持措施建设力度加大,水土保持措施减沙作用进一步发挥。根据《黄河水沙变化研究》成果,2000~2012年上游主要来沙支流林草梯田等水土保持措施减水量为54 944万m^3,减沙量为3 887万t(见表2-28)。其中,宁蒙河段清水河、十大孔兑的减沙量1 452万t,主要是坝地减沙,占84%;洮河、祖厉河等其他支流减沙量约2 435万t,几乎全是林草、梯田等坡面措施减沙。

表 2-28 黄河上游主要来沙支流 2000～2012 年水土保持措施减水减沙量

项目		梯田	林地	草地	坝地	封禁	合计
减水量/万 m^3	洮河	14 278	6 160	514	125	1 312	22 389
	湟水	8 903	7 502	1 407	278	4 615	22 705
	庄浪河	1 047	632	104	4	479	2 266
	祖厉河	1 616	1 363	272	20	56	3 327
	清水河	921	510	139	1 410	363	3 343
	十大孔兑	17	582	28	208	79	914
	合计	26 782	16 749	2 464	2 045	6 904	54 944
减沙量/万 t	洮河	324	32	4	3	10	373
	湟水	656	133	10	7	47	853
	庄浪河	67	15	1	1	4	88
	祖厉河	600	331	124	41	25	1 121
	清水河	79	55	7	1 065	19	1 225
	十大孔兑	1	63	1	157	5	227
	合计	1 727	629	147	1 274	110	3 887

注：数据来源为《黄河水沙变化研究》，支流包括洮河、湟水、庄浪河、祖厉河、清水河、十大孔兑。

在“十二五”国家科技支撑计划项目“黄河中游来沙锐减主要驱动力及人为调控效应研究”课题成果以及在刘晓燕等所著的《黄河近期水沙锐减成因》中，对 2007～2014 年黄河上游重要支流的水土保持减沙量进行了研究，基于水文法和遥感水文分析模型，计算分析提出青铜峡以上主要支流林草、梯田等面上措施的减沙量为 0. 780 亿～0. 836 亿 t，其中清水河减沙量为 0. 113 亿～0. 202 亿 t，祖厉河减沙量为 0. 276 亿～0. 326 亿 t，其他主要为洮河、湟水的减沙量，在下河沿以上林草、梯田等面上措施的减沙量为 0. 634 亿～0. 667 亿 t；2007～2014 年青铜峡以上淤地坝减沙量为 0. 104 亿 t，以清水河流域为主。“十三五”期间，刘晓燕等对黄河上游水沙变化进一步研究，在《黄土高原产沙情势变化》（科学出版社，2021）中提出 2000～2019 年兰州至循化区间（包含洮河、湟水等）下垫面减沙量为 0. 353 亿 t，其中林草植被和梯田减沙占 46. 5%，其他坝库工程等拦减沙占 53. 5%；祖厉河减沙量为 0. 454 亿 t，其中林草植被和梯田减沙占 98. 1%，其他坝库工程等拦减沙仅占 1. 9%；合计在下河沿以上主要支流林草、梯田等面上措施的减沙量为 0. 609 亿 t，坝库工程等拦减沙量为 0. 198 亿 t。

除支流水土保持措施减沙外，支流上建设的各种兴利水库也会在一定程度上拦减入黄泥沙。以清水河为例，截至 2013 年清水河流域共建成大中小型水库 83 座（其中大型水库 3 座，分别是 1959 年建成的寺口子水库、石峡口水库和 1960 年建成的长山头水库），这些水库大多建成于 20 世纪六七十年代，根据水利部黄河水沙变化研究基金项目《黄河水沙变化研究》(第一卷)成果,七八十年代水库年均拦沙量分别为 1 880 万 t、1 680 万 t。祖厉河截至 2005 年底流域建成水库 25 座,半数以上的水库建成于 20 世纪七八十年代。祖厉河在 20 世纪 60~80 年代水库年均拦沙量分别为 18 万 t、52 万 t、88 万 t,90 年代以后年均拦沙量减少至 60 万 t 左右。

4)其他人类活动影响

为了防御宁蒙河段汛期、凌汛期洪水,两岸修建了堤防,堤防工程建设在发挥防洪作用的同时,也在一定程度上减少了进入宁蒙河段的风沙量。以干流主要沙丘前移输沙入石嘴山—巴彦高勒河段为例,该河段 2003 年以前流动性沙丘河岸长 59 km,2003 年以后左岸 34 km 的大堤完工,流动性沙丘河岸线缩短为 25 km。对比有堤防和无堤防情况下石嘴山—巴彦高勒河段沙丘前移输沙入河量(见图 2-25),有堤防相对于无堤防而言,沙丘前移输沙入河量显著下降,该堤防 2003~2014 年平均每年可阻挡沙丘前移进入河道的沙量为 105.0 万 t,使沙丘前移输沙入河量减少了 53.3%。

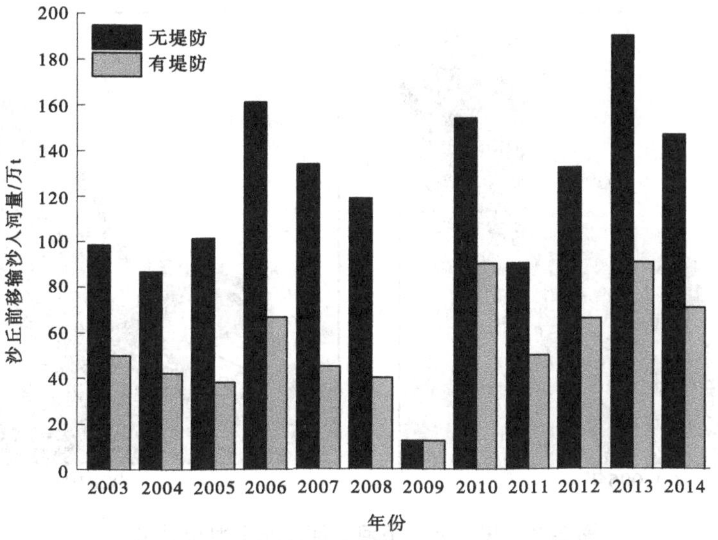

图 2-25　有无堤防情况下沙丘前移输沙入河量对比

除堤防工程建设对入黄风积沙的影响外,人类对土地类型的改变对入黄风积沙量减少也有影响。如图 2-26 所示,由于沙坡头水利枢纽工程的建设,黑山峡—下河沿河段左岸沙物质类型逐步由沙漠沙向耕地及居民地转换。根据分析,在相同风力和植被条件下,沙漠沙的输沙量是耕地的 6 倍以上,因此该区域的入黄风积沙量大大降低,此外河东沙地、乌兰布和沙漠、库布齐沙漠也均有一定程度的转换。主要是以沙地沙和沙漠沙向耕地及居民地转变。

5)降雨条件变化影响

统计黄河上游不同时期降雨变化,由表 2-29 可知,黄河上游兰州以上降雨条件变化不大,兰州—头道拐区间降雨在 20 世纪 70 年代以来尤其是 2000 年以来有较大程度的减少,与 1969 年以前相比,降雨量由 274.6 mm 减少至 241.2 mm,减少了 12.2%。

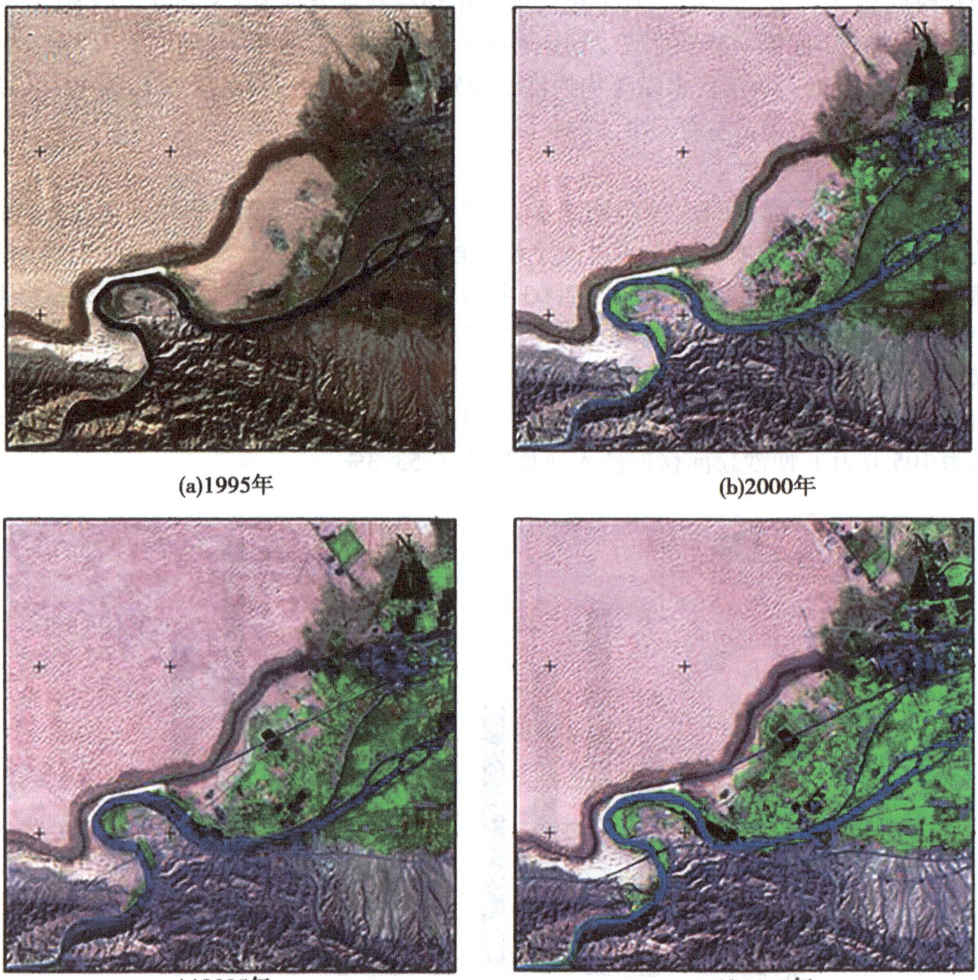

(a)1995年　(b)2000年　(c)2005年　(d)2010年

图 2-26　黑山峡—下河沿河段左岸地貌变化

表 2-29　黄河上游不同时期降雨变化　　单位:mm

区间(水文站)	面积/万 km^2	1954～1969 年	1970～1986 年	1987～1999 年	2000～2015 年	1954～2015 年
唐乃亥以上	12.20	469.6	494.1	481.8	488.8	483.8
唐乃亥—兰州	10.06	482.5	480.0	473.6	477.6	478.7
兰州—头道拐	18.74	274.6	255.4	258.9	241.2	248.9

兰州—头道拐区间祖厉河、清水河、十大孔兑等多泥沙支流降雨量减少。祖厉河、清水河、西柳沟不同时期的降雨统计结果(见表 2-30)表明,2000 年以来祖厉河流域降雨量

与 1969 年以前相比,年降雨量和 7~8 月降雨量分别减少了 10.2%、25.6%;2000 年以来清水河流域降雨量与 1969 年以前相比,7~8 月降雨量减少了 13.5%;2000 年以来西柳沟流域降雨量与 1969 年以前相比,7~8 月降雨量减少了 12.4%。降雨量尤其是主汛期降雨量的减少必然会减少这些支流的产流产沙量。根据《黄河水沙变化研究》成果,2000 年以来,祖厉河、清水河、十大孔兑因降雨变化影响的年均减沙量达到 0.5 亿 t 左右,是区间支流来沙减少的主要因素。

表 2-30　主要来沙支流不同时期降雨变化　　单位:mm

支流	时段	年降雨量	7~8 月降雨量
祖厉河	1954~1969 年	375.7	164.8
	1970~1986 年	371.7	150.7
	1987~1999 年	365.2	155.1
	2000~2015 年	337.4	122.6
清水河	1954~1969 年	304.8	142.8
	1970~1986 年	323.6	133.4
	1987~1999 年	327	151.9
	2000~2015 年	312.7	123.5
西柳沟	1960~1969 年	253.9	147.3
	1970~1986 年	240.8	139.4
	1987~1999 年	268.4	160.6
	2000~2015 年	261.2	129.1

注:西柳沟降雨统计起始于 1960 年。

6)风速变化影响

根据美国国家海洋和大气管理局风速数据分析,1973~2014 年黄河宁蒙地区平均风速总体上呈现减小的趋势[见图 2-27(a)],年最大风速、大风日数和起沙风日数均呈现明显下降趋势[见图 2-27(b)~(d)],其中年平均风速每年减小 0.015 7 m/s,年瞬时最大风速每 10 年下降 3.854 m/s,大风日数平均每 10 年下降 6.08 d,起沙风日数平均每年下降 18.17 d,下降幅度大。风沙流输沙率和风速的 3 次方成正比,风力大幅度下降必然会导致风沙流输沙率的大幅下降,从而使区域风沙活动强度减弱,入黄风积沙量减小。以 1981~1986 年为基础,仅考虑风速这单一因素的变化,结合数学模型计算分析得到 2000 年以后因风速降低而减少的入黄风积沙量可达到 45%~60%。

值得注意的是,风速减弱虽是近几十年来风速变化的直接体现,但导致这种结果的根本原因目前尚不完全清楚,而且不能确定未来是否会一直呈现减弱的趋势,就 1993 年而言,黄河宁蒙地区全年出现多场大风,使得全年风速处于一个较高的水平,高于 20 世纪 80 年代。可见,风速变化仍具有一定的随机性,有可能出现回升的情况。

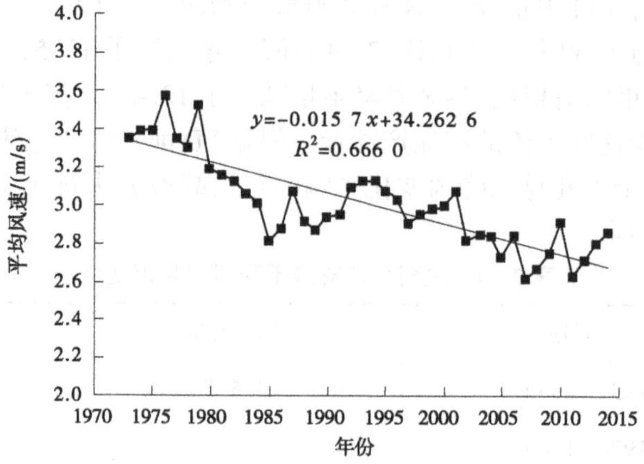

(a)年平均风速

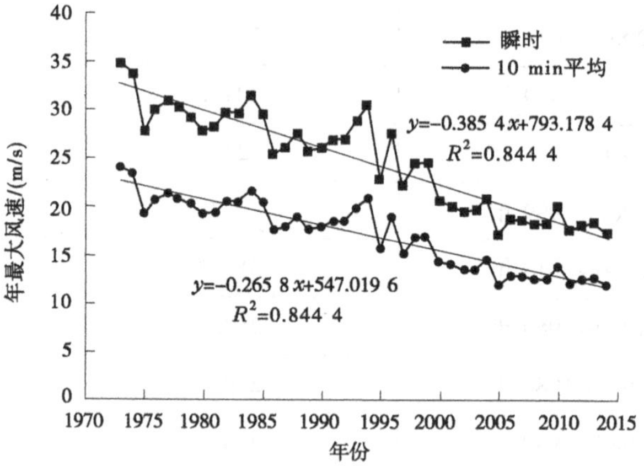

(b)年最大风速

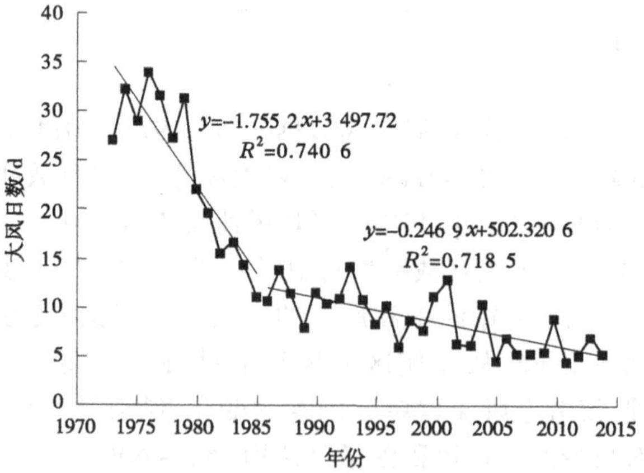

(c)大风日数

图 2-27　黄河宁蒙地区 1973～2014 年风力变化趋势

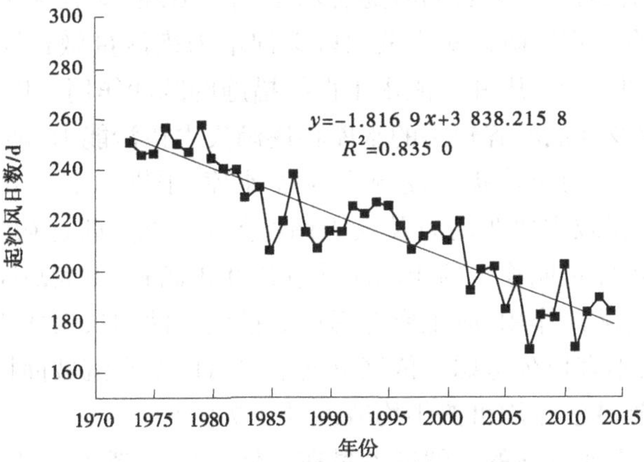

(d)起沙风日数

续图 2-27

综上所述，宁蒙河段水沙变化受干流水库拦蓄、经济社会用水增加、支流水利水保措施减水减沙及降雨、风速变化等因素影响，这些影响因素均不同程度地减少了近期进入宁蒙河段的水沙量。其中，水库拦沙是宁蒙河段干流来沙减少的主要影响因子，2000年以后支流水利水保措施减水减沙影响增强；风速减弱是宁蒙河段入黄风积沙量减少的主要影响因素。

2. 宁蒙河段干流设计沙量

1968年以前的人类活动影响较小时期，1950～1968年下河沿断面多年平均来沙量2.09亿t。

1968年刘家峡水库建成后，1969～1986年下河沿断面沙量减少至年均1.07亿t。这期间下河沿以上降雨变化不大，来沙量的减少主要是由于上游刘家峡、盐锅峡、八盘峡水库拦沙造成的，根据前文水沙变化原因分析，初估该时期水库年均拦沙量在0.8亿t左右，同时期祖厉河、湟水、洮河三条主要来沙支流水土保持措施年均减沙量约0.2亿t，估算下河沿还原沙量约2.07亿t。

1986年龙羊峡水库建成运用后，下河沿沙量进一步减少，1987～1999年年均沙量0.88亿t，2000～2020年年均沙量0.42亿t。2000年以前，来沙量减少主要是由于刘家峡水库以及新建的龙羊峡水库拦沙造成的（初估该时期水库年均拦沙量在0.7亿t左右，下河沿以上祖厉河等支流水土保持措施年均减沙量在0.25亿t左右，估算下河沿还原沙量约1.83亿t）；2000年以后，上游干流新建梯级水库近20座，水库尤其是干流梯级水库拦沙（0.6亿t左右）仍然是来沙量减少的主要影响因素，同时降雨偏少和支流水土保持措施减沙作用也进一步增加（“十二五”国家科技支撑计划项目“黄河中游来沙锐减主要驱动力及人为调控效应研究”课题研究认为，减沙以林草、梯田等坡面措施为主，2007～2014年下河沿以上的支流年均减沙量约0.7亿t，未来进一步提高林草、梯田减沙作用的潜力有限），估算下河沿还原沙量约1.7亿t。

分析表明，20世纪50年代以来下河沿断面来沙呈递减趋势，上游干流梯级水库拦沙是上游沙量减少的主要影响因素，同时随着水土流失治理，支流水土保持减沙影响增强，降雨等气候变化也有一定影响。对宁蒙河段下河沿未来沙量做长期预估，主要考虑上游干流大型水库的长期拦沙作用和支流水土保持措施的减沙作用。以目前水库工程建设和运用情况看，刘家峡及其他库容较小的水库将逐渐失去拦沙能力，能长时期发挥拦沙作用的主要是处在少沙河段的龙羊峡、李家峡等大型水库，根据“十二五”国家科技支撑计划项目“黄河中游来沙锐减主要驱动力及人为调控效应研究”课题初步成果，预计龙羊峡、李家峡等大型骨干水库长期稳定的年均减沙量约 0.3 亿 t。重大战略工程规划和设计时，支流水土保持措施的减沙作用，应主要考虑坡面措施减沙的长效作用，淤地坝等沟道措施的影响具有时效性，不宜长久考虑。依据近期下河沿以上支流坡面措施的减沙情况分析，下河沿以上坡面措施减沙作用可按年均减沙量 0.7 亿 t 计。

综合上述分析，下河沿站的天然来沙量在 2 亿 t 左右，考虑上游下河沿以上干流大型水库的长期拦沙作用和水土流失区坡面措施减沙影响约 1 亿 t，预估下河沿断面未来长时期年均沙量 1 亿 t 左右。

3. 宁蒙河段区间设计沙量分析

宁蒙河段区间来沙量包括支流来沙和入黄风积沙。

1) 支流来沙量

宁夏河段入黄支流主要有清水河、苦水河、红柳沟和都斯兔河等，来沙主要集中在清水河；内蒙古河段入黄支流主要有十大孔兑和昆都仑河、五当沟，来沙主要集中在十大孔兑，宁蒙河段支流 1960~2018 年多年平均沙量 0.531 亿 t（1987~2018 年多年平均沙量 0.575 亿 t，其中 2000~2018 年多年平均沙量 0.297 亿 t）。由于宁蒙河段支流多为季节性河流，流域产沙受降雨条件影响，变化较为剧烈。

根据前文分析，近期降雨偏少是影响宁蒙河段区间支流来沙减少的主要因素，考虑宁蒙区间生态环境恶劣（如十大孔兑等多沙支流地处沙漠区域），但因地处干旱半干旱区，靠野草和淤地坝支撑的减沙效果是十分脆弱的，区间沙量设计应留有余地。刘晓燕在《黄土高原产沙情势变化》（科学出版社，2021）中对不同植被和不同降雨情景下的清水河、十大孔兑沙量进行了预测，按照最不利植被，估算清水河、十大孔兑不同降雨条件下的来沙量分别为 0.309 亿~0.428 亿 t、0.106 亿~0.166 亿 t，合计 0.415 亿~0.594 亿 t。综上，考虑宁蒙河段区间所有支流情况，提出未来长时期支流来沙量采用 20 世纪 80 年代以来的平均值，为 0.6 亿 t 左右。

2) 入黄风积沙量

根据宁蒙河段历史入黄风积沙量的分析，由于风速减弱、植被覆盖率增大以及沿河两岸堤防工程大规模建设等方面影响，20 世纪 90 年代以来宁蒙河段入黄风积沙量呈减少趋势。对于未来宁蒙河段干流入黄风积沙量，考虑影响风速变化的气候因素存在不确定性和周期性，以及宁蒙地区生态环境脆弱可能对植被覆盖率的影响，推荐未来宁蒙河段干流入黄风积沙量采用近期平均情况作为未来预估均值，即 0.16 亿 t 左右。

宁蒙河段干流、区间支流和入黄风积沙未来沙量成果汇总见表 2-31。

表 2-31　黄河宁蒙河段未来沙量预估成果

水沙来源	未来沙量/亿 t
干流	1.0
区间支流	0.6
入黄风积沙	0.16

2.3.2.2　黄河中游设计沙量

围绕黄河中游水沙的变化及预测，有关方面开展了大量研究工作，对中游来沙量预测存在较大的争议。本次黑山峡河段开发功能及作用论证时，结合近期黄河古贤等重大工程有关研究成果，采用黄河中游四站沙量按 8 亿 t 左右、6 亿 t 左右两个情景方案（见表 2-32）。

表 2-32　黄河中游四站设计情景水沙量估值

方案	水量/亿 m^3	沙量/亿 t
情景方案 1	270	8
情景方案 2	260	6

注：考虑两个情景方案的沙量差别，结合中游地区减沙量与减水量关系协调两个情景方案的水量。

2.3.3　水沙过程设计

考虑项目研究需求，水沙条件设计主要有干流的下河沿、龙门，渭河的华县、汾河的河津、北洛河的洑头等站以及宁蒙河段区间的支流等。

2.3.3.1　径流过程设计

下河沿、龙门、河津、华县、洑头、黑石关、小董等站的月径流量，采用 1956～2010 年天然径流系列成果，考虑工农业用水及水库调节作用进行计算得到。中游来沙 6 亿 t 情景方案结合水土保持减水减沙关系（中游地区每减沙 1 亿 t，水量减少 5 亿 m^3 左右），在来沙 8 亿 t 情景方案的径流基础上进行修正。

设计各站日流量过程，根据设计各年各月径流量与实测各年各月水量的比值，对实测日流量过程进行同倍比缩小求得。

2.3.3.2　泥沙过程设计

下河沿、龙门、河津、华县、洑头、黑石关、小董等站的月沙量，首先采用近期实测资料建立的水沙关系由 1956～2010 年系列设计月径流量进行初步计算，再按照预估未来沙量均值对计算的月输沙量过程进行适当修正。上游宁蒙河段区间支流水沙没有明显的趋势性变化，结合预测未来沙量均值采用相应系列的实测过程。

各站设计日输沙率过程，根据设计各年各月沙量与实测各年各月沙量的比值，对实测日输沙率进行同倍比缩小求得。

按照上述方法，不同情景方案 1956～2010 年水沙量设计成果见表 2-33～表 2-35，干流下河沿站、龙门站汛期不同流量级水沙量组成见表 2-36～表 2-38。由表可知，下河沿站设计系列的年均水沙量分别为 284.88 亿 m^3、0.946 亿 t，区间支流设计系列的年均水沙量分别为 6.97 亿 m^3、0.612 亿 t，区间入黄风积沙量为 0.160 亿 t。

表 2-33　黄河上游设计水沙特征值

（1956~2010 年设计系列）

水文站	水量/亿 m^3			沙量/亿 t			含沙量/（kg/m^3）		
	汛期	非汛期	年均	汛期	非汛期	年均	汛期	非汛期	年均
下河沿	131.96	152.92	284.88	0.762	0.184	0.946	5.8	1.2	3.3
区间支流	4.05	2.92	6.97	0.567	0.045	0.612	140.1	15.4	87.8
风积沙				0.027	0.133	0.160			

表 2-34　黄河中游设计水沙特征值

（1956~2010 年设计系列，情景方案 1）

水文站	水量/亿 m^3			沙量/亿 t			含沙量/（kg/m^3）		
	汛期	非汛期	年均	汛期	非汛期	年均	汛期	非汛期	年均
龙门	104.28	109.44	213.72	4.17	0.69	4.86	39.94	6.33	22.73
华县	28.50	17.12	45.62	2.41	0.18	2.59	84.64	10.26	56.72
河津	4.56	3.35	7.91	0.10	0.01	0.11	22.29	1.66	13.55
洑头	2.91	1.90	4.81	0.43	0.02	0.45	146.38	12.37	93.36
四站	140.24	131.82	272.06	7.10	0.90	8.00	50.66	6.80	29.41

表 2-35　黄河中游设计水沙特征值

（1956~2010 年设计系列，情景方案 2）

水文站	水量/亿 m^3			沙量/亿 t			含沙量/（kg/m^3）		
	汛期	非汛期	年均	汛期	非汛期	年均	汛期	非汛期	年均
龙门	100.44	105.42	205.86	3.12	0.52	3.64	31.10	4.92	17.70
华县	27.45	16.49	43.94	1.81	0.13	1.94	65.91	7.99	44.17
河津	4.39	3.23	7.62	0.08	0	0.08	17.36	1.20	10.51
洑头	2.80	1.83	4.63	0.32	0.02	0.34	113.99	9.61	72.70
四站	135.08	126.97	262.05	5.33	0.67	6.00	39.45	5.30	22.90

表 2-36　下河沿站汛期设计不同流量级水沙组成

时段	流量级/(m^3/s)	天数/d	水量/亿 m^3	沙量/亿 t
1956~2010 年	0~500	2.46	0.86	0.01
	500~1 000	44.20	30.77	0.15
	1 000~1 500	48.86	52.18	0.25
	1 500~2 000	17.43	25.71	0.15
	2 000~2 500	4.96	9.40	0.07
	2 500~3 000	3.07	7.22	0.06
	3 000~3 500	1.54	4.23	0.05
	3 500 以上	0.48	1.59	0.02
	合计	123.00	131.96	0.76
1987~2010 年	0~500	3.48	1.21	0.01
	500~1 000	70.10	48.88	0.20
	1 000~1 500	37.43	38.24	0.17
	1 500~2 000	6.65	9.81	0.07
	2 000~2 500	2.78	5.29	0.04
	2 500~3 000	2.17	5.04	0.04
	3 000~3 500	0.35	0.96	0.01
	3 500 以上	0.04	0.13	0
	合计	123.00	109.56	0.54

表 2-37　龙门站汛期设计不同流量级水沙组成(情景方案 1)

时段	流量级/(m^3/s)	天数/d	水量/亿 m^3	沙量/亿 t
1956~2010 年	<600	40.50	12.53	0.54
	600~2 000	72.82	69.09	2.25
	2 000~3 000	7.46	15.34	0.73
	≥3 000	2.22	7.32	0.65
	合计	123.00	104.28	4.17

续表 2-37

时段	流量级	天数/d	水量/亿 m^3	沙量/亿 t
1987~2010 年	<600	51.13	15.93	0.50
	600~2 000	68.04	57.67	1.66
	2 000~3 000	3.35	6.52	0.33
	≥3 000	0.48	1.48	0.33
	合计	123.00	81.60	2.82

表 2-38　龙门站汛期设计不同流量级水沙组成(情景方案 2)

时段	流量级/(m^3/s)	天数/d	水量/亿 m^3	沙量/亿 t
1956~2010 年	<600	42.83	13.27	0.43
	600~2 000	71.56	67.16	1.72
	2 000~3 000	6.63	13.57	0.51
	≥3 000	1.98	6.44	0.46
	合计	123.00	100.44	3.12
1987~2010 年	<600	53.83	16.72	0.40
	600~2 000	66.08	55.43	1.28
	2 000~3 000	2.70	5.25	0.21
	≥3 000	0.39	1.20	0.22
	合计	123.00	78.60	2.11

中游龙门、河津、华县、洑头四站情景方案 1 设计系列的年均水沙量分别为 272.06 亿 m^3、8.00 亿 t,情景方案 2 设计系列的年均水沙量分别为 262.05 亿 m^3、6.00 亿 t。

2.3.4　水沙代表系列

根据黄河黑山峡河段开发论证专题工作要求,从论证黄河长治久安的角度出发,考虑黄河水沙调控体系龙羊峡、刘家峡、黑山峡、碛口、古贤、三门峡、小浪底等七大骨干工程联合调节和骨干水库拦沙库容淤满后维持中水河槽作用论证的需要,设计水沙代表系列长度选取 1956~2010 年 54 年系列,循环 3 次组成 162 年长系列。

2.4　小　结

2.4.1　黄河水沙特性

黄河水少沙多,水沙关系不协调。1956~2010年系列黄河天然径流量482.4亿m^3。1919~1959年人类活动影响较小时期潼关站的天然来沙量15.92亿t,多年平均含沙量达37.36 kg/m^3。黄河水沙异源,时空分布极为不均,约62%的水量来自上游兰州以上,89%的泥沙来自中游河口镇至三门峡区间(上游头道拐以上超过50%的泥沙来自兰州至头道拐区间支流);上游兰州以上水量占头道拐以上水量的99%,而沙量不足上游沙量的50%,上游水沙也是异源的。黄河水沙年内分配不均,约60%的水量、80%的泥沙来自汛期,年际变化大,径流丰枯交替出现,出现过连续丰水段和连续枯水段,泥沙往往集中在几个大沙年份。

2.4.2　黄河干流水沙变化

水沙量大幅减少。下河沿站、潼关站1919~1959年多年平均水量分别为300.1亿m^3、426.1亿m^3,1987~1999年多年平均水量分别为250.8亿m^3、260.6亿m^3,较1919~1959年多年平均值分别减少了16.4%、38.8%。2000年以来黄河中下游水量继续减少(上游来水与1987~1999年基本相当),2000~2020年潼关站多年平均水量为259.0亿m^3,与1919~1959年相比减少了39.2%。与来水量变化趋势基本一致,实测沙量也大幅度减少。下河沿站、潼关站1919~1959年多年平均实测沙量分别为1.85亿t、15.92亿t,1987~1999年多年平均沙量分别减至0.88亿t、8.07亿t,较1919~1959年多年平均值分别减少了52.4%、49.3%,2000年以来黄河来沙量尤其是中游来沙量大幅减少,2000~2020年潼关站年均沙量2.40亿t,与1919~1959年相比减少了84.9%,为历史上实测最枯沙时段。

水沙量减少程度在空间上分布不均。黄河泥沙减少主要集中在中游,尤其是头道拐至龙门区间,水量减少主要集中在头道拐以上。与1919~1959年相比,1987~2020年潼关站年平均沙量减少11.35亿t,其中头道拐至龙门区间占59.12%,龙门至潼关区间占32.78%。1987年以来潼关站年平均水量减少166.5亿m^3,其中头道拐以上占42.76%,头道拐至龙门区间占27.81%,龙门至潼关区间占29.43%。下河沿断面水沙量减少程度在空间分布上也发生了变化,与1968年以前相比,1969~1986年来水量减少不多且主要集中在小川至下河沿区间,约占72.9%,1986年以后来水量减少较多且主要集中在小川以上,约占95%;1968年以后来沙量减少较多,1969~1986年减沙重心主要在小川以上,1986年以后减沙重心逐渐转移至小川至下河沿区间,由不足40%增加到55.7%。

水沙量减少的同时径流量年内分配及过程发生显著变化。刘家峡以下汛期水量占全年的比例由1968年以前的60%减少至1987年以后的40%,汛期有利于输沙塑槽的大流量历时明显减少,潼关站、下河沿站日均流量大于2 000 m^3/s的天数由1968年以前的78.4 d、54.0 d减少至1987年以后的15.3 d、4.2 d。

泥沙组成变化不大,但由于来沙量减少各分组泥沙绝对量减少。潼关站 1961~1968 年、1969~1986 年、1987~1999 年、2000~2020 年四个时段粒径>0.05 mm 的粗沙占总输沙量的比例分别为 19.8%、20.3%、22.8%、18.9%,相应粗沙量分别为 2.990 亿 t、2.212 亿 t、1.837 亿 t、0.463 亿 t。下河沿站四个时段粒径>0.05 mm 的粗沙占总输沙量的比例分别为 13.6%、15.1%、16.9%、17.9%,相应粗沙量分别为 0.250 亿 t、0.161 亿 t、0.147 亿 t、0.078 亿 t。

2.4.3 宁蒙河段水沙变化

宁蒙河段水沙来源包括干流水沙、区间支流水沙和入黄风积沙。各水沙来源的数据分析表明:干流水沙量减少,汛期水量比例降低,有利于输沙塑槽的大流量过程减少;区间支流水沙量有增有减,没有明显的趋势性变化,近期 1987~1999 年来水来沙量偏丰,2000~2018 年来水来沙量偏枯;宁蒙河段入黄风积沙量减少。宁蒙河段水沙变化受上游水库拦蓄、经济社会用水增加、支流水利水保措施减水减沙及降雨、风速变化等因素影响,这些影响因素均不同程度地减少了近期进入宁蒙河段的水沙量,其中水库拦沙是宁蒙河段干流来沙减少的主要影响因素,2000 年以后支流水利水保措施减沙影响增强;风速减弱是宁蒙河段入黄风积沙量减少的主要影响因素。

宁蒙河段粗沙来自干流、支流及两岸入黄风积沙,>0.05 mm 粗沙尤其是>0.1 mm 的粗沙主要来自宁蒙河段区间的支流和风积沙,占 60%~77.5%。2000 年以前宁蒙河段粗沙量变化不大,近期 10 余年粗沙量明显减少,1960~1968 年、1969~1986 年、1987~1999 年、2000~2018 年>0.05 mm 的粗沙量分别为 0.654 亿 t、0.568 亿 t、0.663 亿 t、0.259 亿 t,>0.08 mm 的粗沙量分别为 0.475 亿 t、0.426 亿 t、0.467 亿 t、0.208 亿 t,>0.1 mm 的粗沙量分别为 0.355 亿 t、0.330 亿 t、0.336 亿 t、0.169 亿 t。

2.4.4 设计水沙条件

根据对影响黄河径流量的降雨、下垫面条件以及水资源开发利用等多方面因素分析,考虑黄河流域水资源量减少的实情,预估未来长时期黄河上游宁蒙河段下河沿站的年均水量为 285 亿 m^3 左右,黄河中游四站的年均水量为 270 亿 m^3 左右。在对黄河上游来沙量变化原因分析的基础上,研究提出黄河上游宁蒙河段下河沿站未来长时期的年均沙量约 1 亿 t,宁蒙河段区间支流来沙为 0.6 亿 t 左右,入黄风积沙量为 0.16 亿 t;结合黄土高原历史侵蚀背景值研究,考虑影响黄河中游来沙量变化因子的复杂性和不确定性,提出黄河中游未来长时期的年均沙量采用 8 亿 t、6 亿 t 两个情景方案。按照上述对黄河水沙的基本分析,进行了 1956~2010 年长系列水沙过程设计,结合专题研究需要,选取 1956~2010 年 54 年系列,循环 3 次组成 162 年的水沙代表系列。

第 3 章　宁蒙河段冲淤变化特征与成因

3.1　河道特点与泥沙组成

3.1.1　河道基本情况

黄河干流自宁夏中卫市南长滩至内蒙古准格尔旗马栅乡全长 1 203.8 km，约占黄河总长的 1/5，大部分属黄河上游段。下河沿至头道拐段长 990.3 km，俗称宁蒙河段(河道特性见表 3-1)，宁蒙河段大部分河道为平原冲积性河道，建设有青铜峡、海勃湾和三盛公三座水利枢纽。

表 3-1　黄河宁蒙河段河道基本特性

河段	河型	河长/km	平均河宽/m	平均主槽宽/m	纵比降/‰
南长滩—下河沿	峡谷型	62.7	200	200	0.87
下河沿—枣园	非稳定分汊型	82.6	915	520	0.80
青铜峡库区	库区	40.9			
青铜峡—石嘴山	游荡型	194.6	3 000	650	0.18
石嘴山—头道坎	峡谷型	20.3	450	400	0.83
海勃湾库区	库区	33.0			
海勃湾坝址—旧磴口	游荡型	33.1	2 000	1 000	0.15
三盛公库区	库区	54.2			
巴彦高勒—三湖河口	游荡型	221.1	3 500	750	0.17
三湖河口—昭君坟	过渡型	126.4	4 000	710	0.12
昭君坟—头道拐	弯曲型	184.1	上段 3 000、 下段 2 000	600	0.10
头道拐—马栅	峡谷型	150.8			
合计		1 203.8			

根据河道特点划分多个河段，各河段河道特性如下。

3.1.1.1　下河沿—枣园

下河沿—枣园河段长 82.6 km，河宽 500～1 500 m，平均河宽 915 m，主槽宽 300～

1 000 m，平均主槽宽约 520 m，河道纵比降 0.80‰。黄河出峡谷后，水面展宽，卵石推移质沿程淤积，洪水漫溢时，悬移质泥沙落淤于滩面。河岸具有典型的二元结构，下部为砂卵石、上部覆盖有砂土。河道内心滩发育，汊河较多，水流分散，水流多为 2~3 汊，属分汊型河道。

3.1.1.2 青铜峡—石嘴山

青铜峡—石嘴山河段长 194.6 km，河宽 1 000~6 000 m，平均河宽 3 000 m，主槽宽 400~1 000 m，平均主槽宽约 650 m，河道纵比降 0.18‰。河床为砂质河床，河道支汊横生，河心滩星罗棋布，主流摆动较大。

3.1.1.3 巴彦高勒—三湖河口

巴彦高勒—三湖河口河段长 221.1 km，河身顺直，断面宽浅，水流散乱。河道内沙洲密布，主流游荡摆动剧烈，属游荡性河段，该河段河宽 2 500~5 000 m，平均河宽约 3 500 m，主槽宽 500~900 m，平均主槽宽约 750 m，河道纵比降 0.17‰，弯曲率 1.28。

3.1.1.4 三湖河口—昭君坟

三湖河口—昭君坟河段长 126.4 km，该河段黄河横跨乌拉山山前倾斜平原，北岸为乌拉山，南岸为鄂尔多斯台地。由于河道宽广，河岸黏性土分布不连续，加之孔兑泥沙的汇入，主流摆动幅度较大，其河床演变特性介于游荡性河段和弯曲性河段之间。该河段河宽 2 000~7 000 m，平均河宽约 4 000 m。主槽宽 500~900 m，平均主槽宽约 710 m，河道纵比降 0.12‰，弯曲率 1.45。

3.1.1.5 昭君坟—头道拐

昭君坟—头道拐河段长 184.1 km，该河段黄河自包头折向东南，沿北岸土默川平原南边缘与南岸准格尔台地奔向喇嘛湾。河道平面上呈弯曲状，由连续的弯道组成，南岸有孔兑汇入，北岸有数条阴山支流汇入。该河段河宽 1 200~5 000 m，上段较宽，平均河宽约 3 000 m；下段较窄，平均河宽约 2 000 m。主槽宽 400~900 m，平均主槽约 600 m。河道纵比降 0.10‰，弯曲率 1.42。

3.1.2 河床泥沙组成情况

2009 年，黄河设计公司在宁蒙河段干流沿线选取了多个断面进行了滩槽表层、深层（河床以下 5 m）泥沙颗粒取样，并进行了泥沙颗粒粒径分析，取样泥沙分析成果见表 3-2 和图 3-1~图 3-4。

从宁蒙河段滩槽泥沙取样分析结果看，宁蒙河段河床中数粒径、平均粒径范围一般在 0.042~0.220 mm。宁蒙河段河床泥沙上段粗于下段，巴彦高勒以上河床泥沙中数粒径、平均粒径略大于 0.2 mm，而巴彦高勒以下河床泥沙中数粒径、平均粒径一般不足 0.2 mm，多在 0.15~0.2 mm。河槽泥沙一般略粗于滩地泥沙，巴彦高勒以上河段河槽泥沙中数粒径、平均粒径在 0.2 mm 左右，而滩地大部分泥沙中数粒径、平均粒径在 0.05~0.1 mm；巴彦高勒以下河段河槽泥沙、滩地泥沙较为接近。虽然河槽泥沙相对较粗，但在河槽泥沙中小于 0.1 mm 的泥沙仍然还有 10%~30%（见图 3-5）。

表 3-2　宁蒙河段河床泥沙组成及特性

项目	断面编号	断面位置	某粒径/mm 范围的沙量百分数/%						平均粒径/mm	中数粒径/mm
			<0.025	0.025~0.05	>0.05	>0.08	>0.1	>0.25		
河槽表层	1	青铜峡库区	0.5	2.2	97.3	93.5	90.2	32.9	0.216	0.203
	2	青石河段	0.4	2.0	97.6	94.0	90.8	33.1	0.217	0.204
	3		0.5	2.0	97.5	93.0	89.2	31.2	0.211	0.198
	4		0.3	1.9	97.8	94.4	91.5	33.4	0.218	0.205
	5	三盛公库区	2.4	8.3	89.3	77.3	69.3	20.4	0.167	0.155
	6	巴三河段	4.0	1.3	94.7	89.1	84.1	29.7	0.208	0.185
	7		0	0	100	97.6	95.0	10.0	0.175	0.167
	8		5.9	4.2	89.9	84.1	79.2	22.0	0.178	0.168
	9	三昭河段	1.0	0.1	98.9	91.4	83.8	9.4	0.160	0.150
	10		0.7	0.7	98.6	93.4	88.2	14.0	0.174	0.164
	11	昭头河段	0.6	0.5	98.9	95.2	91.0	15.6	0.180	0.170
	12		1.7	5.6	92.7	78.6	67.6	7.4	0.139	0.129
	13		3.6	8.1	88.3	72.4	61.5	17.8	0.189	0.125
河槽深层	1	青铜峡库区	0.5	2.1	97.4	94.3	91.6	34.4	0.221	0.211
	2	青石河段	0.4	2.1	97.5	94.0	91.0	33.5	0.218	0.205
	3		0.5	2.1	97.4	93.9	90.9	33.5	0.218	0.205
	4		0.3	1.8	97.9	94.7	91.9	33.9	0.220	0.207
	5	三盛公库区	3.1	9.5	87.4	75.2	67.1	19.2	0.162	0.150
	6	巴三河段	4.5	1.4	94.1	89.0	84.4	30.6	0.208	0.186
	7		0	0	100	97.6	94.9	9.8	0.174	0.167
	8		4.2	4.3	91.5	85.1	79.8	22.1	0.180	0.169
	9	三昭河段	0.9	0.1	99.0	91.7	84.2	9.7	0.161	0.151
	10		0.8	0.8	98.4	93.9	89.4	16.6	0.180	0.170
	11	昭头河段	0.9	0.6	98.5	95.0	91.1	15.3	0.179	0.170
	12		1.8	5.0	93.2	79.8	69.2	8.1	0.142	0.132
	13		3.8	8.4	87.8	71.6	60.5	16.6	0.197	0.122

续表 3-2

项目	断面编号	断面位置	某粒径/mm 范围的沙量百分数/%						平均粒径/mm	中数粒径/mm
			<0. 025	0. 025~0. 05	>0. 05	>0. 08	>0. 1	>0. 25		
滩地表层	1	青铜峡库区	24. 3	29. 0	46. 7	22. 2	13. 7	0. 9	0. 046	0. 048
	2	青石河段	15. 8	29. 0	55. 2	28. 0	13. 5	0	0. 059	0. 054
	3		0. 4	1. 8	97. 8	94. 3	91. 1	33. 1	0. 217	0. 204
	4		11. 3	27. 4	61. 3	33. 1	17. 5	0. 1	0. 066	0. 060
	5	三盛公库区	4. 3	14. 2	81. 5	56. 1	39. 6	1. 2	0. 096	0. 086
	6	巴三河段	3. 9	1. 1	95. 0	89. 9	85. 2	29. 7	0. 209	0. 188
	7		0	0	100	97. 2	94. 1	10. 4	0. 174	0. 166
	8		6. 4	5. 2	88. 4	82. 1	77. 1	22. 5	0. 177	0. 167
	9	三昭河段	1. 2	0. 1	98. 7	91. 1	83. 4	9. 1	0. 159	0. 149
	10		0. 4	0. 3	99. 3	95. 2	90. 6	16. 9	0. 182	0. 171
	11	昭头河段	1. 2	0. 8	98. 0	94. 5	90. 6	14. 8	0. 178	0. 170
	12		1. 6	4. 5	93. 9	80. 4	69. 7	7. 7	0. 141	0. 132
	13		5. 4	6. 9	87. 7	79. 8	74. 2	27. 2	0. 158	0. 143
滩地深层	1	青铜峡库区	23. 0	30. 5	46. 5	21. 2	12. 4	0. 7	0. 046	0. 042
	2	青石河段	15. 8	25. 5	58. 7	32. 1	17. 3	0	0. 064	0. 058
	3		0. 8	2. 5	96. 7	93. 1	90. 1	33. 4	0. 217	0. 204
	4		10. 7	26. 3	63. 0	34. 9	19. 1	0. 1	0. 068	0. 061
	5	三盛公库区	5. 1	15. 6	79. 3	55. 2	39. 7	1. 3	0. 096	0. 085
	6	巴三河段	4. 1	1. 3	94. 6	89. 6	85. 0	30. 5	0. 211	0. 189
	7		0	0	100	97. 6	94. 9	9. 9	0. 175	0. 167
	8		4. 1	4. 9	91. 0	83. 7	78. 0	21. 0	0. 176	0. 165
	9	三昭河段	0. 8	0. 1	99. 1	91. 7	84. 0	9. 5	0. 156	0. 150
	10		0. 7	0. 7	98. 6	94. 6	90. 5	17. 3	0. 183	0. 173
	11	昭头河段	0. 9	0. 6	98. 5	95. 0	91. 2	16. 2	0. 181	0. 172
	12		1. 7	4. 7	93. 6	80. 0	69. 2	7. 6	0. 141	0. 132
	13		5. 0	6. 2	88. 8	81. 1	75. 7	29. 2	0. 154	0. 139

注:青石河段指青铜峡—石嘴山河段,巴三河段指巴彦高勒—三湖河口河段,三昭河段指三湖河口—昭君坟河段,昭头河段指昭君坟—头道拐河段。

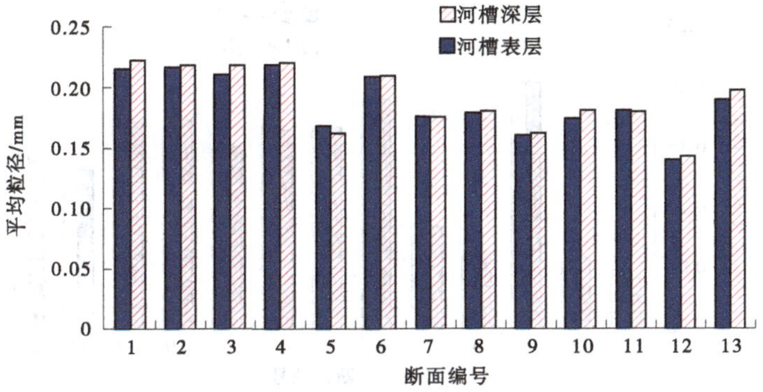

图 3-1 不同断面河槽表层、河槽深层平均粒径分布

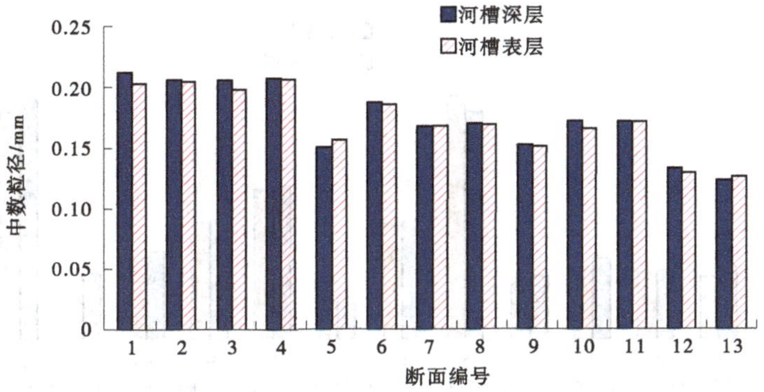

图 3-2 不同断面河槽表层、河槽深层中数粒径分布

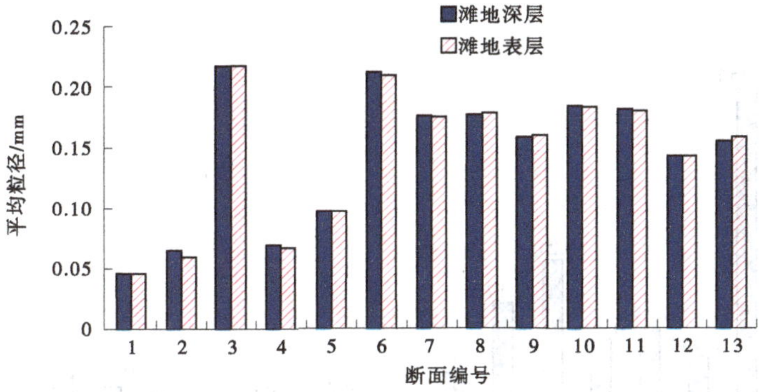

图 3-3 不同断面滩地表层、滩地深层平均粒径分布

黄河下游河段在小浪底水库运用后，通过水库拦沙和调水调沙，下游河道发生持续冲刷，目前还在继续冲刷。从目前黄河下游河床的泥沙组成看，高村以上河段河床泥沙中数粒径（见图 3-6）多数在 0.15 mm 左右，接近宁蒙河段尤其是巴彦高勒—头道拐河段的泥沙中数粒径，其中花园口以上部分河段河床泥沙的中数粒径甚至达到 0.36 mm，比宁蒙河段河床泥沙更粗。

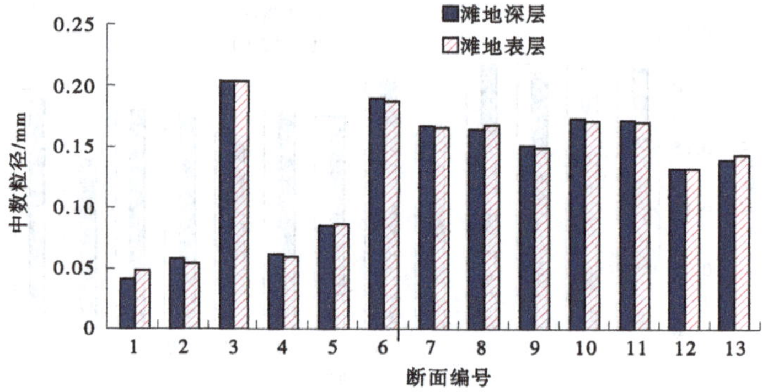

图 3-4　不同断面滩地表层、滩地深层中数粒径分布

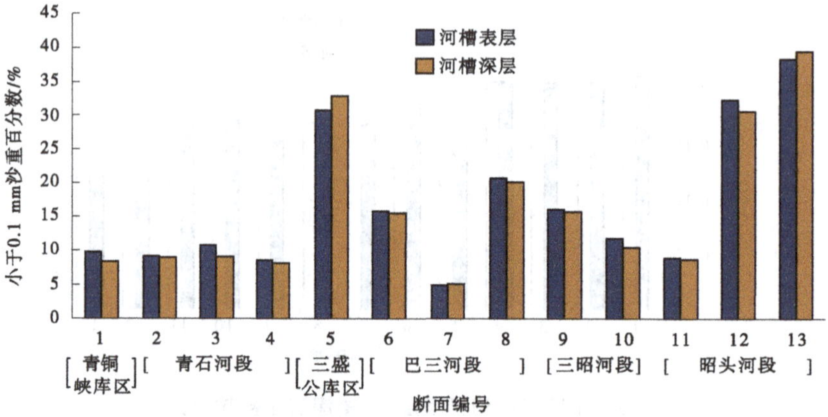

图 3-5　不同断面河槽深层泥沙分组组成

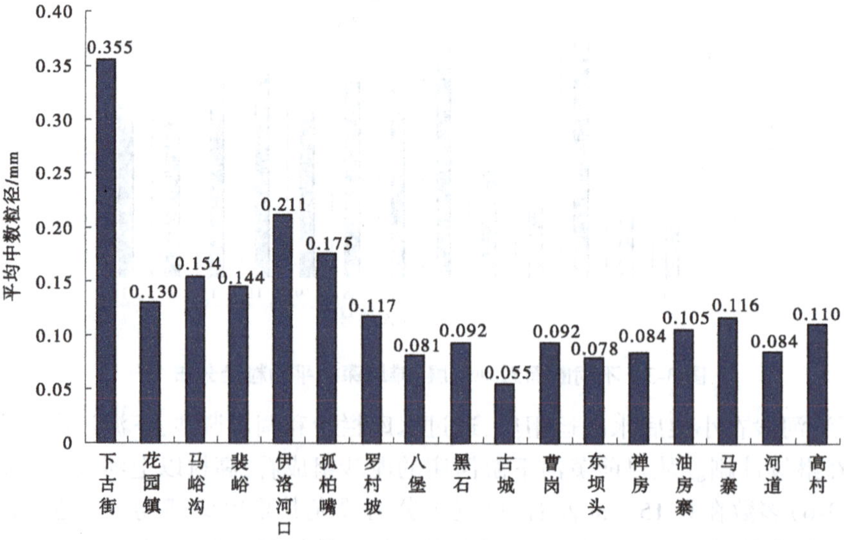

图 3-6　黄河下游高村以上河槽泥沙（2021 年）中数粒径沿程变化

3.2　河道冲淤变化

3.2.1　河道冲淤量变化

3.2.1.1　不同方法计算冲淤量成果对比分析

河道冲淤计算方法主要有两种:一是利用输沙率资料采用沙量平衡法原理计算河道冲淤量,二是利用实测大断面资料采用断面法计算河道冲淤量。

宁蒙河段基础资料不完善,相对薄弱。断面资料方面,宁夏下河沿—石嘴山河段分别在 1993 年 5 月、1999 年 5 月、2001 年 12 月、2009 年 8 月、2011 年 5 月、2012 年 11 月、2015 年 4 月、2018 年 11 月、2020 年 11 月进行了 9 次较为完整的大断面测量;内蒙古巴彦高勒—头道拐河段分别在 1962 年、1982 年、1991 年 12 月、2000 年 8 月、2004 年 8 月、2008 年 6 月、2012 年 11 月、2018 年 11 月进行了 8 次大断面测量,其中 2004 年和 2008 年测验断面少,分别测量了 58 个和 87 个,与河段常规布设断面 113 个有较大差距,两个测次的断面不能全面反映内蒙古河段的河道冲淤变化,其他测次的断面测量较为全面。在水沙资料方面,宁蒙河段区间支流和引水渠资料大多始于 20 世纪 50 年代末。

由于各有关单位在断面法和输沙率法中对资料处理应用的不同,使得计算的冲淤量成果有所不同。以断面法计算成果为例,由于在计算过程中对河道断面资料的取舍以及处理应用等不同造成计算断面法冲淤量结果不同。宁夏河段断面法冲淤量计算结果见表 3-3,分别是《黄河宁夏段泥沙淤积变化特点与洪水、凌汛影响分析报告》(天津大学,2016 年)、《有利于宁蒙河段输沙和恢复、维持中水河槽的水沙条件研究》(黄河水利委员会黄河水利科学研究院,2016 年 8 月)和黄河设计公司计算结果。内蒙古巴彦高勒—头道拐河段断面法冲淤量计算结果见表 3-4,分别是《黄河内蒙古河段防洪工程近期治理可行性研究》(内蒙古自治区水利水电勘测设计院,2010 年 3 月)、《黄河内蒙古段冲淤演变规律及治理措施效果分析》(清华大学,2013 年 8 月)、“十二五”国家科技支撑计划项目《黄河内蒙古段孔兑高浓度挟沙洪水调控措施研究》(黄河水利科学研究院,2014 年)成果和黄河设计公司计算结果。

表 3-3　宁夏河段断面法冲淤量计算结果　　单位:亿 t

时段	淤积部位	下河沿—青铜峡			青铜峡—石嘴山		
		黄河设计公司	黄河水利科学研究院	天津大学	黄河设计公司	黄河水利科学研究院	天津大学
1993~2012 年	河槽	−0.009	−0.006	0.001	0.016	0.043	0.01
	滩地	0.019	0.008	0.006	0.067	0.048	0.058
	全断面	0.010	0.002	0.007	0.083	0.091	0.068

续表 3-3

时段	淤积部位	下河沿—青铜峡			青铜峡—石嘴山		
		黄河设计公司	黄河水利科学研究院	天津大学	黄河设计公司	黄河水利科学研究院	天津大学
2012～2020年	河槽	0.017			-0.019		
	滩地	0.018			0.030		
	全断面	0.035			0.011		

注:下河沿—青铜峡河段不包括库区冲淤量。

表 3-4　内蒙古巴彦高勒—头道拐河段断面法冲淤量计算结果　　单位:亿 t

时段	淤积部位	巴彦高勒—头道拐			
		黄河设计公司	清华大学	黄河水利科学研究院	内蒙古自治区水利水电勘测设计院
1962～1982年	河槽	-0.181	-0.181	-0.163	
	滩地	0.172	0.172	0.141	
	全断面	-0.009	-0.009	-0.022	-0.184
1982～1991年	河槽	0.213	0.213	0.264	
	滩地	0.166	0.166	0.088	
	全断面	0.379	0.379	0.352	0.373
1991～2000年	河槽	0.473	0.473	0.429	
	滩地	0.067	0.067	0.133	
	全断面	0.540	0.540	0.562	0.593
2000～2012年	河槽	0.293	0.668	-0.024	
	滩地	0.092	0.129	0.142	
	全断面	0.385	0.797	0.118	*0.551
2012～2018年	河槽	-0.258			
	滩地	0.193			
	全断面	-0.065			
1962～2012年	河槽	0.121	0.202	0.046	
	滩地	0.133	0.140	0.130	
	全断面	0.254	0.342	0.176	
1962～2018年	河槽	0.081			
	滩地	0.139			
	全断面	0.220			

注:内蒙古自治区水利水电勘测设计院计算时段到2008年,加“*”表示。

从各家计算结果看，宁夏河段淤积量相对不大，黄河设计公司、黄河水利科学研究院和天津大学 1993～2012 年计算的下河沿—青铜峡河段淤积量分别为 0.010 亿 t、0.002 亿 t、0.007 亿 t，青铜峡—石嘴山河段分别为 0.083 亿 t、0.091 亿 t、0.068 亿 t，三家计算结果差别不大，黄河设计公司的计算冲淤量接近各家结果均值。内蒙古巴彦高勒—头道拐河段冲淤变幅较大，2000 年以前黄河设计公司、清华大学、黄河水利科学研究院、内蒙古自治区水利水电勘测设计院等各家计算的冲淤成果大同小异，定量与定性基本一致；2000～2012 年各家计算结果定性上一致，定量上差别较大，分别为 0.385 亿 t、0.797 亿 t、0.118 亿 t、0.551 亿 t，黄河设计公司的计算结果介于各家结果之间，更接近各家结果均值，但在滩槽冲淤分配上有较大不同，这个原因主要是各家对滩槽范围划分的认识不一致，黄河设计公司参考黄河下游滩槽划分经验，结合历次河道断面实际情况，考虑主槽摆动划分的主槽范围，包括了嫩滩和部分滩地。

同样的，输沙率法计算由于涉及因子多，计算因子中诸如区间支流、引水、风积沙等实测资料缺失，尤其是 20 世纪 60 年代资料缺失，给冲淤量计算带来一定的困难，而各家对这些资料的插补、延长等处理应用的不同，导致各家计算冲淤量结果有所差别，见表 3-5，分别为《黄河宁蒙河段适宜的中水河槽规模研究》（中国水利水电科学研究院，2016 年 9 月）、《有利于宁蒙河段输沙和恢复、维持中水河槽的水沙条件研究》（黄河水利科学研究院，2016 年 9 月）和黄河设计公司计算结果。

表 3-5　宁蒙河段输沙率法冲淤量计算结果　　单位：亿 t

时段	宁蒙河段		
	黄河设计公司	黄河水利科学研究院	中国水利水电科学研究院
1961～1968 年	-0.333	-0.394	-0.585
1969～1986 年	0.210	0.096	0.274
1987～2012 年	0.605	0.545	0.709
2012～2018 年	0.480		

注：下河沿—青铜峡河段不包括库区冲淤量。

总的来看，上述两种方法各家计算冲淤量在定性上基本一致，定量上个别时段差别较大，对宁蒙河段冲淤规律的分析影响不大。

3.2.1.2　冲淤变化特点分析

黄河设计公司在对宁蒙河段资料全面、深入分析处理的基础上，分别采用断面法、输沙率法计算了冲淤量，计算结果接近各家计算结果的均值。采用其输沙率法结果（见表 3-6）和断面法结果（见表 3-7）综合分析宁蒙河段冲淤变化。

表 3-6 宁蒙河段输沙率法冲淤量结果 单位:亿 t

河段	时段	1960~1968年	1969~1986年	1987~1999年	2000~2018年	1987~2018年	1960~2018年
下青河段	汛期	-0.175	-0.002	-0.014	-0.014	-0.014	-0.035
	非汛期	0.108	0.095	0.058	0.043	0.046	0.070
	全年	-0.067	0.093	0.044	0.029	0.032	0.035
青石河段	汛期	-0.137	0.057	0.288	0.126	0.177	0.093
	非汛期	-0.218	-0.132	-0.143	-0.133	-0.138	-0.149
	全年	-0.355	-0.075	0.145	-0.007	0.039	-0.056
石巴河段	汛期	-0.080	-0.069	-0.074	0.091	0.033	-0.016
	非汛期	0.178	0.153	0.143	0.082	0.107	0.132
	全年	0.098	0.084	0.069	0.173	0.140	0.116
巴三河段	汛期	-0.172	-0.080	0.130	-0.037	0.026	-0.036
	非汛期	-0.037	0.050	0.128	0.015	0.055	0.039
	全年	-0.209	-0.030	0.258	-0.022	0.081	0.003
三头河段	汛期	0.195	0.122	0.460	0.120	0.249	0.202
	非汛期	0.012	0.016	0.068	0.055	0.060	0.039
	全年	0.207	0.138	0.528	0.175	0.309	0.241
宁夏河段	汛期	-0.312	0.055	0.274	0.112	0.163	0.058
	非汛期	-0.110	-0.037	-0.085	-0.090	-0.092	-0.078
	全年	-0.422	0.018	0.189	0.022	0.071	-0.020
内蒙古河段	汛期	-0.057	-0.027	0.516	0.174	0.308	0.150
	非汛期	0.153	0.219	0.339	0.151	0.222	0.210
	全年	0.096	0.192	0.855	0.325	0.530	0.360
宁蒙河段	汛期	-0.369	0.029	0.790	0.286	0.471	0.208
	非汛期	0.042	0.181	0.254	0.062	0.129	0.132
	全年	-0.327	0.210	1.044	0.348	0.600	0.340

注:1. 扣除青铜峡库区、三盛公库区冲淤量。

2. 下青河段指下河沿—青铜峡河段,石巴河段指石嘴山—巴彦高勒河段,三头河段指三湖河口—头道拐河段。

表 3-7　宁蒙河段断面法冲淤量结果

单位：亿 t

河段							1993~2001 年			2001~2012 年			2012~2018 年			1993~2018 年		
	主槽	滩地	全断面	主槽	滩地	全断面	主槽	滩地	全断面	主槽	滩地	全断面	主 槽	滩 地	全断面	主槽	滩地	全断面
下河沿—青铜峡							-0.008	0.006	-0.002	-0.001	0.013	0.012	0.070	0.021	0.091	0.009	0.013	0.022
青铜峡—石嘴山							0.080	0.019	0.099	-0.037	0.100	0.063	-0.050	0.030	-0.020	-0.011	0.071	0.060
宁夏河段小计							0.072	0.025	0.097	-0.038	0.113	0.075	0.020	0.051	0.071	-0.002	0.084	0.082
河段	1962~1982 年			1982~1991 年			1991~2000 年			2000~2012 年			2012~2018 年			1962~2018 年		
	主槽	滩地	全断面	主槽	滩地	全断面	主槽	滩地	全断面	主槽	滩地	全断面	主槽	滩地	全断面	主槽	滩地	全断面
巴彦高勒—三湖河口	-0.074	0.022	-0.052	0.057	0.040	0.097	0.103	0.017	0.120	0.108	0.025	0.133	-0.193	0.039	-0.154	0.002	0.027	0.029
三湖河口—昭君坟	-0.084	0.012	-0.072	0.120	0.063	0.183	0.206	0.027	0.233	0.127	0.032	0.159	-0.053	0.074	0.021	0.044	0.033	0.077
昭君坟—头道拐	-0.023	0.138	0.115	0.036	0.063	0.099	0.164	0.023	0.187	0.058	0.035	0.093	-0.012	0.080	0.068	0.035	0.079	0.114
内蒙古河段小计	-0.181	0.172	-0.009	0.213	0.166	0.379	0.473	0.067	0.540	0.293	0.092	0.385	-0.258	0.193	-0.065	0.081	0.139	0.220

注：不包括青铜峡库区、三盛公库区冲淤量。

总结宁蒙河段冲淤变化特点如下：

(1)20世纪80年代中期至21世纪初宁蒙河段淤积萎缩加重，之后淤积放缓。

从宁蒙河段总体冲淤量在时间尺度上的变化(见图3-7)看，20世纪80年代以前宁蒙河段冲淤交替，略有冲刷，持续淤积时段主要发生在1987年以后至21世纪初，2004~2010年冲淤基本平衡，2010年以后淤积减轻(主槽有冲刷)。1960~1968年年均冲刷0.327亿t。1969~1986年、1987~1999年、2000~2018年年均淤积量分别为0.210亿t、1.044亿t、0.348亿t。

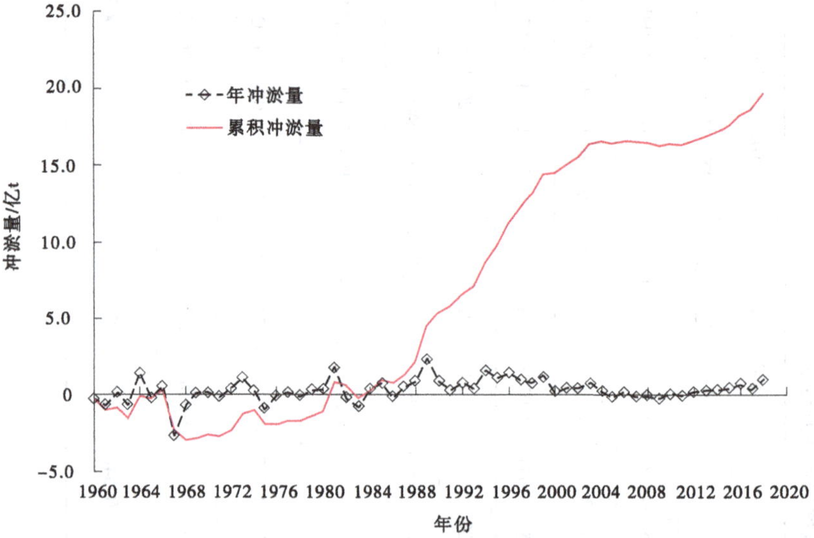

图3-7 宁蒙河段年冲淤量和累积冲淤量变化

(2)淤积主要发生在汛期。

1968年以前，宁蒙河段汛期年均冲刷量0.369亿t，非汛期淤积量0.042亿t。1969~1986年，宁蒙河段汛期、非汛期均表现为淤积，汛期、非汛期淤积量分别为0.029亿t、0.181亿t，以非汛期淤积为主，汛期淤积量只占全年淤积量的13.8%。1987~2018年汛期、非汛期淤积量分别为0.471亿t、0.129亿t，汛期淤积转化为全年淤积的主体，占全年淤积量的78.5%(见图3-8)。

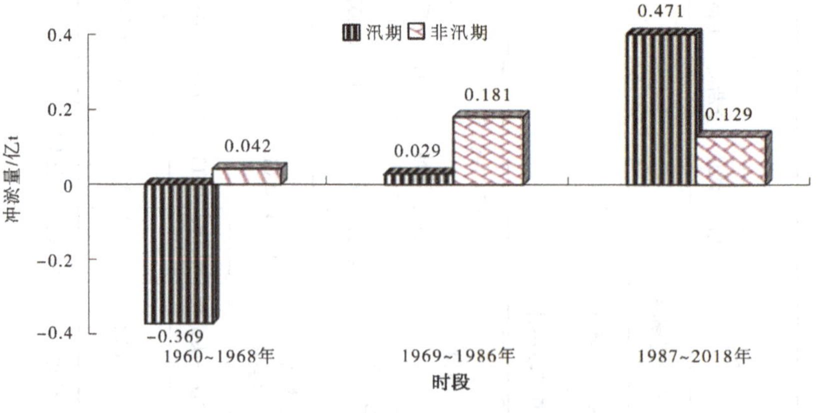

图3-8 宁蒙河段冲淤量汛期、非汛期变化

(3)淤积主要集中在内蒙古冲积性河段,尤其是三湖河口—头道拐河段。

1969~1986年宁夏河段、内蒙古河段年均淤积量分别为0.018亿t、0.192亿t,内蒙古河段淤积量占宁蒙河段该时期淤积总量的91.4%,其中内蒙古河段的石嘴山—巴彦高勒河段、巴彦高勒—三湖河口河段、三湖河口—头道拐河段年均淤积量分别为0.084亿t、-0.030亿t、0.138亿t,三湖河口—头道拐河段淤积量占该时期宁蒙河段淤积总量的65.7%。1987~2018年宁夏河段、内蒙古河段年均淤积量分别为0.071亿t、0.530亿t,内蒙古河段淤积量占宁蒙河段该时期淤积总量的88.2%,其中石嘴山—巴彦高勒河段、巴彦高勒—三湖河口河段、三湖河口—头道拐河段年均淤积量分别为0.140亿t、0.081亿t、0.309亿t,三湖河口—头道拐河段淤积量占该时期宁蒙河段淤积总量的51.4%(见图3-9)。

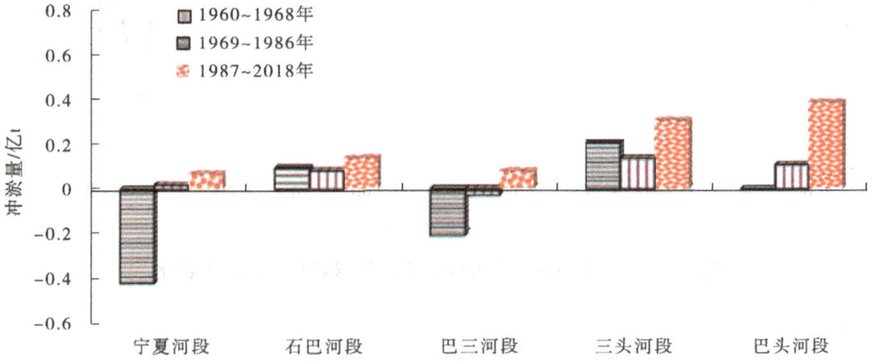

注:巴头河段指巴彦高勒—头道拐河段。

图3-9　宁蒙河段冲淤量纵向分布

(4)河槽有冲有淤,20世纪80年代以后总体为萎缩。

根据断面法冲淤量分析滩槽淤积量和相应比例变化(见图3-10),20世纪60~70年代,巴彦高勒—头道拐河段滩地淤积、河槽冲刷(见图3-11),河槽年均冲刷量为0.181亿t;20世纪80年代,河槽、滩地同步淤积(见图3-12),分别为0.213亿t、0.166亿t,滩槽淤积比例基本相当,河槽淤积比例为56.2%;20世纪90年代河槽淤积比例加大(见图3-13),河槽淤积量0.473亿t、滩地淤积量0.067亿t,河槽淤积比例为87.6%;2000~2012年,巴彦高勒—头道拐河段河槽淤积量0.293亿t、滩地淤积量0.092亿t,河槽淤积比例为76.1%。之后,连续遭遇了2012年、2018~2020年连续丰水年份(下河沿1919年

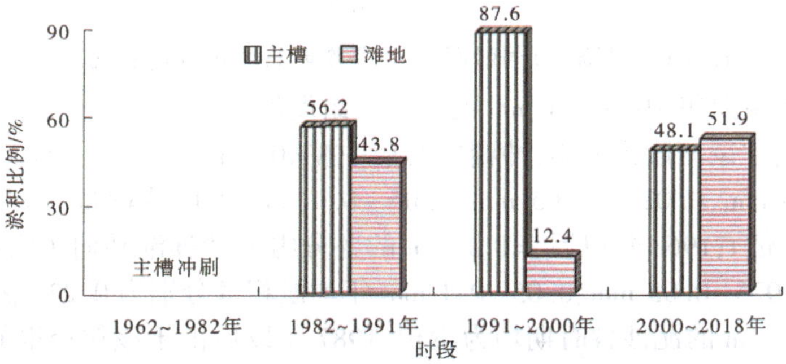

图3-10　内蒙古巴彦高勒—头道拐河段滩槽淤积比例变化

以来3年连续滑动最大,比排位第2的大了9%),巴彦高勒—头道拐河段河槽发生冲刷,2012~2018年河槽冲刷量0.258亿t,滩地淤积量0.193亿t。

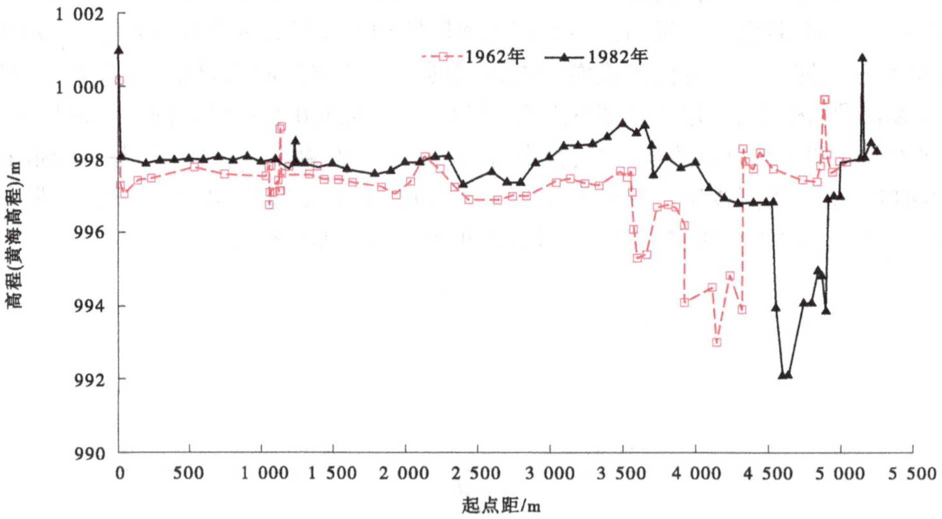

图3-11　黄淤90号断面(距离上游昭君坟73 km)变化

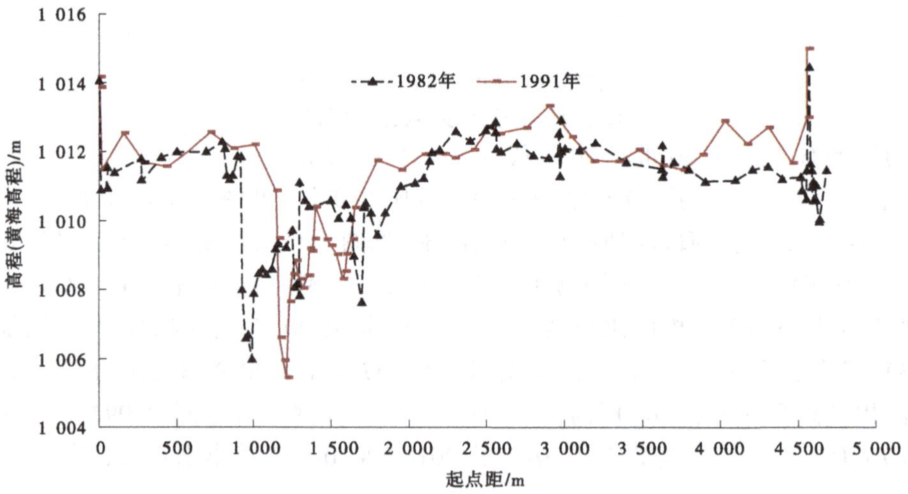

图3-12　黄淤50号断面(距离下游昭君坟60 km)变化

(5)淤积加重主要集中在<0.1 mm的各粒径组泥沙。

1968年以前,宁蒙河段为冲刷,冲刷主要集中在<0.1 mm的各分组泥沙(见表3-8和图3-14),<0.025 mm、0.025~0.05 mm、0.05~0.1 mm年均冲刷量分别为0.396亿t、0.129亿t、0.061亿t;1968年以后,<0.1 mm的各分组泥沙逐渐转向了淤积,1987~2018年<0.025 mm、0.025~0.05 mm、0.05~0.1 mm年均淤积量分别为0.223亿t、0.087亿t、0.096亿t。>0.1 mm的泥沙各时期均为淤积,1987年以后由于该粒径组的来沙减少,淤积量有所减少。可见,1987年以后淤积加重主要集中在<0.1 mm的各粒径组泥沙,而>0.1 mm的粗颗粒泥沙淤积量则有所减少。

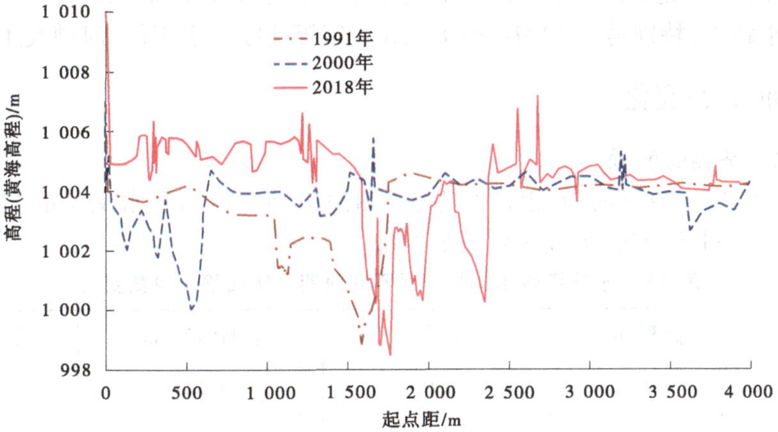

图 3-13　黄淤 73 号断面(距离上游昭君坟 9 km)变化

表 3-8　宁蒙河段悬移质泥沙冲淤量组成

时段（日历年）	悬移质分组泥沙年均冲淤量/亿 t					
	<0.025 mm	0.025~0.05 mm	0.05~0.08 mm	0.08~0.1 mm	0.05~0.1 mm	>0.1 mm
1960~1968 年	-0.396	-0.129	-0.036	-0.025	-0.061	0.260
1969~1986 年	-0.057	-0.017	0.011	0.006	0.018	0.267
1987~2018 年	0.223	0.087	0.058	0.038	0.096	0.169
1987~1999 年	0.400	0.187	0.112	0.075	0.186	0.271
2000~2018 年	0.083	0.019	0.021	0.014	0.034	0.098
1960~2018 年	0.038	0.022	0.029	0.019	0.048	0.212

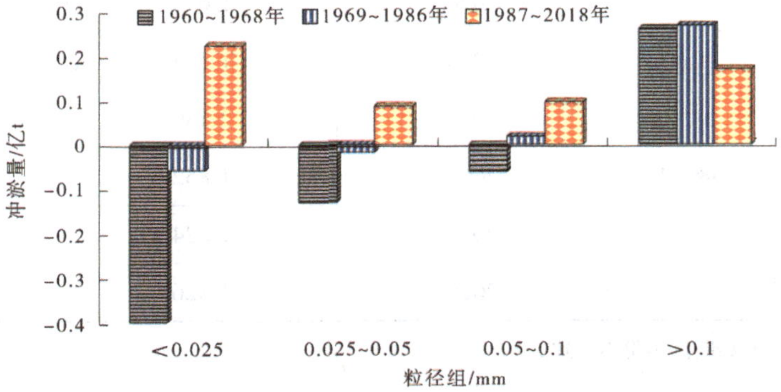

图 3-14　宁蒙河段不同时期悬移质泥沙冲淤量组成

综上可知,20 世纪 80 年以后至 21 世纪初,宁蒙河段发生持续淤积、河槽萎缩,之后随着上游来水转丰,特别是 2012 年、2018~2020 年等连续丰水年份,河槽发生冲刷。

3.2.2 断面形态变化

3.2.2.1 水文站测验断面

选取宁蒙河段干流下河沿、巴彦高勒、三湖河口和头道拐等水文站的测验断面资料(断面位置固定)进行分析,见表 3-9 和图 3-15。

表 3-9 宁蒙河段水文站断面不同时期主槽面积和河宽变化

水文站断面	高程/m	年份	主槽面积/m^2	主槽河宽/m
下河沿	1 235.0	1970	1 722	308
		1986	1 654	245
		2000	1 580	262
		2018	1 611	221
		2020	1 640	230
巴彦高勒	1 053.0	1972	2 983	744
		1986	2 425	697
		2000	1 348	588
		2018	1 320	516
		2020	2 210	540
三湖河口	1 020.2	1968	1 423	466
		1986	1 645	396
		2000	1 281	339
		2018	1 153	380
		2020	1 691	381
头道拐	989.2	1968	1 565	515
		1986	2 189	582
		2000	1 852	589
		2018	1 824	592
		2020	1 826	598

注:受资料条件限制,起始断面年份不一致。

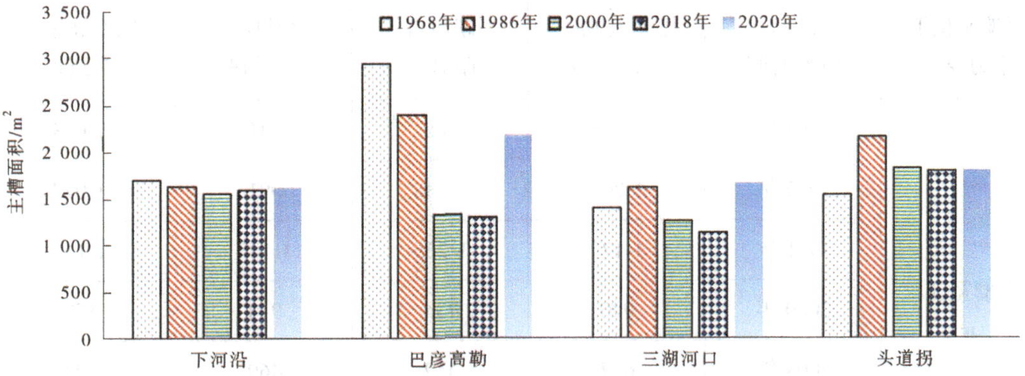

图 3-15　宁蒙河段主要水文站断面不同时期主槽面积变化

由表 3-9、图 3-15 可知，除下河沿断面主槽面积变化较小外，巴彦高勒、三湖河口、头道拐等断面 1986 年以来均有不同程度的减少，与 1986 年相比，2018 年巴彦高勒断面、三湖河口断面及头道拐断面主槽面积减少了 45.6%、29.9%、16.7%，主槽河宽除下河沿、头道拐断面外也大幅减小。与 2018 年相比，2020 年下河沿断面、巴彦高勒断面、三湖河口断面及头道拐断面主槽面积增大了 1.8%、67.4%、46.7%、0.1%，主槽宽度均略有展宽。

3.2.2.2　河道测验大断面

利用内蒙古巴彦高勒—头道拐河段不同时期大断面测量资料，分析断面平滩水位下的主槽面积、宽度变化以及深泓点变幅，见表 3-10、表 3-11 和图 3-16、图 3-17。

表 3-10　巴彦高勒—头道拐河段断面平滩水位下主槽面积、宽度变化

平滩水位下水力要素	断面测次时间	巴彦高勒—三湖河口	三湖河口—昭君坟	昭君坟—头道拐	巴彦高勒—头道拐
主槽面积/m²	1962 年	1 752	1 637	1 606	1 659
	1982 年	2 147	2 507	2 234	2 269
	1991 年	1 813	2 191	1 962	1 980
	2000 年	1 151	1 252	1 398	1 296
	2004 年	908	881	1 021	923
	2012 年	1 281	1 478	1 356	1 359
	2018 年	1 773	1 854	1 759	1 795

续表 3-10

平滩水位下水力要素	断面测次时间	巴彦高勒—三湖河口	三湖河口—昭君坟	昭君坟—头道拐	巴彦高勒—头道拐
主槽宽度/m	1962 年	1 156	985	1 047	1 058
	1982 年	1 201	1 138	991	1 077
	1991 年	1 172	1 225	1 143	1 169
	2000 年	940	734	914	877
	2004 年	687	452	469	541
	2012 年	720	609	543	620
	2018 年	950	643	585	726

表 3-11　巴彦高勒—头道拐河段不同测次断面深泓点高程升降变化

河段	河段深泓点平均变幅/m					
	1962～1982 年	1982～1991 年	1991～2000 年	2000～2004 年	2004～2012 年	2012～2018 年
巴彦高勒—三湖河口	-0.99	0.83	0.47	0.97	-2.37	0.20
三湖河口—昭君坟	-0.47	0.57	1.29	1.34	-2.49	-0.20
昭君坟—头道拐	-0.68	0.99	0.72	0.31	-0.92	-1.00
巴彦高勒—头道拐	-0.71	0.90	0.77	0.92	-2.05	-1.06

注：以上数据为各断面深泓点升降的算术平均值；数字前面加“-”表示深泓点降低。

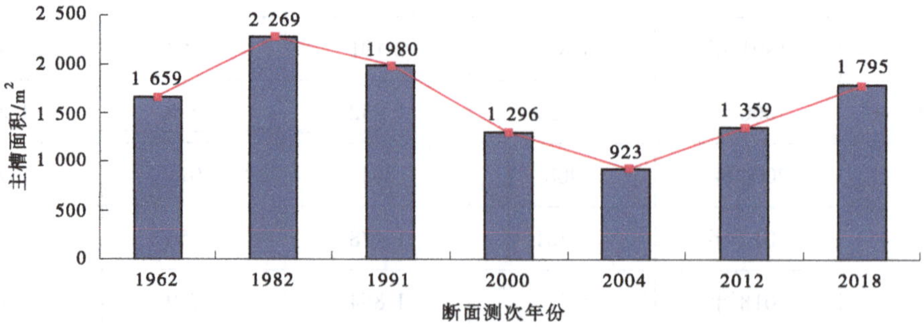

图 3-16　巴彦高勒—头道拐河段断面平滩水位下主槽面积变化

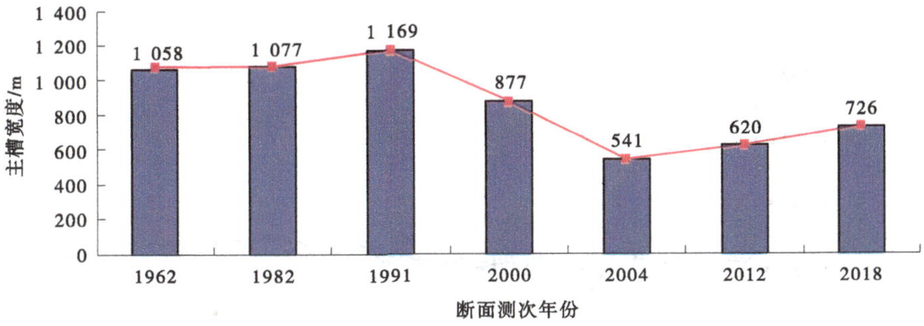

图 3-17　巴彦高勒—头道拐河段断面平滩水位下主槽宽度变化

由表 3-10、表 3-11、图 3-16、图 3-17 可知，1962 年巴彦高勒—头道拐河段平滩水位下的主槽面积平均为 1 659 m^2，1982 年增大至 2 269 m^2，相应深泓点高程降低 0.71 m；20 世纪 80 年代以后主槽逐渐淤积萎缩，至 2004 年主槽面积减小至 923 m^2，深泓点平均抬高 2.59 m，主槽宽度由 1 000 m 左右缩窄至 600 m 左右；2004 年以后尤其是 2012 年和 2018 年大水后断面主槽面积普遍增大，2012 年主槽面积增大至 1 359 m^2，深泓点平均降低 1.13 m，2018 年主槽面积增大至 1 795 m^2，深泓点平均降低 1.06 m。

3.2.3　同流量水位变化

同流量水位的升降反映河底平均高程的变化，从一定程度上反映了河床的冲淤调整。根据水文站断面实测水位流量关系，分析主要控制站 1 000 m^3/s 流量对应水位变化（见表 3-12 和图 3-18～图 3-22）。由此可知，巴彦高勒断面、三湖河口断面同流量水位变化幅度较大，其他水文站断面同流量水位变化不大。

表 3-12　宁蒙河段主要水文站 1 000 m^3/s 流量水位升降变化　　单位：m

站名	1960～1968 年	1968～1986 年	1986～2000 年	2000～2018 年	1986～2018 年	2018～2020 年
下河沿	-0.06	0	0.10	0.08	0.17	-0.09
青铜峡	-0.33	-0.72	-0.11	-0.03	-0.05	-0.26
石嘴山	-0.15	0.06	0.04	0.23	0.27	-0.10
巴彦高勒	-0.89	0.88	1.68	-0.42	1.26	-1.08
三湖河口	-0.96	-0.04	1.15	0.44	1.59	-0.63
昭君坟	-0.28	-0.31				
头道拐	-0.34	-0.23	-0.05	0.44	0.39	-0.02

注：昭君坟资料仅到 1990 年。

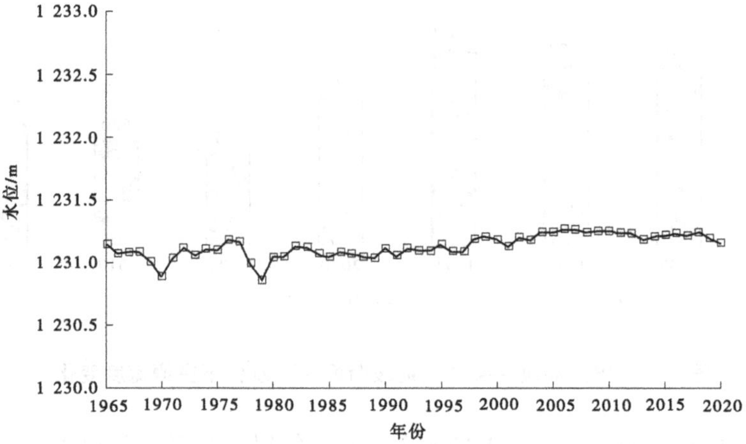

图 3-18　不同时期下河沿站的同流量水位变化

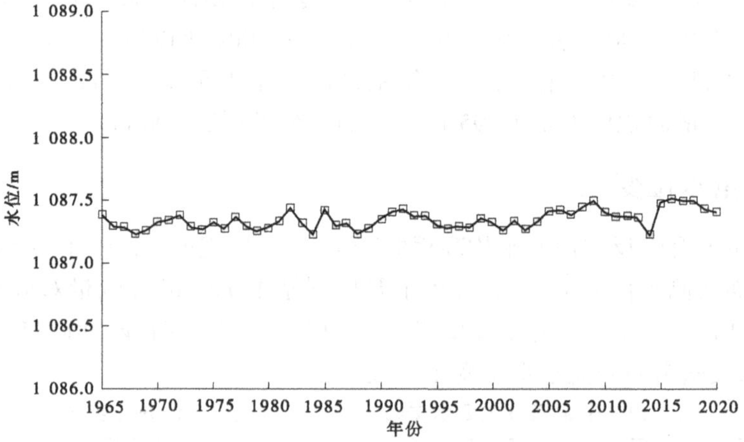

图 3-19　不同时期石嘴山站的同流量水位变化

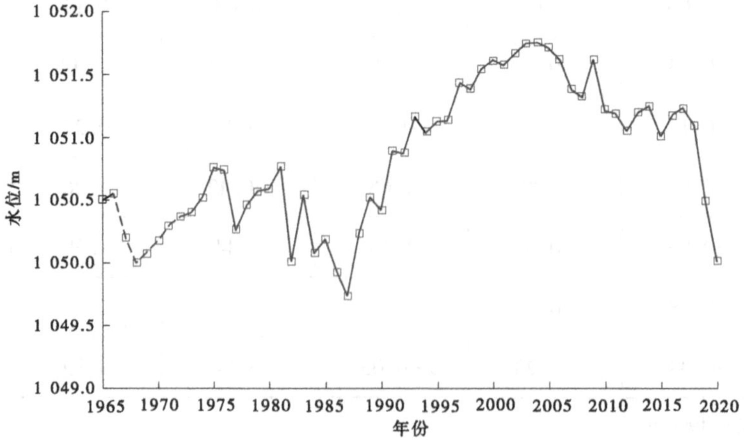

图 3-20　不同时期巴彦高勒站的同流量水位变化

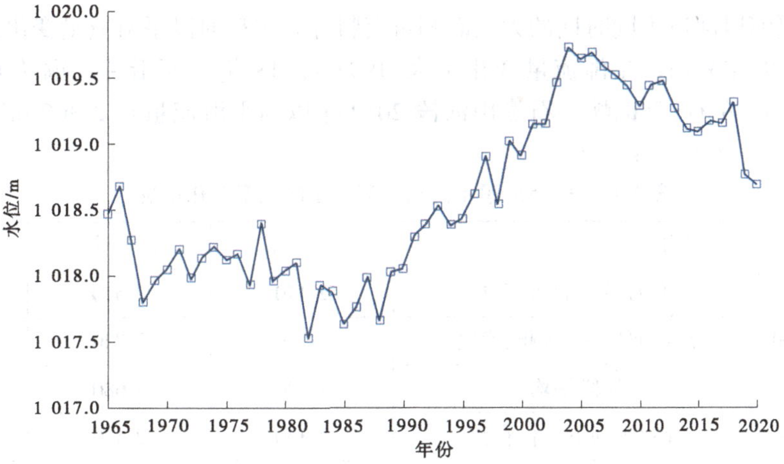

图 3-21　不同时期三湖河口站的同流量水位变化

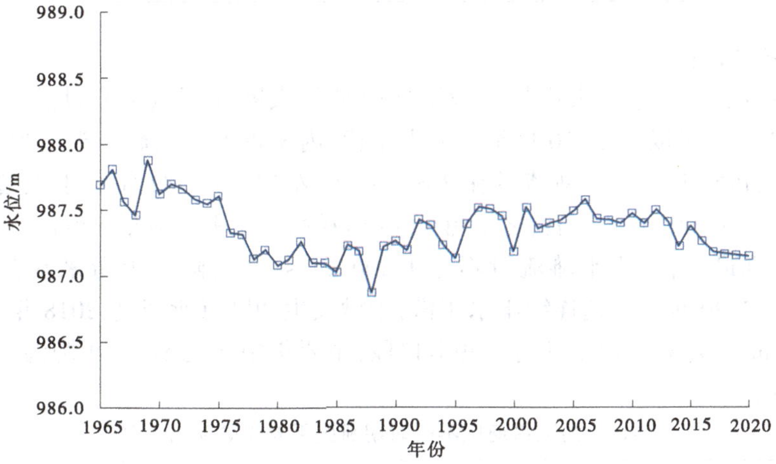

图 3-22　不同时期头道拐站的同流量水位变化

从各水文站断面的同流量水位变化看，基本反映了各自河段主槽的冲淤变化特点。以三湖河口断面同流量水位变化为例，1960～1968 年同流量水位呈下降趋势，下降 0.96 m；1968～1986 年同流量水位有升有降，没有趋势性变化；1986 年以后，同流量水位持续升高，2004 年达到最高，较 1986 年高了 1.88 m，其后有所下降。

3.2.4　主槽过流能力变化

中水河槽过流能力大小可用平滩流量来表示，受宁蒙河段河道冲淤纵向、横向调整影响，中水河槽过流能力也在不断变化。

3.2.4.1　宁夏河段

根据宁夏河段河道不同时期的大断面测量资料计算宁夏河段平滩流量变化，见表 3-13。由表 3-13 可知，宁夏河段平滩流量变化不大，1993～2018 年下河沿—青铜峡河段平滩流量在 2 600 m^3/s 左右，青铜峡—石嘴山河段 2012 年以前平滩流量在 2 300 m^3/s 左右，至 2018 年增大到 2 500 m^3/s 左右。

表 3-13　宁夏河段不同时期断面平滩流量变化情况　　单位：m^3/s

河段		1993 年	2012 年	2018 年
下河沿—青铜峡	下河沿—清水河口	2 470	2 670	2 540
	清水河口—青铜峡库尾	2 640	2 720	2 680
	河段平均	2 570	2 680	2 595
青铜峡—石嘴山	青铜峡坝下—仁存渡	2 360	2 560	2 600
	仁存渡—头道墩	2 190	2 350	2 500
	头道墩—石嘴山	2 270	2 220	2 470
	河段平均	2 270	2 350	2 510

3.2.4.2　内蒙古河段

利用内蒙古巴彦高勒—头道拐河段不同时期的大断面测量资料计算平滩流量，见表 3-14 和图 3-23。可以看出，20 世纪六七十年代，内蒙古巴彦高勒—头道拐河段的主槽过流能力增大，1962 年平均平滩流量在 2 600 m^3/s 左右，至 1982 年由于主槽冲刷，平均平滩流量扩大至 4 000 m^3/s 左右，之后由于主槽持续淤积，平滩流量大幅减小，至 2004 年平滩流量减小到最小，最小平滩流量不足 1 000 m^3/s，之后随着上游来水转丰，特别是 2012 年、2018～2020 年等稀遇连续丰水年份，主槽发生冲刷有所恢复，2018 年平均平滩流量达到 2 500 m^3/s 左右。但是还有一些卡口段，主要集中在毛不拉、西柳沟、东柳沟等支流汇入口附近。

表 3-14　内蒙古河段不同时期断面平滩流量变化情况　　单位：m^3/s

河段	项目	1962 年	1982 年	1991 年	2000 年	2004 年	2008 年	2012 年	2018 年
巴彦高勒—三湖河口	平均平滩流量	2 680	3 560	2 930	1 750	1 030	1 560	1 930	2 410
	最小平滩流量	2 310	3 520	2 470	1 690	930	1 310	1 590	1 930
	最小平滩流量断面号及位置	4	19	14	6	9	17	21	12
		南滩	三苗树	刘二圪旦	邢家圪旦	伊盟圪旦	李发科圪旦	西河头	刘二圪旦
三湖河口—昭君坟	平均平滩流量	2 630	4 280	3 650	1 990	1 560	1 700	2 280	2 480
	最小平滩流量	2 450	2 790	2 520	1 930	1 160	1 460	1 860	1 970
	最小平滩流量断面号及位置	42	42	60	46	47	46	47	42
		毛不拉汇河口上下游							

续表 3-14

河段	项目	1962 年	1982 年	1991 年	2000 年	2004 年	2008 年	2012 年	2018 年
昭君坟—头道拐	平均平滩流量	2 520	3 730	3 200	2 130	1 490	1 790	2 060	2 360
	最小平滩流量	1 810	2 850	2 520	1 730	1 110	1 510	1 740	1 830
	最小平滩流量断面号及位置	77	77	84	86	83	83	87	80
		西柳沟汇河口下游至东柳沟汇河口							

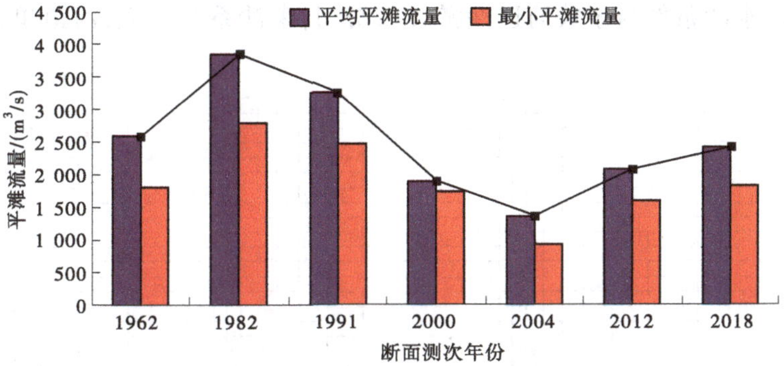

图 3-23　巴彦高勒—头道拐河段平均平滩流量变化

另外，选择三湖河口水文站和巴彦高勒水文站断面，利用其实测水位流量关系分析逐年平滩流量变化，见图 3-24。可以看出，水文站断面平滩流量变化与河道断面平滩流量变化相似，截至 2020 年断面平滩流量接近 3 000 m^3/s。

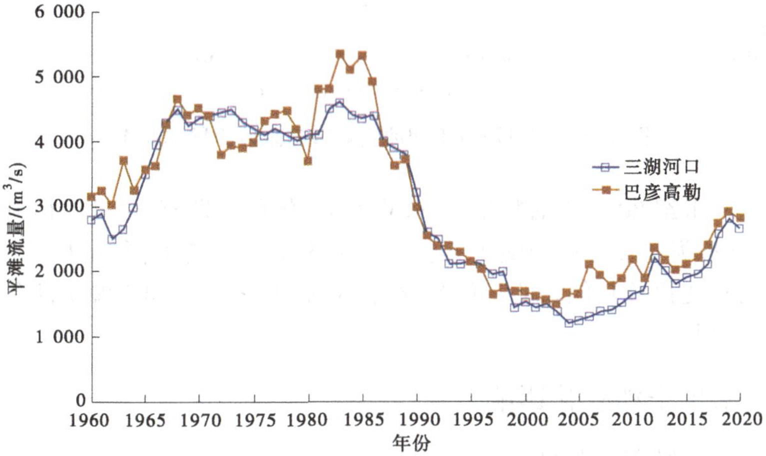

图 3-24　水文站断面平滩流量变化

3.3　淤积变化的原因

影响河道冲淤变化的因素一般包括三个方面：一是河道来水来沙条件，包括干流和区间支流等水沙量及变化过程；二是河道出口侵蚀基准点条件；三是河床周界条件，泛指河道地理、地质条件等。上述三个方面在不同河流的冲淤演变中，所起的作用大小不一，有主有次。对于宁蒙河段而言，河道地理、地质条件在1960年有实测资料以来的历史中没有明显变化，同时河道出口头道拐断面作为侵蚀基准面，根据前述分析可知，变化也相对较小，同流量水位1960~2018年降低0.18 m，其中1986~2018年升高0.39 m。大量研究表明，宁蒙河段的水沙条件（包括干流水沙、支流水沙以及引水等）是宁蒙河段冲淤变化的主要影响因素，如宁蒙河段河道汛期冲淤效率与来沙系数关系（见图3-25）、内蒙古巴彦高勒—头道拐河段汛期7~8月、9~10月冲淤效率与来沙系数关系（见图3-26、图3-27）表明，宁蒙河段水沙条件与宁蒙河道冲淤关系密切，来沙系数越大，河道单位水量的冲淤量就越大。

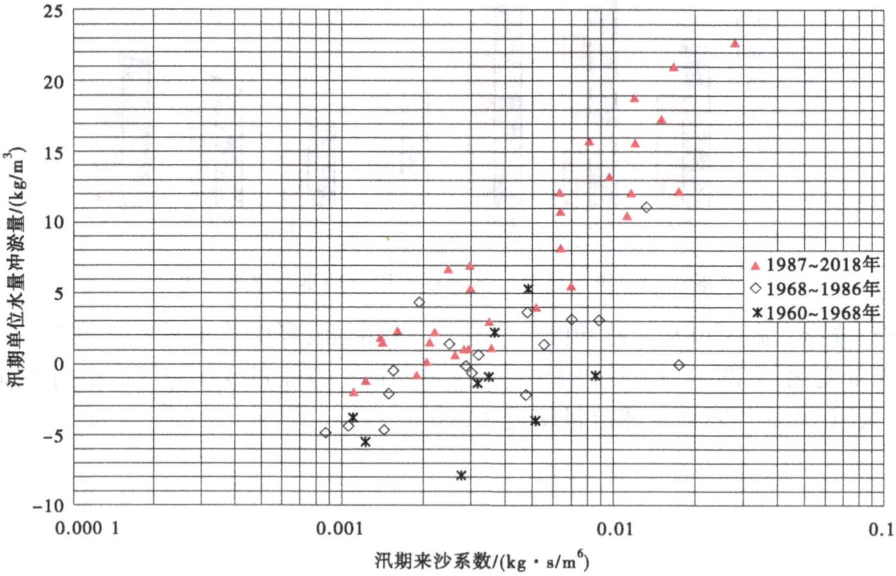

图3-25　宁蒙河段汛期冲淤效率与来沙系数的关系

宁蒙河段20世纪80年以后特别是20世纪80年代中期至21世纪初河道淤积严重。引起近期宁蒙河段淤积萎缩的影响因素包括干流来水来沙变化、支流来水来沙变化、风积沙变化、灌区引水变化及其他条件变化等，结合1986年前后不同来源水沙条件变化分析，研究淤积萎缩原因。

3.3.1　干流来水来沙变化影响

3.3.1.1　干流水沙量变化影响

统计宁蒙河段干流水沙量变化见表3-15。由表3-15可知，进入宁蒙河段干流的水沙量减少，1960~1968年、1969~1986年、1987~2018年进入宁蒙河段的干流水量分别为370.7亿m^3、318.3亿m^3、275.3亿m^3，干流沙量分别为1.82亿t、1.07亿t、0.59亿t，含沙量分别为4.91 kg/m^3、3.36 kg/m^3、2.14 kg/m^3。可见，干流来水量减少的同时来沙量也在减少，且来沙量减少程度大于来水量减少程度。根据宁蒙河段出口头道拐站1968年以前的年水沙量

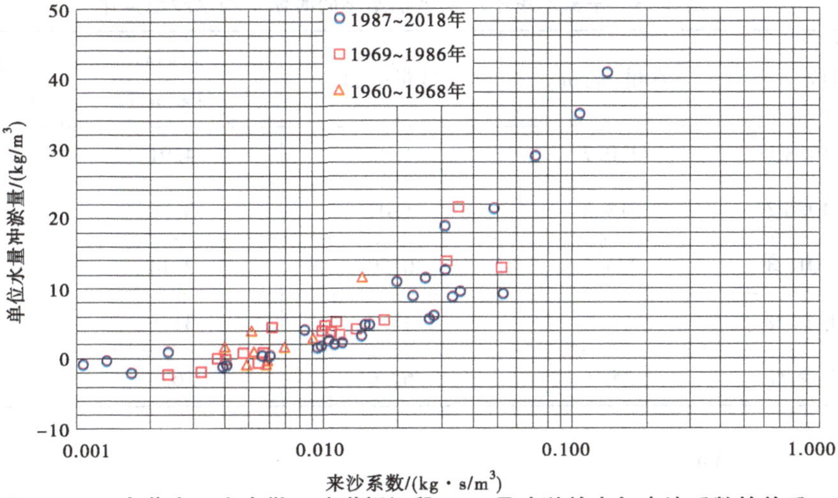

图 3-26　内蒙古巴彦高勒—头道拐河段 7~8 月冲淤效率与来沙系数的关系

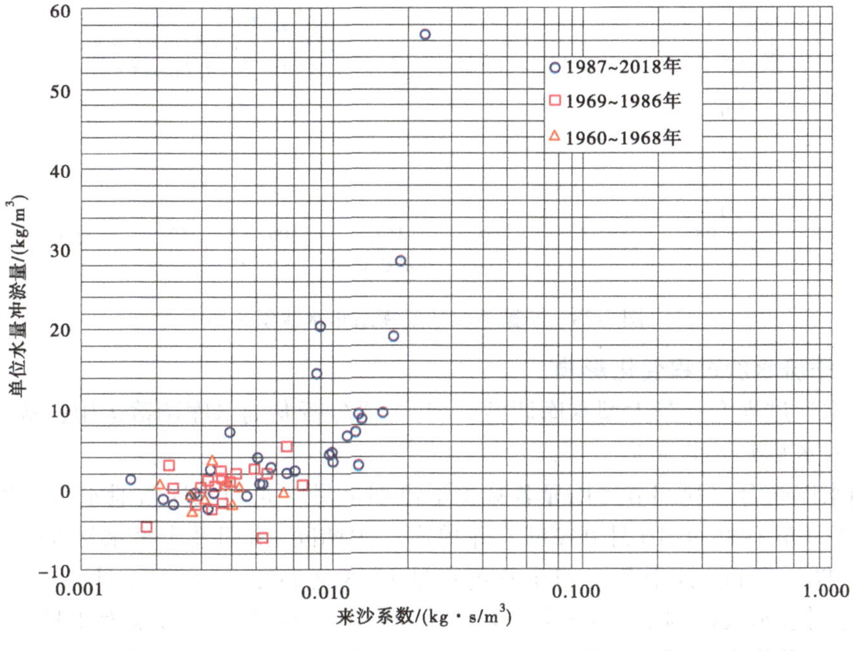

图 3-27　内蒙古巴彦高勒—头道拐河段 9~10 月冲淤效率与来沙系数的关系

关系(见图 3-28)可知,年水量减少可挟带的年沙量也减少,1987~2018 年与 1960~1968 年相比年水量减少 95.4 亿 m^3,按照 1968 年以前头道拐水沙量关系匡算,年水量减少 95.4 亿 m^3 可挟带的年沙量应减少 0.95 亿 t,而下河沿站来沙量实际减少了 1.23 亿 t。因此,仅从干流下河沿站来水来沙量同步减少看,对河道淤积萎缩影响较小。但是由于宁蒙河段来沙不仅是干流,还有区间的支流来沙和入黄风积沙,而区间来水少、来沙多,区间来沙需要干流来水输移。因此,干流来水量减少对区间来沙输移必然也有影响。

表 3-15　宁蒙河段干流头道拐站不同时期年均水沙量变化

时段	水量/亿 m^3	沙量/亿 t	含沙量/(kg/m^3)	宁蒙河段区间沙量/亿 t
1960～1968①	370.7	1.82	4.91	0.72
1969～1986②	318.3	1.07	3.36	0.73
1987～2018③	275.3	0.59	2.14	0.74
②比①少/%	14.1	41.2	31.6	—
③比①少/%	25.7	67.6	56.4	—

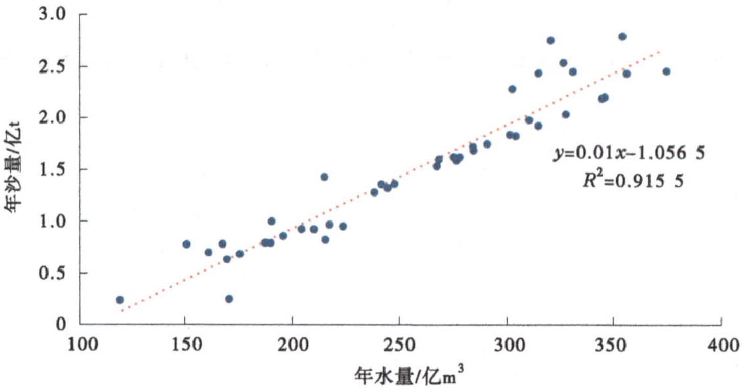

图 3-28　宁蒙河段头道拐站年水沙量关系

3.3.1.2　干流水沙过程变化影响

干流水沙过程变化受大型水库调蓄影响，主要分析龙刘水库调蓄运用影响。

1. 龙刘水库蓄泄水情况

龙刘水库联合兴利调节运用显著减少了汛期水量。龙刘水库蓄泄水情况见表 3-16，1968 年 11 月至 1986 年 10 月刘家峡水库单库运用期间，汛期最大蓄水量 44.7 亿 m^3，平均蓄水量 27.8 亿 m^3，其中 7～8 月平均蓄水量 12.3 亿 m^3；1986 年 11 月龙羊峡水库投入运用后，龙刘水库联合调节，1986 年 11 月至 2018 年 10 月龙羊峡水库汛期最大蓄水量 114.3 亿 m^3，平均蓄水量 42.2 亿 m^3，其中 7～8 月平均蓄水量 23.8 亿 m^3，同时期刘家峡水库汛期最大蓄水量 20.4 亿 m^3，平均蓄水量 5.3 亿 m^3，7～8 月平均蓄水量 4.5 亿 m^3，该时期两个水库汛期平均蓄水量达到 47.5 亿 m^3，7～8 月蓄水量 28.3 亿 m^3。

表 3-16　龙刘水库蓄泄水情况(+蓄水，−泄水)　　单位：亿 m^3

水库	时间(运用年)	项目	11 月至翌年 6 月	7～10 月	7～8 月
龙羊峡	1986 年 11 月至 2018 年 10 月	平均蓄水量	−35.1	42.2	23.8
		汛期最大蓄水量		114.3	69.1

续表 3-16

水库	时间(运用年)	项目	11 月至翌年 6 月	7~10 月	7~8 月
刘家峡	1968 年 11 月至 1986 年 10 月	平均蓄水量	-26.7	27.8	12.3
		汛期最大蓄水量		44.7	26.9
	1986 年 11 月至 2018 年 10 月	平均蓄水量	-4.3	5.3	4.5
		汛期最大蓄水量		20.4	13.9

2. 龙刘水库联合运用显著减少汛期水量尤其是大流量过程

由于龙刘水库联合运用，汛期蓄水，必然减少进入下游河道汛期水量，使进入宁蒙河段的流量过程均匀化。图 3-29 为下河沿断面不同时期汛期日均流量过程，可以看出，1968 年以前，下河沿断面有明显的伏汛、秋汛两个大流量过程，其后随着刘家峡水库、龙羊峡水库相继运用，尤其是 1986 年龙刘水库联合运用后，下河沿断面汛期流量过程趋于均匀化，已无明显的大流量过程。

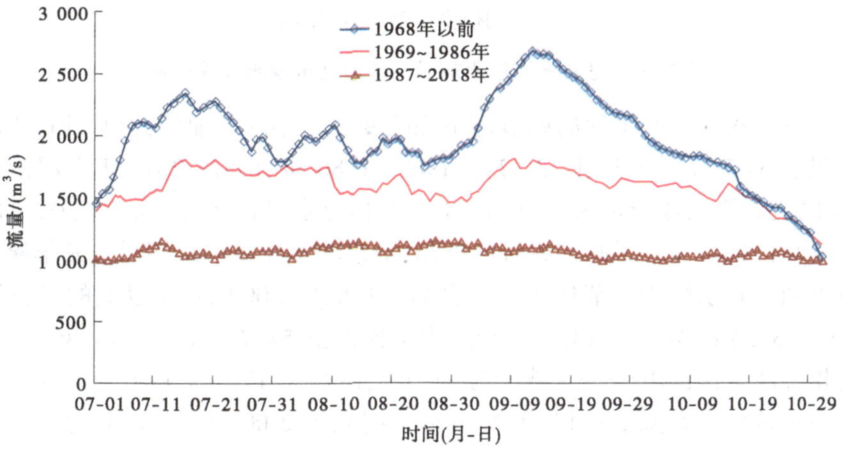

图 3-29　下河沿断面不同时期汛期日均流量过程

通过对龙刘水库的还原计算，进一步分析龙刘水库运用对汛期水沙量及流量过程的影响。刘家峡水库蓄水运用以前，下河沿站汛期水量占全年水量的比例为 61.5%，汛期沙量占全年沙量的比例为 86.5%。1969~1986 年、1987~2018 年下河沿站还原后的汛期水量占全年水量的比例分别为 61.9%、59.0%，汛期沙量占全年沙量的比例分别为 84.7%、76.9%。还原前后对比可知，刘家峡水库蓄水运用后至龙羊峡水库蓄水运用前，由于刘家峡水库的调节作用，下河沿站汛期来水比例由 61.9%减少到 53.1%，汛期来沙比例由 84.7%减少到 83.6%，变化不大。龙羊峡水库运用后，与刘家峡水库联合运用，进一步改变了径流年内分配过程，下河沿站汛期来水比例由 59.0%减少到 42.9%，汛期来水比例显著减小。可见，由于上游龙刘水库联合调节运用，显著改变了进入宁蒙河段干流径流年内分配，汛期水量比例下降，汛期水量减少。龙刘水库还原前后下河沿站汛期水沙量比例见图3-30。

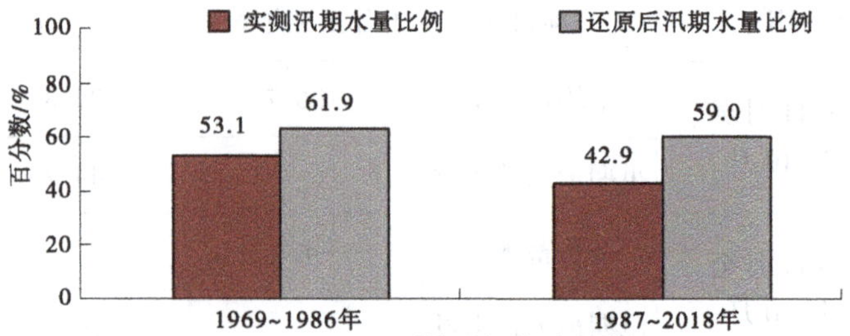

(a)还原前后汛期水比例

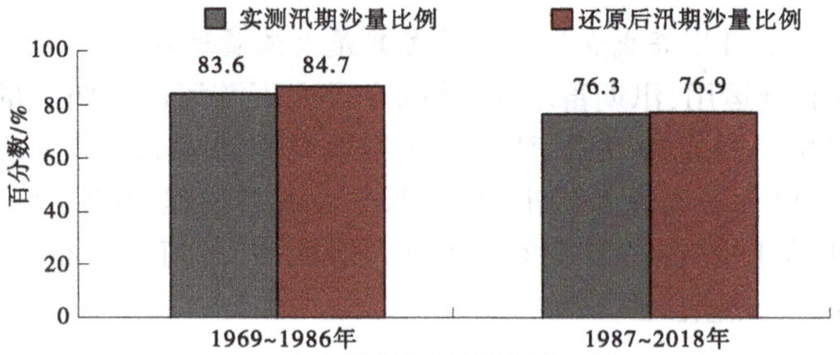

(b)还原前后汛期沙比例

图3-30 龙刘水库还原前后下河沿站汛期水沙量比例

刘家峡、龙羊峡等大型水库的调节运用除改变径流年内分配外，对水沙过程的影响也十分显著(见表3-17和图3-31、图3-32)。1969～1986年、1987～2018年下河沿站还原后2 000 m^3/s以上流量天数分别为43.9 d、29.5 d，相应水量比例为54.7%、38.9%，相应沙量比例为58.8%、50.0%。还原前后对比可知，刘家峡水库蓄水运用后至龙羊峡水库蓄水运用前，由于刘家峡水库的调节作用，下河沿汛期大于2 000 m^3/s以上的流量级天数由43.9 d减少为30.5 d，减少了13.4 d，相应水量比例由54.7%减少为44.8%，减少了9.9个百分点，相应沙量比例由58.8%减少为41.1%，减少了17.7个百分点。龙刘水库联合运用后，进一步减少了大流量过程，下河沿站汛期大于2 000 m^3/s以上的流量级天数由28.5 d减少为4.8 d，减少了23.7 d，相应水量比例由38.9%减少为9.4%，减少了29.5个百分点，相应沙量比例由50.0%减少为15.2%，减少了34.8个百分点。可见，龙刘水库联合运用显著减少了汛期大流量过程及其水沙量比例。

综上分析，龙刘水库联合调蓄运用显著改变了进入宁蒙河段的水流条件，减少汛期水量的同时削减了有利于宁蒙河段输沙的大流量过程，使流量过程趋于均匀，必将导致水流挟沙能力大幅降低[挟沙能力$S^*=k\left(\frac{u^3}{gR\omega}\right)^m$，水流挟沙能力与流速的高次方成正比，对于天然河道，在水流未漫滩的前提下，流量越大，断面的平均流速越高，相应的挟沙能力也越大]，对宁蒙河段泥沙输移极为不利。根据还原前后的下河沿站水沙量及流量过程，利用数学模型对宁蒙河段冲淤量情况(见图3-33)进行了模拟计算，结果表明在还原后的水沙过程条件下，宁蒙河段年均淤积量为0.267亿t，与实测淤积量0.600亿t相比，龙刘水库造成的淤积影响量为0.333亿t，约占淤积量的一半，可见龙刘水库联合运用对宁蒙河段淤积影响大。

表 3-17　下河沿站还原前后汛期不同流量级水沙量统计

时段（日历年）	项目	流量级/（m^3/s）	平均天数/d	平均水量/亿 m^3	平均沙量/亿 t	平均含沙量/（kg/m^3）	天数百分数/%	水量百分数/%	沙量百分数/%
1969～1986 年	还原前（1）	0～1 000	31.8	21.9	0.09	4.04	25.9	13.0	10.0
		1 000～2 000	60.7	71.4	0.44	6.16	49.3	42.2	48.9
		>2 000	30.5	75.8	0.37	4.83	24.8	44.8	41.1
	还原后（2）	0～1 000	16.2	11.5	0.05	3.99	13.2	5.8	3.7
		1 000～2 000	62.9	78.1	0.51	6.58	51.1	39.5	37.5
		>2 000	43.9	108.0	0.80	7.41	35.7	54.7	58.8
1987～2018 年	还原前（3）	0～1 000	53.2	36.6	0.11	2.89	43.3	31.2	33.3
		1 000～2 000	64.9	69.7	0.17	2.42	52.8	59.4	51.5
		>2 000	4.8	11.1	0.05	4.54	3.9	9.4	15.2
	还原后（4）	0～1 000	26.5	17.5	0.05	2.8	21.5	10.6	0
		1 000～2 000	68.0	83.3	0.19	2.3	55.3	50.5	50.0
		>2 000	28.5	64.3	0.18	2.8	23.2	38.9	50.0

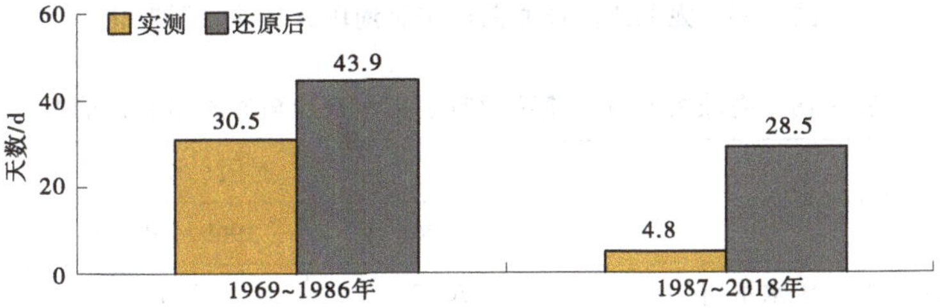

图 3-31　下河沿站还原前后汛期 2 000 m^3/s 以上流量级天数

3.3.2　区间支流来水来沙和入黄风积沙变化影响

宁蒙河段近期淤积萎缩主要集中在内蒙古河段，尤其是巴彦高勒—头道拐河段。内蒙古河段支流来沙主要来自十大孔兑，对内蒙古河段支流不同时期来水来沙与冲淤量变化情况（见表 3-18）进行了对比分析。

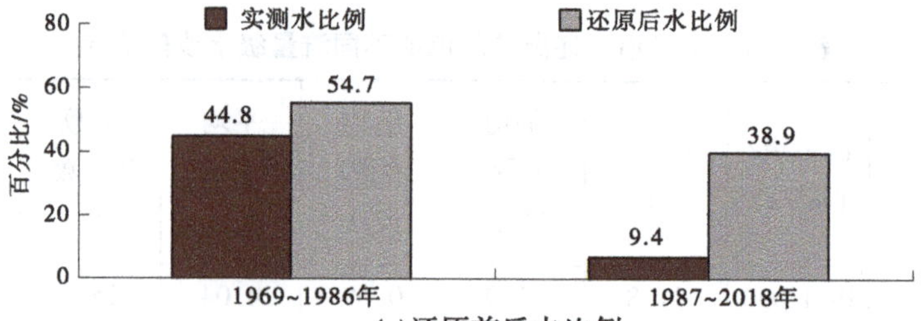

(a)还原前后水比例

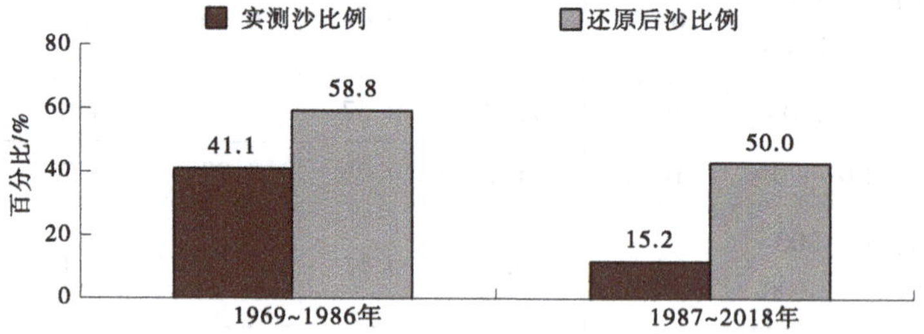

(b)还原前后沙比例

图 3-32 下河沿站还原前后汛期 2 000 m³/s 以上流量级水沙量比例

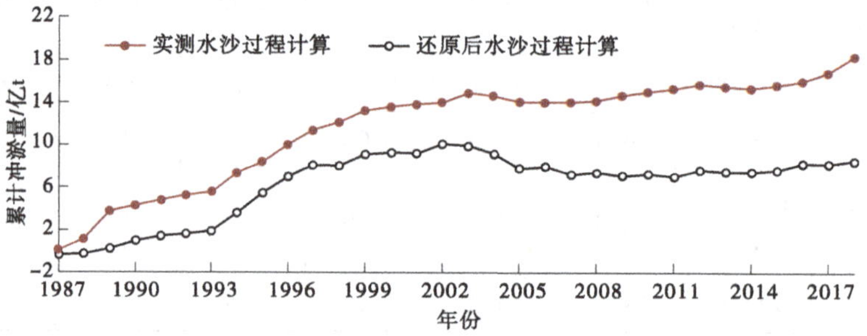

图 3-33 龙刘水库还原前后宁蒙河段累计冲淤量变化

表 3-18 内蒙古河段支流不同时期来水来沙与冲淤量变化情况

项目		时段(水文年)		
		1960~1968 年	1969~1986 年	1987~2018 年
干流下河沿站水沙量	年水量/亿 m³	370.7	318.3	263.4
	年沙量/亿 t	1.82	1.07	0.611
内蒙古支流水沙量	年水量/亿 m³	2.3	2.0	1.6
	年沙量/亿 t	0.219	0.248	0.209
	汛期沙量/亿 t	0.213	0.245	0.206
	7~8 月沙量/亿 t	0.203	0.242	0.198

续表 3-18

项目	时段(水文年)		
	1960~1968年	1969~1986年	1987~2018年
宁蒙河段年均冲淤量/亿t	-0.327	0.210	0.600
内蒙古河段年均冲淤量/亿t	0.096	0.192	0.530
巴头河段年均冲淤量/亿t	-0.002	0.108	0.390
巴头河段支流洪水期冲淤量/亿t	0.174	0.185	0.199

由表3-18可知,1960~1968年、1969~1986年、1987~2018年内蒙古河段支流来沙量分别为0.219亿t、0.248亿t、0.209亿t,其中汛期来沙量分别为0.213亿t、0.245亿t、0.206亿t,7~8月来沙量分别为0.203亿t、0.242亿t、0.198亿t,支流洪水期间的河道淤积量分别为0.174亿t、0.185亿t、0.199亿t。1986年前后相比,支流来沙量变化不大,来沙期属性没有变化(来沙组成也无趋势变化),7~8月仍然是支流主要来沙期,支流洪水期间河道仍以淤积为主,但宁蒙河段尤其是内蒙古河段整体冲淤状态却相差很大。内蒙古巴彦高勒—头道拐河段1960~1968年略有冲刷,1969年以后开始淤积,1969~1986年年均淤积量为0.108亿t,1987年以后淤积加重,1987~2018年年均淤积量增加到0.390亿t。因此,虽然支流来沙影响宁蒙河段尤其是内蒙古河段冲淤,但是支流来沙不是1987年以后河道淤积萎缩的主要影响因素。

进一步统计分析支流主要来沙期7~8月来沙与干流来水的遭遇情况,见表3-19。由表3-19可知,1960~1968年7~8月支流来沙仅5.9%,0.012亿t遭遇干流来水流量1 000 m^3/s以下,其他来沙主要遭遇干流来水流量1 000 m^3/s以上;1969~1986年7~8月支流来沙有52.1%,0.126亿t遭遇干流来水流量1 000 m^3/s以下;1987~2018年7~8月支流来沙有89.4%,0.203亿t遭遇干流来水流量1 000 m^3/s以下。

表3-19　内蒙古河段支流7~8月不同时期相应干流的来沙情况

巴彦高勒流量级/(m^3/s)	历时/d			相应支流来沙量/亿t		
	1960~1968年	1969~1986年	1987~2018年	1960~1968年	1969~1986年	1987~2018年
0~1 000	17.9	35.4	51.8	0.012	0.126	0.203
1 000~2 000	25.3	17.5	8.2	0.105	0.072	0.015
>2 000	18.8	9.1	2.0	0.086	0.044	0.009
合计	62.0	62.0	62.0	0.203	0.242	0.227

注:因暂未收集到支流逐日资料,表中支流资料到2015年。

综上分析,支流来沙不是宁蒙河段近期淤积萎缩的主要影响因子,但是由于支流来沙期间遭遇干流的来水情况发生了显著变化,由原来主要遭遇干流1 000 m^3/s以上的流量过程变为主要遭遇1 000 m^3/s以下的流量过程,这种情况下干流对支流洪水泥沙的输送作用必然减弱,不利于支流泥沙(包括支流洪水期间泥沙以及洪水过后淤积的泥沙)输移。

在20世纪90年代以后由于风速减弱等因素影响,进入宁蒙河段的风积沙量是减少的,因此与支流来沙相同,入黄风积沙量也不是近期河道淤积萎缩的主要影响因子。

3.3.3 灌区引水变化影响

宁蒙河段引水主要集中在4~11月,其中5~7月是用水高峰期。对宁蒙河段不同时期引水与干流来水情况进行对比分析,见表3-20。

表3-20 宁蒙河段灌区引水与干流来水情况对比

时段	①灌区引水量/亿 m^3		②进口下河沿站来水量/亿 m^3		出口头道拐站来水量/亿 m^3		①/②引水占干流来水比例/%	
	汛期	全年	汛期	全年	汛期	全年	汛期	全年
1960~1968年	63.4	108.5	228.5	370.7	177.8	286.4	27.7	29.3
1969~1986年	75.2	138.9	169.0	318.3	128.8	242.3	44.5	43.6
1987~2018年	73.1	143.2	112.8	263.4	68.9	168.3	64.8	54.4

由表3-20可知,1960~1968年、1969~1986年、1987~2018年宁蒙河段灌区引水量分别为108.5亿 m^3、138.9亿 m^3、143.2亿 m^3,其中汛期引水量分别为63.4亿 m^3、75.2亿 m^3、73.1亿 m^3。可以看出,与1968年以前相比,1969~1986年灌区引水量增加较多,1986年以后灌区全年引水量又略有增加,但是汛期引水量基本维持不变,因此灌区引水对宁蒙河段淤积萎缩的影响较小。虽然宁蒙灌区引水变化不大,但是由于干流来水量尤其是汛期来水量减少,进口下河沿站汛期水量由1968年以前的228.5亿 m^3 减少至1987年以后的112.8亿 m^3,使得灌区引水后输沙水量尤其是汛期输沙水量减少,河段出口头道拐站由1968年以前的177.8亿 m^3 减少至1987年以后的68.9亿 m^3,汛期输沙水量大幅减少,影响宁蒙河段泥沙输移,加重河道淤积。

3.3.4 青铜峡水库、三盛公水库排沙影响

宁蒙河段建设有青铜峡、三盛公、海勃湾三座水利枢纽,其中海勃湾水库2014年建成蓄水运用,因此主要分析青铜峡水库、三盛公水库排沙对宁蒙河段淤积的影响。

3.3.4.1 青铜峡水库

青铜峡水库位于宁夏境内黄河干流上,是一座以灌溉、发电为主,结合防洪、防凌等综合利用的大型水利枢纽工程。青铜峡水库运用方式可分为三个阶段:第一阶段1967~1971年,水库蓄水运用,仅5年时间(到1971年汛末)水库大部分库容被淤掉,库容由设计的6.06亿 m^3 减至0.79亿 m^3,损失达87%;第二阶段1972~1976年,水库采取汛期降低水位蓄清排浑,基本控制了库区淤积发展;第三阶段1977年开始持续至今,采用蓄水运

行与沙峰期排沙、汛末低水位集中冲沙相结合的运行方式，1991 年以后结合水沙预报，实施汛期沙峰“穿堂过”结合汛末冲库拉沙的运用方式，基本控制了库区冲淤平衡，库容一般在 0.23 亿~0.59 亿 m^3 变化。

1. 低水位大流量排沙对宁蒙河段冲淤的影响分析

选取 1991 年以前青铜峡水库低水位大流量排沙的几场典型洪水进行河道冲淤分析，见表 3-21。

表 3-21　青铜峡水库低水位大流量排沙时下游河道冲淤情况

时间	历时/d	出库流量/(m^3/s)	出库含沙量/(kg/m^3)	各河段冲淤量/亿 t				
				青石河段	石巴河段	巴三河段	三头河段	青头河段
1973 年 8 月 31 日至 9 月 9 日	10	1 639	38.4	0.112 3	0.047 5	-0.033 6	-0.022 3	0.103 9
1974 年 9 月 23 日至 9 月 29 日	7	1 781	25.1	0.048 2	0.021 7	0.001 6	-0.011 3	0.060 2
1980 年 9 月 25 日至 10 月 3 日	9	1 756	28.5	0.129 7	-0.051 4	0.048 8	-0.037 9	0.089 2
1981 年 9 月 4 日至 9 月 24 日	21	4 230	12.0	0.306 9	-0.365 5	-0.005 3	0.311 1	0.247 2
1982 年 9 月 27 日至 10 月 5 日	9	2 147	27.0	0.060 0	-0.001 6	-0.006 6	-0.025 3	0.026 5
1985 年 9 月 12 日至 10 月 4 日	23	3 015	26.3	0.177 1	-0.051 8	-0.069 9	-0.078 5	-0.023 1
场次累计	79			0.834 2	-0.401 1	-0.065 0	0.135 8	0.503 9
场次平均	13.2	2 813	24.3	0.139 0	-0.066 9	-0.010 8	0.022 6	0.084 0

注：青头河段指青铜峡—头道拐河段。

由表 3-21 可知，除 1985 年 9 月 12 日至 10 月 4 日这场洪水排沙使水库下游青铜峡—头道拐河段发生了冲刷，其他场次的洪水排沙期均为淤积，淤积主要集中在青铜峡—石嘴山河段。图 3-34 为排沙期间平均含沙量的沿程变化，可以明显看出，青铜峡—石嘴山河段含沙量是减小的，印证了该时期河段的淤积，而石嘴山以下河段沿程含沙量无明显变化，表明石嘴山以下河道冲淤与水库排沙关系不明显。

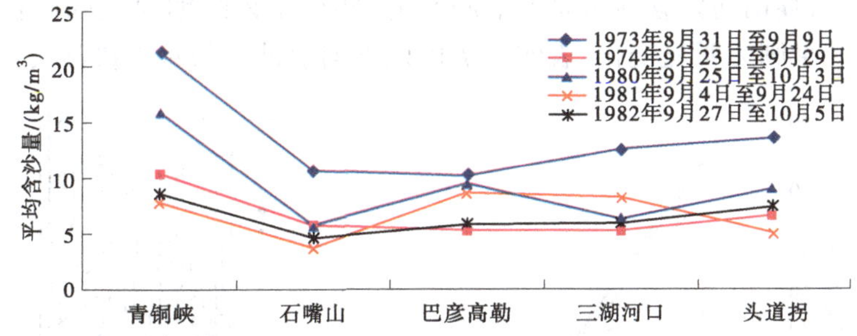

图 3-34　青铜峡水库低水位大流量排沙时下游河道含沙量沿程变化

2. 汛末拉沙对宁蒙河段冲淤的影响分析

表 3-22 为青铜峡水库汛末拉沙期间下游河道冲淤情况。

表 3-22　青铜峡水库汛末拉沙期间下游河道冲淤情况

时间	历时/d	出库流量/(m^3/s)	出库含沙量/(kg/m^3)	各河段冲淤量/亿 t				
				青石河段	石巴河段	巴三河段	三头河段	青头河段
1991 年 10 月 16~18 日	3	882	57.7	0.117 6	0.008 7	-0.001 1	0.004 6	0.129 8
1992 年 10 月 16~19 日	4	853	38.2	0.094 9	0.010 8	0.001 3	0.002 7	0.109 7
1993 年 10 月 11~13 日	3	1 283	23.6	0.056 0	0.011 3	-0.001 8	0.004 6	0.070 1
1995 年 10 月 15~16 日	2	732	0.8	-0.002 8	0.001 7	0.000 4	0.000 3	-0.000 4
1996 年 10 月 16~17 日	2	703	61.4	0.065 3	0.003 0	-0.000 3	0.000 7	0.068 7
1997 年 10 月 9~11 日	3	607	66.6	0.063 7	0.003 0	0.000 3	0.000 6	0.067 6
1998 年 10 月 26~27 日	2	647	0.6	-0.003 9	0.001 4	0.000 1	0.000 7	-0.001 7
1999 年 9 月 25~26 日	2	1 011	65.8	0.107 8	-0.003 0	0.000 5	0.003 1	0.108 4
2000 年 9 月 25~26 日	2	1 017	69.6	0.109 2	0.003 3	0	0.002 2	0.114 7
2001 年 10 月 9~11 日	3	765	70.2	0.082 5	0.004 8	-0.000 4	0.002 2	0.089 1
2002 年 10 月 25~26 日	2	856	1.7	-0.003 1	-0.002 7	0.001 5	0.001 6	-0.002 7
2004 年 10 月 26~28 日	3	848	0.7	-0.005 8	0.001 9	0.001 4	0.001 9	-0.000 6
2005 年 10 月 11~13 日	3	1 377	26.4	0.066 5	0.000 5	0.000 5	0.007 5	0.075 0
合计	34			0.747 9	0.044 7	0.002 4	0.032 7	0.827 7
平均	2.6	891	37.2	0.057 5	0.003 4	0.000 2	0.002 5	0.063 7

由表 3-22 可知，青铜峡水库 13 次汛末拉沙在青铜峡—头道拐河段的淤积总量为 0.827 7 亿 t，其中青铜峡—石嘴山河段淤积量为 0.747 9 亿 t，占青铜峡—头道拐河段淤积总量的 90.4%，说明青铜峡水库汛末拉沙期间主要影响在青铜峡—石嘴山河段，对石嘴山以下河道基本没有影响。图 3-35 为汛末拉沙时下游河道含沙量沿程变化，可以明显看出，青铜峡—石嘴山河段含沙量是明显减小的，印证了该时期河段的淤积，而石嘴山以下河段沿程含沙量则无明显变化，表明石嘴山以下河道冲淤与水库排沙关系不明显。

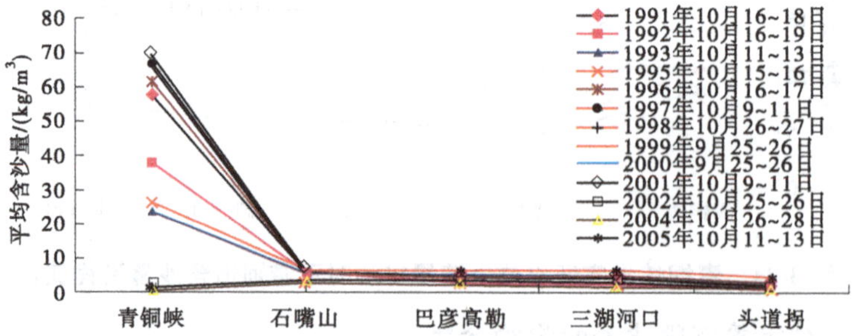

图 3-35　青铜峡水库汛末拉沙时下游河道含沙量沿程变化

综上分析,青铜峡水库排沙期间对下游河道冲淤的影响主要集中在青铜峡—石嘴山河段。从宁蒙河段整体冲淤变化看,青铜峡—石嘴山河段冲淤变化相对较小,近期淤积量不大,不是宁蒙河段淤积萎缩的主体。因此,青铜峡水库排沙不是宁蒙河段近期淤积萎缩的主要影响因子。

3.3.4.2　三盛公水库

三盛公水库位于内蒙古巴彦淖尔市磴口县境巴彦高勒(原三盛公)镇东南,包(头)兰(州)铁路黄河铁桥下游2.6 km处,该枢纽任务以灌溉为主。水库采用灌溉期(5~10月)壅水灌溉,非灌溉期(11月至翌年4月)敞泄冲刷及灌溉短期停灌冲刷、错沙峰排沙等控制运用措施,维持了一定的有效库容,目前剩余有效库容约0.4亿 m^3。

表3-23为排沙期水库下游河道冲淤情况统计成果。由表3-23可知,三盛公水库排沙期出库平均流量为1 817 m^3/s,出库含沙量为10.12 kg/m^3,相应的水库下游巴彦高勒—头道拐河段平均淤积量仅为0.000 7亿t,其中巴彦高勒—三湖河口河段微冲,三湖河口—头道拐河段微淤。图3-36为三盛公水库排沙期下游河道控制断面的含沙量沿程变化,可以看出,三盛公水库排沙期间,水库下游三湖河口断面、头道拐断面含沙量没有出现趋势性减小或增大的变化。这说明三盛公水库排沙对下游河道冲淤影响较小。

表3-23　三盛公水库排沙期水库下游河道冲淤情况统计成果

三盛公水库排沙期	历时/d	出库流量/(m^3/s)	出库含沙量/(kg/m^3)	各河段冲淤量/亿t		
				巴三河段	三头河段	巴头河段
1973年7月16~21日	6	1 459	8.57	-0.002 7	0.019 7	0.017 0
1973年8月30日至9月2日	4	1 980	29.4	-0.001 8	0.000 3	-0.001 5
1974年8月1~4日	4	1 350	10.90	-0.005 5	0.006 0	0.000 5
1975年7月15~21日	7	2 130	9.26	0.000 9	0.003 2	0.004 1
1976年7月18~24日	7	1 870	5.80	0.000 8	0.013 0	0.013 8
1976年10月4~20日	17	1 667	4.04	-0.005 8	0.005 3	-0.000 5
1977年8月11~12日	2	1 215	17.0	-0.001 0	0.003 0	0.002 0
1978年10月1~15日	15	1 690	5.16	-0.060 8	-0.026 4	-0.087 2
1979年8月16~21日	6	3 137	13.30	0.004 7	0.015 6	0.020 3
1980年9月20日至10月6日	17	1 706	8.45	-0.172 8	0.235 0	0.062 2
1981年7月15~19日	5	2 060	14.30	-0.006 9	0.005 5	-0.001 4
1982年8月4~10日	7	1716	7.11	-0.033 7	-0.010 5	-0.044 2
1983年8月25~31日	7	2 380	5.04	-0.003 4	0.011 4	0.008 0
1985年8月6~12日	7	1 078	3.40	0.007 8	0.008 3	0.016 1
场次累计	111			-0.280 2	0.289 4	0.009 2
场次平均	7.9	1 806.6	8.13	-0.037 8	0.037 3	0.000 5

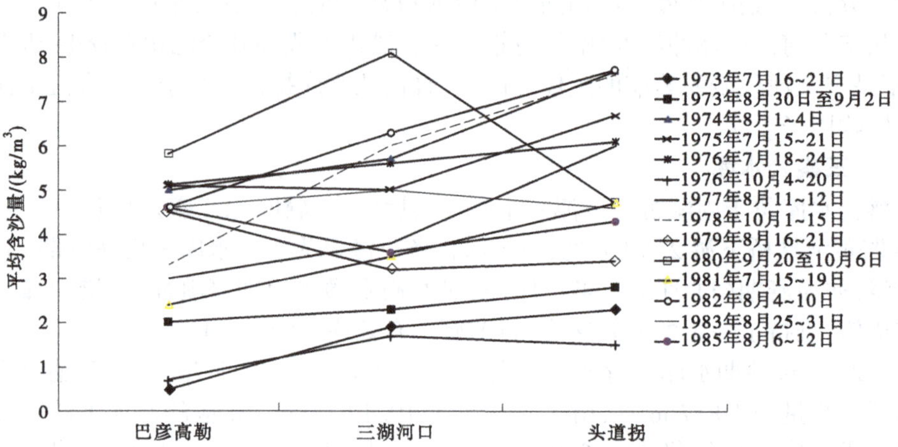

图 3-36　三盛公水库汛末拉沙时下游河道含沙量沿程变化

3.3.5　综合分析

根据宁蒙河段水沙来源情况，分别从多个方面进行宁蒙河段淤积变化原因剖析。分析表明，宁蒙河段区间支流来水来沙和入黄风积沙、灌区引水以及青铜峡水库、三盛公水库排沙对河道淤积萎缩影响较小，干流来水量减少和来水过程改变尤其是龙刘水库联合运用对干流来水过程的显著改变，包括减少了汛期水量以及大流量过程，是宁蒙河段淤积特别是 20 世纪 80 年代中期至 21 世纪初河道淤积萎缩的主要原因。近期宁蒙河段连续遭遇了 2012 年、2018~2020 年等稀遇连续丰水过程，加之十大孔兑等支流入黄泥沙和区间入黄风积沙也因水土保持和气候变化等因素影响大幅减少，对减轻河道淤积、扩大河槽规模具有积极影响。

上述关于宁蒙河段近期淤积萎缩原因的分析认识在其他研究成果中也能得到呼应。中国水利水电科学研究院在《黄河宁蒙河段适宜的中水河槽规模研究》中，对宁蒙河段淤积萎缩原因也进行了分析，认为水沙条件是导致河道萎缩的主要因素，1986 年龙羊峡水库运用以后，由于水沙过程发生变化，即年均水量的减少、大流量持续时间的减少和小流量持续时间的增加，尤其是汛期洪峰流量的减小，减少了洪水漫滩的淤积，进入宁蒙河段的水沙关系不协调使泥沙落淤、河床淤积、河槽萎缩。“973 计划”项目课题 5《河道洪峰过程洪—床—岸相互作用机理》（中国科学院南京地理与湖泊研究所、西安理工大学、黄河水利科学研究院）对近几十年宁蒙河段冲淤变化特征及原因进行了分析，认为自 1960 年以来，黄河上游兰州—头道拐河段的输沙功能明显减弱，1961 年、1987 年和 2003 年前后为河道冲淤变化的突变点，内蒙古河段淤积（1988~2003 年）的阶段性原因是水库调蓄径流、兰州以上天然径流变化、水库拦沙、兰州以上来沙和支流来沙变化等，其中水库水量调节对淤积的贡献相对最大。

3.4 小 结

3.4.1 宁蒙河道特点及河床泥沙组成

宁蒙河段大部分河道为平原冲积性河道,其中青铜峡—石嘴山河段、巴彦高勒—头道拐河段平均河宽2 000~3 000 m,河道比降0.1‰~0.2‰。大部分河段河床泥沙为沙质组成,中数粒径、平均粒径范围一般在0.042~0.22 mm,巴彦高勒以上河槽泥沙中数粒径、平均粒径略大于0.2 mm,而巴彦高勒以下河槽泥沙中数粒径、平均粒径一般不足0.2 mm,多在0.15~0.2 mm,与目前黄河下游高村以上河段的河床泥沙组成相似。虽然河槽泥沙相对较粗,但在河槽泥沙中小于0.1 mm的泥沙仍然还有10%~30%。

3.4.2 宁蒙河道冲淤变化

从1960年以来冲淤量变化看,20世纪80年代以前宁蒙河段冲淤交替,略有冲刷,1960~1968年年均冲刷0.327亿t。80年代中期以后至21世纪初宁蒙河段淤积萎缩严重。淤积主要发生在汛期,集中在内蒙古冲积性河段尤其是三湖河口—头道拐河段,集中在小于0.1 mm的各粒径组泥沙,集中在河槽,导致断面萎缩,同流量水位显著升高,过流能力下降,河段平均平滩流量由3 000~4 000 m^3/s快速下降至2000年左右的1 500 m^3/s左右,2004年最小平滩流量最小,不足1 000 m^3/s,之后随着上游来水转丰,特别是2012年、2018~2020年等稀遇连续丰水年份,主槽发生冲刷有所恢复,截至2020年断面平滩流量接近3 000 m^3/s。

3.4.3 宁蒙河段淤积变化原因

宁蒙河段的水沙条件(包括干流水沙、支流水沙以及引水等)是宁蒙河段冲淤变化的主要影响因子。根据宁蒙河段水沙来源情况,分别从多个方面进行宁蒙河段淤积变化原因剖析。分析表明,宁蒙河段区间支流来水来沙和入黄风积沙、灌区引水以及青铜峡水库、三盛公水库排沙对河道淤积萎缩影响较小,干流来水量减少和来水过程改变尤其是龙刘水库联合运用对干流来水过程的显著改变,包括减少了汛期水量以及大流量过程,是导致宁蒙河段淤积特别是20世纪80年代中期至21世纪初河道淤积萎缩的主要原因。

第4章 宁蒙河段泥沙起动输移与洪水泥沙冲淤特性

4.1 泥沙起动输移研究

4.1.1 河床泥沙起动流速研究

关于河床泥沙的起动条件,前人积累了大量的经验和方法。就起动流速而言,均匀沙和非均匀沙(散体和黏性泥沙)计算条件是不一样的。严格来说,天然河流的床沙组成不可能是均匀的,但在不少情况下,床沙粒配范围较窄,其主体部分粒径差异很小,可近似地视其为均匀沙。均匀沙的个别沙粒和整体床沙的起动条件是一致的,用特征粒径(如平均粒径)作为起动条件计算,处理起来较为简单,相应研究也比较充分。结合宁蒙河段河床泥沙组成分析,认为可按照均匀沙处理来分析河床泥沙起动流速。起动流速的计算公式较多,各公式各有特点、适用范围也不完全统一,如苏联沙莫夫公式适用于散粒体泥沙起动流速计算,我国张瑞瑾公式、窦国仁公式、唐存本公式、沙玉清公式、张红武公式既适用于散粒体又适用于黏性细颗粒泥沙起动流速计算。

4.1.1.1 张瑞瑾公式

$$v_c = \left(\frac{h}{D}\right)^{0.14}\left(17.6\frac{\gamma_s-\gamma}{\gamma}D + 0.000\,000\,605\frac{10+h}{D^{0.72}}\right)^{0.5} \tag{4-1}$$

式中:v_c 为起动流速,m/s;D 为粒径,m;h 为水深,m;γ 为水流容重,t/m^3;γ_s 为泥沙容重,t/m^3。

4.1.1.2 窦国仁公式

$$v_c = 0.32\left(\ln 11\frac{h}{K_s}\right)\left(\frac{D'}{D_*}\right)^{\frac{1}{6}}\left[3.6\frac{\gamma_s-\gamma}{\gamma}gD + \left(\frac{\gamma'}{\gamma'_c}\right)^{2.5}\frac{\varepsilon_0 + gh\delta(\delta/D)^{0.5}}{D}\right]^{0.5} \tag{4-2}$$

式中:g 为重力加速度,m/s^2;γ'_c为淤积物的稳定干容重,其值约 1.6 g/cm^3;D_* 为参考粒径,取 10 mm;ε_0 为 2.56 cm^3/s^2;δ 为 0.213×10^{-4} cm;其他符号意义同前。

D'的取值为

$$D' = \begin{cases} 0.5\ \text{mm} & D \leqslant 0.5\ \text{mm} \\ D & 0.5\ \text{mm} < D < 10\ \text{mm} \\ 10\ \text{mm} & D > 10\ \text{mm} \end{cases}$$

对于平整河床,当 $D\leqslant0.5$ mm 时,$K_s=1.0$ mm;当 0.5 mm$<D<$10 mm 时,$K_s=2D$;当 $D>10$ mm 时,$K_s=2\sqrt{D_*D}$。

4.1.1.3　唐存本公式

$$v_c = 1.79 \frac{1}{1+m}\left(\frac{h}{D}\right)^m \left[\frac{\gamma_s - \gamma}{\gamma} gD + \left(\frac{\gamma'}{\gamma'_c}\right)^{10} \frac{C}{\gamma_s D}\right]^{0.5} \tag{4-3}$$

式中：γ'为淤积物的干容重；m 为指数，对于一般天然河道，$m=1/6$；C 为黏结力系数；其他符号意义同前。

4.1.1.4　沙玉清公式

$$v_c = \left[266\left(\frac{\delta}{D}\right)^{\frac{1}{4}} + 6.66\times 10^9 (0.7-\varepsilon)^4 \left(\frac{\delta}{D}\right)^2\right]^{\frac{1}{2}} \sqrt{\frac{\gamma_s - \gamma}{\gamma} gD}\, h^{\frac{1}{5}} \tag{4-4}$$

式中：δ 为薄膜水厚度，取为 0.000 1 mm；ε 为孔隙率，其稳定值约为 0.4；其他符号意义同前。

4.1.1.5　张红武公式

$$v_c = 2.1K_D\left[\frac{\gamma_s - \gamma}{\gamma} gD + 6.59\frac{\gamma_s - \gamma}{\gamma'_c} g^{0.33}\left(\frac{\gamma'}{\gamma'_c}\right)^{6.6}\frac{\nu^{1.34}}{D} + 0.035\,2\left(\frac{\gamma'}{\gamma'_c}\right)^{6.6}\frac{gh\delta}{D}\right]^{0.5} \tag{4-5}$$

式中：K_D 为含沙量影响系数；ν 为水流的运动黏滞性系数；δ 根据窦国仁的试验成果取为 0.213×10^{-4} cm。

4.1.1.6　沙莫夫公式

$$v_c = 1.14\sqrt{\frac{\gamma_s - \gamma}{\gamma} gD}\left(\frac{h}{D}\right)^{1/6} \tag{4-6}$$

式中符号意义同前。

图 4-1 为各公式利用实测起动流速资料进行的验证情况，可以看出，各公式计算起动流速结果有一定差异，总的来看，张红武公式、沙玉清公式、唐存本公式相同资料条件计算值差别不大，与天然河流实测值也较为接近。

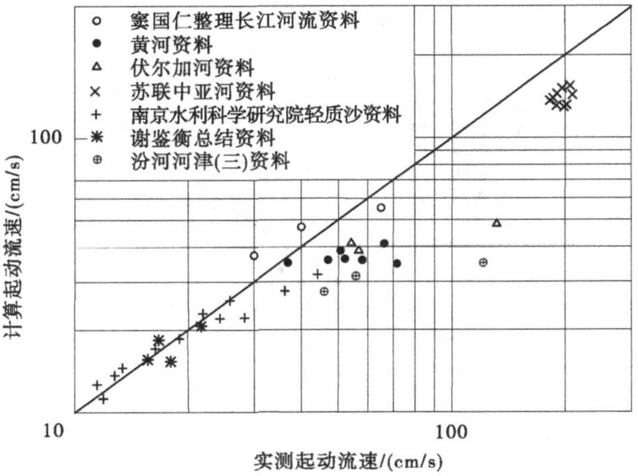

(a)张瑞瑾公式

图 4-1　各公式计算适应性验证

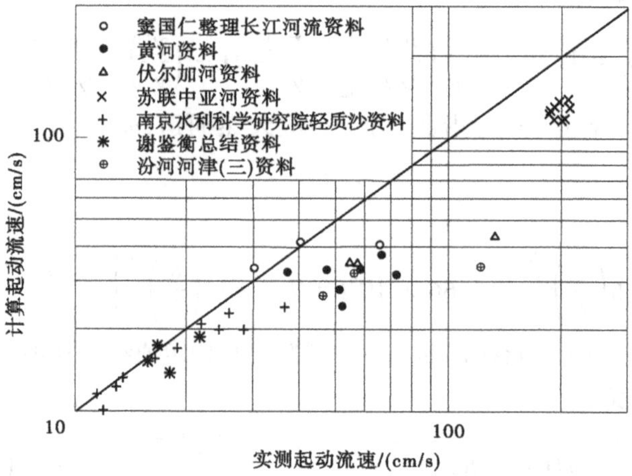

(b)窦国仁公式

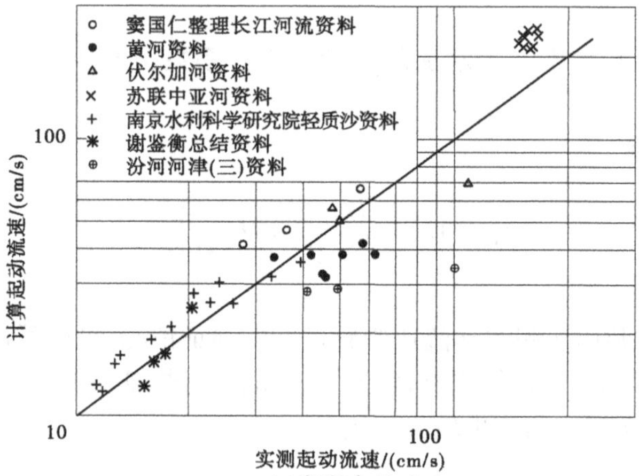

(c)唐存本公式

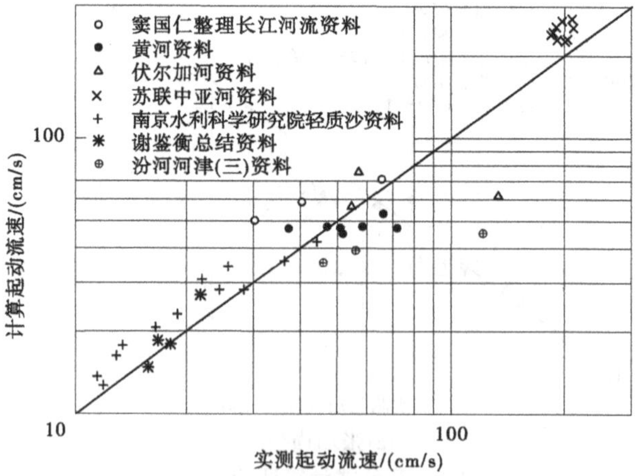

(d)沙玉清公式

续图 4-1

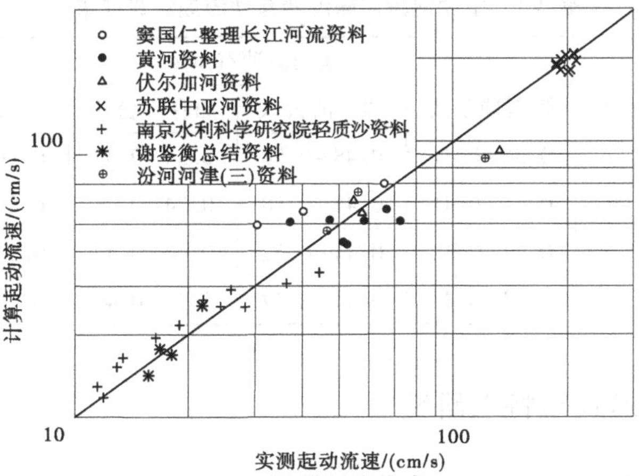

(e)张红武公式

续图 4-1

根据黄河宁蒙河段河床泥沙与水流情况,利用张瑞瑾公式、窦国仁公式、张红武公式、沙玉清公式、唐存本公式计算宁蒙河段不同粒径泥沙的起动流速(见图 4-2),可以看出,泥沙粒径太大则由于重力作用明显而起动流速较大,泥沙粒径太小则由于黏结力和水深引起的下压力影响而起动流速较大,泥沙粒径在 0.05~0.4 mm 的泥沙起动流速较小。宁蒙河段河床泥沙粒径范围多数在 0.014~0.22 mm,属于泥沙起动流速较小的颗粒,即使那些通过不同途径进入黄河的泥沙(如区间支流来沙和入黄风积沙),也属于重力作用相对不大的起动流速较小的颗粒。这也是内蒙古河段 2012 年洪水期间河槽冲刷较为严重的重要原因。

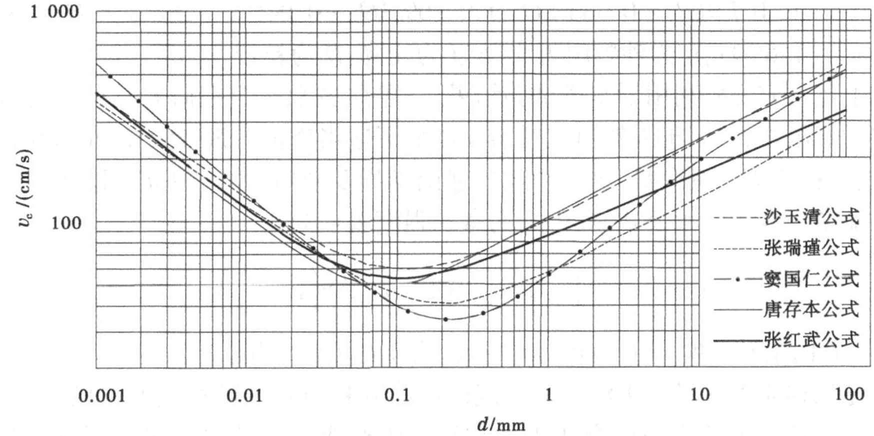

图 4-2　各泥沙起动流速(水深为 5 m)公式计算结果比较

根据各取样断面附近的断面形态,结合取样泥沙分析成果,利用上述代表公式对宁蒙河段各测验断面滩槽泥沙起动流速进行计算(滩地取水深为 1.5 m,河槽水深根据流量有所变化,一般在 2.5~5 m),汇总计算成果见表 4-1。从计算结果看,滩地泥沙起动流速一般不超过 0.52 m/s,河槽泥沙起动流速一般不超过 0.58 m/s。

表 4-1 宁蒙河段河床泥沙起动流速计算成果

项目	起动流速/(m/s)					
	沙莫夫公式	张瑞瑾公式	沙玉清公式	唐存本公式	窦国仁公式	张红武公式
河槽表层	0.28~0.36	0.36~0.41	0.48~0.58	0.34~0.37	0.29~0.32	0.48~0.58
河槽深层	0.28~0.36	0.36~0.41	0.48~0.58	0.34~0.37	0.29~0.32	0.48~0.58
滩地表层		0.33~0.44	0.44~0.52	0.32~0.47	0.27~0.41	0.43~0.48
滩地深层		0.33~0.44	0.44~0.52	0.32~0.46	0.27~0.40	0.43~0.48

4.1.2 泥沙输移形式与特点研究

4.1.2.1 理论与方法

泥沙颗粒在不同环境条件下的运动规律不尽相同,随着水流运动强度的增加,不同容重和粒径的颗粒自起动以后,无论是光滑床面还是粗糙床面,均可以呈现滚动、跃移(连续地或间歇地)、悬移等几种主要运动形式,下面运用水沙运动理论对宁蒙河段不同泥沙粒径的运动形式进行分析。

1. 希尔兹数统计理论分析

惠遇甲、胡春宏利用大量不同容重和粒径的泥沙颗粒在不同水流条件下运动轨迹的水槽试验资料,统计出不同颗粒以悬移质形式运动所占百分数相对水流强度 Θ(希尔兹数)的计算公式:

$$P_{ss}=\begin{cases}100 & \Theta>3\\ 3.75+36.7\lg\Theta & \Theta<2\\ 0.1079\Theta^3-0.4848\Theta^2+0.8093\Theta-0.0468 & 2<\Theta<3\end{cases}\tag{4-7}$$

其中,$\Theta=RJ/(1.65D)$,R 为沙粒阻力半径,J 为比降,D 为粒径。

鉴于上述研究主要利用了水槽试验结果,且希尔兹数本身在研究悬移质泥沙运动时尚有一定的局限性,故用于天然河流时需要做如下适当修正。张红武在 Prandtl 掺长模式的基础上,视掺长为随机变量,进一步经过理论推导及资料检验,建立了同实测资料较为吻合的水流紊动强度分布公式,其中垂向紊动强度表示为

$$\sigma_v=1.461\left(\frac{z}{h}\right)^{0.14}\sqrt{(1+e^{-z/\Delta})\left(1-\frac{z}{h}\right)}u_*\tag{4-8}$$

式中:σ_v 为垂向紊动强度;z/h 为相对水深;Δ 为粗糙度;u_* 为摩阻流速。

无论是悬移质含沙量沿水深的分布规律还是悬移质特征粒径沿水深的分布规律,都是重力作用与紊动扩散作用综合作用的结果。张红武考虑悬移质泥沙颗粒垂向受力平衡,按垂向紊动速度的概率分布满足高斯定律,从理论上得出了水流紊动强度与悬移质泥沙粒径分布规律之间的关系:

$$D_m=0.2778\frac{\sigma_v^2}{\frac{\gamma_s-\gamma}{\gamma}g}\tag{4-9}$$

式中：D_m 为算术平均粒径；g 为重力加速度；γ_s 为泥沙重度；γ 为水的重度。

对式(4-8)沿水深积分，得垂线平均对应的垂向紊动强度 $\sigma_{vpj}=0.75u_*$，再由式(4-9)知，在工程实际中，按照式(4-9)确定的以悬移质形式运动的颗粒粒径需要乘以 0.75 平方的系数(即 0.6)。

2. 异质粒子与紊流跟随性理论分析

运用“异质粒子与紊流跟随性”来阐释粗细泥沙的运动形式问题。紊流力学认为，异质粒子跟随流体运动的程度，取决于粒子的粒径 d_p、粒子的密度 ρ_p、流体的黏性系数 μ、流体的密度 ρ、紊流的紊动强度 σ 及脉动频率 f 等，若以粒子的速度 u_p 和水流流速 u 的比值 u_p/u 表示异质粒子跟随流体的程度，则其函数关系为

$$u_p/u=f(d_p,\rho_p,\mu,\sigma,f\cdots) \tag{4-10}$$

若 $u_p/u=1$，表示粒子完全跟随流体；若 $u_p/u<1$，表示粒子滞后于流体。为建立式(4-10)的具体表达形式，可将水流流速 u 用 Fourier 积分表示，即

$$u=\int_{-\infty}^{\infty}A(\omega)\mathrm{e}^{-i\omega t}\mathrm{d}\omega \tag{4-11}$$

式中：$A(\omega)$ 为振幅；ω 为圆频率，$\omega=2\pi f$。

粒子在紊流带动下的运动并不完全跟随流体，表现为粒子速度 u_p 的幅值和相角与水流流速 u 不同，因此对应于粒子的速度 u_p 可表示为

$$u_p=\int_{-\infty}^{\infty}\eta(\omega)A(\omega)\mathrm{e}^{-i(\omega t+\varphi)}\mathrm{d}\omega \tag{4-12}$$

式中：$A(\omega)$ 为振幅；$\eta(\omega)$ 为粒子速度与流体速度幅值之比；φ 为粒子速度与流体速度相角之差。

当 $\eta=1$，$\varphi=0$ 时，表示粒子完全跟随流体一起运动；如果粒子滞后于流体，则 $\eta<1$，$\varphi>0$。

为了具体地计算 η 和 ω，可利用 Basset-Boussinesq-Oseen 方程来实现。该方程是描述紊流场中单个粒子的运动方程，其具体形式为

$$\underset{(\mathrm{A})}{\frac{\pi}{6}d_p^3\rho_p\frac{\mathrm{d}u_p}{\mathrm{d}t}}=\underset{(\mathrm{B})}{\frac{1}{6}\pi d_p^3\rho\frac{\mathrm{d}u}{\mathrm{d}t}}+\underset{(\mathrm{C})}{3\pi\mu d_p(u-u_p)}+\underset{(\mathrm{D})}{\frac{1}{12}\pi d_p^3\rho\left(\frac{\mathrm{d}u}{\mathrm{d}t}-\frac{\mathrm{d}u_p}{\mathrm{d}t}\right)}+\underset{(\mathrm{E})}{\frac{3}{2}d_p^2\sqrt{\mu\pi\rho}\int_{-\infty}^{t}\frac{\frac{\mathrm{d}}{\mathrm{d}\tau}(u-u_p)}{\sqrt{t-\tau}}\mathrm{d}\tau} \tag{4-13}$$

式(4-13)中，(A)项代表粒子的惯性力；(B)项代表流体加速引起的压力梯度作用于粒子的力；(C)项代表黏性阻力；(D)项代表粒子加速运动的附加质量力；(E)项代表 Basset 力。

将式(4-13)改写成：

$$\frac{\mathrm{d}u_p}{\mathrm{d}t}+au_p=au+b\frac{\mathrm{d}u}{\mathrm{d}t}+c\int_{-\infty}^{t}\frac{\frac{\mathrm{d}}{\mathrm{d}\tau}(u-u_p)}{\sqrt{t-\tau}}\mathrm{d}\tau \tag{4-14}$$

其中

$$\left.\begin{aligned} a &= \frac{36\mu}{(2\rho_p + \rho) d_p^2} \\ b &= \frac{3\rho}{2\rho_p + \rho} \\ c &= \frac{18}{(2\rho_p + \rho) d_p}\sqrt{\frac{\rho\mu}{\pi}} \end{aligned}\right\} \tag{4-15}$$

用式(4-11)和式(4-12)计算式(4-14)中各项,得

$$\eta e^{-i\varphi} = \frac{\left(a + c\sqrt{\frac{\pi\omega}{2}}\right) - i\left(b\omega + c\sqrt{\frac{\pi\omega}{2}}\right)}{\left(a + c\sqrt{\frac{\pi\omega}{2}}\right) - i\left(\omega + c\sqrt{\frac{\pi\omega}{2}}\right)} \tag{4-16}$$

由式(4-16)得到最后的结果为

$$\eta = \frac{u_p}{u} = \sqrt{\frac{\left(a + c\sqrt{\frac{\pi\omega}{2}}\right)^2 + \left(b\omega + c\sqrt{\frac{\pi\omega}{2}}\right)^2}{\left(a + c\sqrt{\frac{\pi\omega}{2}}\right)^2 + \left(\omega + c\sqrt{\frac{\pi\omega}{2}}\right)^2}} \tag{4-17}$$

4.1.2.2 理论计算结果

利用2012年汛期黄河宁蒙河段下河沿、青铜峡、石嘴山、巴彦高勒、三湖河口和头道拐6个水文站实测的流量、断面平均流速、水深、比降数据,选取0.03 mm、0.048 mm、0.075 mm和0.15 mm 4个不同级别粒径泥沙,按照式(4-7)计算悬移运动的百分比(见图4-3)。

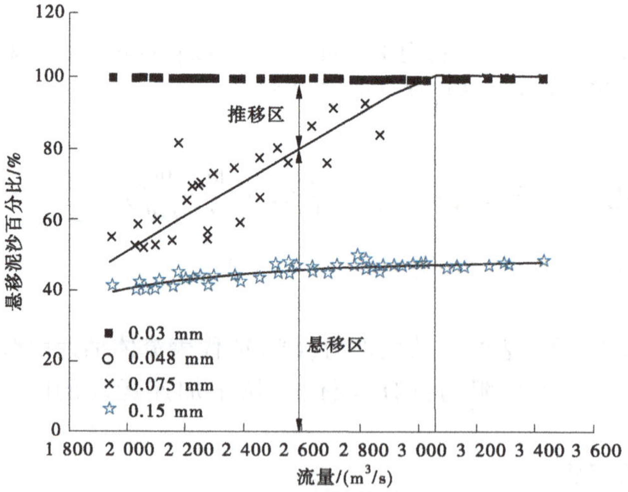

(a)下河沿站

图4-3 宁蒙河段2012年汛期不同粒径悬移泥沙百分比

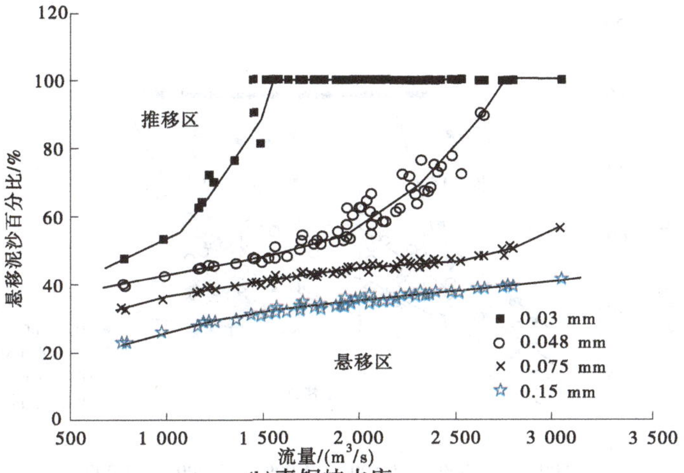

(b)青铜峡水库

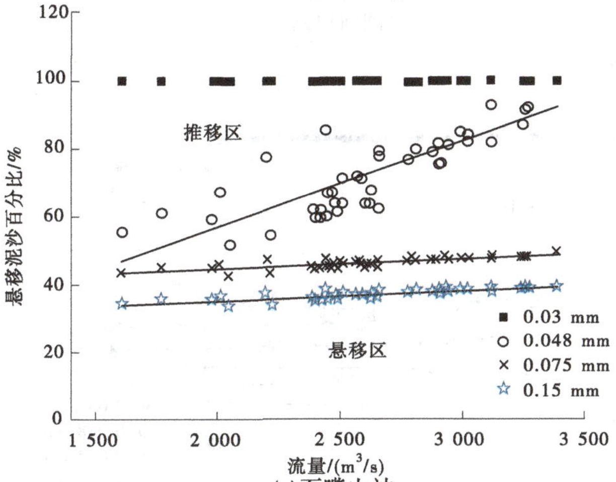

(c)石嘴山站

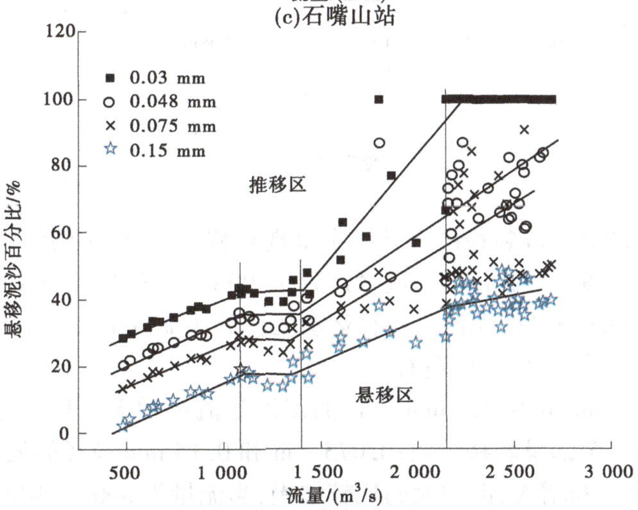

(d)巴彦高勒站

续图 4-3

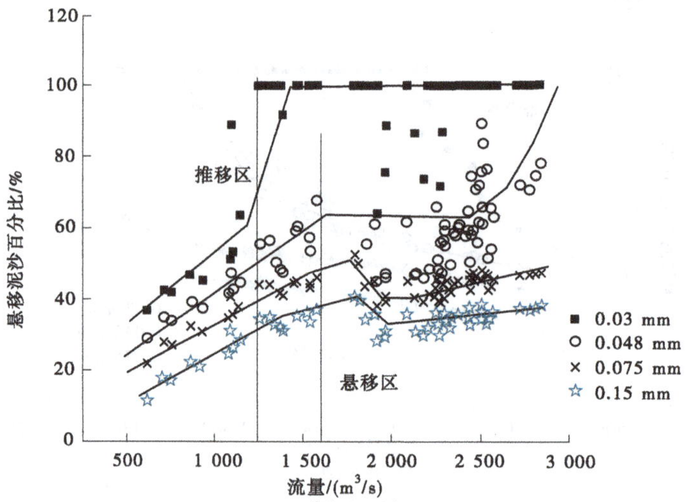

(e)三湖河口站

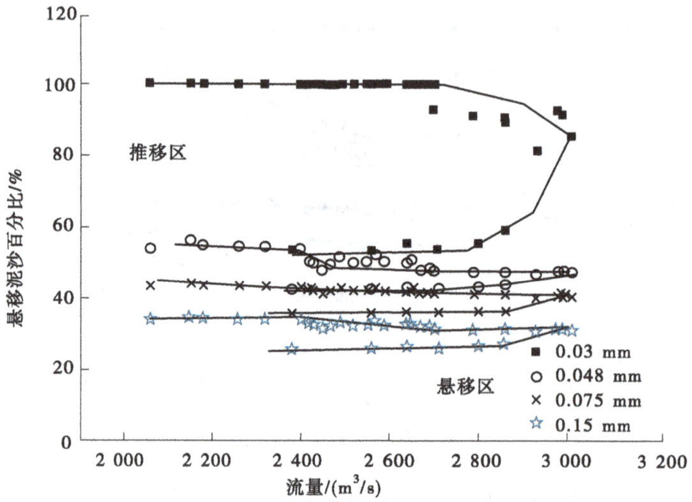

(f)头道拐站

续图 4-3

下河沿站小于 0.048 mm 粒径的泥沙基本呈现悬移质运动，0.075 mm 粒径的泥沙随流量的增加呈悬移运动的比例增大，在流量达到 3 000 m^3/s 左右后，该粒径泥沙基本均以悬移形式输送，0.15 mm 粒径的泥沙呈悬移运动的百分比随流量增大略有增大，整个汛期以悬移形式运移的基本维持在 40%左右。

青铜峡水库 0.03 mm 和 0.048 mm 粒径的泥沙随流量增大悬移百分比增大，流量达到 2 700 m^3/s 时，基本全部呈悬移运动；0.075 mm 和 0.15 mm 粒径的泥沙呈悬移运动的泥沙比例随流量增大不断增大，但增大的比较缓慢，当流量为 800~3 100 m^3/s 时，这两种粒径的泥沙悬移运动的颗粒分别在 30%~55%和 23%~40%。

石嘴山站小于 0.03 mm 粒径的泥沙基本呈悬移输移，0.048 mm 粒径的泥沙随流量增大悬移百分比增大,流量达到3 000m^3/s时,基本呈悬移运动,0.075 mm和0.15 mm粒径的泥沙悬移运动百分比随流量增大缓慢增大,分别在40%~50%和30%~40%。

巴彦高勒站不同粒径的泥沙呈悬移运动的百分比在流量达到1 000 m^3/s左右前,随流量增大增长较快,流量为1 000~1 500 m^3/s时,流量增大,悬移运动百分比基本维持不变,之后随流量增大快速增大,流量大于2 500 m^3/s后,0.048 mm、0.075 mm和0.15 mm粒径的泥沙呈悬移运动的比例分别达到80%、70%和45%。

三湖河口站0.048 mm、0.075 mm和0.15 mm粒径的泥沙悬移运动比例变化趋势一致,流量为1 800~2 000 m^3/s时,悬移运动泥沙比例出现了缓慢增长区或略微有些下降,小于1 800 m^3/s前,悬移运动泥沙比例随流量的增大增长较快,大于2 000 m^3/s后,0.048 mm粒径的泥沙呈悬移运移随流量增大增长较快,而0.075 mm和0.15 mm粒径的泥沙随流量增大增长比较缓慢。

头道拐站0.048 mm、0.075 mm、0.15 mm粒径的泥沙悬移运动比例变化趋势一致,在涨水段流量达到2 700 m^3/s前,0.03 mm粒径的泥沙均以悬移形式输送,之后随着同流量下水位升高,比降减小,流速减小,粒径大于0.075 mm的泥沙呈悬移运动的比例降低。

按照式(4-17)预测泥沙同紊流的跟随程度,即由式(4-17)及天然河道常见紊动频率范围(10~300 Hz),可计算出不同粒径天然沙同紊流的跟随度与紊流频率(反映水流能量和水流强度的参数,紊动频率高意味着能量低、水流强度弱)的关系(见图4-4)。由图4-4可知,不同粒径泥沙的跟随性不同,但变化趋势基本相同:随着紊动频率的增大,也就是水流强度的减小,泥沙的跟随性减小;反之随着紊动频率的减小,也就是水流强度的增大,泥沙的跟随性增大。0.05 mm粒径的泥沙随着紊动频率的减小,跟随性由0.55增加到0.75;0.075 mm粒径的泥沙随着紊动频率的减小,跟随性由0.51增加到0.68;0.1 mm粒径的泥沙随着紊动频率的减小,跟随性由0.50增加到0.62;0.25 mm粒径的泥沙随着紊动频率的减小,跟随性由0.48增加到0.52。

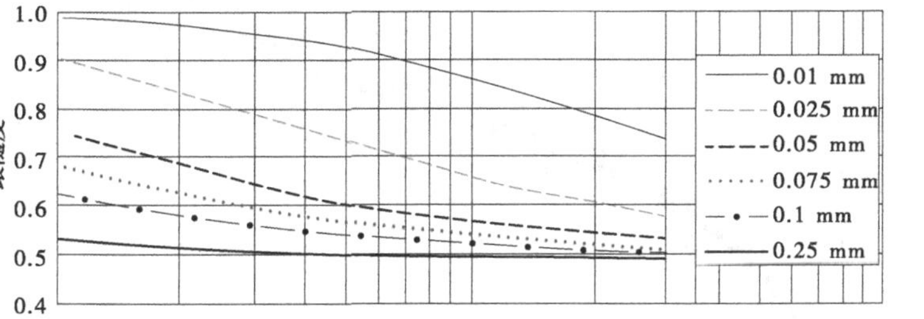

图4-4 不同粒径泥沙跟随度与频率的关系

综上所述,黄河宁蒙河段河床大部分沙质组成在水流强度较大时都有可能以悬移形式运移,并且随着粒径的减小,呈悬移形式运移的比例增大,持续大流量以足够的水流强度作用于河床,可以使粗颗粒泥沙更多地以悬移形式向下游输移。

4.2 实测资料分析

4.2.1 流量与流速关系

宁蒙河段河床泥沙的起动流速公式计算成果表明,河槽泥沙的最大起动流速为 0.58 m/s。根据宁蒙河段主要控制站实测流量成果,点绘实测流量与流速(断面平均流速)关系分布图,见图 4-5～图 4-10。

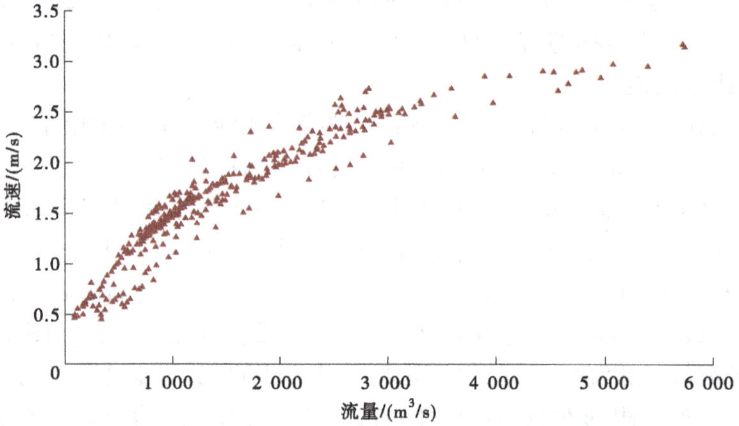

图 4-5 下河沿断面流量与流速关系分布

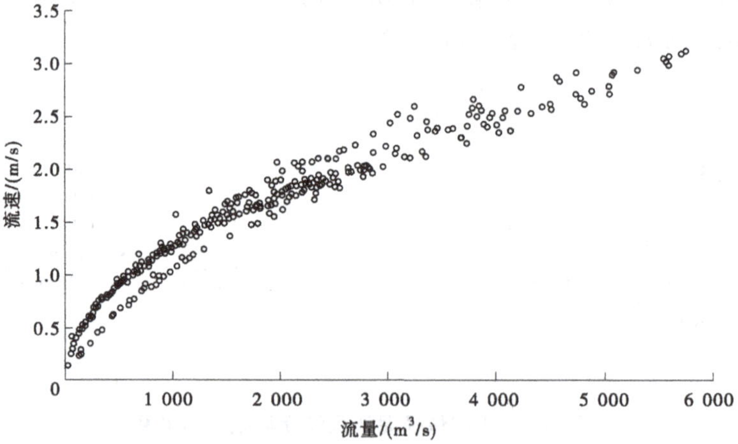

图 4-6 青铜峡断面流量与流速关系分布

由图 4-5～图 4-10 可知,流量为 1 500 m^3/s 时,宁夏河段下河沿断面、青铜峡断面最小平均流速超过 1.5 m/s,为泥沙最大起动流速的 2 倍以上;石嘴山断面最小平均流速约为 0.78 m/s,超过了泥沙的最大起动流速 0.58 m/s;内蒙古三湖河口断面、头道拐断面平

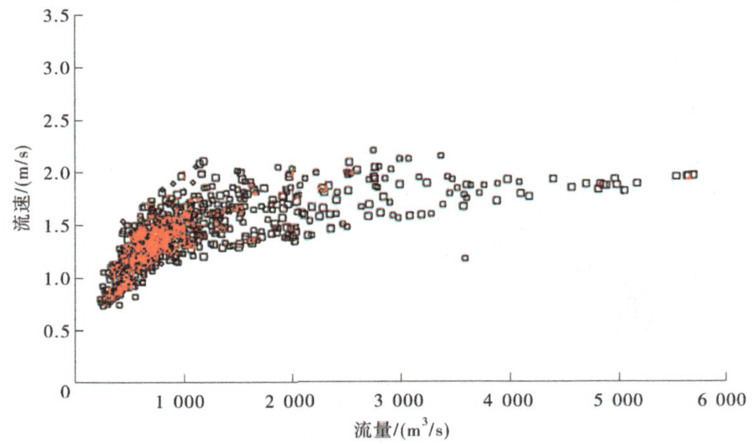

图 4-7　石嘴山断面流量与流速关系分布

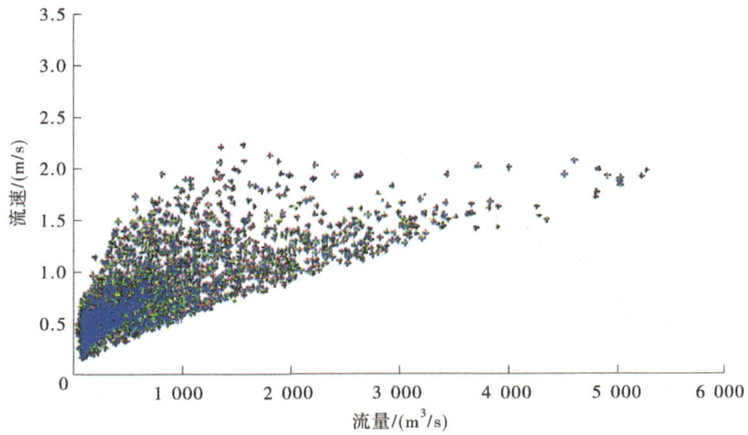

图 4-8　巴颜高勒断面流量与流速关系分布

均流速接近泥沙最大起动流速的 2 倍。因此说明，当宁蒙河段流量大于 1 500 m^3/s 后，断面流速大于河槽泥沙起动流速，河槽流速大于断面流速，更大于泥沙起动流速，河槽泥沙就容易起动。不过，这些起动的泥沙能否冲刷输移至下游，还与水流量大小、水流历时等有关。1979 年、1981 年、1982 年、1983 年、2012 年、2018 年、2019 年、2020 年洪水的历时分别为 29 d、19 d、15 d、24 d、44 d、61 d、41 d、35 d，洪水平均流量分别约为 2 500 m^3/s、3 960 m^3/s、2 080 m^3/s、2 880 m^3/s、2 370 m^3/s、2 480 m^3/s、2 250 m^3/s、2 600 m^3/s，巴彦高勒断面、三湖河口断面、昭君坟断面均发生了冲刷，2012 年河槽断面冲刷情况示例见图 4-11。1980 年洪水历时 9 d，洪水平均流量约 2 000 m^3/s，巴彦高勒断面、三湖河口断面特别是主槽范围均发生了较强烈的冲刷，但昭君坟断面冲刷已不那么明显（见图 4-12）。这说明内蒙古河段河槽在大流量、长历时情况下可以发生长距离冲刷输移，能有效恢复中水河槽规模，但若大流量历时不足，难以形成全河段长距离冲刷。

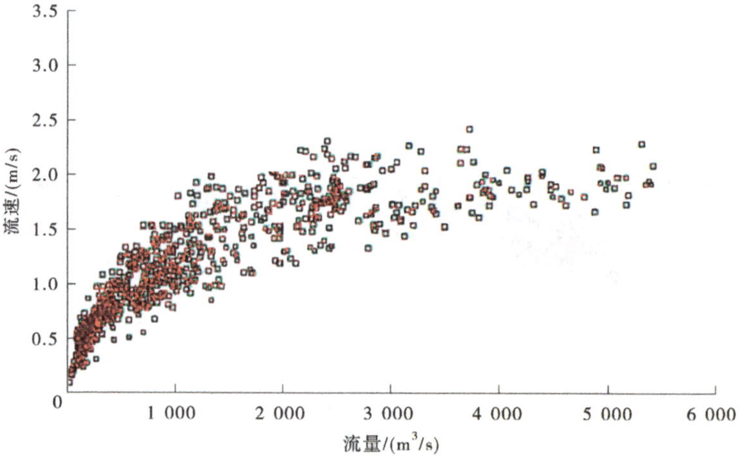

图 4-9　三湖河口断面流量与流速关系分布

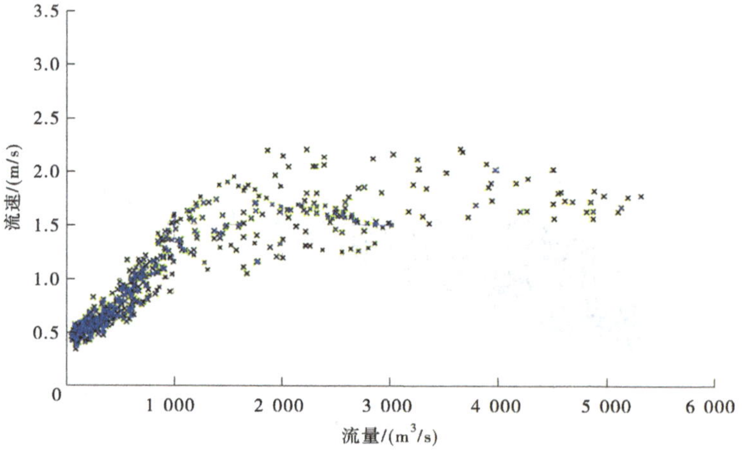

图 4-10　头道拐断面流量与流速关系分布

4.2.2　不同来源不同量级洪水冲淤特性

根据宁蒙河段洪水泥沙特点，分别以干流洪水为主、支流洪水为主以及干支流洪水遭遇三种情况进行不同量级洪水冲淤特性研究。

4.2.2.1　干流洪水为主

1. 洪水概况

1960~2020 年划分了 99 场干流洪水，总历时 2 625 d，场均历时 26.52 d，进口下河沿站来水总量 4 573.9 亿 m^3，来沙总量 21.273 亿 t，宁蒙河段共冲刷泥沙 5.316 亿 t。为区分不同河槽状态不同水流条件的洪水冲淤特性，在 99 场洪水中，划分非漫滩洪水共 89 场，历时 2 088 d，下河沿站来水量 3 457.0 亿 m^3，来沙量 14.192 亿 t，宁蒙河段冲刷泥沙 7.131 亿 t；划分漫滩洪水共 10 场，历时 537 d，下河沿站来水量 1 116.9 亿 m^3，来沙量 7.081 亿 t，宁蒙河段淤积泥沙 1.815 亿 t。干流洪水冲淤总体情况见表 4-2。

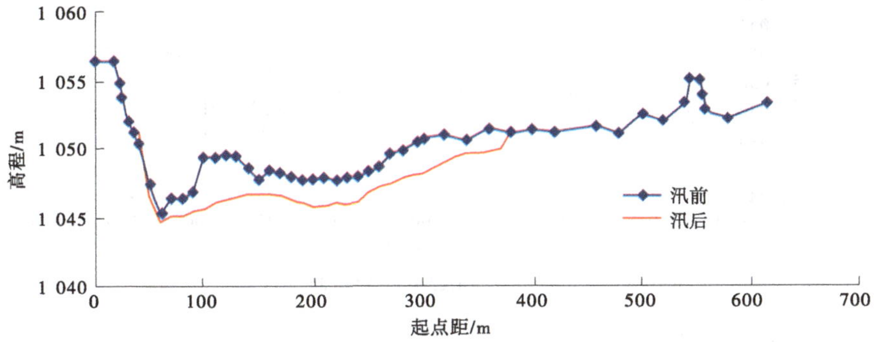

(a)巴彦高勒断面

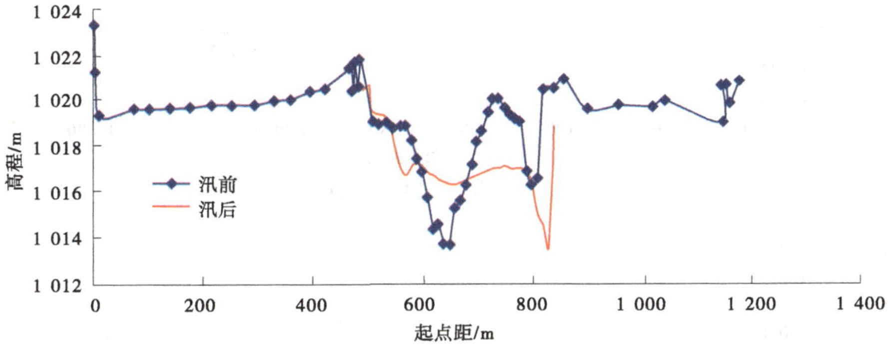

(b)三湖河口断面

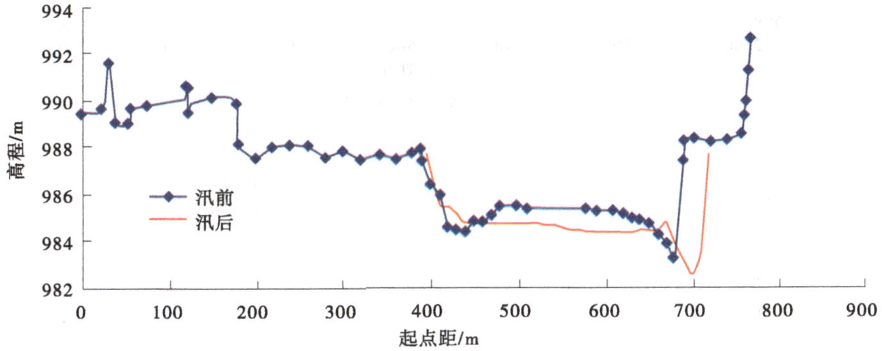

(c)头道拐断面

图 4-11　2012 年洪水各断面冲刷变化:洪水历时 44 d,平均流量 2 370 m³/s

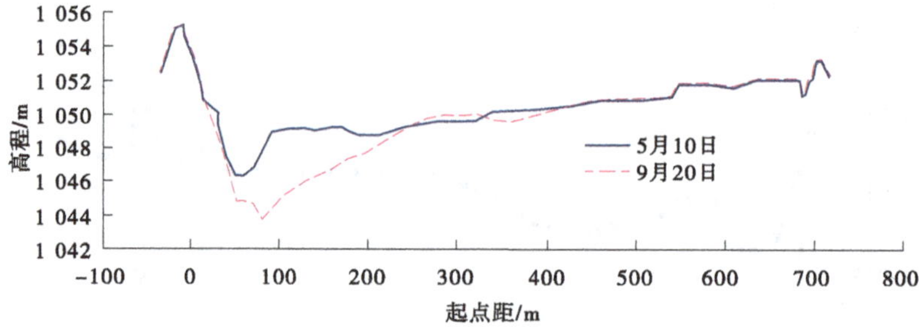

(a)巴彦高勒断面

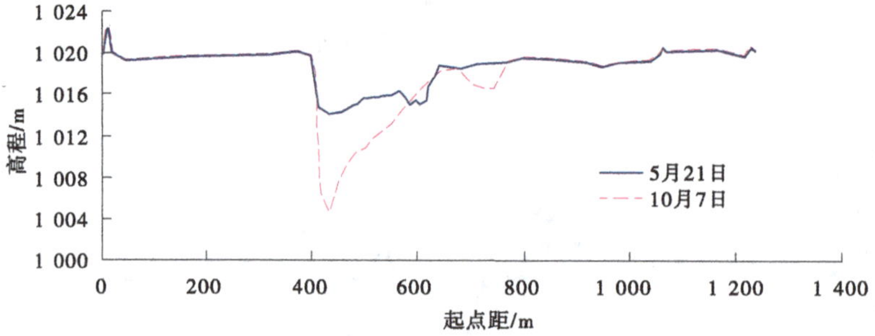

(b)三湖河口断面

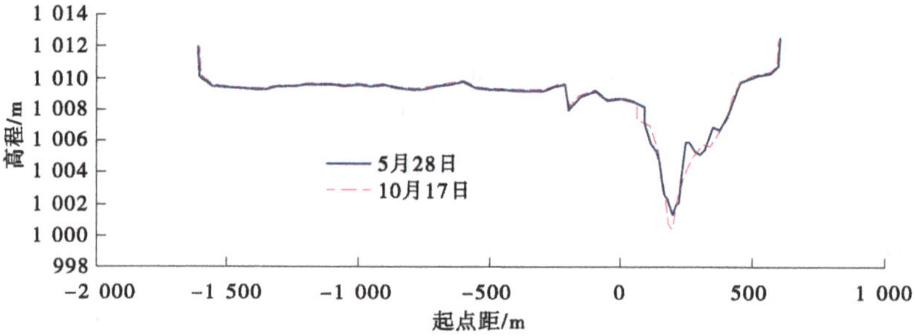

(c)昭君坟断面

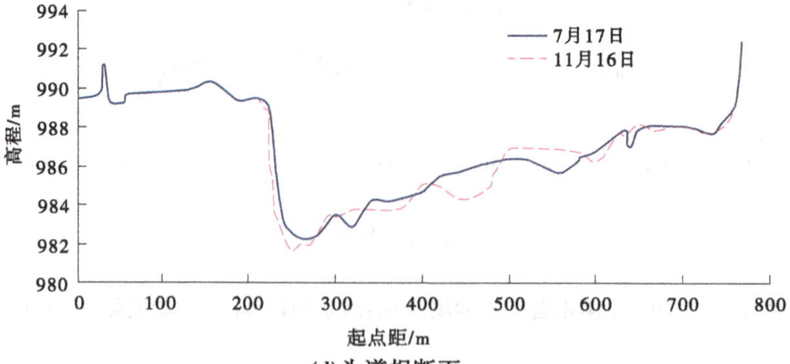

(d)头道拐断面

图 4-12　1980 年洪水各断面冲刷变化：洪水历时 9 d，平均流量 2 000 m^3/s

表 4-2　1960~2020 年宁蒙河段干流洪水冲淤总体情况

洪水类型		非漫滩洪水	漫滩洪水	汇总
场次累计	洪水场次	89	10	99
	历时/d	2 088	537	2 625
	下河沿站水量/亿 m^3	3 457.0	1 116.9	4 573.9
	下河沿站沙量/亿 t	14.192	7.081	21.273
场次平均	平均历时/d	23.46	53.70	26.52
	平均水量/亿 m^3	38.84	111.69	46.20
	平均沙量/亿 t	0.16	0.71	0.21
	平均流量/(m^3/s)	1 916	2 407	2 017
	平均含沙量/(kg/m^3)	4.11	6.34	4.65
宁蒙河段累计冲淤量/亿 t		-7.131	1.815	-5.316

(1)从时间尺度看,宁蒙河段累计冲刷泥沙 5.316 亿 t,主要发生在 1987 年以前,1960~1968 年、1969~1986 年场次洪水冲刷泥沙 2.227 亿 t、3.080 亿 t。1987 年以后由于洪水流量小、历时短,洪水期的泥沙也无法完全输送;1987~1999 年场次洪水泥沙淤积 0.614 亿 t;2000~2020 年受漫滩洪水影响,洪水期间只冲刷了 0.623 亿 t。宁蒙河段干流洪水不同时期冲淤量见表 4-3。

(2)从空间尺度看,非漫滩洪水累计冲刷泥沙 7.131 亿 t,其中下青河段冲刷 1.652 亿 t、青石河段冲刷 0.666 亿 t、石巴河段冲刷 1.664 亿 t、巴三河段冲刷 2.643 亿 t、三头河段冲刷 0.506 亿 t;漫滩洪水累计淤积泥沙 1.816 亿 t,其中下青河段淤积 0.063 亿 t、青石河段淤积 0.971 亿 t、石巴河段淤积 1.456 亿 t、巴三河段冲刷 1.232 亿 t、三头河段淤积 0.557 亿 t。宁蒙河段干流洪水不同河段冲淤量见表 4-4。

(3)从泥沙组成看,非漫滩洪水除 $D>0.1$ mm 为淤积外,其他各粒径组泥沙均为冲刷,$D<0.025$ mm、0.025 mm$<D<$0.05 mm、0.05 mm$<D<$0.08 mm、0.08 mm$<D<$0.1 mm 的分组泥沙分别冲刷 3.868 亿 t、2.331 亿 t、0.798 亿 t、0.532 亿 t;漫滩洪水各粒径组泥沙均为淤积,$D<0.025$ mm、0.025 mm$<D<$0.05 mm、0.05 mm$<D<$0.08 mm、0.08 mm$<D<$0.1 mm、$D>0.1$ mm 的分组泥沙分别淤积 0.908 亿 t、0.429 亿 t、0.189 亿 t、0.126 亿 t、0.163 亿 t。宁蒙河段干流洪水不同粒径组冲淤量见表 4-5。

表 4-3　宁蒙河段干流洪水不同时期冲淤量

时段	总水量/亿 m^3	总沙量/亿 t	场次洪水					累计冲淤量/亿 t						平均冲淤量/亿 t
			平均天数/d	平均水量/亿 m^3	平均沙量/亿 t	平均流量/(m^3/s)	平均含沙量/(kg/m^3)	下青河段	青石河段	石巴河段	巴三河段	三头河段	合计	
1960~1968 年	1 280.73	9.71	24.5	53.36	0.40	2 525	7.58	-0.074	-1.057	-0.695	-1.017	0.616	-2.227	-0.247
1969~1986 年	1 540.80	7.41	23.2	48.15	0.23	2 400	4.81	-1.495	1.225	-1.365	-1.109	-0.336	-3.080	-0.171
1987~1999 年	107.86	0.62	13.1	11.98	0.07	1 058	5.73	0.242	0.208	-0.171	0.169	0.166	0.614	0.047
2000~2020 年	1 644.51	3.53	34.6	48.37	0.10	1 617	2.15	-0.263	-0.071	2.023	-1.918	-0.394	-0.623	-0.030
1987~2020 年	1 752.37	4.15	30.1	40.75	0.10	1 566	2.37	-0.020	0.137	1.852	-1.749	-0.229	-0.009	0
1960~2020 年	4 573.90	21.27	26.5	46.20	0.21	2 017	4.65	-1.590	0.305	-0.208	-3.875	0.052	-5.316	-0.087

表 4-4　宁蒙河段干流洪水不同河段冲淤量　单位:亿 t

河段	非漫滩洪水	漫滩洪水	汇总
下青河段	-1.652	0.063	-1.589
青石河段	-0.666	0.971	0.305
石巴河段	-1.664	1.456	-0.208
巴三河段	-2.643	-1.232	-3.875
三头河段	-0.506	0.557	0.051
宁蒙河段	-7.131	1.815	-5.316

表 4-5　宁蒙河段干流洪水不同粒径组冲淤量　单位:亿 t

河段	非漫滩洪水	漫滩洪水	汇总
0~0.025 mm	-3.867	0.908	-2.961
0.025~0.05 mm	-2.331	0.429	-1.901
0.05~0.08 mm	-0.798	0.189	-0.609
0.08~0.1 mm	-0.532	0.126	-0.406
>0.1 mm	0.397	0.163	0.560
>0.05 mm	-0.933	0.478	-0.455
>0.08 mm	-0.135	0.289	0.154
全沙	-7.131	1.815	-5.316

2. 漫滩洪水冲淤特性

漫滩洪水一般有比较明显的淤滩刷槽作用。例如,2012 年宁蒙河段干流洪水持续近 3 个月,进口下河沿断面流量大于 2 000 m^3/s、大于 2 500 m^3/s、大于 3 000 m^3/s 的天数分别达到 43 d、27 d、10 d,长历时持续的漫滩洪水过程使宁蒙河段主槽冲刷、滩地淤积,见典型断面示意图 4-13。洪水期间主槽共冲刷泥沙 1.359 亿 t、滩地淤积泥沙 1.388 亿 t,合计淤积泥沙 0.029 亿 t,漫滩洪水淤滩刷槽作用使河段平滩流量明显增大,增加 200~500 m^3/s。

2012 年大流量、长历时洪水过程对输送粗沙也有显著效果。洪水期间干流巴彦高勒站累计来沙量为 4 090 万 t,巴彦高勒—头道拐河段支流来沙量较小,不足 100 万 t,洪水期该河段泥沙粒径大于 0.05 mm 的排沙比平均为 56.4%,大于 0.1 mm 的排沙比平均为 28.6%。从排沙比的变化过程看,洪水历时超过 30 d 以后,泥沙粒径大于 0.05 mm 排沙比明显增大,甚至超过了 100%,表示主槽粗沙被冲刷输移,见图 4-14。

3. 非漫滩洪水冲淤特性

1) 不同流量级不同含沙量级洪水冲淤特性

非漫滩洪水,洪水泥沙集中在河槽中输移。为了进一步分析宁蒙河段洪水在河槽中的冲淤特性,将一般含沙量非漫滩洪水根据下河沿站含沙量划分含沙量级 0~3 kg/m^3、

3~7 kg/m³、7~20 kg/m³ 和 20 kg/m³ 以上，根据下河沿站流量划分 1 000 m³/s 以下、1 000~1 500 m³/s、1 500~2 000 m³/s、2 000~2 500 m³/s、2 500~3 000 m³/s、3 000 m³/s 以上 6 个流量级。各含沙量级宁蒙河段洪水冲淤情况见表 4-6~表 4-9。

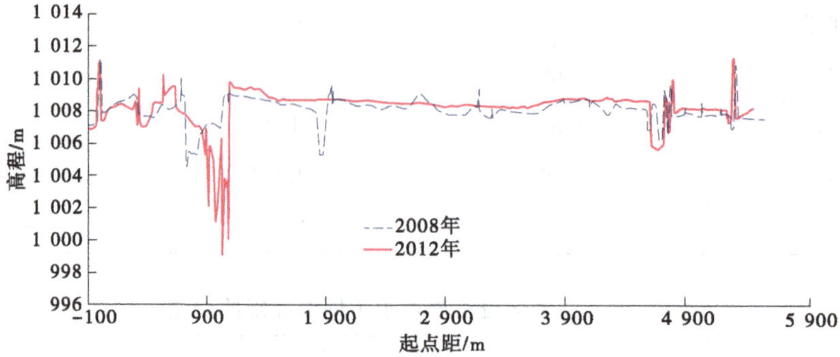

图 4-13　内蒙古河段典型断面示意图(58 断面，三湖河口以下 78 km)

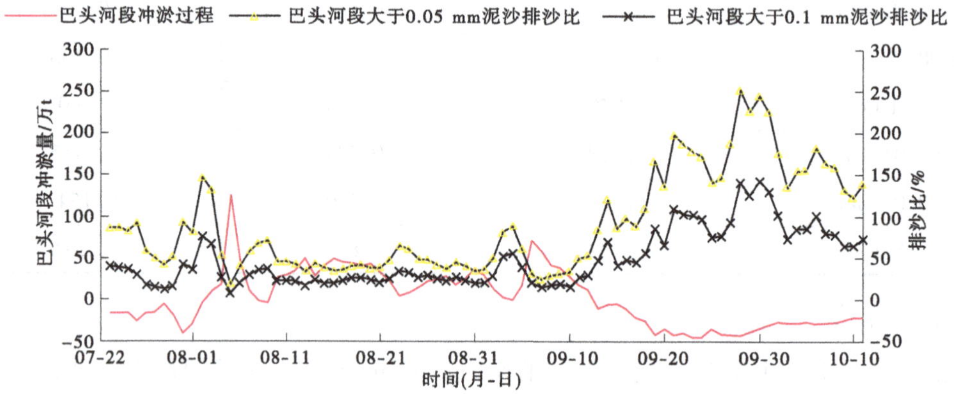

图 4-14　2012 年洪水期间冲淤量变化及粗沙排沙比变化

(1)含沙量 0~3 kg/m³。

1960~2020 年宁蒙河段共发生含沙量 0~3 kg/m³ 的非漫滩洪水 43 场，历时 1 124 d，下河沿站来水量 1 545.11 亿 m³，来沙量 2.35 亿 t。此含沙量级洪水在宁蒙河段冲刷 3.59 亿 t，其中下青河段冲刷 13 480 万 t、青石河段冲刷 1 851 万 t、石巴河段冲刷 2 075 万 t、巴三河段冲刷 13 229 万 t、三头河段冲刷 5 189 万 t；各河段冲刷量分别占整个宁蒙河段的 37.6%、5.2%、5.8%、36.9%、14.5%。从不同流量级的冲刷情况看，冲刷量主要集中在流量为 2 500~3 000 m³/s 流量级洪水，其次是 2 000~2 500 m³/s、1 500~2 000 m³/s 两个流量级洪水，宁蒙河段分别冲刷 10 520 万 t、9 921 万 t、9 778 万 t，约占该类洪水总冲刷量的 29.4%、27.7%、27.3%。

表 4-6　含沙量 0~3 kg/m^3 洪水分流量级分历时宁蒙河段冲淤情况

流量级/(m^3/s)	历时/d	场次	历时/d	总沙量/亿 t	总水量/亿 m^3	冲淤量/万 t						冲淤效率/(kg/m^3)					
						下青河段	青石河段	石巴河段	巴三河段	三头河段	宁蒙河段	下青河段	青石河段	石巴河段	巴三河段	三头河段	宁蒙河段
1 000 以下	≤10	1	6	0	4.50	135	84	−17	−53	5	154	3.0	2.9	−0.4	−2.0	0.1	3.4
	11~20	3	48	0.03	36.23	203	−260	−129	−466	243	−409	0.6	−0.8	−0.4	−1.5	0.8	−1.1
	21~30																
	≥31	3	153	0.12	121.59	631	−402	893	−352	163	933	0.5	−0.6	1.1	−1.1	0.3	0.8
	小计	7	207	0.15	162.32	969	−578	747	−871	411	678	0.6	−0.5	0.6	−1.3	0.5	0.4
1 000~1 500	≤10	2	15	0.04	17.11	−1 162	755	391	−250	157	−109	−6.8	4.7	2.2	−1.9	1.2	−0.6
	11~20	8	132	0.21	147.95	−919	−1 034	607	−1 657	521	−2 482	−0.6	−0.8	0.4	−1.6	0.5	−1.7
	21~30	4	97	0.11	105.79	54	−1 650	936	−774	233	−1 201	0.1	−2.0	1.0	−1.3	0.4	−1.1
	≥31	6	246	0.29	255.50	−1 375	587	3 300	−1 504	37	1 045	−0.5	0.3	1.7	−1.5	0	0.4
	小计	20	490	0.65	526.35	−3 402	−1 342	5 234	−4 185	948	−2 747	−0.6	−0.3	1.2	−1.6	0.3	−0.5
1 500~2 000	≤10	1	10	0.03	13.66	46	−19	126	−251	−103	−201	0.3	−0.2	1.0	−2.7	−0.9	−1.5
	11~20	5	80	0.29	124.00	−3 017	45	−150	−1 016	−2 004	−6 142	−2.4	0	−0.1	−1.0	−2.0	−5.0
	21~30																
	≥31	2	91	0.04	149.80	−379	−1 459	1 646	−1 663	−1 580	−3 435	−0.3	−1.2	1.2	−1.7	−1.6	−2.3
	小计	8	181	0.36	287.46	−3 350	−1 433	1 622	−2 930	−3 687	−9 778	−1.2	−0.6	0.6	−1.4	−1.7	−3.4

续表 4-6

流量级/(m^3/s)	历时/d	场次	历时/d	总沙量/亿 t	总水量/亿 m^3	冲淤量/万 t						冲淤效率/(kg/m^3)					
						下青河段	青石河段	石巴河段	巴三河段	三头河段	宁蒙河段	下青河段	青石河段	石巴河段	巴三河段	三头河段	宁蒙河段
2 000~2 500	≤10																
	11~20	1	18	0.09	33.84	-46	-425	-289	-146	-574	-1 480	-0.1	-1.5	-0.8	-0.5	-1.8	-4.4
	21~30	1	25	0.06	48.33	-1 184	-58	-298	-388	-415	-2 343	-2.4	-0.1	-0.6	-1.0	-1.1	-4.8
	≥31	2	69	0.32	139.57	0	719	-1 977	-1 010	-3 830	-6 098	0	0.7	-1.5	-1.0	-3.3	-4.4
	小计	4	112	0.47	221.74	-1 230	236	-2 564	-1 544	-4 819	-9 921	-0.6	0.1	-1.2	-0.9	-2.6	-4.5
2 500~3 000	≤10																
	11~20	1	20	0.07	43.34	-338	-578	70	-1 113	-566	-2 525	-0.8	-1.5	0.2	-3.2	-1.5	-5.8
	21~30	1	25	0.05	59.62	-501	-928	-1 113	-558	-1 003	-4 103	-0.8	-1.7	-1.9	-1.1	-1.9	-6.9
	≥31	1	49	0.20	108.59	-1 490	273	-1 601	-479	-595	-3 892	-1.4	0.3	-1.6	-0.6	-0.7	-3.6
	小计	3	94	0.32	211.55	-2 329	-1 233	-2 644	-2 150	-2 164	-10 520	-1.1	-0.7	-1.3	-1.3	-1.2	-5.0
3 000 以上	≤10																
	11~20																
	21~30																
	≥31	1	40	0.40	135.69	-4 138	2 499	-4 470	-1 549	4 122	-3 536	-3.0	2.0	-3.3	-1.2	3.0	-2.6
	小计	1	40	0.40	135.69	-4 138	2 499	-4 470	-1 549	4 122	-3 536	-3.0	2.0	-3.3	-1.2	3.0	-2.6
总计		43	1 124	2.35	1 545.11	-13 480	-1 851	-2 075	-13 229	-5 189	-35 824	-0.9	-0.2	-0.1	-1.3	-0.5	-2.3

表 4-7 含沙量 3~7 kg/m³ 洪水分流量级分历时宁蒙河段冲淤情况

流量级/(m^3/s)	历时/d	场次	历时/d	总沙量/亿 t	总水量/亿 m^3	冲淤量/万 t						冲淤效率/(kg/m^3)					
						下青河段	青石河段	石巴河段	巴三河段	三头河段	宁蒙河段	下青河段	青石河段	石巴河段	巴三河段	三头河段	宁蒙河段
1 000 以下	≤10																
	11~20																
	21~30	1	22	0.10	18.34	761	146	288	-122	-50	1 023	4.1	1.2	1.5	-0.9	-0.3	5.6
	≥31																
	小计	1	22	0.10	18.34	761	146	288	-122	-50	1 023	4.1	1.2	1.5	-0.9	-0.3	5.6
1 000~1 500	≤10	2	18	0.10	20.83	663	-169	349	-159	652	1 336	3.2	-1.1	1.9	-1.2	5.0	6.4
	11~20	5	68	0.29	78.02	634	118	-593	814	118	1 091	0.8	0.2	-0.8	1.3	0.2	1.4
	21~30																
	≥31																
	小计	7	86	0.39	98.85	1 297	-51	-244	655	770	2 427	1.3	-0.1	-0.3	0.9	1.0	2.5
1 500~2 000	≤10	4	37	0.31	57.59	172	-497	111	-77	-587	-878	0.3	-0.9	0.2	-0.2	-1.4	-1.5
	11~20	1	20	0.10	25.95	0	-717	419	-336	-486	-1 120	0	-2.8	1.4	-1.4	-2.0	-4.3
	21~30	1	25	0.15	34.20	535	145	463	-419	-145	579	1.6	0.6	1.6	-2.4	-0.6	1.7
	≥31	2	70	0.59	117.31	-50	-963	-138	-498	-643	-2 292	0	-0.9	-0.1	-0.5	-0.7	-2.0
	小计	8	152	1.15	235.05	657	-2 032	855	-1 330	-1 861	-3 711	0.3	-1.0	0.4	-0.7	-1.0	-1.6

续表 4-7

流量级/(m^3/s)	历时/d	场次	历时/d	总沙量/亿 t	总水量/亿 m^3	冲淤量/万 t						冲淤效率/(kg/m^3)					
						下青河段	青石河段	石巴河段	巴三河段	三头河段	宁蒙河段	下青河段	青石河段	石巴河段	巴三河段	三头河段	宁蒙河段
2 000~2 500	≤10																
	11~20	1	19	0.27	41.04	0	-560	-349	-449	-549	-1 907	0	-1.7	-0.9	-1.4	-1.7	-4.6
	21~30	4	99	0.95	193.11	727	-1 822	-751	-1 411	-1 579	-4 836	0.4	-1.0	-0.4	-0.9	-0.9	-2.5
	≥31																
	小计	5	118	1.22	234.15	727	-2 382	-1 100	-1 860	-2 128	-6 743	0.3	-1.1	-0.5	-1.0	-1.1	-2.9
2 500~3 000	≤10																
	11~20	1	16	0.15	35.24	0	-1 644	973	-507	-376	-1 554	0	-4.7	2.7	-1.7	-1.3	-4.4
	21~30																
	≥31	4	181	1.64	437.71	-3 931	-4 877	-5 086	-4 913	-2 611	-21 418	-0.9	-1.2	-1.1	-1.1	-0.7	-4.9
	小计	5	197	1.79	472.95	-3 931	-6 521	-4 113	-5 420	-2 987	-22 972	-0.8	-1.5	-0.9	-1.1	-0.7	-4.9
3 000 以上	≤10																
	11~20																
	21~30																
	≥31	2	94	1.16	255.92	-64	1 515	-3 696	-3 167	1 603	-3 809	0	0.7	-1.5	-1.5	0.7	-1.5
	小计	2	94	1.16	255.92	-64	1 515	-3 696	-3 167	1 603	-3 809	0	0.7	-1.5	-1.5	0.7	-1.5
总计		28	669	5.81	1 315.26	-553	-9 325	-8 010	-11 244	-4 653	-33 785	0	-0.8	-0.6	-1.0	-0.4	-2.6

表 4-8　含沙量 7~20 kg/m³ 洪水分流量级分历时宁蒙河段冲淤情况

流量级/(m^3/s)	历时/d	场次	历时/d	总沙量/亿 t	总水量/亿 m^3	冲淤量/万 t						冲淤效率/(kg/m^3)					
						下青河段	青石河段	石巴河段	巴三河段	三头河段	宁蒙河段	下青河段	青石河段	石巴河段	巴三河段	三头河段	宁蒙河段
1 000 以下	≤10	1	17	0.13	11.89	834	462	-647	447	346	1 442	7.0	9.0	-6.4	4.7	3.2	12.1
	11~20																
	21~30																
	≥31																
	小计	1	17	0.13	11.89	834	462	-647	447	346	1 442	7.0	9.0	-6.4	4.7	3.2	12.1
1 000~1 500	≤10	3	22	0.29	25.08	-676	1 538	-242	477	456	1 553	-2.7	8.2	-1.0	2.6	2.5	6.2
	11~20	2	26	0.25	26.34	481	43	391	164	533	1 612	1.8	0.2	1.6	1.0	3.4	6.1
	21~30																
	≥31																
	小计	5	48	0.54	51.42	-195	1 581	149	641	989	3 165	-0.4	4.0	0.3	1.8	2.9	6.2
1 500~2 000	≤10	1	8	0.18	12.61	0	274	82	-56	-134	166	0	2.7	0.7	-0.6	-1.4	1.3
	11~20	1	12	0.14	15.97	169	686	-178	141	-241	577	1.1	6.5	-1.2	1.0	-1.6	3.6
	21~30																
	≥31																
	小计	2	20	0.32	28.58	169	960	-96	85	-375	743	0.6	4.7	-0.3	0.4	-1.6	2.6

续表 4-8

流量级/(m^3/s)	历时/d	场次	历时/d	总沙量/亿 t	总水量/亿 m^3	冲淤量/万 t						冲淤效率/(kg/m^3)					
						下青河段	青石河段	石巴河段	巴三河段	三头河段	宁蒙河段	下青河段	青石河段	石巴河段	巴三河段	三头河段	宁蒙河段
2 000~2 500	≤10																
	11~20	2	29	0.73	51.88	0	1 066	−591	517	369	1 361	0	2.3	−1.1	1.1	0.8	2.6
	21~30	1	25	0.43	52.20	−970	710	126	−344	−619	−1 097	−1.9	1.8	0.3	−0.9	−1.6	−2.1
	≥31																
	小计	3	54	1.16	104.08	−970	1 776	−465	173	−250	264	−0.9	2.1	−0.5	0.2	−0.3	0.3
2 500~3 000	≤10																
	11~20	1	15	0.38	33.84	0	−260	496	−41	−457	−262	0	−0.8	1.4	−0.1	−1.4	−0.8
	21~30	2	56	1.14	129.68	−3 159	1 228	−987	−315	−608	−3841	−2.4	1.1	−0.8	−0.3	−0.6	−3.0
	≥31																
	小计	3	71	1.52	163.52	−3 159	968	−491	−356	−1 065	−4 103	−1.9	0.7	−0.3	−0.3	−0.7	−2.5
3 000 以上	≤10																
	11~20																
	21~30																
	≥31	2	67	1.74	208.24	0	−2 584	−4 327	−3 628	4 767	−5 772	0	−1.4	−2.1	−1.9	2.4	−2.8
	小计	2	67	1.74	208.24	0	−2 584	−4 327	−3 628	4 767	−5 772	0	−1.4	−2.1	−1.9	2.4	−2.8
总计		16	277	5.41	567.73	−3 321	3 163	−5 877	−2 638	4 412	−4 261	−0.6	0.7	−1.1	−0.5	0.9	−0.8

表 4-9　含沙量 20 kg/m^3 以上洪水分流量级分历时宁蒙河段冲淤情况

流量级/(m^3/s)	历时/d	场次	历时/d	总沙量/亿 t	总水量/亿 m^3	冲淤量/万 t						冲淤效率/(kg/m^3)					
						下青河段	青石河段	石巴河段	巴三河段	三头河段	宁蒙河段	下青河段	青石河段	石巴河段	巴三河段	三头河段	宁蒙河段
1 000 以下	≤10	1	5	0.09	4.12	834	215	−22	148	500	1 675	20.2	10.2	−0.7	4.2	13.1	40.7
	11~20																
	21~30																
	≥31																
	小计	1	5	0.09	4.12	834	215	−22	148	500	1 675	20.2	10.2	−0.7	4.2	13.1	40.7
1 000~1 500	≤10																
	11~20																
	21~30																
	≥31																
	小计																
1 500~2 000	≤10																
	11~20																
	21~30																
	≥31																
	小计																

续表 4-9

流量级/(m^3/s)	历时/d	场次	历时/d	总沙量/亿 t	总水量/亿 m^3	冲淤量/万 t						冲淤效率/(kg/m^3)					
						下青河段	青石河段	石巴河段	巴三河段	三头河段	宁蒙河段	下青河段	青石河段	石巴河段	巴三河段	三头河段	宁蒙河段
2 000~2 500	≤10																
	11~20	1	13	0.54	24.79	0	1 141	-661	527	-129	878	0	5.2	-2.5	2.0	-0.5	3.5
	21~30																
	≥31																
	小计	1	13	0.54	24.79	0	1 141	-661	527	-129	878	0	5.2	-2.5	2.0	-0.5	3.5
2 500~3 000	≤10																
	11~20																
	21~30																
	≥31																
	小计																
3 000 以上	≤10																
	11~20																
	21~30																
	≥31																
	小计																
总计		2	18	0.63	28.91	834	1 356	-683	675	371	2 553	2.9	5.6	-2.3	2.3	1.2	8.8

从该含沙量级下不同流量级洪水在宁蒙河段的沿程冲淤情况来看，当流量在 1 000 m^3/s 以下时，下青河段、石巴河段、三头河段淤积，其余河段冲刷，整个宁蒙河段表现为淤积，淤积效率为 0.4 kg/m^3；当流量为 1 000～1 500 m^3/s 时，除石巴河段、三头河段淤积外，其他河段和整个宁蒙河段表现为冲刷，整个宁蒙河段冲刷效率为 0.5 kg/m^3；流量为 1 500～2 000 m^3/s 时，除石巴河段表现为淤积外，其他河段均表现为冲刷，整个宁蒙河段冲刷效率为 3.4 kg/m^3，冲刷量进一步加大；流量为 2 000～2 500 m^3/s 时，青石河段微淤，下青河段冲刷量减小，其他河段冲刷且冲刷量增加，整个宁蒙河段的冲刷效率与上一流量级相当，为 4.5 kg/m^3；当流量为 2 500～3 000 m^3/s 时，宁蒙河段全线冲刷，冲刷效率提高且冲刷效率较为平均，整个宁蒙河段的冲刷效率为 5.0 kg/m^3。下河沿站流量在 3 000 m^3/s 以上的洪水只发生一场，由于河道冲淤调整，青石河段、三头河段转为淤积，整个宁蒙河段冲刷效率有所降低，为 2.6 kg/m^3。

(2)含沙量 3～7 kg/m^3。

该含沙量级非漫滩洪水共发生 28 场，下河沿站来水量 1 315.26 亿 m^3，下河沿站来沙量 5.81 亿 t，洪水总历时 669 d，本含沙量级洪水，宁蒙河段共冲刷了 33 785 万 t 泥沙，冲刷效率最高的为巴三河段，其次为青石河段、石巴河段。

从该含沙量级下不同流量级洪水在宁蒙河段的表现来看，随着洪水平均流量的增大，宁蒙河段逐步由淤积转为冲刷，且随着流量的进一步增大，冲刷效率先增大后减小。1 500 m^3/s 以下流量洪水在宁蒙河段以淤积为主；1 500～2 000 m^3/s 流量级洪水宁蒙河段由淤积转为冲刷，其中青石河段、巴三河段、三头河段发生冲刷，下青河段淤积效率降低，由于上游河道的调整，石巴河段由冲刷转为淤积。当流量达到 2 000～2 500 m^3/s 时，宁蒙河段冲刷效率进一步提高，由 1 500～2 000 m^3/s 的 1.6 kg/m^3 提高到 2.9 kg/m^3。当流量达到 2 500～3 000 m^3/s 时，宁蒙河段冲刷效率达到最大 4.9 kg/m^3，宁蒙河段各分河段均发生冲刷，冲刷效率在 0.7～1.5 kg/m^3。当流量在 3 000 m^3/s 以上时，宁蒙河段的冲刷效率反而有所降低，为 1.5 kg/m^3，青石河段、三头河段转为淤积状态。

(3)含沙量 7～20 kg/m^3。

该含沙量级洪水共发生 16 场，下河沿站来水量 567.73 亿 m^3，下河沿站来沙量 5.41 亿 t，洪水总历时 277 d，该含沙量级洪水宁蒙河段冲刷泥沙 4 261 万 t，其中下青河段冲刷了 3 322 万 t，青石河段淤积了 3 163 万 t，石巴河段冲刷了 2 877 万 t，巴三河段冲刷了 2 638 万 t、三头河段淤积了 4 412 万 t。从该含沙量级的冲淤特性可以看出，含沙量 7～20 kg/m^3 的洪水在青石河段、三头河段淤积严重。

从该含沙量级下不同流量级洪水在宁蒙河段的表现来看，随着洪水平均流量的增大，宁蒙河段逐步由淤积转为冲刷。该含沙量级下洪水流量小于 1 500 m^3/s 时宁蒙河段淤积较为严重，流量大于 1 500 m^3/s 以后淤积迅速减轻，流量大于 2 500 m^3/s 以后表现为冲刷。

(4)含沙量大于 20 kg/m^3。

该含沙量级洪水共发生 2 场，下河沿站来水量 28.91 亿 m^3，下河沿站来沙量 0.63 亿 t，洪水总历时 18 d，该含沙量级洪水宁蒙河段淤积 2 553 万 t 泥沙，其中下青河段淤积了 834 万 t、青石河段淤积了 1 356 万 t、石巴河段冲刷了 683 万 t、巴三河段淤积了 675 万 t、三头河段淤积了 371 万 t。从该含沙量级的沿程冲淤表现可以看出，该含沙量级洪水在青石河段淤积严重，占整个宁蒙河段淤积量的 53.1%，其次为下青河段、巴三河段、三头河段，分别为 32.7%、26.4%、14.5%，石巴河段则呈现少量冲刷。虽然该含沙量级洪水发生场次较少，但还是能够看出随着流量级的增大，整个宁蒙河段的淤积效率呈降低趋势。

2）不同流量级不同粒径组泥沙洪水冲淤特性

统计不同流量级下分组泥沙冲淤量、冲淤效率与流量级关系，见表 4-10 和图 4-15。由表 4-10 可知，$0<D<0.025$ mm、0.025 mm$<D<0.05$ mm、0.05 mm$<D<0.08$ mm、0.08 mm$<D<0.1$ mm 的各分组泥沙冲淤效率随着流量级的增大，淤积效率逐渐减小，当流量大于 1 500 m^3/s 时，转淤为冲，当流量为 2 500～3 000 m^3/s 时，各分组泥沙冲刷效率达到最大，但当流量在 3 000 m^3/s 以上时，冲刷效率有所减小。$D>0.1$ mm 粗沙在各流量下表现为淤积，冲淤效率随流量整体呈减小趋势，冲淤效率最小时的流量级为 2 500～3 000 m^3/s。

表 4-10　宁蒙河段干流洪水不同粒径组泥沙冲淤量、冲淤效率与流量级关系

粒径/mm		流量级/(m^3/s)					
		1 000 以下	1 000～1 500	1 500～2 000	2 000～2 500	2 500～3 000	3 000 以上
冲淤量/亿 t	0～0.025	0.173	0.066	−0.776	−0.756	−2.043	−0.531
	0.025～0.05	0.122	0.074	−0.340	−0.527	−1.088	−0.571
	0.05～0.08	0.090	0.050	−0.106	−0.242	−0.419	−0.170
	0.08～0.1	0.060	0.033	−0.071	−0.162	−0.280	−0.113
	>0.1	0.037	0.062	0.018	0.135	0.071	0.073
	>0.05	0.187	0.145	−0.159	−0.269	−0.628	−0.210
	>0.08	0.097	0.095	−0.053	−0.027	−0.209	−0.040
	全沙	0.482	0.285	−1.275	−1.552	−3.759	−1.312
冲淤效率/(kg/m^3)	0～0.025	0.876	0.097	−1.408	−1.292	−2.410	−0.886
	0.025～0.05	0.621	0.110	−0.617	−0.902	−1.283	−0.952
	0.05～0.08	0.458	0.073	−0.193	−0.415	−0.494	−0.282
	0.08～0.1	0.305	0.049	−0.128	−0.276	−0.330	−0.188
	>0.1	0.189	0.092	0.033	0.231	0.084	0.121
	>0.05	0.952	0.214	−0.288	−0.460	−0.740	−0.349
	>0.08	0.494	0.141	−0.095	−0.045	−0.246	−0.067
	全沙	2.449	0.421	−2.313	−2.654	−4.433	−2.187

3）综合分析

从不同水沙、历时洪水搭配在宁蒙河段的整体表现来看：

（1）含沙量在 3 kg/m^3 以下，宁蒙河段冲刷效率随着流量增大而增大。当流量为 2 500～3 000 m^3/s 时，冲刷效率达到最大；当流量在 3 000 m^3/s 以上时，冲刷效率有所

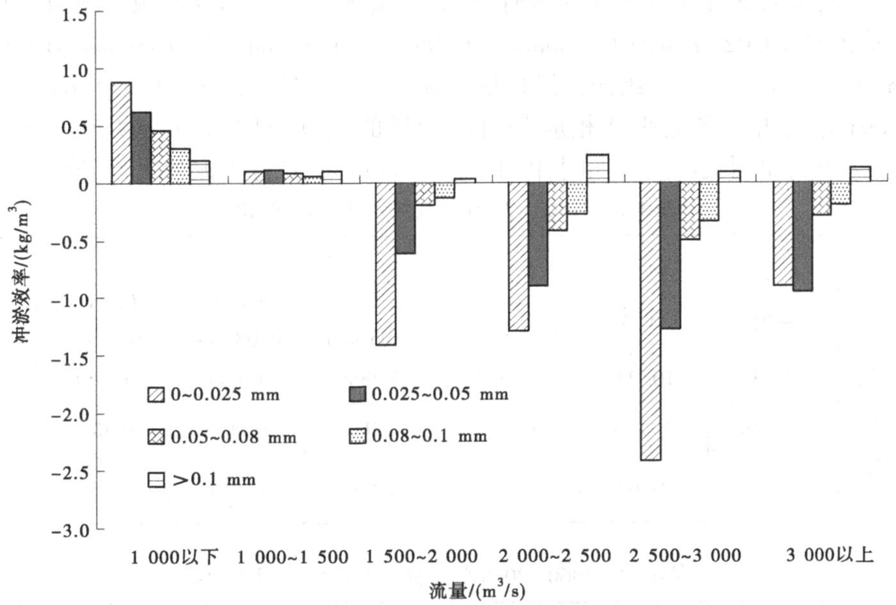

图 4-15　宁蒙河段不同粒径组泥沙冲淤效率与流量级关系

降低。

(2)含沙量 3~7 kg/m^3,随着流量级的增大,宁蒙河段逐步由淤积转为冲刷,当流量达到 1 500 m^3/s 以上时,宁蒙河段总体呈现冲刷,冲刷效率随流量级的增大而增大,但当流量在 3 000 m^3/s 以上时,冲刷效率随之迅速减小。流量级为 2 500~3 000 m^3/s 时冲刷效率最大。

(3)含沙量 7~20 kg/m^3 和含沙量在 20 kg/m^3 以上的洪水,随着流量级的增大,宁蒙河段淤积效率降低,流量大于 2 500 m^3/s 以后转为冲刷。

(4)各分组泥沙在不同水流条件下均能不同程度地被输移,小于 0.1 mm 的各粒径组泥沙,随着流量级增大,淤积效率逐渐减小,当流量大于 1 500 m^3/s 时,转淤积为冲刷,当流量为 2 500~3 000 m^3/s 时,冲刷效率达到最大,但当流量在 3 000 m^3/s 以上时,冲刷效率有所减小;大于 0.1 mm 的泥沙表现为淤积,淤积效率随流量级增大有所波动,但总体趋势减小,淤积效率最小时的流量级为 2 500~3 000 m^3/s。

综上所述,非漫滩洪水随着含沙量级的增大,整个宁蒙河段逐步由冲刷转为淤积;随着流量级的增大,整个宁蒙河段由淤积逐步转为冲刷或者淤积效率降低,有利于宁蒙河段输沙包括各分组泥沙粒径输沙的流量级范围为 2 500~3 000 m^3/s。

4.2.2.2　支流洪水为主

支流洪水重点分析巴彦高勒—头道拐河段十大孔兑。1960~2020 年划分孔兑洪水 30 场。30 场孔兑洪水中,23 场洪水历时在 1 d 左右,7 场洪水历时在 2 d 左右,全部洪水总历时 37 d;孔兑来水总量 18.184 亿 m^3,来沙总量 10.928 亿 t;巴彦高勒来水总量 28.384 亿 m^3,来沙总量 0.244 亿 t,见表 4-11、表 4-12。

30 场支流洪水期间巴彦高勒—头道拐河段共淤积泥沙 10.684 亿 t,占干支流来沙总量的 95.9%，说明支流发生洪水的短时期内，支流泥沙绝大部分淤积在河道。从淤积泥沙组成看，$0<D<0.025$ mm、$0.025\ \text{mm}<D<0.05$ mm、$0.05\ \text{mm}<D<0.08$ mm、$0.08\ \text{mm}<D<0.1$ mm、$D>0.1$ mm 的各分组泥沙淤积量分别为 2.791 亿 t、2.067 亿 t、1.644 亿 t、1.091 亿 t、3.091 亿 t，占干支流来沙相应分组泥沙量的比例分别为 90.3%、95.8%、50.0%、50.0%、99.3%，说明支流洪水期间，由于洪水含沙量高，各分组泥沙大量淤积。

表 4-11　1960~2020 年孔兑洪水冲淤总体情况

项目	水量/亿 m^3	沙量/亿 t					
		全沙	0~0.025 mm	0.025~0.05 mm	0.05~0.08 mm	0.08~0.1 mm	>0.1 mm
十大孔兑	18.184	10.928	2.929	2.098	1.683	1.114	3.104
巴彦高勒	28.384	0.244	0.138	0.031	0.039	0.023	0.013
巴头河段淤积		10.684	2.791	2.067	1.644	1.091	3.091

表 4-12　1960~2020 年孔兑洪水不同时期冲淤量

项目	1960~1968 年	1969~1986 年	1987~1999 年	2000~2020 年	1987~2020 年	1960~2020 年
洪水场次	4	11	11	4	15	30
总历时/d	6	13	11	7	18	37
累计冲淤量/亿 t	1.564	3.333	4.463	1.324	5.787	10.684

从时间尺度看，30 场支流洪水期间巴彦高勒—头道拐河段共淤积泥沙 10.684 亿 t，其中 1960~1968 年、1969~1986 年、1987~2020 年分别淤积泥沙 1.564 亿 t、3.333 亿 t、5.787 亿 t，分别占淤积总量的 14.6%、31.2%、54.2%。可见，1987 年以后支流洪水期淤积量大。

4.2.2.3　干支流洪水遭遇

1960~2020 年共有 3 场黄河干流洪水与 5 场孔兑洪水遭遇，洪水遭遇情况见表 4-13。

表 4-13　干支流洪水遭遇情况

黄河干流					孔兑				
洪水起始时间（年-月-日）	洪水结束时间（年-月-日）	历时/d	水量/亿 m^3	沙量/亿 t	洪水起始时间（年-月-日）	洪水结束时间（年-月-日）	历时/d	水量/亿 m^3	沙量/亿 t
1966-07-25	1966-08-30	37	63.927	0.650	1966-08-13	1966-08-13	1	0.769	0.778
1984-07-14	1984-08-19	37	83.220	0.547	1984-08-09	1984-08-09	1	0.419	0.381
1994-08-04	1994-09-05	33	36.004	0.487	1994-08-04	1994-08-04	1	0.720	0.373
					1994-08-12	1994-08-12	1	0.159	0.037
					1994-08-31	1994-08-31	1	0.204	0.068

遭遇洪水的干支流水沙特征值与河道冲淤量情况见表 4-14。1966 年洪水，黄河干流巴

彦高勒来水量 63.927 亿 m^3，平均流量 2 000 m^3/s，最大流量 2 810 m^3/s，来沙量 0.650 亿 t。洪水中期遭遇支流孔兑洪水，相应干流洪水期孔兑总来沙量为 0.805 亿 t，孔兑来沙主要集中在洪水当天，占 96.7%，洪水期间巴彦高勒—头道拐河段共淤积泥沙 0.848 亿 t，排沙比 41.7%，其中 $D>0.05$ mm、$D>0.1$ mm 的排沙比为 17.2%、7.0%。1984 年洪水，黄河干流巴彦高勒来水量 83.220 亿 m^3，平均流量 2 603 m^3/s，最大流量 3 790 m^3/s，来沙量 0.547 亿 t。洪水中期遭遇支流孔兑洪水，相应干流洪水期孔兑总来沙量为 0.436 亿 t，孔兑来沙主要集中在洪水当天，占 87.3%，洪水期间巴彦高勒—头道拐河段淤积泥沙 0.242 亿 t，相应排沙比 75.4%，其中 $D>0.05$ mm、$D>0.1$ mm 的排沙比为 54.2%、49.7%。1994 年洪水，黄河干流巴彦高勒站来水 36.004 亿 m^3，平均流量 1 263 m^3/s，最大流量 1 830 m^3/s，来沙量 0.487 亿 t。洪水初期遭遇支流孔兑洪水（其后遭遇了两场较小孔兑洪水），相应干流洪水期孔兑总来沙量为 0.486 亿 t，孔兑来沙主要集中在第一场孔兑洪水当天，占 76.8%，洪水期间巴彦高勒—头道拐河段淤积泥沙 0.730 亿 t，相应排沙比 24.9%，其中 $D>0.05$ mm、$D>0.1$ mm 的排沙比为 15.0%、4.5%。遭遇洪水的干支流水沙特征值与河道冲淤量情况见表 4-14、表 4-15。

表 4-14　干支流遭遇洪水特征值与河道冲淤情况

洪水起始时间（年-月-日）	洪水结束时间（年-月-日）	干支流	历时/d	平均流量/(m^3/s)	最大日均流量/(m^3/s)	水量/亿 m^3	平均含沙量/(kg/m^3)	最大日均含沙量/(kg/m^3)	沙量/亿 t	巴头河段冲淤量/亿 t	排沙比/%
1966-07-25	1966-08-30	巴彦高勒	37	2 000	2 810	63.927	10.2	24.3	0.650	0.848	41.7
		孔兑		32	890	1.022	786.8	1 012.1	0.805		
1984-07-14	1984-08-19	巴彦高勒	37	2 603	3 790	83.220	6.6	10.0	0.547	0.242	75.4
		孔兑		20	485	0.624	699.1	909.0	0.436		
1994-08-04	1994-09-05	巴彦高勒	33	1 263	1 830	36.004	13.5	29.4	0.487	0.730	24.9
		孔兑		45	833	1.277	380.5	517.6	0.486		

表 4-15　干支流遭遇洪水分组泥沙冲淤特性

单位：沙量、冲淤量，亿 t；排沙比，%

洪水起始时间（年-月-日）	洪水结束时间（年-月-日）	项目	粒径组/mm							
			0～0.025	0.025～0.05	0.05～0.08	0.08～0.1	>0.1	>0.08	>0.05	全沙
1966-07-25	1966-08-30	干流沙量	0.377	0.166	0.049	0.033	0.025	0.058	0.108	0.650
		孔兑沙量	0.216	0.154	0.124	0.082	0.229	0.311	0.434	0.805
		冲淤量	0.254	0.145	0.128	0.085	0.236	0.321	0.449	0.848
		排沙比	57.1	54.6	26.2	26.3	7.0	13.0	17.2	41.7
1984-07-14	1984-08-19	干流沙量	0.248	0.129	0.062	0.041	0.066	0.108	0.170	0.547
		孔兑沙量	0.116	0.084	0.066	0.045	0.124	0.168	0.236	0.436
		冲淤量	0.036	0.020	0.054	0.036	0.096	0.132	0.186	0.242
		排沙比	90.2	90.7	58.1	58.3	49.7	52.3	54.2	75.4

续表 4-15

洪水起始时间	洪水结束时间	项目	粒径组/mm							
			0~0.025	0.025~0.05	0.05~0.08	0.08~0.1	>0.1	>0.08	>0.05	全沙
1994-08-04	1994-09-05	干流沙量	0.259	0.095	0.067	0.044	0.022	0.066	0.133	0.487
		孔兑沙量	0.130	0.093	0.075	0.050	0.138	0.188	0.263	0.486
		冲淤量	0.255	0.139	0.110	0.073	0.153	0.226	0.336	0.730
		排沙比	34.4	26.1	22.2	22.3	4.5	11.0	15.0	24.9

3 场干流与支流洪水遭遇的水沙、冲淤情况表明：干支流洪水遭遇情况下河道淤积程度与干流来流量大小密切相关，干流来流量越大，河道淤积程度越小，排沙比尤其是粗沙排沙比越大。孔兑来沙相近的 1984 年洪水和 1994 年洪水，干流来水流量分别为 2 603 m^3/s、1 263 m^3/s，全沙排沙比前者是后者的 3 倍，粗沙排沙比前者是后者的 10 倍。可见，干流调控大流量过程对冲刷孔兑来沙作用明显。

从宁蒙河段干支流来水来沙特性来看，干流汛期水沙量主要集中在 7 月中旬至 9 月下旬，支流来沙主要集中 7 月中旬至 8 月下旬。因此，从防止宁蒙河段尤其是内蒙古河段支流（十大孔兑）高含沙洪水泥沙淤堵，大流量控泄时机宜集中在 7 月中旬至 8 月下旬。即使干支流洪水未遭遇，通过前述分析可知，通过黑山峡水库调控大流量过程，也能冲刷孔兑前期淤积在干流河道中的泥沙。

4.3 物理模型试验研究

4.3.1 模型设计简介

宁蒙河段来沙包括悬移质泥沙和一定数量的推移质泥沙，模型设计时除主要考虑悬移质泥沙运动相似外，还要力求推移质运动同原型相似，以便模拟最为复杂的河底淤积体的形成、消长等规律。为此，模型依据《河工模型试验规程》（SL 99—2012）、河工动床模型相似律研究成果（张红武、江恩惠等，1994）以及近几年王光谦、张红武等的研究进展进行设计。模型设计遵循水流重力相似、水流阻力相似、水流挟沙能力相似、泥沙悬移相似、河床变形相似、泥沙起动及扬动相似等条件，相似条件的公式如下：

水流重力相似条件

$$\lambda_v = \sqrt{\lambda_H} \tag{4-18}$$

式中：λ_v 为流速比尺；λ_H 为垂直比尺。

水流阻力相似条件

$$\lambda_n = \frac{1}{\lambda_v}\lambda_H^{2/3}\left(\frac{\lambda_H}{\lambda_L}\right)^{1/2} \tag{4-19}$$

式中：λ_n 为糙率比尺；λ_L 为水平比尺。

水流挟沙能力相似条件

$$\lambda_s = \lambda_{s_*} \tag{4-20}$$

式中：λ_s 为含沙量比尺；λ_{s_*} 为挟沙能力比尺。

泥沙悬移相似条件

$$\lambda_\omega = \lambda_v \left(\frac{\lambda_H}{\lambda_L}\right)^{0.75} \tag{4-21}$$

式中：λ_ω 为泥沙沉降速度比尺。

河床变形相似条件

$$\lambda_{t_2} = \frac{\lambda_{\gamma_0}}{\lambda_s}\lambda_{t_1} \tag{4-22}$$

式中：λ_{t_2} 为河床变形时间比尺；λ_{γ_0} 为干容重比尺；λ_{t_1} 为水流运动时间比尺。

泥沙起动及扬动相似

$$\lambda_{v_c} = \lambda_v = \lambda_{v_f} \tag{4-23}$$

式中：λ_{v_c} 为泥沙起动速度比尺；λ_{v_f} 为泥沙扬动速度比尺。

河型相似条件

$$\left[\frac{\left(D_{50}H\frac{\gamma_s-\gamma}{\gamma}\right)^{1/3}}{iB^{2/3}}\right]_p \approx \left[\frac{\left(D_{50}H\frac{\gamma_s-\gamma}{\gamma}\right)^{1/3}}{iB^{2/3}}\right]_m \tag{4-24}$$

式中：D_{50} 为床沙中数粒径；i 为坡降；B 为河宽。

为保证模型(m)与原型(p)流态相似，还需满足如下两个限制条件：

(1)流态限制条件(充分紊流，Re_m 为模型雷诺数)：$Re_m > 2\ 000$。

(2)表面张力限制条件：$h_m > 1.5$(h_m 为模型水深，cm)。

按照上述设计要求，结合试验河段平面范围及试验场地条件，以包东高速大桥—河口镇河段(原型河段长度约 165 km，进口位于 CS76，上游段在章盖营子附近，距上游的昭君坟站约 26 km，尾部下游段在东、西柳林滩 CS109 附近，出口位于 CS111 河口镇以下的海口附近)为重点、其他河段作为辅助开展模型设计及模型试验。设计模型主要比尺见表 4-16。

表 4-16　包东高速大桥—河口镇河段模型主要比尺

比尺名称	包东高速大桥—河口镇河段	宁夏叶盛桥—石嘴山站河段	内蒙古三盛公—交界营子河段	内蒙古头道拐河段
水平比尺 λ_L	760	680	760	200
垂直比尺 λ_H	70	80	70	100
流速比尺 λ_v	8.37	8.94	8.37	10
流量比尺 λ_Q	445 103	486 568	445 103	200 000
床沙粒径比尺 λ_D	4.8	4.8	4.8	4.8
干容重比尺 λ_{γ_0}	1.875	1.97	1.9	1.9
含沙量比尺 λ_s	1.8	2	1.8	1.80
水流运动时间比尺 λ_{t_1}	90.8	74.8	90.8	20
河床变形时间比尺 λ_{t_2}	94.6	76	94.4	20.8

4.3.2　试验方案

为了分析研究宁蒙河段泥沙起动特性，分别以不同水沙条件对宁蒙河道冲淤情况进行模拟。模型试验主要开展进口不同流量级的连续输沙冲刷试验，每个流量级持续时间相当于原型 12.5~50 d。进口含沙量除参考水文站流量、含沙量关系确定外，还着重开展少沙情景下的冲刷模拟。

为观测不同粒径泥沙的起动条件和冲刷效果，对于内蒙古包东高速大桥—河口镇河段（属于典型的弯曲型河段）模型，采用不同水沙条件两种床沙粒情景进行模拟：①夸大多沙支流或风沙对河床组成的影响，床沙按实测资料扩大 1.4 倍，相当于原型床沙中数粒径 D_{50}=0.25 mm（水文站测验曾经出现过类似资料）；②按实际组成配沙，相当于原型床沙中数粒径 D_{50}=0.18 mm。

4.3.3　试验结果

内蒙古包东高速大桥—河口镇河段床沙中数粒径 0.25 mm 情景在不同流量、不同含沙量条件下的输沙模拟试验结果见表 4-17、图 4-16。可以看出，不同流量在不同含沙量条件下均可使河床发生冲刷（进口含沙量小于出口含沙量或者两者比值小于 1 表示河道发生冲刷），河道流量 1 000 m^3/s、1 500 m^3/s、2 000 m^3/s、2 200 m^3/s、2 500 m^3/s、3 000 m^3/s、3 500 m^3/s、4 000 m^3/s 条件下，河床由冲刷转淤积的临界含沙量分别为 2.2 kg/m^3、3.1 kg/m^3、4.8 kg/m^3、5.7 kg/m^3、6.5 kg/m^3、7.5 kg/m^3、8.9 kg/m^3、10.2 kg/m^3，相应临界来沙系数分别为 0.002 2 $kg \cdot s/m^6$、0.002 1 $kg \cdot s/m^6$、0.002 4 $kg \cdot s/m^6$、0.002 59 $kg \cdot s/m^6$、0.002 6 $kg \cdot s/m^6$、0.002 5 $kg \cdot s/m^6$、0.002 54 $kg \cdot s/m^6$、0.002 55 $kg \cdot s/m^6$。可见，流量越大，临界含沙量越大，输沙能力越大，流量大于 2 000 m^3/s 后，输沙能力增加明显。

表 4-17　包东高速大桥—河口镇不同流量条件下进口、出口含沙量对比（床沙 D_{50}=0.25 mm）

$Q/(m^3/s)$	1 000						
$S_{进口}/(kg/m^3)$	2.52	2.70	1.48	2.36	3.78	1.58	1.80
$S_{出口}/(kg/m^3)$	2.25	2.32	1.80	2.47	2.61	1.80	2.34
$S_{进口}/S_{出口}$	1.12	1.16	0.82	0.96	1.45	0.88	0.77
$Q/(m^3/s)$	1 500						
$S_{进口}/(kg/m^3)$	3.42	2.97	3.33	3.17	3.42	4.50	3.19
$S_{出口}/(kg/m^3)$	3.60	3.33	3.46	3.24	3.42	3.24	2.97
$S_{进口}/S_{出口}$	0.95	0.89	0.96	0.98	1.00	1.39	1.07
$Q/(m^3/s)$	2 000						
$S_{进口}/(kg/m^3)$	4.84	4.73	3.56	3.96	8.33	7.38	
$S_{出口}/(kg/m^3)$	4.68	5.04	3.96	4.55	5.94	5.76	
$S_{进口}/S_{出口}$	1.03	0.94	0.90	0.87	1.40	1.28	

续表 4-17

$Q/(m^3/s)$	2 200			2 500			
$S_{进口}/(kg/m^3)$	5.04	4.03	7.38	6.19	8.46	7.85	6.12
$S_{出口}/(kg/m^3)$	5.40	5.08	6.35	6.48	6.84	6.77	6.66
$S_{进口}/S_{出口}$	0.93	0.79	1.16	0.96	1.24	1.16	0.92
$Q/(m^3/s)$	3 000						
$S_{进口}/(kg/m^3)$	8.01	7.95	7.56	7.27	7.38	7.38	7.42
$S_{出口}/(kg/m^3)$	7.83	8.46	8.10	7.97	7.45	7.92	7.74
$S_{进口}/S_{出口}$	1.02	0.94	0.93	0.91	0.99	0.93	0.96

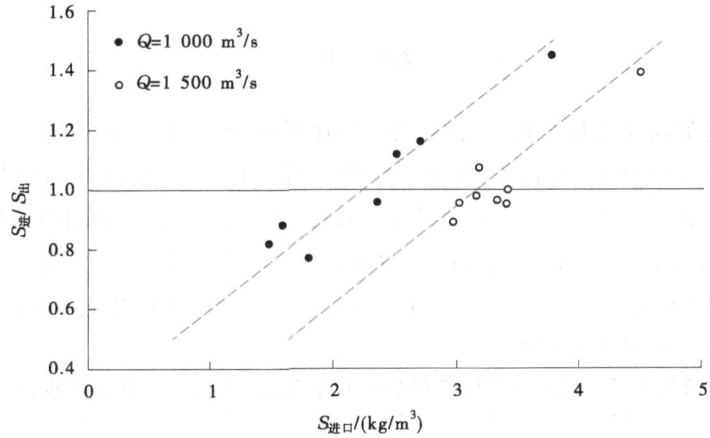

(a)中小流量

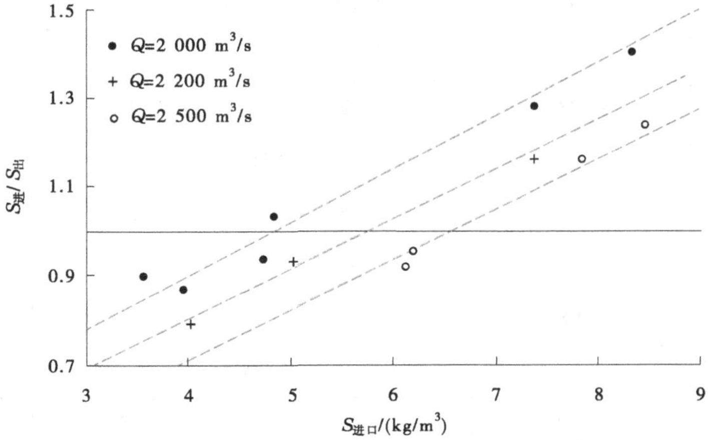

(b)中大流量

图 4-16　包东高速大桥—河口镇河段水流输沙关系(原型床沙 D_{50}=0.25 mm)

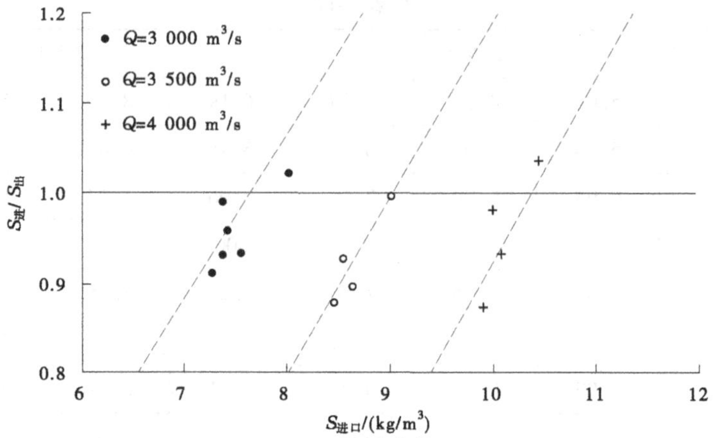

(c)漫滩流量

续图 4-16

将内蒙古包东高速大桥—河口镇河段模型床沙换成按实际组成配沙，相当于原型床沙 D_{50}=0.18 mm，得到不同流量、不同含沙量条件下的输沙模拟试验结果见表 4-18 和图 4-17。河道流量 1 000 m^3/s、2 000 m^3/s、3 000 m^3/s 条件下，河床由冲刷转为淤积的临界含沙量分别为 3 kg/m^3、5.5 kg/m^3、8.2 kg/m^3，相应临界来沙系数分别为 0.003 0 $kg\cdot s/m^6$、0.002 75 $kg\cdot s/m^6$、0.002 73 $kg\cdot s/m^6$。与较粗河床中径试验结果相比，同样流量条件下的冲刷效果明显提高。

表 4-18　包东高速大桥—河口镇不同流量条件下进口、出口含沙量对比（床沙 D_{50}=0.18 mm）

$Q(m^3/s)$	1 000			
$S_{进口}(kg/m^3)$	3.37	3.20	3.49	3.15
$S_{出口}(kg/m^3)$	3.42	3.29	3.37	3.37
$S_{进口}/S_{出口}$	0.98	0.97	1.04	0.94
$Q(m^3/s)$	2 000			
$S_{进口}(kg/m^3)$	5.83	4.93	5.27	4.77
$S_{出口}(kg/m^3)$	5.98	5.35	5.47	5.49
$S_{进口}/S_{出口}$	0.98	0.92	0.96	0.87
$Q(m^3/s)$	3 000			
$S_{进口}(kg/m^3)$	8.10	8.23	7.85	7.27
$S_{出口}(kg/m^3)$	8.33	8.75	8.41	8.37
$S_{进口}/S_{出口}$	0.97	0.94	0.93	0.87

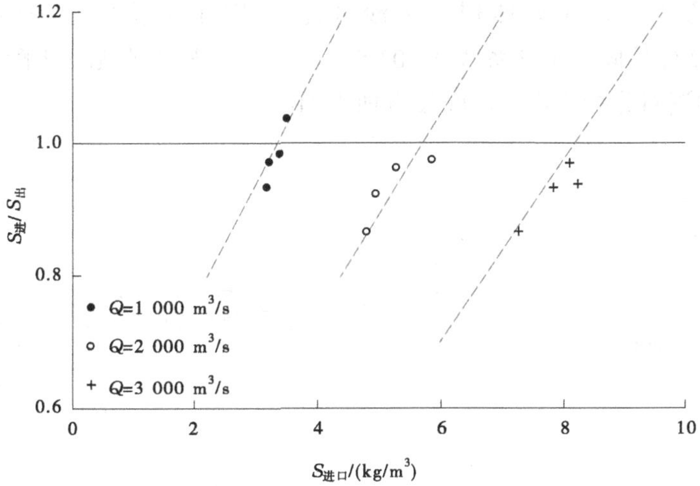

图 4-17　包东高速大桥—河口镇河段水流输沙关系(原型床沙 D_{50}=0.18 mm)

此外,通过模型试验还发现:流量大于 2 000 m³/s 的低含沙量冲刷时,床面上粒径 0.1 mm 以上的沙质推移质有较大规模运动,水流含沙量沿程增加,悬移质泥沙取样中有一定含量的粒径大于 0.1 mm 的泥沙,表明床沙被冲刷的粗颗粒除一部分呈推移质运动外,还有一部分在近河底处呈悬移质运动状态,容易与床面泥沙发生交换。

中水持续作用可使内蒙古河段发生明显的长距离冲刷,三湖河口以上游荡性河段形成明显冲刷的条件为含沙量在 6 kg/m³ 以下的洪水平均流量达 2 400 m³/s 以上且要维持 10 d 以上的水沙过程;三湖河口以下河段形成明显冲刷的条件为含沙量在 5 kg/m³ 以下的洪水平均流量大于 2 600 m³/s 且要维持 10 d 以上的水沙过程。

4.4　数学模型计算

4.4.1　数学模型简介

水沙数学模型是以流体力学、计算流体力学、泥沙运动力学为理论基础,对河流、湖泊、海洋等水体中的水流、泥沙运动及河床、海床冲淤变形进行数值模拟的一种有效研究方法。清华大学自主开发的基于两相浑水模型的三维水沙数值模型能很好地模拟水流变化、河床冲淤变形和悬沙输移,在"宁蒙河段治理措施综合研究"等项目中得到应用。本次采用该模型对内蒙古三盛公—头道拐河段不同粒径泥沙起动条件和冲刷问题进行数值模拟计算,计算地形采用 2012 年实测地形(见图 4-18)。

4.4.2　计算方案

设置两组方案,其来流过程一致,初始化均采用 1 000 m³/s 流量,然后依次选择 1 250

m^3/s、1 500 m^3/s、1 750 m^3/s、2 000 m^3/s 四个入口流量,逐级增加,每个流量历时 15 d(见图 4-19);两组方案不同主要体现在来沙过程,方案 1 保持固定来沙系数 0.001 5 $kg \cdot s/m^6$,方案 2 保持固定来沙系数 0.002 5 $kg \cdot s/m^6$。悬移质泥沙级配根据 2012 年巴彦高勒站的实测资料分析确定。区间没有加水加沙。

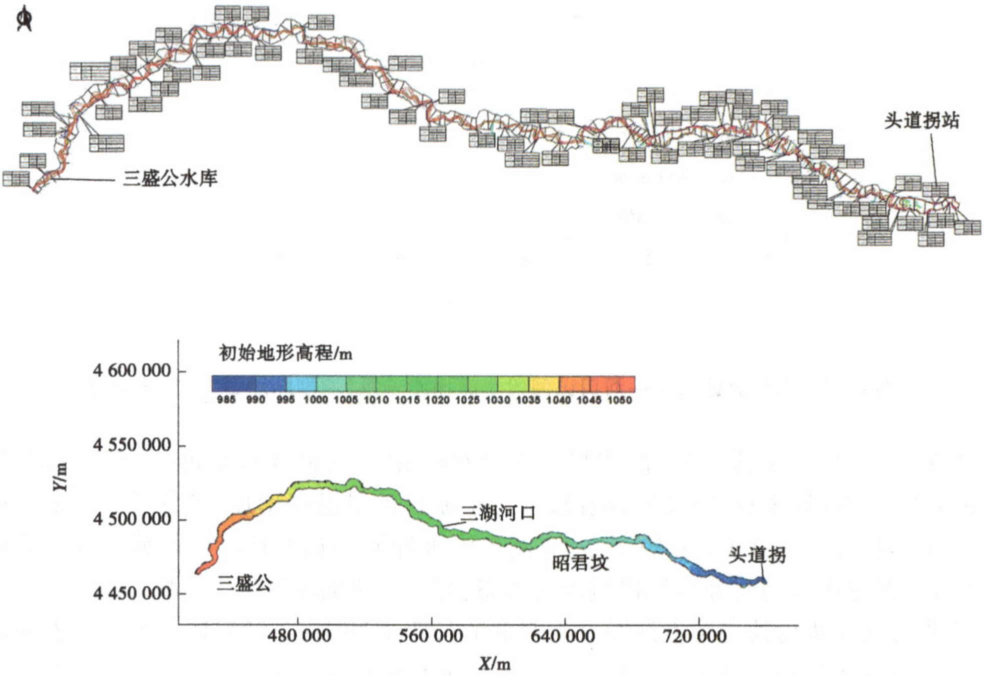

图 4-18　计算区域范围及初始地形

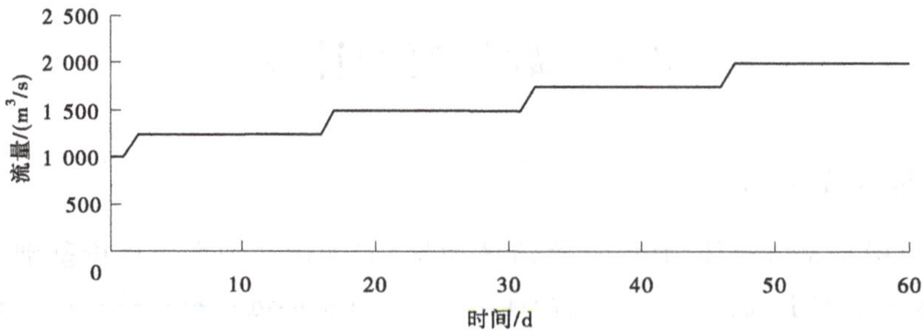

图 4-19　入口流量过程

4.4.3　计算结果

模拟结果对水沙传播过程、全河段冲淤和局部河段水沙因子的变化特征进行了统计分析。从冲淤情况看,两组方案整体表现为持续性冲刷(见图 4-20),且淤滩刷槽现象明显，方案 1 全河段累计冲刷量为 0.35 亿 t，其中主槽冲刷 1.10 亿 t、滩地淤积 0.75 亿 t；方案 2 比方案 1 来沙量大，全河段累计冲刷量减少，为 0.14 亿 t，其中主槽冲刷 0.91 亿 t、滩地淤积 0.77 亿 t。

内蒙古河段两组方案主槽累计冲刷量见表 4-19。由表 4-19 可知，主槽的冲刷强度（单位时间冲刷量）随着流量的增加整体呈现增大的趋势，河道冲淤量与来水来沙条件之间存在非线性的响应关系。流量在 1 250 m^3/s 和 1 500 m^3/s 时，两组方案主槽的冲刷强度增幅不明显；但在 1 750 m^3/s 和 2 000 m^3/s 时，主槽的冲刷强度有明显提升。这是由于前两级流量的水流挟沙能力整体较小，水动力作用相对较弱；而在后两级流量，水流挟沙能力增大，水动力的作用增强，冲刷增幅更为显著。来流增加的同时，漫滩程度也有所增大，导致滩地淤积增多，使得非线性关系进一步体现。可见，通过有效的水沙搭配关系和持续的洪水过程，可以使黄河内蒙古河段河槽得到有效冲刷，改善不利的河槽形态，实现有利的淤滩刷槽局面，逐渐恢复排洪输沙功能。

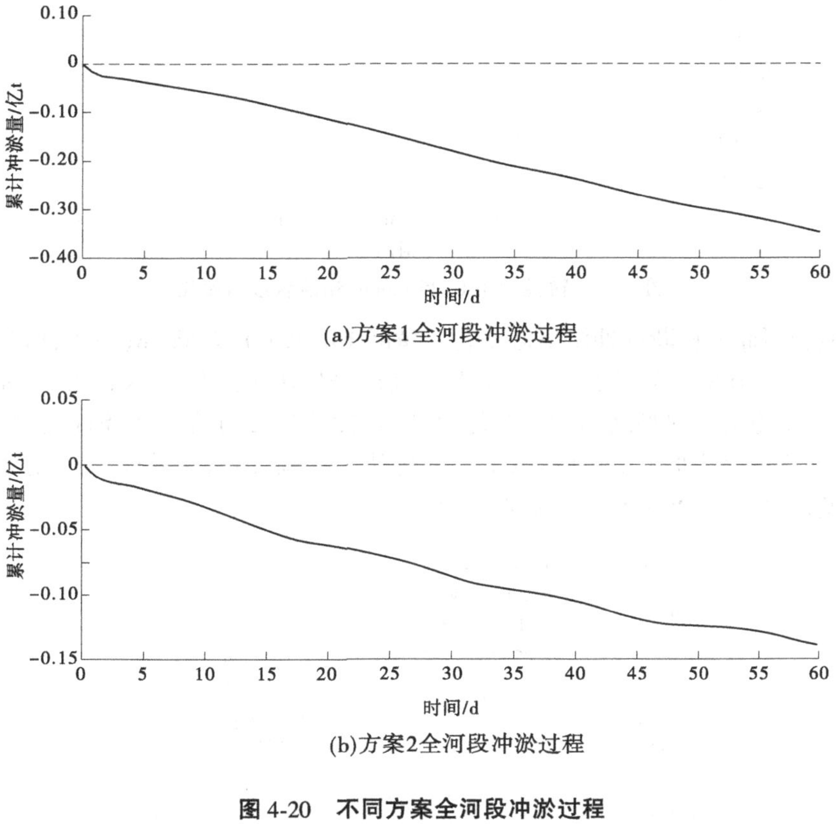

(a)方案1全河段冲淤过程

(b)方案2全河段冲淤过程

图 4-20　不同方案全河段冲淤过程

表 4-19　内蒙古河段不同流量级主槽累计冲刷量

历时/d	流量/(m^3/s)	冲刷量/亿 t	
		方案 1	方案 2
0~15	1 250	0.15	0.12
15~30	1 500	0.19	0.16
30~45	1 750	0.35	0.29
45~60	2 000	0.41	0.34
合计		1.10	0.91

从分组泥沙的结果看，粒径 0.05 mm 以上的泥沙在合适的水流条件下能够发生冲刷，并在内蒙古河段长距离输移。由粒径大于 0.05 mm 的粗沙含沙量变化（见图 4-21）可知，与进口断面的中粗沙含沙量相比，出口断面粗沙含沙量明显增大，表明了河道冲刷状态下粗沙长距离输移特点。

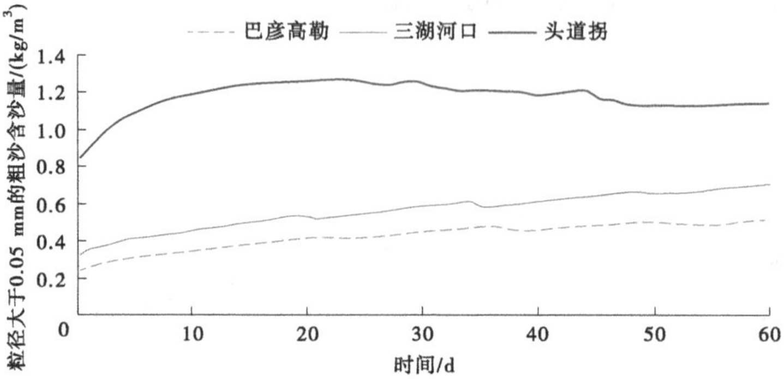

图 4-21　粒径大于 0.05 mm 的粗沙含沙量变化

选择典型断面分析断面冲淤形态变化。黄断 14（永丰）、黄断 38（三湖河口）、黄断 66（昭君坟）和黄断 108（张家圪旦）等四个典型断面分别距离进口 71 km、221 km、347 km、528 km，从两组方案的典型断面冲淤变化（见图 4-22、图 4-23）看，三湖河口以上主槽冲刷明显，过水面积显著增加；三湖河口以下主槽仍然为冲刷，但有所减弱，滩地淤积增强，滩槽水沙交换过程频繁，甚至有大水趋直现象发生。

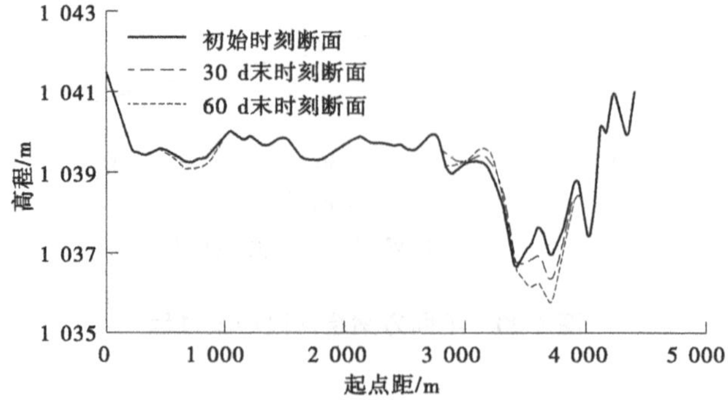

(a)黄断14

图 4-22　方案 1 典型断面冲淤变化比较

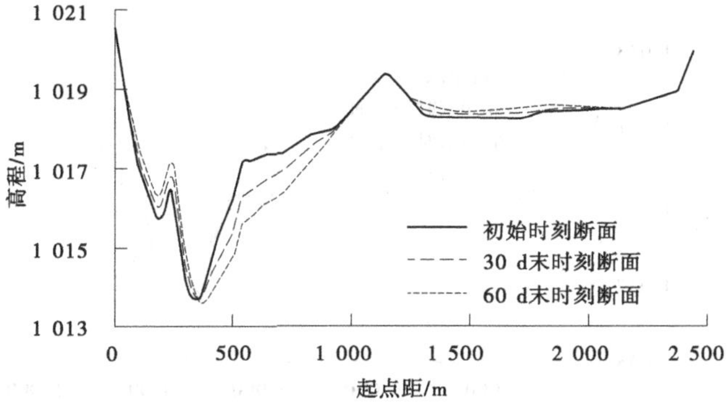

(b)黄断38

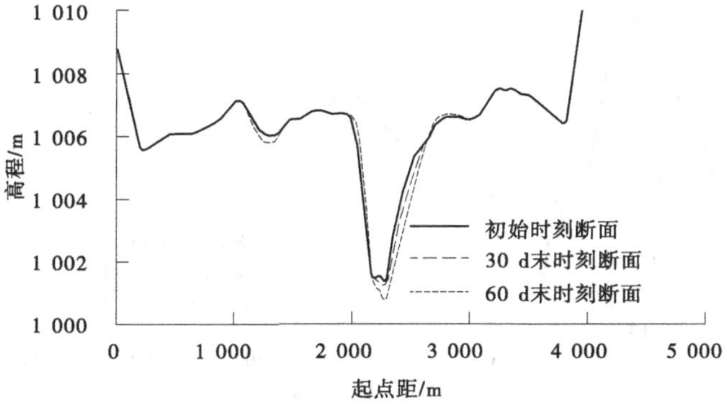

(c)黄断66

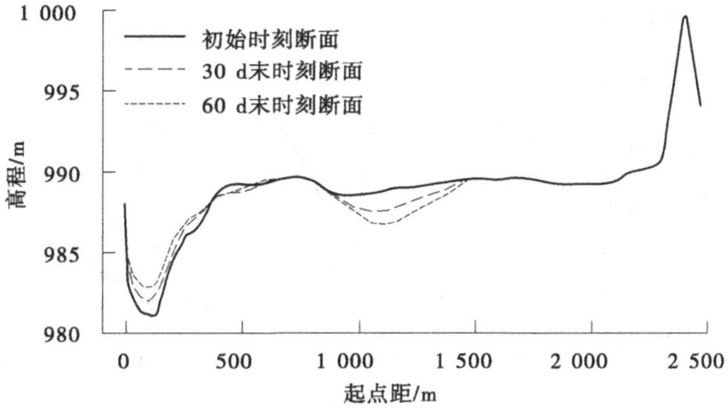

(d)黄断108

续图 4-22

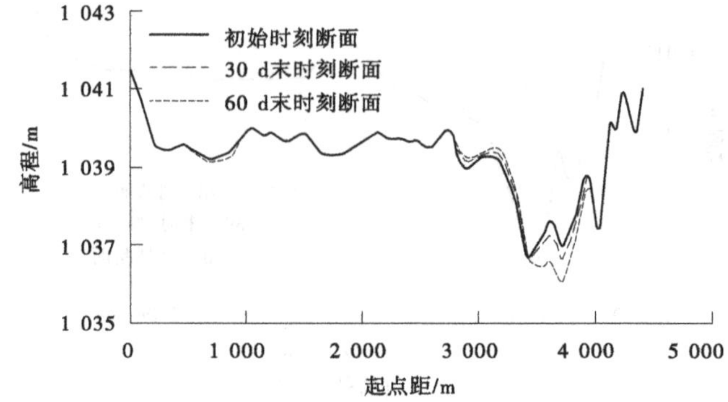

(a)黄断14

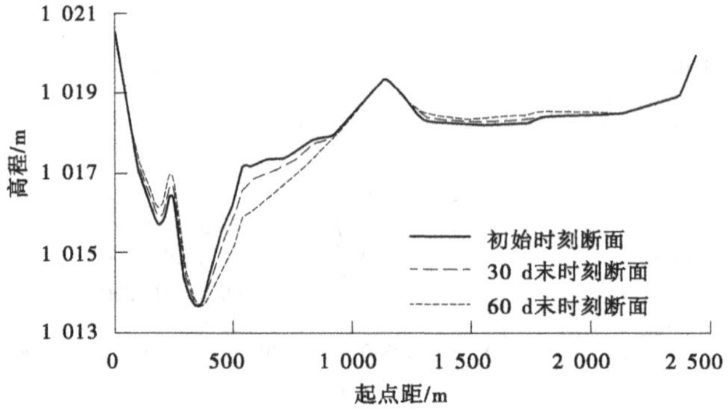

(b)黄断38

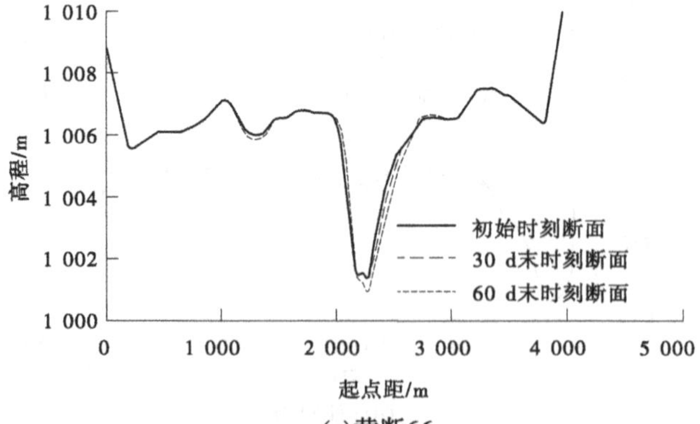

(c)黄断66

图 4-23　方案 2 典型断面冲淤变化比较

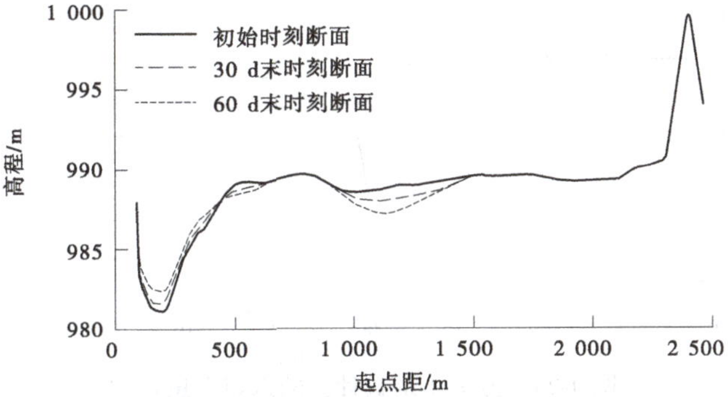

(d)黄断108

续图 4-23

进一步分析大水冲刷、河湾取直的河床冲淤演变过程。选择黄断 52 上下游局部河段(见图 4-24),在方案 1 的基础上,通过程序自带的热启动功能进行延长计算,将河段入口流量逐步提高至 3 000 m^3/s(来沙系数保持不变),同时考虑洪水消退过程,共计 10 个阶段的流量过程见图 4-25。利用数学模型计算了 10 个阶段的水深、平均流速、平均含沙量和河床底高程变化,可以发现:在阶段 1~5,随着流量增加,顺直段(*C—C* 断面)河道冲刷,河床下切并展宽,水深逐步增大,过流面积也逐渐增加;在此过程中,河段由单一流路(河湾段 *B—B* 断面)逐渐发展为分叉流路(*B—B* 断面和 *C—C* 断面),在第一个 2 000 m^3/s 的流量(阶段 5)末期,*C—C* 断面的过流能力已经开始超过 *B—B* 断面。在阶段 6~8,随着 *C—C* 断面进一步冲刷展宽,并伴随 *B—B* 断面河槽淤积萎缩,进一步加剧了流路的更替,至 3 000 m^3/s 的流量(阶段 7)末期,顺直河段俨然成了主要过流通道。最后在退水阶段 9~10,*B—B* 断面已经基本消亡,具有更大过流能力 *C—C* 断面充分形成。10 个阶段的水深和流速变化见图 4-26、图 4-27。

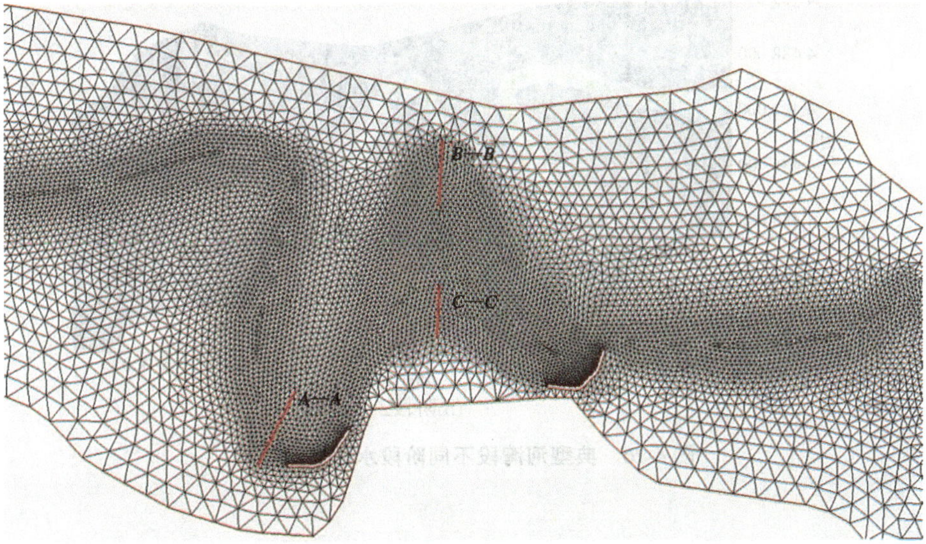

图 4-24　局部河段平面网格布局

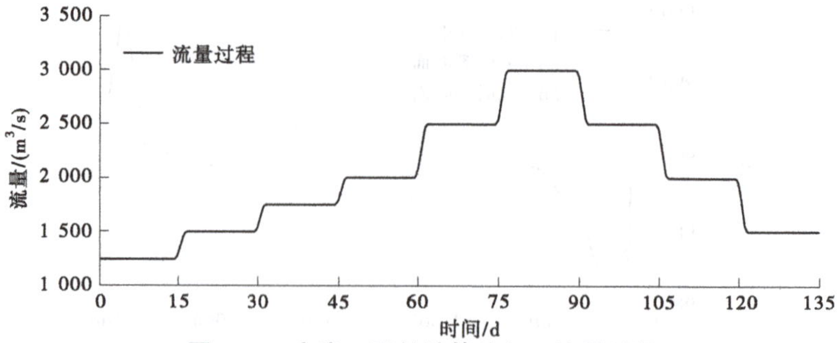

图 4-25　方案 1 延长计算的入口流量过程

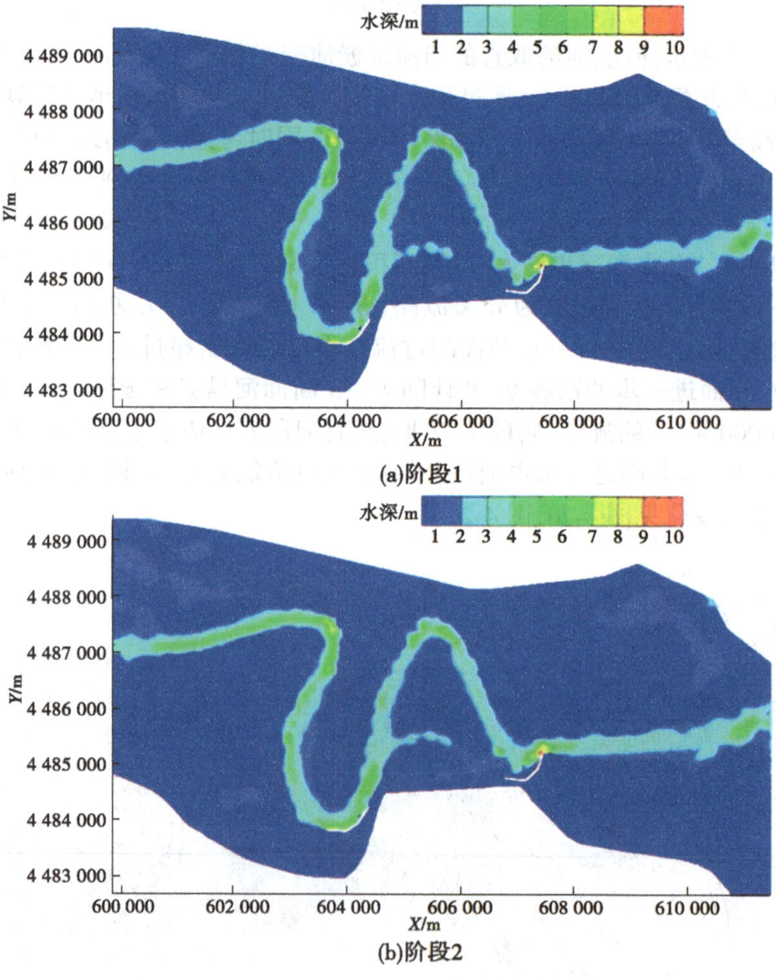

(a)阶段1

(b)阶段2

图 4-26　典型河湾段不同阶段水深变化过程

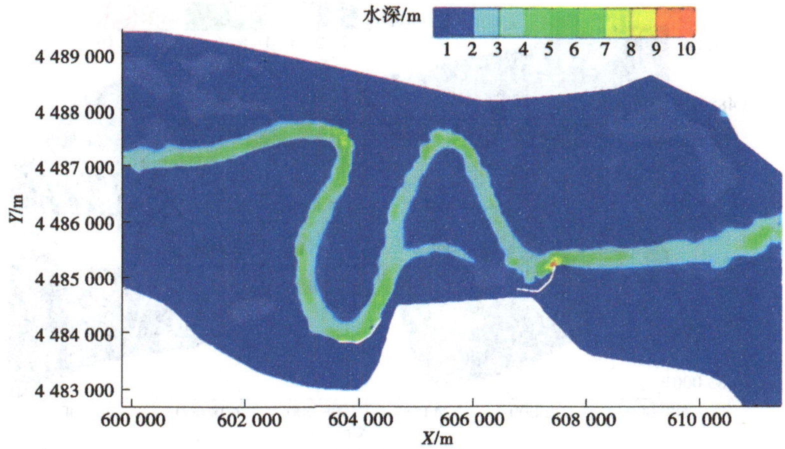

(c)阶段3

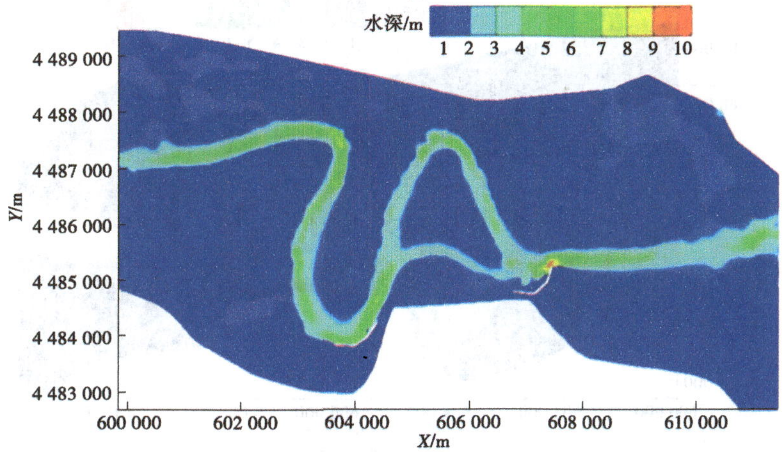

(d)阶段4

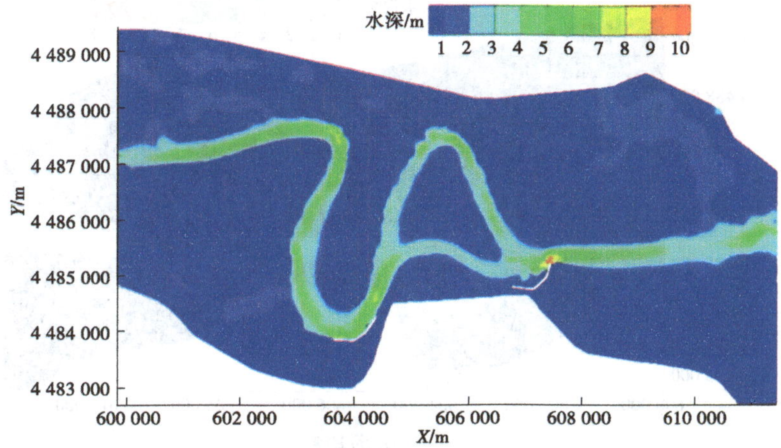

(e)阶段5

续图 4-26

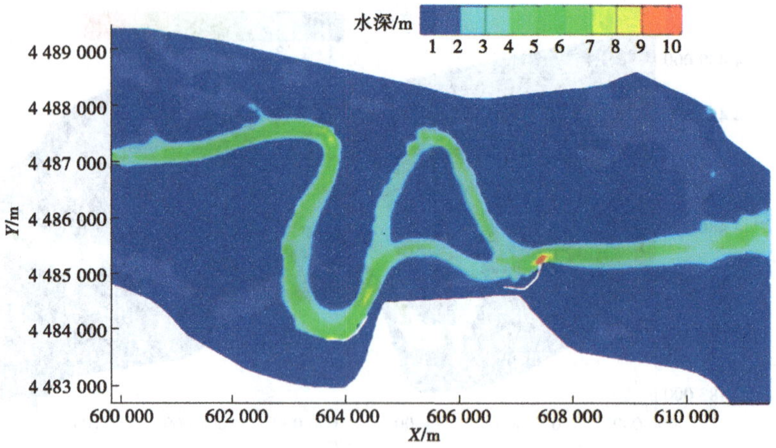

(f)阶段6

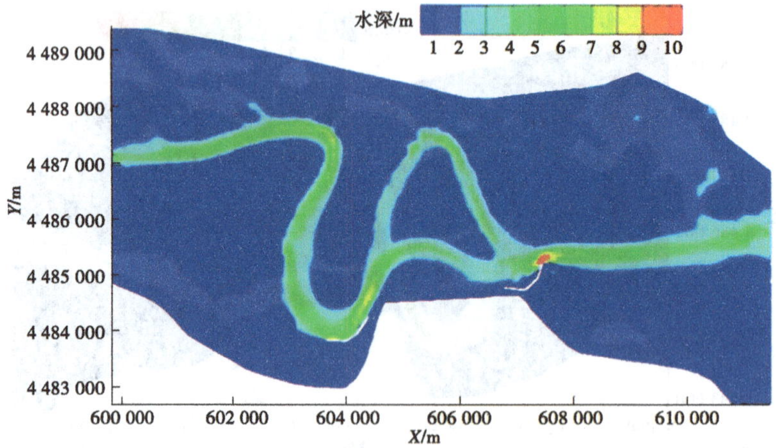

(g)阶段7

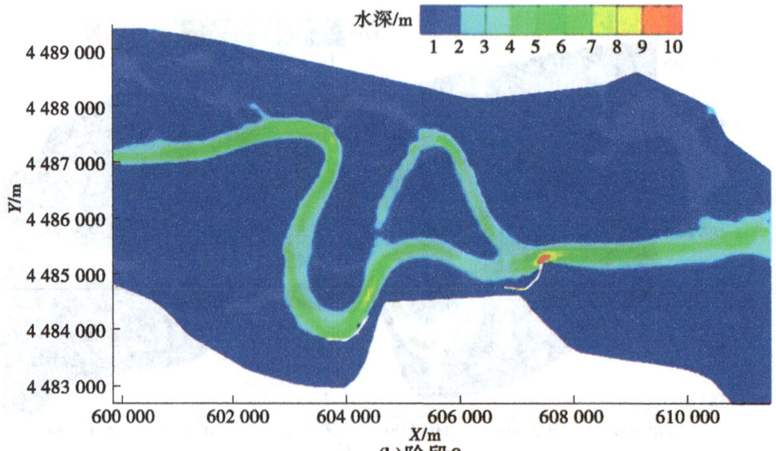

(h)阶段8

续图 4-26

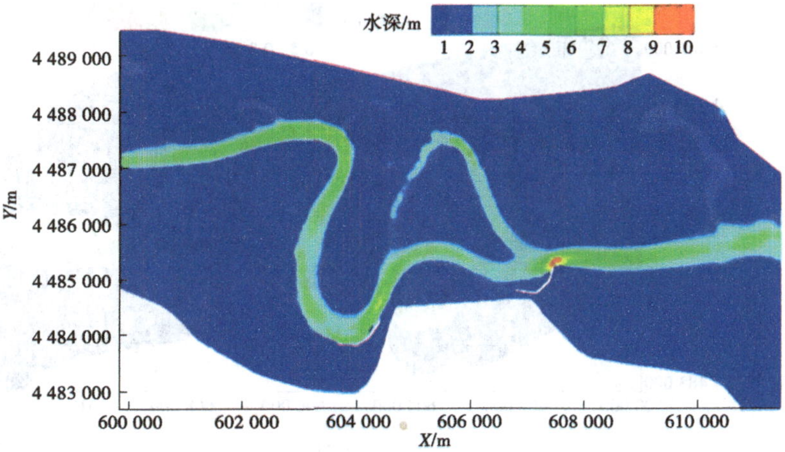

(i)阶段9

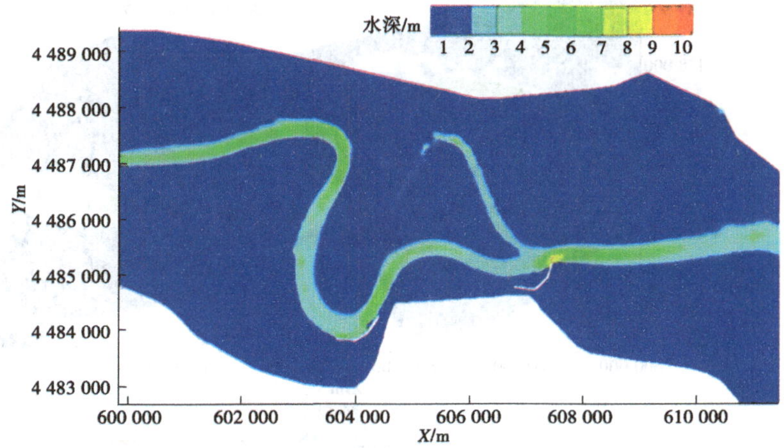

(j)阶段10

续图 4-26

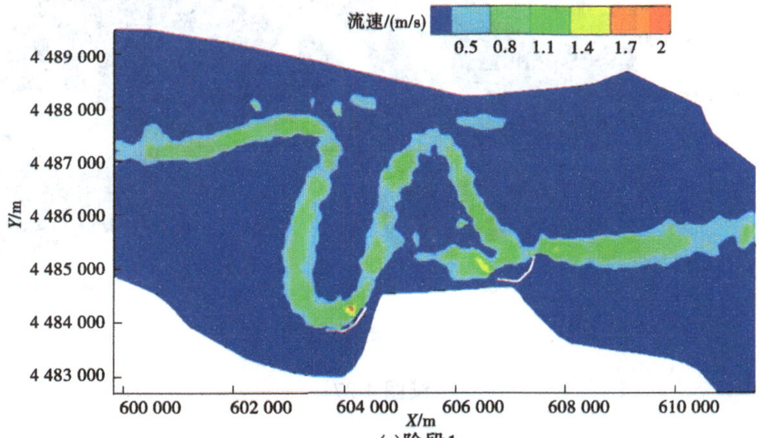

(a)阶段1

图 4-27　典型河湾段不同流量级下流速变化过程

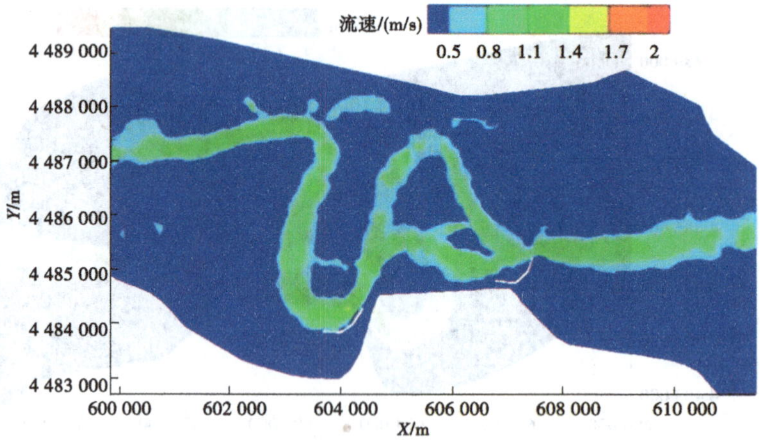

(b)阶段2

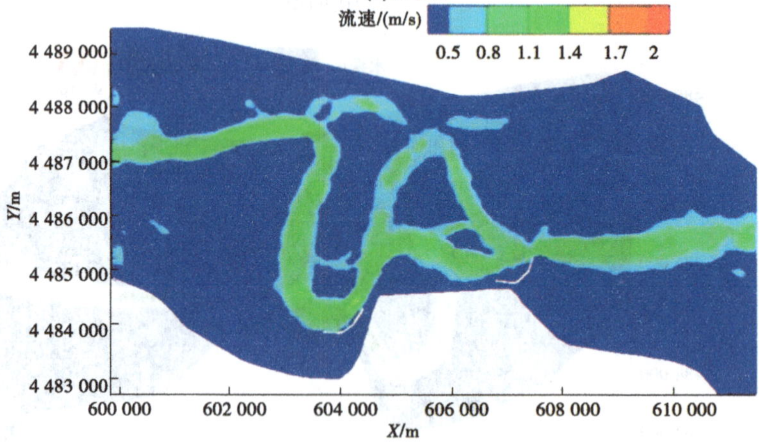

(c)阶段3

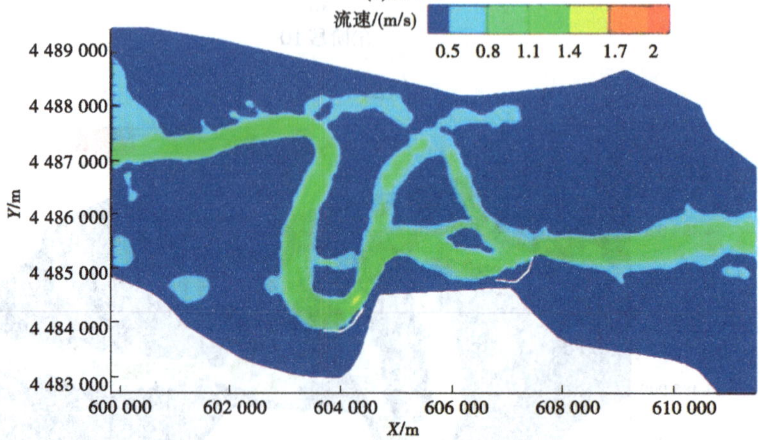

(d)阶段4

续图 4-27

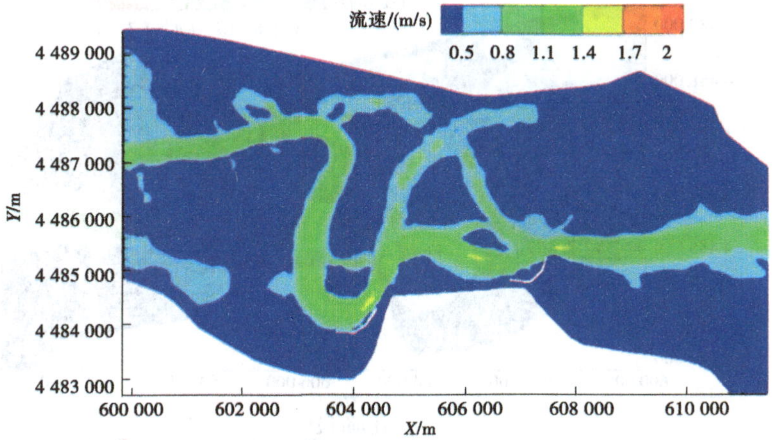

(e)阶段5

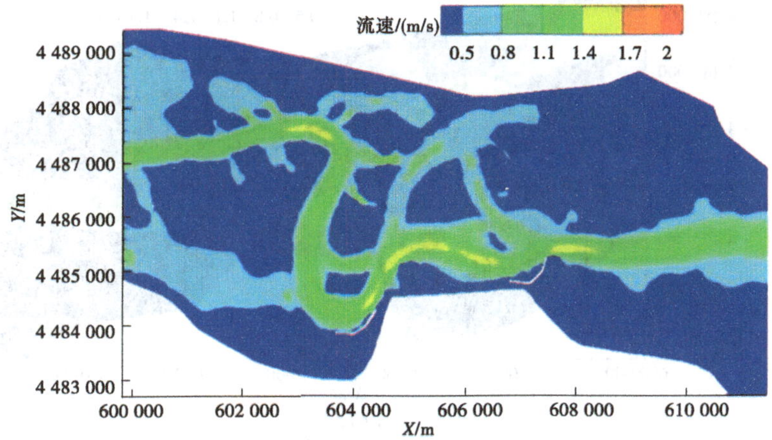

(f)阶段6

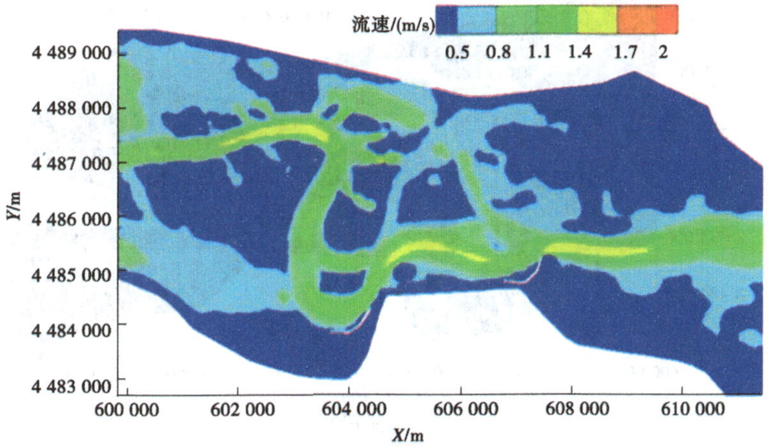

(g)阶段7

续图 4-27

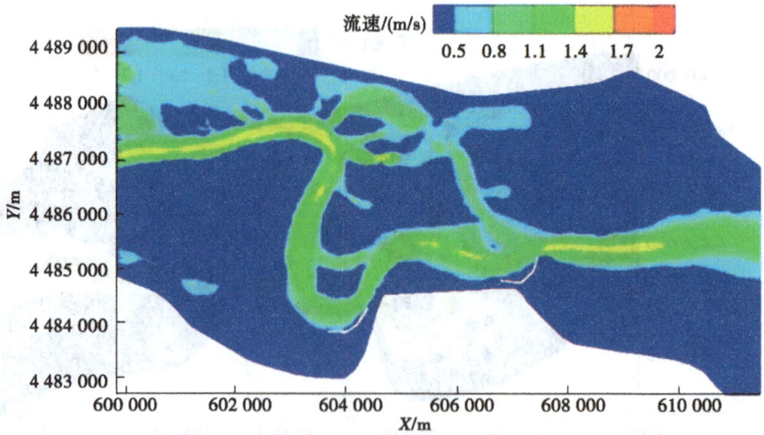

(h)阶段8

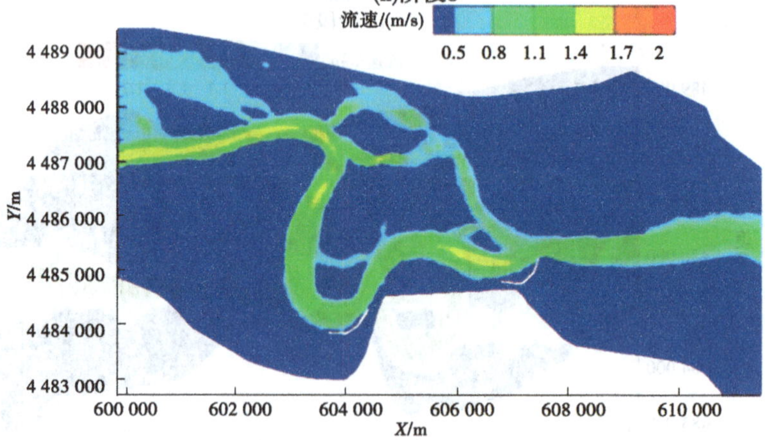

(i)阶段9

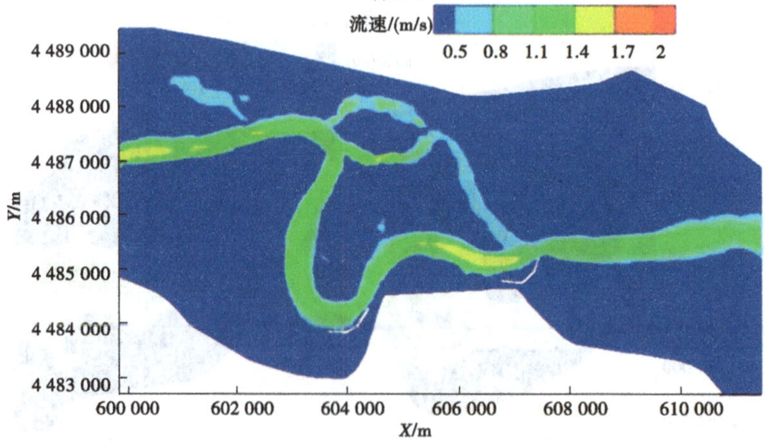

(j)阶段10

续图 4-27

4.5 小　结

4.5.1 泥沙起动与输移形式

结合宁蒙河段河床泥沙实际情况，研究了宁蒙河段泥沙起动和输移的一般规律。研究表明，宁蒙河段河床泥沙属于泥沙起动流速较小颗粒范围，利用现有泥沙起动流速公式计算宁蒙河段河槽、滩地泥沙起动流速一般不超过0.6 m/s。从宁蒙河段实测流量与流速关系判断，流量为1 500 m^3/s时宁夏河段断面最小平均流速均为泥沙最大起动流速的2倍以上，内蒙古三湖河口断面、头道拐断面最小平均流速接近泥沙最大起动流速的2倍。由此说明，当宁蒙河段流量大于1 500 m^3/s后，河槽泥沙就容易起动。运用水沙运动理论分析不同粒径泥沙运动形式表明，宁蒙河段河床大部分沙质组成在水流强度较大时都有可能以悬移形式运移，并且随着粒径的减小，呈悬移形式运移的比例增大，持续大流量以足够的水流强度作用于河床，可以使粗颗粒泥沙更多地以悬移形式向下游输移，增大中水河槽规模。

4.5.2 宁蒙河段洪水冲淤特性

对宁蒙河段干流洪水为主、支流洪水为主以及干支流洪水遭遇三种情况进行分析：

（1）以干流来水为主的漫滩洪水共10场，宁蒙河段累积淤积泥沙1.815亿t，非漫滩洪水共89场，宁蒙河段累积冲刷泥沙7.131亿t。从不同时期干流洪水冲淤变化看，1986年以前宁蒙河段干流洪水较大，宁蒙河段洪水期间多冲刷，1960~1968年、1969~1986年宁蒙河段洪水期冲刷量分别为2.227亿t、3.080亿t，年均为0.247亿t、0.171亿t。1987年以来洪水峰量减小，导致1987~2020年宁蒙河段洪水期冲刷量减小，累计冲刷量只有0.009亿t。洪水冲淤特性概况如下：

①漫滩洪水，多为淤积，但是以滩地淤积、主槽冲刷为主，有利于恢复和塑造中水河槽，2012年典型洪水证实了漫滩洪水的淤滩刷槽作用。

②非漫滩洪水，洪水泥沙集中在河槽中输移，随着含沙量级的增大，整个宁蒙河段河槽逐步由冲刷转为淤积；随着流量级的增大，整个宁蒙河段河槽由淤积逐步转为冲刷或者淤积效率降低。各分组泥沙在不同水流条件下均能不同程度地得到输移；洪水含沙量在7 kg/m^3以下时，随着流量的增大，河槽发生不同程度的冲刷，冲刷效率随着流量增大而增大，流量为2 500~3 000 m^3/s时有利于宁蒙河段河槽全线冲刷且冲刷效率达到最大，流量在3 000 m^3/s以上时冲刷效率减小。洪水含沙量在7 kg/m^3以上时，随着流量的增大，淤积效率降低，流量大于2 500 m^3/s以后转为冲刷。

（2）支流洪水一般具有峰高量大、历时短、含沙量高的特点，以巴彦高勒—头道拐河段的十大孔兑为典型分析了支流洪水冲淤情况。30场支流洪水历时总计37 d，来水总量18.184亿m^3，来沙总量10.928亿t，支流洪水期间巴彦高勒—头道拐河段共淤积泥沙10.684亿t，占干支流来沙总量的95.9%；其中1960~1968年、1969~1986年、1987~2020年分别淤积泥沙1.564亿t、3.333亿t、5.787亿t，占淤积总量的14.6%、31.2%、54.2%，

1987 年以后支流洪水期淤积量大。

(3)3 场干流与支流洪水遭遇的水沙、冲淤情况分析表明，干支流洪水遭遇情况下河道淤积程度与干流来水流量大小密切相关，干流来水流量越大，河道淤积程度越小，排沙比尤其是粗沙排沙比越大。

4.5.3　物理模型试验结果

通过物理模型试验给出了不同流量下的输沙关系，表明宁蒙河段水流输沙能力随着流量增大而增大。在一定流量条件下，河道均能够发生冲刷，模型试验进一步验证了宁蒙河段河床泥沙起动、冲刷条件，河床泥沙即使粗颗粒泥沙也可以被冲刷输移，流量大于 2 000 m^3/s 的低含沙量水流可使内蒙古河段床面上粒径 0.1 mm 以上的沙质推移质运动有较大规模运动，被冲刷的泥沙除一部分呈推移质运动外，还有一部分在近河底处呈悬移质运动状态，容易与床面泥沙发生交换。中水持续作用可使内蒙古河段发生明显的长距离冲刷，三湖河口以上游荡性河段形成明显冲刷的条件为含沙量在 6 kg/m^3 以下的洪水平均流量达 2 400 m^3/s 以上且要维持 10 d 以上的水沙过程；三湖河口以下河段形成明显冲刷的条件为含沙量在 5 kg/m^3 以下的洪水平均流量大于 2 600 m^3/s 且要维持 10 d 以上的水沙过程。

4.5.4　数学模型计算结果

内蒙古河段三维水沙数学模型计算表明，通过有效的水沙搭配关系和持续的洪水过程，可以使主槽得到有效冲刷。主槽的冲刷强度随着流量的增大整体呈现增大的趋势，持续的洪水过程可使内蒙古河段河槽得到有效冲刷，实现有利的淤滩刷槽局面；河道冲淤特性与来水来沙条件之间存在非线性的响应关系，流量 1 500 m^3/s 以下的水流挟沙能力较小，随着流量增大，挟沙能力增大，流量 2 000 m^3/s 时水流挟沙能力明显增大，0.05 mm 以上的泥沙在大流量过程作用下能够实现长距离输移。

第 5 章　黄河水沙关系调节对黄河黑山峡河段开发的需求

黄河水沙异源，中游产水少而产沙多，导致进入中下游河段的水沙关系不协调，泥沙淤积形成举世闻名的“地上悬河”。上游兰州至头道拐区间产水极少而产沙多，导致进入宁蒙河段的水沙关系不协调，泥沙淤积形成“新悬河”。悬河形势下，洪水风险始终是流域最大的威胁。2019 年 9 月 18 日在郑州召开的黄河流域生态保护和高质量发展座谈会，强调黄河流域生态保护和高质量发展是重大国家战略，指出要保障黄河长久安澜，必须紧紧抓住水沙关系调节这个“牛鼻子”，完善水沙调控机制。根据黄河水沙调控总体布局和安排，本章重点研究黄河水沙联合调控和宁蒙河段水沙调节对黄河黑山峡河段开发的需求。

5.1　重点河段治理现状、存在问题及治理对策

5.1.1　重点河段治理现状及存在问题

5.1.1.1　黄河下游河道治理现状及存在问题

黄河下游防洪一直是治黄的首要任务。黄河下游临黄堤防先后进行了四次大规模加高培厚，建成堤防长度 1 448.7 km；修建了三门峡、陆浑、故县、河口村和小浪底等干支流水库；开展了河道整治，建成险工 218 处，坝垛护岸 6 401 道，工程总长度 420.1 km；建成控导工程 238 处、坝垛护岸 5 125 道，工程长度 461 km；开辟了东平湖、北金堤分滞洪区，初步形成了“上拦下排，两岸分滞”的下游防洪工程体系。

为恢复和维持下游河道较大的中水河槽规模，黄河水利委员会从 2002 年开始调水调沙的探索与实践，即利用黄河干支流水库工程，对来水来沙过程进行控制和调节，适时存蓄和泄放，变不协调的水沙关系为相对协调的水沙关系，增加了大流量过程，增强水流挟沙能力，从而达到输水冲沙、调整河势的目的，通过水库拦沙和调水调沙，下游河道得到全线冲刷，主槽过流能力显著增大。截至 2021 年 4 月，小浪底库区累计拦沙 32.01 亿 m^3，下游河道累计冲刷 28.40 亿 t（见表 5-1、图 5-1）。从冲刷泥沙组成看，下游河道床沙中不同粒径的泥沙均被不同程度地冲刷、输移（根据《小浪底水库拦沙期防洪减淤运用方式研究报告》，<0.025 mm 细沙、0.025～0.05 mm 中沙、>0.05 mm 粗沙的冲刷量比例约为 3:3:4），河床泥沙总体趋于粗化，中数粒径由 0.05 mm 左右增加到 0.15 mm 左右（花园口以上甚至达到 0.3 mm 以上），见图 5-2。2002 年以来 19 次调水调沙期间的累计冲刷量为 4.3 亿 t，其中距离较远的高村—艾山河段和艾山—利津河段冲刷量分别 1.62 亿 t 和 1.11 亿 t，这对恢复这两个河段的中水河槽过流能力具有重要意义，也证明了调水调沙的巨大作用。目前，黄河下游最小平滩流量已由 2002 年汛前的 1 800 m^3/s 增加至 4 650 m^3/s，普遍增加 1 650～4 700 m^3/s（见表 5-2），下游河道防洪压力得到暂时缓解。

表 5-1　1999 年 11 月至 2021 年 4 月下游河道各河段冲淤量　单位:亿 t

项目	河段				
	花园口以上	花园口—高村	高村—艾山	艾山—利津	利津以上
非汛期合计	-5.42	-7.48	0.31	1.54	-11.05
汛期合计	-1.81	-5.07	-4.85	-5.62	-17.35
全年合计	-7.23	-12.55	-4.54	-4.08	-28.40

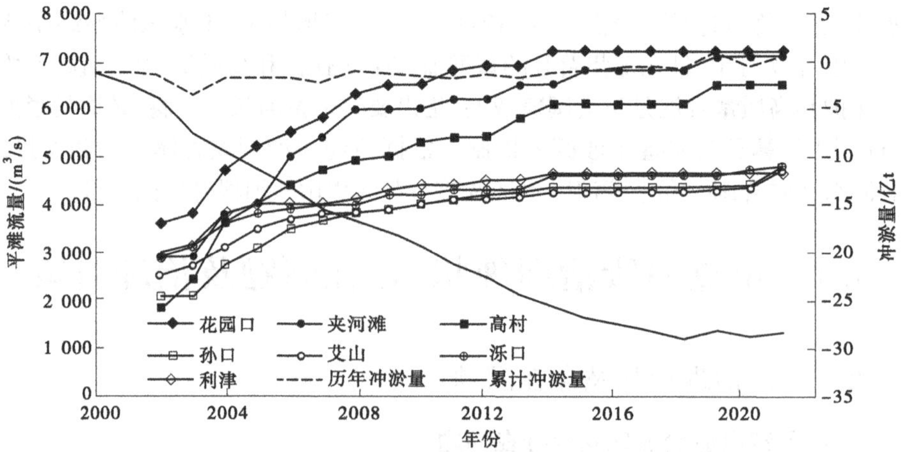

图 5-1　小浪底水库运用后下游河道冲淤变化及平滩流量变化

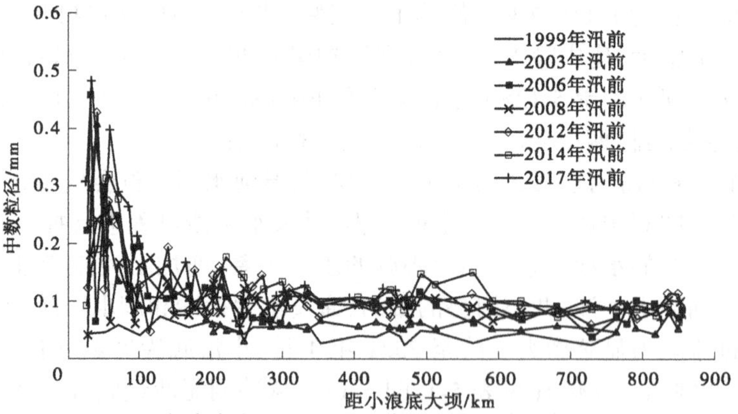

图 5-2　小浪底水库运用后下游河道床沙中数粒径变化

表 5-2　2002 年以后下游河道平滩流量变化情况　单位:m^3/s

项目	花园口	夹河滩	高村	孙口	艾山	泺口	利津
2002 年汛前	3 600	2 900	1 800	2 070	2 530	2 900	3 000
2021 年汛前	7 200	7 100	6 500	4 800	4 700	4 800	4 650
累积增加	3 600	4 200	4 700	2 720	2 170	1 900	1 650

从洪水形势看，特有的水沙条件决定了黄河洪水防御调度难、洪水威胁大，尤其是黄河下游“二级悬河”形势未彻底改观，下游河道高村以上 299 km 游荡性河段还有 166 km 河势变化较大，主流游荡摆动，洪水时极易引发横河、斜河，严重危及大堤安全，防洪形势依然严峻。目前，黄河干流上规划的骨干水利枢纽中还有碛口水库、黑山峡水库尚未建设，干流古贤水库与支流东庄水库亦未建成，水沙调控从时空上受到较大限制，无法充分发挥黄河水沙调控体系的整体合力。小浪底水库的建成，使黄河下游防洪标准从不足百年一遇提高到千年一遇，但小浪底以下至花园口区间尚有 1.8 万 km^2 无工程控制暴雨区，花园口站百年一遇洪水仍可达 14 800 m^3/s，对居住在滩区的 189.5 万群众的生命财产安全构成巨大威胁。同时还存在黄河滩区预警预报设施不完善等问题。从来沙形势看，黄土高原入黄泥沙仍然源源不断，而小浪底水库设计拦沙库容 75 亿 m^3，截至 2021 年 4 月已淤积泥沙 32.01 亿 m^3，随着水库进入拦沙后期，加之调水调沙后续动力不足，若不继续采取有效措施控制泥沙，下游河道还会继续淤积抬高，从长远看依然存在改道的风险。

5.1.1.2　潼关河段治理现状及存在问题

潼关高程（潼关断面 1 000 m^3/s 相应水位）是渭河下游、禹门口—潼关河段的侵蚀基准面，潼关高程一直处于较高状态是导致渭河下游淤积严重、防洪问题突出的重要原因之一。三门峡水库运用和来水来沙条件是影响潼关高程变化的主要因素，三门峡水库改建后潼关高程变化主要受黄河和渭河的来水来沙影响。

实践表明，降低或控制潼关高程必须采取多种措施相互配合，综合治理。近期采取的主要措施有：三门峡水库非汛期坝前最高水位在 318 m 以下，平均水位为 315 m；汛期入库流量大于 1 500 m^3/s 时敞泄，2003 年实施了三门峡库区东垆裁弯工程。在潼关河段实施清淤疏浚，理顺河势，改善潼关河段的行洪输沙条件。2004 年以来，汛期在小北干流左岸滩区进行了放淤试验。2006 年以来，开展了利用桃汛洪水冲刷降低潼关高程的试验，同时进行了渭河口流路整治，建设了部分工程。这些措施的实施，对遏制潼关高程的继续抬升起到了一定作用，使得潼关高程维持在 328 m 左右（见图 5-3），但没有明显降低，仍然居高不下。

5.1.1.3　宁蒙河段治理现状及存在问题

黄河上游相继建成了龙羊峡水库、刘家峡水库、海勃湾水库，对保障兰州市的防洪安全和减轻宁蒙平原河道的凌汛威胁发挥了重要作用。自“九五”以来，宁蒙河段开展了较为系统的河防工程治理，2010 年、2014 年国家发展和改革委员会先后批复实施了一期和二期防洪工程建设，按照 20~50 年一遇洪水，2025 年淤积水平建成各类堤防长度 1 453 km（不含三盛公库区围堤），其中干流堤防长 1 400 km、支流口回水段堤防长 53 km；开展了河道整治，建成工程 140 处，坝垛护岸 2 194 道，工程长度 179.5 km。在内蒙古河段开辟了 6 个应急分洪区（左岸的乌兰布和分洪区、河套灌区及乌梁素海分洪区、小白河分洪区；右岸的杭锦淖尔分洪区、蒲圪卜分洪区、昭君坟分洪区，应急分洪区位置示意见图 5-4，应急分洪区位置、设计分洪规模及分洪区面积见表 5-3），并在 2007 年以后根据凌

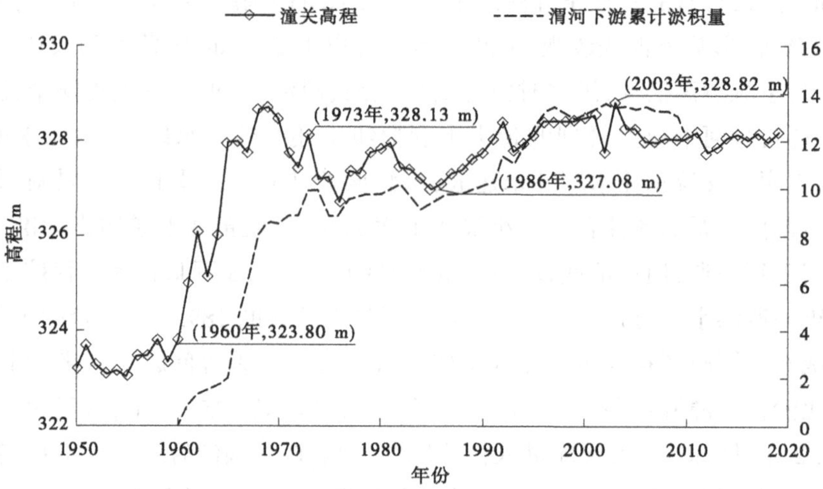

图 5-3　潼关高程(汛前流量 1 000 m^3/s 水位)变化

汛开河期凌情适时运用了分洪区。这些工程的修建,有效地提高了宁蒙河段抗御洪水的能力,但是由于干流来水条件的改变,有利于输沙塑槽的大流量过程减少,宁蒙河段中水河槽过流能力由 20 世纪 80 年代以前普遍的 3 000 m^3/s 以上快速减小,最小时不足 1 000 m^3/s(2000 年以来先减小后增大,平均 1 600 m^3/s 左右),导致凌汛期冰下过流能力降低,槽蓄水增量增加,防凌防洪形势十分严峻。黑山峡水库生效前,现状工程运行条件下,宁蒙河段河槽未来仍将淤积萎缩,中水河槽过流能力将降低至 1 600 m^3/s(采用 2018 年河道大断面和"2018~2020 年+1987~2004 年"共 17 年实测水沙对宁蒙河段中水河槽变化趋势进行计算分析,结果表明平滩流量先增大后减小,2035 年将减小至 1 600 m^3/s,见图 5-5),防凌防洪形势无法有效改善,凌洪风险依然是该河段的最大威胁。

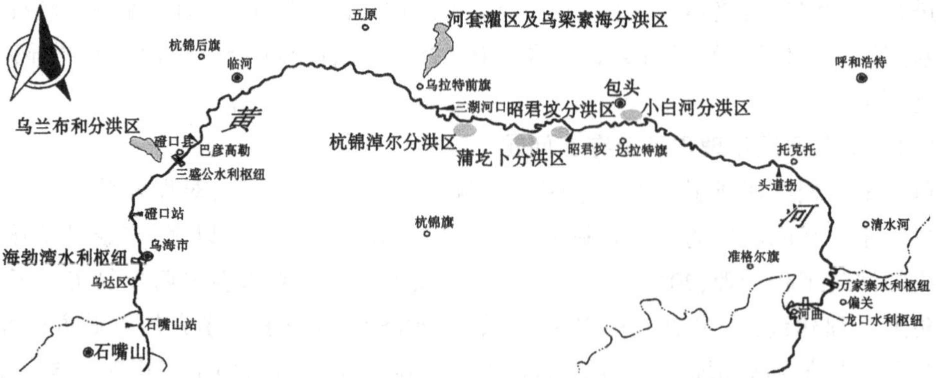

图 5-4　内蒙古河段应急分洪区位置示意图

表 5-3　应急分洪区位置、设计分洪规模及分洪区面积

工程名称	位置	分洪规模/万 m^3	分洪区面积/km^2
乌兰布和	黄河左岸巴彦淖尔市磴口县粮台乡	11 700	230
河套灌区及乌梁素海	黄河左岸巴彦淖尔市乌拉特前旗大佘太镇	16 100	
杭锦淖尔	黄河右岸鄂尔多斯市杭锦淖尔乡	8 243	44.07
蒲圪卜	黄河右岸鄂尔多斯市达拉特旗恩格贝镇	3 090	13.77
昭君坟	黄河右岸内蒙古鄂尔多斯市达拉特旗昭君镇	3 296	19.93
小白河	黄河左岸包头市稀土高新区万水泉镇和九原区	3 436	11.77

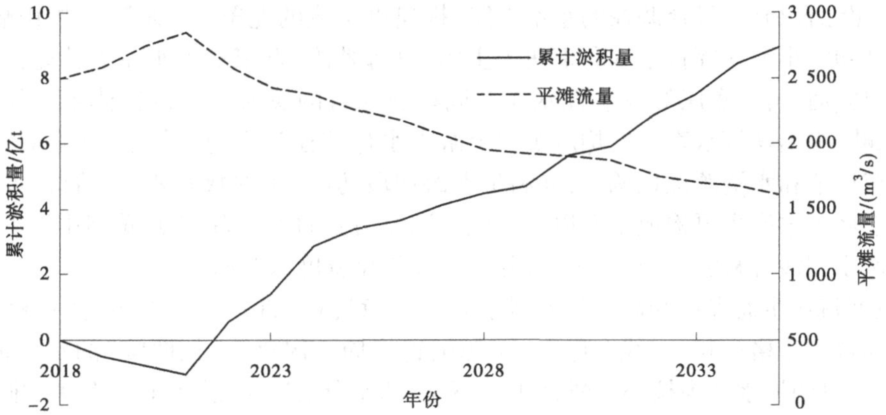

图 5-5　宁蒙河段平滩流量变化

5.1.2　重点河段治理对策

目前，黄河下游、潼关河段、宁蒙河段等重点河段的防洪问题未得到彻底解决，未来水沙条件下，黄河作为多沙河流的特性没有变，水沙异源的特性没有变，水沙关系不协调的特性没有变，重点河段的洪水风险问题仍然会是重点关注问题，同时流域还面临生态环境脆弱、水资源保障形势严峻、发展质量有待提高等挑战。

5.1.2.1　新阶段黄河保护治理的思路和总体格局

中共中央、国务院印发了《黄河流域生态保护和高质量发展规划纲要》，提出紧紧抓住水沙关系调节这个“牛鼻子”，围绕以疏为主、疏堵结合、增水减沙、调水调沙，健全水沙调控体系，健全“上拦下排、两岸分滞”防洪格局，强化综合性防洪减灾体系建设，构筑沿黄人民生命财产安全的稳固防线。

《黄河流域生态保护和高质量发展水安全保障规划》进一步落实提出新阶段黄河保护治理的总体思路和总体格局。总体思路是：立足新发展阶段、贯彻新发展理念、构建新发展格局，坚持“节水优先、空间均衡、系统治理、两手发力”治水思路，坚持重在保护、要在治理，按照共同抓好大保护、协同推进大治理的要求，紧紧围绕“让黄河成为造福人民

的幸福河”的目标，着力完善流域水沙调控和防洪减灾体系，着力推进水资源集约安全利用，着力加强水土保持和水生态环境保护，着力保护传承弘扬黄河水文化，着力提升流域保护治理能力，扎实推进黄河流域水利高质量发展，全面提升水安全保障能力，确保黄河大堤不决口、河道不断流、水质不超标、河床不抬高，树立大江大河治理的重要标杆。总体格局是：按照生态优先、系统治理、流域统筹、协同共享的思路，统筹发展和安全，统筹协调干支流、上下游、左右岸等关系，构建“一核两策”的水灾害综合防治格局、“一线多库”水资源配置格局和“三区一廊”的水生态保护格局，形成流域区域结合、水域陆域统筹、资源环境要素相匹配、水安全保障体系完备的保护治理总体格局。

5.1.2.2 水沙调控体系和防洪减灾体系是构建黄河保护治理格局的核心

《黄河流域综合规划(2012~2030年)》根据黄河干流各河段的特点、流域经济社会发展布局，统筹考虑洪水管理、协调全河水沙关系、合理配置和高效利用水资源等综合利用要求，按照综合利用、联合调控的基本思路，构建以干流的龙羊峡、刘家峡、黑山峡、碛口、古贤、三门峡、小浪底等骨干水利枢纽为主体，以海勃湾、万家寨等水库为补充，与支流的陆浑、故县、河口村、东庄等控制性水库共同构成完善的黄河水沙调控体系。其中，龙羊峡、刘家峡、黑山峡等水库主要构成黄河上游以水量调控为主的子体系，联合对黄河水量进行多年调节和水资源优化调度，并满足上游河段防凌、防洪减淤要求；碛口、古贤、三门峡和小浪底等水库主要构成中游以洪水泥沙调控为主的子体系，管理黄河中游洪水，进行拦沙和调水调沙，协调黄河水沙关系，并进一步优化调度水资源。

《黄河流域生态保护和高质量发展水安全保障规划》进一步提出构建“一核两策”的水灾害综合防治格局和“一线多库”水资源配置格局。构建“一核两策”的水灾害综合防治格局，即以调控水沙为核心，坚持“上拦下排、两岸分滞”调控洪水和“拦、调、排、放、挖”综合处理泥沙两大策略，完善以黄河下游为重点，兼顾黄河上中游河段、主要支流、城市防洪、山洪灾害防治的洪水防御总体布局，健全以骨干水库等重大水利工程为主的水沙调控体系，构建点线面统筹、工程与非工程措施结合的流域综合性防洪减灾体系。构建“一线多库”水资源配置格局，即以南水北调西线工程为主，推进南水北调东中线后续工程、引汉济渭等多线路向黄河流域补水增水。以黄河干流已建的龙羊峡、刘家峡、三门峡、小浪底和规划建设的古贤、黑山峡、碛口等7座水利枢纽为骨架，增强上中下游水资源联合调控能力，提高流域水资源配置水平和供水安全保障能力。

黄河流域龙羊峡、刘家峡、黑山峡、碛口、古贤、三门峡、小浪底等七大骨干水库工程构成了黄河水沙调控体系、防洪减灾体系的主体，1997年《黄河治理开发规划纲要》、2002年《黄河近期重点治理开发规划》、2008年《黄河流域防洪规划》、2013《黄河流域综合规划》(2012~2030年)等黄河保护治理的顶层规划均肯定了七大骨干水库工程的主体地位。

习近平总书记强调，“地上悬河”形势严峻，下游地上悬河长达800 km，上游宁蒙河段淤积形成“新悬河”，强调要保障黄河长久安澜，必须紧紧抓住水沙关系调节这个“牛鼻子”。当前，黄河水沙调控体系不完善，从刘家峡到三门峡2 400余km的河道上没有一座控制性骨干工程，上游水量调控子体系难以与中游洪水泥沙调控子体系有效衔接，水沙调控尚未形成整体合力。龙羊峡水库、刘家峡水库现状工程运行条件下宁蒙河段中水河槽过流能力难以长期维持，同时防凌、供水调度与发电矛盾突出，上游梯级电站综合效益发挥不充分，亟须完善黄河水沙调控体系、防洪减灾体系、水资源合理配置和高效利用体系。

5.2　全河水沙联合调控的需求

5.2.1　黄河水沙调控体系规划总体布局

2013 年国务院批复的《黄河流域综合规划(2012～2030 年)》提出，水沙调控体系总体布局要根据黄河干流各河段的特点、流域经济社会发展布局，统筹考虑洪水管理、协调全河水沙关系、合理配置和高效利用水资源等综合利用要求，按照综合利用、联合调控的基本思路，构建以干流的龙羊峡、刘家峡、三门峡、小浪底等骨干水利枢纽为主体，以海勃湾、万家寨水库为补充，与支流的陆浑、故县、河口村等控制性水库共同构成完善的黄河水沙调控工程体系。其中，龙羊峡、刘家峡等水库主要构成黄河上游以水量调控为主的子体系，联合对黄河水量进行多年调节和水资源优化调度，并满足上游河段防凌防洪减淤要求；三门峡和小浪底等水库主要构成中游以洪水泥沙调控为主的子体系，管理黄河中游洪水，进行拦沙和调水调沙，协调黄河水沙关系，并进一步优化调度水资源(见图 5-6)。

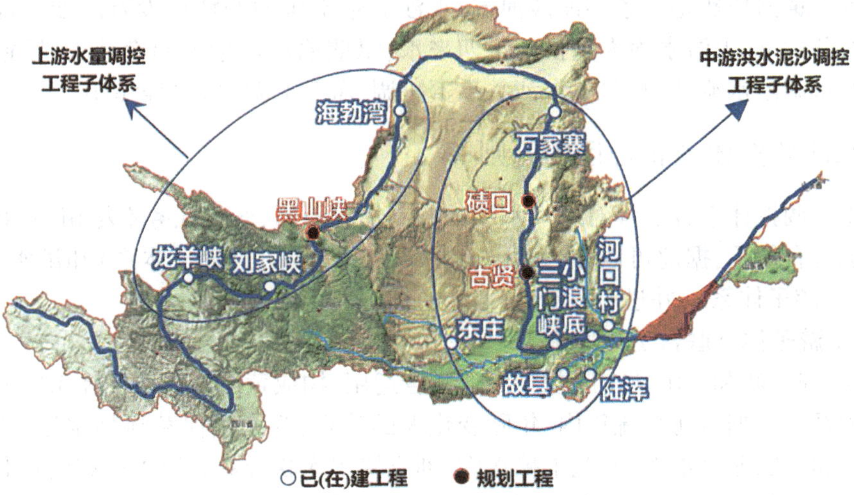

图 5-6　黄河水沙调控体系规划布局示意图

5.2.2　中游水库运用对上游水库的要求

黄河水沙异源，水沙关系不协调，水资源时空分布不均，来水与用水不匹配(流域用水的地区分布与径流来源不一致，工农业用水过程与天然来水过程不一致，流域 62%的径流来自黑山峡河段以上，而 90%的用水集中在兰州以下的宁蒙河段两岸地区和中下游)等特点决定了黄河保护治理必须要构建完整的水沙调控体系，上游水量调控子体系和中游洪水泥沙调控子体系必须有机联系、高效运行。中游水库运用需要上游水库配合：

(1)现状水库少拦多排、拦粗排细，需要上游水库提供水流动力条件。

黄河中游泥沙主要来自短历时、高含沙的洪水，依赖自身水量难以满足输送泥沙的动力条件要求。现状工程和运用方式条件下，上游的低含沙洪水基本被水库拦蓄（1986 年以来，龙刘水库联合运用在汛期尤其是主汛期 7～8 月大量蓄水，年均汛期拦蓄水量近 50 亿 m^3，7～8 月蓄水量近 30 亿 m^3），汛期输沙水量大幅度减少，输沙动力严重不足，河道特别是主槽内的泥沙淤积严重。为协调黄河水沙关系，必须由上游水库增加汛期下泄大流量过程，增加汛期输沙能力，充分发挥河道排沙输沙功能，使中游水库尽量少拦多排、拦粗排细，达到延长水库拦沙运用年限的目的，为实现黄河长治久安创造条件。

（2）古贤水库、碛口水库进行泥沙多年调节，需要上游水库提供水流动力条件。

黄河来水来沙年际变化大，为了协调黄河水沙关系、长期保持水库有效库容，要求水沙调控体系对泥沙进行多年调节。现状工程和运用方式条件下，汛期中游骨干水库利用大流量低含沙水流进行冲刷排沙的机会很小；若利用中游高含沙洪水冲刷水库淤积泥沙，会造成出库水流含沙量更大，对下游和小北干流河段减淤不利，且由于洪水历时短，冲刷水库淤积量也有限；当利用小流量排沙时，会造成出库水沙关系极不协调，河槽将严重淤积。为此，需要上游水库提供水流动力条件，冲刷水库淤积泥沙，协调中游水库出库水沙关系。

（3）长期协调黄河水沙关系，需要上游水库配合运用。

从长远看黄河依然是一条多泥沙河流，水沙关系不协调的特性没有改变。现状工程和运用方式条件下，上游水库大量拦蓄汛期来水，汛期输沙水量大幅度减少，导致中游骨干水库的调水调沙水流动力不足，水沙关系不协调，需要上游水库配合运用。

5.2.3 水沙调控体系联合运用原则

黄河水沙调控体系各工程对黄河水沙的控制情况不同，开发任务不尽相同，对水沙调控的作用也各有侧重，据此可以分为黄河水量调控子体系（上游子体系）和洪水、泥沙调控子体系（中游子体系），并进行联合运用。

5.2.3.1 上游子体系联合运用原则

龙羊峡、刘家峡和黑山峡 3 座骨干工程联合运用，构成黄河水沙调控体系中的上游水量调控子体系。根据黄河径流年内、年际变化大的特点，为了确保黄河枯水年不断流、保障沿黄城市和工农业供水安全，龙羊峡水库、刘家峡水库联合对黄河水量和南水北调西线入黄水量进行多年调节，以丰补枯，增加黄河枯水年特别是连续枯水年的水资源供给能力，提高梯级发电效益。黑山峡水库主要对上游梯级电站下泄水量进行反调节，结合防凌蓄水将非汛期富余的水量调节到汛期，改善宁蒙河段水沙关系，消除龙羊峡水库、刘家峡水库汛期大量蓄水运用对宁蒙河段造成的不利影响，并调控凌汛期流量，保障宁蒙河段防凌安全，同时调节径流，为宁蒙河段工农业和生态灌区适时供水。在黑山峡水库建成以前，刘家峡水库与龙羊峡水库联合调控凌汛期流量，保障宁蒙河段防凌安全，调节径流为宁蒙灌区工农业供水。

海勃湾水利枢纽调节库容较小，对水沙调节能力有限，主要配合上游骨干水库防凌运用。在凌汛期的流凌封河期，调节流量平稳下泄，避免流量波动形成小流量封河，开河期在遇到凌汛险情时应急防凌蓄水。在汛期适时配合上游骨干水库调水调沙运用。

5.2.3.2　中游子体系联合运用原则

中游的碛口、古贤、三门峡和小浪底水利枢纽联合运用，构成黄河洪水和泥沙调控工程体系的主体，在洪水管理、协调水沙关系、支持地区经济社会可持续发展等方面具有不可替代的重要作用。中游调控子体系联合运用，一是联合管理黄河洪水，在黄河发生特大洪水时，合理削减洪峰流量，保障黄河下游防洪安全；在黄河发生中常洪水时，联合对中游高含沙洪水过程进行调控，充分发挥水流的挟沙能力，输沙入海，减少河道主槽淤积，并为中下游滩区放淤塑造合适的水沙条件；在黄河较长时期没有发生洪水时，为了防止河道主槽淤积萎缩，联合调节水量塑造人工洪水过程，维持中水河槽的行洪输沙能力。二是水库联合拦粗排细运用，尽量拦蓄对黄河下游河道泥沙淤积危害最为严重的粗沙，并根据水库拦粗排细、长期保持水库有效库容的需要，考虑各水库淤积状况、来水条件和水库蓄水情况，联合调节水量过程，冲刷水库淤积的泥沙。三是联合调节径流，保障黄河下游防凌安全，发挥工农业供水和发电等综合利用效益。

5.2.3.3　上游子体系和中游子体系联合运用原则

黄河水沙异源的自然特点决定了上游调控子体系必须与中游调控子体系有机地联合运用，构成完整的水沙调控体系。在黄河水沙调节方面，上游子体系需根据黄河水资源配置要求，合理安排汛期下泄水量和过程，为中游子体系联合调水调沙提供水流动力条件，且当中游水库需要降低水位冲刷排沙、恢复库容时，或冲刷古贤水库淤积的泥沙塑造小北干流放淤的水沙过程中，上游调控子体系大流量下泄，塑造适合于河道输沙或适合于放淤的水沙过程。当上游子体系调控运用恢复宁蒙河段中水河槽时，中游子体系对上游的来水来沙进行再调节、拦粗排细，塑造适合于河道输沙的水沙过程，减少下游河道淤积。

5.2.4　水沙调控体系联合运用方式

5.2.4.1　上游子体系联合运用方式

黑山峡水库投入运用后，黑山峡水库对龙羊峡、刘家峡等上游梯级电站出库水量进行反调节，对黄河水资源和南水北调西线工程入黄水量进行优化配置，在凌汛期控制封河、开河期及冰封期下泄流量，保障宁蒙河段的防凌安全，根据黄河水量统一调度，在用水高峰期增加下泄水量，提高供水保证率，可有效协调宁蒙河段灌溉、供水、防洪、防凌与上游梯级发电之间的矛盾，增加上游梯级电站的发电效益，同时可为生态灌区建设提供自流引水条件。在主汛期（主要是7~8月）集中大流量下泄，塑造有利于宁蒙河段输沙的水沙关系，恢复并维持河道排洪输沙功能。同时为黄河中游骨干水库调水调沙运用提供水量，协调黄河下游和小北干流河段水沙关系，提高中下游河道的行洪输沙能力。

上游龙羊峡水库、刘家峡水库、黑山峡水库联合调控运用时，必须在考虑协调宁蒙河段水沙关系、满足宁蒙河段防凌防洪和河口镇最小流量要求的前提下，考虑生活、生产和生态供水等要求，按梯级发电最优运用。上游水库联合调节运用方式分时段叙述如下：

7~9月为黄河主汛期，龙羊峡水库、刘家峡水库、黑山峡水库在汛期限制水位运行，枯水年份允许泄放水量至死水位，满足经济社会低限用水要求和上游梯级水力发电要求。黑山峡水库利用汛期限制水位和死水位之间的蓄水量，根据中游来水来沙情况和水库排沙运用要求相机调水调沙运用，塑造有利于宁蒙河段输沙的水沙过程，并为中游骨干水库调水调沙提供水量动力条件。

10~11月龙羊峡水库、刘家峡水库、黑山峡水库蓄水运用。该时段黑山峡水库以下用水锐减,梯级发电任务主要由龙羊峡至刘家峡区间电站承担。至10月底,龙羊峡、刘家峡两库最高水位允许达到正常蓄水位,黑山峡水库在11月底加大泄量,满足较大流量封河要求,并预留一定的防凌库容。

12月至翌年4月为黄河枯水季节,黑山峡以下河段用水量较小,且12月至翌年3月为宁蒙河段防凌运用时期,黑山峡水库按防凌要求下泄水量,龙羊峡水库补水以满足梯级电站出力要求。龙羊峡水库水位消落,刘家峡水库维持正常蓄水位运行,黑山峡水库防凌蓄水,并在3月凌汛前保留一定的防凌库容,3月底允许蓄至正常蓄水位,4月黑山峡水库继续蓄水至正常蓄水位,或维持在正常蓄水位运行,以备灌溉季节用水之需。

5~6月为宁蒙地区主要灌溉期,由于河道来水量不足,需水库补水。补水次序为:先黑山峡水库补水,如不足再由刘家峡水库、龙羊峡水库补水。在6月下旬,黑山峡水库需考虑为调水调沙预留部分水量,并在6月中下旬根据水库蓄水情况进行调水调沙运用,以大流量冲沙缓解宁蒙河段淤积,并考虑与古贤、三门峡、小浪底等干流水库联合调度,实现黄河干流全河的调水调沙,6月底水库水位降至汛限水位。

海勃湾水库作为上游子体系的补充,地理位置非常优越,与上游水库联合防凌调度运用,改善凌汛期进入内蒙古河段流量过程,缓解内蒙古河段的凌情,在下游凌汛出险时,通过预留的应急防凌库容还可紧急闭闸以应付下游防凌抢险的需要。

5.2.4.2 中游子体系联合运用方式

古贤水库投入运用后,黄河中游洪水、泥沙调控子体系初步形成,古贤水库与现状水库联合调水调沙具有天然的地理优势。古贤水库通过拦沙并与小浪底水库联合调控水沙,恢复并维持黄河下游和小北干流河段中水河槽行洪排沙功能,减少河道淤积,冲刷降低潼关高程,在小浪底水库需要冲刷恢复调水调沙库容时,提供水流动力条件,延长小浪底水库拦沙运用年限,长期保持一定的调节库容。三门峡水库距小浪底水库比较近,在塑造冲刷小浪底水库形成异重流的洪水过程中,如果古贤水库塑造一个洪峰过程,经过小北干流演进坦化,到三门峡水库时洪峰有所削弱,三门峡可以重新塑造理想的洪峰,对小浪底库区进行有效冲刷,提高小浪底水库的排沙比。万家寨水库作为中游子体系的补充,原则上按照设计运用方式供水、发电运用,必要时为古贤水库、三门峡水库和小浪底水库联合调水调沙补充水流动力,更好地发挥水沙调控体系对河道和库区的减淤作用。陆浑水库、故县水库、河口村水库控制黄河中游清水来源区,可有效削减进入下游的洪峰流量,同时对汛期来水量进行调节,根据干流骨干水库水沙调控调度的要求,适时泄放大流量过程,实现小花间清水与小浪底出库浑水的合理对接,发挥水流的输沙效率。东庄水库作为渭河流域重要的防洪减淤骨干工程,可协调进入渭河下游的水沙关系,减少渭河下游主河槽的淤积,同时适时配合中游骨干工程调控水沙。

5.2.4.3 上游子体系与中游子体系联合运用方式

黑山峡水库投入运用后,对龙羊峡、刘家峡等上游梯级电站出库水量进行反调节,增加了汛期输沙水量,在主汛期(7~8月)集中大流量下泄,在塑造有利于宁蒙河段输沙的水沙关系的同时,为黄河中游子体系水库群联合调控水沙提供了持续的水量条件。当中游的古贤水库和小浪底水库需要降低水位冲刷排沙、恢复库容时，或冲刷古贤水库淤积的泥沙塑造小北干流放淤的水沙过程时，上游子体系大流量下泄，形成适合于河道输沙和小北干流放淤的水沙过程，万家寨水库作为上游子体系与中游子体系的重要衔接水库，可适时进入中游子体系的水沙过程进行适当优化。当上游子体系联合调控运用恢复宁蒙河段中水河槽时，中游子体系对上游的来水来沙过程进行再调节，拦粗排细，协调进入下游的水沙关系，减少下游河道的淤积。

5.2.5　上中游水沙调控体系的对接指标

黄河中游汛期来沙主要集中在 7 月中旬至 8 月下旬，高含沙小洪水主要出现在 7 月上旬至 8 月中旬。1986 年以来，黄河中游小北干流和下游河道持续淤积，中游高含沙小洪水是造成河道持续淤积的重要影响因素。统计中游主要控制站龙门、潼关实测资料分析可知，潼关和龙门两站沙量主要集中在 7 月中旬至 8 月下旬(见表 5-4)，占整个汛期来沙量的 76.2%和 70.5%。

表 5-4　1986 年以来龙门站和潼关站汛期水沙特性

时段		水量/亿 m^3		平均流量/(m^3/s)		沙量/亿 t		含沙量/(kg/m^3)		水量占汛期水量比例/%		沙量占汛期沙量比例/%	
		龙门	潼关	龙门	潼关	龙门	潼关	龙门	潼关	龙门	潼关	龙门	潼关
7 月	上旬	5.3	6.9	615	800	0.16	0.19	28.57	27.64	5.7	5.6	6.6	5.5
	中旬	5.8	8.1	666	934	0.30	0.35	53.00	42.32	6.3	6.5	12.3	10.1
	下旬	8.8	11.3	929	1 187	0.42	0.53	47.16	47.13	9.5	9.1	17.2	15.3
8 月	上旬	8.0	10.0	913	1 155	0.52	0.57	66.16	56.80	8.7	8.1	21.3	16.5
	中旬	8.6	11.4	990	1 319	0.32	0.55	37.80	48.43	9.3	9.2	13.1	15.9
	下旬	11.0	14.3	1 158	1 508	0.30	0.44	27.49	30.53	11.9	11.5	12.3	12.7
9 月	上旬	9.3	12.3	1 077	1 423	0.18	0.30	19.06	24.38	10.1	9.9	7.4	8.7
	中旬	9.5	12.6	1 096	1 461	0.08	0.15	8.71	11.73	10.3	10.1	3.3	4.3
	下旬	8.9	11.9	1 036	1 376	0.09	0.16	10.60	13.77	9.6	9.6	3.7	4.6
10 月	上旬	6.5	9.6	757	1 117	0.03	0.11	4.70	11.61	7.0	7.7	1.2	3.2
	中旬	5.5	8.4	641	971	0.02	0.07	3.08	8.53	6.0	6.8	0.8	2.0
	下旬	5.2	7.4	551	780	0.02	0.04	3.14	6.07	5.6	6.0	0.8	1.2
汛期		92.4	124.2	869	1 169	2.44	3.46	26.41	27.86	100	100	100	100

统计分析龙门和潼关两站 1986 年以来流量小于 2 000 m^3/s、含沙量大于 100 kg/m^3 的高含沙小洪水出现的天数、水量和沙量(见表 5-5)可知，龙门站总计出现天数为 132 d，相应水量 117.74 亿 m^3，沙量 19.66 亿 t；潼关站总计出现天数为 93 d，相应水量 93.33 亿 m^3，沙量 16.29 亿 t。7 月上旬至 8 月中旬高含沙小洪水出现的天数最多，该时期龙门站、潼关站出现天数分别占 84.1%、79.6%，相应水量分别占 82.0%、76.7%，相应沙量分别占

84.0%、78.8%。

表 5-5　1986 年以来龙门站和潼关站汛期高含沙小洪水统计

时段		龙门			潼关		
		天数/d	水量/亿 m^3	沙量/亿 t	天数/d	水量/亿 m^3	沙量/亿 t
6 月	上旬	2	2.27	0.27	0	0	0
	中旬	4	3.57	0.50	1	1.52	0.20
	下旬	5	2.95	0.38	7	5.96	0.86
7 月	上旬	16	11.74	1.82	5	5.97	0.80
	中旬	28	19.44	4.02	19	19.11	3.74
	下旬	30	26.49	4.07	25	22.38	4.11
8 月	上旬	19	20.54	3.27	18	18.39	3.28
	中旬	18	18.34	3.33	7	5.76	0.90
	下旬	6	7.28	1.07	7	8.19	1.64
9 月	上旬	3	4.43	0.84	3	4.52	0.58
	中旬	0	0	0	0	0	0
	下旬	1	0.69	0.09	1	1.53	0.18
合计		132	117.74	19.66	93	93.33	16.29

注：流量小于 2 000 m^3/s、含沙量大于 100 kg/m^3。

上游黑山峡水库通过反调节增加汛期水量并集中大流量下泄，在调节宁蒙河段水沙关系的同时，为中游水库水沙调控提供水流动力条件，尽量减少小北干流及下游河道的淤积，延长中游水库拦沙运用年限，长期保持有效库容。从时间要求上看，考虑上游水沙调控需求以及尽量兼顾中游洪水泥沙调控要求，黑山峡水库泄放大流量时机宜安排在 7 月中旬至 8 月下旬。从流量要求上看，上游水库泄放的大流量过程即使在经过沿程损耗后还能为中游水库提供较大的水流动力（流量在 2 000 m^3/s 左右），可以为中游提供较大输沙动力条件。当中游古贤、碛口等水库进入正常运用期槽库容严重淤积时，需要充分利用这样的流量过程进行冲刷排沙，恢复槽库容；同时通过中游水库的优化调节，可以塑造对中下游河道输沙减淤有利的水沙关系。

5.3　宁蒙河段水沙调节需求

5.3.1　调控流量

宁蒙河段调控流量应考虑防凌防洪、泥沙输移效率、河道冲淤和中水河槽塑造要求，下面从以下几个方面分析论证。

5.3.1.1　流量与冲淤效率关系论证

通过对宁蒙河段洪水冲淤特性尤其是干流非漫滩洪水冲淤特性分析（见表 5-6 和

图 5-7）可知，各分组泥沙在不同水流条件下均能不同程度地被输移，小于 0.1 mm 的各粒径组泥沙，随着流量级增大，淤积效率逐渐减小，当流量大于 1 500 m³/s 时，转淤积为冲刷，当流量为 2 500~3 000 m³/s 时，冲刷效率达到最大，但当流量在 3 000 m³/s 以上时，冲刷效率有所减小；大于 0.1 mm 的泥沙表现为淤积，淤积效率随流量增大有所波动，但总体趋势减小，淤积效率最小时的流量级为 2 500~3 000 m³/s。

表 5-6　宁蒙河段不同粒径泥沙冲淤效率与流量级关系　单位：kg/m³

粒径/mm	流量级/(m³/s)					
	1 000 以下	1 000~1 500	1 500~2 000	2 000~2 500	2 500~3 000	3 000 以上
0~0.025	0.876	0.097	-1.408	-1.292	-2.410	-0.886
0.025~0.05	0.621	0.110	-0.617	-0.902	-1.283	-0.952
0.05~0.08	0.458	0.073	-0.193	-0.415	-0.494	-0.282
0.08~0.1	0.305	0.049	-0.128	-0.276	-0.330	-0.188
>0.1	0.189	0.092	0.033	0.231	0.084	0.121
>0.05	0.952	0.214	-0.288	-0.460	-0.740	-0.349
>0.08	0.494	0.141	-0.095	-0.045	-0.246	-0.067
全沙	2.449	0.421	-2.313	-2.654	-4.433	-2.187

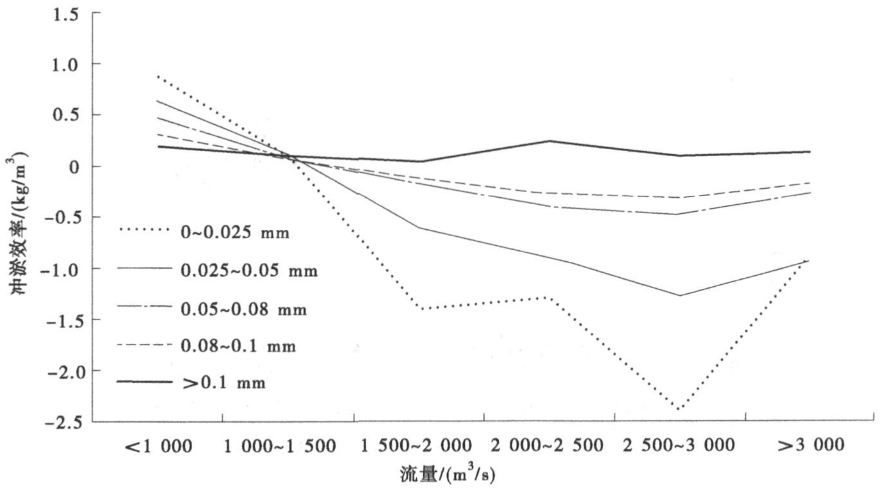

图 5-7　宁蒙河段非漫滩洪水分组泥沙粒径不同流量级冲淤效率变化

黄河水利科学研究院在《有利于宁蒙河段输沙和恢复、维持中水河槽的水沙条件研究》中，研究了宁蒙河段水沙特点、河道冲淤调整机制，分析了宁蒙河段非漫滩洪水不同流量条件下河道冲淤效率与含沙量关系（见图 5-8）、不同来沙条件下河道冲淤效率与进口（干流下河沿、支流清水河、苦水河及毛不拉、西柳沟、罕台川三大孔兑）平均流量关系（见图 5-9），提出当含沙量小于 7 kg/m³ 时，宁蒙河段总体表现为冲刷，并且随着流量的增加，河道冲刷效率增大，当流量为 2 200～2 500 m^3/s 时，宁蒙河段冲刷效率达到最大值，之后随着流量的增加，冲刷效率有所降低；当含沙量大于 7 kg/m^3 时，宁蒙河段总体表现为淤积，并且随着流量的增加，淤积程度有所减弱，如含沙量为 10～20 kg/m^3 的洪水，当流量约为 1 500 m^3/s 时，宁蒙河段冲淤效率为 3.92 kg/m^3，流量增至 2 500 m^3/s 时，宁蒙河段冲淤效率减小为 0.20 kg/m^3。分析认为非漫滩洪水河道冲淤效率与水沙搭配系数的关系较好，当洪水期水沙搭配系数约为 0.003 7 $kg \cdot s/m^6$ 时，宁蒙河段可达到冲淤平衡状态。结合宁蒙河段过流断面调整对水沙调控的响应规律进行分析，建议下河沿站调控指标为洪峰流量 2 512 m^3/s、含沙量 9.2 kg/m^3、历时 20.7 d、洪量 44.8 亿 m^3。

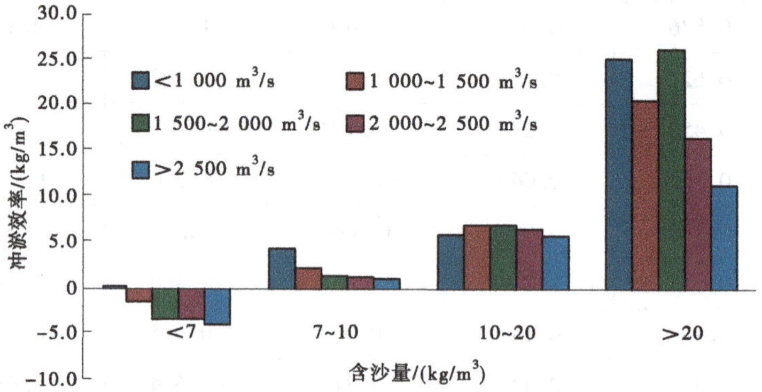

图 5-8　宁蒙河段不同流量条件下河道冲淤效率与含沙量的关系

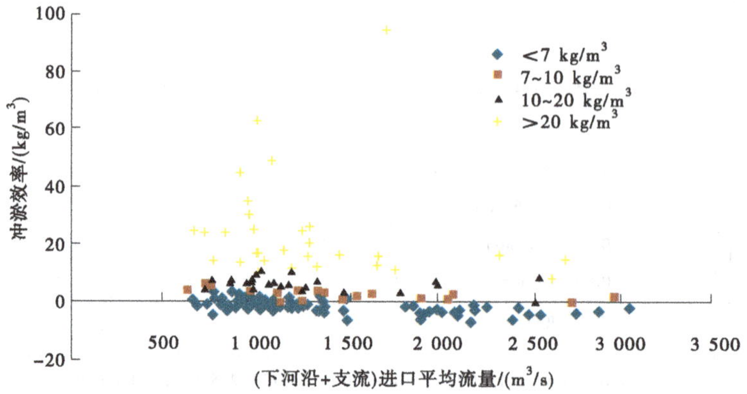

图 5-9　宁蒙河段不同来沙条件下河道冲淤效率与进口平均流量的关系

5.3.1.2　流量与流速关系论证

结合河流动力学理论进一步分析流量与输沙能力关系。要提高河道输沙能力，减少河道淤积或者使河道冲刷，应提高水流挟沙能力，水流挟沙能力计算公式如下：

$$S^* = k\left(\frac{u^3}{gR\omega}\right)^m \tag{5-1}$$

式中：k、m 分别为系数、指数；u 为流速，m/s；R 为水力半径，m；ω 为泥沙沉速，m/s；g 为重力加速度。

由式(5-1)可知，水流的挟沙能力与流速的高次方成正比，流速越大越有利于提高挟沙能力。根据三湖河口断面实测资料点绘流量-流速关系图，由图 5-10 可知，随着流量增大，断面平均流速逐渐增大，流量与流速的拐点在 2 500 m^3/s 左右，当流量在 3 000 m^3/s 以上时，断面平均流速趋于稳定。

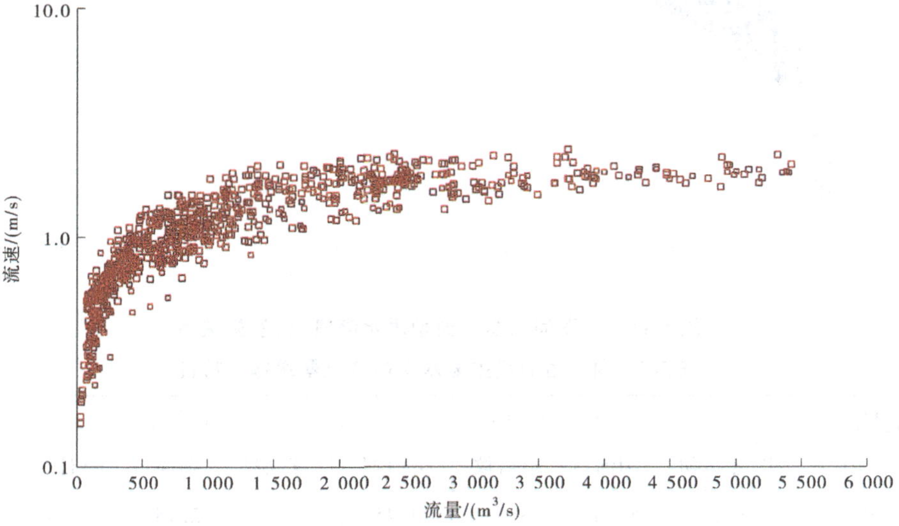

图 5-10　三湖河口流量-流速关系

5.3.1.3　流量与含沙量关系论证

主槽形态塑造是水流动力冲刷河床和搬运泥沙的共同作用，其动力均来自水流的动能，二者均与流速的高次方成正比。根据前文流量-流速关系分析，流量-流速关系存在一拐点流量，当流量大于这一拐点流量后，流速随流量增大的幅度减缓。因此，水流挟沙能力跟流量的关系亦应存在一拐点，在流量大于该拐点后，水流的造床能力或挟沙能力增加幅度会很小。该推断可以从相应断面非漫滩洪水情况的流量-含沙量关系得到验证。图 5-11 为三河湖口断面典型洪水流量-含沙量关系点绘图，由图 5-11 可见，三湖河口断面在流量为 2 500 m^3/s 左右流量-含沙量关系存在一个拐点，在流量大于拐点流量后，含沙量随流量增大的幅度减缓，当流量在 3 000 m^3/s 以上时含沙量变化不大。

5.3.1.4　流量与输沙效率关系论证

统计内蒙古河段主要水文站断面 1986 年前不同流量级的日输沙量及输沙效率，见表 5-7。由表 5-7 可知，随着流量的增大，水流的日输沙量和输沙效率均大幅度增大，2 000~2 500 m^3/s、2 500~3 000 m^3/s 流量级的日输沙量分别是 500~1 000 m^3/s 流量级日输沙量的 7 倍、9 倍左右，相应的输沙效率分别是 500~1 000 m^3/s 流量级的 2.5 倍、2.6 倍。流量超过 3 000 m^3/s，日均输沙量增大不明显，日输沙效率反而降低。

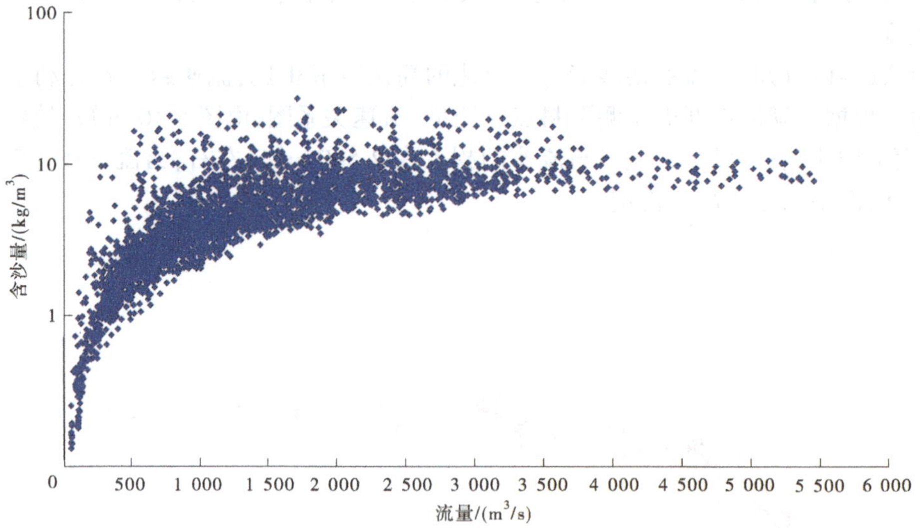

图 5-11 三湖河口断面典型洪水流量-含沙量关系

表 5-7 内蒙古河段主要水文站各流量级输沙特性

流量/(m^3/s)	日输沙量/万 t				输沙效率/(kg/m^3)			
	巴彦高勒	三湖河口	昭君坟	头道拐	巴彦高勒	三湖河口	昭君坟	头道拐
0~500	3.28	5.56	3.53	4.45	1.24	2.18	1.44	1.80
500~1 000	16.74	26.96	21.57	26.02	2.59	4.12	3.33	3.97
1 000~1 500	39.98	63.19	58.27	72.29	3.82	5.94	5.53	6.84
1 500~2 000	86.29	110.84	110.71	131.84	5.70	7.32	7.33	8.79
2 000~2 500	125.96	156.91	156.09	181.47	6.56	8.19	8.16	9.44
2 500~3 000	167.77	199.55	208.17	233.46	7.08	8.53	8.76	9.93
3 000 以上	226.25	295.7	279.04	239.61	7.37	9.27	8.76	7.66

5.3.1.5 基于高效输沙的流量论证

西安理工大学在《有利于内蒙古河段输沙的流量研究》中，整理统计了内蒙古河段干流及毛不拉、西柳沟、罕台川三大孔兑实测资料，在对水沙、河道冲淤演变充分分析的基础上，从输沙机制着手，研究了与水流输沙能力有关系的各个特征指标，包括来沙系数、水流挟沙能力、输沙率和排沙比等，通过对洪水期（连续 10 d、15 d、20 d）、汛期、非汛期的输沙水量分析，研究提出基于单位输沙水量与流量关系和基于冲淤平衡条件两个方面的高效输沙流量。基于单位输沙水量与流量关系的统计分析方法提出巴彦高勒—三湖河口河段、巴彦高勒—头道拐河段在河道冲刷条件下 20 d 的输沙最高效，对应的流量分别为 2 436 m^3/s 和 2 974 m^3/s；基于冲淤平衡条件的分析方法提出巴彦高勒—三湖河口河段最小单位输沙流量为 15 d 平均流量 2 560 m^3/s，巴彦高勒—头道拐河段最小单位输沙流量为 20 d 平均流量 2 590 m^3/s。

5.3.1.6　基于泥沙起动、输移要求的论证

清华大学在《宁蒙河段不同粒径泥沙起动条件和冲刷的可行性研究》中，结合泥沙运动理论分析表明，宁蒙河段河床大部分沙质组成都有可能以悬移形式运移，并且随着粒径的减小，呈悬移形式运移的比例增大。物理模型试验和数学模型计算进一步验证提出了宁蒙河段河床泥沙起动条件，宁蒙河段河床泥沙即使是粗颗粒泥沙也可以被冲刷输移，流量大于 2 000 m^3/s 的清水可使内蒙古河段床面上粒径 0.1 mm 以上的沙质推移质有较大规模运动，被冲刷的泥沙除一部分呈推移质运动形式外，还有一部分在近河底处呈悬移质运动状态，容易与床面泥沙发生交换。中水持续作用可使内蒙古河段发生明显的长距离冲刷，三湖河口以上游荡性河段形成明显冲刷的条件为含沙量在 6 kg/m^3 以下的洪水平均流量达 2 400 m^3/s 以上且要维持 10 d 以上的水沙过程；三湖河口以下河段形成明显冲刷的条件为含沙量在 5 kg/m^3 以下的洪水平均流量大于 2 600 m^3/s 且要维持 10 d 以上的水沙过程。

5.3.1.7　调控流量的选取

为了比选调控流量指标，拟定无西线调水 2 000 m^3/s、2 500 m^3/s，有西线调水 2 500 m^3/s、3 000 m^3/s 共 4 个方案进行黑山峡库区、宁蒙河段、小北干流和黄河下游冲淤分析。

1. 不同调控流量对黑山峡库区泥沙冲淤的影响

利用数学模型计算无西线调水不同调控流量指标方案下黑山峡库区泥沙冲淤成果见表 5-8 和图 5-12。

表 5-8　无西线调水情况下黑山峡库区冲淤计算成果

年数	来沙量/亿 t	无西线调水(调控流量 2 000 m^3/s)			无西线调水(调控流量 2 500 m^3/s)		
		出库沙量/亿 t	排沙比/%	淤积量/亿 t	出库沙量/亿 t	排沙比/%	淤积量/亿 t
1～50 年	48.96	0	0	48.96	0	0	48.96
51～100 年	48.41	6.81	14.07	41.60	7.20	14.87	41.21
101～162 年	55.85	56.64	101.41	-0.79	56.90	101.88	-1.05
1～162 年	153.22	63.45	41.41	89.77	64.10	41.83	89.12

无西线调水调控流量为 2 000 m^3/s 的情况下，从水库淤积过程看，水库运用 50 年末、100 年末、162 年末库区泥沙累计淤积量分别为 48.96 亿 t、90.56 亿 t、89.77 亿 t。从水库排沙情况看，水库运用前 50 年，由于水库水深大，基本不排沙，排沙比为 0；水库运用 51～100 年，水库仍然处于拦沙期，入库沙量 48.41 亿 t，出库沙量 6.81 亿 t，排沙比 14.07%，大部分入库泥沙淤积在水库内；水库运用 101～162 年，基本转入正常运用期，入库沙量 55.85 亿 t，出库沙量 56.64 亿 t，水库基本处于冲淤平衡状态，排沙比接近 100%。调控流量为 2 500 m^3/s 的情况下，库区泥沙淤积过程差别不大，水库运用 50 年末、100 年末、162 年末库区泥沙累计淤积量分别为 48.96 亿 t、90.17 亿 t、89.12 亿 t。

利用数学模型计算有西线调水不同调控流量指标方案下黑山峡库区泥沙冲淤成果见表 5-9 和图 5-13。

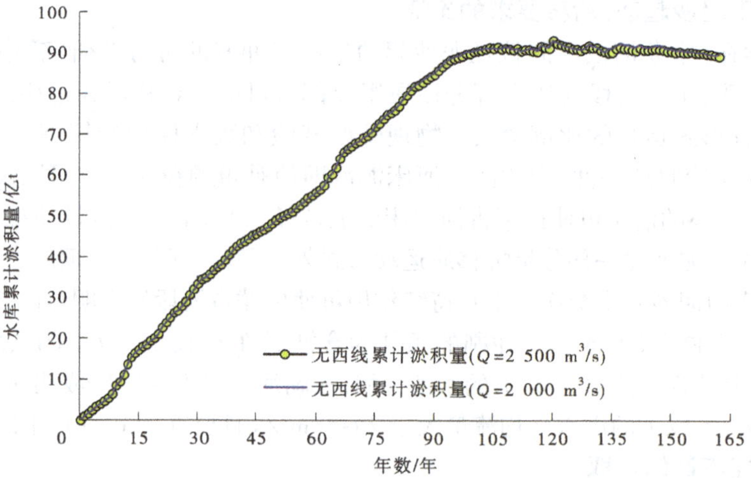

图 5-12　无西线不同调控流量黑山峡水库累计淤积量过程

表 5-9　有西线调水情况下黑山峡库区冲淤计算成果

年数	来沙量/亿 t	有西线调水(调控流量 2 500 m^3/s)			有西线调水(调控流量 3 000 m^3/s)		
		出库沙量/亿 t	排沙比/%	淤积量/亿 t	出库沙量/亿 t	排沙比/%	淤积量/亿 t
1~50 年	48.96	0	0	48.96	0	0	48.96
51~100 年	48.41	6.72	13.88	41.69	6.84	14.13	41.57
101~162 年	55.85	56.41	101.00	-0.56	56.62	101.38	-0.77
1~162 年	153.22	63.13	41.20	90.09	63.46	41.42	89.76

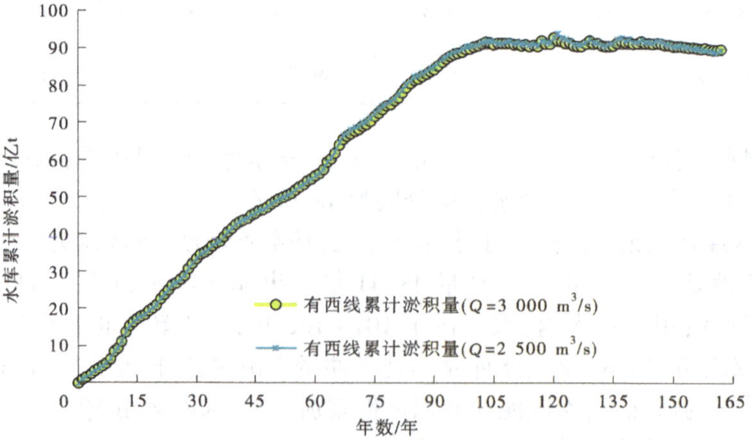

图 5-13　有西线不同调控流量黑山峡水库累计淤积量过程

有西线调水调控流量为 2 500 m^3/s 的情况下，从水库淤积过程看，水库运用 50 年末、100 年末、162 年末库区泥沙累计淤积量分别为 48.96 亿 t、90.65 亿 t、90.09 亿 t。从水库排沙情况看，水库运用前 50 年，由于水库水深大，基本不排沙，排沙比为 0；水库运用 51 ~ 100 年，水库仍然处于拦沙期，入库沙量 48.41 亿 t，出库沙量 6.72 亿 t，排沙比 13.88%，大部分入库泥沙淤积在水库内；水库运用 101 ~ 162 年，基本转入正常运用期，入库沙量 55.85 亿 t，出库沙量 56.41 亿 t，水库基本处于冲淤平衡状态，排沙比接近 100%。调控流量为 3 000 m^3/s 的情况下，库区泥沙淤积过程差别不大，水库运用 50 年末、100 年末、162 年末库区泥沙累计淤积量分别为 48.96 亿 t、90.53 亿 t、89.76 亿 t。

对黑山峡水库而言，有无西线工程和不同调控流量对水库淤积过程影响不大。

2. 不同调控流量指标对宁蒙河段的减淤作用

1) 进入宁蒙河段的水沙

在西线工程生效前，调控流量指标由 2 000 m^3/s 增加到 2 500 m^3/s，进入宁蒙河段下河沿站汛期流量大于 2 000 m^3/s 的天数由 33.3 d 增加至 35.8 d，相应水量增加 5.47 亿 m^3，其中汛期流量大于 2 500 m^3/s 的天数由 7.8 d 增加至 34.1 d，相应水量增加 56.84 亿 m^3。进入中下游的汛期大流量过程同样增加，河口镇汛期流量大于 2 000 m^3/s 的天数由 9.6 d 增加至 24.6 d，相应水量增加 28.59 亿 m^3。可以看到，在下河沿至河口镇区间，沿黄引水等损耗影响使得大流量过程有所减少，调控流量指标为 2 000 m^3/s 时，宁蒙河段进口下河沿站流量大于 2 000 m^3/s 的年均天数为 33.3 d，相应水量为 75.71 亿 m^3，至河口镇减少为 9.6 d，相应水量减少至 20.94 亿 m^3。

在西线工程生效后，调控流量指标由 2 500 m^3/s 增加到 3 000 m^3/s 时，进入宁蒙河段下河沿站汛期流量大于 2 000 m^3/s 的天数由 36.8 d 增加至 44.4 d，相应水量增加 17.76 亿 m^3，其中汛期流量大于 2 500 m^3/s 的天数由 34.7 d 增加至 41.9 d，相应水量增加 17.41 亿 m^3，汛期流量大于 3 000 m^3/s 的天数由 5.0 d 增加至 33.7 d，相应水量增加 74.26 亿 m^3。进入中下游的汛期大流量过程同样增加，河口镇汛期流量大于 2 000 m^3/s 的天数由 28.9 d 增加至 35.6 d，相应水量增加 18.73 亿 m^3，汛期流量大于 2 500 m^3/s 的天数由 8.5 d 增加至 22.1 d，相应水量增加 29.81 亿 m^3。可以看到，在下河沿至河口镇区间，沿黄引水等损耗影响使得大流量过程有所减少，调控流量指标为 2 500 m^3/s 时，进入宁蒙河段流量大于 2 500 m^3/s 的年均天数为 34.7 d，相应水量为 79.37 亿 m^3，至河口镇减少为 8.5 d，相应水量减少至 21.35 亿 m^3。

不同方案干流进入宁蒙河段、中下游水沙量特征分别见表 5-10、表 5-11。

表 5-10 不同方案干流进入宁蒙河段水沙量特征值(下河沿 162 年系列)

调控流量/(m^3/s)	年数	主汛期大于3 000 m^3/s 水沙			主汛期大于2 500 m^3/s 水沙			主汛期大于2 000 m^3/s 水沙		
		天数/d	水量/亿 m^3	沙量/亿 t	天数/d	水量/亿 m^3	沙量/亿 t	天数/d	水量/亿 m^3	沙量/亿 t
无西线 2 000	1~50 年	3.8	11.03	0	8.32	21.65	0	38.2	91.88	0
	51~100 年	3.8	11.09	0.01	8.3	21.61	0.02	39.1	82.58	0.05
	101~162 年	3.1	8.99	0.02	6.9	17.93	0.05	24.6	57.14	0.09
	1~162 年	3.5	10.27	0.01	7.8	20.21	0.03	33.3	75.71	0.05
无西线 2 500	1~50 年	3.8	10.97	0	40.9	92.18	0.01	44.5	100.21	0
	51~100 年	3.8	11.02	0.02	36.2	81.77	0.17	41.2	93.19	0.06
	101~162 年	3.1	8.99	0.04	27.1	61.05	0.2	24.4	56.16	0.11
	1~162 年	3.5	10.23	0.02	34.1	77.05	0.13	35.8	81.18	0.06
有西线 2 500	1~50 年	5.4	15.93	0	47	106.5	0	48.2	109.25	0
	51~100 年	5.4	15.88	0.01	41	93.43	0.06	42.7	97.63	0.12
	101~162 年	4.4	13.02	0.03	27.2	63.34	0.14	30.7	69.8	0.24
	1~162 年	5.0	14.80	0.02	34.7	79.37	0.07	36.8	83.82	0.13
有西线 3 000	1~50 年	43.4	114.37	0	52.8	120.49	0	54.1	122.98	0
	51~100 年	37.9	99.99	0.08	45.1	104.05	0.07	46.6	106.98	0.07
	101~162 年	22.5	59.84	0.10	30.6	71.8	0.18	34.9	79.96	0.28
	1~162 年	33.7	89.06	0.06	41.9	96.78	0.09	44.4	101.58	0.13

表 5-11 不同方案干流进入中下游水沙量特征值(河口镇 162 年系列)

调控流量/(m^3/s)	年数	主汛期大于3 000 m^3/s 水沙			主汛期大于2 500 m^3/s 水沙			主汛期大于2 000 m^3/s 水沙		
		天数/d	水量/亿 m^3	沙量/亿 t	天数/d	水量/亿 m^3	沙量/亿 t	天数/d	水量/亿 m^3	沙量/亿 t
无西线 2 000	1~50 年	1.4	4.12	0.04	4.2	10.75	0.08	10.3	22.57	0.15
	51~100 年	1.4	4.12	0.04	4.2	10.76	0.07	10.2	22.35	0.13
	101~162 年	1.1	3.32	0.04	3.5	8.82	0.08	8.5	18.49	0.16
	1~162 年	1.3	3.82	0.04	3.9	10.02	0.08	9.6	20.94	0.15

续表 5-11

调控流量/(m^3/s)	年数	主汛期大于 3 000 m^3/s 水沙			主汛期大于 2 500 m^3/s 水沙			主汛期大于 2 000 m^3/s 水沙		
		天数/d	水量/亿 m^3	沙量/亿 t	天数/d	水量/亿 m^3	沙量/亿 t	天数/d	水量/亿 m^3	沙量/亿 t
无西线 2 500	1~50 年	1.6	4.64	0.04	4.5	11.55	0.09	32.2	64.17	0.41
	51~100 年	1.5	4.40	0.04	4.4	11.21	0.08	27.5	55.48	0.32
	101~162 年	1.2	3.65	0.04	3.6	9.17	0.09	16.0	32.94	0.26
	1~162 年	1.4	4.19	0.04	4.1	10.53	0.08	24.6	49.53	0.32
有西线 2 500	1~50 年	2.3	7.05	0.05	9.1	22.75	0.14	35.9	72.24	0.42
	51~100 年	2.3	6.87	0.05	9.0	22.58	0.12	30.9	63.35	0.33
	101~162 年	1.9	5.64	0.05	7.7	19.23	0.14	21.8	45.71	0.32
	1~162 年	2.1	6.45	0.05	8.5	21.35	0.14	28.9	59.34	0.35
有西线 3 000	1~50 年	2.2	6.22	0.05	30.5	69.91	0.42	43.6	96.22	0.58
	51~100 年	2.0	5.80	0.05	25.1	58.05	0.31	38.4	84.76	0.45
	101~162 年	1.7	4.82	0.05	13.0	30.49	0.20	26.9	58.03	0.41
	1~162 年	1.9	5.55	0.05	22.1	51.16	0.30	35.6	78.07	0.48

2）对宁蒙河段的减淤作用

利用数学模型计算西线工程生效前不同调控流量指标下宁蒙河段的冲淤量、平滩流量变化结果见表 5-12 和图 5-14。

表 5-12　西线工程生效前不同调控流量对宁蒙河段冲淤的减淤作用

项目	调控流量/(m^3/s)	年数	年均淤积量/亿 t			最小平滩流量/(m^3/s)	
			宁夏河段	内蒙古河段	宁蒙河段	平均值	最小值
年均冲淤量及平滩流量	无西线 2 000 ①	1~50 年	-0.03	0.06	0.03	1 980	1 600
		51~100 年	0.02	0.29	0.31	2 020	1 810
		101~162 年	0.09	0.50	0.59	1 780	1 570
		1~162 年	0.06	0.30	0.36	1 920	1 570
	无西线 2 500 ②	1~50 年	-0.09	0.05	-0.04	2 410	1 660
		51~100 年	-0.01	0.20	0.19	2 580	2 460
		101~162 年	0.06	0.44	0.50	2 270	1 990
		1~162 年	0.01	0.26	0.27	2 410	1 660

续表 5-12

项目	调控流量/(m^3/s)	年数	年均淤积量/亿 t			最小平滩流量/(m^3/s)	
			宁夏河段	内蒙古河段	宁蒙河段	平均值	最小值
效果	②-①	1~50 年	-0.06	-0.01	-0.07	430	60
		51~100 年	-0.03	-0.09	-0.12	560	650
		101~162 年	-0.03	-0.06	-0.09	490	420
		1~162 年	-0.05	-0.04	-0.09	490	90

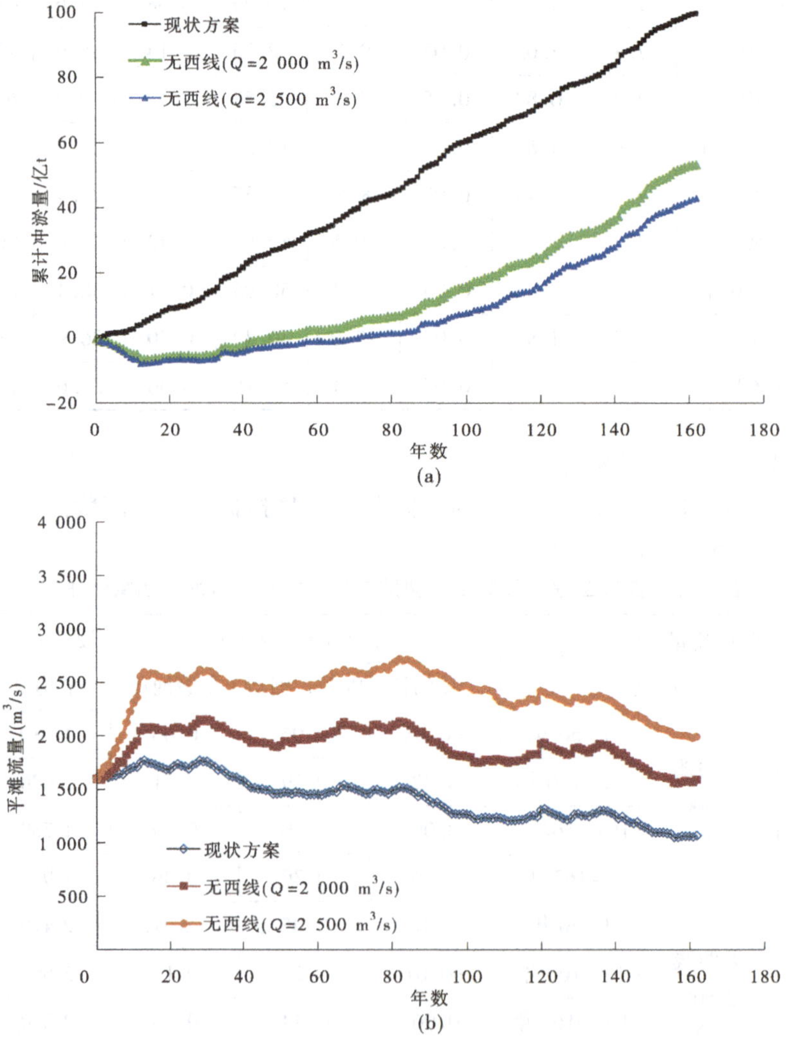

图 5-14　西线工程生效前不同调控流量宁蒙河段累计冲淤量、平滩流量变化过程

由表 5-12 可知,当调控流量指标为 2 000 m^3/s 时,宁蒙河段 1~162 年年均淤积量为 0.36 亿 t,其中 1~50 年略有淤积,年均淤积 0.03 亿 t,51~100 年年均淤积 0.31 亿 t,

101～162 年年均淤积 0.59 亿 t。当调控流量指标为 2 500 m^3/s 时，可进一步减轻宁蒙河段淤积，其中 1～50 年略有冲刷，年均冲刷 0.04 亿 t，51～100 年年均淤积 0.19 亿 t，101～162 年年均淤积 0.50 亿 t。当调控流量指标由 2 000 m^3/s 增加至 2 500 m^3/s 时，宁蒙河段 1～162 年平均最小平滩流量由 1 920 m^3/s 增加至 2 410 m^3/s。

西线工程生效后不同调控流量指标下宁蒙河段冲淤量、平滩流量变化结果见表 5-13 和图 5-15。

表 5-13　西线工程生效后不同调控流量对宁蒙河段冲淤的减淤作用

项目	方案	年数	年均淤积量/亿 t			最小平滩流量/(m^3/s)	
			宁夏河段	内蒙古河段	宁蒙河段	平均值	最小值
年均冲淤量及平滩流量	有西线 2 500 ①	1～50 年	-0.09	0.05	-0.04	2 460	1 660
		51～100 年	0	0.21	0.21	2 700	2 580
		101～162 年	0.05	0.43	0.48	2 450	2 200
		1～162 年	-0.01	0.25	0.24	2 530	1 660
	有西线 3 000 ②	1～50 年	-0.14	0.01	-0.13	2 550	1 660
		51～100 年	-0.02	0.18	0.16	2 970	2 760
		101～162 年	0.04	0.42	0.46	2 810	2 630
		1～162 年	-0.01	0.20	0.19	2 780	1 660
效果	②-①	1～50 年	-0.05	-0.04	-0.09	90	0
		51～100 年	-0.02	-0.03	-0.05	270	180
		101～162 年	-0.01	-0.01	-0.02	360	430
		1～162 年	0	-0.05	-0.05	250	0

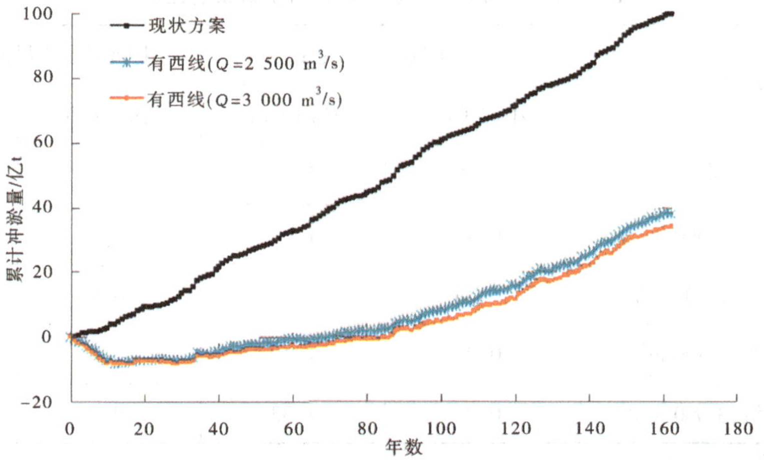

(a)

图 5-15　西线工程生效后不同调控流量宁蒙河段累计冲淤量、平滩流量变化过程

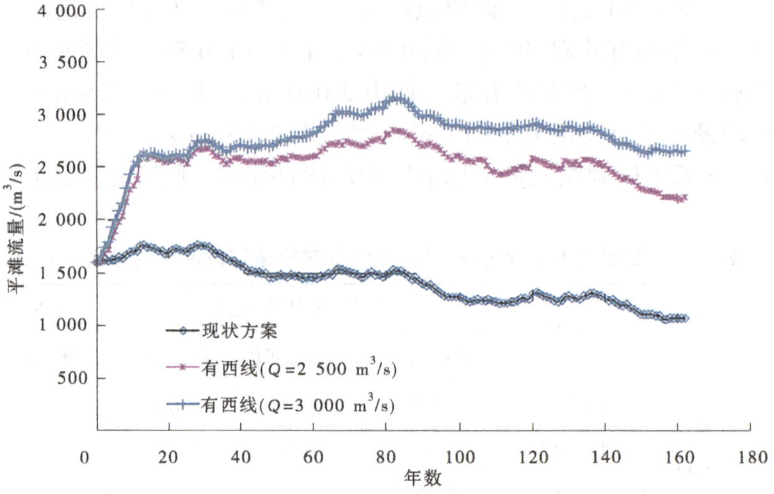

(b)

续图 5-15

由表 5-13 可知,当调控流量指标为 2 500 m^3/s 时,宁蒙河段 1~162 年年均淤积量为 0.24 亿 t,其中 1~50 年略有冲刷,年均冲刷 0.04 亿 t,51~100 年年均淤积 0.21 亿 t,101~162 年年均淤积 0.48 亿 t。当调控流量指标为 3 000 m^3/s 时,可进一步减轻宁蒙河段淤积,其中 1~50 年年均冲刷 0.13 亿 t,51~100 年年均淤积 0.16 亿 t,101~162 年年均淤积 0.46 亿 t。当调控流量指标由 2 500 m^3/s 增加至 3 000 m^3/s 时,宁蒙河段 1~162 年平均最小平滩流量由 2 530 m^3/s 增加至 2 780 m^3/s。

3)对中下游河道的减淤作用

利用数学模型计算了不同调控流量下小北干流和黄河下游河道冲淤量变化,分析了不同方案的水库及河道减淤效果,计算汇总成果见表 5-14。

表 5-14　不同调控流量对河道减淤效果的比较

方案	年均淤积量/亿 t		不同调控流量间差别/亿 t	
	小北干流	黄河下游	小北干流	黄河下游
现状方案	0.50	1.86		
无西线,一级,2 000 m^3/s	0.40	1.64		
无西线,一级,2 500 m^3/s	0.33	1.54	-0.07	-0.10
有西线,一级,2 500 m^3/s	0.26	1.40		
有西线,一级,3 000 m^3/s	0.23	1.33	-0.03	-0.07

注:小浪底水库按正常运用期考虑。

由表 5-14 可知,黑山峡水库生效后,小北干流和黄河下游年均淤积量小于现状方案,表明黑山峡水库水沙调控过程由于调水作用大于调沙作用,对中下游河道减淤是有利的。

同时,可以看到,随着黑山峡水库调控流量的增加,小北干流和黄河下游年均淤积量减少。无西线方案调控流量 2 500 m^3/s 较 2 000 m^3/s 方案小北干流年均多减淤 0.07 亿 t,黄河下游多减淤 0.10 亿 t;有西线方案调控流量 3 000 m^3/s 较 2 500 m^3/s 方案小北干流年均多减淤 0.03 亿 t,黄河下游多减淤 0.07 亿 t。因此,从对小北干流和黄河下游减淤作用来看,西线生效前调控流量采用 2 500 m^3/s、西线生效后调控流量采用 3 000 m^3/s 相对较优。

综合以上各方面的成果,从有利于宁蒙河段中水河槽长期维持的角度出发,考虑泥沙输移效率和河道冲淤要求,宁蒙河段(下河沿断面)调控大流量宜控制在 2 500~3 000 m^3/s。现阶段,考虑河道条件以及沿河损耗(包括沿河工农业用水)影响,提出南水北调西线工程生效前,调控流量下河沿断面控制在 2 500 m^3/s;南水北调西线工程生效后,调控流量下河沿断面可逐步增加到 3 000 m^3/s。

5.3.2 调控历时

通过对宁蒙河段不同时期的冲淤变化特点分析可知,宁蒙河段泥沙输移、河道冲刷主要集中在汛期尤其是洪水期,而淤积主要集中在汛期的平水期以及非汛期。因此,要长期维持宁蒙河段较大的中水河槽规模,大流量过程除要满足洪水期输沙、塑槽的要求,还要尽量减少汛期的平水期(包括支流洪水期)和非汛期淤积的泥沙。基于这样的认识,调控大流量历时从以下几个方面进行分析论证。

5.3.2.1 洪水流量演进要求

根据河道冲淤特性和调水调沙实践,若要利用大流量达到较好的输沙和冲沙效果,减少河道淤积、恢复河道主槽过流能力,其中常洪水的历时一般应不小于整个河段的水流传播时间,对下河沿—头道拐河段流量传播时间(见表 5-15)分析可知,下河沿洪水传播至三湖河口站需要 6~7 d,传播至头道拐站需要 9~10 d。2012 年汛期洪水洪峰流量 3 520 m^3/s,发生时间 8 月 28 日,洪峰传播到头道拐的时间是 9 月 7 日,洪峰流量 3 030 m^3/s,洪峰传播时间 10 d。

表 5-15 下河沿—头道拐各河段传播时间

河段名称	河段长/km	流量 1 500~3 000 m^3/s 洪水传播时间/h
下河沿—青铜峡	124	20~30
青铜峡—石嘴山	194	24~30
石嘴山—巴彦高勒	142	48~56
巴彦高勒—三湖河口	221	40~44
三湖河口—头道拐	300	70~80
合计	981	202~240

5.3.2.2　洪水冲刷及冲刷效率要求

根据宁蒙河段场次洪水冲淤特性，不同含沙量的洪水流量越大、历时越长，宁蒙河段冲刷量越大，各级含沙量下宁蒙河段发生明显冲刷（冲刷量大于 1 000 万 t）的历时一般不小于 15 d（见图 5-16～图 5-18）。对 2 500～3 000 m^3/s 流量级洪水，宁蒙河段冲刷的最小历时为 15 d，历时越长，冲刷量越大（见图 5-19）；随着历时的增长，冲刷效率先增大后减小，30 d 左右冲刷效率达到最大（见图 5-20）。

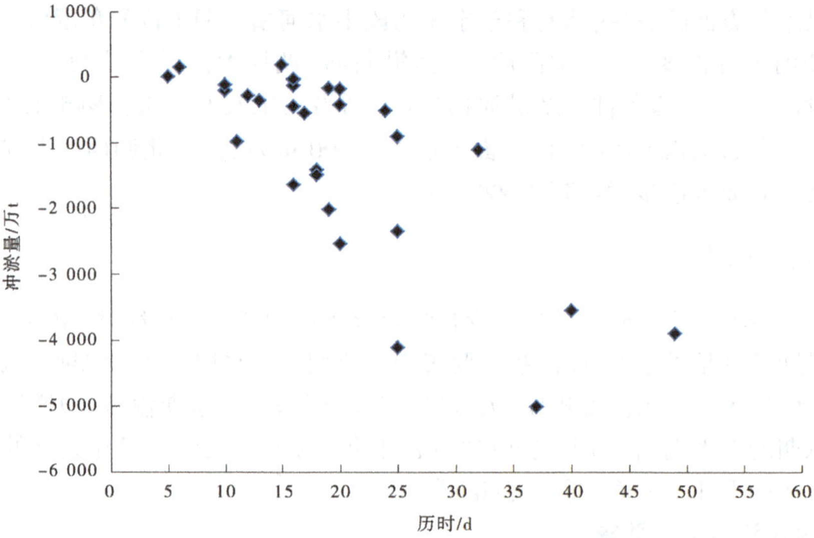

图 5-16　含沙量小于 3 kg/m^3 洪水宁蒙河段全沙冲淤量与历时关系

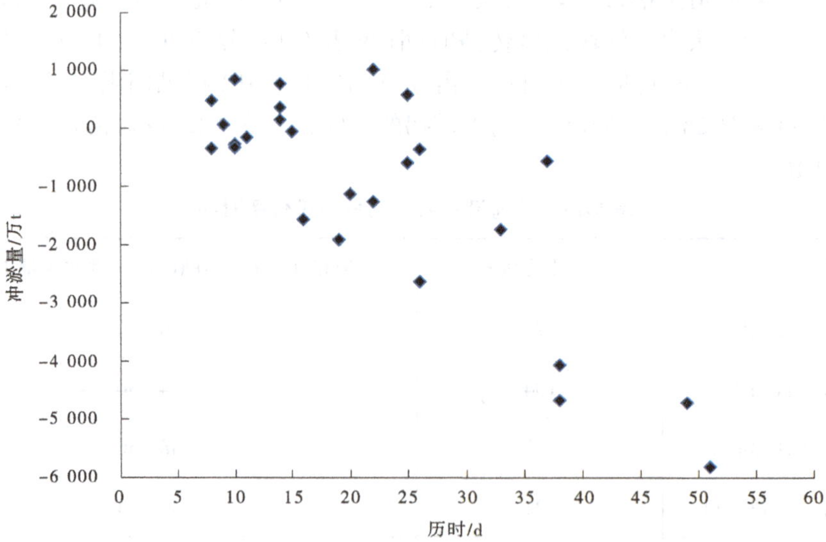

图 5-17　含沙量 3～7 kg/m^3 洪水宁蒙河段全沙冲淤量与历时关系

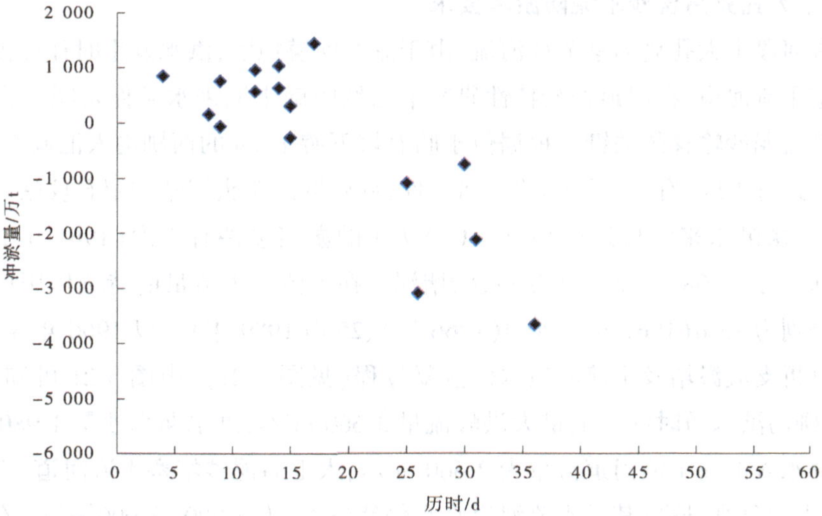

图 5-18　含沙量 7~20 kg/m³ 洪水宁蒙河段全沙冲淤量与历时关系

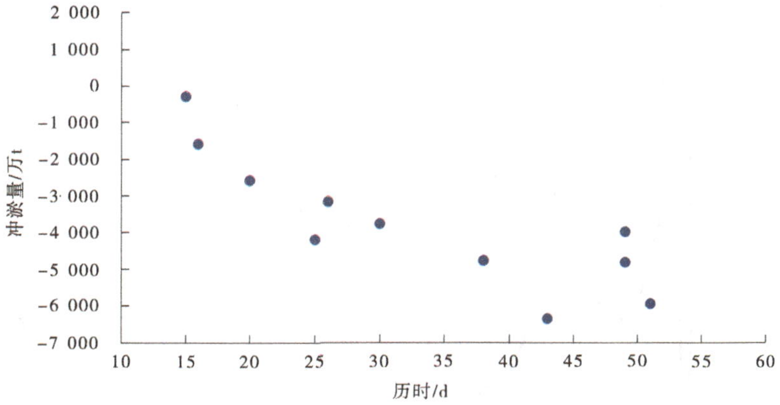

图 5-19　宁蒙河段 2 500~3 000 m³/s 量级洪水持续历时与洪水期冲淤量关系

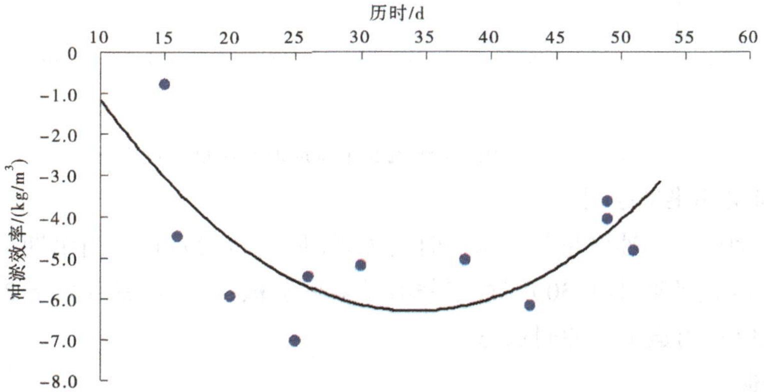

图 5-20　宁蒙河段 2 500~3 000 m³/s 量级洪水持续历时与洪水期冲淤效率关系

5.3.2.3 十大孔兑高含沙水流防淤堵要求

内蒙古河段十大孔兑为季节性河流，由于流经沙漠地区，洪水发生时往往挟带大量泥沙淤积堵塞干流河道，在河道冲淤特性研究中已然明确干流来水条件是减少支流洪水期淤积及其淤后泥沙输移的关键。根据位于昭君坟下游 1 km 的西柳沟入汇调查资料，1960 年以来发生过近 10 次有较大影响的淤堵事件，从西柳沟龙头拐站和昭君坟站的水文资料看，西柳沟场次洪水来沙接近或超过 2 000 万 t 的淤堵事件有 3 次（1961 年 2 970 万 t、1966 年 1 980 万 t、1989 年 5 140 万 t），淤堵泥沙在干流较大流量的持续作用后恢复河道水位历时分别为 13 d（1961 年）、20 d（1966 年）、25 d（1989 年）。以 1966 年 8 月 13 日洪水为典型分析支流淤堵及干流河道水位恢复过程（见图 5-21），由图 5-21 可知，1966 年 8 月 13 日西柳沟洪水历时约 1 d，最大洪峰流量 3 660 m^3/s，洪水期来沙量 1 980 万 t，西柳沟高含沙洪水入汇前干流河道流量为 2 660 m^3/s，入汇后泥沙堵塞干流河道，干流河道过流量下降，水位急剧升高；其后干流河道来水仍然较大，为 2 000～3 000 m^3/s，在这样的水流条件下，河道水位于 9 月初恢复了正常，历时约 20 d。

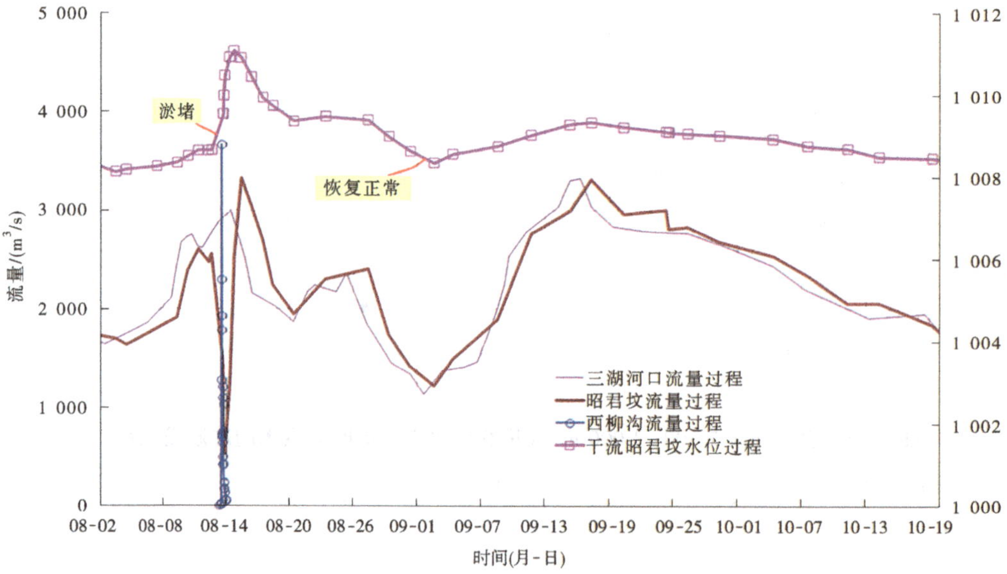

图 5-21 西柳沟淤堵干流及干流河道水位恢复过程

5.3.2.4 河道淤积控制要求

根据宁蒙河段全年冲淤量与洪水历时的关系（见图 5-22）可知，当汛期下河沿站流量大于 2 500 m^3/s 的历时小于 30 d 时，宁蒙河段多呈淤积状态；当流量大于 2 500 m^3/s 的历时超过 30 d 后，河道多呈冲刷状态。

5.3.2.5 其他

清华大学完成的《宁蒙河段不同粒径泥沙起动条件和冲刷的可行性研究》报告，基于物理模型试验，从干流来水（未考虑支流泥沙）冲刷河床泥沙的角度，提出维持 10 d 以上的大流量过程可使内蒙古河段发生明显的长距离冲刷；西安理工大学完成的《有利于内蒙古河段输沙的流量研究》报告，基于单位输沙水量与流量关系的统计分析方法和基于冲淤平衡条件的分析方法提出河道冲刷条件下 15~20 d 的输沙最高效，该成果中内蒙古河段主要考虑了毛不拉、西柳沟、罕台川三条孔兑来沙情况；黄河水利科学研究院完成的《有利于宁蒙河段输沙和恢复、维持中水河槽的水沙条件研究》报告，基于宁蒙河段冲淤规律的分析研究，提出大流量调控历时 20.7 d，该成果中支流来沙主要考虑了清水河、苦水河及毛不拉、西柳沟、罕台川三大孔兑。可见，对宁蒙河段冲刷和高效输沙要求的历时研究，由于采用资料情况、分析方法、分析河段等方面的不同，得出的研究成果不完全相同。从宁蒙河段实际来沙情况看，考虑宁蒙河段干流以及支流泥沙输移要求，调控大流量历时应尽量长。

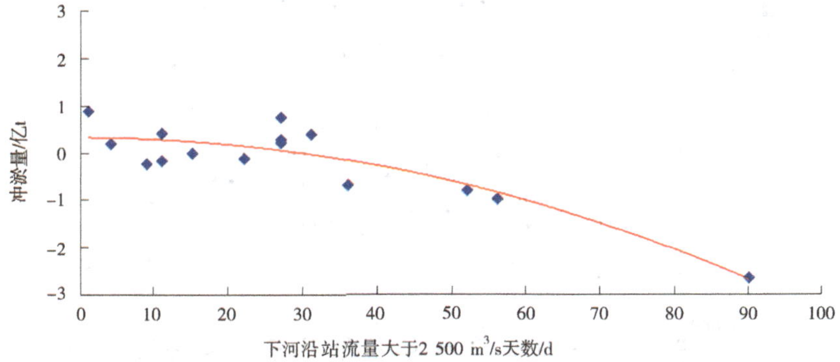

图 5-22　宁蒙河段非漫滩年份流量大于 2 500 m³/s 的持续历时与河道全年冲淤量关系

综上所述，结合宁蒙河段水沙、河道冲淤特点及变化规律分析，从恢复并长期维持宁蒙河段较大中水河槽规模的角度出发，考虑宁蒙河段洪水演进、洪水输沙效率及输移洪水期以外的泥沙淤积物要求，宁蒙河段调控大流量的一次历时应不小于 15 d。

5.3.3　调控时机

宁蒙河段洪水泥沙主要来自干流。从下河沿站实测年最大洪水峰值分布情况（见图 5-23）看，洪水分布在 6~10 月，较大洪水（洪峰流量 3 000 m³/s 以上）主要集中在 7 月中旬至 9 月下旬，其中 9 月发生大洪水的概率较大，实测资料以来的历时第一大洪水和第二大洪水分别发生在 9 月 16 日和 9 月 12 日。

从宁蒙河段干流和支流汛期各旬水沙量（见表 5-16）看，干流汛期水沙量主要集中在 7 月中旬至 9 月下旬，多年平均水量占汛期来水量的 69.6%，多年平均沙量占汛期来沙量的 87.8%。支流来沙主要集中在 7~8 月，典型支流清水河和西柳沟多年平均来沙量占汛期沙量的比例分别为 82.2%、94.4%，其中清水河 7 月中旬以后至 8 月下旬来沙突出，占汛期沙量的比例为 72.6%，西柳沟 7 月中旬至 8 月中旬来沙突出，占汛期沙量的比例为 84.3%。

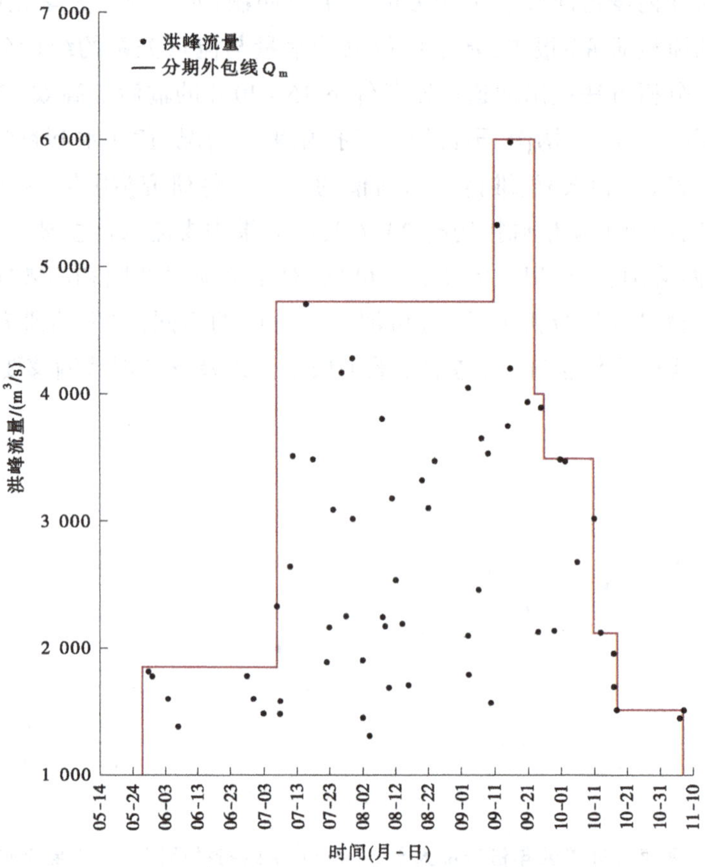

图 5-23　下河沿站年最大洪峰流量分布

表 5-16　宁蒙河段典型支流多年平均汛期各旬水沙量比例

项目	测站	7月			8月			9月			10月			7~8月	汛期
		上旬	中旬	下旬	上旬	中旬	下旬	上旬	中旬	下旬	上旬	中旬	下旬		
各旬水量比例/%	清水河泉眼山	9.2	12.7	13.4	11.9	12.9	12.7	9.6	5.4	4.8	3.0	2.2	2.1	72.8	100
	西柳沟龙头拐	4.8	7.3	26.7	16.1	13.0	14.2	4.1	4.8	3.0	2.3	1.8	2.0	82.1	100
	干流下河沿	7.6	8.6	9.3	8.5	8.2	8.9	8.7	9.1	8.3	7.8	7.6	7.3	51.1	100
各旬沙量比例/%	清水河泉眼山	9.6	17.2	18.7	14.1	11.6	11.0	8.0	4.2	4.3	1.3	0.1	0.1	82.2	100
	西柳沟龙头拐	5.1	13.2	41.2	13.4	16.5	5.0	1.9	3.3	0.4	0	0	0	94.4	100
	干流下河沿	7.2	11.0	13.4	16.3	14.5	13.6	9.9	5.8	3.3	2.3	1.7	1.0	76.0	100

从西柳沟、毛不拉、罕台川的实测年最大洪峰流量分布情况(见图 5-24)看,大洪水(洪峰流量 1 000 m^3/s 以上)主要发生在 7~8 月,西柳沟 1960~2019 年的 60 年中年最大洪峰流量出现在 7~8 月的次数达 47 次,占 78.3%,其中年最大洪峰流量出现在 7 月中旬至 8 月下旬的次数为 43 次,占 71.7%。因此,从有利于输送宁蒙河段尤其是内蒙古河段支流(十大孔兑)高含沙洪水泥沙,大流量控泄时机宜集中在 7 月中旬至 8 月下旬。

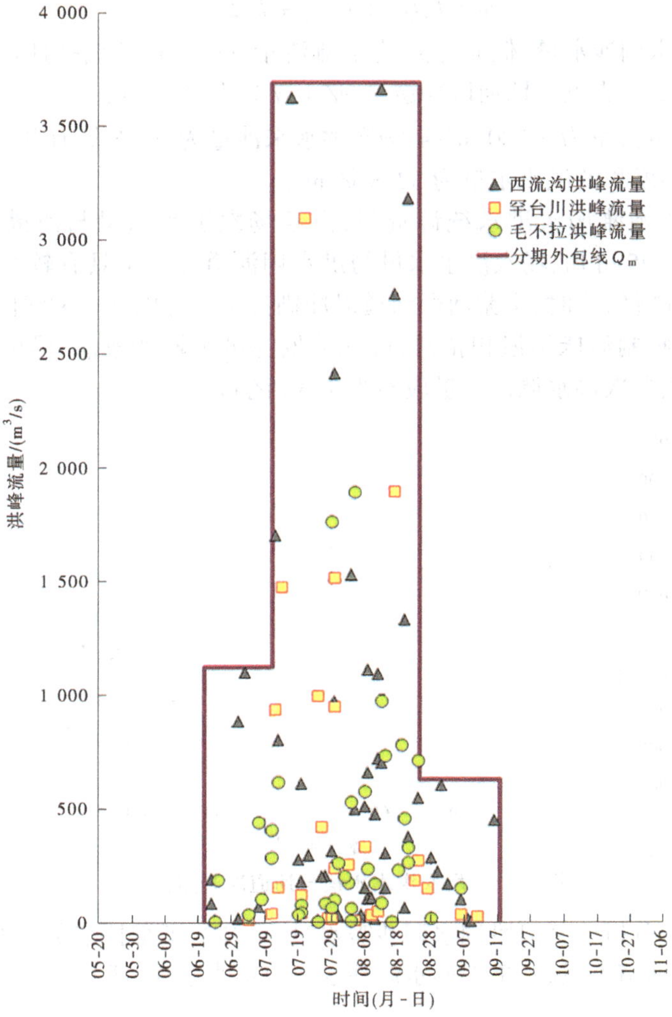

图 5-24　西柳沟的年最大洪峰流量分布

综合上述分析,宁蒙河段干流洪水泥沙主要来自 7 月中旬至 9 月下旬,确定为主汛期,该时期上游水库进行水沙调控(7 月 1~10 日和 10 月可纳入蓄水调节期),优化水沙过程。宁蒙河段支流尤其是内蒙古十大孔兑高含沙洪水主要发生在 7 月中旬至 8 月下旬,考虑防止宁蒙河段支流尤其是内蒙古十大孔兑高含沙洪水淤堵干流河道的要求,上游水库应在 7 月中旬至 8 月下旬泄放大流量。

5.4 宁蒙河段减淤需水量

考虑洪水期间来沙量和前期平滩流量对宁蒙河段洪水期间输沙塑槽水量的影响，根据洪水期进入巴头河段的沙量、平滩流量建立相关关系：

$$w = k_1 Q_p^{\alpha} + k_2 w_s + k_3 \Delta w_s \tag{5-2}$$

式中：w 为单次调水调沙水量，亿 m^3；Q_p 为平滩流量，m^3/s；w_s 为平均场次洪水进入巴头河段的沙量，亿 t；Δw_s 为洪水期河段冲淤量，亿 t；α 为指数；k_1、k_2、k_3 为系数。

经计算，当平滩流量为 2 500 m^3/s，场次洪水来沙量为 0.16 亿 t（历史洪水平均）时，控制洪水期河道不淤积的洪水水量为 32.8 亿 m^3。

进一步根据非漫滩场次洪水统计资料，点绘场次洪水水量与河道冲淤量的关系，见图 5-25。由图 5-25 可知，场次洪水水量与洪水期河道冲淤量具有较好的相关性，当单次洪水水量大于 32 亿 m^3 时，宁蒙河段河道以冲刷为主。考虑到宁蒙河段非汛期、洪水平水期河道淤积，为控制河床不淤积抬高，应充分发挥洪水输沙效能，尽可能多输沙、少淤积、多冲刷。因此，单次调水调沙水量应不小于 32 亿 m^3。

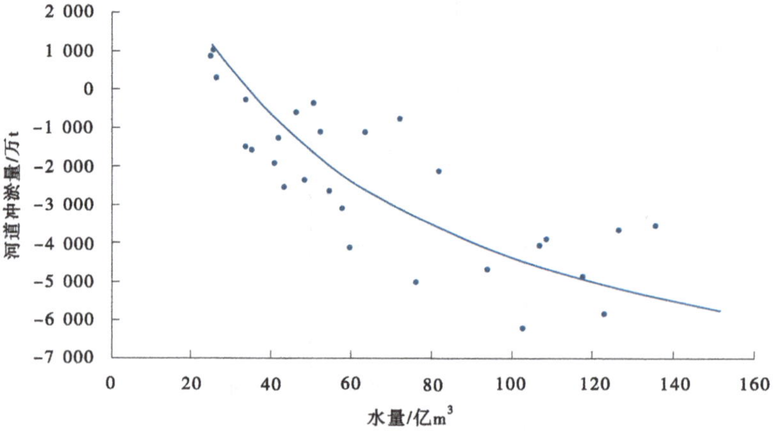

图 5-25　场次洪水水量与河道冲淤量关系

综合两种方法分析宁蒙河段调水调沙需水量，可知为了维持宁蒙河段 2 500 m^3/s 中水河槽规模，控制河道不淤积，单次调水调沙水量应不小于 32 亿 m^3。

5.5 黑山峡水库满足黄河水沙调控的库容需求

黄河水沙调控体系不完善。现状工程体系下，上游以龙羊峡水库、刘家峡水库为主的水量调控体系，在对流域水资源调配的同时，也因为汛期大量蓄水、减少大流量过程，造成宁蒙河段水沙关系恶化，对中下游水沙关系也造成不利影响，使得中下游冲积性河道尤其是宁蒙河段淤积萎缩形成“新悬河”，严重威胁宁蒙河段防凌安全。协调的水沙关系是影响宁蒙河段冲淤的关键，要通过建设黑山峡水库对龙羊峡水库、刘家峡水库的下泄流量进行反调节，在汛期尤其是主汛期塑造有利于宁蒙河段输沙和中水河槽维持的流量过程，协调黄河中下游水沙关系、促进中游水库有效库容恢复和保持。有利于宁蒙河段输沙减淤和中水河槽维持的调控大流量宜控制在 2 500~3 000 m^3/s，要通过水库蓄泄运用，尽量塑造一定历时的大流量过程，尤其是在 7 月中旬至 8 月下旬宁蒙河段支流主要来沙期，泄放大流量输送支流高含沙洪水泥沙、防止淤堵干流河道，需要黑山峡水库提供一定的水沙调控库容，尽可能多地存蓄非汛期多余水量，尽可能多地泄放大流量过程。

现阶段，考虑河道条件以及沿河两岸用水影响（平均损耗约 400 m^3/s），调控大流量控制在 2 500 m^3/s，一次历时应不小于 15 d；西线南水北调工程生效后，退还挤占的河道内生态水量，调控大流量可逐步增加到 3 000 m^3/s，调控历时宜增加到 30 d 左右。统计主汛期（7 月中旬至 9 月底）下河沿连续滑动 15 d、30 d 平均流量出现频率情况，如表 5-17 和图 5-26 所示，可知设计水沙条件下连续 15 d 出现频率 60%、75%、90%的流量分别为 1 001 m^3/s、879 m^3/s、747 m^3/s。南水北调西线工程生效前，按照 2 500 m^3/s 流量连续泄放 15 d，需水量为 32.4 亿 m^3，入库流量按设计水沙系列连续 15 d 出现频率 75%的流量 879 m^3/s、相应水量 11.4 亿 m^3 计，则需水库补水 21.0 亿 m^3，该部分水量由水库存蓄的非汛期水量来满足，则低限的水沙调控库容为 21.0 亿 m^3。

表 5-17　下河沿站不同频率设计系列连续 15 d、30 d 流量

频率/%	1956~2010 年设计系列	
	15 d 滑动平均流量/(m^3/s)	30 d 滑动平均流量/(m^3/s)
10	1 897	1 390
50	1 104	982
60	1 001	924
70	912	851
75	879	831
80	846	813
90	747	757

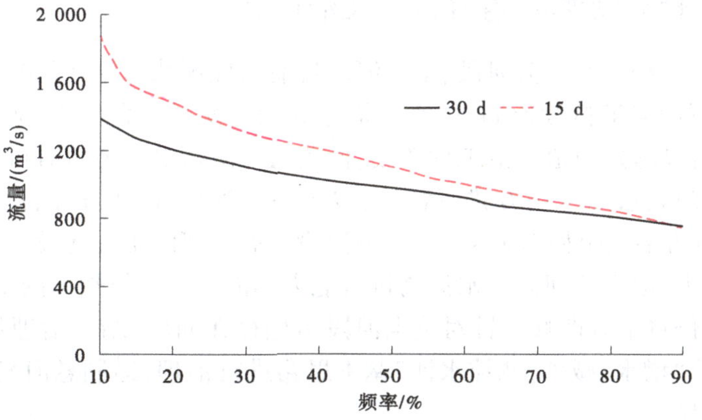

图 5-26　主汛期连续滑动 15 d、30 d 平均流量出现频率情况

南水北调西线工程生效后，退还挤占的河道内生态水量，若仍按 3 000 m^3/s 流量连续泄放 15 d，需水量为 38.9 亿 m^3，按照流量 1 179 m^3/s（南水北调西线生效后约增加 300 m^3/s）、相应水量 15.3 亿 m^3 计，需水库补水 23.6 亿 m^3，则需要低限的水沙调控库容为 23.6 亿 m^3。若考虑 3 000 m^3/s 流量连续泄放 30 d，需要水沙调控库容约 50 亿 m^3。

根据黑山峡河段各年非汛期来水量、下泄水量要求（包括防凌控泄流量要求、工农业用水、河口镇最小下泄流量），进行长系列水库调节计算（成果见图 5-27），水库非汛期末（6 月底）可蓄水量多年平均约 43 亿 m^3，在 54 年系列中非汛期可蓄水量大于 21 亿 m^3（满足一次调水调沙需要水库补水的低限水量）的有 48 年，可进行调水调沙运用，在枯水年份水库蓄水较少时，满足工农业用水要求，不再进行调水调沙运用。

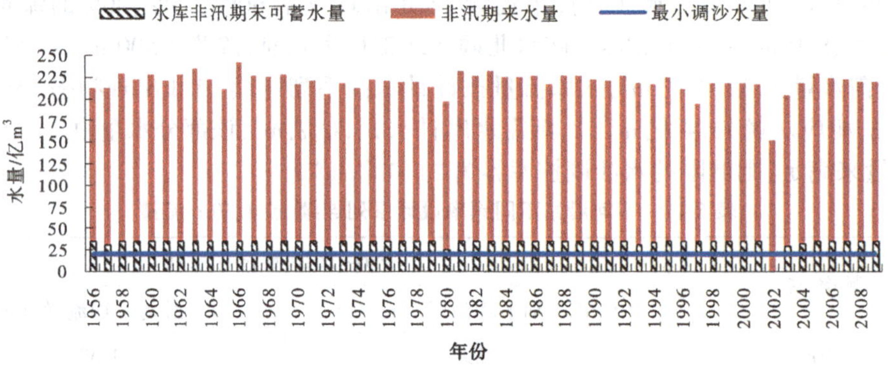

图 5-27　黑山峡水库调水调沙运用机遇分析成果示意图

综上分析，满足维持中水河槽、防止支流高含沙洪水淤堵干流河道以及水沙优化调节要求的低限水沙调控库容为：南水北调西线工程生效前 21.0 亿 m^3，南水北调西线工程生效后 23.6 亿 m^3。

5.6　小　结

5.6.1　重点治理河段现状、存在问题及治理对策

分析了黄河下游河段、潼关河段、宁蒙河段目前治理现状与存在问题。小浪底水库建成运用后，黄河下游河道持续冲刷，中水河槽过流能力恢复扩大至 4 650 m^3/s，同时进行了大规模的标准化堤防、河道整治工程建设，使黄河下游防洪压力暂时得到缓解。潼关河段采取了改变三门峡水库运用方式、清淤疏浚等一系列措施，阻止了潼关高程进一步抬升，维持在 328 m 左右，仍然居高不下。宁蒙河段开展了河防工程建设、分滞洪区建设，提高了抗御洪水能力，但宁蒙河段中水河槽过流能力不能长期维持较大的中水河槽规模，未来防凌防洪形势仍将十分严峻。针对重点河段治理存在问题，结合治理规划及治黄实践经验，提出要按照“增水、减沙，调控水沙”基本思路进行治理，遏制悬河发育，长期维持适宜的中水河槽规模。

5.6.2　有利于宁蒙河段输沙塑槽的水沙调控指标

从宁蒙河段泥沙输移、河道冲淤和塑槽等多方面分析论证提出宁蒙河段调控指标，调控流量宜控制在 2 500~3 000 m^3/s。现阶段，考虑河道条件以及沿河两岸用水影响(损耗 400 m^3/s 左右)，调控大流量控制在 2 500 m^3/s，一次历时应不小于 15 d。西线南水北调工程生效后，调水调沙水量增加，调控大流量可逐步增加到 3 000 m^3/s。考虑宁蒙河段干支流洪水泥沙特点，确定 7 月中旬至 9 月下旬为主汛期，上游水库进行调水调沙，对水沙过程进行优化；7 月中旬至 8 月下旬是宁蒙河段支流尤其是内蒙古十大孔兑主要来沙期，也是中游支流主要来沙期，应泄放大流量防止淤堵干流河道。

5.6.3　黑山峡水库满足黄河水沙调控的库容需求

当前，黄河水沙调控体系不完善。上游以龙羊峡水库、刘家峡水库为主的水量调控体系，在对流域水资源调配的同时，也因汛期大量蓄水带来的负面影响难以消除，造成宁蒙河段水沙关系恶化、河道淤积萎缩形成“新悬河”，对中下游水沙关系也造成不利影响。根据宁蒙河段干支流水沙关系调节需求，以及协调黄河中下游水沙关系、促进中游水库有效库容恢复和保持的有关需求，分析了黑山峡水库水沙调控库容规模，南水北调西线工程生效前低限的水沙调控库容为 21 亿 m^3 左右，南水北调西线工程生效后为 23.6 亿 m^3 左右。

第 6 章　黄河凌情特征与防凌防洪对黑山峡河段开发的需求

黄河凌汛主要发生在上游宁蒙河段和黄河下游河段。历史上,黄河下游河段凌汛问题突出,冰凌灾害严重。小浪底水库运用后,黄河下游凌情发生显著变化,下游防凌形势得到极大改善,凌汛期小浪底水库与三门峡水库联合运用,基本解除了下游凌汛威胁。因此,本章重点研究宁蒙河段凌情特征及防凌需求。

6.1　宁蒙河段凌情特征与变化成因

宁蒙河段几乎每年都会发生不同程度的凌情,一般从 11 月中下旬开始流凌,12 月上旬封冻,翌年 3 月中下旬解冻开河。由于黄河宁蒙河段水流流向为由低纬度流向高纬度且受阴山山脉影响,冬季气温上暖下寒,封河自下而上;翌年春季气温南高北低,开河自上而下。宁蒙河段凌情最复杂、凌汛问题最突出的河段主要在内蒙古境内,因此宁蒙河段着重分析内蒙古石嘴山—头道拐河段凌情。

6.1.1　凌情特征变化

6.1.1.1　特征日期

宁蒙河段流凌日期、封河日期、开河日期统计见表 6-1。

表 6-1　宁蒙河段流凌日期、封河日期、开河日期统计

时段	项目	流凌日期		封河日期		开河日期	
		最早流凌	最晚流凌	河段首封	河段全封	河段首开	河段全开
1950~1968 年	河段平均	11 月 16 日	11 月 24 日	11 月 30 日	12 月 27 日	3 月 7 日	3 月 28 日
	河段最早	11 月 7 日	11 月 10 日	11 月 14 日	12 月 7 日	2 月 27 日	3 月 22 日
	河段最晚	11 月 23 日	12 月 2 日	12 月 14 日	1 月 25 日	3 月 16 日	4 月 4 日
1968~1989 年	河段平均	11 月 16 日	11 月 29 日	11 月 28 日	1 月 3 日	3 月 5 日	3 月 28 日
	河段最早	11 月 4 日	11 月 13 日	11 月 7 日	12 月 6 日	2 月 10 日	3 月 20 日
	河段最晚	11 月 27 日	12 月 15 日	12 月 18 日	1 月 31 日	3 月 18 日	4 月 5 日
1989~2020 年	河段平均	11 月 20 日	12 月 11 日	12 月 4 日	1 月 10 日	2 月 24 日	3 月 23 日
	河段最早	11 月 8 日	11 月 17 日	11 月 16 日	12 月 17 日	2 月 5 日	3 月 12 日
	河段最晚	12 月 4 日	12 月 31 日	12 月 30 日	2 月 10 日	3 月 11 日	3 月 31 日

注:以刘家峡水库建成运用时间以及龙羊峡水库建成后《黄河刘家峡水库凌期水量调度暂行办法》(防总国汛〔1989〕22 号)颁布时间(1989 年)为统计时间节点。

1950~1968 年、1968~1989 年、1989~2020 年宁蒙河段平均流凌日期分别为 11 月 16 日、11 月 16 日、11 月 20 日，平均封河时间分别为 11 月 30 日、11 月 28 日、12 月 4 日，平均开河日期分别为 3 月 7 日、3 月 5 日、2 月 24 日。可以看出，宁蒙河段流凌日期及封河日期略有推后，开河日期有所提前，1989 年以后与 1950~1968 年相比，提前了约 11 d。

6.1.1.2　流凌天数、封河天数

宁蒙河段石嘴山、巴彦高勒、三湖河口、头道拐等水文站及石嘴山—头道拐河段分时段流凌天数和封河天数统计见表 6-2。1950~1968 年、1968~1989 年、1989~2020 年石嘴山—头道拐河段流凌天数分别为 14 d、13 d、14 d，封河天数分别为 119 d、120 d、109 d。可以看出，石嘴山—头道拐河段流凌天数变化不大，封河天数有所减少。

表 6-2　宁蒙河段流凌天数及封河天数统计　　单位：d

时段	项目	石嘴山站	巴彦高勒站	三湖河口站	头道拐站	石嘴山—头道拐河段
1950~1968 年	流凌天数	31	17	14	31	14
	封河天数	74	101	108	95	119
1968~1989 年	流凌天数	37	15	14	19	13
	封河天数	60	99	115	109	120
1989~2020 年	流凌天数	34	19	17	21	14
	封河天数	41	76	98	94	109

6.1.1.3　冰厚、封河长度

宁蒙河段历年一般冰厚、最大冰厚及封冻长度分年段统计见表 6-3。可以看出，内蒙古河段 1950~2020 年多年平均一般冰厚为 0.65 m、最大冰厚为 0.85 m；1989~2020 年段较 1950~1968 年段的一般冰厚减小了 0.17 m，最大冰厚减小了 0.12 m；1991~2020 年平均封冻长度为 782.34 km。

表 6-3　宁蒙河段冰厚及平均封冻长度均值统计

时段	一般冰厚/m	最大冰厚/m	封冻长度/km
1950~1968 年	0.73	0.91	
1968~1989 年	0.67	0.86	
1989~2020 年	0.56	0.79	782.34

注：受资料条件限制，仅统计了 1991~2020 年的平均封冻长度。

1991~2020 年平均封冻长度变化过程见图 6-1。由图 6-1 可以看出，在历年封冻长度中：封冻长度整体呈现出增长趋势，略有波动；最长封冻长度前 3 位分别为 2007~2008 年(940 km)、2002~2003 年(935 km)及 2003~2004 年(910 km)，均发生在 2000~2015 年。

6.1.1.4　流量、洪量

1. 封河流量

宁蒙河段首封位置一般在三湖河口至头道拐区间，采用宁蒙河段首封日前 3 d 三湖河口站平均流量作为河段封河流量，其历年变化见图 6-2。1950~1968 年、1968~1989 年、

1989~2020 年平均封河流量分别为 532 m³/s、548 m³/s、612 m³/s，在水库调度作用下，1989 年以后封河期流量有所增大，但受水库以下区间支流来水、灌区引水和退水等影响还有过大流量、过小流量封河情况发生。

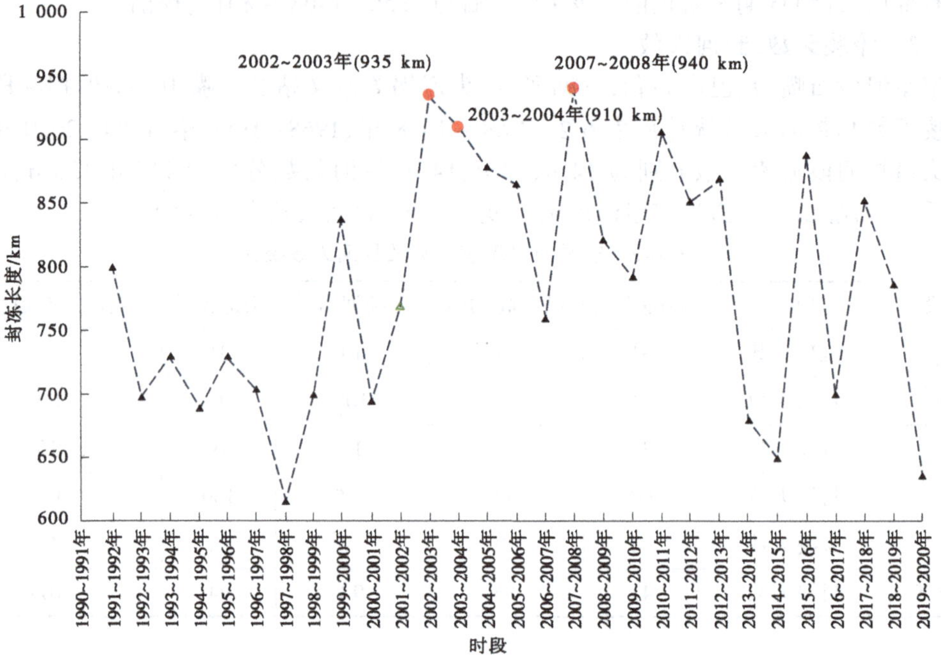

图 6-1　黄河宁蒙河段历年封冻长度示意图

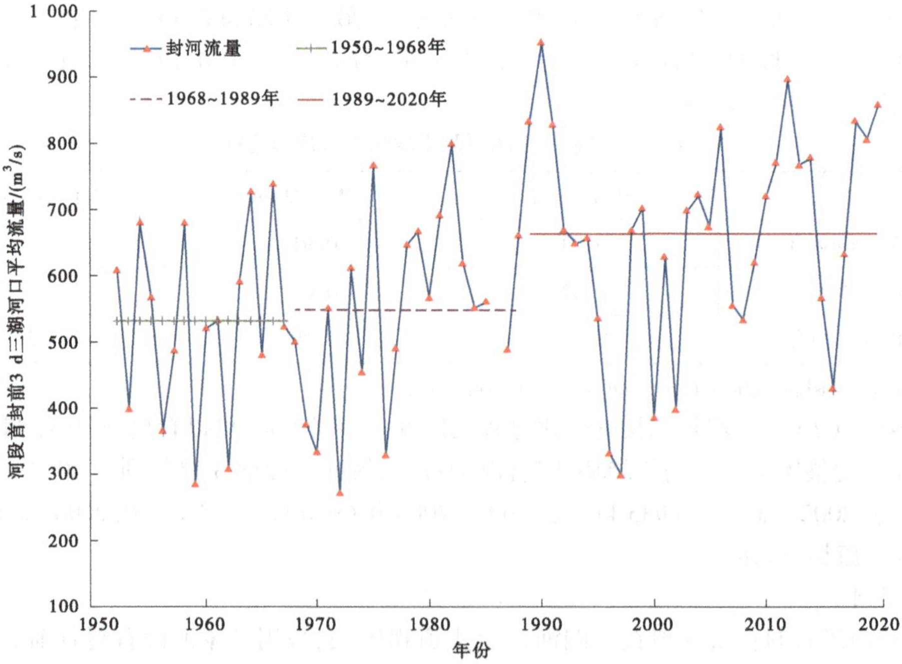

图 6-2　宁蒙河段历年首封封河流量

2. 凌峰流量

石嘴山、巴彦高勒、三湖河口及头道拐四站历年凌峰流量见图 6-3，分段统计结果见表 6-4。可以看出，宁蒙河段凌峰流量自上游到下游逐渐增大，各站凌峰流量呈波动变化，近 10 余年各站凌峰流量有所减小。

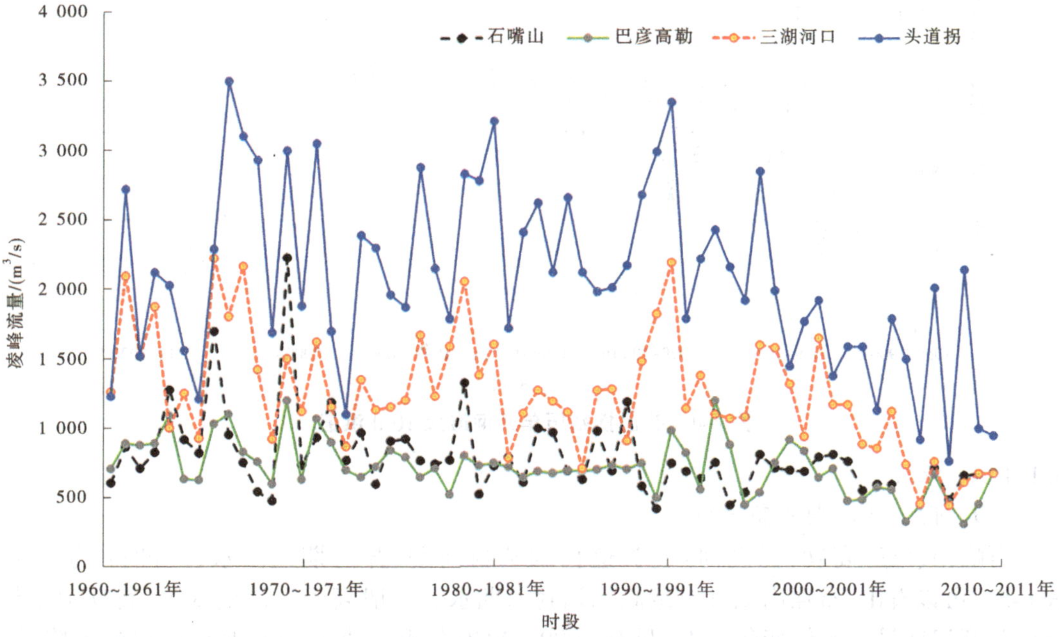

图 6-3　石嘴山站、巴彦高勒站、三湖河口站及头道拐站历年凌峰流量

表 6-4　宁蒙河段水文站凌峰流量统计　　单位：m^3/s

时段	项目	石嘴山站	巴彦高勒站	三湖河口站	头道拐站
1950~1968 年	平均	950	861	1 467	1 996
	最小	609	629	925	1 000
	最大	1 700	1 100	2 220	3 500
1968~1989 年	平均	784	745	1 263	2 414
	最小	480	528	782	1 510
	最大	1 330	1 200	2 050	3 210
1989~2020 年	平均	709	655	1 114	1 936
	最小	422	315	445	765
	最大	1 190	1 200	2 190	3 350

3. 凌峰洪量

头道拐站开河最大 10 d 洪量变化见图 6-4，可以看出，1989 年以后冰凌洪水洪量明显增大，2000 年最大 10 d 洪量达到 15.19 亿 m^3，2015 年以来洪量变小。

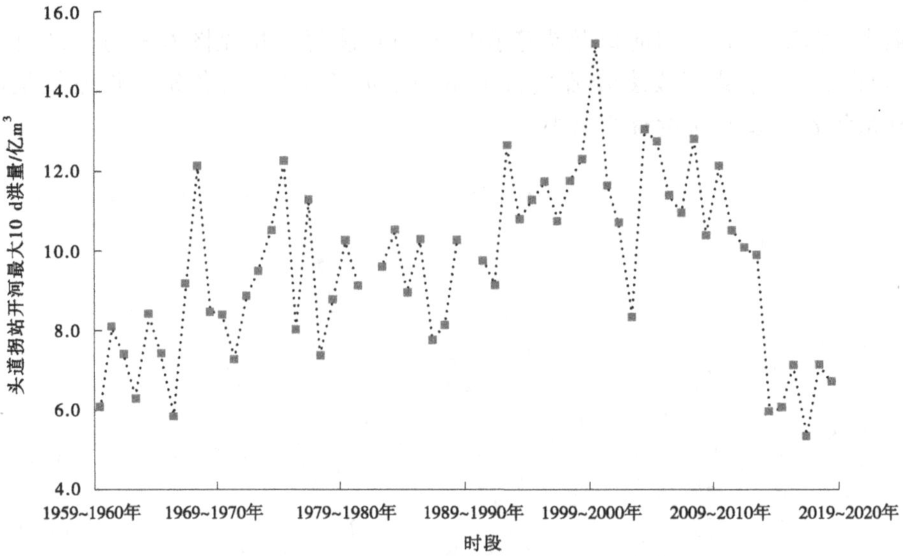

图 6-4　头道拐站历年开河最大 10 d 洪量

6.1.1.5　水位

1. 封河期、开河期最高水位

石嘴山、巴彦高勒、三湖河口、头道拐四站封河期、开河期最高水位分时段统计见表 6-5。可以看出,石嘴山站和巴彦高勒站封河期水位一般高于开河期水位;石嘴山站封河期和开河期最高水位变化不大,只有 1989～2020 年开河期水位较其他时段略有降低;巴彦高勒站封河期、开河期最高水位逐渐升高,1989～2020 年封河期、开河期最高水位分别为 1 053. 38 m、1 052. 53 m,分别较 1950～1968 年升高了约 2. 65 m 和 1. 59 m;三湖河口站 1989～2020 年与 1950～1968 年相比,封河期平均最高水位升高了约 0. 49 m,开河期最高水位降低约 0. 36 m。头道拐站封河期、开河期的最高水位相差不大。

表 6-5　宁蒙河段重要水文站封河期、开河期最高水位分时段统计　　单位:m

时期	时段	石嘴山站	巴彦高勒站	三湖河口站	头道拐站
封河期	1950～1968 年	1 088. 47	1 050. 73	1 019. 76	988. 66
	1968～1989 年	1 088. 71	1 052. 12	1 019. 56	988. 74
	1989～2020 年	1 088. 84	1 053. 38	1 020. 25	988. 56
开河期	1950～1968 年	1 088. 38	1 050. 94	1 020. 25	988. 82
	1968～1989 年	1 088. 03	1 051. 44	1 019. 46	988. 58
	1989～2020 年	1 087. 77	1 052. 53	1 019. 89	988. 63

注:表中巴彦高勒站、头道拐站水位采用黄海高程,石嘴山站、三湖河口站水位采用大沽高程。

2. 三湖河口站凌汛期最高水位及水位超 1 020 m 持续日数

三湖河口站凌汛期最高水位及凌汛期水位超过 1 020 m(相当于平滩水位)的最长持续日数变化见图 6-5 及图 6-6,可以反映凌汛期漫滩封冻情况。

由图 6-5 可知,20 世纪 80 年代中期以后三湖河口站凌汛期最高水位呈现上升趋势,2000～2020 年凌汛期最高水位基本全部超过 1 020 m,三湖河口站最高水位的前 3 位均发生在 2000～2020 年,其中 2007～2008 年由于壅水严重,凌汛期最高水位达 1 021. 22 m,为历史最高水位。

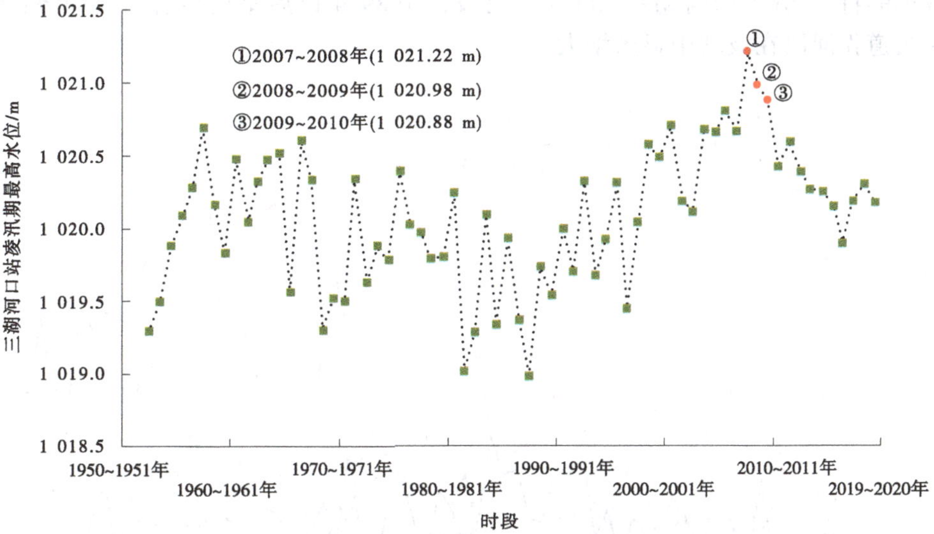

图 6-5　三湖河口站凌汛期最高水位

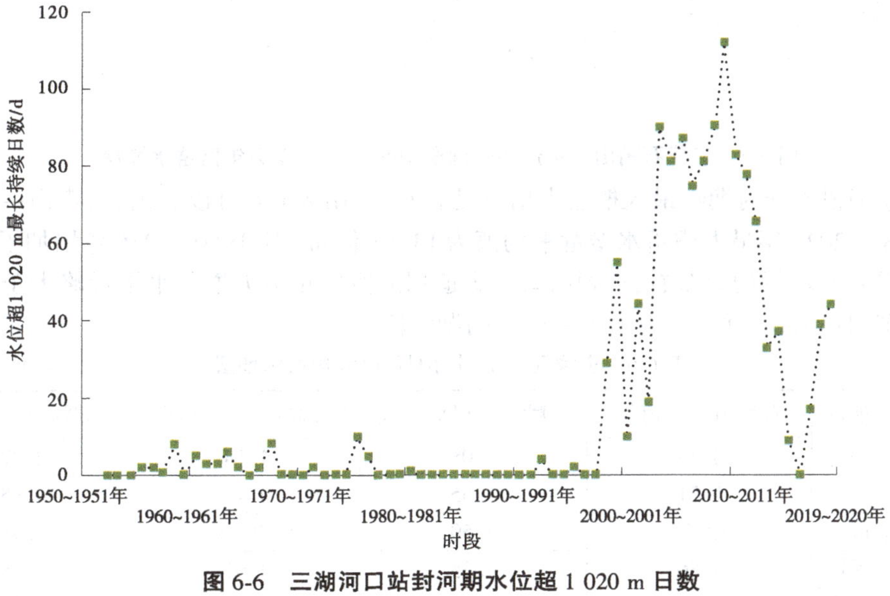

图 6-6　三湖河口站封河期水位超 1 020 m 日数

由图 6-6 可知,1998 年以后凌汛期三湖河口站日均水位超过 1 020 m 持续日数显著增加,2010 年后逐渐减少,2009～2010 年最长达到 112 d。高水位持续时间越久,堤根偎水时间越长,堤防受浸泡容易在凌汛期尤其是开河期出现险情的可能性就越大。

6.1.1.6　槽蓄水增量

1. 年最大槽蓄水增量

宁蒙石嘴山—头道拐各河段 1951～2020 年历年最大槽蓄水增量见图 6-7,可见:①石嘴山—头道拐河段年最大槽蓄水增量在 5 亿～20 亿 m^3 范围波动，1989 年以后呈现显著增大趋势，最大值为 19.39 亿 m^3（2004～2005 年）；②石嘴山—巴彦高勒河段呈现出先增大后减小的特点；③巴彦高勒—三湖河口河段在 1989 年以后呈现显著增大趋势；④三湖河口—头道拐河段在波动中显著增大。

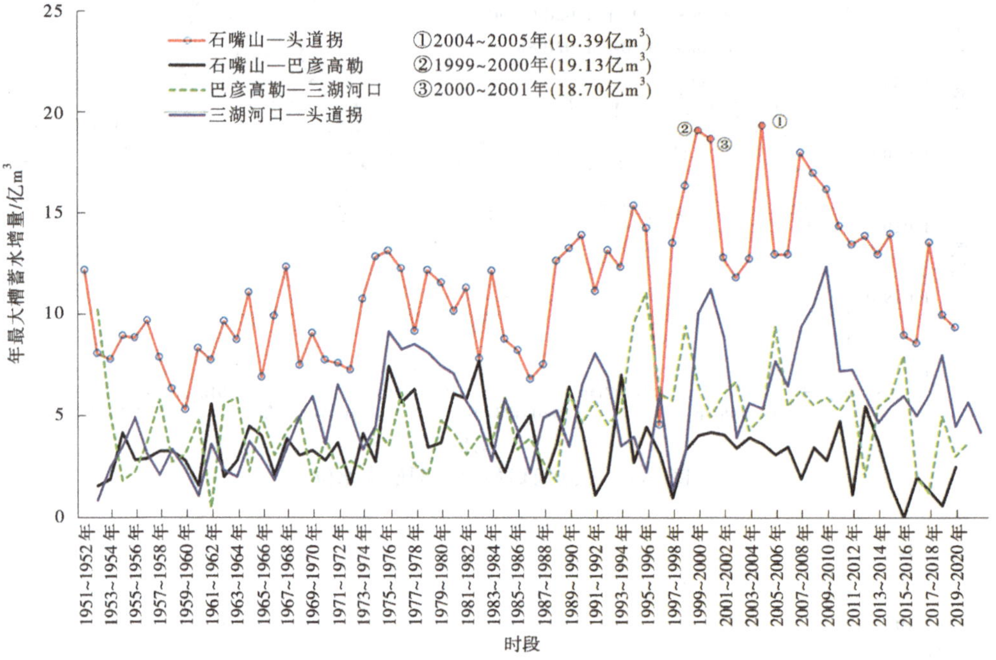

图 6-7　宁蒙石嘴山—头道拐各河段 1951～2020 年历年槽蓄水增量

宁蒙河段不同时期年最大槽蓄水增量见表 6-6。由表 6-6 可以看出，石嘴山—头道拐河段 1989～2020 年最大槽蓄水增量平均值为 13.53 亿 m^3，比 1950～1968 年增加了 4.7 亿 m^3。从槽蓄水增量的分布看，三湖河口—头道拐河段的年最大槽蓄水增量略大于巴彦高勒—三湖河口河段，远大于石嘴山—巴彦高勒河段。

表 6-6　宁蒙河段不同时期年最大槽蓄水增量　　单位：亿 m^3

时段	项目	石嘴山—头道拐	石嘴山—巴彦高勒	巴彦高勒—三湖河口	三湖河口—头道拐
1950～1968 年	平均	8.83	3.08	4.18	2.87
	最小	5.31	1.55	0.48	0.85
	最大	12.35	5.59	10.23	4.95
1968～1989 年	平均	9.86	4.35	3.61	5.58
	最小	6.83	1.65	1.78	2.20
	最大	13.17	7.72	6.23	9.17
1989～2020 年	平均	13.53	3.12	5.70	6.45
	最小	4.56	0.60	1.20	1.35
	最大	19.39	7.03	11.10	12.40

注：河段年最大槽蓄水增量根据各自河段情况进行统计。

2. 年最大槽蓄水增量出现时间

统计宁蒙河段石嘴山—头道拐河段年最大槽蓄水增量出现时间，见表 6-7。可以看出，年最大槽蓄水增量出现时间在时段间呈现推迟趋势，由 1950～1968 年平均 1 月 4 日推迟到 1989～2020 年平均的 1 月 26 日，推迟 22 d。

表 6-7　宁蒙河段石嘴山—头道拐河段年最大槽蓄水增量出现时间

时段	平均	最早	最晚
1950～1968 年	1 月 4 日	12 月 13 日	2 月 29 日
1968～1989 年	1 月 16 日	12 月 19 日	2 月 28 日
1989～2020 年	1 月 26 日	1 月 4 日	2 月 29 日

注：考虑到年内槽蓄水增量会在达到一定量级范围后维持一段时间，选定时段最大槽蓄水增量 85%为量级范围的下限值，以时段槽蓄水增量达到当年最大槽蓄水增量的 85%时的时间作为年最大槽蓄水增量出现时间。

6.1.1.7　冰塞、冰坝和凌灾损失

1. 冰塞、冰坝

基于各类文献资料中的“严重冰塞”及“成灾”冰坝的记载，统计宁蒙河段 1950～2020 年发生的严重冰塞、冰坝次数(见表 6-8)。可以看出，71 年中石嘴山—头道拐河段共发生严重冰塞 8 次、严重冰坝 58 次，严重冰坝出现的概率要远远大于严重冰塞，冰坝是凌汛的主要表现形式。从河段来看，87.5%的严重冰塞发生在石嘴山—三湖河口河段，81%的严重冰坝发生在巴彦高勒—头道拐河段(53.4%的严重冰坝发生在三湖河口—头道拐河段)。

表 6-8　内蒙古河段凌汛期严重冰塞、冰坝发生次数

河段		冰塞		冰坝	
		次数	河段比例/%	次数	河段比例/%
石嘴山—三湖河口	石嘴山—巴彦高勒	4	50.0	11	19.0
	巴彦高勒—三湖河口	3	37.5	16	27.6
	石嘴山—三湖河口合计	7	87.5	27	46.6
三湖河口—头道拐		1	12.5	31	53.4
石嘴山—头道拐合计		8	100	58	100

2. 凌灾损失

宁蒙河段凌灾的主要表现形式为冰塞、冰坝壅水造成管涌、渗漏和堤防决口，冰塞多发生在流凌封河期，冰坝多发生在开河期。冰凌洪水灾害发生频繁，据不完全统计，从 20 世纪 50 年代以来共发生较大的凌汛灾害 95 次，平均每年发生 1.4 次。其中，1950～1968 年(刘家峡水库运行前)19 年间发生凌灾 20 次，平均每年发生 1 次，平均每年凌灾直接经济损失 15.12 万元；1969～1986 年(龙羊峡水库运行前)18 年间发生凌灾 11 次，平均 1.6 年发生 1 次，平均每年凌灾直接经济损失 1 182 万元；1987～2008 年 22 年间发生凌灾 64 次，平均一年就有 3 次，平均每年凌灾直接经济损失 8 546 万元。2009 年以来，宁蒙河段未发生较大凌灾。1986 年以来，由于中水河槽过流能力减小，内蒙古河段凌灾发生频次

增加,损失加重。

6.1.1.8　近期凌情变化总结

(1)宁蒙河段流凌、封河时间推迟,开河提前,封河期缩短。与 1968 年以前相比,1989 年以来宁蒙河段流凌、封河日期均推迟 4 d,开河日期提前约 11 d;流凌天数变化不大,封河天数缩短 10 d。

(2)内蒙古河段年最大槽蓄水增量显著增加,最大值出现时间推后。1989 年以后内蒙古河段年最大槽蓄水增量平均为 13.53 亿 m^3,与 1989 年以前相比增大 4.7 亿 m^3;个别年份年最大槽蓄水增量接近 20 亿 m^3,对河段防凌安全造成了较大威胁,而 2000 年以后最大槽蓄水增量出现时间向后推迟 22 d,增加了开河期水库调度难度。

(3)凌汛期水位上升明显,高水位持续时间长。2000 年以来三湖河口站凌汛期最高水位几乎全部超过 1 020 m(滩面高程),2007~2008 年凌汛期水位高达 1 021.22 m。水位升高的同时高水位持续时间也大幅增加,2009~2010 年凌汛期最长达到了 112 d。高水位持续时间越久,堤根偎水时间越长,堤防受浸泡在凌汛期尤其是开河期出现险情的可能性就越大。

(4)开河期凌洪过程历时延长,最大 10 d 洪量增加。1989 年以来尤其 2000 年以来头道拐站开河最大 10 d 洪量明显增大,2014 年以来洪量变小,其他年份均较大,2000 年最大 10 d 洪量达到 15.19 亿 m^3。

(5)凌灾频次增加,单次凌灾损失加重。1950~1968 年平均每年发生 1 次,平均每年凌灾直接经济损失 15.12 万元;1987~2008 年平均每年发生 3 次,平均每年凌灾直接经济损失 8 546 万元,凌灾损失加重。

6.1.2　凌汛变化成因

内蒙古河段凌汛变化的三大主要成因包括水动力条件、热力条件和河道边界条件。

6.1.2.1　水动力条件

1. 河段来水条件变化

石嘴山站水量变化情况见表 6-9,不同时段凌汛期日流量变化过程见图 6-8。可以看出,刘家峡水库运用前,进入内蒙古河段石嘴山站凌汛期来水量为 60.4 亿 m^3,刘家峡水库运用后,石嘴山凌汛期来水量增加,1968~1989 年、1989~2020 年凌汛期水量分别为 75.3 亿 m^3、76.5 亿 m^3。从来水过程看,刘家峡水库运用后,11 月上中旬封河前和 3 月上中旬开河期进入内蒙古河段水量减少;12 月至翌年 2 月稳封期和 3 月下旬开河后进入内蒙古河段水量增加。

表 6-9　石嘴山站水量变化情况　　单位:亿 m^3

时段(水文年)	11 月	12 月	1 月	2 月	3 月	凌汛期
1956~1968 年	20.3	11.9	8.3	8.2	11.7	60.4
1968~1989 年	17.9	16.1	13.9	13.0	14.4	75.3
1989~2020 年	17.4	17.5	14.3	13.3	14.0	76.5
1956~2020 年	18.0	16.0	13.1	12.3	13.8	73.2

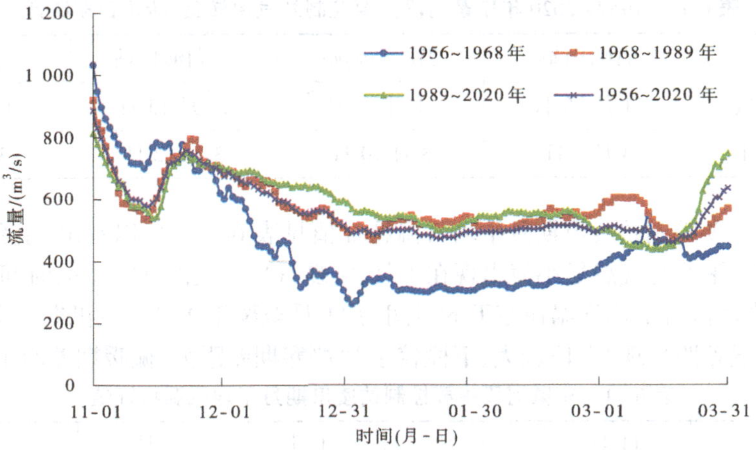

图 6-8　石嘴山站不同时段凌汛期日流量变化过程

2. 来水条件对凌情影响

上游来水流量对宁蒙河段凌情的影响主要表现在流凌封河期封河流量大小、封河期流量过程和开河期流量控制情况。从图 6-8 中可以看出,刘家峡水库运用前,流凌封河期(11 月中旬至翌年 2 月底)石嘴山站流量波动幅度大,开河期(3 月上中旬)流量较大,不利防凌。刘家峡运用后的 1968~1989 年,通过刘家峡水库的防凌调度,调控进入宁蒙河段的流量,使得宁蒙河段的防凌形势有所缓解,但限于刘家峡水库的有限库容和空间距离,对宁蒙河段的防凌调控能力不足。龙羊峡水库运用后尤其是 1999 年全河水量统一调度后,龙刘水库防凌调度进一步优化,11 月下旬至 12 月上旬加强下泄流量控制,尽量避免小流量封河,形成较高冰盖有利于增加冰下过流量;稳封期保持流量由大到小缓慢递减的基本特征,进一步控制日流量过大波动幅度,为避免封河期严重冰塞壅水、保持稳定封河形势、控制槽蓄水增量过度增长提供了有利条件;开河期削减下泄流量时间提前至 2 月下旬,并加大控泄力度,为削减槽蓄水增量释放量与释放强度、控制"文开河"提供了较好条件。

总的来说,龙刘水库联合运用以来,通过优化水库防凌调度,控制流凌封河期流量、稳定稳封期流量、减小开河期流量,在一定程度上控制了宁蒙河段封开河的稳定,但是由于距离远、防凌库容不足,对凌情的控制程度还不能满足要求。

6.1.2.2　热力条件

1. 气温基本特征及变化

由宁夏河段至内蒙古河段,气温在零下的时间是"上短下长"。宁夏石嘴山站日气温在零下的持续天数多为 3 个半月,内蒙古河段各站日气温持续在零下时间均长达 4 个月。宁蒙河段主要控制站气温转负、转正日期统计见表 6-10。可以看出,石嘴山站气温稳定转负时间比巴彦高勒站迟 4 d,气温稳定转正时间比巴彦高勒站早 7 d;而巴彦高勒站与三湖河口站相比,气温稳定转负日期、转正日期仍为"上迟下早,上早下迟",相差 2 d;三湖河口站与头道拐站相比,转负日期推迟 2 d,转正日期则相同。

表 6-10 1957~2020 年宁蒙河段主要控制站气温转负、转正日期统计

项目	石嘴山站	巴彦高勒站	三湖河口站	头道拐站
气温稳定转负	11 月 19 日	11 月 15 日	11 月 13 日	11 月 11 日
气温稳定转正	3 月 3 日	3 月 10 日	3 月 12 日	3 月 12 日

宁蒙河段主要控制站凌汛期月平均气温特征值见表 6-11。可以看出,宁夏河段和内蒙古河段冬季多年平均月气温最小值出现在 1 月,宁夏月平均气温在零下的时间为 12 月至翌年 2 月,内蒙古河段月平均气温在零下的时间为 11 月至翌年 2 月。凌汛期上下游相邻站间的逐月平均气温差距呈现“上段较大、下段较小”“严寒期差距大、偏暖期差距小”的特点。

表 6-11 宁蒙河段主要控制站凌汛期月平均气温特征值 单位:℃

测站	11 月	12 月	1 月	2 月	3 月
银川	1.2	-5.9	-8.1	-3.7	3.4
磴口	-0.6	-7.9	-10	-5.8	1.7
包头	-1.8	-9.3	-11.6	-6.8	0.8
托克托	-1.1	-9.2	-11.6	-7.1	1.0

注:资料统计时段为,银川 1954~2010 年、磴口 1954~2009 年、包头 1954~2013 年、托克托 1959~2009 年。

宁蒙河段主要控制站不同时段凌汛期累计日均负气温均值见表 6-12。可以看出,空间上,从银川至托克托累计日均负气温呈现“上高下低、上暖下冷”的特点;时间上,20 世纪五六十年代累计日均负气温最小,20 世纪七八十年代累计日均负气温有所升高,但与前期相差不大,而近 20 年与前期相比累计日均负气温升高较多。

表 6-12 宁蒙河段主要控制站不同时段凌汛期累计日均负气温均值 单位:℃

时段	银川	磴口	包头	托克托
1951 年 11 月至 1960 年 3 月	-639	-856	-1 023	-1 051
1960 年 11 月至 1970 年 3 月	-652	-897	-1 084	-1 114
1970 年 11 月至 1980 年 3 月	-600	-799	-983	-983
1980 年 11 月至 1990 年 3 月	-533	-792	-920	-933
1990 年 11 月至 2000 年 3 月	-457	-641	-769	-770
2000 年 11 月至 2020 年 3 月	-424	-553	-850	-715

注:银川站采用资料时段为 2000 年 11 月至 2010 年 3 月,其他站为 2000 年 11 月至 2020 年 3 月。

近期有些年份凌汛期出现急剧升温、降温过程。流凌期出现异常降温情况,如 2009 年 11 月中旬流凌期,包头旬平均气温-8.4 ℃,为历史最低。封河期气温波动较大,2001~2002 年石嘴山站 12 月中旬至翌年 2 月下旬逐旬平均气温分别为-7.2 ℃、-8.3 ℃、-3.6 ℃、-2.6 ℃、-5.9 ℃、-3.0 ℃、0.6 ℃、2.2 ℃,其中 1 月中旬平均气温-2.6 ℃是近 57 年来同期最高气温。开河期出现异常增温过程,如 2008 年包头 3 月中旬平均气温达 5.5 ℃,为近 60 年来同期最高值。

总结上述分析,宁蒙河段凌汛期气温的基本特点为,冬季严寒时间长,严寒程度大;顺

河自上而下负气温维持时间加长、严寒程度加大；凌汛期上下游相邻站间的逐月平均气温差距呈现"严寒期差距大、偏暖期差距小"的特点。宁蒙河段近20年凌汛期变暖，但年际间仍有较大冷暖变化幅度，凌汛期内逐旬平均气温过程出现异常升温、降温情况。

2. 气温条件对凌情的影响

冬季气温低、低温时间长是形成宁蒙河段凌汛的基本条件。即便在近期冬季气温回暖趋势下，宁蒙河段各站仍比黄河下游利津站严寒程度严重得多，故宁蒙河段冰凌时间长，凌汛问题比较突出。

宁蒙河段上、下段气温时空分布差异影响分段凌情发展。与1951～1980年相比，宁蒙河段近期冬季沿程控制站之间累计日均负气温的差距有所减小，但气温递减率"上大下小"的特点仍未改变，对宁蒙河段分段凌情形势起到重要控制作用。巴彦高勒—三湖河口河段由于气温差异较大，开河时间基本是"上早下迟"；三湖河口—头道拐河段由于气温差异小，首封河段往往并不在头道拐河段，而较多出现在三湖河口—包头河段。

总的来看，近期冬季气温总体呈回暖趋势，有利于减轻凌情，但出现了一些异常冷暖变化情况，影响凌情发展。流凌期异常降温可能导致突然封河，形成不适宜的封河流量；封河期异常升降温可能导致封河形势不稳定，出现"二封二开"的情况；开河期异常增温，可能使得槽蓄水增量急剧释放，对防凌不利。面对这种情况，必须进一步加强防凌调度措施，及时应对不利的凌汛形势。

6.1.2.3　河道边界条件

将河道边界条件分为两类：一类是河床边界条件，主要指河流本身所具有的宽窄相间的河床平面形态、主槽过流能力等，其变化受来水来沙条件以及河道地形、地质条件等因素影响；另一类是工程边界条件，主要指河道上修建的堤防、河道整治工程和桥梁等建筑物。

从全河段长时间来看，对凌情影响较大的是河床冲淤所引起的中水河槽过流能力变化，中水河槽过流能力变化与凌情关系密切。1986年以来，内蒙古河段平滩流量从20世纪80年代初的4 000 m^3/s左右降低至1 500 m^3/s左右，受其变化影响凌汛期冰下过流能力显著降低，使凌汛期间河道水位高且历时长、多数年份漫滩、槽蓄水增量大（见图6-9～图6-11），对封河期和开河期防凌不利。另外，由于长期的小水作用，使宁蒙河段河势游荡、河湾加剧，畸形河势容易诱发冰塞、冰坝，内蒙古河段超过50%的冰坝发生在三湖河口—头道拐河段，由于局部河段的河湾半径小、弯曲幅度大（2012年三湖河口—头道拐河段河道地形统计的河湾参数结果表明，55处河湾中有31处河湾的中心角大于90°），形成的畸形河湾对排凌影响较大，容易卡冰结坝。

近年来，特别是2000年以来，由于沿河两岸地方经济社会发展而大量修建桥梁等涉河阻水建筑物，对局部河段凌情产生了影响。凌汛期由于已建浮桥两岸引桥、跨河大桥桥墩的阻水影响以及在建桥梁施工期间的围堰、栈桥等阻水影响，使过流面积减小、过流能力降低。由于流速减小，封河期易在此河段首先封冻，并使同等水力和热力条件下封河时间提前，如2006～2007年、2007～2008年、2008～2009年首封地点出现在包西铁路特大桥处（该大桥在2005年12月开工，2008年11月完工）及其附近。在浮桥和跨河大桥处出现首封之后，由于上游产生的大量冰花下泄，极易在浮桥和跨河大桥处形成冰花下泄受阻，导致行凌不畅。

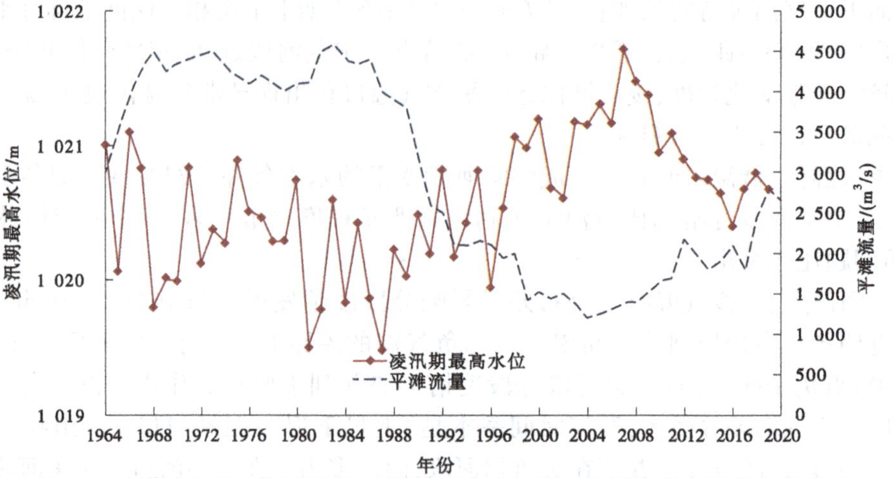

图 6-9　内蒙古河段(典型断面)平滩流量变化与凌汛期最高水位同步变化关系

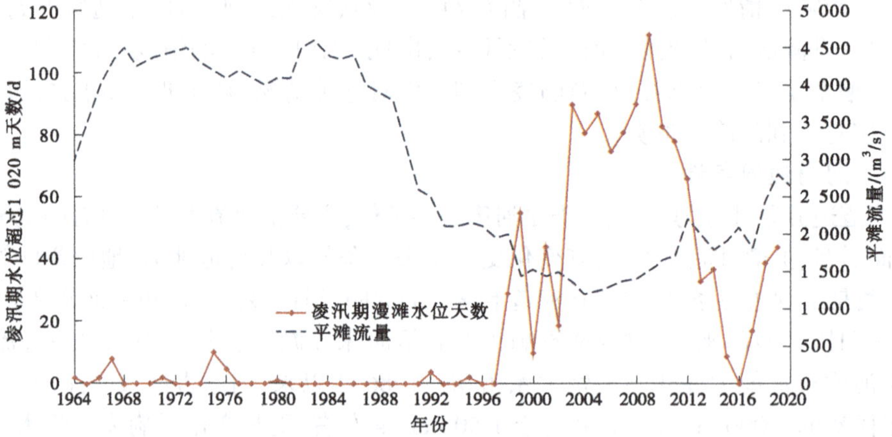

图 6-10　内蒙古河段(典型断面)平滩流量变化与凌汛期漫滩水位天数同步变化关系

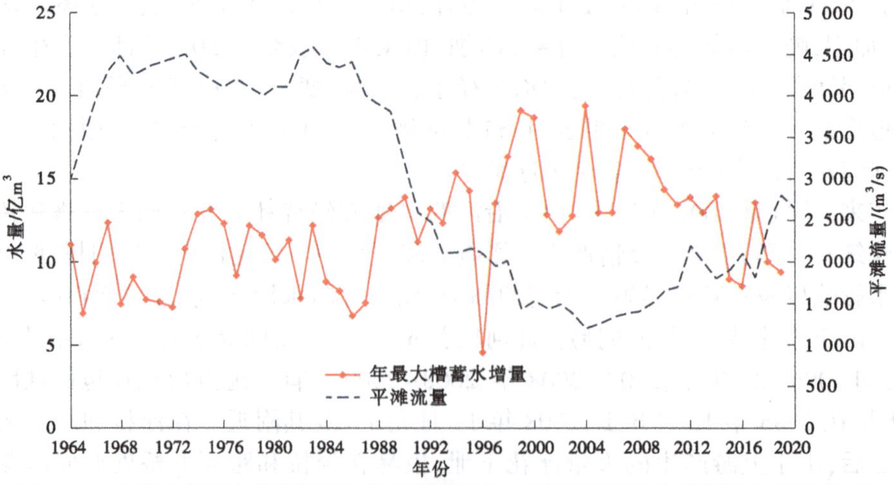

图 6-11　内蒙古河段(典型断面)平滩流量变化与凌汛期槽蓄水增量同步变化关系

总的来看，近期中水河槽过流能力下降导致冰下过流能力降低，进而引起凌水漫滩封河、槽蓄水增量大，是近期内蒙古河段不利凌情的主要影响因子。面对这种不利局面，必须想尽办法采取措施恢复并扩大中水河槽过流能力，为宁蒙河段能够更好防凌防洪提供基本条件。

6.1.2.4　近期凌情变化成因总结

近期宁蒙河段冬季气温总体偏暖，构成利于防凌的热力条件，气温极值事件较多且交替出现给防凌安全带来威胁。与前期相比，近年宁蒙河段的气温总体偏暖，如包头气象站 1954~1986 年累计日均负气温均值为-1 067 ℃，而近期为-793 ℃，升高 274 ℃。在冬季气温偏暖背景下，加之人类活动等因素的综合影响，减缓了河道内冰凌形成条件，有利于热力开河，导致内蒙古河段流凌日期、封河日期较晚，开河日期提前。在气温总体偏暖的基础上，气温极值事件较多且交替出现，造成了河段出现了“二封二开”的情况，使得防凌问题更为复杂，要求进一步强化防凌调度，要做到及时、灵活。

河道平滩流量减小，影响河段冰凌输移，主要构成不利于防凌的河道边界条件。近年来，特别是 2000 年以来，河道过流能力较前期显著降低，导致冰下过流能力降低，槽蓄水增量增加明显，河道内壅水严重，凌水漫滩封河，封、开河期间各水文站最高水位上升，三湖河口站凌汛期最高水位上升明显。由于内蒙古河段的槽蓄水增量增加，开河期温度上升后槽蓄水增量释放更加集中，使得开河最大 10 d 洪量增加，冰凌洪水漫滩情况普遍，对防凌安全构成严重威胁。2012 年以来，黄河来水总体偏丰，2012 年、2018~2020 年黄河上游多次发生编号洪水，宁蒙河段平滩流量得到一定程度恢复，冰下过流能力有所增大，凌汛期凌情整体平稳。但是这种稀遇的连续丰水时段具有很大的偶然性，未来黄河内蒙古河段仍然面临很大的回淤风险，迫切需要采取措施恢复较大的中水河槽，增加冰下过流能力，减少槽蓄水增量。

相对合理的水库防凌调度及防凌工程运用，构成了利于防凌的水动力条件。近年来，流凌封河期上游水库控制适宜的封河流量，减少了冰塞发生；封河后，控制流量平稳、缓慢递减，维持较稳定的冰盖，减少冰塞、冰坝的发生；开河关键期，进一步压减流量，同时启用应急分凌区分凌，减少动力条件对开河的影响，使得内蒙古河段“武开河”次数减小、“文开河”次数增加。但是由于龙刘水库与内蒙古河段的距离远，受区间入流和冬灌引退水等因素影响，无法按照防凌要求精准控制内蒙古河段的流量过程。

综上分析，水库防凌调度对凌汛期流量过程的控制以及近期宁蒙河段冬季气温总体偏暖，是有利于宁蒙河段防凌的，但是平滩流量减小导致冰下过流能力降低、槽蓄水增量增加使得防凌极为不利，同时多发的气温异常升降事件对防凌调度提出了更高要求。

6.2　宁蒙河段防凌存在的主要问题

黄河上游已修建河防工程、水库和应急分洪区等防凌防洪工程。其中，水库主要是龙羊峡水库、刘家峡水库和海勃湾水库，应急分洪区主要是在内蒙古河段两岸设置的乌兰布和、河套灌区及乌梁素海、杭锦淖尔、蒲圪卜、昭君坟、小白河六个应急分洪区，设计总分洪库容为 4.59 亿 m^3。

6.2.1　龙刘水库防凌调度及局限性

龙羊峡水库设计开发任务以发电为主,兼顾灌溉、防洪等综合利用。刘家峡水库设计开发任务主要是满足发电、防洪及工业用水的需要,并充分考虑下游灌溉用水要求。实际运用中,由于龙羊峡水库具有多年调节功能,承担了黄河水资源配置的重任,凌汛期为减轻内蒙古河段防凌压力,刘家峡水库控制泄量。

6.2.1.1　龙刘水库入出库流量、水量调度

1. 凌汛期始末水库水位

1989~2020 年凌汛期始末龙羊峡水库、刘家峡水库的水位见表 6-13。可见,龙羊峡水库凌汛期前平均水位 2 576.11 m,凌汛期末平均水位 2 563.98 m;刘家峡水库凌汛期前平均水位 1 725.68 m,凌汛期末平均水位 1 732.00 m。可见,整个凌汛期龙羊峡水库蓄水位降低(见图 6-12)、刘家峡水库蓄水位升高(见图 6-13)。

表 6-13　1989~2020 年凌汛期始末龙羊峡水库、刘家峡水库水位　单位:m

项目	凌汛期前(10 月 31 日)		凌汛期末(3 月 31 日)	
	龙羊峡水库	刘家峡水库	龙羊峡水库	刘家峡水库
最大	2 600.77	1 733.20	2 594.12	1 734.62
最小	2 545.69	1 717.48	2 532.30	1 722.20
1989~2020 年平均	2 576.11	1 725.68	2 563.98	1 732.00
2010~2020 年平均	2 591.26	1 724.46	2 581.24	1 732.89

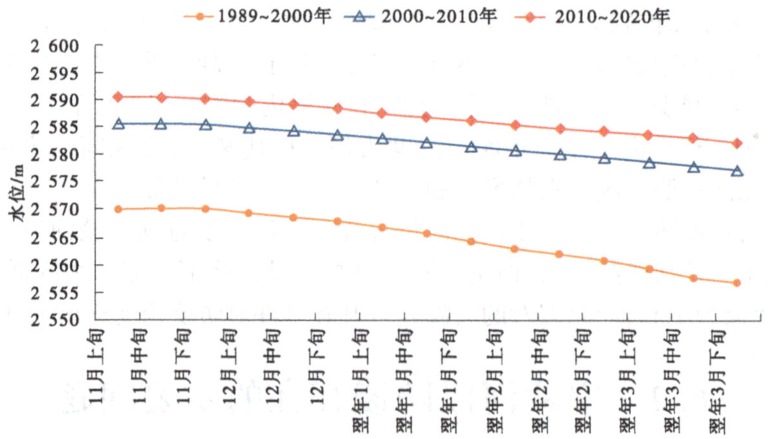

图 6-12　龙羊峡水库凌汛期旬平均水位过程

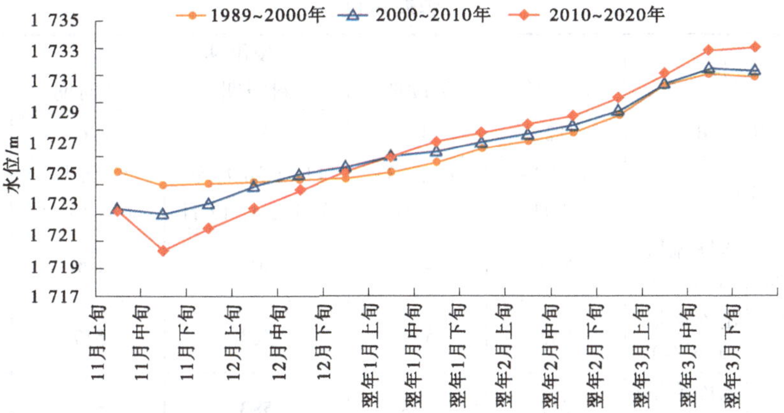

图 6-13　刘家峡水库凌汛期旬平均水位过程

2. 凌汛期入出库流量

凌汛期龙羊峡水库、刘家峡水库入出库流量见表 6-14，典型时段(2006~2007 年)凌汛期龙刘水库入出库流量、水库蓄水量过程线见图 6-14。

表 6-14　凌汛期龙羊峡水库、刘家峡水库入出库流量

时段	项目		凌汛期				
			流凌前	流凌期	封河期	开河期	开河后
1989~2000 年	历时/d		13	11	87	24	16
	时间		11 月 1~13 日	11 月 14~24 日	11 月 25 日至翌年 2 月 19 日	2 月 20 日至 3 月 15 日	3 月 16~31 日
	龙羊峡水库	入库流量/(m^3/s)	528	397	189	180	215
		出库流量/(m^3/s)	530	622	533	579	507
	刘家峡水库	入库流量/(m^3/s)	645	699	582	636	574
		出库流量/(m^3/s)	944	743	528	407	515
2000~2020 年	历时/d		12	7	87	30	15
	时间		11 月 1~12 日	11 月 13~19 日	11 月 20 日至翌年 2 月 14 日	2 月 15 日至 3 月 16 日	3 月 17~31 日
	龙羊峡水库	入库流量/(m^3/s)	572	443	212	197	241
		出库流量/(m^3/s)	583	564	481	471	517
	刘家峡水库	入库流量/(m^3/s)	770	749	584	552	602
		出库流量/(m^3/s)	1 070	738	477	317	615

续表 6-14

时段	项目		凌汛期				
			流凌前	流凌期	封河期	开河期	开河后
1989～2020 年	历时/d		12	11	86	26	16
	时间		11 月 1～12 日	11 月 13～23 日	11 月 24 日至翌年 2 月 17 日	2 月 18 日至 3 月 15 日	3 月 16～31 日
	龙羊峡水库	入库流量/(m^3/s)	553	423	202	190	230
		出库流量/(m^3/s)	560	589	503	517	513
	刘家峡水库	入库流量/(m^3/s)	717	728	583	588	590
		出库流量/(m^3/s)	1 017	740	499	355	573

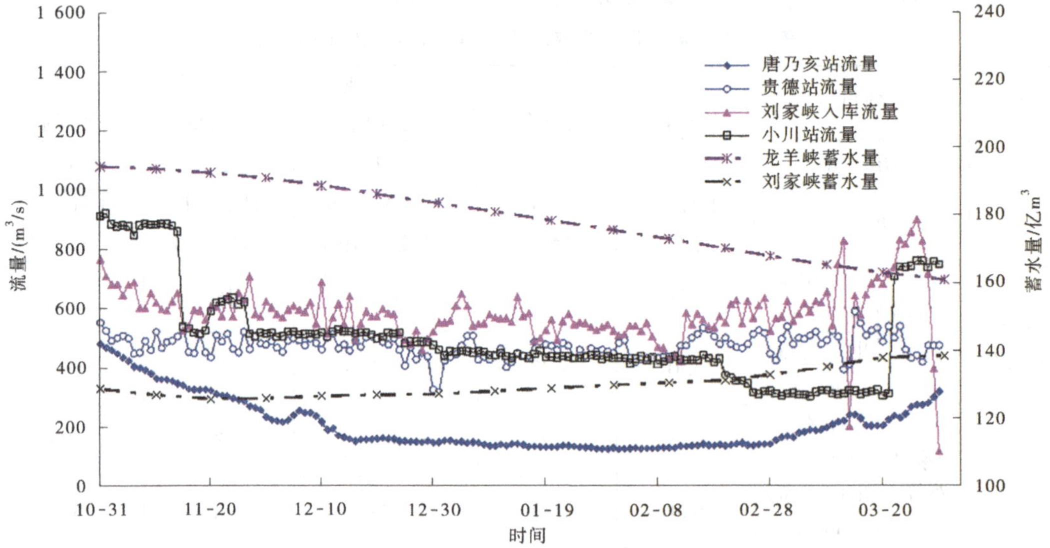

图 6-14　2006～2007 年凌汛期龙刘水库入出库流量、水库蓄水量过程线

由表 6-14、图 6-14 可以看出，龙羊峡水库出库流量从 11 月 1 日开始到 12 月上旬逐步减小，一般 12 月中旬至翌年 2 月中下旬流量较为稳定、变化不大，2 月中下旬后流量逐渐增加。龙羊峡出库流量过程不同阶段的流量基本在 450～650 m^3/s，较为稳定；在封河期前的两个阶段龙羊峡水库的泄流量一般为 500～650 m^3/s，封河期龙羊峡水库的泄流量基本与刘家峡水库一致，为 450～500 m^3/s，封河期后的两个阶段泄流量一般为 450～600 m^3/s。龙羊峡水库凌汛期出库流量过程见图 6-15。

刘家峡入库流量主要为龙羊峡出库流量，龙刘区间加水较少。刘家峡出库下泄流量过程主要考虑宁蒙河段灌溉、用水和塑造较大封河流量要求。流凌前，出库流量基本在 1 000 m^3/s 左右，然后逐渐减小，流凌期平均流量在 740 m^3/s 左右。封河期，刘家峡水库

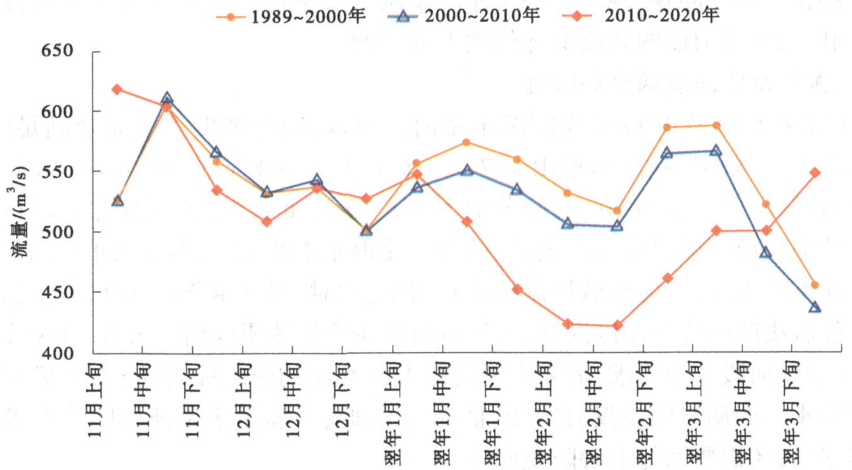

图 6-15　龙羊峡水库凌汛期出库流量过程

下泄流量平稳并逐步减小，流量一般为 450~500 m^3/s。开河期，刘家峡水库进一步减小下泄流量至 350 m^3/s 左右，宁蒙河段全部开河后，刘家峡水库加大泄流量至 570 m^3/s 左右。从 2000 年前后对比情况看（见图 6-16 和表 6-14），11 月上旬宁蒙河段冬灌期 2000 年以前小，稳封期差别不大，2 月下旬、3 月上中旬 2000 年以前大，3 月下旬 2000 年以后大。

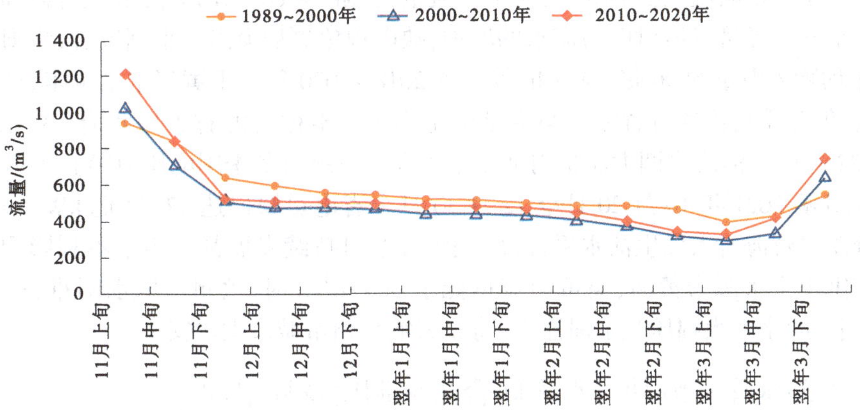

图 6-16　刘家峡水库凌汛期出库流量过程

3. 防凌调度经验总结

上述分析表明，在上游水库防凌调度中，充分考虑了宁蒙河段灌溉引水、流凌、封河、开河的特点，不断优化调整了防凌调度运用方式，按照“月计划、旬安排”的调度方式逐渐形成了以刘家峡水库为主、龙羊峡水库配合的调度模式。刘家峡水库在封河前期控制泄量，由大到小，促使宁蒙河段以适宜流量封河；封河期控制出库流量均匀缓慢递减，稳定封河冰盖，避免槽蓄水增量过度增长，为宁蒙河段顺利开河提供有利条件；开河期根据凌情及时减少下泄流量，开河关键时期压减下泄流量，减小水动力条件，减少“武开河”发生。可以看出，龙刘水库防凌调度已尽力减小了动力条件对宁蒙河段凌情的影响，但由于近期宁蒙河段主河槽过流能力减小，以及区间支流加水、灌区引退水等因素影响和气温预报、凌情预报的预见期等问题,现状龙刘水库防凌调度并不能很好地解决宁蒙河段的防凌问题,水库调度后宁蒙河段的防凌形势仍然十分严峻。

6.2.1.2 龙刘水库防凌调度局限性

(1)龙羊峡水库、刘家峡水库距离宁蒙河段较远,防凌调度不能完全满足防凌需求。刘家峡水库出库站小川站至石嘴山站 777.2 km,至头道拐站 1 449.4 km,凌汛期出库流量演进至石嘴山站、头道拐站的时间分别为 7 d、17 d,加上刘家峡至宁蒙河段区间湟水等支流和宁蒙河段灌区引退水等对流量的影响,使得龙羊峡水库、刘家峡水库防凌调度不能与凌情变化准确响应,不能有效控制槽蓄水增量;同时,当气温急剧波动影响凌情变化时,水库也不能解决防凌应急调度问题,不能有效减少突发凌汛险情。另外,在南水北调生效前,为满足宁蒙河段防凌要求,需要宁蒙河段上游水库的防凌库容达到 38 亿 m^3 左右,而目前刘家峡水库的调节库容仅有约 20 亿 m^3。因此,从满足宁蒙河段防凌要求所需要的防凌库容来讲,还需要增加上游防凌库容。

(2)龙羊峡水库、刘家峡水库防凌调度减少了上游发电、供水效益。水库防凌调度对下泄流量的控制限制了黄河上游水资源综合利用效率的提高及沿黄各省(区)电网电量结构的优化,也使得上游防凌与梯级电站发电、兰州市供水流量要求之间的矛盾较突出。以青海省为例(《黄河上游防凌期水库控制运用关键技术研究》,西安理工大学等,2011 年 9 月),青海省水电装机容量占青海省总装机容量的 80%以上,夏季青海省电力富余、弃水比较大,冬季为满足宁蒙河段防凌、龙刘水库控制下泄流量,上游梯级电站出力降低,使得青海缺电,且随着近年来青海经济发展对电力需求的增加,缺电现象更加突出。根据统计,青海省 2010~2020 年年均购入电量约 96 亿 kW · h,其中仅 2018~2020 年由于黄河水量偏丰,全年实现净电量外送,但冬季仍需通过省际外购满足电量需求。根据青海省人民政府《关于商请支持 2021~2022 年度黄河凌汛期大流量封河以增加发电量缓解冬季用电压力等有关事宜的函》,据青海省测算,2021 年 10 月 20 日至 12 月 30 日全省电量缺口达 42.58 亿 kW · h。缺电及高额电价差对青海省人民生活水平提高、经济社会可持续发展都产生了不利影响。现状兰州市城市供水主水源为黄河,当黄河流量低于 300 m^3/s 时,兰州市取水困难,在防凌关键期,如果刘家峡水库大幅压减下泄流量,将会影响兰州市城市供水安全。

6.2.2 龙刘水库与海勃湾水库联合防凌调度及局限性

6.2.2.1 海勃湾水库调度与龙刘水库运用的关系

黄河海勃湾水利枢纽位于黄河干流内蒙古自治区乌海市境内,是一座防凌、发电等综合利用枢纽工程,2014 年 8 月全面完成。海勃湾水利枢纽总库容 4.87 亿 m^3,原始调节库容为 4.43 亿 m^3,淤积 10 年调节库容为 1.84 亿 m^3,淤积 20 年调节库容为 0.91 亿 m^3,淤积 50 年调节库容为 0.54 亿 m^3。凌汛期海勃湾水库可以利用有限的库容条件,控制下泄流量过程,缓解内蒙古河段防凌形势。但由于海勃湾水库库容条件的局限性,不能完全解决内蒙古河段的防凌问题,只能适时、有针对性地根据封河期和开河期的来水特点和气象预报相机运用,配合上游刘家峡水库进行防凌调度。

1. 流凌封河期

封河期,在海勃湾水库运用初期库容较大时,可以对宁蒙冬灌引退水流量过程进行调节，配合龙刘水库形成较为适宜的封河流量；后期随着水库淤积，调节库容减小，则主要立足于应急调度，内蒙古河段封河流量仍然要由龙刘水库控制，海勃湾水库仅能在龙刘水库运用的基础上发挥微调作用，可在流凌封河期对宁蒙河段引退水造成的流量波动进行调节，水库先补水后蓄水运用，尽可能调节形成适宜平稳的出库流量过程，创造内蒙古河段较好的封河流量形势，并预留一定的应急防凌库容。

封冻期，海勃湾水库控制下泄流量，一般不超过封河期流量，并尽量腾出库容，为开河期做准备。

2. 开河期

在开河期，库容条件允许的情况下，进一步控制下泄流量，创造平稳的开河流量过程。由于库容限制，在开河期，水库着重为应急防凌运用，为下游河段防凌抢险创造条件。当水库下游河段发生冰坝壅水等险情时，水库可以根据稳封期腾空库容的情况相机运用。如果预留的防凌库容较多，可利用此库容进行应急防凌运用，关闭闸门，为下游抢险救灾创造有利条件；如果仅保留了部分应急防凌库容，则可以适当减小下泄流量（仅能满足按 200～300 m^3/s 流量调控 2～3 d、拦蓄 0.5 亿 m^3 左右水量要求），缓解下游抢险救灾压力。

6.2.2.2　海勃湾水库配合龙刘水库防凌调度的运用方式

针对黄河内蒙古河段现状防凌调度存在的主要问题以及该河段的凌汛、凌灾特点，海勃湾水库配合龙刘水库防凌调度的原则为：封河期尽量维持稳定的流量过程，减少宁夏河段引退水对内蒙古河段封河造成的影响；稳封后，维持河道流量平稳且小于封河期流量并尽量腾空库容，为开河期做准备；开河期利用腾空的库容拦蓄部分上游来水，尽量减小该河段下泄流量。

根据内蒙古河段的防凌需求，以石嘴山站为入库依据站，参照石嘴山站、巴彦高勒站和三湖河口站的封开河时间，拟定了海勃湾水库各防凌运用时段的运用方式：

（1）阶段 1：11 月 1 日至三湖河口站封河前 5 d（依据短期预报）。

水库根据内蒙古河段的流凌情况逐渐转入防凌运用的水位、流量控制方式，运行最高水位为正常蓄水位 1 076.0 m。

（2）阶段 2：三湖河口站封河前 5 d（依据短期预报）至巴彦高勒站封河前 2 d（依据短期预报）。

水库控制下泄流量为 550 m^3/s，对入库流量实行多蓄少补的调度原则进行调度。灌区冬灌结束前，适当加大下泄流量，对内蒙古河段适当补水，防止灌区引水造成下游河道小流量封河；灌区冬灌结束后，逐渐减小下泄流量，防止灌区退水对封河流量的影响。

（3）阶段 3：巴彦高勒站封河前 2 d（依据短期预报）至石嘴山站开河。

水库控制下泄流量为 450 m^3/s，控制河道流量不超过封河流量，且避免流量剧烈变化。根据上游来水情况，在控制流量不超过封河期流量的同时，逐渐防凌腾出库容，以满足开河期的蓄水要求和下游防灾抢险的要求。

（4）阶段 4：石嘴山站开河至三湖河口站开河前 5 d（依据短期预报）。

水库控制下泄流量为 400 m^3/s，在库容条件允许的条件下，尽量减小内蒙古河段河道流量，促使内蒙古河段平稳开河。

（5）阶段 5：三湖河口站开河前 5 d（依据短期预报）至 3 月 31 日。

水库根据内蒙古河段的开河情况逐渐转入非凌汛期水位、流量控制方式,水库运行最高水位不超过 1 076 m。

6.2.2.3　海勃湾水库防凌应急运用方式

当海勃湾水库下游河段发生冰坝壅水等险情时,水库可以根据当时的防凌库容条件相机应急运用。在水库运行初期,具备较大的防凌库容,可视来水情况和下游凌情严重程度,预留至少 5 000 万~8 000 万 m^3 的应急防凌库容,用以进行突发险情的应急防凌运用,库容条件允许时甚至关闭闸门,为下游抢险救灾创造有利条件;在水库运行一定年限以后,水库有效库容有限,可视来水情况和下游凌情严重程度尽量压减下泄流量,缓解下游抢险救灾压力。

6.2.2.4　海勃湾水库配合龙刘水库防凌调度计算

海勃湾水库与龙刘水库联合防凌调度的入库流量过程,采用现状龙刘水库调节运用方式下 1956~2010 年石嘴山站设计日流量过程,以海勃湾水库原始库容进行防凌调度计算,计算结果见表 6-15。

表 6-15　海勃湾水库配合龙刘水库防凌调度计算结果　　单位:亿 m^3

项目	阶段 2	阶段 3	阶段 4
阶段平均下泄流量/(m^3/s)	568	482	404
阶段最大下泄流量/(m^3/s)	828	872	781
阶段 2 至阶段 4 平均补水量/亿 m^3	-1.83		
阶段 2 至阶段 4 最大补水量/亿 m^3	-4.43		

由表 6-15 可以看出:①海勃湾水库为了配合龙刘水库进行内蒙古河段防凌控制,在原始库容限制条件下整个凌汛期调节库容 4.43 亿 m^3 需要全部投入运用,调节库容远不能满足防凌库容要求;②海勃湾水库在阶段 2、阶段 3 和阶段 4 的下泄流量最大值分别为 828 m^3/s、872 m^3/s 和 781 m^3/s,远超过防凌控泄流量 550 m^3/s、450 m^3/s 和 400 m^3/s,其原因主要是海勃湾水库库容有限,无法完全满足控泄要求。

综上所述,按照龙刘水库现状运用方式,即使在海勃湾水库原始库容条件下,其有限的库容也远不能满足河段防凌要求。根据 2020 年 11 月施测的库容曲线,在海勃湾水库仅剩余 2.91 亿 m^3 库容。随着海勃湾水库的逐步淤积,水库的防凌库容将越来越小,防凌作用将越来越有限。因此,宁蒙河段的防凌问题必须寻求更大的水库、更为有效的流量控制来解决。

6.2.3　应急分凌区防凌调度的局限性

为应对内蒙古河段凌汛突发险情、主动预防和减少凌汛灾害,结合已有分水工程及地形条件,共设置了 6 个应急分洪区,即左岸的乌兰布和分洪区、河套灌区及乌梁素海分洪区、小白河分洪区,右岸的杭锦淖尔分洪区、蒲圪卜分洪区、昭君坟分洪区,总面积 612.6 km^2,设计库容 4.59 亿 m^3。自建成运用以来,为了削减槽蓄水释放量,减轻黄河内蒙古河段防凌压力，同时兼顾生态补水等需求，内蒙古河段应急分洪区各年度实际分凌运用情况如表 6-16 所示。但是，分洪区设置主要为应对突发冰塞、冰坝等凌汛险情，仅为应急条件下启用，并不能作为常规防凌调度方式。乌兰布和分洪区、河套灌区及乌梁素海分洪区位于巴彦高勒站以上，距离凌情最严重的三湖河口至头道拐河段较远，杭锦淖尔分洪区、小白河分洪区、蒲圪卜分洪区、昭君坟分洪区库容较小，主要承担临近河段应急防凌任务，分洪时只对局部河段减小槽蓄水增量有作用，对较远河段作用不明显。分洪区运用不能改变内蒙古河段中水河槽淤积抬高的局面，因此并不能根本解决内蒙古河段的凌汛问题。同时，分洪区运用还会增加水资源损耗，带来水环境污染等问题，一定程度上也不利于水资源的节约利用和统一管理。

表 6-16　内蒙古河段应急分洪区运用情况

时段	分洪时间			分洪地点	分洪水量/万 m^3
	开始	结束	历时/d		
2008~2009 年	2 月 22 日 17 时	3 月 17 日 10 时	23	河套灌区及乌梁素海	15 860
	3 月 18 日 12 时	3 月 21 日 8 时	3	杭锦淖尔	657
2009~2010 年	3 月 6 日 14 时	3 月 27 日 12 时	21	河套灌区及乌梁素海	12 410
2010~2011 年	3 月 15 日 12 时	3 月 25 日 8 时	10	河套灌区及乌梁素海	5 320
				杭锦淖尔	72
				小白河	1 103
2014~2015 年	3 月 6 日	3 月 22 日	17	河套灌区及乌梁素海	35 000
2015~2016 年	12 月 10 日 16 时	12 月 16 日 15 时	7	河套灌区及乌梁素海	2 261.1
	3 月 14 日 20 时	3 月 22 日 8 时	9	河套灌区及乌梁素海	10 628
2016~2017 年	2 月 28 日 8 时	3 月 20 日	21	河套灌区及乌梁素海	24 500
2017~2018 年	2 月 27 日	3 月 17 日	19	河套灌区及乌梁素海	41 940
	2 月 28 日	3 月 5 日	6	乌兰布和	630
	3 月 7 日	3 月 10 日	4	小白河	670
	3 月 12 日	3 月 12 日	1	杭锦淖尔	447
2018~2019 年	3 月 1 日	3 月 16 日	16	乌兰布和	2 400
	3 月 1 日	3 月 24 日	24	河套灌区及乌梁素海	37 186
	3 月 6 日	3 月 7 日	2	杭锦淖尔	91.8
	3 月 9 日	3 月 13 日	5	小白河	169.4
2019~2020 年	2 月 19 日	3 月 18 日	29	河套灌区及乌梁素海	56 386
	2 月 19 日	3 月 5 日	16	乌兰布和	1 791
	2 月 26 日	3 月 3 日	7	小白河	163

6.2.4 现状防凌存在问题总结

现状工程运行条件下难以维持较大的中水河槽规模,将会淤积萎缩,经计算,2035 年中水河槽过流能力将降低至 1 600 m^3/s。中水河槽过流能力偏小,将导致凌汛期水位高、堤根偎水时间长、槽蓄水增量大,对防凌安全极为不利,需要采取措施长期恢复较大的中水河槽,增加冰下过流能力,减少槽蓄水增量,而凌汛期多发的异常升温、降温则要求进一步强化防凌调度,要做到及时、灵活。结合目前实际情况,分析总结现状防凌工程体系存在问题。

(1)缺少控制性骨干工程,难以改善目前严峻的防凌形势。

刘家峡水库小川站至石嘴山站 777.2 km,至头道拐站 1 449.4 km,凌汛期出库流量演进至石嘴山站、头道拐站的时间分别为 7 d、17 d,加上刘家峡至宁蒙河段区间湟水等支流和宁蒙河段灌区引退水等对流量的影响,使得防凌调度不能与凌情变化及时响应。海勃湾水库库容小,设计原始调节库容为 4.43 亿 m^3,淤积 10 年、50 年调节库容分别为 1.84 亿 m^3、0.54 亿 m^3。现状水库工程运行条件下,难以长期维持宁蒙河段较大的中水河槽规模,不能有效控制槽蓄水增量,难以有效处置突发凌情。

(2)凌情复杂,应急分洪区防凌被动,作用有限。

防凌应急分洪工程是在出现严重凌情时,向内蒙古巴盟灌区和临时分洪区分流部分水量,可以缓解燃眉之急,但是由于应急分洪区设计总分洪库容只有 4.59 亿 m^3,相对于近期大多数年份超过 14 亿 m^3,最大接近 20 亿 m^3 的槽蓄水增量,远不能满足分洪需要。由于各分洪区库容较小,分洪时只对局部河段减小槽蓄水增量有作用,对较远河段作用不明显,而且堤防出险位置不确定,分洪区的作用进一步受到限制。因此,设置应急分洪区不能从根本上解决内蒙古河段的凌汛问题,同时在一定程度上也不利于水资源的节约利用和统一管理。

(3)河防工程标准低,洪凌灾害隐患多,防凌防洪风险大。

黄河宁蒙河段干流堤防建设标准低(均不超过 50 年一遇),大部分是在 20 世纪 50 年代开始建设,多是在历次洪凌灾害过程中抢修而成,基础薄弱;加之堤防上遍布千余座穿堤建筑物,导致防凌防洪安全存在诸多隐患。近期实施防洪工程建设后,河防工程状况会有所好转,但是由于堤防工程建设标准低和凌汛问题的复杂性,使得防凌防洪风险依然很大。

现状工程条件下,宁蒙河段中水河槽无法长期维持较大规模,将造成冰下过流能力偏小,严重威胁防凌安全。同时,防凌工程体系不完善,存在较大问题,防凌安全无法得到有效保障。为了宁蒙河段防凌安全,需要在宁蒙河段上游建设骨干型水库,一方面维持河道较大的中水河槽规模,满足河槽冰下过流要求;另一方面调控凌汛期下泄流量、水温,尽可能减少流凌封冻长度和槽蓄水增量,灵活应对冰塞、冰坝。

6.3　宁蒙河段防凌防洪对适宜中水河槽规模的要求

6.3.1　中水河槽规模需求

宁夏河段河道冲淤变幅小，河槽过流能力变化不大；内蒙古河段特别是巴彦高勒—头道拐河段河道冲淤变化大，龙羊峡水库、刘家峡水库联合调度运用以来，该河段主槽淤积萎缩严重，中水河槽过流能力大幅减小，防凌形势十分严峻。

6.3.1.1　宁蒙河段防凌安全对中水河槽的需求

宁蒙河段尤其是内蒙古河段中水河槽过流能力变化与凌情关系十分密切。当中水河槽过流能力较大时（以 1981 年断面为例，见图 6-17），河道断面为一个相对窄深的河道形态，在该河道形态条件下，冰下提供一个较大水深、较大面积的过流断面，不仅能够维持较大的冰下过流能力，而且有利于避免流冰形成冰塞，对防凌十分有利；当中水河槽过流能力较小时（以 2000 年河道断面为例），河道断面为一个宽浅的河道形态，在该河道边界条件下，相同流量封河下的冰下过流断面比中水河槽较大时的断面大幅度减小，流凌期水位升高，凌水漫滩封冻，河床阻力增大，冰下过流能力大幅降低，不仅使河道槽蓄水增量大幅度增加，且极易形成冰塞和冰坝。

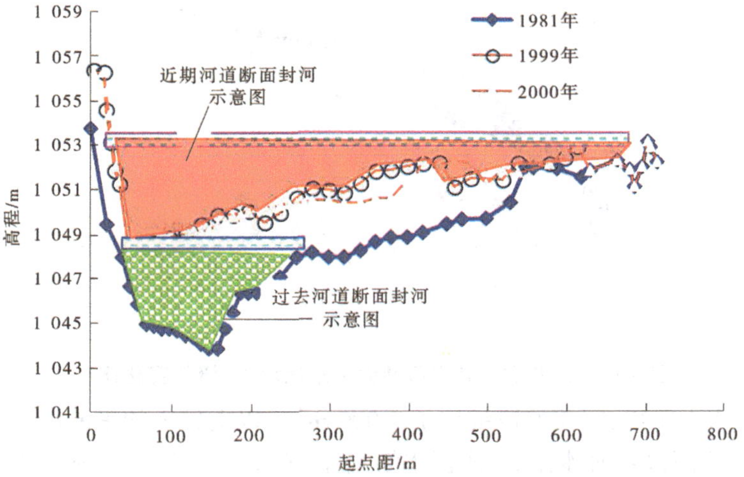

图 6-17　内蒙古巴彦高勒断面不同时期封河形势比较

三湖河口是典型的复式断面，图 6-18 是三湖河口断面 1970～1971 年、2005～2006 年凌汛期水位-流量关系，可以看到：由于上游来水流量变化，封河期冰下过流量逐渐增大，伴随而来的是水位抬升；由于 1970 年中水河槽断面过流能力大，2005 年中水河槽断面过流能力小，两者凌汛期水位包括封河期水位有较大的差别（冰下过流量 600 m^3/s 时，后者水位高了 1 m 多）；1970～1971 年凌汛期水面基本不出河槽，而 2005～2006 年凌汛期水面抬升超过滩面达 0.5 m 多，必将增加河道槽蓄水量。因此，为了分析中水河槽过流能力变化对凌情的影响，以平滩水位下对应的冰下过流量作为河道冰下过流能力的表征。

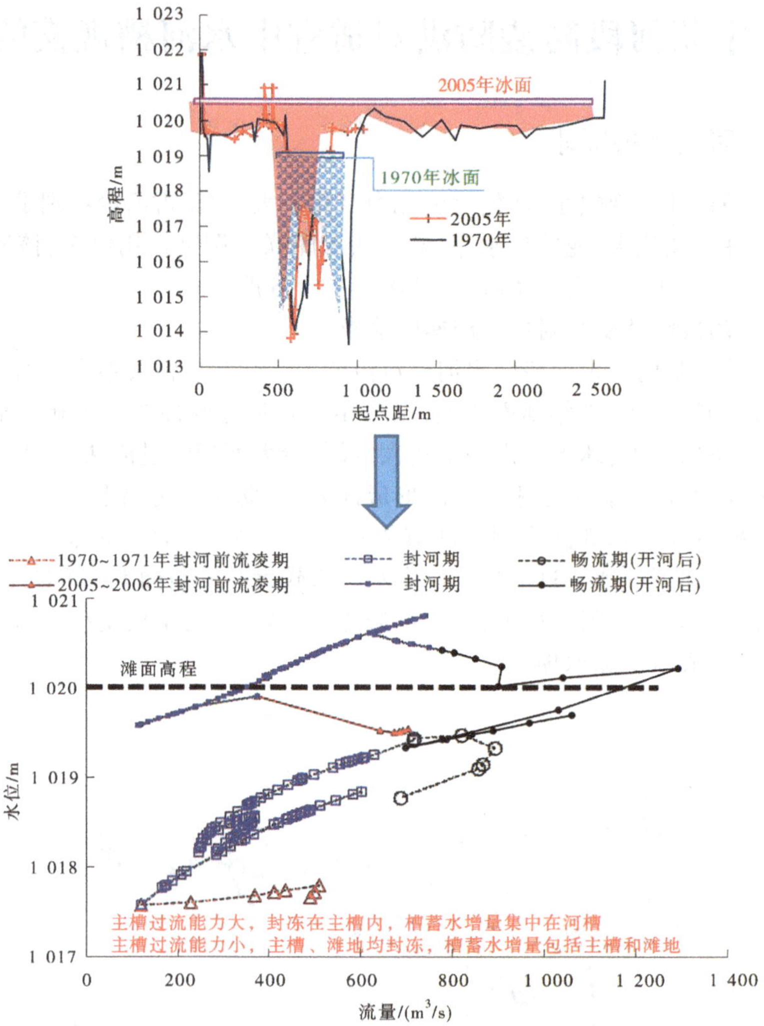

图 6-18　内蒙古三湖河口断面凌汛期水位-流量变化比较

20 世纪七八十年代，宁蒙河段维持了 3 000 m^3/s 以上较大的平滩流量和较好的河道形态，该时期宁蒙河段封河冰盖低、槽蓄水增量小，石嘴山—头道拐河段凌汛期槽蓄水增量为 5 亿~13 亿 m^3，平均约 8 亿 m^3，开河期头道拐凌峰流量范围 1 000~3 000 m^3/s，平均为 1 996 m^3/s，虽然在开河期经常发生“武开河”现象造成凌汛灾害，但在流凌封河期和稳封期的灾害不严重。80 年代后期以来，中水河槽过流能力严重下降，河道形态恶化，凌汛期冰塞、冰坝严重，封冻后冰下过流能力急剧降低，导致凌水漫滩封冻，水位持续升高，槽蓄水增量显著增加，2000 年以来内蒙古河段年最大槽蓄水增量平均超过 13 亿 m^3，最小约为 9 亿 m^3，最大接近 20 亿 m^3。这不仅使开河期的防凌形势更为严峻，而且在流凌封河期和稳封期的防凌形势也比以往更为严峻，1986 年以来发生的 6 次凌汛决口有 5 次发生在该时期。因此，长期维持宁蒙河段较大的中水河槽规模是十分必要的。从历史资料看，3 000 m^3/s 流量以上的中水河槽规模对防凌安全较为有利。石嘴山—头道拐河段凌汛期最高水位及年最大槽蓄水增量变化示意图见图 6-19。

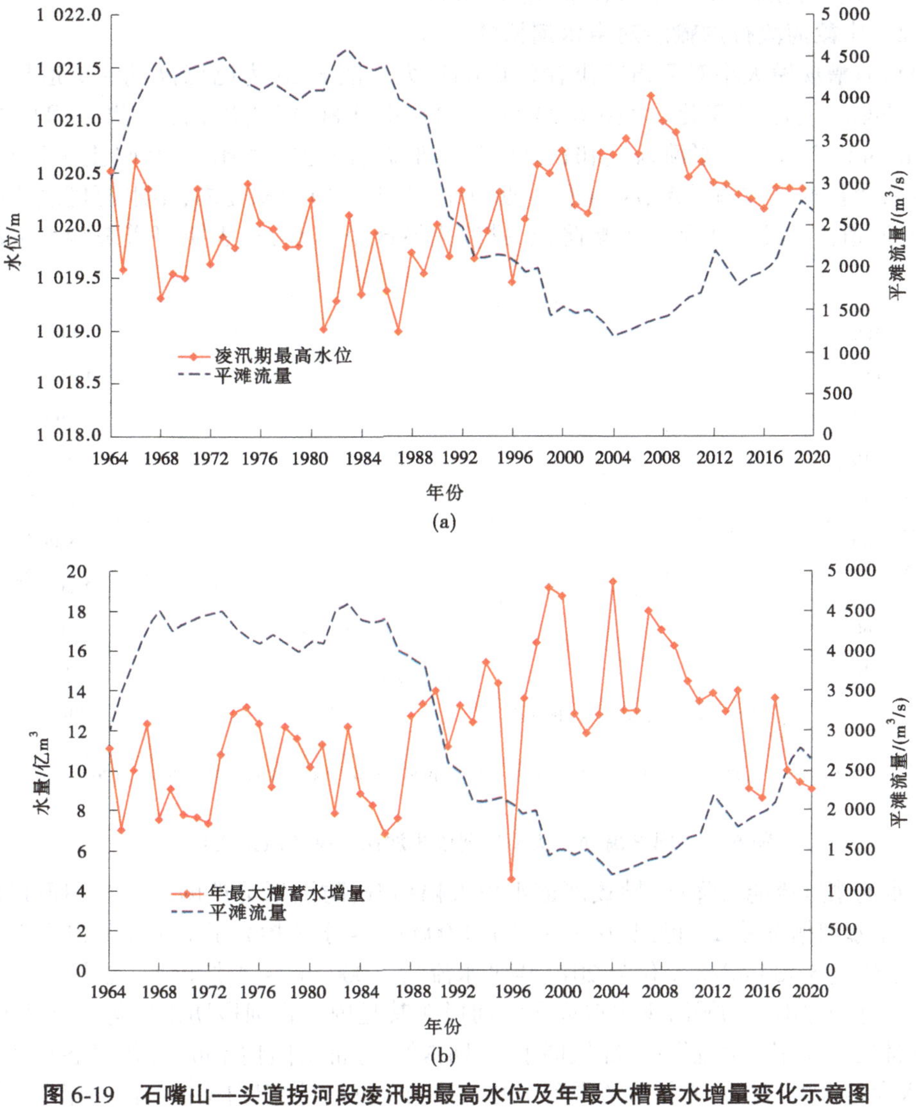

图 6-19　石嘴山—头道拐河段凌汛期最高水位及年最大槽蓄水增量变化示意图

中国水利水电科学研究院在《黄河宁蒙河段适宜的中水河槽规模研究》中，分析认为中水河槽过流能力是宁蒙河段凌情变化的重要影响因子，对保障防凌安全十分重要。在对多年来的防凌运用经验总结基础上，提出为了保障防凌安全，应保证河道年最大槽蓄水增量维持较小值，根据平滩流量与槽蓄水增量的相关关系，考虑宁蒙河段现状条件下的输沙水量大小，从槽蓄水增量控制角度提出中水河槽过流能力应恢复到 2 000 m^3/s 以上；从凌峰流量和凌峰水位控制上，利用 1990～2012 年实测数据反演分析中水河槽规模需求，提出宁蒙河段现状条件下中水河槽规模应在 2 000 m^3/s 以上（1990～2012 年头道拐站凌峰流量平均值为 1 979 m^3/s，按照凌峰水位反演汛期水位-流量关系曲线，可得 1990～2012 年头道拐站凌峰水位需求河槽规模为 2 014 m^3/s）。

因此,从保障内蒙古河段防凌安全考虑,宁蒙河段中水河槽规模需求应不小于2 000 m^3/s,对防凌有利的中水河槽规模应达到3 000 m^3/s。

6.3.1.2 宁蒙河段行洪输沙对中水河槽的需求

中水河槽规模大小对河道行洪输沙影响较大。图6-20为巴彦高勒—头道拐河段排沙比与平滩流量逐年变化,由图6-20可知,20世纪80年代以前,内蒙古河段维持了3 000 m^3/s以上较大的平滩流量和较好的河道形态,河道排沙比在100%上下波动,这表明河道来沙基本能被输送走;80年代后期以来,由于河槽淤积萎缩,中水河槽过流能力急剧下降,河道排沙能力也随之大幅降低,排沙比最低至20%,这表明河道来沙大量淤积在河道。

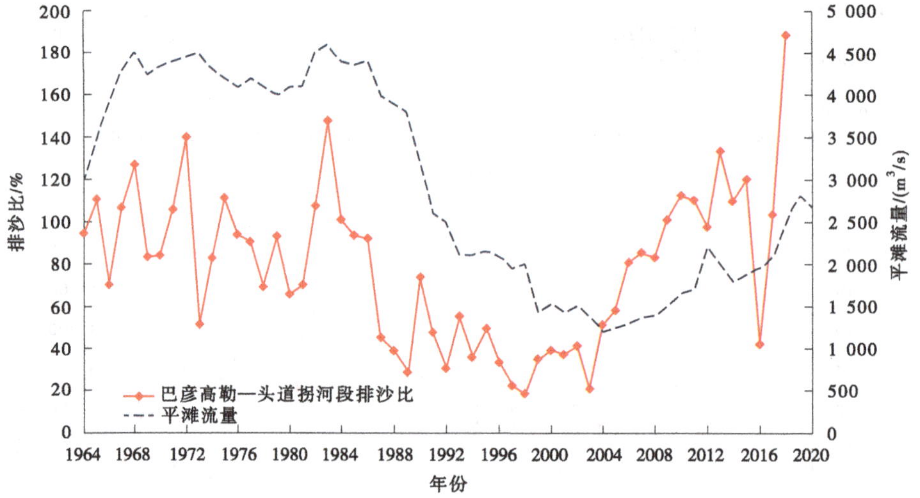

图6-20 巴彦高勒—头道拐河段排沙比与平滩流量逐年变化

中水河槽过流能力降低,导致河道水位大幅抬升,防洪形势严峻。以三湖河口断面为例,由于中水河槽萎缩,20世纪80年代以来1 000 m^3/s水位抬高了1.5 m,1981年三湖河口断面洪水流量5 480 m^3/s水位与2012年洪水流量2 000 m^3/s水位持平(见图6-21)。2012年发生的这场并不大的漫滩洪水造成宁蒙河段尤其是内蒙古河段防汛形势异常严峻,由于洪水历时长、水位高,主流靠岸、堤根偎水,堤防渗漏、管涌等险情不断,经沿黄各地的全力抢护,投入大量人力、财力,方使险情得到了有效控制。据统计,仅内蒙古河段防汛期间抢险累计投入就达到了5亿元,人工164 659人次,机械设备65 763台班。

上述分析表明,从提高河道输沙能力,保障宁蒙河段防洪安全的角度,长期维持宁蒙河段较大的中水河槽规模是十分必要的。根据宁蒙河段非漫滩场次洪水流量与洪水冲淤的关系分析,含沙量7 kg/m^3以下,宁蒙河段多为冲刷,下河沿流量为2 500~3 000 m^3/s(受沿程损耗影响,巴彦高勒—头道拐河段对应流量为2 100~2 600 m^3/s,下同)时,宁蒙河段排沙比、冲刷效率达到最大(见图6-22);含沙量7 kg/m^3以上,宁蒙河段多为淤积,下河沿流量为2 500~3 000 m^3/s时,宁蒙河段淤积效率最小。可见,下河沿流量2 500~3 000 m^3/s时宁蒙河段的排沙比最大。

因此,从提高宁蒙河段排沙比、减轻宁蒙河段淤积尤其是内蒙古巴彦高勒—头道拐河段淤积的角度考虑,中水河槽规模宜在2 500~3 000 m^3/s。

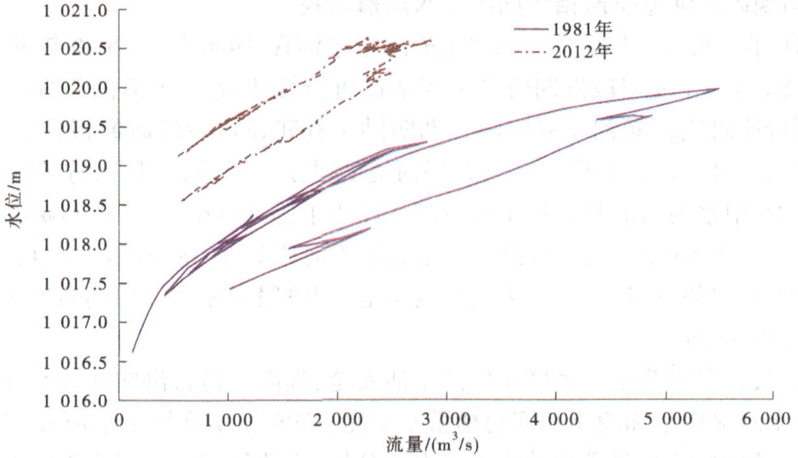

图 6-21 三湖河口 1981 年与 2012 年洪水水位-流量关系

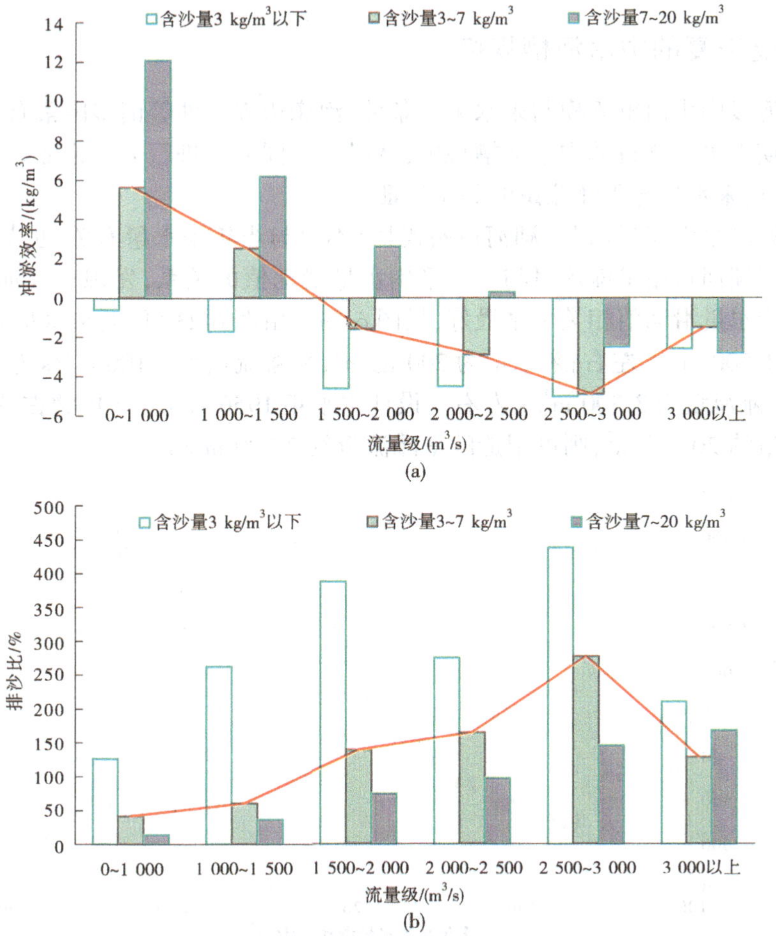

图 6-22 宁蒙河段场次洪水不同流量级、不同含沙量级洪水冲淤效率、排沙比

6.3.1.3 与现阶段河道整治相协调的中水河槽规模

宁蒙河段自“九五”以来,先后按照《黄河宁蒙河段1996年至2000年防洪工程建设可行性研究》《黄河宁夏河段近期防洪工程建设可行性研究》《黄河内蒙古河段近期防洪工程建设可行性研究》《黄河宁夏河段二期防洪工程建设可行性研究报告》《黄河内蒙古段二期防洪工程可行性研究报告》等,开展河道防洪工程建设,从历次进行河道整治工程建设的情况看,中水河槽的整治流量青铜峡水库以上为2 500 m^3/s,青铜峡以下至三盛公库区以上河段为2 200 m^3/s,三盛公以下至蒲滩拐河段为2 100 m^3/s。因此,从有利于河道整治工程控导河势,达到整治效果的角度考虑,现阶段宁蒙河段协调的中水河槽规模宜为2 100~2 500 m^3/s。

综上所述,为保障两岸人民群众生产生活安全,提高河道行洪输沙效率,降低洪水位、减少汛期洪水漫滩概率和凌汛期河道槽蓄水增量,需要长期维持宁蒙河段较大中水河槽规模。从宁蒙河段防凌、河道行洪输沙两方面分析,宁蒙河段中水河槽规模需求应不小于2 000 m^3/s,对防凌有利的中水河槽规模应达到3 000 m^3/s。

6.3.2 可能恢复的中水河槽规模

内蒙古河段中水河槽规模与来水来沙条件、河床边界条件等诸多因素有关,为了分析未来较长时期内可能维持的中水河槽规模,从以下不同方面进行分析论证。

6.3.2.1 通过来水量与平滩流量的关系论证

内蒙古河段平滩流量(以三湖河口站代替)不仅与当年来水量有关,也与往年来水量有关。分析三湖河口站平滩流量与多年平均水量滑动值的关系,发现三湖河口站平滩流量与9年平均水量滑动值相关关系最好,见图6-23。由图6-23可知,来水量为150亿m^3,平滩流量为1 500 m^3/s左右;来水量为200亿m^3,平滩流量为2 100 m^3/s左右;来水量为250亿m^3,平滩流量为3 300 m^3/s左右。设计水平年1956~2010年内蒙古冲积性河段多年平均来水量约204亿m^3,则可塑造的平滩流量约2 200 m^3/s。

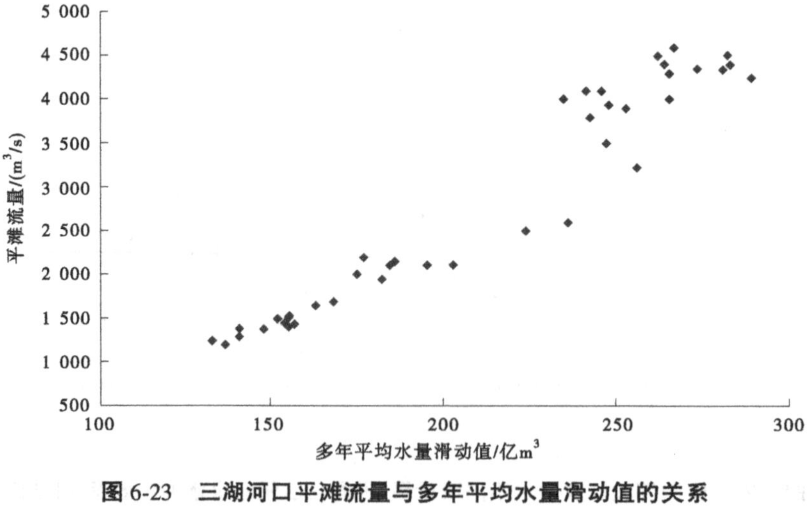

图6-23 三湖河口平滩流量与多年平均水量滑动值的关系

6.3.2.2　通过来水量与造床流量的关系论证

韩其为院士从水沙运动基本规律和水流输沙造床机制出发，提出第一造床流量、第二造床流量的概念。第一造床流量是代表与输沙能力等价的流量，是塑造河床纵剖面的造床流量，其公式为

$$Q_{B1} = \left(\sum Q_i^{\gamma} p_i\right)^{\frac{1}{\gamma}} \tag{6-1}$$

式中：Q_{B1} 为第一造床流量；Q_i 为实测流量过程；p_i 为流量 Q_i 出现的频率，$p_i = \dfrac{\Delta t_i}{T}$，$\Delta t_i$ 为流量 Q_i 的历时，$T = \sum \Delta t_i$；γ 为指数。

第二造床流量是塑造横剖面的代表流量，其公式为

$$\frac{\sum\limits_{Q_m}^{Q_{B2}} (S_i - K_2 Q_i^p) Q_i \Delta t_i}{\sum\limits_{Q_m}^{Q_M} (S_i - K_2 Q_i^p) Q_i \Delta t_i} = \frac{1}{2} \tag{6-2}$$

式中：Q_m、Q_M 分别为大水冲刷阶段的最小流量与最大流量；Q_{B2} 为第二造床流量；S_i 为实测含沙量；$K_2 Q_i^p$ 为输沙能力。

第二造床流量大于第一造床流量，是泥沙输移和河床演变的重要参数，与河道平滩流量关系密切，对中水河槽的规模及变化起着重要作用。根据上述造床流量计算公式，计算历史时期内蒙古河段三湖河口断面第一造床流量、第二造床流量变化过程，从计算结果可以看出，第一造床流量与汛期平均流量基本一致，第二造床流量与年最大流量过程及起伏一致，第二造床流量决定了平滩流量的变化趋势，平滩流量是第二造床流量的滞后表现，见图 6-24。

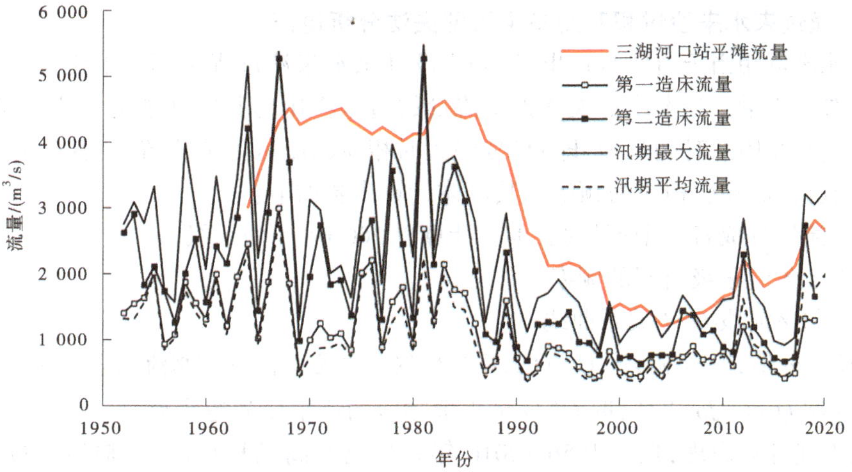

图 6-24　三湖河口水文站造床流量和平滩流量过程线

点绘内蒙古河段第二造床流量与河口镇年径流量之间的关系(见图 6-25),可以看出,随着河口镇断面水量增加,内蒙古河段造床流量也随之增加。河口镇年径流量为 150 亿 m^3 时,内蒙古河段第二造床流量为 1 000 m^3/s 左右;当河口镇年径流量 200 亿 m^3 时,内蒙古河段第二造床流量可达到 2 000 m^3/s 左右;当河口镇年径流量 250 亿 m^3 时,内蒙古河段第二造床流量达到 3 000 m^3/s 左右。基于内蒙古河段径流量预估(河口镇断面年径流量约为 204 亿 m^3),内蒙古河段可以塑造的中水河槽规模为 2 000 m^3/s 左右。

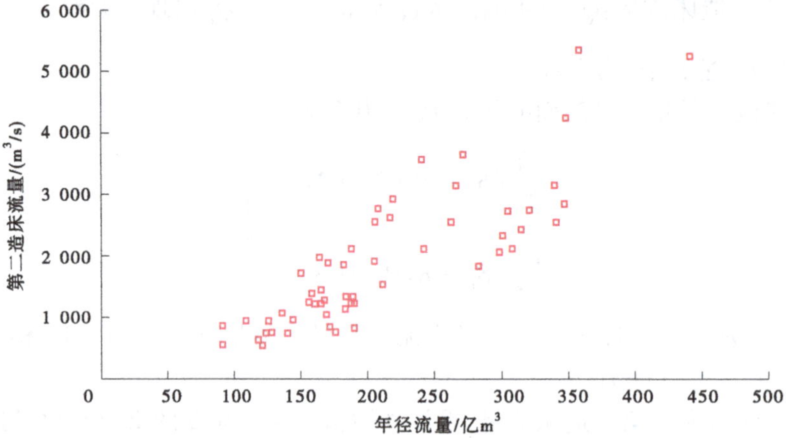

图 6-25 内蒙古河段第二造床流量与河口镇年径流量关系

需要指出的是,上述两种方法仅是利用年水量初步估算可能塑造的中水河槽规模,实际上中水河槽的塑造和维持与来水来沙过程及工程运用方式是密切相关的,在当前状况下,建设上游控制性骨干工程,优化进入宁蒙河段水沙过程,是恢复并长期维持宁蒙河段中水河槽过流能力的重要战略措施。

6.3.2.3 通过来水来沙过程利用马卡维耶夫法分析论证

从平滩流量相当于造床流量出发,利用设计来水来沙过程采用马卡维耶夫法计算内蒙古河段造床流量。马卡维耶夫认为某流量的造床作用与其输沙能力大小有关,同时取决于该流量所经历的时间长短,即 $Q^m Jp$ 最大时相应的流量为造床流量,其中 Q 为某一级流量,J 为比降,p 为 Q 相应的频率。其具体计算步骤如下:

(1)将流量分成若干个流量级,本次计算以 200 m^3/s 为一级。

(2)确定各流量级出现的频率。

(3)绘制该河段 Q–J 关系曲线。

(4)确定 m 值,根据输沙率 Q_S–Q 关系分析(Q_S 为泥沙量、Q 为水流流量),取 m 值为 2.1。

(5)绘制 $Q \sim Q^m Jp$ 关系,取 $Q^m Jp$ 最大值相应的流量作为造床流量。

按照上述计算原理,根据 1956~2010 年系列巴彦高勒日均流量、输沙率过程计算现状工程条件下内蒙古河段的造床流量平均约为 1 500 m^3/s,计算黑山峡水库(一级开发方案增加了大流量下泄天数)运用后内蒙古河段的造床流量平均为 1 900 m^3/s。可见,通过黑山峡水库调水调沙优化了水沙过程,加大了汛期中水流量,增加了相应历时,造床流量明显增大。从数学模型计算结果看,现状工程条件下的平滩流量变化与黑山峡水库运用后的平滩流量变化明显不同，黑山峡水库运用后平滩流量明显恢复、增加，黑山峡一级开发方案拦沙期结束后能够维持不小于2 000 m^3/s，达到2 500 m^3/s左右。

6.3.2.4　通过平滩流量与汛期水沙特征指标关系论证

中国水利水电科学研究院在《黄河宁蒙河段适宜的中水河槽规模研究》中，在对黄河上游宁蒙河段来水来沙变化特点、河道冲淤演变和萎缩特征等情况研究的基础上，系统分析了宁蒙河段河道输沙能力，建立了河道冲淤量、断面形态特征参数、平滩流量等与来水来沙量的响应关系。采用断面平滩流量来表征河槽规模的大小，利用巴彦高勒站和三湖河口站实测资料，建立了断面平滩流量与汛期来水量、最大日均流量及汛期来沙系数之间的响应关系：

$$Q_p = 5.098\left(\frac{S}{Q}\right)^{-0.380} \cdot Q_m^{0.486} \cdot W_{汛}^{0.205} - 444.7 \tag{6-3}$$

式中：Q_p为典型水文站断面的平滩流量，m^3/s；$\frac{S}{Q}$为相应水文站的汛期来沙系数，$kg \cdot s/m^6$；Q_m为相应水文站的最大日均流量，m^3/s；$W_{汛}$为相应水文站的汛期来水量，亿m^3。

利用巴彦高勒站和三湖河口站1986年以来的实测数据对公式进行了验证，近20多年来，两站多年平均汛期来水量约为63亿m^3、汛期来沙系数约为0.014 $kg \cdot s/m^6$、最大日均流量约为1 536 m^3/s，计算平均平滩流量约为1 690 m^3/s，与实测相应平均平滩流量1 771 m^3/s较接近，可以利用式(6-3)对巴彦高勒站和三湖河口站平滩流量进行估算。根据本次宁蒙河段设计水沙条件，考虑沿程用水及支流加沙影响，巴彦高勒—头道拐河段汛期平均来水量约97亿m^3，来沙系数约0.013 $kg \cdot s/m^6$，最大日均流量采用1 500~2 100 m^3/s，则计算平滩流量为1 927~2 348 m^3/s。

6.3.2.5　适宜的中水河槽规模

在"973计划"项目课题5《河道洪峰过程洪—床—岸相互作用机理》(中国科学院南京地理与湖泊研究所、西安理工大学、黄河水利科学研究院研究成果中，从河道高效输沙、保障防凌防洪安全及充分考虑未来水沙条件对主槽的塑造和维持能力角度，提出内蒙古河段适宜过流能力为2 000~2 500 m^3/s。黄河小浪底水库实践经验证明，通过水库拦沙和调水调沙可以使下游河道中水河槽过流能力得到有效恢复，目前黄河下游最小平滩流量由1 800 m^3/s恢复到4 500 m^3/s，达到规划既定目标。

综合上述几方面的分析，结合宁蒙河段河道冲淤演变规律，从保证河段防凌防洪安全的角度出发，考虑现实与可能，提出在南水北调西线工程生效前，中水河槽规模需求应不小于2 000 m^3/s，通过水库优化水沙过程，可以使宁蒙河段中水河槽规模不小于2 000 m^3/s，达到2 500 m^3/s左右。南水北调西线工程生效后，随着退还挤占的河道内生态水量，通过上游水库联合运用，宁蒙河段中水河槽过流能力可以进一步增大，达到3 000 m^3/s左右。

6.4　宁蒙河段不同中水河槽规模下的防凌控泄流量

在内蒙古河段凌情发展变化过程中，封河流量、稳封期流量和开河关键期流量是控制河段凌情的重要控制指标。因此，主要从封河流量、稳封期流量和开河期流量三个方面来分析内蒙古河段不同中水河槽规模下的防凌控泄流量。三湖河口站断面河道冲淤变化能基本反映巴彦高勒—头道拐河段整体的冲淤变化，也能较好地反映凌情变化。因此，通过大量实测资料分析和理论计算，以三湖河口站断面为典型代表辅以其他断面分析提出不同中水河槽规模下的防凌控泄流量。

6.4.1 槽蓄水增量

从防凌安全考虑，应尽量使凌汛期形成的槽蓄水增量储存在主槽内，控制冰盖不漫滩，尽量减少槽蓄水增量，避免凌水漫滩、堤防长时间偎水浸泡。根据分析的宁蒙河段可能塑造的中水河槽规模：南水北调西线工程生效前，宁蒙河段中水河槽规模需求不小于2 000 m^3/s，通过优化水沙过程，可以使中水河槽规模不小于2 000 m^3/s；南水北调西线工程生效后，尽可能恢复到3 000 m^3/s 左右。为分析河道过流能力与年最大槽蓄水增量的关系，将三湖河口站平滩流量与内蒙古河段年最大槽蓄水增量的相关关系绘于图6-26。由图6-26可以看出，一般平滩流量越大时年最大槽蓄水增量越小，反之越大；平滩流量在2 000 m^3/s 左右时可能形成的年最大槽蓄水增量在12亿～16亿 m^3；平滩流量在2 500 m^3/s 以上时，年最大槽蓄水增量一般不超过14亿 m^3。

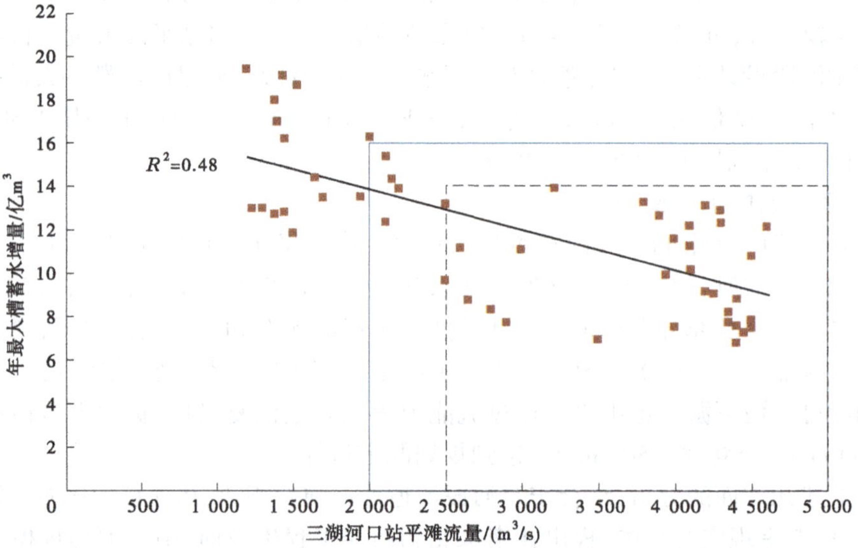

图6-26　三湖河口站平滩流量与内蒙古河段年最大槽蓄水增量的相关关系

三湖河口站平滩水位在1 020 m左右，以平滩水位1 020 m左右作为安全水位进行防凌要求控制。点绘内蒙古河段凌汛期年最大槽蓄水增量与三湖河口站凌汛期最高水位关系，见图6-27。由图6-27可以看出，除仅有1年槽蓄水增量为15.8亿 m^3 特殊点外，其余年份三湖河口站凌汛期最高水位低于1 020 m时，相应的年最大槽蓄水增量不超过14亿 m^3。因此，为了控制三湖河口站凌汛期水位不漫滩，最大槽蓄水增量上限在14亿 m^3 左右比较合适。

综上研究，考虑与未来中水河槽规模相协调，尽量降低凌汛期最高水位，并留有一定的安全余地,宁蒙河段控制的年最大槽蓄水增量上限不宜超过 14 亿 m^3。

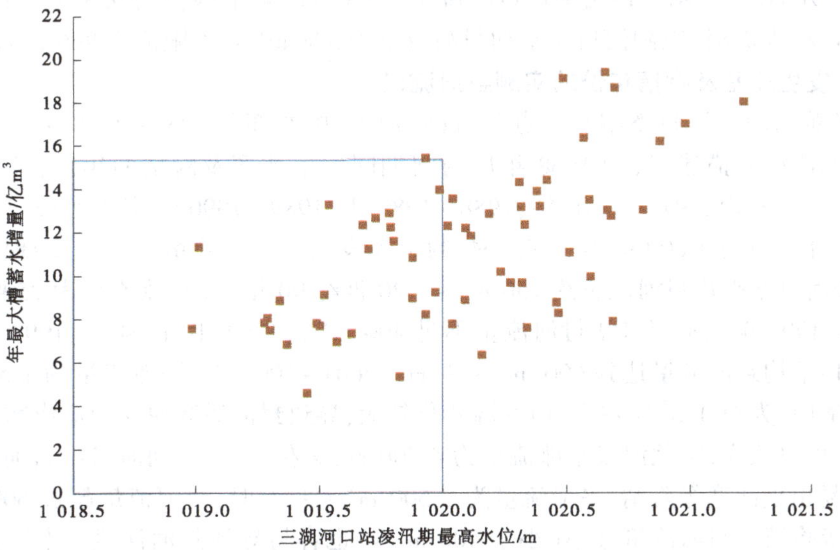

图 6-27 内蒙古河段凌汛期年最大槽蓄水增量与三湖河口站凌汛期最高水位关系

6.4.2 封河流量

控制适宜的封河流量,既能避免冰塞发生,又能使河道封冻后保持一定的冰下过流能力,对减少槽蓄水增量、控制凌汛期防凌形势有利。下面从多个方面分析适宜的封河流量。

6.4.2.1 不发生冰塞及险情年份的封河流量

统计刘家峡水库运用后(1968~2020 年),没有发生严重冰塞及险情年份的封河流量,并根据宁蒙河段过流能力变化分析不同河道过流能力条件下的封河流量,见表 6-17。可以看出:①同一平滩流量,河段首封时封河流量上限值最大(三湖河口站),石嘴山站和巴彦高勒站的封河流量上限值均小于三湖河口站,封河流量上限值从三湖河口站向石嘴山站减小。②随着平滩流量的减小,各站的封河流量上限值相应减小,如三湖河口站,平滩流量为 4 000 m^3/s 左右时封河流量上限值为 953 m^3/s,平滩流量为 2 500 m^3/s 左右时封河流量上限值为 866 m^3/s 左右。

表 6-17 宁蒙河段不同河道过流能力条件下的封河流量 单位:m^3/s

时段	对应平滩流量	实测封河流量范围			平均封河流量		
		石嘴山	巴彦高勒	三湖河口	石嘴山	巴彦高勒	三湖河口
1968~1990 年	4 000 左右	354~795	337~712	204~953	540	586	537
1991~1998 年、2012~2020 年	2 500 左右	271~785	395~795	300~866	500	586	598
1999~2011 年	1 500 左右	248~615	483~642	209~771	497	550	578

注:三湖河口站封河流量为河段首封时间对应流量。

从实际未发生严重冰塞及险情年份的封河流量分析结果看，宁蒙河段平滩流量为 4 000 m^3/s 左右时，三湖河口站平均封河流量为 537 m^3/s，上限值为 953 m^3/s；平滩流量为 2 500 m^3/s 左右时，三湖河口站平均封河流量为 598 m^3/s，上限值为 866 m^3/s。

6.4.2.2 发生冰塞及险情年份的实测封河流量

根据《黄河凌情资料整编及特点分析(黄河上、中游部分 1950~2005 年)》中关于历年封河期间凌情的描述，找到 1968 年后封河期间发生冰塞及险情的年份，共 10 年(见表 6-18)。可以看出，1975~1976 年、1988~1989 年、1989~1990 年宁蒙河段过流能力较大(主槽平滩流量为 4 000 m^3/s 左右)时，封河期发生冰塞或险情的年份，表现为封河流量大，三湖河口站平均封河流量约 750 m^3/s。20 世纪 90 年代(平滩流量为 2500 m^3/s 左右)，1993~1994 年三湖河口站封河流量不足 400 m^3/s，1992 年、1994 年、1998 年 3 个年份三湖河口平均封河流量达到 600 m^3/s 左右。2001~2002 年(平滩流量约 1 500 m^3/s)封河流量适中，为 600 m^3/s 左右，但气温变化较大，导致封河后冰块移动形成冰塞。

因此，可以认为，宁蒙河段平滩流量为 4 000 m^3/s 左右时，三湖河口站封河流量超过 750 m^3/s 易出现冰塞等险情；平滩流量为 2 500 m^3/s 左右时，封河流量超过 600 m^3/s 易出现冰塞等险情。封河流量过小(小于 400 m^3/s)也容易导致封河河段上游壅水而发生险情。

6.4.2.3 汛期发生大洪水、凌汛期封河流量较大的情况

由于宁蒙河段凌情复杂，凌汛期封河形势不仅与封河流量相关，还与气温、河道过流能力等多种因素有关，当河道过流条件好、气温有利时，封河流量大也并不一定会发生冰塞等险情。因此，又选择了 1967~1968 年、1978~1979 年、1981~1982 年、1982~1983 年、2012~2013 年、2018~2019 年、2019~2020 年等 7 年，汛期发生大洪水、凌汛期河道过流能力较好、封河流量较大且宁蒙河段基本没有封河期凌灾记录的年份，分析河道过流条件较好时封河流量的上限值，各年封河形势及封河流量描述见表 6-19。

可以看出，当河道过流条件较好、主槽平滩流量为 4 000 m^3/s 左右时，封河流量为 524~801 m^3/s 没有出现凌灾；当主槽平滩流量为 2 500 m^3/s 左右时，封河流量为 800~870 m^3/s 也没有发生凌灾。

6.4.2.4 理论分析计算三湖河口站附近冰塞发生的临界流量

根据《凌汛计算规范》(SL 428—2008)，当冰盖前缘水流的弗劳德数 Fr 大于临界弗劳德数 Fr_c 时，或冰盖前缘水流流速 v 大于冰花下潜临界流速(也称第一临界流速) v_{01} 时，冰花潜入冰盖底面；冰花潜入冰盖底面后，冰盖下由于阻力增大，流速减小，当其小于冰花堆积临界流速(也称第二临界流速) v_{02} 时，下潜冰花即发生堆积，冰塞开始形成并逐渐发展，造成上游水位壅高、流速减小。当 $v<v_{01}$ 时，冰花不再下潜，沿冰盖前缘平铺上延。

据黄河刘家峡—盐锅峡河段及松花江白山河段观测资料分析，冰花在冰盖下面的堆积临界流速 v_{02} 为 0.3~0.4 m/s。冰花堆积条件可用弗劳德数 Fr 来计算：

$$Fr = \frac{v}{\sqrt{gH}} \tag{6-4}$$

式中：v 为冰盖前缘的断面平均流速，m/s；H 为冰盖前缘平均水深，m；g 为重力加速度，m/s^2。

表 6-18 封河期宁蒙河段发生冰塞及险情年份的封河流量

时段	水文站封河流量/(m^3/s)				河段首封流量/(m^3/s)	封河形势描述	封河流量描述/(m^3/s)
	石嘴山	巴彦高勒	三湖河口	头道拐			
1975~1976 年	367	787	768	288	768	全河段于 11 月 21~22 日先后流凌,流凌时河道流量大。三湖河口站 11 月 24 日封冻,大部分河段 12 月 11~12 日封冻。封河时流量大,多在 900~1 100 m^3/s,水位高,槽蓄水增量较常年多 2.43 亿 m^3。封河时涨水最多达 2.77 m,河水靠堤,防洪大堤多处发生管涌、滑坡、坍塌等险情	封河时流量大,多在 900 ~ 1 100
1988~1989 年	654	804	670	271	663	包头以上封河水位高,五原、磴口冰塞,磴口防洪大堤渗水管涌	巴彦高勒站封河前较稳定流量为 890 左右
1989~1990 年	—	764	810	—	834	气温高,流凌时间长,封冻迟。封河流量在 800 m^3/s 左右。1989 年汛期黄河右岸十大孔兑暴发大洪水,在入黄口形成了沙坝,至开河期间仍未全部消除。封冻期间两处冰塞,分别位于达旗大树湾、准格尔旗马栅,11 个村受灾	河段首封流量 880 左右、封河流量 800 左右
1992~1993 年	271	730	654	778	672	首封位置靠下,准格尔旗头道拐上游。封河时堤防决口,发生冰塞。决口和冰塞位置不确定	封河前头道拐流量约为 800
1993~1994 年	485	763	381	397	650	冷空气入侵降幅大、封河早,三湖河口以上封河水位高,三盛公闸下游冰塞、水位超千年一遇洪水位,封河时堤防决口	巴彦高勒封河前期稳定流量约为 800

续表 6-18

时段	水文站封河流量/(m^3/s)				河段首封流量/(m^3/s)	封河形势描述	封河流量描述/(m^3/s)
	石嘴山	巴彦高勒	三湖河口	头道拐			
1994~1995 年	730	672	564	870	658	封河偏晚、气温变化大,封河期间局部地区几度反复封开河,形成冰塞多,乌海市王元地段、阿左旗封河期受灾	封河前期稳定的流量为 800 左右
1998~1999 年	451	589	599	243	670	河段首封为 12 月 4 日,在包头市郊南海子河段。流凌封河期间,龙刘水库下泄流量较前几年同期大 100~200 m^3/s。封河后,上游来水量大,下游河道过流量小、水位高。高水位致昭君坟以上河段近 320 km 堤防偎水,多处管涌,局部出现严重渗漏	判断首封时流量在 750~800
2000~2001 年	—	483	735	226	387	11 月 16 日包神铁路下游先封,封河期间,包神铁路上游水位较常年普遍偏高,部分滩地过水、堤防吃水,个别河段渗水严重,出现塌坡等险情。河段首封早,首封流量小,在 350 m^3/s 左右。首封后,由于封河堵水河段槽蓄水增量大,三湖河口持续 10 多 d 流量在 750 m^3/s 左右	首封时流量在 350 左右
2001~2002 年	510	592	572	161	630	封河晚,首封在包头附近的土默特右旗康换营子村。封河快、气温大幅变化,乌海境内冰块移动,发生冰塞,乌海市民埝决口	河段首封流量约 600

注:"—"表示未封冻。

表 6-19　汛期大洪水年份凌汛期封河流量

时段	封河形势描述	三湖河口站封河流量/(m^3/s)	灾害记录
1967~1968 年	寒潮早,渡口堂以下 11 月 9~12 日流凌,流凌期河道流量多在 750~1 000 m^3/s,三湖河口站以下高达 1 380 m^3/s,12 月初自下而上封冻,10 日全河段封冻。封河时流量大、封冻水位高、槽蓄水增量较常年多且集中在三湖河口站以上河段。封冻后气温较常年偏低较多,致使封冻冰层增加很快,普遍都在 0.9 m 以上,最大的达 1.78m。因刘家峡水库闸门漏水,河道流量增大较多,封冻后石嘴山—三湖河口河段冰下最大过流量达 968~1 100 m^3/s,在渡口堂附近水鼓冰裂、冰层重叠冻结,冰面出现堆冰,有些河段水从冰上流,层冰层水,总厚度超过 4 m	524	封河期无灾害记录,但开河期由于冰层厚、水量大、卡冰结坝不断发生,头道拐站凌峰 3 500 m^3/s,绝大部分堤防上水,开河形势较为紧张
1978~1979 年	三湖河口—包头河段 12 月 2 日封河。巴彦高勒站以上 12 月 1~3 日流凌,由于气温高、流量大(950~1 100 m^3/s),巴彦高勒站以上 12 月 24 日后才陆续封冻	648	无
1981~1982 年	寒流入侵早、降温多。11 月 8 日三湖河口站以下流凌,11 月 28 日由包头段的磴口村向上逐段碴封,内蒙古乌海市以下 12 月 5 日前相继封冻。封河流量比均值大 100 m^3/s,但来水很不均匀、变幅大。三湖河口站以下封河时在 500 m^3/s 以下,巴彦高勒站封河时流量在 800 m^3/s 以上,使得上游河段冰盖高、下游河段冰盖低。1981 年汛期大水,河道普遍冲深,头道拐断面封冻前流速较以前增大一倍;包头磴口村以下河段,弗劳德数超出 0.1 封冻临界值,使得磴口至托克托段长 116 km 河道主流仅有 6 小段 4 km 封冻,其余冰期一直未封。头道拐断面未封冻。1982 年 1 月内蒙古河段最下游准格尔旗马栅公社冰塞较严重	692	内蒙古段出口有冰塞
1982~1983 年	流凌封冻晚于常年,流凌封冻时流量较大,在 800 m^3/s 左右,河道槽蓄水增量较常年少 2.89 亿 m^3。昭君坟站以上冰面高,封冻后上游来水减少,气温较常年稍高	801	无

续表 6-19

时段	封河形势描述	三湖河口站封河流量/(m^3/s)	灾害记录
2012~2013 年	冷空气入侵早，首凌日期早，首封日期接近常年。12 月 4 日首封，首封前 3 d 三湖河口站平均流量 870 m^3/s；三湖河口站 12 月 5 日封河，封河前 3 d 平均流量 712 m^3/s，巴彦高勒站 12 月 23 日封冻，封河前 3 d 平均流量 683 m^3/s，石嘴山站 2013 年 1 月 2 日封冻，封河前 3 d 平均流量 680 m^3/s。2013 年 1 月 4 日黄河内蒙古 720 km 河段全线稳定封河	870	无
2018~2019 年	受连续强冷空气影响，12 月 4 日 8 时内蒙古三湖河口—头道拐河段出现首凌，首凌日期较常年偏晚 14 d，与 2011 年并列为历史最晚；12 月 7 日 8 时在三湖河口水文断面上游 1 km 处和下游 1 km 处出现首封，首封日期较常年偏晚 4 d；首封当日三湖河口站日均流量为 443 m^3/s，首封前 3 d 平均流量为 835 m^3/s，较多年均值偏大 37%。河段首封后包头站、头道拐站、巴彦高勒站和石嘴山站先后封冻，封河前 3 d 平均流量分别为 913 m^3/s、327 m^3/s、749 m^3/s 和 711 m^3/s。12 月 7 日河段首封，12 月 9 日头道拐站流量降至 350 m^3/s 以下	835	无
2019~2020 年	2 月 6 日 10 时黄河头道拐站上游 4 km 处(什四份子险工，闸下 441 km)出现首封，封河流量 807 m^3/s，较多年均值(1970~2015 年均值为 611 m^3/s)偏大 32%，封河流量为近 5 年最大。河段首封后头道拐站、包头站、三湖河口站、巴彦高勒站先后封冻，封河前 3 d 平均流量分别为 768 m^3/s、827 m^3/s、796 m^3/s 和 672 m^3/s	807	头道拐下游河段巨合滩大桥、蒲滩拐神泉、呼大高速桥、呼准铁路桥及准兴重载桥多处发生冰塞，导致头道拐站封河造成高水位

内蒙古河段三湖河口断面位于黄河“几”字河弯中部，就河道条件而言，易形成冰塞。因此，以三湖河口断面为代表计算其弗劳德数变化来分析河道可能形成冰塞的临界流量。利用三湖河口断面 20 世纪 80 年代和 2000 年以后稳封期实测流量成果，计算其弗劳德数变化，并点绘弗劳德数与同期冰下过流量的关系，见图 6-28。

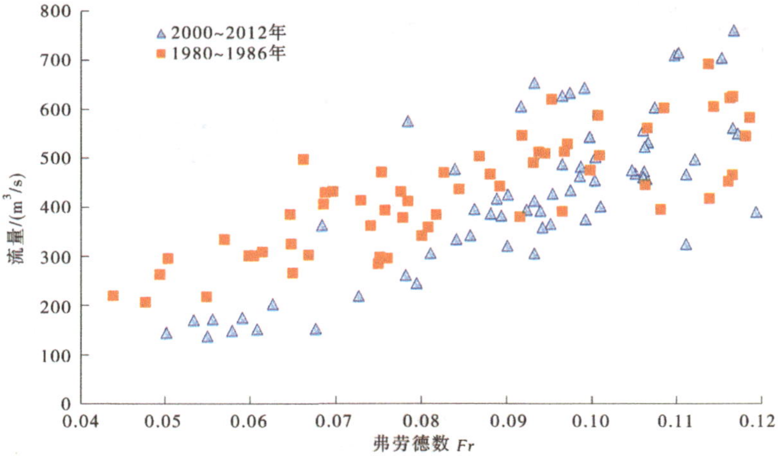

图 6-28　三湖河口断面弗劳德数-流量关系

根据不同的河段和冰花堆积的孔隙度分析，Fr_c 在 0.06~0.12 内变化。中国电建集团西北勘测设计研究院有限公司和中国电建集团北京勘测设计研究院有限公司据黄河刘家峡—盐锅峡河段的观测资料分析，Fr_c=0.09。如果弗劳德数取 0.09，那么结合图 6-28 可知，当平滩流量较大时，避免形成冰塞的流量也相对较大，反之较小。三湖河口断面平滩流量在 4 000 m^3/s 左右时，避免冰塞的河道过流量应控制在 450~550 m^3/s；河道平滩流量在 1 500 m^3/s 左右时，避免冰塞的河道过流量应控制在 350~450 m^3/s。实际上，内蒙古河段凌汛期常常发生冰塞，但只是其中一部分对防凌安全造成严重影响。因此，在实际防凌调度过程中，结合河道过流条件，考虑防凌工程和非工程措施的防凌能力，可以适当加大流量进行封河控制。

6.4.2.5　封河流量推荐

综合上述分析，提出河道主槽过流能力 2 500 m^3/s 左右，遇合适的气温条件，三湖河口站封河流量可控制在 550 m^3/s 左右；河道主槽过流能力 4 000 m^3/s 左右，三湖河口站封河流量可控制在 650 m^3/s 左右。河段封河流量不宜过小，宜不低于 400 m^3/s。

6.4.3　稳封期流量

6.4.3.1　从中水河槽过流能力变化分析适宜的稳封期流量

《凌汛计算规范》(SL 428—2008)中定义了冰下过流能力：指河道（或渠道）封冻期的水下过流能力。事实上，由于稳封期上游来水流量以及河道边界条件等方面变化，冰下过流能力也是在不断变化的。由图 6-29 三湖河口断面 1970~1971 年、2005~2006 年凌汛期水位-流量关系可以看出，由于上游来水流量变化，稳封期冰下过流量逐渐增大，伴随而来的是水位抬升，水位逐渐从河槽漫至滩面以上；对比 1970~1971 年、2005~2006 年凌汛期水位变化，1970 年断面中水河槽过流能力大，而 2005 年中水河槽过流能力小，导致凌汛期水位有较大的差别（对比两者稳封期冰下过流量 600 m^3/s 水位，后者高了 1 m 多），1970~1971 年凌汛期水面基本不出河槽，而 2005~2006 年凌汛期水面抬升超过滩面达 0.5 m 多，且滩地长时间积水，堤根偎水浸泡大堤，对防凌安全十分不利。因此，从防洪安全角度出发，宜尽量控制冰下过流能力使水位不超过滩面。

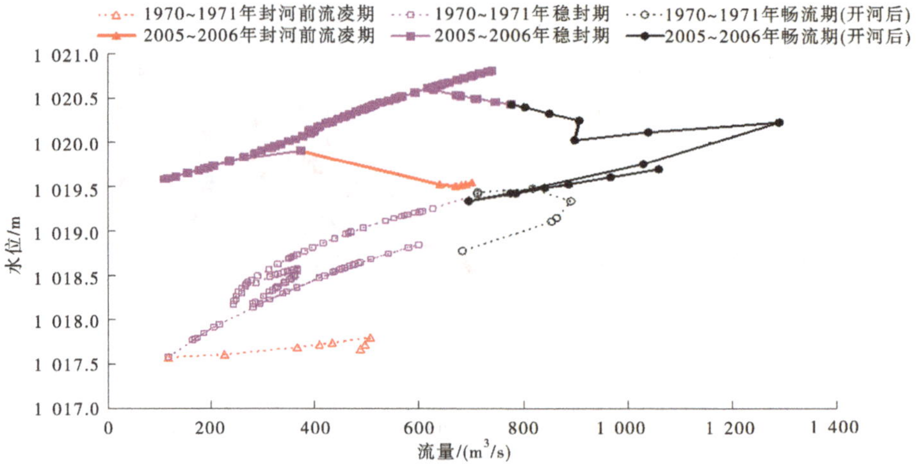

图 6-29　三湖河口断面凌汛期水位-流量关系对比

1. 以三湖河口站稳封期流量进行分析

三湖河口站不同时期、不同平滩流量条件下稳封期的水位-流量关系见图 6-30~图 6-32。可以看出,1968~1989 年三湖河口断面水位 1 020 m 以下中水河槽过流能力达到 4 500 m^3/s 左右,稳封期水位超过 1 020 m 的极少,该时段稳封期水位不超过 1 020 m 的最大冰下过流能力在 800 m^3/s 左右,约为中水河槽过流能力的 1/6;1989~2000 年断面水位 1 020 m 中水河槽过流能力在 2 200 m^3/s 左右,稳封期仅有少量水位超过 1 020 m,该时段稳封期水位不超过 1 020 m 的最大冰下过流能力为 500 m^3/s,约为中水河槽过流能力的 1/5;2000~2012 年断面水位 1 020 m 过流能力在 1 500 m^3/s 左右,稳封期较大部分水位超过 1 020 m,该时段稳封期水位不超过 1 020 m 的最大冰下过流能力为 300 m^3/s,为中水河槽过流能力的 1/5。数据表明中水河槽过流能力对冰下过流能力影响较大,中水河槽过流能力大,冰下过流能力也大,从不同时期变化看,三湖河口站稳封期冰下过流能力为中水河槽过流能力的 1/6~1/5。

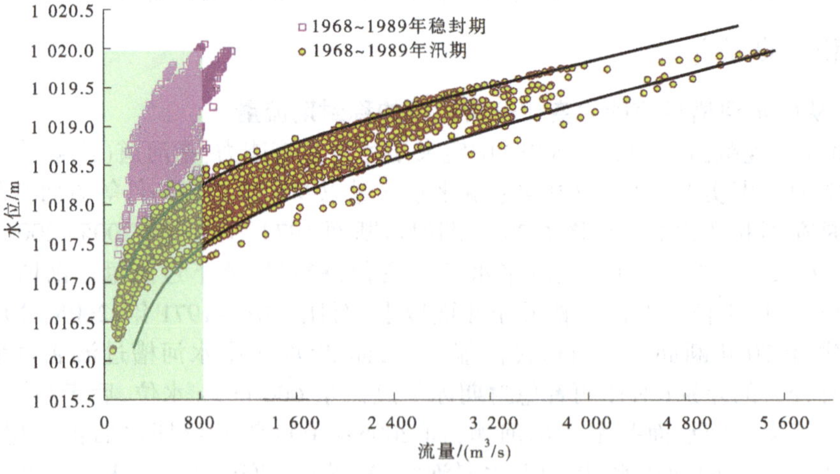

图 6-30　1968~1989 年三湖河口断面水位-流量关系

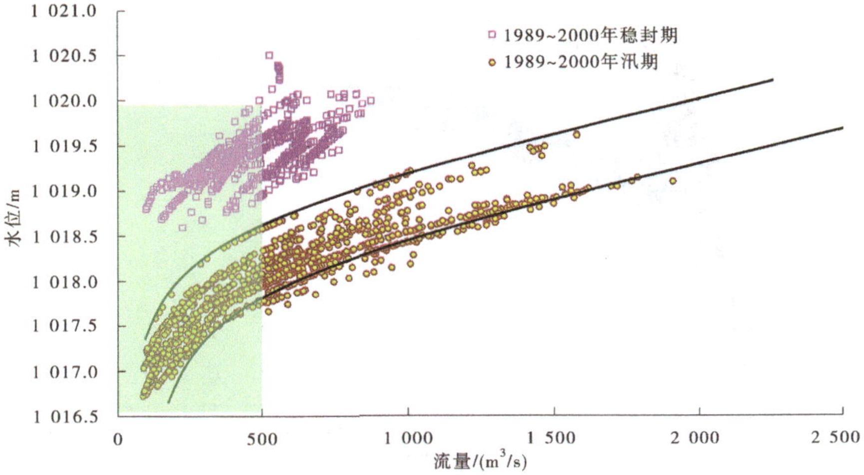

图 6-31　1989~2000 年三湖河口断面水位-流量关系

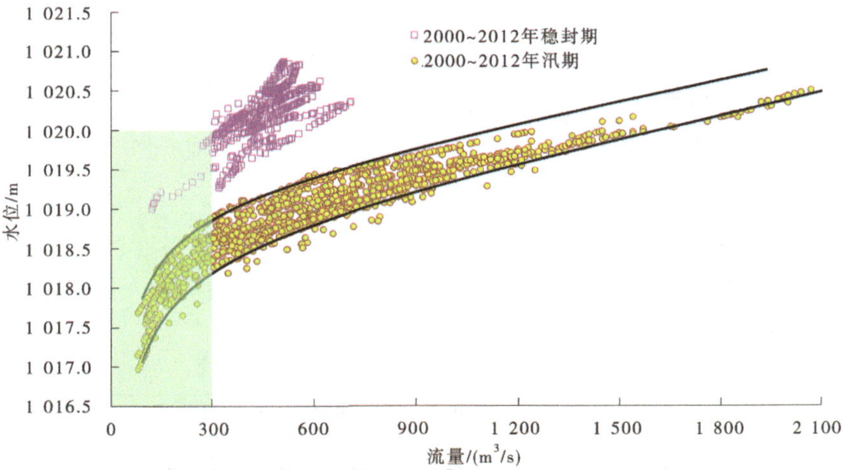

图 6-32　2000~2012 年三湖河口断面水位-流量关系

2. 以头道拐站稳封期流量进行分析

头道拐站作为内蒙古河段的出口控制站,其稳封期过流能力大小影响凌汛期槽蓄水增量。点绘头道拐站不同时期汛期和稳封期的水位-流量关系(见图 6-33~图 6-35)。可以看出,1989 年以前,头道拐断面水位 989 m 对应汛期中水河槽过流能力在 3 000 m^3/s 左右,不超过 989 m 的最大冰下过流能力为 500 m^3/s,为中水河槽过流能力的 1/6;1989~2012 年,头道拐断面水位 989 m 对应汛期中水河槽过流能力在 2 300 m^3/s 左右,该时段稳封期冰下过流能力大多在 300~500 m^3/s,约为中水河槽过流能力的 1/6;2018~2020 年,经过连续 3 年大水冲刷,头道拐河段水位 989 m 对应汛期中水河槽过流能力恢复至 3 000 m^3/s 左右,该时段稳封期不超过 989 m 的最大冰下过流能力在 600 m^3/s 左右,约为中水河槽过流能力的 1/5。

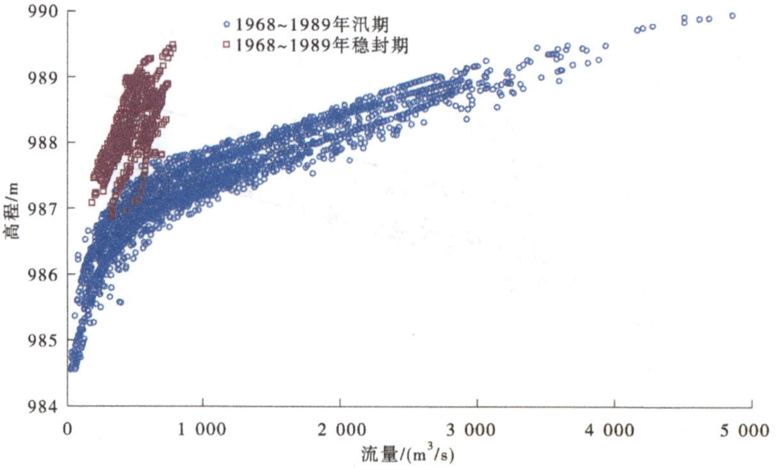

图 6-33　1968～1989 年头道拐断面水位-流量关系

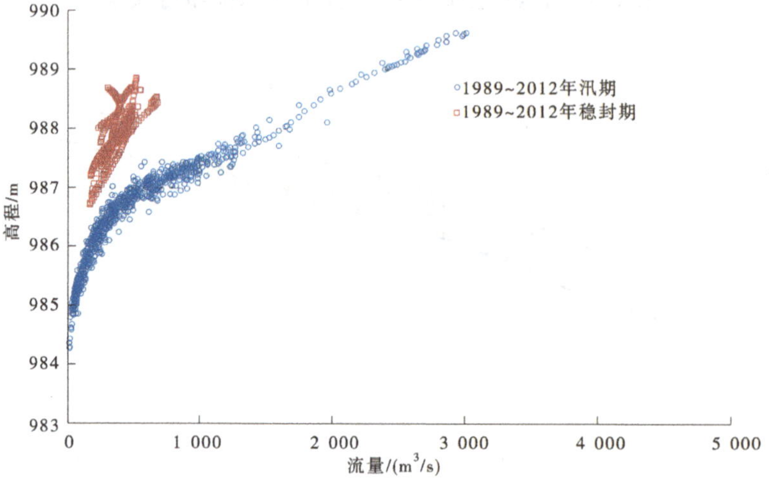

图 6-34　1989～2012 年头道拐断面水位-流量关系

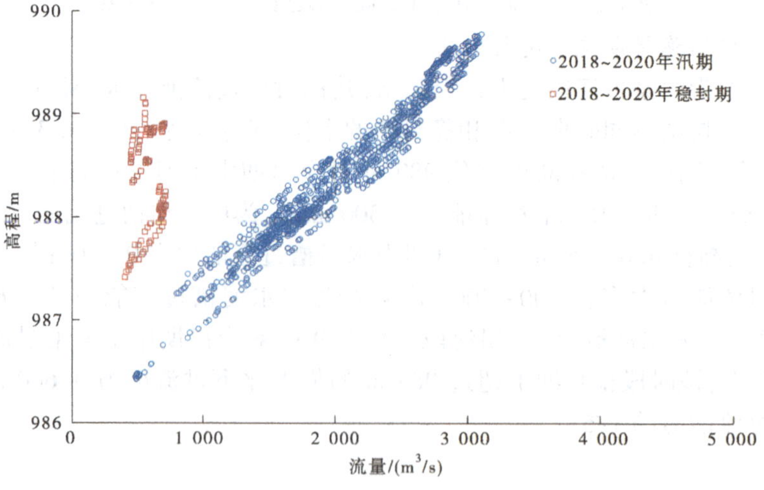

图 6-35　2018～2020 年头道拐断面水位-流量关系

根据内蒙古河段凌汛期流凌、封河、开河特点，点绘头道拐稳封期平均流量与平滩流量变化同步关系(见图 6-36)。可以看出，头道拐断面稳封期平均流量与平滩流量变化趋势大体一致，平滩流量增大时，稳封期平均流量增大，平滩流量减小时，稳封期平均流量减小。以头道拐站稳封期平均流量(扣除近期发生凌灾的年份以及龙刘水库初期蓄水影响的年份)来代表整个内蒙古河段的冰下过流能力，1968~1986 年、1986~2000 年、2000~2012 年、2013~2020 年冰下过流能力分别为 491 m^3/s、445 m^3/s、363 m^3/s、498 m^3/s，可以看出，20 世纪 90 年代以前，中水河槽过流能力达到 3 000 m^3/s 以上时，以头道拐断面为代表的内蒙古河段冰下过流能力接近 500 m^3/s，约为中水河槽过流能力的 1/6；2000 年以后随着中水河槽淤积萎缩，中水河槽过流能力下降至 1 500 m^3/s 左右，冰下过流能力也随之降低至 363 m^3/s，约为中水河槽过流能力的 1/5；2012 年以后，特别是 2018 年以来汛期连续发生洪水，中水河槽过流能力增加至 2 500 m^3/s 左右，冰下过流能力也随之增加至 500 m^3/s 左右。

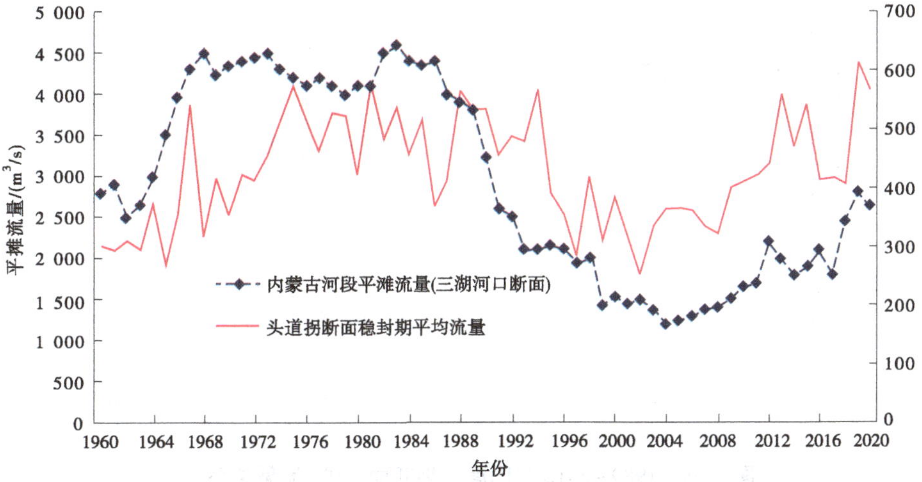

图 6-36　头道拐稳封期平均流量与平滩流量同步变化关系

3. 以巴彦高勒站稳封期流量进行分析

点绘巴彦高勒断面不同时期汛期和稳封期的水位-流量关系(见图 6-37~图 6-39)。可以看出，1968~1989 年，巴彦高勒断面汛期中水河槽过流能力在 4 500 m^3/s 左右时，相应稳封期的过流能力在 400~800 m^3/s，稳封期过流能力为中水河槽过流能力的 1/7 左右；1989~2012 年，中水河槽过流能力在 2 000 m^3/s 左右时，稳封期的冰下过流能力大多在 500 m^3/s 左右，但水位完全超过汛期过流能力对应的水位；2012 年以来中水河槽过流能力有所恢复，特别是 2018~2020 年，中水河槽过流能力增加至 2 500 m^3/s 左右，稳封期的冰下过流能力大多在 600 m^3/s 左右，为中水河槽过流能力的 1/5 左右。

综合上述分析，内蒙古河段中水河槽过流能力与稳封期冰下过流能力关系密切，中水河槽过流能力大，冰下过流能力也大，反之则小。不同断面稳封期冰下过流能力与中水河槽过流能力的变化关系不尽相同，总的来看，内蒙古河段稳封期冰下过流能力为中水河槽过流能力的 1/6~1/5。

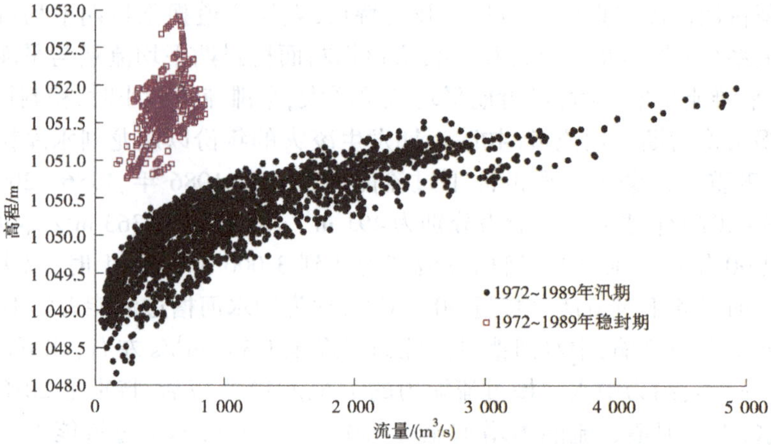

图 6-37　1968～1989 年巴彦高勒断面水位-流量关系

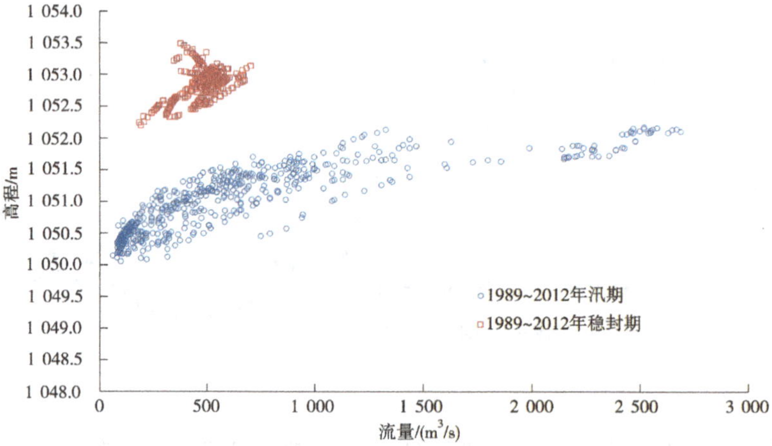

图 6-38　1989～2012 年巴彦高勒断面水位-流量关系

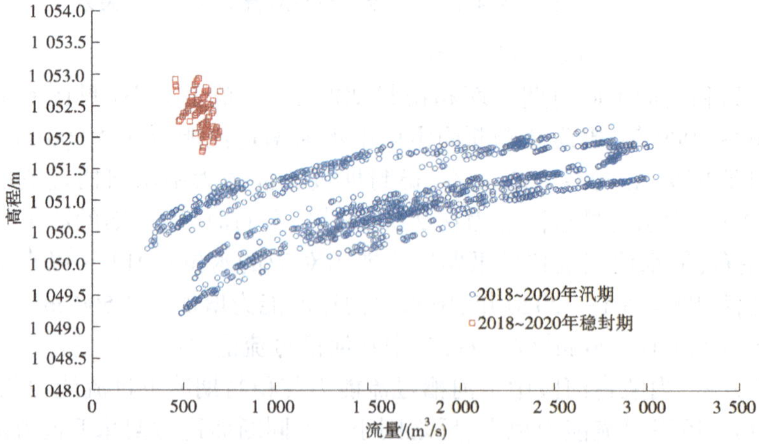

图 6-39　2018～2020 年巴彦高勒断面水位-流量关系

6.4.3.2　理论分析计算不同平滩流量下稳封期冰下过流能力

根据水力学公式(6-5)可知，水力半径、比降、过水面积等水力因子变化影响集中反映到中水河槽过流能力变化，也反映到凌汛期冰下过流能力变化。

$$Q = \frac{1}{n} R^{2/3} J^{1/2} A \tag{6-5}$$

式中：Q 为某水力因子条件下的过流量，m^3/s；n 为河床糙率；J 为水面比降；A 为过水面积，m^2；R 为水力半径，m。

水力半径定义为过水面积除以湿周，天然河道水面宽，水深与水面宽度 B 差别数十倍甚至上百倍，水力半径 R 一般可以直接用断面平均水深 H 代替，即 $H = \frac{A}{B}$。

凌汛期封冻后，式(6-5)中的 n 为冰盖与河床综合糙率 n_b，采用下式计算：

$$n_b = \left(\frac{n_j^{\frac{3}{2}} + n_i^{\frac{3}{2}}}{2} \right)^{\frac{2}{3}} \tag{6-6}$$

式中：n_j 为河床糙率；n_i 为冰盖糙率。

同时，因为凌汛期封冻后，冰厚 b 占去了一部分过水面积，需修正过水面积，修正后的过水面积 A' 为

$$A' = B(H - 0.9b) \tag{6-7}$$

凌汛期封冻后，湿周约为 $2B$，水力半径为

$$R = \frac{A'}{2B} \tag{6-8}$$

利用式(6-5)计算三湖河口断面平滩水位相应平滩流量 Q_p 与冰下过流量 Q_b 的比值：

$$\frac{Q_b}{Q_p} = \frac{n_p}{n_b} \left(\frac{R_b}{R_p} \right)^{\frac{2}{3}} \left(\frac{J_b}{J_p} \right)^{\frac{2}{3}} \frac{A_b}{A_p} \tag{6-9}$$

式中：n_p、n_b 分别为畅流期、封河期糙率；J_p、J_b 分别为畅流期、封河期水面比降，两者基本相同；A_p、A_b 分别为畅流期、封河期过水面积，m^2；R_p、R_b 分别为畅流期、封河期水力半径，m。

根据内蒙古河段水文站实测水文资料统计分析，封河期冰盖下的过水面积占冰面以下面积的 80%~90%，取 85%，即 $A_b/A_p = 0.85$，按照式(6-9)推算得到平滩水位 $R_b/R_p = 0.425$。内蒙古河段畅流期河槽河床糙率在 0.015 左右；封河期冰盖糙率与封河时长、冰厚、冰盖特征等因素有关，内蒙古河段资料研究表明，在有冰花堆积的情况下，冰盖糙率随着封河时间增长逐渐减小，封河初期 10 d 内，冰盖糙率从 0.1 下降至 0.05 左右，封河 50 d 后下降至 0.03 左右，之后趋于稳定。按照式(6-6)计算冰盖下的综合糙率范围为 0.023~0.065，则 n_p/n_b 的范围为 0.23~0.65。综合上述计算分析数据，计算平滩水位下的冰下过流量为平滩流量的 1/6~1/4。

6.4.3.3　从槽蓄水增量角度分析适宜的稳封期流量

内蒙古河段槽蓄水增量与中水河槽过流能力变化有较密切关系，中水河槽过流能力变化对稳封期冰下过流能力有直接影响。点绘三湖河口站稳封期流量与石嘴山—头道拐河段槽蓄水增量关系（见图6-40），从控制槽蓄水增量的角度来分析内蒙古河段适宜的稳封期流量。若以石嘴山—头道拐河段槽蓄水增量不超过14亿 m^3 作为较为安全的稳封期流量的判别标准，平滩流量为4 000 m^3/s 左右时，较安全的稳封期流量不超过700 m^3/s；平滩流量为2 500 m^3/s 左右时，较安全的稳封期流量不超过550 m^3/s；平滩流量为1 500 m^3/s 左右时，较安全的稳封期流量不超过400 m^3/s。

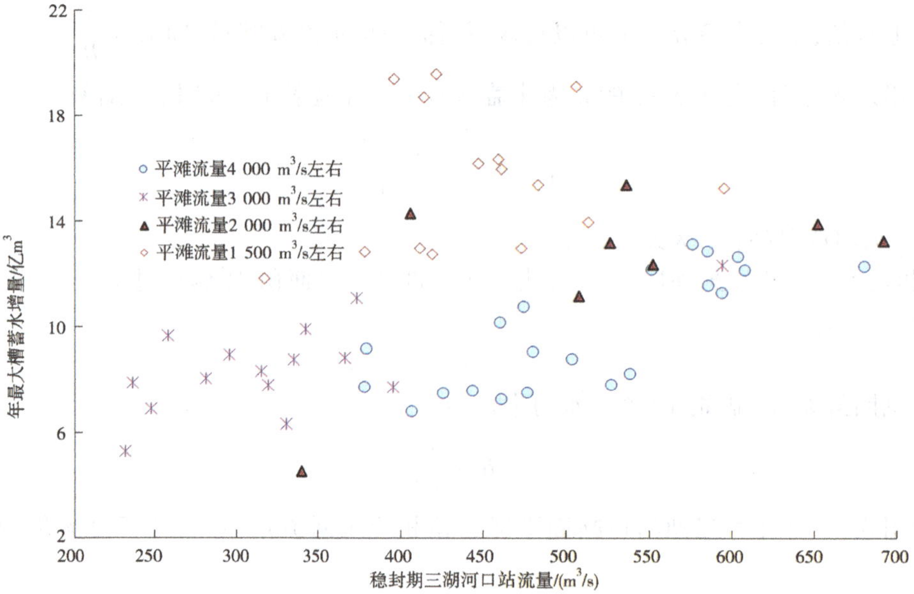

图6-40　不同时期（平滩流量）三湖河口站稳封期流量与石嘴山—头道拐河段槽蓄水增量关系

6.4.3.4　稳封期流量推荐

综合上述分析，根据中水河槽过流能力与稳封期流量关系，考虑控制适当的槽蓄水增量，宁蒙河段主槽过流能力为2 500 m^3/s 左右时，三湖河口站稳封期宜控制流量为350~450 m^3/s，最大不超过550 m^3/s；宁蒙河段主槽过流能力为4 000 m^3/s 左右时，三湖河口站稳封期宜控制流量为500~600 m^3/s，最大不超过700 m^3/s。

6.4.4　开河期流量

6.4.4.1　开河期槽蓄水增量释放

进入开河期，随着气温的升高冰凌逐渐消融，槽蓄水增量逐渐释放，自上而下开河时槽蓄水增量释放量逐段累积，在内蒙古河段下段形成凌汛洪水，石嘴山—头道拐河段槽蓄水增量的释放情况如图6-41、图6-42所示。可以看出，各河段开河的时间不同，石嘴山—巴彦高勒河段开河早，槽蓄水增量释放过程平缓，对凌洪过程的贡献率很小；形成头道拐断面凌洪的主要是巴彦高勒—头道拐河段的槽蓄水增量释放量。

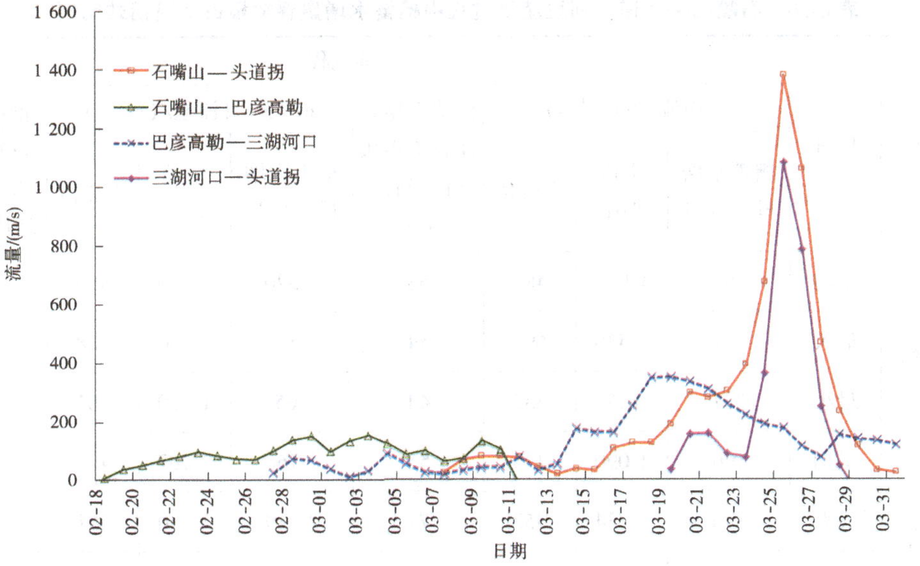

图 6-41　1992 年开河期石嘴山—头道拐各河段槽蓄水增量释放流量过程

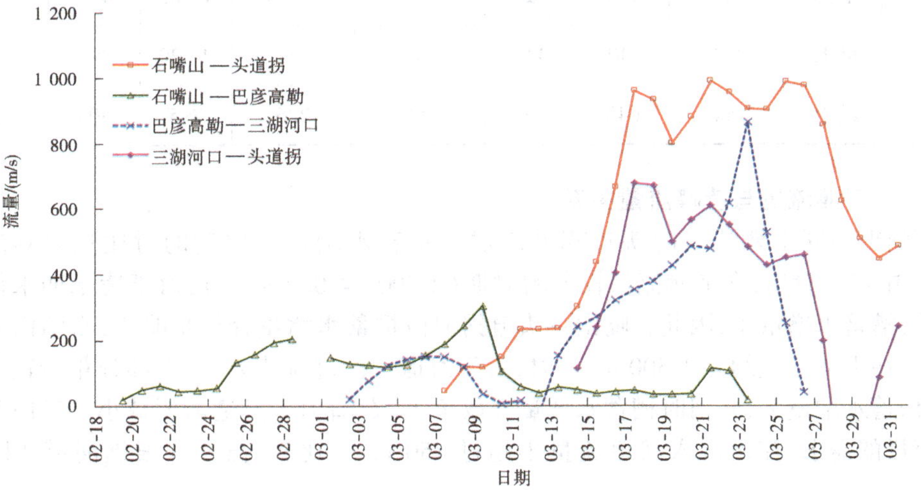

图 6-42　2006 年开河期石嘴山—头道拐各河段槽蓄水增量释放流量过程

分析 1960~2020 年头道拐站凌洪过程中石嘴山—头道拐河段槽蓄水增量释放量占头道拐站的比例，见表 6-20。从表 6-20 中可以看出，近年来随着槽蓄水增量的增大，头道拐站在凌洪过程中槽蓄水增量的释放量增大，占头道拐站的比例加大，2000~2020 年头道拐站凌洪过程中槽蓄水增量平均释放量占头道拐站的 55%，最大 1 d 槽蓄水增量释放量占头道拐站的 73%。另外，统计了近 20 年槽蓄水增量释放过程中大于 1 000 m^3/s 的水量，其中 1998 年最大为 3.5 亿 m^3，2000 年后，2001 年最大为 2.6 亿 m^3。根据槽蓄水增量释放量占头道拐站比例情况，考虑到减少与槽蓄水增量释放叠加壅水的概率，控制进入河道流量不超过 450m^3/s 比较合适，并根据河道实际情况确定。

表 6-20 石嘴山—头道拐河段凌洪过程中槽蓄水增量释放量占头道拐站比例

<table>
<tr><th rowspan="3">时段</th><th rowspan="3">项目</th><th colspan="8">凌洪过程</th></tr>
<tr><th colspan="3">平均流量/(m³/s)</th><th rowspan="2">槽蓄水增量释放量占头道拐站比例/%</th><th colspan="3">最大一日流量/(m³/s)</th><th rowspan="2">槽蓄水增量释放量占头道拐站比例/%</th></tr>
<tr><th>槽蓄水增量释放量</th><th>头道拐站</th><th>入流值</th><th>槽蓄水增量释放量</th><th>头道拐站</th><th>入流值</th></tr>
<tr><td rowspan="3">1960～1990年</td><td>平均</td><td>556</td><td>1 043</td><td>487</td><td>53</td><td>1 520</td><td>2 010</td><td>490</td><td>76</td></tr>
<tr><td>最大</td><td>831</td><td>1 530</td><td>699</td><td>54</td><td>2 552</td><td>2 980</td><td>428</td><td>86</td></tr>
<tr><td>最小</td><td>277</td><td>632</td><td>355</td><td>44</td><td>565</td><td>1 070</td><td>505</td><td>53</td></tr>
<tr><td rowspan="3">1991～1999年</td><td>平均</td><td>596</td><td>1 090</td><td>494</td><td>55</td><td>1 768</td><td>2 267</td><td>499</td><td>78</td></tr>
<tr><td>最大</td><td>876</td><td>1 234</td><td>358</td><td>71</td><td>2 819</td><td>3 270</td><td>451</td><td>86</td></tr>
<tr><td>最小</td><td>343</td><td>884</td><td>541</td><td>39</td><td>1 254</td><td>1 780</td><td>526</td><td>70</td></tr>
<tr><td rowspan="3">2000～2020年</td><td>平均</td><td>524</td><td>953</td><td>429</td><td>55</td><td>1 143</td><td>1 565</td><td>422</td><td>73</td></tr>
<tr><td>最大</td><td>962</td><td>1 406</td><td>445</td><td>68</td><td>1 927</td><td>2 320</td><td>393</td><td>83</td></tr>
<tr><td>最小</td><td>144</td><td>643</td><td>499</td><td>22</td><td>286</td><td>795</td><td>509</td><td>36</td></tr>
</table>

6.4.4.2 平滩流量与凌峰流量关系

开河期不同平滩流量时头道拐站凌洪与槽蓄水增量释放量的对比见表 6-21。从表 6-21 中可以看出，在平滩流量较大的时期（2 500～4 000 m^3/s），由于凌汛期水位一般不漫滩，槽蓄水增量小，因此石嘴山—头道拐河段槽蓄水增量释放量略小，石嘴山入流可以略大；在平滩流量约为 1 500 m^3/s 时，由于河道主槽过流能力小，大部分年份较多河段漫滩，槽蓄水增量大，开河时槽蓄水增量释放量大，石嘴山入流量需要减小。考虑到减小凌峰流量的需求，控制进入河道流量不超过 450 m^3/s 比较合适，并根据河道实际情况确定。

表 6-21 开河期不同平滩流量头道拐站凌洪与石嘴山—头道拐河段槽蓄水增量释放量对比

<table>
<tr><th rowspan="2">平滩流量/(m³/s)</th><th rowspan="2">凌洪历时/d</th><th colspan="3">场次平均凌峰流量/(m³/s)</th><th rowspan="2">适宜的河段入流量/(m³/s)</th></tr>
<tr><th>头道拐站</th><th>石嘴山—头道拐河段槽蓄水增量释放量</th><th>差值</th></tr>
<tr><td>4 000</td><td>9</td><td>1 043</td><td>556</td><td>487</td><td>450</td></tr>
<tr><td>2 500</td><td>17</td><td>1 086</td><td>591</td><td>495</td><td>450</td></tr>
<tr><td>1 500</td><td>18</td><td>974</td><td>558</td><td>416</td><td>400</td></tr>
</table>

6.4.4.3　冰坝发生对应的三湖河口站流量

内蒙古河段冰坝多发生在三湖河口—头道拐河段附近,考虑到三湖河口—头道拐河段的水流演进时间一般为 3~5 d,因此主要分析冰坝发生前 3 d、当日和后 3 d 三湖河口站相应的流量。1989~2020 年发生冰坝年份共 15 年,统计分析其结果见表 6-22,考虑到冰坝的形成需要一定量级的动力条件,选择三湖河口站最大 4 d 流量作为分析形成冰坝时三湖河口站的对应流量。从统计结果看,这 15 年中三湖河口站流量为 985 m^3/s;且 1998 年后的平均流量比 1998 年前大约 200 m^3/s。因此,开河期三湖河口站日均流量达到 1 000 m^3/s 左右时,发生冰坝的概率较高。开河期石嘴山—三湖河口河段的槽蓄水增量最大释放流量可达 500~600 m^3/s,则为避免发生冰坝控制三湖河口站流量,石嘴山站流量控制在 400~500 m^3/s 较为合适。

表 6-22　内蒙古河段冰坝发生时对应三湖河口站流量

三湖河口—头道拐河段冰坝发生时间	三湖河口流量/(m^3/s)					
	前 3 d	当日	后 3 d	前 3 d+当日	当日+后 3 d	最大 4 d
1989~1998 年	818	783	783	809	783	883
1998~2020 年	790	960	919	832	930	1 002
1989~2020 年	801	889	865	823	871	954

6.4.4.4　开河期流量推荐

根据开河期槽蓄水增量释放过程、平滩流量与凌峰流量关系以及开河期冰坝发生历史资料分析,推荐宁蒙河段主槽过流能力 2 500 m^3/s 左右时,开河期控制石嘴山站上限流量为 400 m^3/s;主槽过流能力 4 000 m^3/s 左右时,开河期控制石嘴山站上限流量为 450 m^3/s。

6.4.5　宁蒙河段不同中水河槽规模下的防凌控泄流量

综上所述,宁蒙河段较为适宜的封河流量、稳封期适宜流量和开河期流量随河道平滩流量的增大而增加,见表 6-23。在封河发展的过程中,从防凌安全考虑,应控制封河流量略小于或等于首封流量;适宜的稳封期流量略小于封河流量;开河时,需要考虑减少河道流量与槽蓄水增量释放的叠加量并减少冰坝发生概率。

表 6-23　宁蒙河段不同河道过流能力时凌汛期控制流量　　单位:m^3/s

河道平滩流量	适宜封河流量(三湖河口站)	稳封期适宜流量(三湖河口站)	开河期上限流量(石嘴山站)
2 500 左右	550	350~450(最大不超过 550)	400
4 000 左右	650	500~600(最大不超过 700)	450

6.5　黑山峡水库防凌运用与控泄流量

6.5.1　防凌控泄时间

根据石嘴山—头道拐河段实测冰情特征日期分析,石嘴山—头道拐河段最早流凌和最早封河多发生在三湖河口—头道拐河段,然后向上游区段延伸;最早开河多发生在石嘴山附近而后逐渐向下游铺开。内蒙古河段分流凌日期、封河时期、开河日期统计见表6-24。可以看出,内蒙古河段的首封日期发生在11月底,全封日期一般在1月初,首开日期一般在3月初,全开日期在3月底。

表6-24　内蒙古河段流凌日期、封河日期、开河日期统计

时段	流凌日期		封河日期		开河日期	
	最早流凌	最晚流凌	河段首封	河段全封	河段首开	河段全开
1950~1968年	11月16日	11月24日	11月30日	12月27日	3月7日	3月28日
1968~1989年	11月16日	11月29日	11月28日	1月3日	3月5日	3月28日
1989~2020年	11月20日	12月11日	12月4日	1月10日	2月24日	3月23日

因此,内蒙古河段防凌封河流量控制时间为11月下旬和12月上旬;稳封流量控制时间为12月中旬至翌年2月,开河流量控制时间为3月上旬和3月中旬。

6.5.2　防凌运用原则

根据内蒙古河段防凌要求和刘家峡水库防凌调度运用经验,拟定黑山峡水库凌汛期(每年11月1日至翌年3月31日)防凌运用原则:水库下泄流量按“月控制、旬调整”,保持“前大后小,中间变化平缓,加强封河期、开河期流量适时控制”的原则,缓解目前宁蒙河段尤其是内蒙古河段封河期、开河期防凌紧张局面。

在流凌封河期,黑山峡水库调整流凌封河期下泄流量过程,适当加大灌区冬灌引水期流量,避免小流量封河的现象,适当减小冬灌退水期的下泄流量,尽量消除冬灌引、退水造成的流量波动。

在稳封期,黑山峡水库要进一步控制下泄流量,避免下泄流量过大和流量忽大忽小,以减少槽蓄水增量和防止冰上过流。

在开河期,黑山峡水库进一步控泄运用,尽量减少开河期下泄流量,减少形成“武开河”的动力条件。

6.5.3　黑山峡至内蒙古河段区间流量变化及相关关系

6.5.3.1　实测区间流量分析

分析下河沿(黑山峡)—内蒙古河段实测区间相关情况,主要是考虑由内蒙古防凌流量来推求黑山峡水库防凌控泄流量,以便对取值进行微调。2001年以后的实测流量情况更加接近现状情况,因此以2001年以后的实测流量资料对下河沿(黑山峡)—石嘴山河段和下河沿(黑山峡)—三湖河口河段进行区间流量影响分析。

下河沿(黑山峡)—石嘴山河段的流量传播时间一般约 3 d,下河沿(黑山峡)—三湖河口河段的流量传播时间一般约 8 d,在分析区间水量影响时酌情加以考虑。根据 2001 年以来实测的下河沿站、石嘴山站和三湖河口站的水文资料,计算下河沿(黑山峡)—石嘴山河段和下河沿(黑山峡)—三湖河口河段的区间流量过程,见图 6-43 和图 6-44。将凌汛期不同防凌时间段的区间平均流量进行统计,见表 6-25。可以看出,11 月流凌封河时期下河沿(黑山峡)—三湖河口河段流量平均值为-4 m^3/s,但流量在-17～-572 m^3/s 范围内波动,变化范围较大;稳封期和开河期,下河沿(黑山峡)—三湖河口河段区间流量和下河沿(黑山峡)—石嘴山河段流量平均为-22 m^3/s 和 50 m^3/s,变化范围较小。

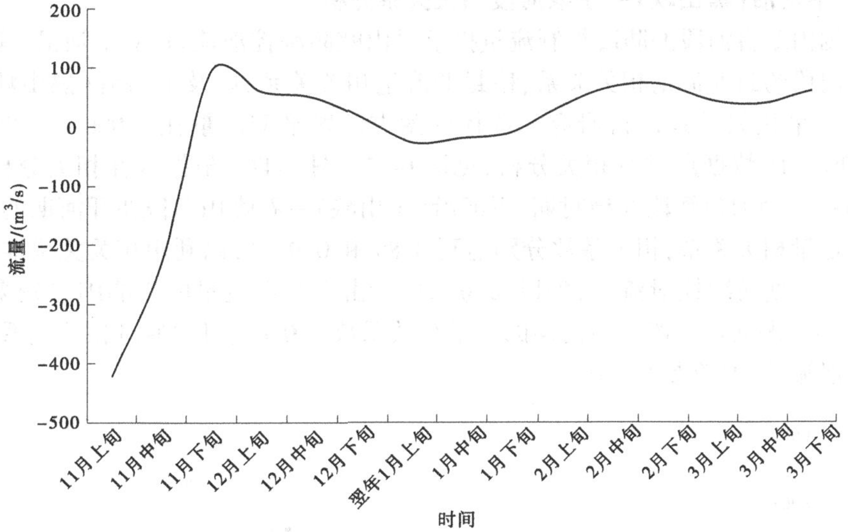

图 6-43　下河沿(黑山峡)—石嘴山河段流量

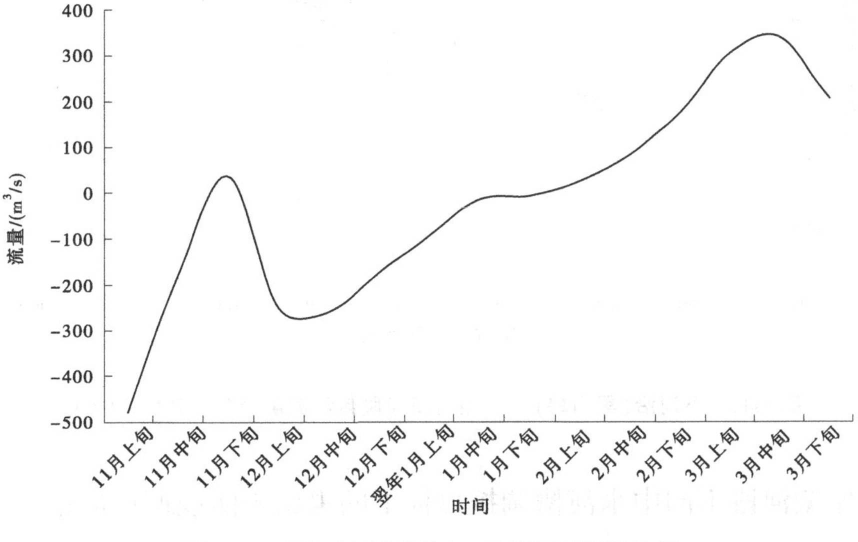

图 6-44　下河沿(黑山峡)—三湖河口河段流量

表 6-25　下河沿(黑山峡)—宁蒙河段流量统计　　单位:m^3/s

区间流量	首封期 下河沿—三湖河口河段	稳封期 下河沿—三湖河口河段	开河期 下河沿—石嘴山河段
平均值	-4	-22	50
绝对值最大	-572	-108	94
绝对值最小	-17	10	12

6.5.3.2　下河沿(黑山峡)—宁蒙河段相关关系分析

为根据内蒙古河段的防凌控制流量推求黑山峡防凌控泄流量,对下河沿(黑山峡)—三湖河口河段的封河流量相关关系、稳封期流量相关关系,以及下河沿(黑山峡)与石嘴山站开河流量相关关系进行研究。选择内蒙古河段平滩流量在 2 000~3 000 m^3/s 的 1989~2020 年的数据点进行相关分析,见图 6-45~图 6-47。根据线性相关分析,下河沿(黑山峡)—三湖河口河段在稳封期、下河沿(黑山峡)—石嘴山河段在开河期的流量均存在较高的定量相关关系,相关系数分别达到 0.89 和 0.94,可以利用相关关系推求黑山峡稳封期和开河期防凌控泄流量,加以参考采用。由于封河流量的影响因素较多,下河沿(黑山峡)—三湖河口河段在封河期的流量相关系数为 0.66,可以通过相关关系推求黑山峡首封下泄流量,酌情参考采用。

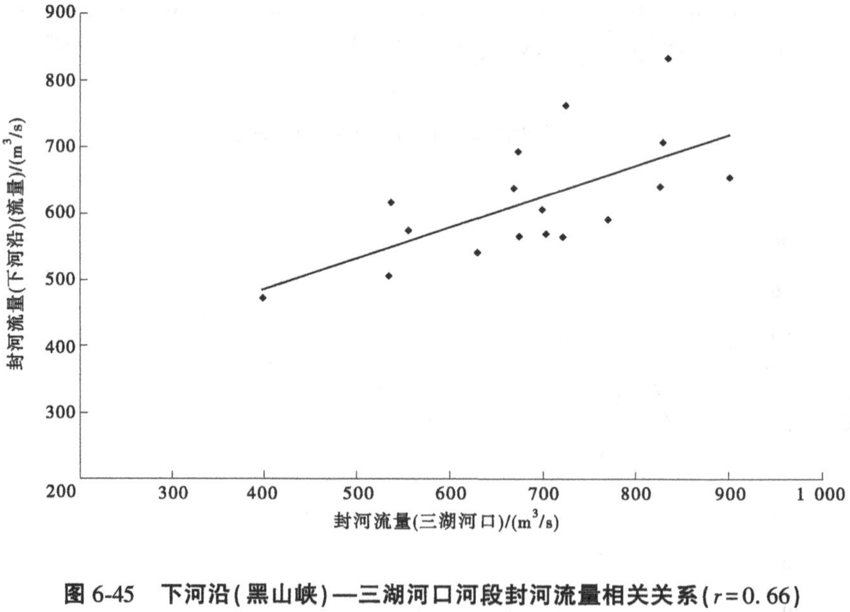

图 6-45　下河沿(黑山峡)—三湖河口河段封河流量相关关系(r=0.66)

6.5.4　宁蒙河段不同中水河槽调控目标下的黑山峡防凌调控流量

根据前述分析,宁蒙河段不同水沙条件和调控流量过程可以塑造维持不同的中水河槽规模，保障宁蒙河段防凌安全需要较大的中水河槽规模，相应需要较大的水沙调节调控流量。南水北调西线工程生效前，通过水库优化水沙过程，按照 2 500 m^3/s 的调控流量塑造中水河槽，可以使宁蒙河段中水河槽规模达到 2 500m^3/s 左右；南水北调西线工程生效后，通过上游水库联合运用，按照 3 000 m^3/s 的调控流量塑造中水河槽，宁蒙河段中水河槽过流能力可以进一步增大，达到 3 000 m^3/s 左右。按照南水北调西线生效前、后两种情景拟定控泄流量方案。

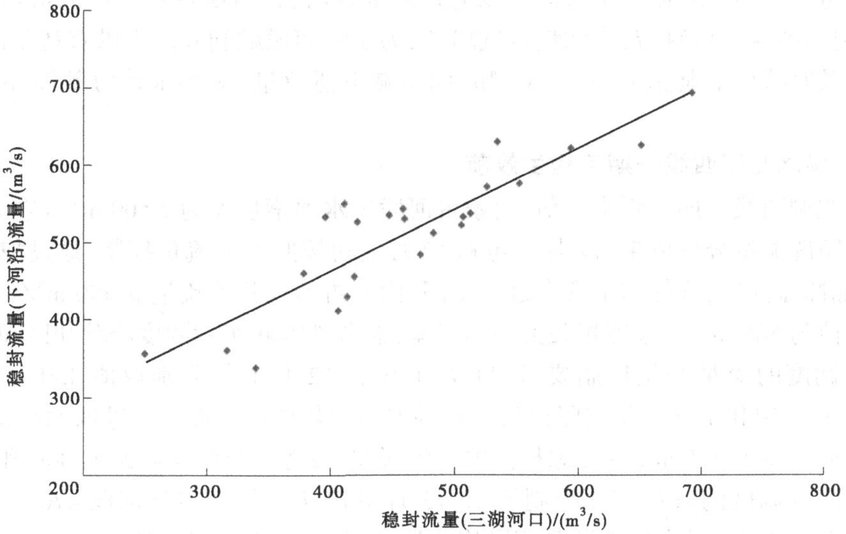

图 6-46　下河沿(黑山峡)—三湖河口河段稳封流量相关关系(r=0.89)

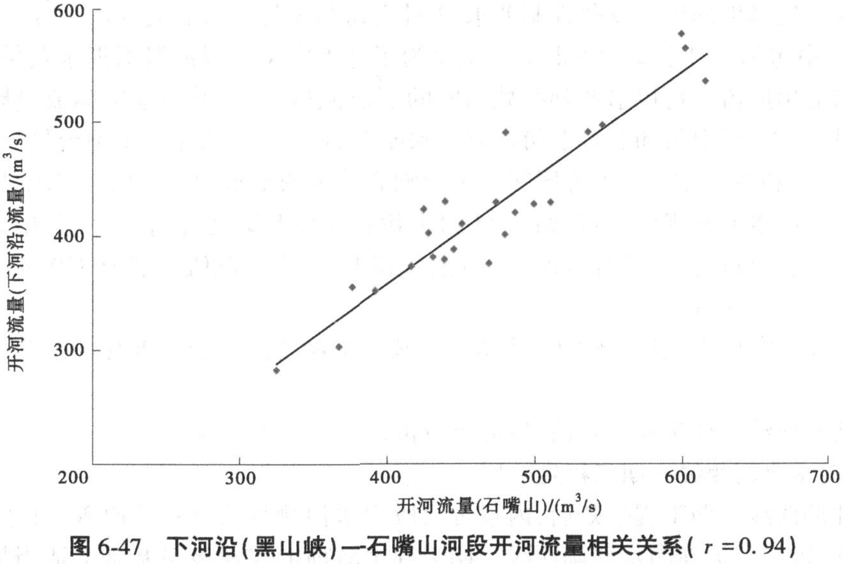

图 6-47　下河沿(黑山峡)—石嘴山河段开河流量相关关系(r=0.94)

中水河槽规模与宁蒙河段冰下过流能力关系密切，内蒙古河段稳封期冰下过流能力为中水河槽过流能力的 1/6~1/5，中水河槽过流能力大，冰下过流能力也大，反之则越小，容易引起凌水漫滩封河、槽蓄水增量大，对封河期、开河期防凌极为不利。因此，宁蒙河段防凌安全控泄流量可以随河道平滩流量的增大而增加。本次黑山峡水库防凌调控流量指标考虑了不同中水河槽规模条件进行拟定。

下河沿(黑山峡)—三湖河口河段的稳封流量和开河流量存在较高的定量相关关系。因此,封河流量、稳封流量以及开河流量分别根据下河沿(黑山峡)—三湖河口河段定量相关关系推求,并依据宁蒙河段防凌要求对控泄流量进行微调。控泄流量过程借鉴近期龙刘水库联合防凌调度经验,充分考虑宁蒙河段灌溉引水、流凌、封河、开河特点,封河前期控制泄量,由大到小,促使宁蒙河段以适宜流量封河;封河期控制出库流量均匀缓慢递减,稳定封河冰盖,避免槽蓄水增量过度增长,为宁蒙河段顺利开河提供有利条件;开河期根据凌情及时减少下泄流量,开河关键时期压减下泄流量,减小水动力条件,减少“武开河”发生。

6.5.4.1 南水北调西线一期工程生效前

南水北调西线一期工程生效前,内蒙古河段中水河槽规模为2 500 m^3/s 左右,根据内蒙古河段防凌流量分析成果,11月下旬和12月上旬按照封河流量控制,通过加大水库泄流量,增加冰盖高度,确保冰下安全过流空间,内蒙古河段防凌流量取550 m^3/s,相关关系计算初步值为508 m^3/s;考虑相关关系的误差,参考刘家峡实际调度经验和区间流量影响以及防凌调度的流量变化控制要求,11月下旬和12月上旬分别取值450 m^3/s 和500 m^3/s。12月下旬和1月上旬按照稳封流量控制,内蒙古河段防凌流量取500 m^3/s,相关关系计算初步值为485 m^3/s;考虑相关关系的误差,参考刘家峡实际调度经验和区间流量影响以及防凌调度的流量变化控制要求,12月下旬和1月上旬分别取470 m^3/s 和450 m^3/s。3月上旬和3月中旬按照开河平均流量控制,内蒙古河段防凌流量取450 m^3/s,相关关系计算初步值为306 m^3/s;考虑相关关系的误差,参考刘家峡实际调度经验和区间流量影响以及防凌调度的流量变化控制要求,3月上旬和3月中旬取值300 m^3/s。

11月上中旬和3月下旬的下泄流量主要为了考虑宁蒙河段灌溉引退水及供水要求,因此黑山峡的出库流量可以参照刘家峡水库的下泄流量经验,并考虑区间流量影响来确定。11月上旬、11月中旬和3月下旬刘家峡水库在2000年以来平均下泄流量约为1 000 m^3/s、800 m^3/s 和700 m^3/s。考虑区间流量影响和减少槽蓄水增量的控制要求,以及内蒙古河段可能的中水河槽规模,适当调整11月上旬和3月下旬流量;鉴于11月中旬流量与封河流量有关,不再调整。综合考虑,11月上旬和11月中旬取值分别为850 m^3/s 和800 m^3/s,3月下旬取550 m^3/s。

3月下旬及其他时段黑山峡的出库流量主要考虑防凌控泄流量变化的控制要求进行拟定。

南水北调西线一期工程生效前、后的流量拟定过程见表6-26。

6.5.4.2 南水北调西线一期工程生效后

南水北调西线一期工程生效后,内蒙古河段中水河槽规模进一步改善,可达到3 000 m^3/s。因此,可以考虑在南水北调西线一期工程生效前的控泄流量基础上适当加大下泄流量。但为尽量减少冰塞、冰坝出现概率,根据分析可按照最大不超过100 m^3/s 的加大泄流量来控制。南水北调西线一期工程生效后的流量拟定过程见表6-26。

表 6-26　南水北调西线一期工程生效前、后的流量拟定过程　　单位:m^3/s

月旬	南水北调西线一期工程生效前				南水北调西线一期工程生效后	
	内蒙古防凌控制流量需求	黑山峡出库			较生效前加大流量值	黑山峡出库
		相关关系计算	区间流量计算	调整取值		
11 月上旬	参考刘家峡水库下泄流量经验及区间流量影响			850	100	950
11 月中旬				800	100	900
11 月下旬	550	555	554	450	50	500
12 月上旬				500	50	550
12 月中旬	考虑与 12 月上旬相同取值			500	80	580
12 月下旬	450	502	472	470	100	570
1 月上旬				450	90	540
1 月中旬	按照防凌流量变化的控制要求,考虑 20%左右的减幅			430	50	480
1 月下旬				420	40	460
2 月上旬				400	40	440
2 月中旬				360	50	410
2 月下旬				330	50	380
3 月上旬	400(上限)	358	350	300	50	350
3 月中旬				300	50	350
3 月下旬	参考刘家峡水库下泄流量经验			550	0	550

针对南水北调西线一期工程生效前、后两种情景,根据内蒙古河段防凌流量分析成果,去除区间流量影响,结合实际调度经验,拟定黑山峡防凌控泄流量见表 6-27。

表 6-27　黑山峡防凌控泄流量　　单位:m^3/s

工程情景	月	11 月			12 月			翌年 1 月			2 月			3 月		
	旬	上	中	下	上	中	下	上	中	下	上	中	下	上	中	下
南水北调西线一期工程生效前	月均	700			490			433			363			383		
	旬均	850	800	450	500	500	470	450	430	420	400	360	330	300	300	550
南水北调西线一期工程生效后	月均	783			567			493			410			417		
	旬均	950	900	500	550	580	570	540	480	460	440	410	380	350	350	550

6.5.5　防凌控泄流量成果推荐

关于黑山峡的防凌控泄流量研究，在《黄河黑山峡河段开发论证报告》中有过论证，其提出的防凌控泄流量（见表 6-28）与本次研究提出的防凌控泄流量相比略偏小。出现偏差的主要原因主要是分析资料系列不一致，由于本次分析采用 2000 年以来尤其是 2008 年以后的凌情特征资料进行相关关系分析，而 2008 年以后凌情特征最重要的表征指标槽蓄水增量相对较大，相对不利。按照相同入库径流条件，利用各自防凌控泄流量过程计算南水北调西线一期工程生效前的防凌库容需求，见表 6-29。可以看出：①黄河宁蒙河段防凌所需库容接近 40 亿 m^3，而目前进行黄河上游防凌控泄的刘家峡水库最大能够提供的防凌库容（最低运用水位 1 717 m 至正常蓄水位 1 735 m 间的有效库容）仅约 20 亿 m^3，即使加入海勃湾水库的原始库容，总的防凌库容仍然不足 25 亿 m^3，远小于宁蒙河段防凌库容要求；②本次研究拟定防凌控泄流量计算防凌库容较《黄河黑山峡河段开发论证报告》中偏小 1.8 亿 m^3，差别较小。因此，从偏于安全和成果衔接的角度，仍推荐采用《黄河黑山峡河段开发论证报告》提出的防凌流量控泄成果。

表 6-28　黑山峡水库凌汛期控泄流量分析成果

方案		月、旬下泄平均流量/(m^3/s)														
		11 月			12 月			翌年 1 月			2 月			3 月		
		上旬	中旬	下旬	上旬	中旬	下旬	上旬	中旬	下旬	上旬	中旬	下旬	上旬	中旬	下旬
南水北调西线一期工程生效前	月平均	650			450			420			367			350		
	旬平均	820	750	380	450	450	450	420	420	420	400	350	350	300	300	450
南水北调西线一期工程生效后	月平均	750			550			500			450			350		
	旬平均	920	850	480	550	550	550	520	500	480	470	460	420	300	300	450

表 6-29　南水北调西线一期工程生效前防凌库容对比　　单位：亿 m^3

计算系列	本次研究防凌控泄流量计算防凌库容①	《黄河黑山峡河段开发论证报告》防凌控泄流量计算防凌库容②	①-②
南水北调西线一期工程生效前	36.6	38.4	-1.8
南水北调西线一期工程生效后	55.8	57.6	-1.8

6.6　黑山峡水库满足防凌防洪的库容需求

根据黄河水沙调控体系的总体运用要求，充分发挥龙刘水库对黄河水资源和南水北调西线入黄水量的配置作用，以黄河上游梯级电站发电效益较大为原则，利用 1956～2010 年长系列进行龙羊峡水库、刘家峡水库、黑山峡水库等梯级水库联合调节计算，宁蒙河段防凌任务由黑山峡水库承担，假定黑山峡水库在凌汛期的库容为理想库容，以黑山峡水库每个凌汛年度内蓄水量的最大值（见图 6-48 和图 6-49）作为该年所需的防凌库容（宁蒙河段现有防洪标准为 20～50 年一遇，防洪库容取系列计算最大值，相当于 50 年一遇标准）。

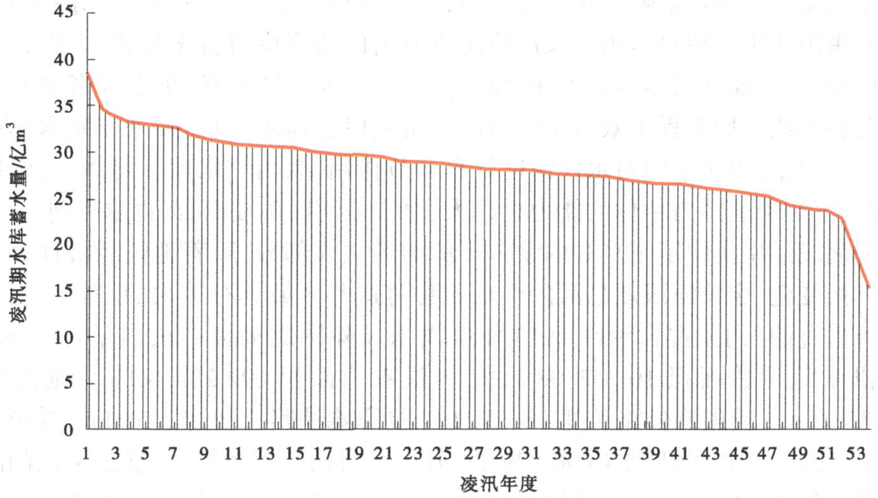

图 6-48　南水北调西线一期工程生效前凌汛期水库蓄水量变化（从大至小排列）

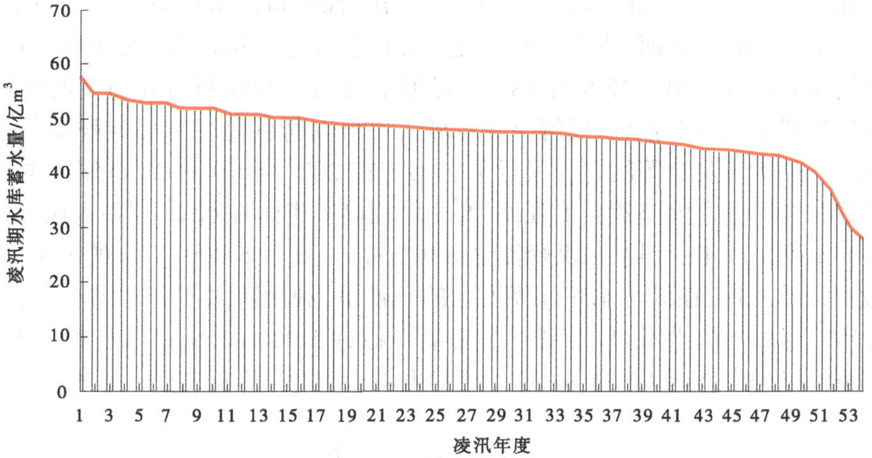

图 6-49　南水北调西线一期工程生效后凌汛期水库蓄水量变化（从大至小排列）

根据系列计算结果，南水北调西线一期工程生效前，黑山峡水库的防凌库容需求为 38.4 亿 m^3；南水北调西线一期工程生效后，黑山峡水库的防凌库容需求为 57.6 亿 m^3。

需要特别指出的是，在黑山峡水库刚投入运用前，由于宁蒙河段中水河槽过流能力将在目前基础上进一步淤积萎缩，导致稳封期冰下过流能力进一步减小（为 170～200 m^3/s）。

在这种条件下,若考虑满足防凌安全,需要进一步控制凌汛期下泄流量以减少槽蓄水增量,估算这种条件下需在上述防凌库容基础上增加防凌库容7亿~15亿 m^3。该防凌库容成果,是在考虑龙羊峡水库、刘家峡水库充分发挥水资源配置和发电作用条件下由黑山峡水库承担宁蒙河段防凌任务需要的防凌库容。

若刘家峡水库、黑山峡水库共同承担宁蒙河段防凌任务需要的防凌库容,则会对上游梯级发电效益产生一定影响。根据分析,对于一级开发方案,刘家峡水库承担10亿 m^3 防凌库容与黑山峡水库独自承担宁蒙河段防凌所需的防凌库容方案相比,上游梯级保证出力基本保持不变,梯级发电量减少0.24%。对于二级开发方案,小观音高坝方案不能满足南水北调西线一期工程生效后宁蒙河段的防凌库容需求,也需要刘家峡水库承担部分防凌库容。但是,由于水库对水体温度具有调节作用,黑山峡水库库容越大,则提高出库水温、改变下游河道热力条件的能力也越大,对宁蒙河段防凌而言,也越有利。

宁蒙河段沿岸集中了宁夏和内蒙古经济的最主要部分,随着地区经济社会的发展以及全球气候变化,宁蒙河段新悬河的洪水威胁对这些区域具有重大的潜在影响。根据水利部审查通过的《内蒙古自治区2013年度洪水风险图成果报告》,内蒙古河段遭遇100年一遇洪水淹没总面积10 347.08 km^2,淹没农田面积692 203.4 hm^2,淹没房屋面积10 572.83万 m^2,受影响公路长度434.54 km,受影响铁路长度222.53 km,受影响人口总数242.87万,经济损失达到4 096 829.36万元。目前,下河沿—三盛公河段的防洪能力基本达到防御20年一遇,三盛公以下河段的防洪标准基本达到防御30~50年一遇,标准相对较低,一旦遇到超标准洪水,两岸广大地区将可能面临重大灾害损失,人民群众对防洪保安需求的要求在不断提高,如2022年宁夏回族自治区水利厅印发的《宁夏黄河流域生态保护和高质量发展先行区水利专项规划》提出,保障黄河沿岸防洪安全与生态安全,建设安全河、生态河、宜居河,成为保障宁夏经济社会可持续发展的重要屏障、黄河两岸生态文化的精品展示带。2019年9月18日,习近平总书记在郑州召开的黄河流域生态保护和高质量发展座谈会上强调,要解决好流域人民群众特别是少数民族群众关心的防洪安全、饮水安全、生态安全等问题。习近平总书记在2021年10月22日深入推动黄河流域生态保护和高质量发展座谈会上强调,要全面提高灾害防控水平,守护人民生命安全。

黑山峡水库100年一遇洪水洪峰流量6 040 m^3/s,超过5 000 m^3/s 的洪量为7.39亿 m^3。建设黑山峡水库,在满足水库保坝安全的条件下,利用防洪库容对洪水进行调节,在发生100年一遇以下的洪水时,控制下泄流量不超过5 000 m^3/s,有利于河道安全泄洪,对保障宁蒙河段两岸地区人民生命、财产安全和社会、经济发展具有重要意义。

6.7 小　结

6.7.1 宁蒙河段凌情特征与变化成因

从凌情特征日期、凌情特征指标、槽蓄水增量、封开河水位流量、冰塞和冰坝等方面分析了宁蒙河段重点是内蒙古河段凌情变化。分析结果表明,近年来内蒙古河段流凌、封河日期略有推迟、开河日期提前,封河期缩短;槽蓄水增量显著增加,巴彦高勒站、三湖河口站封开河水位明显上升,漫滩水位持续时间长;凌灾损失增加,防凌形势更加严峻。分别从影响凌情变化的水动力条件、热力条件和河道边界条件三方面研究了凌情变化,近期水库防凌调度对凌汛期流量过程的控制以及近 10 年来宁蒙河段冬季气温总体偏暖是有利于宁蒙河段防凌的,但是平滩流量减小导致冰下过流能力降低、槽蓄水增量增加使得防凌极为不利,同时多发的气温异常升降事件对防凌调度提出了更高要求。

6.7.2　宁蒙河段防凌存在的主要问题

在对龙刘水库防凌调度总结以及龙刘水库联合海勃湾水库防凌运用分析研究基础上,结合目前防凌工程建设现状分析,研究了宁蒙河段现状防凌存在问题。现状工程条件下,无法长期维持宁蒙河段较大的中水河槽规模。龙刘水库由于距离内蒙古河段远,无法有效控制区间来水以及宁蒙灌区冬季引水退水,防凌调度不够及时、灵活,不能有效控制槽蓄水增量,难以有效处置突发凌情,且水库防凌调度与发电、供水矛盾突出,水库防凌调度压力大。海勃湾水库原始调节库容为 4.43 亿 m^3,淤积 10 年、50 年后的调节库容分别为 1.84 亿 m^3,0.54 亿 m^3,由于调节库容小,对龙刘水库防凌辅助作用有限。应急分洪区由于位置和库容条件限制,被动防守,也不能有效解决内蒙古河段的凌洪问题。

6.7.3　宁蒙河段适宜的中水河槽规模

宁蒙河段防凌需要维持较大的中水河槽规模,通过对宁蒙河段防凌、河道行洪输沙等方面分析了宁蒙河段适宜的中水河槽规模,提出中水河槽规模应不小于 2 000 m^3/s,对防凌有利的中水河槽规模应达到 3 000 m^3/s。结合水沙条件分析了可能塑造的中水河槽规模,提出在南水北调西线一期工程生效前,通过水库优化水沙过程,可以使宁蒙河段中水河槽规模不小于 2 000 m^3/s,达到 2 500 m^3/s 左右,西线调水后,宁蒙河段中水河槽过流能力可以进一步增大,达到 3 000 m^3/s 左右。

6.7.4　防凌控泄流量与防凌库容需求

1986 年以来宁蒙河段堤防先后发生 7 次决口,其中 6 次凌汛决口,给沿河两岸地区造成巨大损失。沿河两岸地区群众对保障黄河防凌防洪安全的呼声越来越高,解决好流域人民群众特别是少数民族群众关心的防洪安全、饮水安全、生态安全等问题,是黄河流域生态保护和高质量发展的基本要求。在对宁蒙河段凌情发展过程充分认识的基础上,分析了内蒙古河段封河流量、稳封流量和开河关键期流量等重要控制指标,研究了中水河槽变化对冰下过流能力、槽蓄水增量影响,考虑黑山峡水库至内蒙古河段区间流量变化,提出南水北调西线一期工程生效前、后黑山峡水库适宜的防凌控制流量。根据黄河水沙调控体系的总体运用要求,以充分发挥龙刘水库对黄河水资源和南水北调西线一期工程入黄水量的配置作用,以黄河上游梯级电站发电效益较大为原则,提出黑山峡水库独立承担宁蒙河段防凌库容需求为:南水北调西线一期工程生效前为 38.4 亿 m^3(约 50 年一遇),南水北调西线一期工程生效后为 57.6 亿 m^3(约 50 年一遇)。

第7章　流域水资源合理调配对黑山峡河段开发的需求

7.1　流域水资源开发利用现状和存在的问题

7.1.1　流域经济概况

黄河流域涉及青海、四川、甘肃、宁夏、内蒙古、陕西、山西、河南和山东9省(区)的66个地(市、州、盟)340个县(市、旗),其中有267个县(市、旗)全部位于黄河流域,有73个县(市、旗)部分位于黄河流域。

黄河流域人口和城市分布主要集中在人居环境适宜,有发展经济条件的黄河干、支流的河谷、平原和盆地。20世纪80年代以来,黄河流域总人口年均增长率10.4‰,高于全国同期人口增长率9.18‰;2000年以后人口增长有所放缓,2000~2019年黄河流域人口年均增长率5.96‰,仍高于全国人口5.25‰的年均增长速度。截至2019年,黄河流域总人口12 225万,占全国总人口的8.7%,其中城镇人口6 956万,城镇化率56.9%。

黄河流域大部分位于我国中西部地区,由于历史、自然条件等,经济社会发展相对滞后,与东部地区相比存在着明显的差距。近年来,国家经济政策向中西部倾斜,黄河流域经济社会得到快速发展。据统计,2000~2019年黄河流域国内生产总值(当年价)年均增长率13.5%,2019年黄河流域国内生产总值72 387亿元,三次产业结构比例为6.1∶44.3∶49.6,人均GDP5.9万元,低于同期全国平均水平7.1万元。

2019年黄河流域农田有效灌溉面积为8 511万亩,粮食产量4 645万t,人均粮食产量380 kg,其中青海、甘肃人均粮食产量低于300 kg,陕西、山西人均粮食产量低于350 kg,均低于人均400 kg的标准。黄河下游流域外引黄灌区横跨黄淮海平原,耕地面积5 990万亩,农田有效灌溉面积约3 300万亩,是我国重要的粮棉油生产基地,现状下游引黄灌区粮食总产量约3 000万t。

黄河流域矿产资源丰富,在全国已探明的45种主要矿产中,黄河流域有37种。具有全国性优势的有稀土、石膏、玻璃用石英岩、铌、煤、铝土矿、钼、耐火黏土等8种;具有地区性优势的有石油、天然气和芒硝3种;具有相对优势的有天然碱、硫铁矿、水泥用灰岩、钨、铜、岩金等6种。黄河流域已探明煤产地(或井田)685处,保有储量约5 500亿t,占全国煤炭储量的50%左右,预测煤炭资源总储量2.0万亿t左右。黄河流域的煤炭资源主要分布在内蒙古、山西、陕西、宁夏、河南、甘肃6省(区),具有资源雄厚、分布集中、品种齐全、煤质优良、埋藏浅、易开发等特点。在全国已探明储量超过100亿t的26个煤田中,黄河流域有10个。2019年,黄河流域煤炭产量约19亿t,占全国的50%;火电装机容量约占全国火电装机容量的 17%。流域内已探明的石油、天然气主要分布在胜利、中原、长庆和延长 4 个油区,其中胜利油田是我国的第二大油田。依托丰富的煤炭、电力、石油和天然气等能源资源及有色金属矿产资源,流域内建成了一大批能源和重化工基地、钢铁生产基地、铝业生产基地、机械制造和冶金工业基地,初步形成了工业门类比较齐全的格局,为流域经济的进一步发展奠定了基础。形成了以包头、太原等城市为中心的全国著名的钢铁生产基地和豫西、晋南等铝生产基地,以山西、内蒙古、宁夏、陕西、河南等省(区)为主的煤炭重化工生产基地,建成了我国著名的中原油田、胜利油田以及长庆油气田和延长油气田,西安、太原、兰州、洛阳等城市机械制造、冶金工业等也有很大发展。2019 年黄河流域工业增加值 25 794 亿元,占流域 GDP 的 35.6%,占全国工业增加值的 8.3%,同期工业发展仍暂居经济发展的主导地位,是国家能源安全的支柱,更是当地经济发展的引擎。

7.1.2　流域水资源开发利用现状

7.1.2.1　水资源开发利用历程

黄河流域水资源开发利用历史悠久,早在战国时期,就兴修郑国渠引泾水灌溉农田,变关中为良田。秦汉时期宁夏平原已经开始引黄灌溉,由于黄河水的淤灌,使荒漠泽卤变成良田,久享“塞上江南、鱼米之乡”的美誉。北宋时期黄河下游开展了引黄河水沙淤灌农田,1076 年引黄、汴河放淤开封及东西沿汴两岸农田。20 世纪 20 年代,李仪祉在陕西主持修建泾惠渠等“关中八惠”,成为国内一批较早的、具有先进科学技术的近代灌溉工程。

新中国成立后,进行了大规模的水利建设,不仅改造扩建了原来的老灌区,而且兴建了一批大中型水利工程,到 1980 年流域内新建、扩建和改善的有效灌溉面积达到 6 492 万亩,若包括下游流域外引黄灌溉面积,达 8 000 万亩。除向农业供水外,还建成了一批工业、城镇供水工程和流域外远距离调水工程。

黄河水资源开发利用取得了巨大成就,黄河流域面积占全国国土面积的 8.3%,而年径流量只占全国的 2%,承担着占全国 15%的耕地面积和 12%人口的供水任务,同时还承担着向流域外调水及一般清水河流所没有的输沙任务。根据《第一次全国水利普查》成果(2013 年 6 月),黄河流域内共修建蓄水工程 15 274 座,总库容达到 909.27 亿 m^3;引水工程 14 982 处,规模为 169 720 m^3/s;提水工程 19 327 处,规模为 7 087 m^3/s。建成规模以上机电井工程 55.68 万眼,年供水量为 113.98 亿 m^3。此外还建成了少量污水回用工程和雨水利用工程。另外还有向流域外供水涵闸和提水站 120 余座。

自 20 世纪 50 年代以来,随着国民经济的发展,黄河的供水量不断增加。1950 年,黄河流域供水量约 120.0 亿 m^3,主要为农业用水,1980 年黄河流域各类工程总供水量 446.3 亿 m^3。1980~2019 年,随着经济社会的快速发展,黄河流域供水总量长期呈递增趋势,黄河供水区总供水量从 1980 年的 446.4 亿 m^3 增大至 2019 年的 556 亿 m^3,其中流域内供水量由 343.0 亿 m^3 增加到 425.7 亿 m^3,年均增长率 0.62%。1980~2019 年黄河流域供水量变化情况见表 7-1。

表 7-1 1980~2019 年黄河流域供水量变化情况　　单位:亿 m^3

年份	流域内				流域外	合计	年均增长率/%
	地表水	地下水	其他供水	小计			
1980	249.2	93.3	0.5	343.0	103.4	446.4	
1985	245.2	87.2	0.7	333.1	82.7	415.8	-1.4
1990	271.8	108.7	0.7	381.2	104.0	485.2	3.3
1995	266.2	137.6	0.8	404.6	99.1	503.7	0.8
2000	272.2	145.5	1.1	418.8	87.6	506.4	0.1
2005	261.1	138.4	3.5	403.0	71.4	474.4	-1.3
2010	278.9	129.0	4.4	412.3	105.8	518.1	1.8
2015	283.3	123.3	8.7	415.3	119.4	534.7	0.6
2019	294.6	114.4	16.7	425.7	130.3	556.0	1.0

7.1.2.2 现状供用耗水量

1.供水量

2019 年黄河流域各类工程供水量 555.97 亿 m^3,其中流域内供水 425.65 亿 m^3,向流域外供水 130.32 亿 m^3。黄河流域内供水量中,地表水供水量 294.63 亿 m^3,占比 69.2%;地下水供水量 114.35 亿 m^3,占比 26.9%;非常规水供水量 16.67 亿 m^3,占比 3.9%,见表 7-2。

表 7-2 黄河流域 2019 年供水量调查统计　　单位:亿 m^3

省(区)	流域内供水量				流域外供水量	合计
	地表水	地下水	其他水源	合计		
青海	12.64	3.08	0.38	16.10	0	16.1
四川	0.22	0.02	0	0.24	0	0.24
甘肃	32.30	4.19	2.53	39.02	2.47	41.49
宁夏	65.43	6.81	0.39	72.63	0	72.63
内蒙古	76.82	24.19	4.06	105.07	0.52	105.59
陕西	36.27	27.98	2.93	67.18	0	67.18
山西	29.80	19.06	3.12	51.98	2.83	54.81
河南	29.69	21.49	1.41	52.59	25.34	77.93
山东	11.46	7.53	1.85	20.84	85.54	106.38
河北、天津	0	0	0	0	13.62	13.62
合计	294.63	114.35	16.67	425.65	130.32	555.97

黄河流域各省(区)供水对地表水的依赖相对较大,尤其是黄河上中游地区,流域内青海、甘肃、宁夏、内蒙古供水量分别为 16.10 亿 m^3、39.02 亿 m^3、72.63 亿 m^3 和 105.07 亿 m^3,其中地表水供水比例分别为 78.5%、82.8%、90.1%和 73.1%。陕西、山西、河南、山东等省地表水、地下水供水比例相对均衡。

2. 用水量

2019 年,黄河流域内各部门总用水量 425.65 亿 m^3,其中农田灌溉用水量为 265.71 亿 m^3,占总用水量的 62.4%,是黄河流域第一用水大户;工业用水量为 51.29 亿 m^3,占总用水量的 12.1%;居民生活用水量为 40.29 亿 m^3,占总用水量的 9.5%;林牧渔畜用水量为 31.42 亿 m^3,占总用水量的 7.4%;城镇公共用水量为 13.80 亿 m^3,占总用水量的 3.2%;生态环境用水量为 23.14 亿 m^3,占总用水量的 5.4%,见表 7-3。

表 7-3 2019 年黄河流域内总用水量调查统计 单位:亿 m^3

省(区)	农田灌溉	林牧渔畜	工业	城镇公共	居民生活	生态环境	合计
青海	7.2	3.22	1.22	1.02	2.36	1.08	16.10
四川	0.01	0.15	0.01	0.01	0.06	0	0.24
甘肃	22.2	2.58	5.41	2.7	4.23	1.9	39.02
宁夏	53.62	6.81	5.16	1.25	2.38	3.41	72.63
内蒙古	84.31	5.51	5.94	1.28	4.17	3.86	105.07
陕西	28.24	6.95	12.52	3.26	11.23	4.98	67.18
山西	27.94	1.88	8.59	2.02	7.63	3.92	51.98
河南	29.44	2.54	10.16	1.56	6.03	2.86	52.59
山东	12.75	1.78	2.28	0.70	2.20	1.13	20.84
黄河流域	265.71	31.42	51.29	13.80	40.29	23.14	425.65

黄河上中游六省(区)农业用水量占总用水量的 71.2%;其次是工业,用水量占总用水量的 11.0%。除四川省外,黄河流域其他省(区)农业用水所占比例均最高,尤其是宁夏和内蒙古,农业用水量占总用水量比例分别达 83.2%和 85.5%。

3. 耗水量

2019 年黄河流域耗水总量为 455.4 亿 m^3,其中地表水耗水量为 370.7 亿 m^3(流域内地表水耗水量为 240.38 亿 m^3、流域外供水消耗 130.32 亿 m^3),地下水耗水量为 84.7 亿 m^3。流域内地表水耗水量占流域内总耗水量的 73.9%,地下水耗水量占 26.1%,见表 7-4。

7.1.3 现状水资源开发利用存在的主要问题

7.1.3.1 现状用水已超过水资源承载能力

据 2001~2019 年统计,黄河流域现状地表水开发利用率接近 80%,已超过其水资源承载能力。黄河流域目前有 13 个地级市地表水超载,其中黄河干流超载 9 个、支流超载 4 个。20 世纪 70~90 年代,黄河曾有 22 年发生断流。

表 7-4　2019 年黄河流域内外耗水量　单位：亿 m^3

省(区)	地表水			地下水	总量
	流域内	流域外	合计		
青海	9.6	0	9.6	1.91	11.51
四川	0.2	0	0.2	0.02	0.22
甘肃	27.96	2.47	30.43	3.28	33.71
宁夏	40.14	0	40.14	4.63	44.77
内蒙古	62.28	0.52	62.8	18.88	81.68
陕西	30.92	0	30.92	20.29	51.21
山西	29.61	2.83	32.44	14.68	47.12
河南	28	25.34	53.34	15.42	68.76
山东	11.67	85.54	97.21	5.59	102.8
河北、天津	0	13.62	13.62		13.62
黄河流域	240.38	130.32	370.7	84.7	455.4

2001~2019 年，黄河干流头道拐断面和利津断面平均实测径流量分别为 179.7 亿 m^3 和 174.9 亿 m^3，与断面生态需水 197 亿 m^3 和 220 亿 m^3 相比，头道拐断面和利津断面生态亏缺水量分别为 17.3 亿 m^3 和 45.1 亿 m^3。汾河、沁河、大黑河、大汶河等支流断流情况严重，河流生态功能受损；与 20 世纪 80 年代相比，黄河宁蒙、小北干流、下游等河段湿地萎缩，湿地面积减少 30%~40%，河口三角洲天然湿地萎缩 50%。

黄河流域浅层地下水超采量 12.79 亿 m^3，形成了大量的地下水降落漏斗，如宁夏的银川漏斗、大武口漏斗，陕西的沣东漏斗、兴化漏斗、鲁桥漏斗、渭滨漏斗，山西的宋古漏斗、太原漏斗、运城漏斗，河南的武陟-温县-孟县漏斗等。

7.1.3.2　水资源短缺长期制约流域高质量发展

黄河水资源禀赋不足，随着经济社会的快速发展，流域缺水问题越来越凸显。目前，黄河流域有 1 000 多万亩有效灌溉面积得不到灌溉、4 000 多万亩农田得不到充分灌溉，大量能源项目由于缺水而难以落地。上中游城乡供水安全保障能力不足，特别是甘肃、宁夏农村居民人均生活用水量仅 40 L/d，还有一些地区守着黄河却用不上黄河水。黄河流域在国家粮食安全、能源安全等方面发挥了重要作用，化石能源产量占全国的 70%，粮食肉类产量约占全国的 1/3，未来随着黄河流域生态保护和高质量发展重大国家战略的持续推进，黄河流域缺水问题将更加突出。

7.1.3.3　水资源节约集约利用水平有待进一步提高

黄河流域近年来用水水平和用水效率有了较大提高，但农业用水占比接近 70%，大中型灌区续建配套还不完善，部分灌区仍存在用水粗放低效现象。一般工业的生产工艺和关键环节还存在一定的用水浪费现象。流域城镇管网漏损率平均为 13%，还有待进一步提升，非常规水利用率低。

7.2　流域水资源需求预测

7.2.1　河道外水资源需求

黄河流域河道外需水总量变化主要取决于人口增长、经济社会发展、产业结构调整、节约用水及用水定额、水资源循环利用水平、水价、水资源需求、管理水平以及生态环境保护的需要等因素。

《中华人民共和国国民经济和社会发展第十四个五年规划和 2035 年远景目标纲要》提出，到 2035 年，我国要实现人均国内生产总值达到中等发达国家水平。按照进入新发展阶段、贯彻新发展理念、构建新发展格局，加快构建国内统一大市场和畅通的国内大循环等总体部署，结合国家现代化进程，沿黄省（区）进一步融入黄河流域生态保护和高质量发展重大国家战略、西部大开发重要战略以及“一带一路”倡仪，为进一步缩小东西部差距，考虑黄河流域各省（区）相关经济发展规划，预计未来黄河流域经济发展呈平稳运行、发展质量不断提高的态势，同时将逐步优化产业结构、淘汰落后产能，加快转变经济发展方式。

根据《国家人口发展规划（2016~2030 年）》（国发〔2016〕87 号），预计中国人口将在 2030 年前后达到峰值。结合国家人口发展规划以及乡村振兴、新型城镇化等战略要求，未来黄河流域人口仍维持一定的增长，城镇化建设发展迅速，随着以兰州-西宁、宁夏沿黄经济区、关中-天水、呼包鄂榆、太原城市群、中原经济区等城市群为代表的新的城镇化增长极的形成，人口将进一步向城镇聚集，城镇化率稳步提高。未来随着人民生活水平的提高，城乡供水一体化稳步推进，沿黄各省（区）生活用水需求仍将持续增加。

《黄河流域生态保护和高质量发展规划纲要》明确提出，要有序有效开发山西、鄂尔多斯盆地综合能源基地资源，推动宁夏宁东、甘肃陇东、陕北、青海海西等重要能源基地高质量发展。考虑黄河流域能源战略地位，在碳达峰碳中和的背景下，黄河流域在未来经济发展中将逐步优化产业结构、淘汰落后产能，加快转变经济发展方式，严格控制新增煤电规模，煤制油、煤制气等现代煤化工行业仍保持一定的发展规模，构建清洁、高效、安全、可持续的现代能源体系。预计未来随着经济结构调整、产业升级换代与技术进步以及节约用水力度加大、循环利用水平提高和需求管理的加强，工业用水定额将有所降低，同时黄河流域工业发展仍维持一定的规模，未来工业需水量仍有一定程度的增加。

《黄河流域生态保护和高质量发展规划纲要》明确提出，要进一步做优做强农牧业，巩固黄河流域对保障国家粮食安全的重要作用，稳定种植面积，提升粮食产量和品质，把粮食主产区建设成为粮食生产核心区。规划水平年，随着节水水平的提高，农业用水定额将逐渐下降，同时为保障国家粮食安全，在现状有效灌溉面积的基础上，统筹考虑已列入规划和投资的节水改造和续建配套灌区以及新建灌溉工程，大力发展畜牧业，未来仍需维持一定的农业用水需求。

党的十九大报告提出，建设生态文明是中华民族永续发展的千年大计，将生态文明建设提高到前所未有的高度。强调必须树立和践行绿水青山就是金山银山的理念，坚定走生产发展、生活富裕、生态良好的文明发展道路，建设美丽中国，为人民创造良好生产生活环境，为全球生态安全作出贡献。随着黄河流域生态保护和高质量发展上升为重大国家战略，对生态文明建设提出了更高的要求，同时人民对生活质量改善的诉求和区域城镇化发展进程对流域的生态文明建设提出了新的挑战，未来生态环境用水需求将保持一定程度的增长。

需水预测以各河段经济社会发展规划和预测为基础，突出恢复和保护生态环境的重要性。以 2019 年 11 月水利部水利水电规划设计总院审查通过的《新形势下黄河流域水资源供需形势深化研究》（水规总〔2019〕787 号）成果提出的主要指标（见表 7-5）进行水资源需求预测。

表 7-5　黄河流域水资源需求预测主要技术指标

项目		现状年	2035 年
人口	城镇/万人	6 956	9 395
	农村/万人	5 269	3 854
	合计/万人	12 225	13 249
灌溉面积	农田/万亩	8 513	9 099
	林牧/万亩	1 056	1 460
国内生产总值/亿元		72 387	149 124
工业增加值/亿元		25 794	55 201
建筑业/亿元		6 287	16 533
第三产业增加值/亿元		35 870	69 087
用水定额	万元 GDP 用水量/m^3	59	37
	人均用水量/m^3	348	414
	工业万元增加值用水量/m^3	19. 9	13. 3
	农田灌溉水利用系数	0. 56	0. 61
	农田灌溉定额/（m^3/亩）	369	343
	林草灌溉定额/（m^3/亩）	297	254
	城镇居民生活定额/[L/（人·日）]	110	136
	农村居民生活定额/[L/（人·日）]	64	89

2019 年黄河流域农田有效灌溉面积为 8 513 万亩，规划 2035 年全部达到节水标准，灌溉水有效利用系数由现状年的 0. 56 提高到 0. 61，农田灌溉定额由现状年的 369 m^3/亩减少到节水后的 343 m^3/亩；一般工业发展除对现状工业进行节水改造外，新发展工业用水也全部采用强化节水标准。

根据国民经济发展指标预测成果及用水定额，预测 2035 年黄河流域各河段河道外需水量。根据预测，黄河流域 2035 年总需水量 548. 22 亿 m^3，其中河口镇以上河段需水量

246.94 亿 m^3(见表 7-6)。

表 7-6　黄河流域不同水平年需水量预测　单位:亿 m^3

省区	现状年需水量	2035 年需水量
龙羊峡以上	1.90	2.44
龙羊峡—兰州	29.05	40.27
兰州—河口镇	188.01	204.23
河口镇—龙门	22.69	27.10
龙门—三门峡	141.49	162.90
三门峡—花园口	41.63	43.73
花园口以下	54.01	62.24
内流区	7.39	5.31
合计	486.17	548.22

7.2.2　河道内生态环境需水量要求

根据 2013 年国务院批复的《黄河流域综合规划(2012—2030 年)》,头道拐断面非汛期生态环境需水量主要包括中下游用水、河道生态环境所需水量等,并考虑防凌需求,头道拐断面非汛期生态需水量为 77 亿 m^3;在进入内蒙古河段年沙量约为 1.1 亿 t、控制河道年均淤积不超过 0.2 亿 t 的条件下,头道拐断面汛期输沙塑槽需水量为 120 亿 m^3 左右。利津断面非汛期生态环境需水量主要包括维持河道不断流、保护河口三角洲湿地、保护水质及河道内生态所需水量等,非汛期生态环境需水量为 50 亿 m^3 左右;在进入下游年沙量约为 9 亿 t、考虑下游河道允许年淤积量为 1.5 亿 t 的条件下,利津断面汛期输沙塑槽需水量在 170 亿 m^3 左右。

7.3　流域可供水量分析

7.3.1　地表水可供水量

考虑到黄河流域及邻近地区国民经济发展和河道内生态环境改善对水资源的需求,经长系列(1956~2010 年)调算,现状年多年平均地表水可供水量 362.17 亿 m^3,其中流域内地表水可供水量 273.06 亿 m^3、向流域外供水量 89.11 亿 m^3。

随着经济社会的发展和人民生活水平的提高,用水需求还会有所增加,至 2035 年还要新增一批供水工程,包括引汉济渭、引大济湟、引洮供水等。规划新增的供水工程可增加流域地表水供水能力,在一定程度上缓解流域水资源时空分布不均的问题,但由于受黄河地表水资源可利用量的制约,黄河流域地表水可供水量小于工程供水能力。到 2035 年,考虑引汉济渭等跨流域调水工程的实施生效,经长系列(1956~2010 年)调算,黄河流域地表水可供水量为 357.55 亿 m³(见表 7-7)。

表 7-7　黄河流域不同水平年地表水可供水量　单位:亿 m³

水平年	多年平均			中等枯水年			特殊枯水年		
	流域内	流域外	小计	流域内	流域外	小计	流域内	流域外	小计
现状年	273.06	89.11	362.17	240.57	78.35	318.92	227.73	73.33	301.06
2035 年	274.3	83.25	357.55	252.09	76.74	328.83	236.39	72.11	308.5

7.3.2　地下水规划开采量

黄河流域地下水现状供水量为 114.35 亿 m³,从黄河流域地下水开采情况分析,部分地区浅层地下水已经超采,部分地区尚存在一定的开采潜力。

地下水规划开采量的原则:逐步退还深层地下水开采量和平原区浅层地下水超采量;在尚有地下水开采潜力的地区适当增加地下水开采量;山丘区地下水开采量基本维持现状开采量。

现状年地下水开采仍维持现状开采水平,现状年规划开采量 114.35 亿 m³,到 2035 年规划开采量达到 119.85 亿 m³(见表 7-8)。

表 7-8　水平年地下水规划开采量　单位:亿 m³

省(区)	地下水规划开采量	
	现状年	2035 年
青海	3.08	3.27
四川	0.02	0.02
甘肃	4.19	5.24
宁夏	6.81	7.68
内蒙古	24.19	25.08
陕西	27.98	29.51
山西	19.06	19.34
河南	21.49	18.27
山东	7.53	11.44
黄河流域	114.35	119.85

7.3.3　其他水源供水预测

黄河流域可供利用的其他水源包括污水处理再利用、雨水利用等非常规水源,非常规水源利用可在一定程度上缓解黄河流域部分地区水资源紧缺局面。据调查分析,现状年非常规水源利用量为 16.67 亿 m³,规划水平年通过进一步提升非常规水源利用技术,提高水资源利用率，非常规水源利用量达到 20.97 亿 m^3（见表 7-9）。

表 7-9　黄河流域其他水源利用量　　单位：亿 m^3

省（区）	其他水源利用量	
	现状年	2035 年
青海	0.38	0.40
四川	0	0
甘肃	2.53	3.06
宁夏	0.39	1.34
内蒙古	4.06	3.44
陕西	2.93	3.98
山西	3.12	4.02
河南	1.41	2.78
山东	1.85	1.95
黄河流域	16.67	20.97

7.3.4　总供水量预测

综合上述分析，黄河流域现状年总供水量为 493.19 亿 m^3，考虑引汉济渭等调水工程生效后，2035 年总供水量可达到 498.37 亿 m^3，其中地表水供水量 357.55 亿 m^3，占 71.7%，地下水供水量 119.85 亿 m^3，占 24.1%，其他水源供水量 20.97 亿 m^3，占 4.2%（见表 7-10）。

表 7-10　黄河流域不同水平年总供水量　　单位：亿 m^3

水平年	地表水供水量			地下水供水量	其他水源供水量	合计
	流域内	流域外	小计			
现状年	273.06	89.11	362.17	114.35	16.67	493.19
2035 年	274.3	83.25	357.55	119.85	20.97	498.37

7.4　流域水资源供需成果分析

根据需水预测成果，结合可供水量分析，进行现状年和 2035 年供需平衡计算，计算结果见表 7-11。

现状年,黄河流域内河道外需水量为 486.17 亿 m^3,供水量 404.08 亿 m^3,其中地表水供水量 273.06 亿 m^3、地下水供水量 114.35 亿 m^3、其他水源供水量 16.67 亿 m^3,流域内缺水量 82.09 亿 m^3,流域外供水量 89.11 亿 m^3,入海水量 175.60 亿 m^3。

2035 年,黄河流域内河道外需水量增加到 548.22 亿 m^3,考虑引汉济渭等调水工程,流域内河道外供水量增加至 415.12 亿 m^3,其中地表水供水量 274.3 亿 m^3、地下水供水量 119.85 亿 m^3、其他水源供水量 20.97 亿 m^3,流域内缺水量 133.1 亿 m^3,流域外供水量 83.25 亿 m^3,入海水量 168.49 亿 m^3。

表 7-11　黄河流域不同水平年供需结果 单位:水量,亿 m^3;缺水率,%

水平年	流域内需水量	流域内供水量				流域内缺水量	流域内缺水率	流域内地表耗水量	流域外供水量	地表耗水量合计	入海水量
		地表水	地下水	其他	合计						
现状年	486.17	273.06	114.35	16.67	404.08	82.09	16.9	218.18	89.11	307.29	175.60
2035 年	548.22	274.3	119.85	20.97	415.12	133.1	24.3	222.05	83.25	305.3	168.49

注:流域外供水量全部计为耗水量。

7.5　南水北调西线调水工程来水调节需求分析

未来一定时期黄河流域水资源供需矛盾仍十分突出,缺水主要集中在黄河上中游地区。南水北调西线工程是国家"四横三纵"水资源配置格局的主要组成部分,工程从河源区注入黄河,受水区范围可覆盖黄河流域及邻近的河西内陆地区,对于缓解黄河水资源矛盾、支撑流域经济社会可持续发展、遏制黄河上中游部分地区和邻近河西内陆河有关地区生态环境恶化趋势具有重要作用。

根据 2020 年 10 月水利部水利水电规划设计总院审查通过的《南水北调西线工程规划方案比选论证报告》成果,南水北调西线一期工程调水 80 亿 m^3,推荐利用两条输水线路向黄河流域调水,一条为上线,从雅砻江、大渡河干支流联合调水线路 40 亿 m^3 入贾曲;另一条为下线,从在建的大渡河双江口水库调水 40 亿 m^3,在甘肃省岷县入洮河后进入黄河刘家峡水库。

南水北调西线年内来水过程不均匀,来水与下游用水在地区和时间上不相适应,南水北调西线来水过程及西线一期工程生效后黑山峡-河口镇工农业耗水过程见表 7-12。上线调水 40 亿 m^3 入贾曲后,最终进入龙羊峡水库;下线调水 40 亿 m^3 入洮河后进入刘家峡水库,刘家峡水库调节库容有限,仅有 21 亿 m^3,且刘家峡水库至万家寨水库近 1 600 km 河段无大的调蓄工程,难以对西线来水进行调节。因此,黑山峡河段需要有一个"大水盆"对西线来水进行调节,以保障刘家峡水库以下河段用水需求。黑山峡水利枢纽凭借区位优势和长期有效库容成为西线一期工程的主调节水库,是支撑国家骨干水网建设、合理调配西线调入水量的关键工程。

表 7-12　南水北调西线来水过程及南水北调西线一期工程生效后黑山峡-河口镇工农业耗水过程

项目	流量过程/(m^3/s)												年水量/亿 m^3
	7月	8月	9月	10月	11月	12月	翌年1月	2月	3月	4月	5月	6月	
西线上线来水过程	146.2	146.2	146.0	145.7	145.3	145.1	143.3	132.5	87.9	0	137.8	146.1	40
西线下线来水过程	145.3	145.3	145.3	145.3	145.3	145.3	143.9	137.0	78.5	0	145.3	145.3	40
黑山峡-河口镇工农业耗水过程	730.8	491.9	364.5	305.2	346.1	112	112	112	112	221.5	668.4	839.9	116.1

7.6　水资源配置方案

7.6.1　南水北调西线一期工程生效前黄河水资源配置方案

1984 年 8 月，国家计委约请有关部门协商拟定了南水北调西线一期工程生效前黄河可供水量分配方案，即“87 分水方案”，即正常来水年份可供水量为 370 亿 m^3，其中河口镇以上为 127.1 亿 m^3，下游河道生态用水（包括输沙用水）约 210 亿 m^3。《黄河流域水资源综合规划》依据 1956~2000 年 45 年径流系列的径流量 535 亿 m^3，在黄河“87 分水方案”的基础上，配置各省（区）河道外用水量 332.79 亿 m^3，入海水量 187 亿 m^3。

随着人类活动加剧，黄河流域水资源量不断减少，结合已完成的《黄河流域设计水文成果修订》，分析提出 1956~2010 年天然径流系列，该系列多年平均天然水量 482.4 亿 m^3，其干流主要水文站特征见表 7-13。

表 7-13　黄河干流主要控制站河川天然径流量主要特征

水文站	最大		最小		多年平均		C_v	C_s/C_v	不同频率年径流量/亿 m^3			
	径流量/亿 m^3	出现年份	径流量/亿 m^3	出现年份	径流量/亿 m^3	径流深/mm			20%	50%	75%	95%
贵德	332.21	1989	109.64	2002	202.00	168.2	0.25	3	240.91	195.99	166.20	132.18
兰州	520.79	1967	210.74	2002	320.80	148.2	0.21	3	374.91	313.65	271.92	222.56
河口镇	507.31	1967	196.64	2002	313.53	86	0.21	3	366.55	306.49	265.60	217.27
龙门	572.02	1967	236.12	2002	352.51	76.2	0.20	3	408.54	345.59	302.27	250.32
三门峡	689.04	1964	288.33	2002	435.10	70.1	0.21	3	507.62	425.65	369.69	303.31
花园口	812.32	1964	310.81	2002	480.82	73	0.22	3	562.96	469.80	406.49	331.84
利津	813.92	1964	312.41	2002	482.42	71.1	0.21	3	564.58	471.43	408.10	333.37

注：C_v 为变差系数，C_s 为偏态系数。

本次调节计算采用的1956~2010年径流系列黄河多年平均径流量482.4亿m^3,与黄河“87分水方案”制定时采用的1919~1975年径流系列黄河多年平均径流量580亿m^3和《黄河流域水资源综合规划》编制时采用的1956~2000年径流系列黄河多年平均径流量535亿m^3相比,减少较多。依据《黄河可供水量年度分配及干流水量调度方案》(计地区〔1998〕2520号),遇枯水年份,即河川径流量减少时,各省(区)分水指标要同比例削减。同时考虑南水北调东、中线一期调水工程已经生效,拟定各省(区)黄河地表水耗水指标。径流调节计算时黄河各河段水量配置进行同比例折减,各省(区)共配置黄河河道外用水量见表7-14。

表7-14　黄河地表水耗水量分配方案　　单位:亿m^3

河段	各月耗水量												年耗水量
	7月	8月	9月	10月	11月	12月	翌年1月	2月	3月	4月	5月	6月	
龙羊峡以上	0.61	0.03	0.02	0.13	0.13	0.01	0.01	0.01	0.16	0.39	0.34	0.29	2.13
龙刘区间	0.60	0.19	0.11	0.35	0.28	0.08	0.08	0.08	0.34	0.72	0.54	0.70	4.07
刘兰区间	1.98	1.00	0.80	1.52	1.42	0.64	0.64	0.64	1.05	2.78	2.00	2.49	16.96
兰州—大柳树	1.03	0.69	0.51	0.72	0.75	0.49	0.48	0.48	0.75	1.17	1.03	1.10	9.20
大柳树—青铜峡	2.23	1.59	0.74	0.55	1.29	0.04	0.04	0.04	0.04	1.12	2.39	2.11	12.18
青铜峡—河口镇	13.40	8.07	6.05	5.04	4.99	0.73	0.73	0.73	0.73	1.93	11.33	16.29	70.02
河口镇—龙门	1.79	2.16	0.96	0.92	0.83	0.81	0.81	0.81	1.37	1.81	1.83	1.88	15.98
龙门—三门峡	6.36	10.50	3.81	6.72	4.03	2.19	2.10	2.00	5.69	7.42	6.10	5.53	62.45
三门峡—花园口	1.50	2.32	0.76	2.30	1.34	0.45	0.46	0.46	2.23	4.58	4.33	3.27	24.00
花园口以下	5.84	4.96	1.67	6.97	8.78	3.42	3.40	3.81	10.97	15.19	16.12	9.63	90.76
合计	35.34	31.51	15.43	25.22	23.84	8.86	8.75	9.06	23.33	37.11	46.01	43.29	307.75

7.6.2　南水北调西线一期工程水资源配置方案

黄河流域属于资源性缺水流域,2035年黄河流域多年平均河道外缺水总量由现状年的82.09亿m^3增加到133.1亿m^3,缺水形势十分严峻。南水北调西线工程是解决流域缺水特别是上中游地区缺水的重要措施。

南水北调西线一期工程项目建议书阶段,将一、二期合并,推荐方案为多年平均调水量80亿m^3。根据南水北调工程总体规划,西线工程主要向黄河上中游地区[包括青、甘、宁、蒙、陕、晋等六省(区)的部分缺水地区]供水,解决缺水矛盾,同时通过向黄河干流补水,补充被挤占的河道生态环境用水,保证下游河道的输沙水量,减少河道淤积,恢复并维持中水河槽行洪输沙功能,并缓解下游断流和生态环境问题;在可能的情况下,向流域外部分地区供水,改善部分地区的生态环境,为西起河西走廊、东至内蒙古坝上高原的绿色屏障提供水资源保障。

考虑缺水的程度和性质、供水的难易程度等因素，统筹安排河道外生活用水、生产用水、生态用水和河道内生态环境用水，确定南水北调西线一期工程河道外用水的受水对象和受水区范围：一是将水量配置在需求增加较快的重要城市和能源化工基地，基本满足 2035 年水平的用水需求；二是通过水量置换向大通河供水，满足大通河以及支流重点经济区的用水；三是为黑山峡生态移民灌区供水，为当地生态环境的修复改善和巩固脱贫致富成果创造条件；四是向水资源极度短缺、生态环境严重恶化的石羊河流域补水，为改善当地生态环境和居民生存环境增补水源。

根据《黄河流域综合规划（2012—2030 年）》和南水北调西线工程研究专题《调入水量配置方案细化研究》成果（2016 年 3 月），南水北调西线一期工程调水量 80 亿 m^3 的配置方案（见表 7-15），分配给河口镇以上水量 47.9 亿 m^3，其中工业、生活用水量 40.1 亿 m^3，黑山峡生态灌区用水量 3.8 亿 m^3，石羊河供水量 4 亿 m^3；分配给河口镇以下用水量 12.1 亿 m^3，全部为工业、生活用水；分配给河道内生态用水量 20 亿 m^3，主要是保障基流和增加输沙用水。

表 7-15　南水北调西线一期工程调入水量配置方案　单位：亿 m^3

河段	水量配置方案：南水北调西线一期工程生效，调水量 80 亿 m^3			
	工业、生活	生态及农业	河道内生态	合计
龙羊峡—刘家峡	5.8			5.8
刘家峡—兰州	7.1			7.1
兰州—河口镇	27.2	7.8		35.0
其中：石羊河流域		4		4
黑山峡生态灌区		3.8		3.8
河口镇以下	12.1	0	20	32.1
合　计	52.2	7.8	20	80

7.7　黑山峡水库下泄流量过程分析

黄河流域水资源分布不均，主要分布在上中游尤其是上游地区，需要通过水库等调蓄工程进行水资源合理调配。实施南水北调西线一期工程可缓解流域缺水形势，黑山峡水库是西线调水工程的主调节水库，应对西线调入水量进行合理调配，满足流域用水过程需要。

7.7.1　黑山峡—河口镇河段用水

根据分析提出的南水北调西线一期工程生效前黄河可供水量分配方案，南水北调西线一期工程生效前黑山峡—河口镇河段工农业耗水量为 82.2 亿 m^3，其耗水过程见表 7-16。

南水北调西线一期工程生效后，水量过程基本均匀入黄河。黑山峡—河口镇河段分配河道外用水量 33.9 亿 m^3。一部分为工业用水和生活用水，全年均匀分配；另一部分为黑山峡灌区和石羊河用水，考虑从黑山峡水库库区取水。

表 7-16　南水北调西线一期工程生效前、后黑山峡–河口镇工农业耗水过程

项目		流量过程/(m^3/s)												年耗水量/亿 m^3
		7月	8月	9月	10月	11月	12月	翌年1月	2月	3月	4月	5月	6月	
南水北调西线一期工程生效前		594.8	367.8	258.2	212.3	238.9	29.3	29.3	29.3	29.3	116.4	521.9	700.5	82.2
南水北调西线一期工程生效后	增加生态水量	53.3	41.4	23.6	10.2	24.5	0	0	0	0	22.4	63.8	56.7	7.8
	增加工业生活水量	82.7	82.7	82.7	82.7	82.7	82.7	82.7	82.7	82.7	82.7	82.7	82.7	26.1
	合计	730.8	491.9	364.5	305.2	346.1	112	112	112	112	221.5	668.4	839.9	116.1

注：生态水量是指黑山峡灌区和石羊河用水量。

7.7.2　河口镇断面最小下泄流量要求

7.7.2.1　南水北调西线一期工程生效前河口镇断面最小下泄流量

在以往研究工作中，河口镇最小下泄流量按 250 m^3/s，在此基础上，考虑河口镇以下来水、用水和中游电站的发电要求，分月确定河口镇断面最小下泄流量。

为了照顾中游的万家寨、龙口、天桥等电站水库蓄水，考虑 10 月适当加大河口镇保证流量，为 400 m^3/s。

7 月上旬黄河中游河段一般来水较枯，为了满足河口镇—潼关河段用水要求，通过水资源供需平衡分析，75%频率 7 月河口镇—龙门河段缺水 50 m^3/s；根据龙门—潼关河段扬黄工程引水条件分析，满足引水要求的龙门断面流量为 330 m^3/s。

经综合分析，南水北调西线一期工程生效前河口镇断面保证流量 10 月按 400 m^3/s，7 月按 300 m^3/s，其他月份仍维持以往研究中采用的成果 250 m^3/s（见表 7-17）。

7.7.2.2　南水北调西线一期工程生效后河口镇断面最小下泄流量

以南水北调西线一期工程生效前河口镇断面保证流量为基础，考虑南水北调西线一期工程水资源配置方案，分析南水北调西线一期工程生效后河口镇断面保证流量。

根据南水北调西线工程入黄水量配置方案，分配给河口镇—三门峡河段水量 12.1 亿 m^3，主要为工业用水，在河口镇断面按全年平均下泄考虑，将配置河口镇以下的用水量计入河口镇最小流量要求（见表 7-17）。

表 7-17　南水北调西线一期工程生效前、后河口镇断面最小下泄流量　　单位：m^3/s

项目	7月	8月	9月	10月	11月	12月	翌年1月	2月	3月	4月	5月	6月
南水北调西线一期工程生效前	300	250	250	400	250	250	250	250	250	250	250	250
南水北调西线一期工程生效后	340	290	290	440	290	290	290	290	290	290	290	290

7.8　黑山峡水库满足工农业供水要求需要的调节库容

黄河流域水资源年内和年际分配不均,来水与用水在地区和时间上不相适应,刘家峡水库至万家寨水库近 1 600 km 河段无大的调蓄工程,现状条件下,龙羊峡水库、刘家峡水库按照防洪防凌、供水减淤、兼顾发电的综合调度目标运行,以水定电,牺牲上游梯级发电效益来确保宁蒙河段防凌、供水及生态安全。黑山峡河段以上是黄河上游水电基地,是西北电网的主要调峰电源,发电调度与防凌、供水矛盾突出,灌溉高峰期发电出力大,凌汛期发电出力严重下降,调峰运行受到严重影响。

合理调配黄河水资源和西线工程来水,协调上游防凌、供水与发电矛盾对黑山峡水利枢纽工程提出了需求。根据黄河水沙调控体系的总体运用要求,以充分发挥龙羊峡水库、刘家峡水库对黄河水资源和南水北调西线入黄水量的配置作用为基本原则,以满足黑山峡河段以上的工农业用水和充分发挥梯级水电站发电效益为重要任务,利用 1956~2010 年径流系列进行龙羊峡、刘家峡、黑山峡等梯级水库联合调节计算,推求黑山峡水库入库流量过程,进而考虑下泄流量要求反推供水调节库容。

黑山峡水库下泄流量要求包括附近地区生态用水、宁蒙河段工农业用水(当来水频率大于 75%时,考虑农业用水减少 20%)、河口镇断面最小流量等。黑山峡水库在年内不同调度期的主要调度任务不同,5~7 月用水高峰期以供水调节为主,7 月中旬至 9 月底汛期以调水调沙为主,11 月至翌年 3 月以防凌为主。虽然宁蒙河段在全年均有用水需求,但一方面用水高峰集中在 5~7 月,其他时段用水较少,另一方面其他时段按照防凌及调水调沙要求的下泄流量基本能够满足宁蒙河段的用水需求。因此,黑山峡水库的供水调节库容计算期定为灌溉用水高峰期 5~7 月。

由于 5~7 月为宁蒙河段灌溉用水高峰期,该时期黑山峡水库的入库流量不能满足下泄流量要求,需要黑山峡水库补水,该补水量即为满足 5~7 月水量调节对库容的要求。根据黑山峡入库流量过程和下泄流量要求,经长系列调节计算得到黑山峡水库 1956~2010 年径流系列 5~7 月历年补水量(见图 7-1 和图 7-2),取其最大值作为黑山峡水库的调节库容需求,见表 7-18。

表 7-18　黑山峡水库调节库容计算成果　　单位:亿 m^3

方案	调节库容
南水北调西线一期工程生效前	26.17
南水北调西线一期工程生效后	25.50

由表 7-18 可知,南水北调西线一期工程生效前,满足 5~7 月工农业用水和河口镇断面最小流量要求的调节库容为 26.17 亿 m^3;南水北调西线一期工程生效后,满足 5~7 月工农业用水和河口镇断面最小流量要求的调节库容为 25.50 亿 m^3。需要指出的是,影响调节库容的因素较多,除与黑山峡水库 5~7 月下泄流量要求有直接关系外,还与龙刘水库调节后的年来水量和来水过程密切相关。

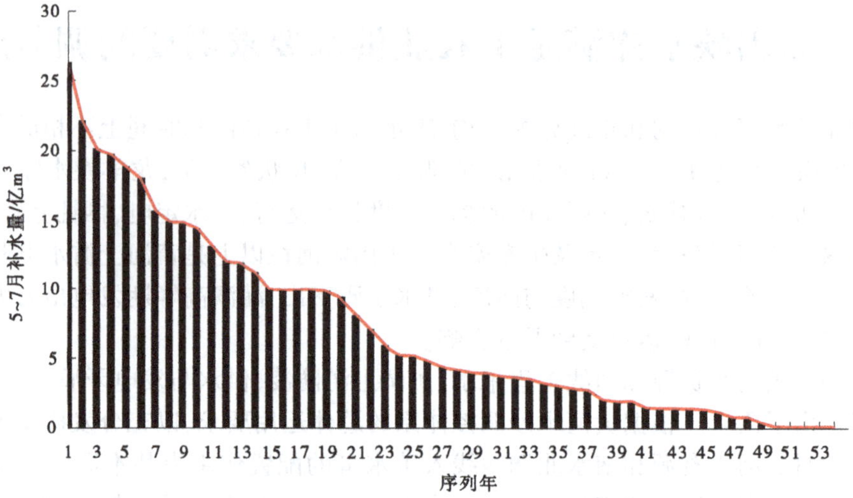

图 7-1　南水北调西线一期工程生效前 5~7 月水库补水量历年变化(从大至小排列)

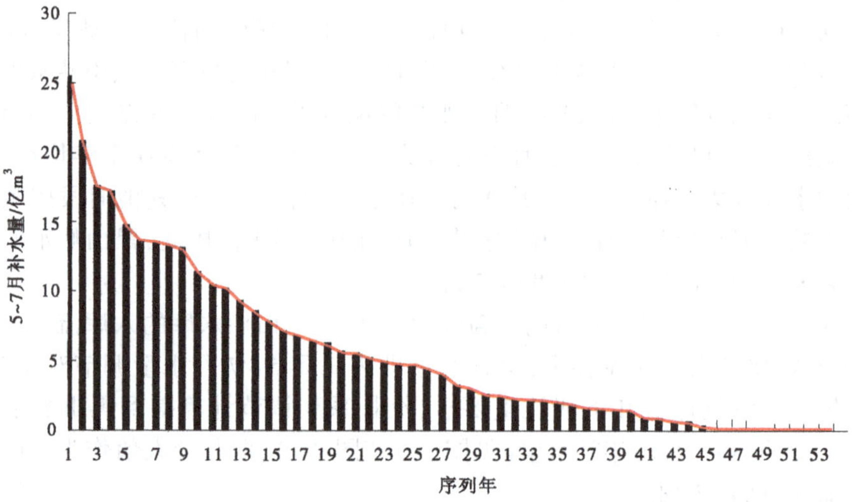

图 7-2　南水北调西线一期工程生效后 5~7 月水库补水量历年变化(从大至小排列)

黑山峡供水调节库容需求本质上为 5~7 月黑山峡坝址入库径流过程与下游宁蒙河段用水及河口镇生态需水过程的错配问题而产生。黑山峡水库生效后,刘家峡水库不再承担宁蒙河段防凌和供水任务,龙羊峡水库、刘家峡水库运用方式发生改变,其调度运用方式调整为以优化发电为主,按照该调度运行方式,造成下河沿(黑山峡坝址入库)断面流量过程与宁蒙河段工农业需水及河口镇断面生态流量过程不匹配,在 5~7 月宁蒙河段灌溉用水高峰期缺水问题尤为突出。南水北调西线一期工程生效后,由于源头水库的调蓄,调入水量过程相对均匀,5~7 月每月增加约 290 m^3/s(见表 7-12),入库水量过程与下游需水过程比南水北调西线一期工程生效前的匹配性更高,所以西线生效后供水调节库容有变小趋势。

7.9 小　结

(1)黄河流域水资源年内和年际分配不均,来水与用水在地区和时间上不相适应,刘家峡水库至万家寨水库近1 600 km河段无大的调蓄工程,难以保障"几"字弯工农业、城镇、生态用水安全。黑山峡河段以上是黄河上游水电基地,是西北电网的主要调峰电源,发电调度与防凌、供水矛盾突出,灌溉高峰期发电出力大,凌汛期发电出力严重下降,调峰运行受到严重影响。合理调配黄河水资源,协调上游防凌、供水与发电矛盾对黑山峡水利枢纽工程提出了需求。

(2)黄河流域属于资源性缺水流域。随着黄河流域经济社会的迅速发展和人民生活水平的提高,水资源严重短缺的局面将进一步加剧。按照1956~2010年径流系列分析的流域水资源供需形势,即使在强化节水用水模式下,2035年流域多年平均河道外缺水总量将由现状年的82.09亿m^3增加到133.1亿m^3,枯水年份缺口更大,缺水形势十分严峻。南水北调西线工程是国家"四横三纵"骨干水网工程的重要组成部分,实施南水北调西线一期工程可缓解流域缺水形势。南水北调西线工程从长江上游干支流调水进入黄河上游,需要有一个"大水盆"。黑山峡水库是支撑国家骨干水网建设、合理调配西线调入水量的关键工程。

(3)根据黄河水沙调控体系的总体运用要求,以充分发挥龙羊峡水库、刘家峡水库对黄河水资源和南水北调西线入黄水量的配置作用为基本原则,以满足黑山峡河段以上的工农业用水和充分发挥梯级水电站发电效益为重要任务,利用1956~2010年径流系列进行龙羊峡、刘家峡、黑山峡等梯级水库联合调节计算,南水北调西线一期工程生效前,满足5~7月工农业用水和河口镇断面最小流量要求的调节库容为26.17亿m^3;南水北调西线一期工程生效后,满足5~7月工农业用水和河口镇断面最小流量要求的调节库容为25.50亿m^3。

第 8 章　国家经济发展战略对黑山峡河段开发的需求

8.1　地区经济社会发展趋势和战略布局需求

8.1.1　地区经济社会发展趋势分析

8.1.1.1　国家宏观经济形势变化分析

在改革开放进程的推动下，我国经济迅速发展。1980~2010 年，国内生产总值年均增长率在 10%左右（以不变价计算）；2011 年以来，经济增长速度放缓。以五年计划期来看，“六五”期间国内生产总值年均增长率 10.7%，“七五”期间 7.8%，“八五”期间 12.3%，“九五”期间 8.6%，“十五”期间 9.5%，“十一五”期间 11.2%。2011 年，国内生产总值增长率下降到 9.8%，2019 年增长率为 7.3%。

经过 30 年的持续快速发展，经济增长速度适度放慢将是必然趋势，但我国经济仍将保持 6%~7%的增速。从政策目标看，到 2035 年达到中等发达国家水平是国家发展的总体目标；从经济增长潜力看，在完整的工业体系、持续的技术进步和巨大生产能力支持下，我国经济仍具有较高的增长潜力；从重大战略举措实施看，“一带一路”倡议的推进需要我国经济保持强劲的内需以扩大进口，并通过产业输出和资本输出重构全球产业链；从国际政治格局演变看，新兴大国的崛起需要持续增长的国家实力以营造有利的战略环境。

8.1.1.2　地区经济社会发展趋势分析

从黑山峡河段甘肃、宁夏、内蒙古和陕西四省（区）过往经济发展历程看，以能源优势特别是煤炭资源支撑建立的工业发展格局保障了经济迅速发展。但随着国家经济增速放缓，以资源优势为基础的区域经济发展模式逐步显示出自身局限，2014 年以后，四省（区）经济增速持续降低。

近年来，国务院印发了《全国主体功能区规划》《国家新型城镇化规划（2021—2035 年）》，提出了京津冀协同发展战略、“一带一路”倡议等，对我国能源安全、粮食安全、城镇化建设、生态文明建设、区域协调发展等提出了一系列战略布局，同时，四省（区）国民经济和社会发展第十四个五年规划纲要明确了经济发展目标、布局，产业结构调整方向，经济社会发展面临新的机遇，依托能源、矿产等资源优势建立的工业格局仍具有重要地位，经济社会发展对水资源的需求仍呈刚性增长。《国家新型城镇化规划（2021—2035 年）》提出中西部地区城市群应成为推动区域协调发展的新的重要增长极，丝绸之路经济带提出依托国际大通道，以沿线中心城市为支撑，以重点经贸产业园区为合作平台，共同打造国际经济合作走廊，这些战略规划的实施必将带来中西部地区城镇人口增加，饮用水安全和生态环境改善对供水安全保障要求更高。完善国家粮食安全保障体系，确保谷物基本自给、口粮绝对安全,未来确保河套灌区、汾渭平原等国家农产品主产区的供水安全面临新形势。水生态文明建设对维护健康河湖功能和人水和谐提出了更深层次的要求,保证河流一定的生态水量(流量)、维持河流健康生命的要求日渐严格。

2019 年 9 月 18 日,习近平总书记在郑州主持召开黄河流域生态保护和高质量发展座谈会并发表重要讲话,黄河流域生态保护和高质量发展上升为重大国家战略,强调黄河流域是我国重要的生态屏障和重要的经济地带,是打赢脱贫攻坚战的重要区域,强调坚持以水而定、量水而行,加强生态保护、推进水资源节约集约利用、推动流域高质量发展。2020 年 1 月 3 日,习近平总书记主持召开中央财经委员会第六次会议,强调坚持节水优先,全面实施深度节水控水行动,推进兰州-西宁城市群发展,推进黄河“几”字弯都市圈协同发展,推动沿黄地区中心城市及城市群高质量发展。甘肃、宁夏、内蒙古和陕西四省(区)分布有兰州-西宁城市群、宁夏沿黄城市群、呼包鄂榆城市群等重点地区和能源基地,黄河流域生态保护和高质量发展重大国家战略的实施将进一步增强四省(区)经济发展动力,推动经济社会高质量发展。

综上分析,黑山峡河段附近地区经济社会发展对水资源的需求将持续增长,对黄河供水和防洪提出了更高要求。

8.1.2　地方经济社会发展对供水的需求

黑山峡河段地处干旱地区,水资源匮乏。随着经济社会的发展,水资源短缺将更加突出。黑山峡河段地区经济社会发展相当大程度上依靠黄河水资源,这一格局预期在未来不会发生重大变化。从黑山峡河段地区经济社会发展的总体趋势来看,对水资源的需求将会呈刚性增长趋势。

(1)能源化工产业的发展将会增加工业用水需求。内蒙古和陕西交界的鄂尔多斯地区和宁夏的宁东地区是我国最重要的能源基地,规划建设了一大批大型电站,承担着西电东送的重要功能,同时也是我国石油和天然气资源的富集区域,规划和建设了一批煤化工项目,对保障我国能源安全具有重要作用。根据《中华人民共和国国民经济和社会发展第十四个五年规划和 2035 年远景目标纲要》,未来要稳妥推进内蒙古鄂尔多斯、陕西榆林、山西晋北、新疆准东、新疆哈密等煤制油气战略基地建设,建立产能和技术储备,推动煤炭生产向资源富集地区集中。随着国家能源战略的持续推进,为保障国家能源安全,陕西、甘肃、宁夏、内蒙古四省(区)能源化工产业仍将高速发展,考虑到与传统利用方式相比,现代煤化工碳排放量小的特点,未来现代煤化工的规模仍将保持较高水平。因此,保障能源化工工业发展必将增加对水资源的需求。

(2)城镇化进程的深入将会推动水资源需求的进一步增长。黑山峡河段地区分布有兰州-西宁城市群、宁夏沿黄城市群、呼包鄂榆城市群等重点地区,是黄河“几”字弯都市圈的重要组成部分,目前黑山峡河段地区的城镇化水平仍处于城镇化的中期阶段,随着黄河流域生态保护和高质量发展重大国家战略的实施,黑山峡河段地区城镇化进程将进一步加快,城镇人口比例将较大幅度提高。从水资源消耗看,城镇居民的人均生活用水量显著高于农村居民,包括绿化、城市环保等城市公共用水量直接与城市居民数量相关,城镇化水平的提高和人口向城市的集中必然将会较大幅度地增加水资源需求。

(3)农业生产的发展将进一步加大对水资源的需求。黑山峡河段地区是我国重要的农业生产基地,在保障国家粮食安全中具有十分重要的战略地位。全国主体功能区规划将宁夏北部引黄灌区、内蒙古的河套平原作为国家级农产品主产区。尤其重要的是在宁夏、内蒙古和陕西的沿黄及其周边地带有着规模巨大的可用作农业生产的后备耕地资源。统筹考虑黄河流域水资源条件和粮食安全,充分考虑水资源承载能力,按照以水定地的原则,今后农田灌溉发展的重点是搞好现有灌区的改建、续建、配套和节水改造,提高管理水平,充分发挥现有灌溉面积的经济效益,在巩固已有灌区的基础上,为保障粮食安全及实现乡村振兴,根据黑山峡河段地区水土资源条件,结合可能兴建的水源工程,适当发展部分新灌区。尽管农业生产技术的发展和节水技术的推广使单位农产品的耗水量逐步下降,但农业生产的发展必然带来对水资源需求的进一步增长。

(4)生态环境保护的强化将会持续增加对水资源的需求。黑山峡河段地区是国家重点生态环境保护区域,是筑牢我国生态安全屏障的重点地区。《关于在西北、华北、东北风沙危害和水土流失重点地区建设大型防护林的规划》《全国防沙治沙规划(2011—2020年)》《全国主体功能区规划》均从不同角度强调了这一地区生态环境治理和保护的重要性,包括加强黄河水生态治理和草原生态系统保护,完善引黄灌区农田防护林网,构建沿黄河生态涵养带、黄河湿地生态带,形成以自然保护区、湿地公园、国家森林公园等为主体的生态格局。同时人民对生活质量改善的诉求和区域城镇化发展进程对流域的生态文明建设提出了新的挑战。相关规划的实施及生态文明建设的要求在不同程度上需要水资源的保障。

8.2　保障附近地区供水安全的需求

8.2.1　保障能源重化工基地供水的需求

《全国主体功能区规划》提出重点在能源资源富集的山西、鄂尔多斯盆地等地区建设能源基地,在能源消费负荷中心建设核电基地,形成以"五片一带"为主体,以点状分布的新能源基地为补充的能源开发布局框架。《中华人民共和国国民经济和社会发展第十四个五年规划和2035年远景目标纲要》提出,做好煤制油气战略基地规划布局和管控,加强煤炭储备能力建设。《黄河流域生态保护和高质量发展规划纲要》明确提出,要有序有效开发山西、鄂尔多斯盆地综合能源基地资源,推动宁夏宁东、甘肃陇东、陕北、青海海西等重要能源基地高质量发展。加强能源资源一体化开发利用,推动能源化工产业向精深加工、高端化发展。

按照《全国水中长期供求规划》中关于能源基地(全国27个)的划分,涉及黑山峡河段附近地区的能源基地有宁东煤炭基地、陇东能源化工基地、神东煤炭基地、鄂尔多斯市能源与重化工产业基地、陕北能源化工基地、黄陇煤炭基地等6个能源基地(见表8-1)。无论从开发规模上,还是地域集中程度上,黑山峡河段附近地区能源基地已成为黄河流域乃至国家能源发展战略总体布局的主体,在国家能源发展战略总体布局中具有举足轻重的地位。

表 8-1　黑山峡河段附近地区能源基地分布情况

<table>
<tr><th rowspan="2">片区名称</th><th rowspan="2">主要能源基地</th><th rowspan="2">产业类型</th><th colspan="2">涉及主要行政区</th></tr>
<tr><th>省(区)</th><th>地市</th></tr>
<tr><td rowspan="7">鄂尔多斯盆地</td><td>陕北能源化工基地</td><td>煤炭开采、煤电、煤化工、石油开采、天然气开采</td><td>陕西</td><td>榆林、延安</td></tr>
<tr><td>黄陇煤炭基地</td><td>煤炭开采</td><td>陕西</td><td>延安、咸阳、渭南、铜川</td></tr>
<tr><td rowspan="2">神东煤炭基地</td><td rowspan="2">煤炭开采、煤电、煤化工</td><td>陕西</td><td>榆林</td></tr>
<tr><td>内蒙古</td><td>鄂尔多斯、包头、乌海</td></tr>
<tr><td>鄂尔多斯市能源与重化工产业基地</td><td>煤电和煤化工</td><td>内蒙古</td><td>鄂尔多斯</td></tr>
<tr><td>宁东煤炭基地</td><td>煤炭开采、煤电和煤化工</td><td>宁夏</td><td>银川、吴忠、石嘴山</td></tr>
<tr><td>陇东能源化工基地</td><td>煤炭开采、石油开采、煤电和煤化工</td><td>甘肃</td><td>平凉、庆阳</td></tr>
</table>

8.2.1.1　能源重化工基地重要产业产品预测

1. 煤炭开采规模

近年来，黄河流域上中游煤炭基地的原煤开采保持高速增长态势，2005 年至现状年增长率为 15%~23%，其中神东煤炭基地增长率最大，达到 23%。根据甘肃、宁夏、内蒙古和陕西有关能源基地发展规划，预测 2030 年黑山峡河段附近地区煤炭基地的煤炭产能约为 16.35 亿 t，增长率为 1.5%。根据沿黄省(区)矿产资源开发布局，按照全国 14 个亿吨级大型煤炭基地划分，预测黄河流域包括神东、陕北、宁东、黄陇、晋北、晋中、晋东等 7 个煤炭基地的煤炭开采规模，2035 年黄河上中游地区煤炭基地煤炭开采规模为 23.64 亿 t，年均增长率为 1.2%，其中黑山峡河段附近地区开采量达到 18.57 亿 t(见表 8-2)。

表 8-2　黑山峡河段附近地区煤炭基地煤炭开采量预测

煤炭基地	现状年产量/亿 t	2035 年产量/亿 t
神东	10.55	11.99
陕北	1.83	3.08
宁东	0.71	1.18
黄陇(含陇东)	1.54	2.32
合计	14.63	18.57

2. 火电发展规模

据统计，黑山峡河段附近地区能源基地火电装机容量约 71 250 MW，约占黄河流域总装机容量的 35%。黑山峡河段附近地区的电力除满足本区域经济社会发展的需求外，根据国家西电东输的需要，还要外输至华北、华东、华中等地区。根据甘肃、宁夏、内蒙古和陕西有关能源基地发展规划，预测 2035 年黑山峡河段附近地区煤电基地火电装机容量为 161 000 MW(见表 8-3)。

表 8-3　黑山峡河段附近地区煤电基地装机容量预测成果

省(区)	煤电基地	现状年	2035 年
		装机容量/MW	装机容量/MW
内蒙古	准格尔、鄂尔多斯	24 000	58 500
陕西	神东、陕北、彬长	19 000	38 500
宁夏	宁东	13 250	26 000
甘肃	陇东	15 000	38 000
合计		71 250	161 000

3. *煤化工发展规模*

目前我国传统煤化工业总体产能过剩,煤化工发展方向为改造提升传统煤化工产业,稳步推进现代煤化工产业发展,以现代煤化工发展为新的增长点。未来要按照绿色低碳的发展方向,提高煤炭作为化工原料的综合利用效能,促进煤化工产业高端化、多元化、低碳化发展。考虑相关产品的发展前景和国家对煤化工产业发展要求,以当地丰富的煤炭资源为依托,重点发展现代煤化工产品,综合各省(区)煤化工产业布局及发展规划,黑山峡河段附近各省(区)煤化工产业规模预测见表 8-4。

表 8-4　黑山峡河段附近各省(区)煤化工产业规模预测

产业	产品	甘肃		宁夏		内蒙古		陕西	
		现状年	2035 年	现状年	2035 年	现状年	2035 年	现状年	2035 年
传统煤化工	煤焦化/万 t	0	0	898	988	3 143	3 456	337	370
	合成氨/尿素/万 t	0	0	50	66	487	646	37	50
	煤制甲醇/万 t	150	188	106	133	552	692	324	407
	电石/万 t	0	0	31	36	479	557	25	29
现代煤化工	煤制烯烃/万 t	25	234	65	608	75	702	0	0
	煤制二甲醚/万 t	50	235	0	0	150	706	0	0
	煤制油/万 t	0	0	0	0	155	1 608	0	0
	煤制天然气/亿 m^3	0	80	0	40	0	300	0	0
	其他/万 t	36	98	280	759	89	241	100	271

4. *石油化工发展规模*

现状石油化工产品主要集中在甘肃、宁夏和陕西三省(区),生产量约为 3 800 万 t(包括石油冶炼及乙烯等石油化工产品)。根据甘肃、宁夏、内蒙古和陕西有关能源基地发展规划,预测 2035 年黑山峡河段附近各省(区)石油化工产业规模为 8 480 万 t(见表 8-5)。

表 8-5　黑山峡河段附近各省(区)石油化工产业规模预测

省(区)	现状年产量/万 t	2035 年产量/万 t
甘肃	1 640	4 520
宁夏	560	880
陕西	1 600	3 080
合计	3 800	8 480

5. 金属冶炼与压延加工发展规模

黑山峡河段附近地区的宁夏逐步形成以高科技稀有金属为先导、高载能冶金产品为主体的冶金工业体系,内蒙古、陕西在铝冶炼及加工方面已经形成了特色优势产业。根据甘肃、宁夏、内蒙古和陕西有关能源基地发展规划,预测金属冶炼及压延产业规模见表 8-6。

表 8-6　黑山峡河段附近地区金属冶炼与压延产业规模预测

省(区)	项目	现状年产量/万 t	2035 年产量/万 t
甘肃	有色金属	87	190
	黑色金属	168	188
宁夏	有色金属	39	132
	黑色金属	123	143
内蒙古	有色金属	251	893
	黑色金属	2 316	3 190
陕西	有色金属	16	50
	黑色金属	0	0
合计	有色金属	393	1 265
	黑色金属	2 607	3 521

8.2.1.2　主要产品用水定额预测

1. 煤炭采选业用水定额

按照《取水定额 第 11 部分:选煤》(GB/T 18916.11—2021)要求,非炼焦煤不超过 0.09 m^3/t,炼焦煤入选原煤取水量不超过 0.1 m^3/t。《清洁生产标准 煤炭采选业》(HJ 446—2008)规定,新建煤矿采煤用水定额按照清洁生产标准一级执行,即露天煤矿采用 0.1 m^3/t,井工煤矿采用 0.2 m^3/t;煤炭洗选用水定额综合采用 0.1 m^3/t。

2. 火电产业用水定额

《取水定额 第 11 部分:选煤》(GB/T 18916.11—2021)规定了单位发电量取水量定额指标和单位装机容量取水量定额指标。煤电基地的新建机组主要为大型空冷机组,根据已建大型空冷机组的耗水情况,并考虑未来火电节水水平的提高,新增火电机组的单位装机容量取水量定额指标取为 0.09 $m^3/(s \cdot GW)$。

3. 煤化工产业用水定额

《煤炭深加工产业发展政策(征求意见稿)》对煤化工产业部分煤化工产品的能效、煤耗和新鲜水耗等指标进行了规定,结合国家及地方有关用水定额标准,拟定其他煤化工产品的用水定额,见表 8-7。

表 8-7 主要煤化工产品用水定额

项目	用水定额	项目	用水定额	项目	用水定额
焦炭	1 m^3/t	兰炭	2.2 m^3/t	煤制甲醇	7 m^3/t
煤制二甲醚	11 m^3/t	聚氯乙烯	8 m^3/t	煤制芳烃	27 m^3/t
煤制乙二醇	26 m^3/t	电石	1.1 m^3/t	煤制油	6.8 m^3/t
煤制烯烃	10 m^3/t	煤制天然气	5 m^3/千标 m^3	煤制合成氨	4.2 m^3/t

8.2.1.3 能源重化工基地对水资源的需求

根据甘肃、宁夏、内蒙古和陕西四省(区)能源重化工基地主要项目产品规模及需水定额,预测 2035 年能源重化工基地需水量 21.4 亿 m^3(见表 8-8)。

表 8-8 不同水平年黑山峡河段附近各省(区)能源重化工基地需水 单位:亿 m^3

省(区)	所包含能源重化工基地	现状年	2035 年
甘肃	陇东能源化工基地	0.73	3.7
宁夏	宁夏能源化工基地	1.56	3.5
内蒙古	鄂尔多斯市能源与重化工基地	6.03	10
	神东煤炭基地		
陕西	陕北能源化工基地	2.2	4.2
	神东煤炭基地		
	黄陇煤炭基地		
合计		10.52	21.4

8.2.2 保障城镇生活和工业供水的需求

《全国主体功能区规划》要求,未来我国要构建"两横三纵"为主体的城市化战略格局,形成 21 个重点城市化区域。其中位于黑山峡河段附近的重点城市化区域有 4 个,分别为兰州-西宁地区、宁夏沿黄经济区、关中-天水地区、呼包鄂榆地区等,涉及的重要城市有兰州、银川、呼和浩特、西安等。

2020 年 1 月 3 日,习近平总书记主持召开中央财经委员会第六次会议,强调坚持节水优先,因地制宜、分类施策,发挥各地比较优势,宜粮则粮、宜农则农、宜工则工、宜商则商,推进兰州-西宁城市群发展,推进黄河"几"字弯都市圈协同发展,推动沿黄地区中心城市及城市群高质量发展。

《黄河流域生态保护和高质量发展规划纲要》提出,高质量高标准建设沿黄城市群,破除资源要素跨地区跨领域流动障碍,促进土地、资金等生产要素高效流动,增强沿黄城市群经济和人口承载能力,打造黄河流域高质量发展的增长极,推进建设黄河流域生态保护和高质量发展先行区。

8.2.2.1　经济社会发展指标预测

1. 人口与城镇化

结合"一带一路"倡议、西部大开发战略、黄河流域生态保护和高质量发展重大国家战略的实施,按照相关省(区)新型城镇化规划、城市总体规划等要求,并考虑现状各省(区)人口实际增长情况,预计 2035 年总人口达到 7 069 万,比现状年增加了 381 万,年均增长率为 3.5‰(见表 8-9)。

表 8-9　黑山峡河段附近各省(区)人口及城镇化指标预测

省(区)	总人口/万			城镇人口/万		城镇化率/%	
	现状年	2035 年	增长率/‰	现状年	2035 年	现状年	2035 年
甘肃	1 879	1 986	3.5	932	1 268	49.6	63.8
宁夏	695	793	8.3	416	568	59.9	71.6
内蒙古	976	1 005	1.8	666	762	68.2	75.8
陕西	3 138	3 285	2.9	1 835	2 419	58.5	73.6
四省(区)	6 688	7 069	3.5	3 849	5 017	57.6	71.0

2. 工业增加值

现状年黑山峡河段附近省(区)工业增加值为 15 305 亿元。结合黑山峡河段附近地区能源产业发展预测,2035 年工业增加值将达到 33 126 亿元,现状年至 2035 年年均增长率为 4.9%(见表 8-10)。

表 8-10　黑山峡河段附近各省(区)工业增加值预测　　单位:亿元

省(区)	现状年	2035 年	年增长率/%
甘肃	1 546	3 731	5.7
宁夏	1 270	3 425	6.4
内蒙古	4 865	10 819	5.1
陕西	7 624	15 151	4.4
四省(区)	15 305	33 126	4.9

8.2.2.2　经济社会发展对水资源的需求

1. 城镇生活需水

现状年黑山峡河段附近省(区)城镇居民生活需水量为 15.77 亿 m^3,居民需水定额为 112 L/(人 · d)。预测 2035 年城镇居民需水量达 25.16 亿 m^3(见表 8-11)。

表 8-11　黑山峡河段附近省(区)城镇居民生活需水量预测

省(区)	城镇人口/万		需水定额/[L/(人·d)]		需水量/亿 m^3	
	现状年	2035 年	现状年	2035 年	现状年	2035 年
甘肃	932	1 268	81	137	2.74	6.33
宁夏	416	568	136	136	2.07	2.81
内蒙古	666	762	135	137	3.29	3.81
陕西	1 835	2 419	115	138	7.67	12.21
合计	3 849	5 017	112	137	15.77	25.16

2. 工业需水

现状年黑山峡河段附近省(区)工业需水量为 29.03 亿 m^3,需水定额 19.0 m^3/万元。2035 年与现状年相比需水定额降低到 12.6 m^3/万元,工业需水量达到 41.87 亿 m^3,比现状年增长了 12.84 亿 m^3(见表 8-12)。

表 8-12　黑山峡河段附近省(区)工业需水量预测

省(区)	需水量/亿 m^3		需水定额/(m^3/万元)	
	现状年	2035 年	现状年	2035 年
甘肃	5.41	8.14	35	21.8
宁夏	5.16	5.74	40.6	16.8
内蒙古	5.94	10.6	12.2	9.8
陕西	12.52	17.39	16.4	11.5
合计	29.03	41.87	19.0	12.6

3. 水资源需求

现状年黑山峡河段附近省(区)城镇生活需水量为 15.77 亿 m^3,工业需水量为 29.03 亿 m^3。考虑经济社会发展,2035 年黑山峡河段附近省(区)城镇生活需水量为 25.16 亿 m^3,工业需水量为 41.87 亿 m^3(见表 8-13)。

表 8-13　黑山峡河段附近省(区)城镇生活和工业需水量预测

省(区)	城镇生活需水/亿 m^3		工业需水/亿 m^3	
	现状年	2035 年	现状年	2035 年
甘肃	2.74	6.33	5.41	8.14
宁夏	2.07	2.81	5.16	5.74
内蒙古	3.29	3.81	5.94	10.6
陕西	7.67	12.21	12.52	17.39
合计	15.77	25.16	29.03	41.87

8.2.3　保障粮食安全的需求

粮食安全始终是关系全局的重大战略问题,始终是治国安邦的头等大事。习近平总书记强调中国人的饭碗应该主要装中国粮,要求藏粮于地、藏粮于技。黄河流域是我国重要的粮食主产区,黄淮海平原、汾渭平原、河套灌区是农产品主产区,粮食和肉类产量占全国 1/3 左右,黄河流域粮食安全已经成为支撑我国国民经济高质量发展的重要基石。《全国主体功能区规划》中重点建设 7 大农产品主产区中涉及黑山峡河段附近地区的有河套灌区主产区、汾渭平原主产区 2 个。《黄河流域生态保护和高质量发展规划纲要》提出,进一步做优做强农牧业,巩固黄河流域对保障国家粮食安全的重要作用,稳定种植面积,提升粮食产量和品质。在黄淮海平原、汾渭平原、河套灌区等粮食主产区,积极推广优质粮食品种种植,大力建设高标准农田,实施保护性耕作,开展绿色循环高效农业试点示范,支持粮食主产区建设粮食生产核心区。

随着国家区域经济发展格局的转变,我国粮食生产格局发生了重大变化。南方粮食产量逐年减少,北方成为粮食安全保障主力军。南方地区受土地和农业劳动力资源限制,增产潜力不大;东北地区受耕地和生态环境制约,增产空间有限;华北地区地下水超采,生产任务只减不增。因此,未来西北地区和黄河流域在保障国家粮食安全中的作用将逐渐凸显。

8.2.3.1　我国的粮食供需演变及未来需求

1. 粮食生产的特点

我国是一个历史悠久的农业大国,新中国成立后粮食生产得到极大的提高,先后经历了 1950~1962 年的缓慢增长阶段,粮食产量由新中国成立初 1.32 亿 t 发展到 1.43 亿 t,增长了 1.08 倍;1963~2000 年快速增长阶段,粮食产量由 1.48 亿 t 增加到 5.08 亿 t;2000~2014 年更加快速阶段。然而,由于工业化、城镇化进程推进,耕地资源、水资源农转非现象严重,粮食产量一度跌落,1998~2003 年 5 连降,到 2003 年低至 4.31 亿 t,产需缺口达 550 亿 kg,粮食由净出口 653 万 t 转为净进口 243 万 t;2014 年再次创历史新高,达到 6.07 亿 t。

然而,由于地区间经济发展和资源条件的差异,我国粮食生产在空间区域上也发生了改变,粮食主产区持续向缺水和生态脆弱的北方地区集中,特别是进入 2000 年以来,变化更加明显,南方 16 省粮食生产量占全国的比例由 2000 年的 54.3%下降到 2014 年的 44.3%,下降了 10 个百分点。北方 15 省的粮食产量占全国的比例由 2000 年的 45.7%增长到 2014 年的 55.7%。

甘肃、宁夏、内蒙古西部地区、陕西,相对丰富的耕地资源及对有限水资源高效利用使生产潜力得到有效发挥,四省(区)粮食产量呈现出增长趋势,占全国的比例由 2001 年的 8.9%增加到 2014 年的 11.2%,占北方粮食产量的比例也由 2001 年的 18.4%增加到 2014 年的 20.2%。由此可见,我国北方及其西北地区正逐渐承担着保障国家粮食安全的重任。

2. 未来粮食生产需求

2035 年,我国将基本实现社会主义现代化,随着国家人口政策、“一带一路”倡议等的实施,人民群众生活水平的改善以及人口规模的持续增长,必然引起粮食需求的刚性增长,供需缺口将进一步增加。如何摆脱资源约束所带来的粮食安全的困境,立足国内实现粮食基本自给、确保国家粮食安全仍是一项基本战略。虽然有农业"走出去"战略的讨论,但粮食贸易的大国效应和粮食问题与政治、社会安定的密切关系,通过扩大粮食进口,不能从根本上解决我国粮食问题。

以现状的粮食生产格局,北方粮食生产压力更大,同时对我国有限土地资源赋予了更高的期望。作为在我国粮食生产占有很重要地位的西北地区,耕地资源丰富、人均占有水平较高、耕地后备资源相对充足,表现为该区具有较大的粮食生产潜力。但由于西北地区自然环境和生产条件相对恶劣,耕地总体质量较差,粮食生产总量不足,且表现为区域供需不平衡,种粮效益低下。考虑到西北地区在全国的生态功能定位,该区农业生产不仅要走资源集约、高产高效的道路,同时还要着眼于耕地保护、粮食生产阶段性和区域差异性的问题,为保障西北地区耕地资源安全和提升粮食生产能力做出更大贡献,进而保障国家粮食安全。

8.2.3.2 **已建灌区的作用和存在的问题**

20 世纪 80 年代以来,在党中央的亲切关心和大力支持下,先后实施了盐环定扬水灌水、固海(包括同心)扬水灌区、"1236"扶贫扬黄工程、内蒙古孪井滩灌区等重大水利工程,为改善该区域人畜饮水条件、促进地区经济社会发展和生态环境改善发挥了重要作用。

但是,已建工程建设规模偏小、建设标准偏低,近年现状工程的供水能力已与当地生产、生活用水需求不相适应。在干旱和枯水年份,由于用水紧张且缺乏调蓄工程,经济社会发展用水保障程度不足,且农业用水常常属于被"牺牲"的对象,特别是在引提水工程末端,引水困难,缺水情况突出。目前已建高扬程抽水灌区,扬程大多在 300 m 以上,在运行时存在较大问题:①由于抽水需耗费大量的电量,为了减轻灌区人民的经济负担,当地政府普遍对高扬程灌区的抽水用电实行财政补贴[财政补贴后抽水电价只有 0.04~0.10 元/(kW·h),而西北各省(区)的农业生产、排灌电价分别为 0.35~0.40 元/(kW·h)、0.20~0.25 元/(kW·h)],增加了地方政府的财政负担。②为了减轻群众负担,目前灌区供水水价较低,远低于成本水价,如固海(包括同心)灌区 2004 年核算的成本水价为 0.218 元/m^3,实收供水水价仅 0.092 元/m^3,尽管有部分地方财政补贴,但灌区管理单位财务仍亏损严重,不能进行正常的工程养护和维修,难以维持工程的良性正常运行。

8.2.3.3 **未来粮食生产需求分析**

结合西北地区旱作农业和灌溉农业单位面积上的粮食产量(参考《黄河流域水资源规划》《甘肃省灌溉发展规划》《黄河流域及相关地区粮食基地用水研究》),旱作农田单位播种面积的粮食产量基本维持在 110 kg/亩,灌溉农田播种面积上亩均粮食产量维持在 260 kg/亩,只有具有一定规模引黄灌区灌溉面积上亩均粮食产量超过 350 kg/亩。同时,甘肃、宁夏、内蒙古和陕西各省(区)亩均粮食产量的差异较大,这与国家要求的粮食自我平衡存在较大差异。总之,从区域整体发展看,由于受水资源短缺等影响因素制约,要保障未来地区粮食自给,进一步提高规模化灌溉农田面积,提高灌溉保证率成为解决问题的途径。

1. 粮食需求对灌溉发展的要求

根据国家粮食生产总体布局，除内蒙古属于国家粮食主产区，生产的粮食不仅要满足自身需求，还要通过跨省（区）流通为粮食主销区提供粮食；甘肃、宁夏、陕西属于粮食平衡区，生产的粮食主要以满足本省（区）需求为目标。

现状年甘肃、宁夏、内蒙古和陕西粮食产量 2 343 万 t，人均粮食产量 350 kg。其中，粮食主产区内蒙古粮食产量 562 万 t，人均粮食产量为 576 kg；粮食平衡区甘肃、宁夏、陕西粮食产量分别为 481 万 t、367 万 t、933 万 t，人均粮食产量分别为 256 kg、528 kg、297 kg（见表 8-14）。

表 8-14　黑山峡河段附近省（区）现状粮食产量

省（区）	甘肃	宁夏	内蒙古	陕西	合计
粮食产量/万 t	481	367	562	933	2 343
人均粮食产量/（kg/人）	256	528	576	297	350

根据《国家粮食安全中长期规划纲要》和《全国新增 1 000 亿斤粮食生产能力规划》，粮食安全的主要标准为粮食人均占有量不低于 400 kg。到 2035 年甘肃、宁夏、内蒙古和陕西人口将达到 7 069 万，按照人均 400 kg 的粮食安全标准，黄河流域内粮食生产能力需要至少达到 282. 8 亿 kg，比现状增加 48. 4 亿 kg。由于受水资源短缺等影响因素制约，今后甘肃、宁夏、内蒙古和陕西新增生产能力将主要依靠提高单产、提高灌溉保证率和适度发展灌溉面积来解决。

2. 农田灌溉发展规模

目前，黑山峡河段的甘肃、宁夏、内蒙古和陕西 4 省（区）的已建、在建及规划开展续建配套与节水改造的灌区有引大入秦、景泰川电灌、青铜峡、固海（扩灌、扬水）、红寺堡、河套、大黑河、麻地壕、宝鸡峡、泾惠渠等。此外，新建、续建大中型灌区包括甘肃主要发展引洮一期、引洮二期等；宁夏、内蒙古、陕西等将结合南水北调西线工程的实施和黑山峡河段工程的建设续建大柳树生态移民灌区。

据统计，现状年黑山峡河段附近甘肃、宁夏、内蒙古和陕西四省（区）农田有效灌溉面积为 5 073 万亩，通过续建配套与节水改造以及新建部分灌溉工程等，预计 2035 年将达到 5 416 万亩。

8. 2. 3. 4　农田灌溉对水资源需求分析

现状年黑山峡河段附近省（区）农田灌溉需水量（多年平均）为 207. 49 亿 m^3，需水定额为 409 m^3/亩。2035 年考虑现状有效灌溉面积全部实施节水改造，农田灌溉水利用系数由现状年的 0. 54 提高到 2035 年的 0. 59，农田灌溉多年平均需水定额为 385 m^3/亩，多年平均需水量为 208. 50 亿 m^3（见表 8-15）。

8. 2. 3. 5　黑山峡生态灌区

黄河黑山峡河段灌区地域辽阔，地形平坦且土地集中连片，尤其是像宁夏的清水河、红寺堡、惠安堡，内蒙古的孪井滩，陕西的定边、靖边地区近百万亩和几十万亩的连片土地，在全国待开发的地区中实属罕见，是我国开发条件较好、生产潜力巨大的后备耕地资源之一。根据土地资源条件及地形情况，黄河黑山峡生态灌区可能的开发范围，南起宁夏南部山区以北，北至内蒙古河套灌区，西邻腾格里沙漠，东接毛乌素沙地，涉及宁夏、内蒙古、陕西等3省（区），总土地面积2.13万km^2。

表8-15 黑山峡河段附近各省（区）农田多年平均灌溉需水量预测

省（区）	农田有效灌溉面积/万亩		定额/（m^3/亩）		需水量/亿m^3	
	现状年	2035年	现状年	2035年	现状年	2035年
甘肃	686	800	391	341	26.86	27.25
宁夏	807	879	614	598	49.55	52.55
内蒙古	1 928	1 989	435	420	83.85	83.59
陕西	1 652	1 748	286	258	47.23	45.11
合计	5 073	5 416	409	385	207.49	208.50

根据《黄河大柳树灌区规划研究报告》《大柳树生态灌区复核分析报告》《宁夏中南部后备土地利用现状规划研究》等报告研究成果，考虑可垦土地类型、地形情况、土壤条件及其开发条件等，初步分析黑山峡生态灌区近期可发展灌溉面积约600万亩，远期共发展灌溉面积约2 000万亩。黑山峡水利枢纽生效后，结合南水北调西线工程实施，建设黑山峡生态灌区，可从根本上改善当地国民经济用水、生态用水和人畜饮水条件，对保障国家的粮食安全具有举足轻重的作用，同时结合生态环境修复，可改善当地生态环境、提高环境容量，实现生态环境良性发展。

8.2.4 黑山峡水库供水范围分析

根据新形势下的国家经济发展战略，结合各省（区）用水需求，充分考虑当地已建、在建和规划工程的供水范围及供水对象，统筹考虑供水的自然条件以及经济等实际因素，遵循确有需要、突出重点，生态安全、可持续发展，技术可行、经济合理等原则，分析黑山峡水库可覆盖的供水范围。

经初步分析，黑山峡水库建成后，通过东西干渠建设，黑山峡水库可覆盖的供水范围主要包括宁夏、内蒙古、陕西和甘肃4省（区）。其中，宁夏涉及5市16县（市、区），包括吴忠市利通区、红寺堡区、盐池县、同心县和青铜峡市，银川市兴庆区、西夏区、金凤区、永宁县、贺兰县和灵武市，中卫市沙坡头区、中宁县和海原县，固原市原州区，石嘴山市平罗县；陕西省包括2市6县（区），主要包括榆林靖边县和定边县，延安市宝塔区、安塞区、吴起县和志丹县；甘肃省供水范围包括2市5县，主要包括庆阳市环县、华池县、庆城县、合水县，武威市民勤县；内蒙古涉及2市（盟）3旗，包括鄂尔多斯市鄂托克旗和鄂托克前旗，阿拉善盟阿拉善左旗，共计11市（盟）30县（市、区、旗）。预测供水范围内2035年总需水量约99亿m^3，其中生活工业需水量约18.8亿m^3，农业需水量73.1亿m^3，河道外生态环境需水量7.1亿m^3。

通过甘肃景泰扬黄（石羊河），宁夏固海扬黄、红寺堡、盐环定扬黄，内蒙古孪井滩等灌区建设，不仅发展了绿洲农业、提高了粮食产量、促进了地区经济社会发展、维持了社会稳定,同时阻滞了沙漠侵袭、保护了区域生态环境,承担了中东部重要生态屏障的作用。南水北调西线工程生效前,受引黄水量指标限制,在不新增用水指标的情况下,通过黑山峡水库的建设,可有效调控黄河年内径流过程,提高黑山峡覆盖供水范围内各行业供水保障程度,保障供水区域内供水安全,同时可改善区域供水条件,提高供水保证率。经初步分析,通过水库建设,可使宁夏约 220 万亩灌区由抽水灌溉改为自流灌溉,约 250 万亩灌区降低扬程 100~160 m,降低供水成本,提高灌溉保障程度;降低宁东供水工程、银川都市圈供水工程、清水河流域城乡供水工程等扬程,保障宁蒙地区能源基地和城乡生活供水安全。南水北调西线工程生效后,对西线来水进行有效调配,增加区域生活供水量和工业供水量,提升流域水安全保障能力;同时结合西线来水发展部分生态移民灌区,解决移民生活生产等基本发展用水。

8.3　保障生态安全、改善民生的需求

8.3.1　保障生态安全的需求分析

黑山峡河段附近地区是中国生态环境最为脆弱的地区之一,著名的巴丹吉林、腾格里、毛乌素、库布齐、乌兰布和等五大沙漠(地)集中分布于黄河上中游的甘肃、宁夏、内蒙古、陕西 4 省(区)。由于气候干旱,加上不合理的人类活动影响,生态环境不断恶化,区域内干旱、大风、沙尘暴等灾害频发,是我国主要荒漠化地区之一。黑山峡河段附近的宁蒙陕甘长城沿线干旱风沙区,是生态环境部和中国科学院联合科学考察确定的我国四大沙尘暴源区之一,东南部山区是对黄河下游河道淤积影响最大的多沙粗沙区。黑山峡河段周边地区自然环境十分恶劣,区域内草场退化、土地沙化加重了华北地区沙尘暴天气的发生频率,对华北地区人居环境造成严重影响;其周边生态破坏导致严重的水土流失,泥沙顺流而下,加重了黄河下游河道淤积抬高的局面,对周边人民生存安全构成巨大威胁。

黑山峡河段的生态环境建设不仅是改善当地生态环境、提高环境容量、实现经济社会可持续发展的需要,也是减少沙尘暴对西北、华北地区环境不利影响的需要,更是黄河综合治理开发的需要,同时与我国西部大开发战略及“一带一路”倡议等对西北地区生态安全建设要求一致。

8.3.1.1　黑山峡河段附近地区生态环境建设的途径

新中国成立以来,国家十分重视在西北地区进行生态建设,根据全国生态环境建设规划和“退耕还林”“退牧还草”有关规定,黑山峡附近地区的生态环境建设途径为:建设节水、高产、优质、高效的灌溉饲草料基地和基本农田,实施大片天然草场围封、轮牧、休牧和禁牧,以及水土流失严重的黄土高塬沟壑区的封山育林。其基本思路就是选择开发条件好的土地,结合西线调水,在水利基础设施的配合下,建设高效基本农田和人工草场,解决好人民的长远生计(包括粮食、燃料、肥料)和发展问题,在此基础上实行生态移民,采取封山、禁牧、舍饲圈养等措施,保护退耕还林和退牧还草成果,使严重水土流失地区和草场严重退化地区的生态环境得到保护和自我修复,即实施“小建设”、实现“大保护”,建设“小绿洲”、保护“大生态”。

8.3.1.2 附近地区生态建设对黑山峡河段开发的要求

黑山峡河段地理位置特殊，其周边地区的生态环境脆弱，无论从国家利益层面考虑还是从其自身发展出发，改善其生态环境，保障生态安全，对加快黑山峡河段开发具有重大需求。

1. 国家战略实施对黑山峡河段生态安全建设的需求

习近平总书记在黄河流域生态保护和高质量发展座谈会上的重要讲话，强调要以水而定、量水而行，因地制宜、分类施策，上下游、干支流、左右岸统筹谋划，共同抓好大保护，协同推进大治理，着力加强生态保护治理、保障黄河长治久安、促进全流域高质量发展、改善人民群众生活、保护传承弘扬黄河文化，让黄河成为造福人民的幸福河。

西部大开发战略的主要目的是推进西部地区经济发展，提高人民生活水平、改善人民生活环境。推进西部地区生态安全建设是实现西部地区可持续发展必然要求。同时，习近平总书记提出的“一带一路”倡议中“丝绸之路经济带”的建设对陕西、甘肃、宁夏的定位是形成面向中亚、南亚、西亚国家的通道、商贸物流枢纽、重要产业和人文交流基地。西北地区在“一带一路”倡议中具有重要的地位，加强西北地区生态环境保护和生态屏障建设成为“一带一路”倡议顺利实施的重要环节。

根据《全国主体功能区规划》，黑山峡河段地区处于国家“两屏三带”中黄土高原-川滇生态屏障的核心地带，是保障国家生态安全的重要区域。随着黄河流域生态保护和高质量发展重大战略、西部大开发战略、“一带一路”倡议的实施，对黑山峡河段生态安全建设提出了更高要求，保障生态安全成为推动国家战略顺利实施的必然要求。生态环境的改善及生态安全建设离不开水资源，水资源是保障区域生态安全的基础，在我国西北地区特殊的气候及下垫面条件下，水资源安全是开展生态安全建设的先决条件。

2. 我国生态屏障建设的需求

黑山峡河段周边地区是抵挡西北荒漠向东蔓延的重要屏障，其生态建设对保护我国整体生态安全具有重要意义。该河段属于我国许多重大生态问题的发源地、生态脆弱地区，其农业生产方式属于农区向牧区过渡的半农半牧地带。近年来，黑山峡河段周边地区人口数量增多，不断加大对当地土地开发利用，加上降雨量偏少，受气候与人类因素影响，土地退化和植被退化现象依然存在，对当地人民生存环境安全造成严重威胁。加之我国西高东低的地势、自西向东的江河流向及冬夏季风变化的气候规律，黑山峡河段生态环境问题直接影响我国华北地区的生态安全。保障生态屏障安全，阻隔沙漠扩张，必须依托黄河保证稳定的生态水量供给。

景泰川电力提灌工程是一项高扬程、多梯级、大流量的大型电力提水灌溉供水工程，设计流量 28.6 m^3/s，最大提水高度 613 m，灌溉面积近 100 万亩。工程分为一期、二期和二期延伸工程，其中一期工程和二期工程向甘肃景泰县和古浪县供水，多年平均供水量 4.05 亿 m^3，二期延伸工程向甘肃民勤县调水，对于缓解民勤水资源枯竭、遏制石羊河流域生态环境恶化趋势具有重要作用。建设黑山峡水利枢纽可降低景电工程取水扬程，提高石羊河流域用水保障程度，实现退换被挤占的生态水，保障区域生态安全。

3. 黑山峡河段自身生态环境改善的需求

黑山峡河段处于国家“两屏三带”中黄土高原-川滇生态屏障的核心地带，黑山峡河段下游地区有大面积的宜农荒地，且集中连片、地势平坦，地面高程大多在 1 400 m 以下，为我国少有的尚待开发的大型灌区之一，若能将其建设成新生态绿洲，与宁夏平原老灌区、内蒙古河套灌区连接在一起，将构成我国最大的连片人工绿洲，形成长城沿线脆弱带上重要的生态屏障，对保障我国的生态安全具有重大战略意义。生态绿洲作为周边辐射地区的生态移民基地，通过实施生态移民，将大幅度减轻非绿洲区沙化地区、水土流失地区的人口压力，为顺利实施退耕还草还林工程、天然草场和天然林区的保护封育工程，以及防沙治沙、水土保持工程创造有利条件，从而有效改善当地的生态与环境。为生态绿洲提供水资源支撑和用水保障，急需推进黑山峡河段的开发。建设黑山峡水库，结合西线来水，向生态移民安置区供水，保障附近区域生态环境用水，维系适宜的绿洲规模，改善区域生态环境、有效支撑西北生态安全屏障建设。

8.3.1.3　保障宁蒙河段生态需水的需求

1. 宁蒙河段生态需水研究

黄河上游宁蒙河段是水生生态系统由高山峡谷到平原的过渡地带，属高原宽谷河流生态系统，是国家西北生态安全屏障的重要组成，是区域荒漠、戈壁生态系统稳定和区域水资源可持续利用基础，分布有多泥沙河流特有河流及河漫滩(嫩滩)湿地(黄河湿地生态带)、产黏性卵鱼类栖息生境及珍稀濒危鸟类栖息地等重要生态单元。河段生态流量目标为根据河流及河漫滩(嫩滩)湿地保护的水文规律特点需求，以及兰州鲇、黄河鲤等产黏性卵鱼类栖息生境敏感期生态水文要求，提出河段典型代表水文水资源断面的生态流量及水量(最小生态流量、基本生态水量)原则控制要求。从维持河流健康生命角度出发，将河段功能需水划分为河流廊道形态与功能维持、基本自净能力等基本生态保护对象保护和沿河湿地保护、鱼类栖息生境保护、河道输沙用水等敏感生态保护对象保护。

生态基流指为维持河流基本形态和基本生态功能的河道内最小流量，主要包括维持水流连续性、防止河道断流、避免河流水生生物群落遭受无法恢复的破坏等所需水量。选择头道拐水文站作为计算断面，该断面位于宁蒙河段最下端，是黄河上中游的分界点，也是流域水资源管理和配置的重要控制断面。采用 Tennant 法(10%)生态基流取值为 70 m^3/s，采用 90%保证率法生态基流取值为 76 m^3/s，结合黄河流域综合规划、黄河流域水资源保护规划等成果，综合确定生态基流为 75 m^3/s。

宁蒙河段分布有黄河卫宁段兰州鲶国家级水产种质资源保护区、黄河青石段大鼻吻鮈国家级水产种质资源保护区、黄河鄂尔多斯段黄河鲶国家级水产种质资源保护区等，以保护黄河裸裂尻鱼、花斑裸鲤、兰州鲇、大鼻吻鮈、北方铜鱼等土著、经济鱼类及其栖息地为主。根据兰州鲇、黄河鲤等产黏性卵鱼类栖息生境敏感期生态水文要求，采用鱼类栖息地模拟法建立河流栖息地水动力学模型，通过目标物种栖息地适宜度标准，计算各流量下代表物种适宜栖息地面积，从而建立河川径流与鱼类适宜栖息地面积之间的定量关系；采用鱼类生境法，建立河段断面流速-流量-水位关系，根据黄河鲤适宜水深、流速确定最小生态流量和适宜生态流量及流量过程。综合上述方法及 Tennant 法、湿周法确定头道拐断面 4~6 月最小生态流量为 180 m^3/s，适宜生态流量为 250 m^3/s；期间需要 15 d 左右 2 000~2 500 m^3/s 的洪水脉冲过程。

2. 生态流量满足情况及存在问题

利用长序列日均流量开展头道拐断面生态流量满足程度评价(其中4～6月以250 m^3/s为标准,其他月份以75 m^3/s为标准),1958～1980年为92.7%,1980～2000年为86.3%。统一调度以来,2000～2020年受全河水量统一调度影响增加到93.4%,但在枯水年生态流量的保障程度仍然较低,其中2000～2003年断面低于250 m^3/s的平均天数为140 d,2016年也达到了127 d;2003年5月平均流量仅为155 m^3/s,全部31 d的流量均低于250 m^3/s,2003年7月,有17 d的流量低于75 m^3/s的生态基流,且最小流量仅为17.5 m^3/s。进一步分析发现,随着龙羊峡水库、刘家峡水库的建设运行,头道拐断面大流量过程不断减少,其中2000年以来4～6月生态敏感期大于2 000 m^3/s的天数仅有1 d,大于1 500 m^3/s的天数只有9 d,对于水生态系统的脉冲洪水要求尚有一定差距。

考虑流域水资源衰减趋势,在进一步严格水资源刚性约束的前提下,未来黄河宁蒙河段来水量仍将进一步减少,加上该河段缺乏大型水利枢纽工程,水资源调蓄能力不足,生态流量保障面临着巨大挑战,直接影响着区域生态保护和高质量发展战略;同时,汛期输沙水量的不足将进一步导致悬河发育,河段防洪、防凌形势进一步严峻。此外,头道拐断面还控制着进入黄河中下游河段的水量,对黄河中下游泥沙的调控与河流生态廊道的维持都会产生一定程度的影响。

3. 黑山峡水库对河流生态流量作用分析

黄河干流大型水利工程是有效调节流域水资源分布、优化年际间配置、保障关键期生态需水的重要手段,利用黄河已建龙羊峡、刘家峡、小浪底等水利工程进行水资源调蓄是缓解水资源供需矛盾、保证黄河不断流和基本生态用水的重要措施之一。通过对黄河干流主要控制断面生态流量满足情况进行分析,发现生态流量满足程度较低的断面主要分布在宁蒙河段、北干流河段等部分河段。宁蒙河段缺乏必要的水库调度措施,而龙羊峡水库、刘家峡水库等对头道拐断面的水量调控效果有限,头道拐断面河道内生态环境用水得不到保障。

黑山峡水库运行后,通过增加枯水期下泄水量,可将头道拐断面生态流量满足程度提高到100%,对保障水库下游河段,特别是宁蒙河段的生态流量作用显著;同时,对刘家峡水库下泄流量过程进行反调节,恢复因龙刘水库运用而失衡的宁蒙河段水文情势,调整径流过程的年内分配,对于改善河流生态系统的生态水文条件具有重要作用;此外,在生态敏感期,通过实施生态调度,塑造2 000～3 000 m^3/s的类天然洪水过程,对保证水生态系统敏感生态流量过程具有十分重要的意义。

8.3.2　改善民生的需求分析

西部地区地处大陆季风气候,冬春两季是枯水期,地表水资源十分贫乏,干旱导致灌溉农业受到严重威胁,农业产量低而不稳,生态环境恶劣。黑山峡河段附近地区是国家经济社会发展相对滞后的地区,同时也是少数民族人口较为集中的地区,开发水资源,改善生态环境,是促进地区社会经济发展和民族团结的关键,是国家巩固脱贫攻坚战成果的重要突破地区,是实现国家“两个一百年”奋斗目标的重点攻坚地区。

8.3.2.1　保障人民生产生活条件的需求

1. 保障城镇饮水安全、改善城乡人民生活用水水质

随着黑山峡河段城镇化的发展,城市需水将大大增大。到 2035 年城市用水量将比现状增加 1 倍左右。黑山峡河段部分地区农村饮水安全方面存在的主要问题是地表水、地下水资源奇缺且多属高矿化、高氟水,是一个资源型、水质型和工程型缺水并存的地区。面对人畜饮水的严酷现实,迫切需要建设水利枢纽工程,黑山峡河段工程的建设将使宁夏、内蒙古、陕西、甘肃 4 省(区)多个行政村人口受益,此外还将解决大小牲畜的饮水问题。

随着"一带一路"倡议和黄河流域生态保护和高质量发展重大国家战略逐步实施,黑山峡河段周边城镇发展速率及发展水平将会大幅度提高,城镇生活对供水水质的要求也相应提高。加强城镇供水水源和输水工程建设,推进规模化集中供水工程建设,全面解决饮水安全问题并提质增效。

2. 保障河段经济发展的需求

在全国 592 个国家级重点贫困县中,黑山峡河段分布较广,其中有 50 个国家级贫困县在陕西,43 个在甘肃,8 个在宁夏。内蒙古的牧区、半牧区、山老区、边境都属于国家重点贫困县。目前,尽管全国已全面脱贫,但长期以来,由于气候干旱、地形复杂、水利基础设施薄弱等,黑山峡河段大部分地区经济社会发展仍相对滞后。

宁夏、内蒙古、陕西、甘肃 4 省(区)都是农业大省,地域辽阔,农业资源丰富,是我国主要的农产品生产地,又是农业发展最有潜力的地区。同时,黑山峡河段是我国农业生态环境最脆弱的地区,其开发建设直接关系到我国东西经济发展的均衡、社会政治的稳定和边疆的巩固,关系到西北地区乃至全国生态环境的根本改善以及当地人民生活条件的改善。

为促进黑山峡河段经济平稳健康发展,改善当地人民生活水平,结合当地实际情况,需要提高生活供水水平及供水安全;扩大农业种植规模,改良种植结构,提高农作物产量;大力发展工业及服务业,加快能源基地建设;改善当地生态环境,做大旅游产业;开发淡水养殖业、渔业,增加人民收入。但经济的发展都离不开大量的水资源支撑,为了改善黑山峡河段灌溉用水条件,在没有对黑山峡河段进行水利枢纽工程建设的情况下,需要龙羊峡、刘家峡两水库进行调节,但会影响梯级电站效益,农业用水常常得不到满足,严重影响河套农业发展,影响灌区生态安全。黑山峡河段的开发将为沿黄地区及能源化工基地各大中城市提供稳定的水资源保障,促进人民生活水平的改善。

8.3.2.2　改善人居生态环境

1. 改善区域气候

黑山峡河段区域处于干旱风沙区,属于对气候变化特别敏感的生态脆弱带,年平均降水量为 403.05 mm,降水量比较少。黑山峡水利枢纽的建设可以在一定程度上对库区微气候环境条件有所改变,包括气温、风速、湿度、降水等。有关研究表明,水面上空比成片的房屋群上空空气的透明度高 8%~10%,水面上空与陆地上空相比较,气温降低 4~5 ℃,相对湿度提高 10%~15%。一般情况下,地区性气候状况受大气环流控制,但大中型水库和灌溉工程修建,使原先的陆地变成了水体或湿地,对局部小气候产生了一定的影响,主要表现在对降雨、气温、风和雾等气象因子的影响。

2. 改善区域人居生态环境

黑山峡河段附近地区是我国生态环境最为脆弱的地区之一。区域气候极为干旱，水资源极度匮乏，植被稀疏，是我国荒漠化、沙漠化土地集中、危害最严重的区域之一，也是华北地区的风沙源，面临着自然灾害频发、生态系统失调、社会经济落后等诸多严峻问题。随着黑山峡河段地区经济社会发展以及现代化建设进程的加快，以陕北黄土高原、河西走廊绿洲为代表的典型生态脆弱地区却普遍面临着前所未有的严峻危机。

黑山峡河段开发是融生态修复、绿洲农业、能源开发和扶贫解困于一体的大型综合性工程，兼具生态效益、经济效益和社会效益，可以长期保障黄河河道内外生态水量稳定供给，提高河段周边社会经济的发展和人居环境的安全、水体景观自然协调、提升城市品位，实现环境优美、舒适宜人、经济发展、社会进步、水生态系统良性循环的城市动态水域。

8.3.2.3 民族地区民生改善的需求

在全国592个国家重点扶持贫困县中，民族自治地方有257个，占43.4%。黑山峡河段少数民族人均GDP低于全国人均GDP，人民生活水平有待提高，民族地区经济发展面临的现实矛盾是：一方面拥有最富有的天然资源与美景及丰富多彩的人文景观；另一方面由于开发不当或未开发，具有天然优势的西部少数民族并未因资源而致富，与周边汉族和东北少数民族区域相比较显得落后。

黑山峡工程的建设对于改变民族地区经济发展落后面貌具有决定性作用，不仅有利于促进民族团结，而且有利于缩小东西部差距。同时，还可使水利枢纽生态区以外的扬水灌区降低扬程，节省扬水电力、降低供水成本。水库水位抬高后将为解决这一地区的人畜饮水创造极为有利的条件，彻底消灭长期危害群众健康的地方病。与此同时，实施生态绿洲建设项目将部分旱地改为水浇地，有效改善当地生产、生活条件，也可接受无生产生活条件的农牧民异地搬迁，促进农牧民增加收入，促进农村和牧区的经济发展，促进民族团结和社会稳定。

8.4 水电开发与供电安全的需求

西北电网覆盖青海、甘肃、陕西、宁夏、新疆5省(区)，是全国六大跨省电网之一。截至2015年底，西北电网统调发电总装机容量约89 064 MW，其中水电为22 029 MW，占24.7%，火电为54 924 MW，占61.7%。

西北电网电源建设的思路是积极发展水电，优化发展火电，因地制宜地发展风电等新能源。为了满足西北电网的电力、电量和调峰容量需要，充分发挥火电的优势，配合风电安全稳定运行，保障电网的供电安全，需要上游水电站担任调峰任务。《国家水电发展“十四五”规划》提出西北地区适应能源转型发展需要，优化开发黄河上游水电基地，同时加强黑山峡河段开发前期论证工作。

8.4.1 黄河上游梯级电站运行中存在的问题

8.4.1.1 现状上游梯级发电与防凌、供水等存在较大矛盾

黑山峡河段以下的宁蒙地区，灌区历史悠久，现状灌溉面积约2 500万亩，是国家的

粮食主产区之一，也是《全国主体功能区规划》中的宁夏沿黄经济区、呼包鄂榆地区等国家重点开发区所在区域，有银川、呼和浩特两省会城市及吴忠、石嘴山、乌海、包头市等大中型城市，同时宁蒙地区煤炭资源十分丰富，是我国重要的能源和重化工基地。根据南水北调西线一期工程生效前的黄河水资源配置方案，在正常来水年份，黑山峡至河口镇区间总耗水量约 82.2 亿 m^3，其中 5~7 月的耗水量占总耗水量的 58%，天然来水不能满足用水需求，需要上游水库调节径流满足工农业供水和河口镇断面最小下泄流量要求(250 m^3/s)。

目前，龙羊峡、刘家峡等水电站的运行，受宁蒙地区工农业用水流量过程要求和防洪防凌下泄流量要求的制约作用较大，灌溉高峰期发电出力大，凌汛期发电出力严重下降，梯级水电出力变化大，有些月份为了满足综合利用需要强迫弃水，不能按发电最优方式运行，现状运用方式时梯级保证出力约 4 120 MW，其日电量仅能满足按最大容量运行约 6 h。根据西北电网负荷特性，按照水电主要承担峰荷容量考虑，充分发挥水电容量效益时的日发电量需满足最大工作容量运行不小于 8 h。

8.4.1.2　考虑维持宁蒙河段中水河槽要求，梯级发电将受到更大制约

若考虑塑造宁蒙河段和谐的水沙过程要求，龙羊峡、刘家峡等梯级水电站的运行将受到更大的制约。龙羊峡、刘家峡水库按调水调沙要求在汛期大流量下泄时，不仅梯级水库蓄水困难、水库运行水位长期偏低，而且梯级电站将产生大量弃水，严重影响梯级发电量；同时凌汛期出力将更小，更增加了梯级出力的不均匀性，估算保证出力将下降至 2 610 MW 左右，严重影响梯级电站发电容量效益，增加了电网的调峰困难。

8.4.2　西北电网和西电东送对黑山峡河段开发的要求

8.4.2.1　实现“西电东送”战略的需求

我国能源流向主要是资源丰富地区向负荷中心方向，华北、华中、华东地区是我国重要负荷中心且是资源贫乏区，随着经济的稳步提升，用电负荷将进一步加大，“十四五”期间，主要受端省份主要集中在华北的京津冀地区、华东的江浙沪皖鲁地区、华中的豫鄂湘赣地区。

对受端电力负荷发展进行预测，由于山东和河北沿海核电发展，华北电网(京津冀地区)近期(2025 年)受电需求约 8 500 亿 kW·h，远期(2035 年)受电需求约 8 300 亿 kW·h，受电需求有所下降；华中电网(豫鄂湘赣地区)近期受电需求约 5 500 亿 kW·h，远期受电需求约 8 500 亿 kW·h；华东电网(江浙沪皖鲁地区)近期受电需求约 1.22 万亿 kW·h，远期受电需求约 1.43 万亿 kW·h。华中电网、华东电网受电需求呈增长趋势。

华中地区和华东地区的火电装机容量占比均在一半以上，根据国家能源局发布的《可再生能源电力配额及考核办法(征求意见稿)》及双控、减煤等政策的影响，非水可再生能源的消纳责任权重逐年增加。黑山峡水利枢纽工程位于甘肃、宁夏的交界处，建成后可与西北电网的其他大型水电站配合，形成“西电东送”的骨干电源，结合黑山峡电站的送出工程形成“西电东送”骨干网络，实现“西电东送”，对保障我国能源安全具有重要作用。

8.4.2.2 保障西北电网安全运行的需求

目前,黄河上游已建大部分梯级电站装机容量与保证出力倍比(装保比)普遍偏小(2~3),年利用小时数偏高,装机容量偏小,难以充分发挥黄河上游水电站和电网系统的调节能力。

从西北电网电力长远发展要求分析,开发建设黑山峡水库,由黑山峡水库承担宁蒙河段防凌、塑造中水河槽水沙过程、工农业供水等任务,可明显改善上游梯级电站的发电运行条件,使黑山峡河段以上梯级电站按发电最优方式运行,可大幅度提高上游梯级电站的保证出力和发电量(初步估算南水北调西线一期工程生效前一级开发方案可增加上游梯级电站保证出力 1 922 MW,增加发电量 94.6 亿 kW·h);同时开发黑山峡河段水能资源,可为西北电网提供 2 000 MW 的装机容量和 70.9 亿 kW·h 的电量。

8.4.3 实现“双碳”战略目标对黑山峡河段开发的要求

8.4.3.1 “双碳”战略目标要求及实施路径

1. 2030 年前碳达峰、2060 年前碳中和

2020 年 9 月 22 日,我国在第七十五届联合国大会上提出,中国将提高国家自主贡献力度,采取更加有力的政策和措施,二氧化碳排放力争于 2030 年前达到峰值,努力争取 2060 年前实现碳中和。习近平总书记在 2020 年 12 月 12 日气候雄心峰会上进一步宣布:到 2030 年,中国单位国内生产总值二氧化碳排放将比 2005 年下降 65%以上,非化石能源占一次能源消费比重将超过 25%,风电、太阳能发电总装机容量将超过 12 亿 kW。习近平总书记强调我国力争 2030 年前实现碳达峰,2060 年前实现碳中和,是党中央经过深思熟虑作出的重大战略决策。

2021 年 9 月 22 日,中共中央、国务院印发《关于完整准确全面贯彻新发展理念做好碳达峰碳中和工作的意见》,提出加快构建清洁低碳安全高效能源体系,大力发展风能、太阳能等,因地制宜开发水能,加快推进抽水蓄能和新型储能规模化应用,构建以新能源为主体的新型电力系统,提高电网对高比例可再生能源的消纳和调控能力。2021 年 10 月 24 日,国务院印发《2030 年前碳达峰行动方案》(国发〔2021〕23 号),提出“十四五”期间,煤炭消费增长得到严格控制,新型电力系统加快构建;“十五五”期间,清洁低碳安全高效的能源体系初步建立。

2. “双碳”战略目标实施路径

我国是世界最大的发展中国家和最大的煤炭消费国,能源消费以煤炭为主,2020 年煤炭在一次能源中的消费占比为 57%,CO_2 排放量 99 亿 t,占世界总量的 31%,能源活动碳排放量占全部碳排放量的 87%。根据《中国 2060 年前碳中和研究报告》,碳中和实现路径要求减排 CO_2 109 亿 t,其中能源活动需减排 87 亿 t,占总减排量的 80%;能源活动中电力生产需减排 38 亿 t,占能源生产减排量的 44%。

实现“双碳”战略目标,要加快推动清洁能源大规模开发和电能广泛使用,全方位减少煤、油、气消费,实现能源生产清洁主导、能源消费电能主导的“双主导”以及能源电力发展与碳脱钩、经济社会发展与碳排放脱钩的“双脱钩”新格局。

3. 黄河流域清洁能源发展空间广阔

截至 2020 年,黄河流域风电、光电、常规水电、抽水蓄能电站总装机容量达到 1.12 亿 kW。未来清洁能源发展空间广阔,预测黄河流域 2030 年风电、光电、常规水电、抽水蓄能等可再生能源发电装机容量至少 3.33 亿 kW,其中水电装机容量 0.34 亿 kW,风电、光伏、抽水蓄能等装机容量 2.99 亿 kW。近年来,随着以风电和光电为主的新能源逐步发展,西北电网显现出储能与调峰能力不足。未来 10 年西北电网并网风光电装机容量均超过 30 000 MW,合计约为最大负荷需求(100 740 MW)60%左右,调峰缺口 7 730~10 900 MW。其中,黄河上游待开发水电站约 650 万 kW,约 50%水电具有年及季以上调节能力,其余均具有日调节能力,与西北电网太阳能发电、风力发电可形成流域梯级多能互补,具备“西电东送”的条件,发展潜力较大。

8.4.3.2　黑山峡河段及邻近地区资源条件

根据多能互补清洁能源基地建设对水、风、光、土地等资源的需求,黑山峡河段及邻近地区包括黄河黑山峡河段,黄河黑山峡以下中卫、吴忠等宁夏河段和河西走廊部分地区,主要涉及甘肃白银市、武威市和宁夏中卫市、吴忠市。

1. 水能资源

据《中华人民共和国水力资源复查成果(2003 年)》,甘肃黄河干流河段技术可开发量 5 305.5 MW,水力资源未开发量 1 861 MW,主要位于甘南玛曲河段和黑山峡河段。宁夏黄河干流水力资源蕴藏量 2 000.8 MW,技术可开发量 1 445.5 MW,水力资源未开发量 1 001.2 MW,主要位于黑山峡河段。

黄河黑山峡河段山脉与盆地相间分布,地势相对高差达 500~1 000 m;黄河黑山峡以下宁夏河段以断陷盆地构成的冲积平原为主;河西走廊武威市地貌类型分为祁连山山地、走廊平原绿洲和腾格里沙漠三种,均具备建设抽水蓄能电站的地形条件。

2. 风能资源

宁夏中卫市和吴忠市属第Ⅲ类风能资源区。中卫市 100 m 高度平均风速 6.71 m/s,大于 5 m/s 的风速面积占比 98%,风资源呈南高北低的特点;吴忠市 100 m 高度平均风速 6.80 m/s,大于 5 m/s 的风速面积占比 99%,风资源呈东南高、西北低分布,两市风能资源开发潜力较大。

甘肃白银市和武威市属第Ⅲ类风能资源区。白银市 100 m 高度平均风速 6.19 m/s,大于 5 m/s 的风速面积占比 87%,风资源分布呈北部高、西南部低,开发潜力仍较大;武威市 100 m 高度平均风速 5.95 m/s,大于 5m/s 的风速面积占比 75%,风资源分布呈南北高、中间低,具备开发潜力。

3. 光能资源

宁夏中卫市和吴忠市属于太阳能资源二类地区。中卫市太阳能资源呈北高南低的特点,水平面太阳能总辐射量(GHR)均值 5 875 MJ/m^2,总体为太阳能资源很丰富地区(5 040 MJ/m^2<GHR<6 300 MJ/m^2)。吴忠市太阳能资源呈西北高东南低的特点,水平面太阳能总辐射量均值 5 931 MJ/m^2,为太阳能资源很丰富地区,太阳能资源条件较中卫市稍好。

甘肃白银市和武威市属于太阳能资源二类地区。武威市太阳能资源呈由东北向西南递减的特点，水平面太阳能总辐射量均值 5 971 MJ/m^2，总体为太阳能资源很丰富地区，其中民勤县北部部分地区为太阳能资源最丰富地区（GHR>6 300 MJ/m^2），武威市太阳能源资源较中卫市、吴忠市好。白银市太阳能资源分布呈北部高南部低，水平面太阳能总辐射量均值 5 724 MJ/m^2，总体为太能源资源很丰富地区。

4. 土地资源

根据 2020 年遥感影像解译成果，宁夏中卫市、吴忠市和甘肃白银市、武威市土地面积 8.29 万 km^2，其中草地面积最大，为 3.57 万 km^2，占区域总面积的 43.1%；其次为耕地，面积 2.22 万 km^2，占 26.8%；再次为未利用地，面积为 1.83 万 km^2，占 22.1%；林地、水域、城镇用地面积分别为 0.42 万 km^2、0.07 万 km^2 和 0.18 万 km^2，占比分别为 5.1%、0.8%、2.2%。

8.4.3.3　以黑山峡水利枢纽工程为依托的多能互补清洁能源基地构建

1. 消纳市场

我国能源流向主要是资源丰富地区向负荷中心方向，华北地区、华中地区、华东地区是我国重要负荷中心且是资源贫乏区，随着经济的稳步提升，用电负荷将进一步加大。华中地区和华东地区的火电装机容量占比均在一半以上，根据国家能源局发布的《可再生能源电力配额及考核办法（征求意见稿）》及双控、减煤等政策的影响，非可再生能源的消纳责任权重逐年增加。据预测，华中电网和华东电网 2035 年受电需求约 2.28 万亿 kW · h，具备一定的受电空间，且均具备消纳外来风电和光电的能力，建议将华东地区和华中地区作为黑山峡多能互补清洁能源基地受端电力市场。

2. 多能互补基本方式

黑山峡多能互补清洁能源基地由水电、风电、光电、抽水蓄能四种电源组成。考虑宁蒙河段用水、防凌控泄流量和河口镇生态流量等需求，黑山峡将存在电站自身最小出力或基荷，黑山峡水利枢纽工程承担系统调峰以及基荷；抽水蓄能电站除承担系统调峰、填谷任务外，还承担系统调频、调相、紧急事故备用等任务；风电及光电向系统提供电量，其出力的频繁变化可通过黑山峡水利枢纽工程和抽水蓄能电站进行调节，调节后使并入电网的风电、光电装机容量规模增大，提高其电量利用率。多种能源互补运行，有利于提高可再生能源系统利用效率，是解决我国风电、光电等新能源长期存在弃风弃光弃水等顽疾的重要手段。

3. 水电、风电、光电出力特性互补分析

年内互补特性：黑山峡河段风电春秋季（4~5 月、9~12 月）出力较大，夏冬季（1~3 月、6~8 月）出力较小。光电出力全年平稳，春夏季（3~9 月）出力稍大，秋冬季（10 月至翌年 2 月）出力稍小，与风电有一定的年内互补关系。水电站凌汛期（11 月至翌年 3 月）及非汛期 4 月出力较小，其他月份出力较大。黑山峡河段风电、水电出力夏季（6~8 月）以及秋季（10~12 月）具有相对较好的互补关系。光电的年内各月差异较小，但也呈现出与水电一定的年内互补关系，主要表现在春季（3~5 月）互补。特性对比见图 8-1。

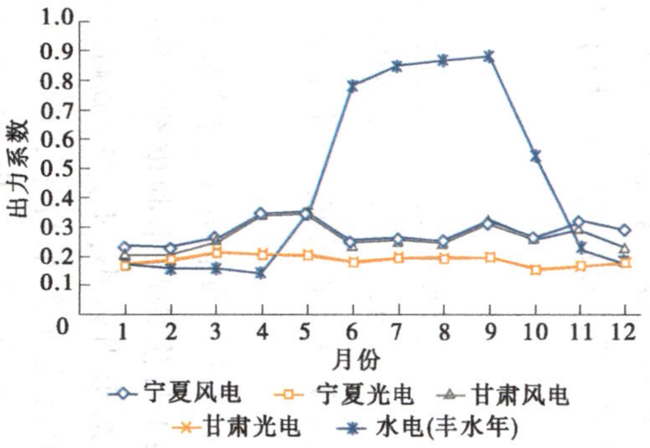

(a)丰水年水电、风电、光电年内出力特性对比

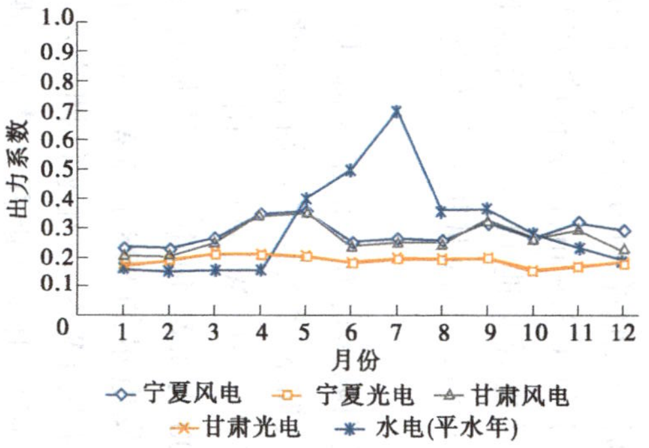

(b)平水年水电、风电、光电年内出力特性对比

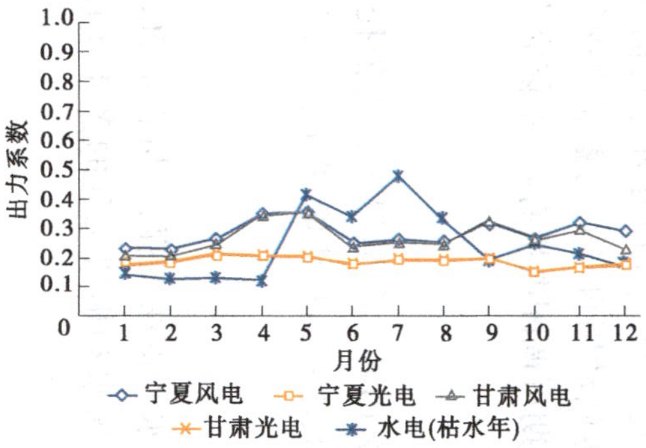

(c)枯水年水电、风电、光电年内出力特性对比

电源类型	冬季(出力系数)		春季(出力系数)			夏季(出力系数)			秋季(出力系数)			冬季(出力系数)
	1月	2月	3月	4月	5月	6月	7月	8月	9月	10月	11月	12月
宁夏风电	0.23	0.23	0.26	0.34	0.35	0.25	0.26	0.25	0.31	0.26	0.32	0.29
甘肃风电	0.21	0.20	0.25	0.35	0.35	0.23	0.26	0.25	0.32	0.26	0.29	0.22
宁夏光电	0.16	0.17	0.20	0.20	0.20	0.18	0.18	0.18	0.19	0.15	0.16	0.17
甘肃光电	0.17	0.18	0.21	0.21	0.20	0.18	0.19	0.19	0.19	0.15	0.17	0.18
水电(丰水年)	0.17	0.15	0.15	0.14	0.34	0.78	0.84	0.86	0.88	0.53	0.22	0.17
水电(平水年)	0.15	0.14	0.15	0.15	0.39	0.49	0.69	0.35	0.36	0.28	0.23	0.19
水电(枯水年)	0.14	0.12	0.13	0.12	0.41	0.33	0.47	0.32	0.19	0.24	0.21	0.17

备注： 大出力 小出力

(d)水电、风电、光电年内出力特性对比

图 8-1 黑山峡河段多能互补年内出力特性对比

日内互补特性：由于风电、光电出力的天然波动性，水电、风电、光电互补运行前日内出力呈现较大的波动性；水电、风电、光电互补运行时，水电站动用自身的调蓄能力进行日内调节，在一定程度上可抑制风电、光电的短期波动；凌汛期可调配电量有限，不能完全平抑风电、光电出力波动。

4. 清洁能源基地构建

利用区域资源优势，综合运用多能互补技术优势，以黑山峡水利枢纽工程为依托，构建黑山峡水电、风电、光电、抽水蓄能“四位一体”多能互补清洁能源基地，形成“一点、一廊、两区”的基地总体布置格局。

“一点”：黑山峡水利枢纽工程。

在黑山峡峡谷出口以上 2 km 的大柳坝址建设黑山峡水利枢纽工程，装机容量 200 万 kW，增强多能互补清洁能源基地调峰能力，形成基于黑山峡水利枢纽工程的多能互补清洁能源基地调控中心。

“一廊”：黑山峡库区多功能廊道。

通过黑山峡水利枢纽工程建设，形成总库容 109.23 亿 m^3、原始调节库容约 70.6 亿 m^3、淤积 50 年后水库剩余库容为 62.4 亿 m^3、水库正常蓄水位 1 374 m、回水长度 187.42 km 的库区，调蓄水资源及水能资源，为黑山峡多能互补清洁能源基地 11 座抽水蓄能电站（装机容量 1 520 万 kW）提供水源支撑，对黑山峡多能互补清洁能源基地一体化运行进行调节，形成多功能廊道。

“两区”：宁夏黑山峡多能互补清洁能源基地和甘肃黑山峡多能互补清洁能源基地。

围绕黑山峡水利枢纽工程，合理配置水电、风电、光电、抽水蓄能等多种清洁能源，构建宁夏、甘肃黑山峡多能互补清洁能源基地，总装机容量 6 170 万 kW，其中黑山峡水利枢纽工程装机容量 200 万 kW，光伏电站 5 座装机容量 3 600 万 kW，风电场 9 处装机容量 850 万 kW，抽水蓄能电站 11 座装机容量 1 520 万 kW；年发电量约 898 亿 kW · h。宁夏多能互补清洁能源基地装机容量 2 590 万 kW，发电量 374 亿 kW · h，就地打捆接入 750 kV 电网，汇集接入±800 kV 换流站，外送至中东部地区；甘肃黑山峡多能互补清洁能源基地装机容量 3 580 万 kW，发电量 524 亿 kW · h，就地打捆接入 750 kV 电网，汇集接入±1 100 kV 换流站，外送至中东部地区。宁夏、甘肃黑山峡多能互补清洁能源基地能源电站分布见图 8-2、图 8-3。

5. 黑山峡水库在多能互补新能源基地中承担的任务

黑山峡水库在黄河上游宁蒙河段多能互补新能源基地中承担调峰任务，通过水库调节库容来“储存”新能源电能，新能源电能出力较大时水电少发，风电、光电出力小的时期水电多发，实现水电与风电、光电互补，增强多能互补清洁能源基地调峰能力，形成基于黑山峡水利枢纽工程的多能互补清洁能源基地调控中心。

年内互补任务：黑山峡水利枢纽工程在 11 月至翌年 3 月凌汛期内承担防凌任务，按照防凌流量稳定下泄，水电站出力较小，不进行调峰运用；4 月黑山峡水利枢纽工程按最小下泄流量要求进行泄放水，多余水量蓄于水库中，水电站出力较小，不进行调峰运用；5~7 月为宁蒙河段灌溉、生态用水高峰期，在满足灌溉、生态需水的前提下，黑山峡水利枢纽工程配合风电、光电出力特性进行调峰运用；7~10 月为汛期，水电站出力较大，在满

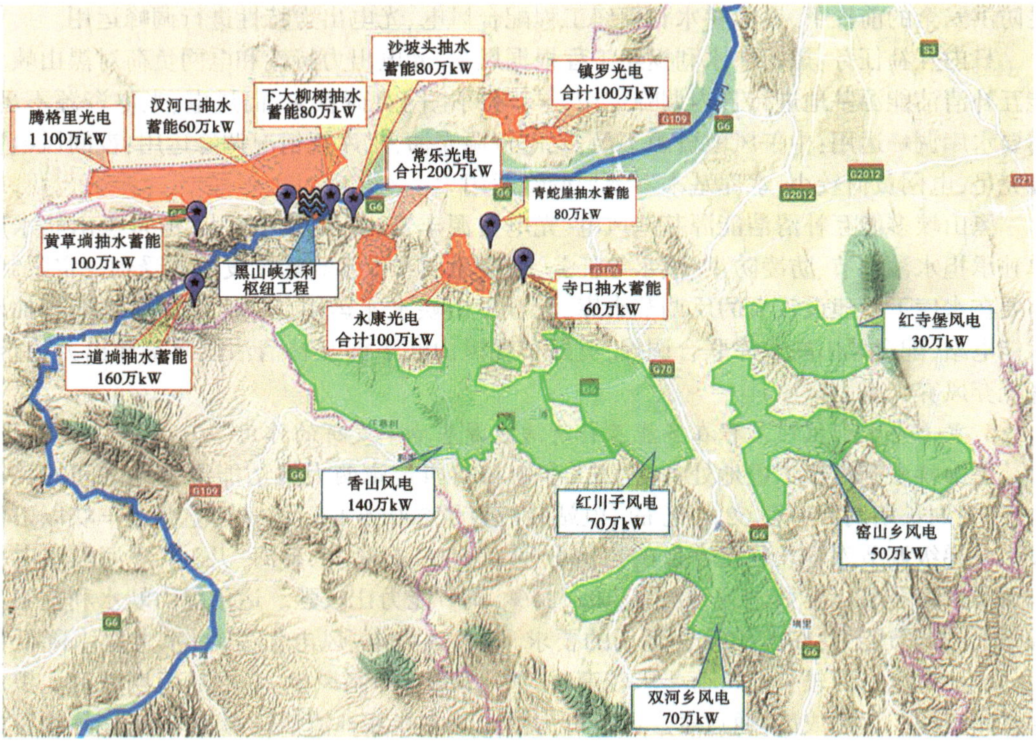

图 8-2　宁夏黑山峡多能互补清洁能源基地能源电站分布

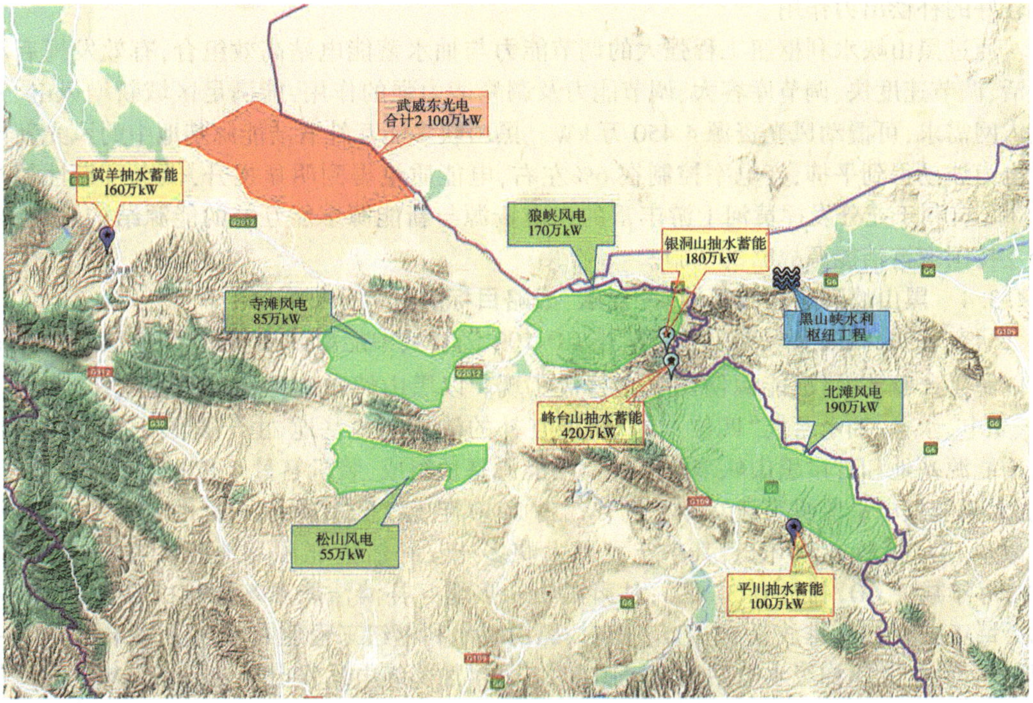

图 8-3　甘肃黑山峡多能互补清洁能源基地能源电站分布

足防洪安全的前提下,黑山峡水利枢纽工程配合风电、光电出力特性进行调峰运用。

日内互补任务:黑山峡水利枢纽工程根据风电、光电出力特性和电网负荷对黑山峡多能互补清洁能源基地进行日内调峰运用,早、晚间电网负荷较大,而风电、光电资源不足,需要水库调峰运用;中午风电资源不足,光电资源充沛,水库视情况调峰运用;夜间风电资源充足,电网负荷较小,水库基本不参加调峰运用。

黑山峡多能互补清洁能源基地风电、光电资源丰富,发展潜力巨大,但是黑山峡水库单独承担水沙调节、防凌防洪、供水等任务,在凌汛期和供水高峰期发电将受到一定限制,需要在水库下游建设较大的反调节水库,配合黑山峡水库运用。同时还可考虑配套抽水蓄能电站,配合黑山峡水库联合调峰,更好实现黑山峡多能互补清洁能源基地出力稳定,降低弃风弃光率。

6. 黑山峡水利枢纽工程在多能互补清洁能源基地中发挥的作用

黑山峡水利枢纽工程地处黄河“几”字弯和河西走廊两大清洁能源基地之间的关键位置,规划长期调节库容 62.4 亿 m^3,电站装机容量 200 万 kW,占黄河上游龙羊峡以下河段水电梯级调节库容及装机容量的比例分别为 60%、12%,占黄河“几”字弯河段水电梯级调节库容及装机容量比例分别为 40%、24%,调节能力比较强。运用黑山峡水利枢纽工程强大的调节能力,在考虑综合运用的要求下,日内光电、风电大发时,水电蓄水降低出力,光电、风电出力较小但负荷要求较高时,泄水发电,抑制风电、光电的短期波动。黑山峡水库枢纽工程建成后,通过水库调节可为黑山峡多能互补清洁能源基地 11 座抽水蓄能电站提供稳定的水源支撑。同时,水电可在夏季为黑山峡多能互补清洁能源基地风电提供较好的补偿出力作用。

通过黑山峡水利枢纽工程强大的调节能力与抽水蓄能电站高效组合,有效发挥启动灵活、调节速度快、调节库容大、调节能力及调峰能力强的作用,能满足区域新增风电、光电入网需求,可撬动风光资源 4 450 万 kW。黑山峡多能互补清洁能源基地中的风光新能源电力波动得到平抑,弃电率控制在 6%左右,电能质量得到明显提升,供电可靠性超过 90%。有利于充分发挥黄河上游丰富的水电资源与新能源多能互补的能源结构优势,充分支持国家清洁能源战略的实施。

8.4.3.4 黑山峡清洁能源基地对“双碳”战略目标的贡献分析

研究表明,我国实现碳中和需减排 $CO_2$109 亿 t,其中能源活动需减排 87 亿 t,主要通过能源生产清洁替代、能源使用电力替代实现。以黑山峡水利枢纽工程为依托,构建风电、光电、水电、抽水蓄能“四位一体”多能互补的清洁能源基地,由宁夏黑山峡多能互补清洁能源基地和甘肃黑山峡多能互补清洁能源基地组成,装机容量 6 170 万 kW,其中,风电、太阳能发电总装机容量 0.445 亿 kW,占 2030 年 12 亿 kW 装机目标的 3.7%。基地每年减少 CO_2 排放 0.90 亿 t,其中宁夏黑山峡多能互补清洁能源基地装机容量 2 590 万 kW,每年减少 CO_2 排放 0.37 亿 t;甘肃黑山峡多能互补清洁能源基地装机容量 3 580 万 kW,每年减少 CO_2 排放 0.53 亿 t。同时,黑山峡水利枢纽工程建成后,通过优化龙羊峡—黑山峡河段 18 座梯级水电站调度运用方式,可增加梯级电站发电量 35.4 亿 kW·h,每年减少 CO_2 排放 353 万 t,其中青海省、甘肃省每年减少 CO_2 排放分别为 196 万 t、157 万 t。

经测算,黄河上游青海、甘肃、宁夏、内蒙古 4 省(区)实现碳中和需减排 $CO_2$14.39 亿 t,

其中宁夏2.64亿t、甘肃3.02亿t。从全国来看,黑山峡多能互补清洁能源基地为全国减碳目标做出0.9%的贡献;从区域来看,黑山峡多能互补清洁能源基地为黄河上游4省(区)减碳目标做出6.5%的贡献,其中宁夏黑山峡多能互补清洁能源基地为宁夏减碳目标做出13.9%的贡献,甘肃黑山峡多能互补清洁能源基地为甘肃减碳目标做出17.5%的贡献。从全国、黄河上游地区以及黑山峡多能互补清洁能源基地所在省(区)来看,黑山峡多能互补清洁能源基地减碳贡献显著。

8.5 小 结

(1)受国家宏观经济环境变化和经济发展方式转变的影响,黑山峡河段甘肃、宁夏、内蒙古和陕西4省(区)经济社会发展面临困扰。但随着黄河流域生态保护和高质量发展重大国家战略、西部大开发战略、"一带一路"倡议等的实施,以及国务院印发的《全国主体功能区规划》《国家新型城镇化规划(2021—2035年)》等重大规划的推进,在我国能源安全、粮食安全、城镇化建设、生态文明建设、区域协调发展等方面进行了一系列的战略布局,黑山峡河段附近地区经济社会发展面临新的机遇。依托能源、矿产等资源优势建立的工业格局仍在经济发展中具有重要地位,能源基地发展对水资源的需求依然呈刚性增长,对黑山峡河段开发调配水资源提出了要求。

(2)黑山峡河段地区煤炭资源十分丰富,是我国重要的能源和重化工基地,已成为黄河流域乃至国家能源发展战略总体布局的主体,在国家能源发展战略总体布局中具有举足轻重的地位,确保水资源有效、稳定供给是黑山峡地区能源发展的重中之重,对黑山峡河段合理开发利用水资源提出了要求。

(3)面对近年来我国耕地资源、水资源农转非的严重现象,以及华北、东北产粮区地下水超采、土壤污染等环境问题,未来我国粮食安全保障面临着严峻考验。综合当前农业发展逐渐向规模化和现代化发展的趋势,充分发挥现有灌溉面积的经济效益,在巩固已有灌区的基础上,为保障粮食安全及实现乡村振兴,结合土地资源条件和西线工程调水,发展部分生态移民灌区,保障移民生活生产发展基本用水。区域生产粮食安全对黑山峡河段开发提出了要求。

(4)黑山峡河段人民生活水平比较低,干旱缺水、自然条件恶劣等是其主因,水资源短缺制约了人民生产生活水平的提高,同时也是黑山峡河段脆弱的生态环境中最为重要的限制性因子;黑山峡河段开发对落实黄河流域生态保护和高质量发展重大国家战略、"一带一路"倡仪及西部大开发战略等起到支撑作用,可以缓解黄河上游电力不足和中游水资源供需矛盾,调节黄河水沙和防凌防洪,加快西部地区的经济发展,缩小东西部差距,改善西部地区的生态环境,维护民族团结,促进社会稳定。

(5)黑山峡河段是构成我国生态安全屏障的重要部分,是阻止"五大沙漠"握手的生态绿带,但周边地区脆弱的生态环境对我国整体生态安全构成巨大威胁,同时严重制约了地区经济社会的发展,对下游黄河干流河道的生态安全产生极为不利的影响。加快黑山峡河段生态安全建设,阻隔沙漠扩张,依托黄河保证稳定的生态水量供给,是实现西北地区自身可持续发展的基本需求,是保障我国中东部地区及下游黄河干流河道生态安全的重要手段，是推进落实黄河流域生态保护和高质量发展重大国家战略、“一带一路”倡议及西部大开发战略等的必然要求。

（6）西北电网是国家“西电东送”的重要骨干网络，黑山峡河段开发可增强区域电力外送能力；同时，水电作为调节灵活的清洁能源，可承担系统调频、调相的作用，提高系统调峰容量，其调峰能力可增加西北地区新能源装机容量，有利于西北地区新能源的扩大发展，推进风电、光电、水电、火电多能互补，缓解弃风弃电弃水的现象，提升新能源发电就地消纳能力；水电替代火电，可有效降低二氧化碳、二氧化硫、氮氧化物、烟尘等大气污染物排放量，促进空气质量好转，有效减少大气污染。

第 9 章　黑山峡河段开发水库库容需求综合分析与替代方案

结合前文对黑山峡河段开发的需求分析，本章重点论证黑山峡河段开发需要库容的相互关系，提出总的库容规模需求，并研究可能的替代方案。

9.1　黑山峡河段开发需求库容综合分析

9.1.1　黑山峡河段开发新形势与开发需求

9.1.1.1　河段开发面临的新形势

2019 年 9 月 18 日，习近平总书记在郑州召开了黄河流域生态保护和高质量发展座谈会，强调黄河流域生态保护和高质量发展是重大国家战略，指出当前黄河流域仍存在一些突出困难和问题。要保障黄河长久安澜，必须紧紧抓住水沙关系调节这个“牛鼻子”，完善水沙调控机制；解决好流域人民群众特别是少数民族群众关心的防洪安全、饮水安全、生态安全等问题。

2020 年 1 月 3 日，习近平总书记主持中央财经委员会第六次会议，强调要抓好黄河流域生态保护和高质量发展，坚持生态优先、绿色发展，从过度干预、过度利用向自然修复、休养生息转变，坚定走绿色、可持续的高质量发展之路，要推进水资源节约集约利用，推进黄河“几”字弯都市圈协同发展，推动沿黄地区中心城市及城市群高质量发展。

2020 年 5 月，中共中央、国务院《关于新时代推进西部大开发形成新格局的指导意见》提出，加强可再生能源开发利用，开展黄河梯级电站大型储能项目研究，培育一批清洁能源基地。加快风电、光伏发电就地消纳。

2021 年 5 月 14 日，习近平总书记在推进南水北调后续工程高质量发展座谈会上，提出“十四五”时期以全面提升水安全保障能力为目标，以优化水资源配置体系、完善流域防洪减灾体系为重点，加快构建国家水网主骨架和大动脉。

2021 年 10 月 20 日，习近平总书记在东营市黄河三角洲国家级自然保护区察看黄河三角洲湿地生态环境，22 日在济南主持召开深入推动黄河流域生态保护和高质量发展座谈会，强调要统筹发展和安全两件大事，提高风险防范和应对能力；坚定走绿色低碳发展道路，推动流域经济发展质量变革、效率变革、动力变革。

2021 年 10 月，中共中央、国务院印发《黄河流域生态保护和高质量发展规划纲要》，明确提出了黄河流域生态保护和高质量发展规划目标：到 2030 年，黄河流域人水关系进一步改善，流域治理水平明显提高，生态共治、环境共保、城乡区域协调联动发展的格局逐步形成，现代化防洪减灾体系基本建成，水资源保障能力进一步提升，生态环境质量明显改善，国家粮食和能源基地地位持续巩固，以城市群为主的动力系统更加强劲，乡村振兴取得显著成效，黄河文化影响力显著扩大，基本公共服务水平明显提升，流域人民群众生活更为宽裕，获得感、幸福感、安全感显著增强。到 2035 年，黄河流域生态保护和高质量发展取得重大战略成果，黄河流域生态环境全面改善，生态系统健康稳定，水资源节约集约利用水平全国领先，现代化经济体系基本建成，黄河文化大发展大繁荣，人民生活水平显著提升。到 21 世纪中叶，黄河流域物质文明、政治文明、精神文明、社会文明、生态文明大幅提升，在我国建成富强民主文明和谐美丽的社会主义现代化强国中发挥重要支撑作用。《黄河流域生态保护和高质量发展规划纲要》对全力保障黄河长治久安进行了部署：完善以骨干水库等重大水利工程为主的水沙调控体系，优化水库运用方式和拦沙能力。优化水沙调控调度机制，创新调水调沙方式，加强干支流水库群联合统一调度，持续提升水沙调控体系整体合力。

《黄河流域生态保护和高质量发展水安全保障规划》立足新发展阶段、贯彻新发展理念、构建新发展格局，坚持“节水优先、空间均衡、系统治理、两手发力”治水思路，提出构建“一核两策”的水灾害综合防治格局、“一线多库”水资源配置格局和“三区一廊”的水生态保护格局，形成流域区域结合、水域陆域统筹、资源环境要素相匹配、水安全保障体系完备的保护治理总体格局。其中，黄河水沙调控体系和防洪减灾体系是构建黄河保护治理格局的核心。

9.1.1.2　黑山峡河段开发面临的需求

结合当前黄河保护治理面临的新形势，以及黄河水沙关系调节、宁蒙河段防凌、流域水资源合理调配、生态环境保护和地区经济社会高质量发展等多方面分析的黑山峡河段开发需求，进行如下总结。

1. 调节水沙，增强全河的水沙调控能力

黄河水沙异源，中游产水少而产沙多，导致进入中下游河段的水沙关系不协调，泥沙淤积形成举世闻名的“地上悬河”。上游兰州至头道拐区间产水极少而产沙多，导致进入宁蒙河段的水沙关系不协调，泥沙淤积形成新悬河。悬河形势下，洪水风险始终是流域最大的威胁。保障黄河长治久安，必须紧紧抓水沙关系调节的“牛鼻子”，构成完整的水沙调控体系，上游水量调控子体系和中游洪水泥沙调控子体系必须要有机联系、高效运行。当前，上游以龙羊峡水库、刘家峡水库为主的水量子调控体系，在对流域水资源调配的同时，也因汛期大量蓄水带来的负面影响难以消除，造成宁蒙河段水沙关系恶化、河道淤积萎缩形成新悬河，对中下游水沙关系也造成不利影响。同时由于汛期中游高含沙洪水历时短、来沙多，不利于中游水库群库区冲刷、排沙保库容和协调中下游水沙关系，需要上游水库群提供大流量低含沙水流过程。因此，增强全河的水沙调控能力，有效调节水沙对黑山峡河段开发提出了需求。

2. 防凌防洪，增强宁蒙河段防洪保安能力

黄河上游宁蒙河段冬季干燥寒冷，几乎每年都会发生不同程度的凌情。1986 年以来，宁蒙河段河道中水河槽淤积萎缩，过洪能力下降，威胁宁蒙河段防凌防洪安全，堤防先后发生 7 次决口，其中 6 次凌汛决口，给沿河两岸地区造成巨大损失。凌灾直接经济损失由 1968 年以前的年均 15 万元增加至 1987 年以后的年均 8 500 万元。沿河两岸地区群众对保障黄河防洪防凌安全的呼声越来越高，提升上游防凌能力，解决好流域人民群众特别

是少数民族群众关心的防洪安全、饮水安全、生态安全等问题，是黄河流域生态保护和高质量发展的基本要求。可见，保障宁蒙河段防凌防洪安全对黑山峡河段开发提出了需求。

3. 改善生态，促进区域高质量发展

黑山峡河段附近地区是我国生态环境非常脆弱的地区之一，著名的巴丹吉林、腾格里、毛乌素、库布齐、乌兰布和等五大沙漠(地)集中分布于黄河上中游的甘肃、宁夏、内蒙古、陕西4省(区)，区域气候极为干旱，水资源极度匮乏，植被稀疏，生态环境十分脆弱，是我国频繁发生沙尘暴的主要发源地，生态用水保障要求高，面临的沙漠合龙、环境恶化的风险较大。同时人民生存环境恶劣，饮水十分困难，经济发展十分落后。解决上述问题的主要途径是：提高宁蒙河段生态流量保证率，保障附近区域生态环境用水，减少对生态脆弱区的过度干预、利用，维系适宜的绿洲规模，促进区域高质量发展。可见，黑山峡附近地区生态安全和改善民生对黑山峡河段开发提出了需求。

4. 保障供水，改善流域主要是宁蒙地区用水条件

黄河流域属于资源性缺水流域，水资源年内和年际分配不均，来水与用水在地区和时间上不相适应(流域用水的地区分布与径流来源不一致，工农业用水过程与天然来水过程不一致，流域62%的径流来自黑山峡河段以上，而90%的用水集中在兰州以下的宁蒙河段两岸地区和中下游)，刘家峡水库至万家寨水库近1 600 km河段无大的调蓄工程，难以保障黄河“几”字弯用水安全。黑山峡河段以上是黄河上游水电基地，是西北电网的主要调峰电源，发电调度与防凌、供水矛盾突出，灌溉高峰期发电出力大，凌汛期发电出力严重下降，调峰运行受到严重影响，同时银川都市圈等沿黄城市群及陇东能源基地等建设对水资源质量要求也在不断提高。南水北调西线工程是补充黄河水资源不足、解决黄河流域乃至西北地区干旱缺水问题的重大战略措施，从长江上游干支流调水进入黄河上游，承接西线来水，黄河上游必须还要有一个“大水盆”。可见，合理调配黄河水资源，充分发挥水资源综合利用效益，提升流域水安全保障能力，对黑山峡河段开发提出了需求。

5. 开发水电，促进实现“双碳”战略目标

黄河上中游地区是我国风能和太阳能资源最为丰富的地区之一，同时也是化石能源富集区，能源合理开发对我国能源安全具有重要意义。黄河“几”字弯区域已多源开发煤炭、石油天然气、煤制天然气、电力、成品油、风电和光伏发电等资源，整体化石能源消费占比较高，水资源较短缺，生态环境脆弱，新能源弃风弃光现象普遍，多种能源未形成合力，区域资源的综合与循环利用有待加强。水力发电作为绿色可再生能源，具备良好的调峰能力，可以提高电网对风、光发电的接纳能力，减少弃风弃光。可见，支撑黄河流域能源结构调整和新能源开发、促进实现“双碳”战略目标对黑山峡河段开发提出了需求。

9.1.2 需求库容设置及相互关系

9.1.2.1 需求库容设置

为了提高宁蒙河段泥沙输移效率，减轻河道淤积并塑造维持一定的中水河槽，通过对宁蒙河段适宜中水河槽规模需求和水沙调控指标分析，提出了上游水库需要设置的水沙调控库容规模。南水北调西线一期工程生效前，上游水库应提供的低限水沙调控库容为21.0亿m^3；南水北调西线一期工程生效后，上游水库应提供的低限水沙调控库容为23.6

亿 m^3。需要提供低限水沙调控库容的利用时间为主汛期 7 月中旬至 9 月下旬(7 月 11 日至 9 月 30 日),在该时间内水库利用汛前存蓄水量泄放大流量以及之后通过水库蓄泄控制优化水沙过程,反复使用水沙调控库容(见图 9-1)。水沙调控库容考虑其运用要求,主汛期除下游防洪和水库自身防洪外,不允许超过汛限水位,故设置水沙调控库容在水库死水位与汛期限制水位之间(见图 9-2)。汛期调水调沙启动要结合来水与库区存水以及下游需求等综合确定,长系列计算表明,黑山峡水库非汛期末(6 月底)可蓄水量多年平均约 43 亿 m^3,在 54 年系列中非汛期可蓄水量大于 21 亿 m^3 的有 48 年,可进行调水调沙运用;在枯水年份水库蓄水较少时,满足工农业用水要求,不再进行调水调沙运用。

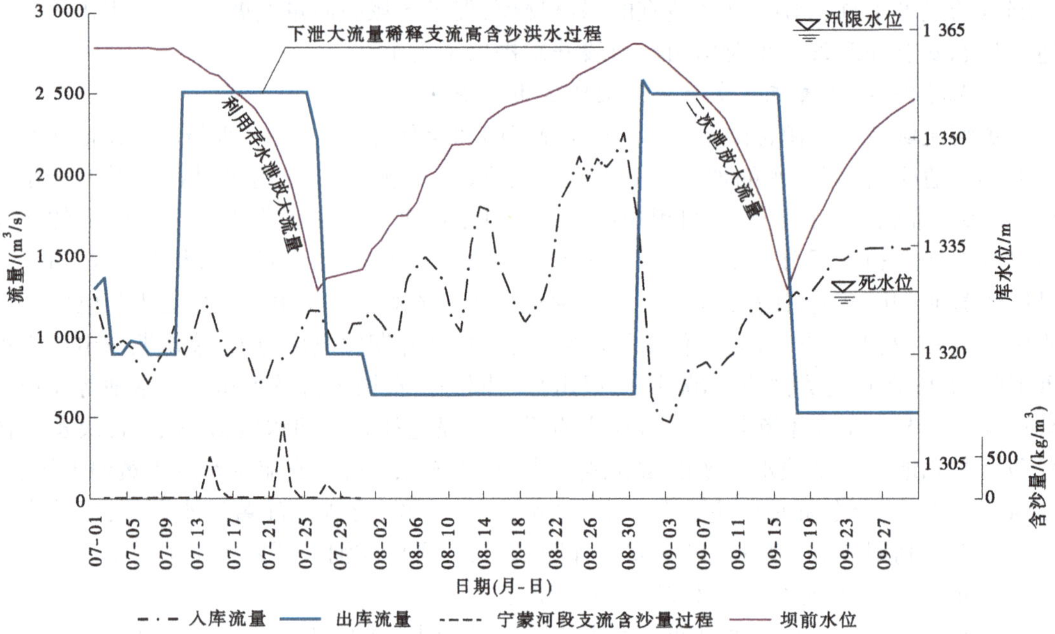

图 9-1 主汛期调水调沙过程示意图

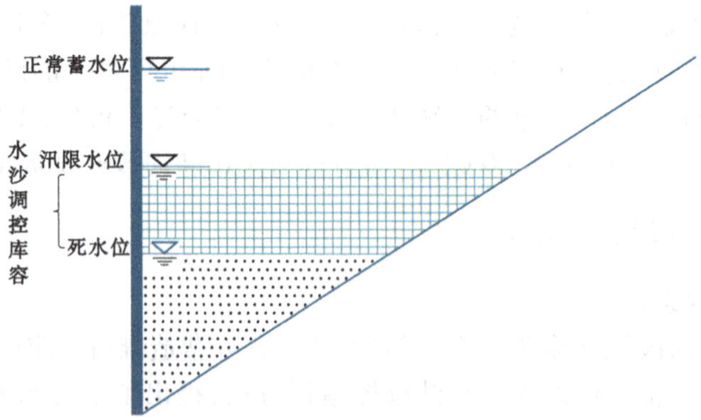

图 9-2 水沙调控库容设置示意图

根据宁蒙河段防凌需求分析，凌汛期上游水库按照防凌要求拦蓄多余水量（见图 9-3）。研究提出南水北调西线一期工程生效前，防凌需要上游水库提供的防凌库容为 38.4 亿 m^3（约 50 年一遇）；南水北调西线一期工程生效后，防凌需要上游水库提供的防凌库容为 57.6 亿 m^3（约 50 年一遇）。需要提供防凌库容的利用时间为凌汛期 11 月至翌年 3 月。防凌库容设置在死水位与正常蓄水位之间（见图 9-4）。

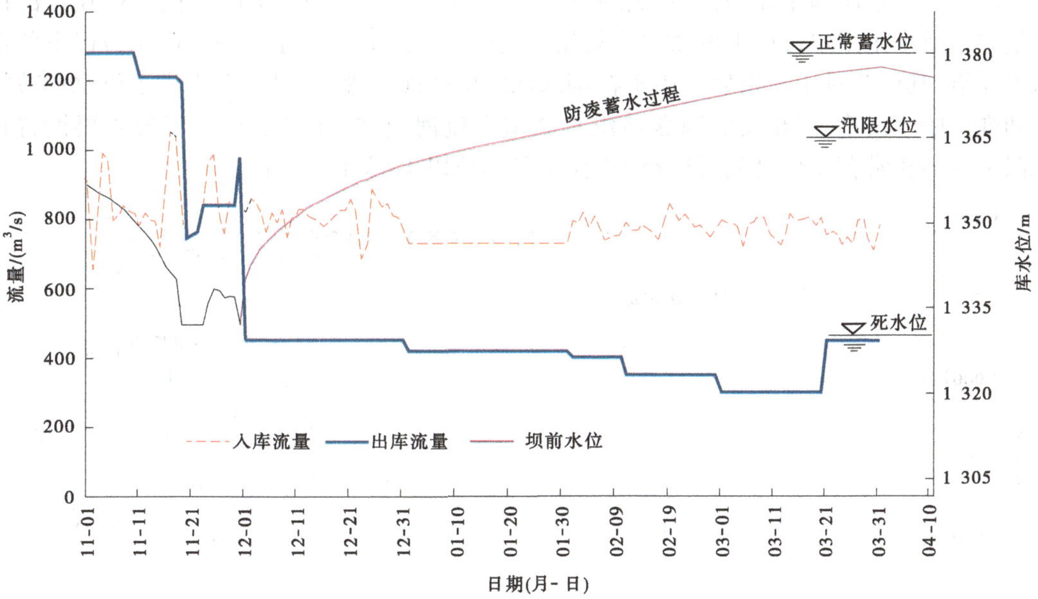

图 9-3　凌汛期防凌蓄水过程示意图

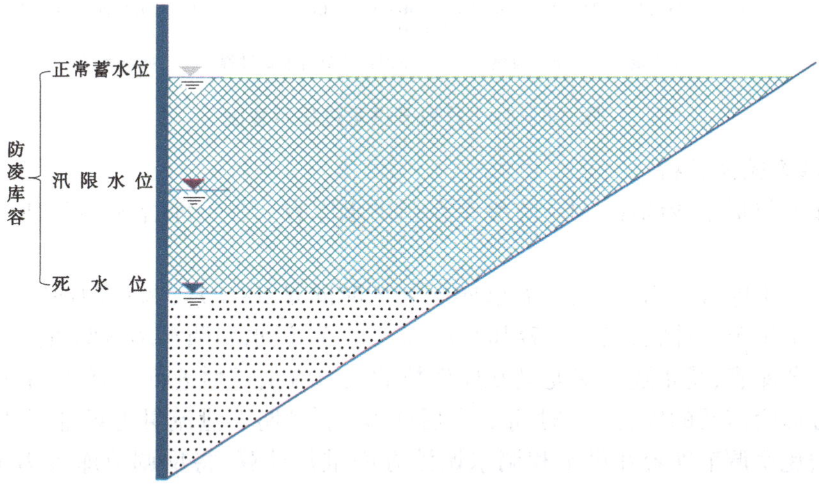

图 9-4　防凌库容设置示意图

根据黄河流域水资源合理调配的需求分析，着重考虑上游宁蒙河段地区经济社会用水等方面需求，包括附近地区生态用水、宁蒙河段工农业用水（当来水频率大于75%时，考虑农业用水减少20%）、河口镇断面最小流量等，研究提出南水北调西线一期工程生效前，需要上游水库提供的供水调节库容为26.2亿m^3；南水北调西线一期工程生效后，需要上游水库提供的供水调节库容25.5亿m^3。需要提供的供水调节库容利用时间主要在集中在5~7月，由于进入主汛期(7月10日)后，需要利用汛限水位与死水位之间库容存蓄的非汛期水量下泄大流量过程（兼顾供水要求），维持宁蒙河段较大的中水河槽，防止支流高含沙洪水淤堵干流河道，因此在黑山峡水库库容条件允许的前提下，5~6月的供水量应主要由汛限水位以上的蓄水去补给（见图9-5），7月的供水量由汛限水位以下的蓄水去补给，其中7月中旬以后的供水在调水调沙中兼顾。综上分析，考虑满足供水调节需求和维持中水河槽、防止支流高含沙洪水淤堵干流河道，5~7月的调节库容主要设置在汛限水位与正常蓄水位之间，部分设置在汛限水位以下（见图9-6）。

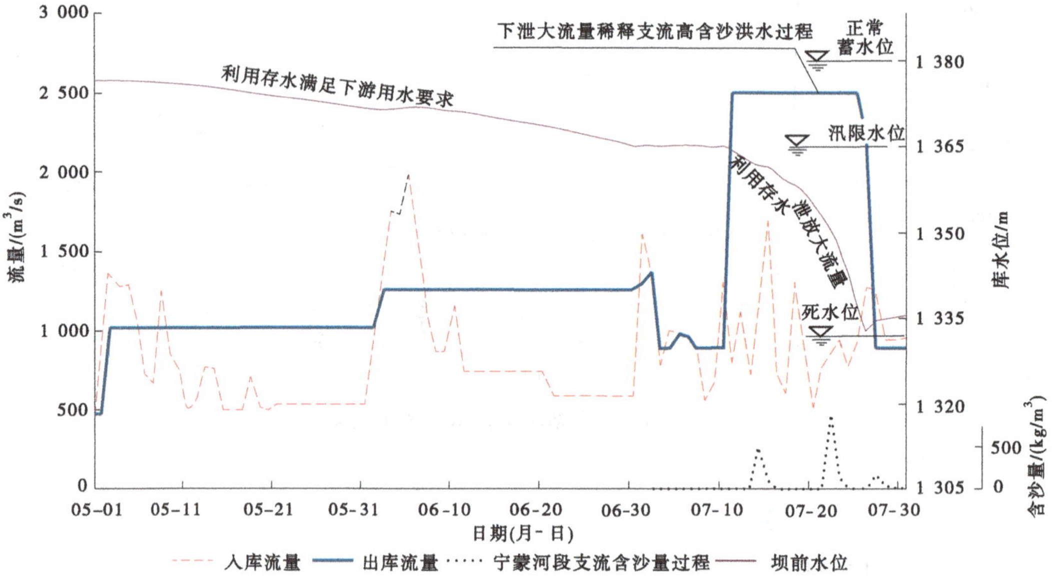

图9-5　5~7月调节供水过程示意图

9.1.2.2　库容关系分析

需求库容包括水沙调控库容、防凌库容和供水库容。各个库容大小及利用时间汇总见表9-1。

从上述三个库容需求看，供水需求库容利用时间是5~7月，调水调沙需求库容利用时间是7月中旬至9月底，供水库容和水沙调控库容（供水和调水调沙两者共同需要的库容简称反调节库容，是指通过对龙刘水库泄放的发电流量过程进行反调节，来满足供水和调水调沙方面而需要的库容）在时间上先后连续，主汛期下泄流量考虑兼顾下游用水需求。为了避免反调节库容在供水和调水调沙方面重复计算，将反调节库容需求分解为5月1日至7月10日供水调节库容需求加水沙调控库容需求。南水北调西线一期工程生效前、后1956~2010年系列计算的5月1日至7月10日历年补水量过程见图9-7和图9-8。南水北调西线一期工程生效前，满足5月1日至7月10日工农业用水和河口镇最小流量要求的调节库容为 19.8 亿 m^3，加上水沙调控库容 21.0 亿 m^3，则反调节库容为 40.8 亿 m^3；南水北调西线一期工程生效后，满足 5 月 1 日至 7 月 10 日工农业用水和河口镇最小流量要求的调节库容为 25.1 亿 m^3，加上水沙调控库容 23.6 亿 m^3，则反调节库容为 48.7 亿 m^3，见表 9-2。

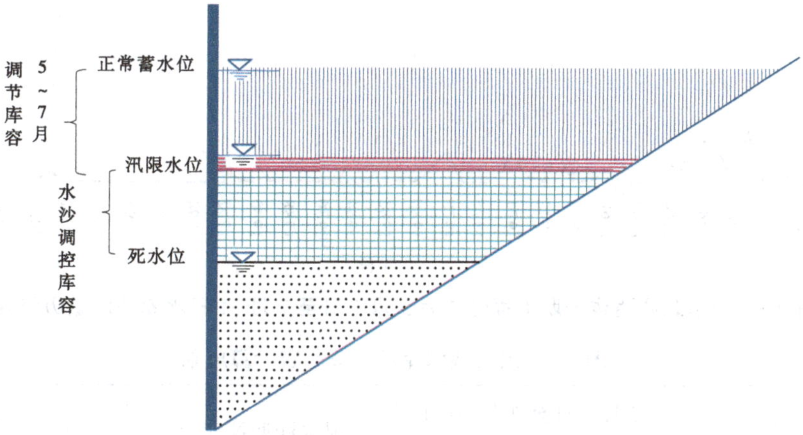

图 9-6　5~7 月供水调节库容设置示意图

表 9-1　黑山峡水库库容需求成果汇总

方案	供水调节库容		低限水沙调控库容		防凌库容	
	库容/亿 m^3	利用时间	库容/亿 m^3	利用时间	库容/亿 m^3	利用时间
南水北调西线一期工程生效前	26.2	5~7 月	21.0	7 月中旬至 9 月底	38.4	11 月至翌年 3 月
南水北调西线一期工程生效后	25.5		23.6		57.6	

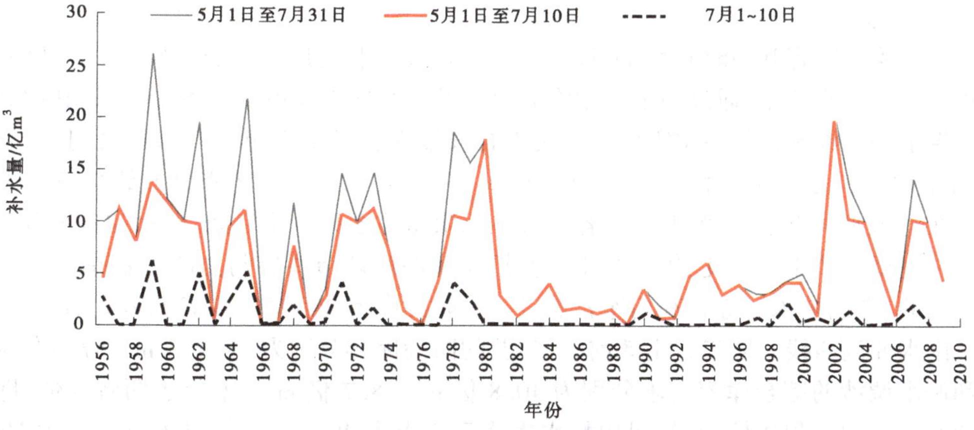

图 9-7　南水北调西线一期工程生效前 5 月 1 日至 7 月 31 日水库补水量历年变化

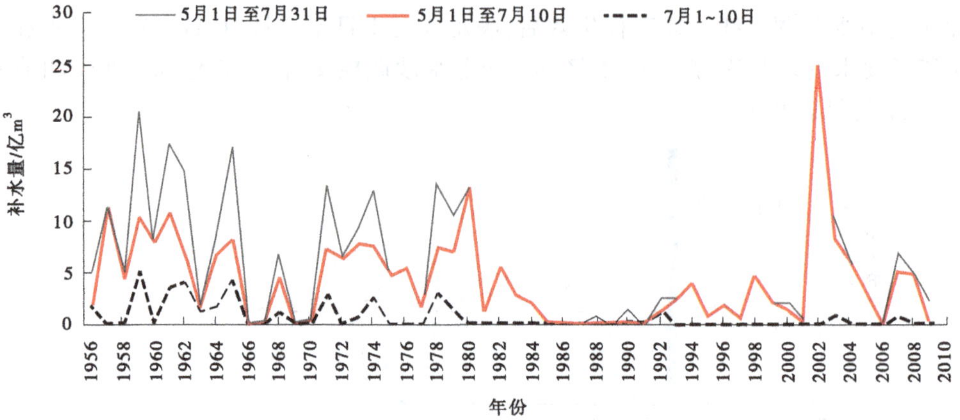

图 9-8　南水北调西线一期工程生效后 5 月 1 日至 7 月 31 日水库补水量历年变化

表 9-2　黑山峡水库反调节库容计算成果　　单位：亿 m^3

方案	5 月 1 日至 7 月 10 日调节库容①	低限水沙调控库容②	反调节库容③=①+②
南水北调西线一期工程生效前	19.8	21.0	40.8
南水北调西线一期工程生效后	25.1	23.6	48.7

需要说明的是，根据库容设置要求，7 月 1 日以后进入汛期，水库水位应控制不超过汛限水位，7 月 1～10 日的供水应由汛限水位以下的蓄水去补给，则在库容条件允许、经济技术可行的情况下，汛限水位确定应考虑水沙调控库容和 7 月 1～10 日供水库容要求。由图 9-7 和图 9-8 可知，7 月 1～10 日的供水补给量不大，1956～2010 年系列南水北调西线一期工程生效前、后最大补水量分别为 6.3 亿 m^3、5.2 亿 m^3，多年平均补水量分别为 0.9 亿 m^3、0.7 亿 m^3。

防凌需求库容利用时间是 11 月至翌年 3 月，时间上独立于反调节库容，与反调节库容可以完全重复利用，通过防凌运用将非汛期龙刘水库的发电水量蓄存在黑山峡水库中，满足供水和水沙调控的用水需求。防凌库容设置在正常蓄水位至死水位之间，防凌期间 12 月至翌年 3 月主要是蓄水；5～7 月供水库容在黑山峡水库库容条件允许的情况下主要设置在汛限水位以上，水沙调控库容设置在汛限水位至死水位之间，供水和调水调沙期间 5～7 月主要是放水。因此，供水和水沙调控库容即反调节库容与防凌库容是完全可以重复利用的，黑山峡水库综合利用库容需求应为防凌库容或反调节库容的最大值。

南水北调西线一期工程生效前、后需要的防凌库容分别为 38.4 亿 m^3、57.6 亿 m^3；供水和调水调沙的综合库容需求分别为 40.8 亿 m^3、48.7 亿 m^3。取上述两者大值，即南水北调西线一期工程生效前、后黑山峡水库库容需求为 40.8 亿 m^3、57.6 亿 m^3(约 50 年一遇)。黑山峡水库各功能年内各月库容使用情况示意图见图 9-9。

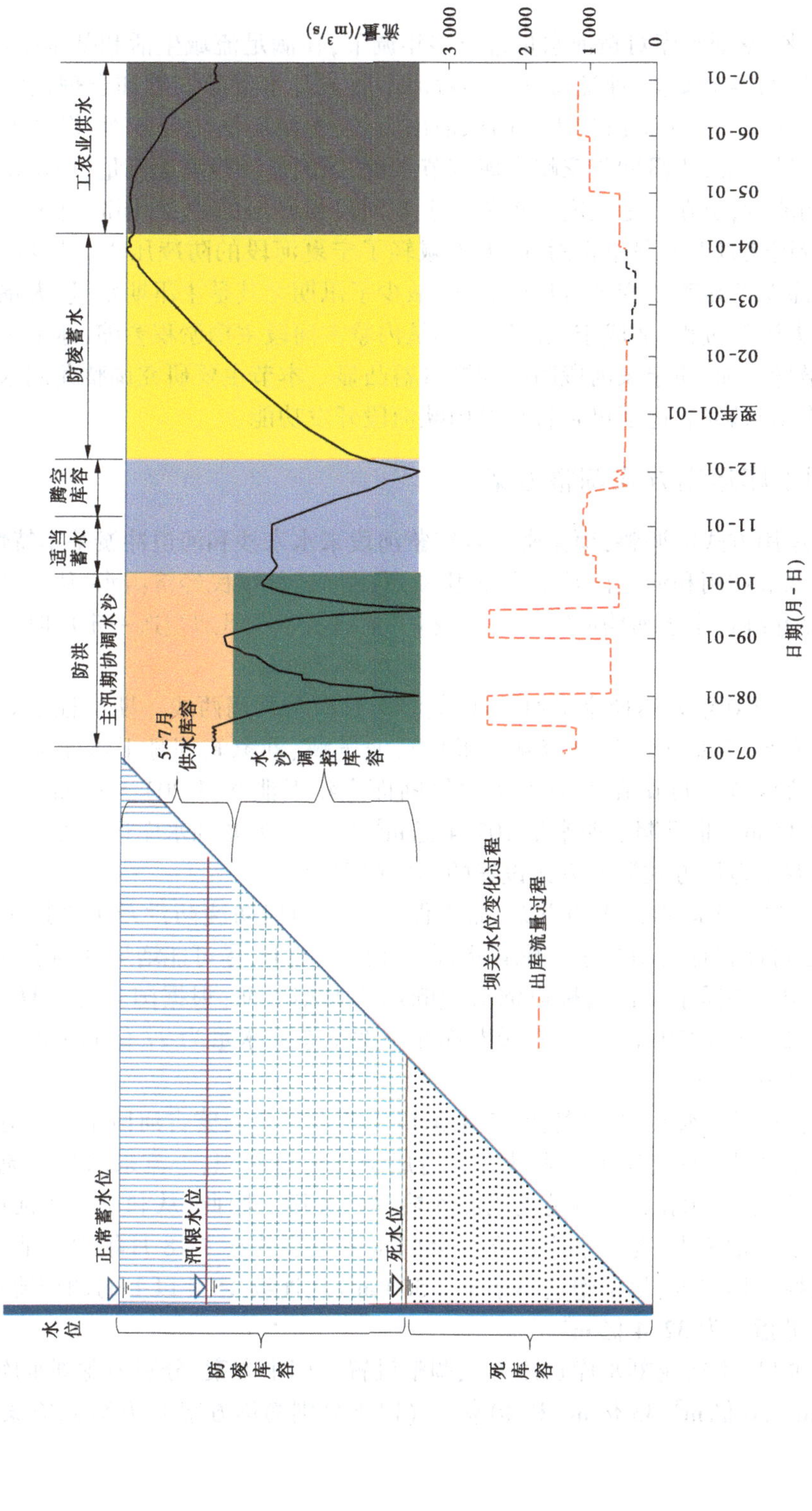

图 9-9　黑山峡水库各功能年内各月库容使用情况示意图

9.2　龙刘水库运用方式调整研究

1986 年以来,龙刘水库对黄河水量进行多年调节,在满足流域生活和基本生产用水、保障流域枯水年的供水安全、保证特枯水年黄河不断流等水资源调度和合理调配方面发挥了重要作用,同时提高了上游梯级电站保证出力;在上游防洪防凌方面,提高了兰州河段、宁蒙河段防洪标准,凌汛期刘家峡水库调节水量,控制流凌封河期流量、稳定稳封期流量、减小开河期流量,也在一定程度上控制了宁蒙河段封开河的稳定,同时由于出库水温提高,使宁夏青铜峡以上河段不再封冻,大大减轻了宁夏河段的防凌压力。虽然如此,但是由于龙刘水库调节显著改变径流年内分配、减少了汛期尤其是主汛期水量,大幅减少了有利于输沙的大流量过程,造成宁蒙河段尤其是内蒙古河段主槽淤积萎缩,冰下过流能力减弱、槽蓄水增量增加,使宁蒙河段防凌问题日益凸显。本节主要研究调整龙刘水库运用方式,分析其作用与影响,论证可否替代黑山峡河段开发功能。

9.2.1　龙刘水库运用方式调整方案

龙刘水库运用方式的调整,须紧密结合宁蒙河段来水来沙和河道冲淤基本特性,考虑龙刘水库现状调节作用和河道内基本生态用水,兼顾河道外国民经济需水,从有利于宁蒙河段减淤、恢复并维持中水河槽的需求出发,利用龙刘水库在汛期塑造一定历时的大流量过程。

利用 1956~2010 年天然径流系列,考虑黄河上游南水北调西线一期工程生效前黄河可供水量分配方案(考虑了天然径流减少影响),龙羊峡、刘家峡等骨干水库按照现状运用方式进行径流调节。调节结果表明,河口镇断面全年下泄水量 203.5 亿 m^3,其中汛期下泄水量 96.1 亿 m^3,非汛期下泄水量 107.4 亿 m^3,以此作为龙刘水库运用方式调整研究的现状方案。龙刘运用方式调整方案设置的具体原则如下:

(1)调整龙刘水库运用方式的方案,需先保证宁蒙河段防凌防洪及关键期生态需水调控指标,并尽可能保证河道外水量配置指标。在此基础上,尽可能增加龙刘水库汛期下泄水量。关键期生态需水调控指标以河口镇断面为典型断面,根据国务院批复的《黄河流域综合规划(2012~2030 年)》,河口镇断面非汛期生态需水量为 77 亿 m^3(含凌汛期水量),最小流量 250 m^3/s。

(2)根据宁蒙河段水沙、冲淤特点,宁蒙河段支流尤其是内蒙古河段十大孔兑来水来沙主要集中在 7~8 月,且支流来水来沙容易造成干流河道淤积,干流来水是干流输沙和中水河槽塑造的主要影响因子,也是支流泥沙输移的关键。因此,从利于宁蒙河段输沙、恢复并维持中水河槽考虑,龙刘水库汛期少蓄的水量主要放在 7~8 月集中下泄,按照宁蒙河段水沙调控指标要求,尽量塑造不小于 2 500 m^3/s、连续 15 d 以上的调控流量过程,相应的最小水量指标为 32.4 亿 m^3。

根据以上原则,本次龙刘水库运用方式调整设置了四个方案,分别为龙刘水库汛期少蓄水约 25 亿 m^3、30 亿 m^3、35 亿 m^3 和 40 亿 m^3(以下分别简称方案 1、方案 2、方案 3、方案 4)。

9.2.2　龙刘水库运用方式调整的减淤作用

9.2.2.1　对宁蒙河段的减淤作用

1. 进入宁蒙河段的水沙

由于宁蒙河段来沙主要集中在刘家峡水库以下，因此需要调整龙刘水库的运用方式，在汛期减少蓄水量，主要是对进入宁蒙河段的干流水量及过程的改变，对进入宁蒙河段的泥沙量影响小，对水沙关系影响较大（见表 9-3）。由表 9-3 可知，与现状相比，龙刘水库少蓄水 25 亿～40 亿 m^3 方案，使进入宁蒙河段的汛期水量增加，汛期水量比例由 46.3%增加到 55.1%～60.4%；汛期流量大于 2 500 m^3/s 的天数由 5.09 d 增加至 12.15～16.35 d，相应水量增加了 16.27 亿～25.85 亿 m^3，沙量增加了 0.09 亿～0.13 亿 t。可见，龙刘水库运用方式调整，在很大程度上增加了汛期水量及有利于输沙的大流量过程。

表 9-3　龙刘水库不同运用方案干流进入宁蒙河段水沙量特征值（162 年系列）

项目	方案	水量/亿 m^3			沙量/亿 t			汛期大于 2 500 m^3/s 水沙			汛期大于 2 000 m^3/s 水沙		
		汛期	非汛期	年	汛期	非汛期	年	天数/d	水量/亿 m^3	沙量/亿 t	天数/d	水量/亿 m^3	沙量/亿 t
水沙特征	现状方案⊙	131.96	152.92	284.88	0.76	0.18	0.94	5.09	13.05	0.12	10.06	22.45	0.19
	方案 1①	156.83	128.05	284.88	0.76	0.18	0.94	12.15	29.32	0.21	29.37	64.06	0.38
	方案 2②	161.96	122.92	284.88	0.76	0.18	0.94	13.63	32.73	0.22	33.57	73.06	0.41
	方案 3③	167.05	117.83	284.88	0.76	0.18	0.94	15.44	36.81	0.24	38.33	83.33	0.45
	方案 4④	171.93	112.95	284.88	0.76	0.18	0.94	16.35	38.90	0.25	42.50	92.28	0.47
水沙调节效果	方案 1（①-⊙）	24.87	-24.87	0	0	0	0	7.06	16.27	0.09	19.31	41.61	0.19
	方案 2（②-⊙）	30.00	-30.00	0	0	0	0	8.54	19.68	0.10	23.51	50.61	0.22
	方案 3（③-⊙）	35.09	-35.09	0	0	0	0	10.35	23.76	0.12	28.27	60.88	0.26
	方案 4（④-⊙）	39.97	-39.97	0	0	0	0	11.26	25.85	0.13	32.44	69.83	0.28

2. 对河道的减淤作用

黄河设计公司、中国水利水电科学研究院利用数学模型计算的龙刘水库运用方式调整不同方案冲淤量、平滩流量变化结果见表 9-4、表 9-5、图 9-10、图 9-11。

表 9-4　不同调整方案对宁蒙河段冲淤的减淤作用(黄河设计公司)

项目	方案	年均淤积量/亿 t			最小平滩流量/(m^3/s)	
		宁夏河段	内蒙古河段	宁蒙河段	平均值	最小值
年均冲淤量	现状方案⊙	0.07	0.55	0.62	1 320	950
	方案 1①	0.03	0.44	0.47	1 560	1 270
	方案 2②	0.03	0.42	0.45	1 610	1 350
	方案 3③	0.02	0.39	0.41	1 680	1 430
	方案 4④	0.02	0.38	0.40	1 730	1 510
减淤效果	方案 1(①-⊙)	-0.04	-0.11	-0.15	240	320
	方案 2(②-⊙)	-0.04	-0.13	-0.17	290	400
	方案 3(③-⊙)	-0.05	-0.16	-0.21	360	480
	方案 4(④-⊙)	-0.05	-0.17	-0.22	410	560

表 9-5　不同调整方案对宁蒙河段冲淤的减淤作用(中国水利水电科学研究院)

项目	方案	年均淤积量/亿 t			最小平滩流量/(m^3/s)	
		宁夏河段	内蒙古河段	宁蒙河段	平均值	最小值
年均冲淤量	现状方案⊙	0.06	0.51	0.57	1 290	980
	方案 1①	0.04	0.43	0.47	1 490	1 300
	方案 2②	0.03	0.41	0.44	1 540	1 410
	方案 3③	0.03	0.38	0.41	1 650	1 560
	方案 4④	0.02	0.35	0.37	1 720	1 570
减淤效果	方案 1(①-⊙)	-0.02	-0.08	-0.10	200	320
	方案 2(②-⊙)	-0.03	-0.10	-0.13	250	430
	方案 3(③-⊙)	-0.03	-0.13	-0.16	360	580
	方案 4(④-⊙)	-0.04	-0.16	-0.20	430	590

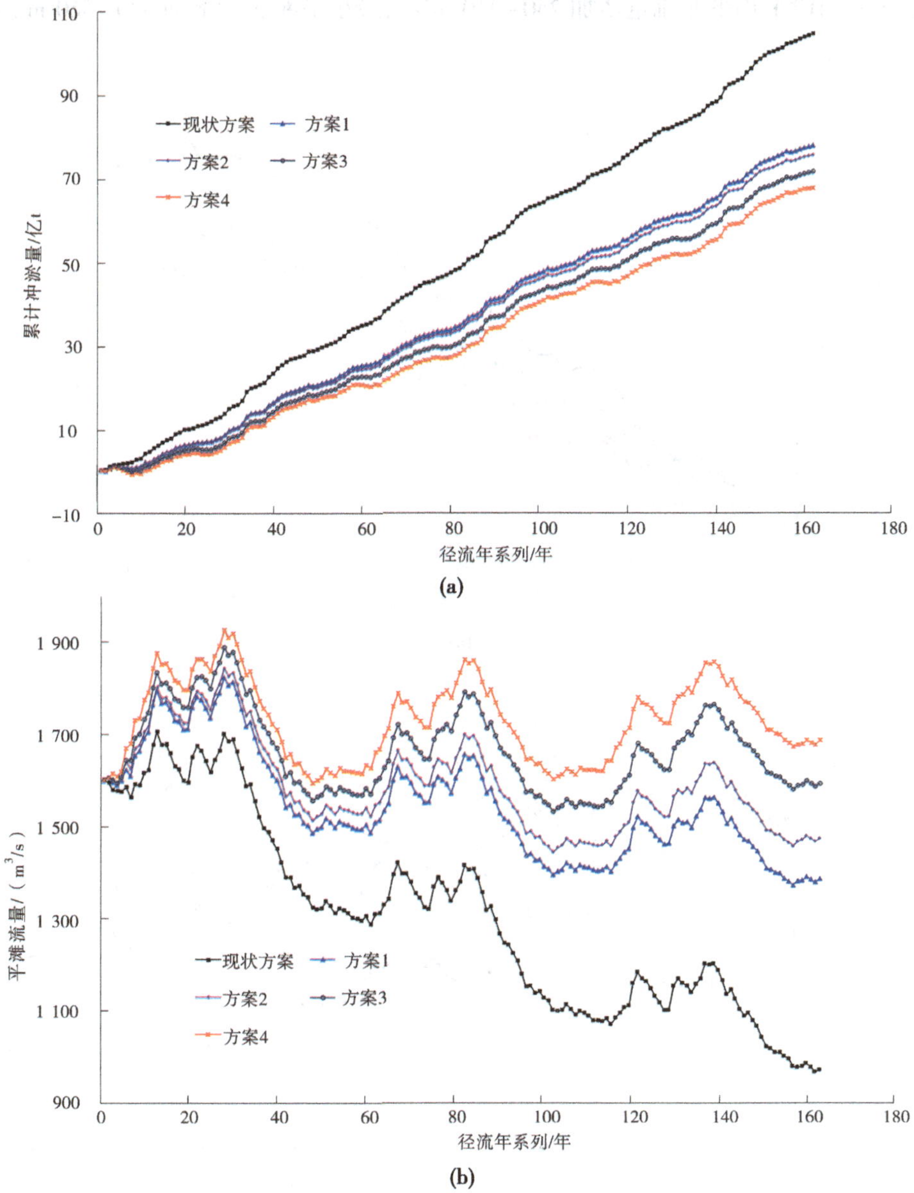

图 9-10　不同方案宁蒙河段累计冲淤量、平滩流量变化过程(黄河设计公司)

由表 9-4 可知,黄河设计公司计算现状运用方式下宁蒙河段年均淤积量为 0.62 亿 t,其中宁夏河段淤积 0.07 亿 t、内蒙古河段淤积 0.55 亿 t;宁蒙河段平均平滩流量 1 320 m^3/s,最小平滩流量 950 m^3/s。龙刘水库少蓄水 25 亿~40 亿 m^3 方案,宁蒙河段年均淤积量为 0.40 亿~0.47 亿 t,其中宁夏河段淤积 0.02 亿~0.03 亿 t、内蒙古河段淤积 0.38 亿~0.44 亿 t;与现状方案相比,宁蒙河段平均减淤 0.15 亿~0.22 亿 t,其中宁夏河段减淤 0.04 亿~0.05 亿 t,内蒙古河段减淤 0.11 亿~0.17 亿 t。龙刘水库少蓄水 25 亿~40 亿 m^3 方案,宁蒙河段平均平滩流量 1 560~1 730 m^3/s,最小平滩流量 1 270~1 510 m^3/s;与现状方案相比,宁蒙河段平均平滩流量增加 240~410 m³/s,最小平滩流量增加 320~560 m³/s。

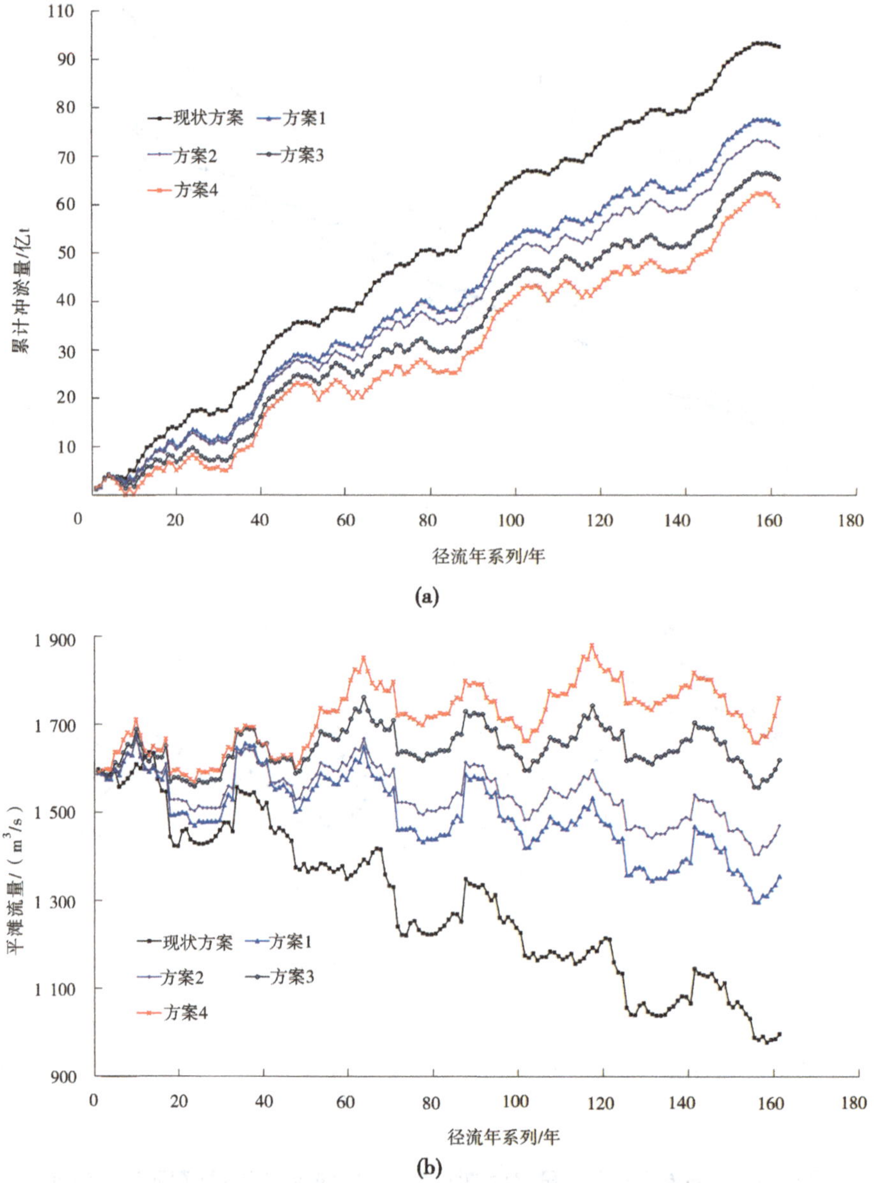

图 9-11 不同方案宁蒙河段累计冲淤量、平滩流量变化过程(中国水利水电科学研究院)

由表 9-5 可知,中国水利水电科学研究院计算现状运用方式下宁蒙河段年均淤积量为 0.57 亿 t,其中宁夏河段淤积 0.06 亿 t、内蒙古河段淤积 0.51 亿 t;宁蒙河段平均平滩流量 1 290 m³/s,最小平滩流量 980 m³/s。龙刘水库少蓄水 25 亿~40 亿 m³ 方案,宁蒙河段年均淤积量为 0.37 亿~0.47 亿 t,其中宁夏河段淤积 0.02 亿~0.04 亿 t、内蒙古河段淤积 0.35 亿~0.43 亿 t;与现状方案相比,宁蒙河段平均减淤 0.10 亿~0.20 亿 t,其中宁夏河段减淤 0.02 亿~0.04 亿 t,内蒙古河段减淤 0.08 亿~0.16 亿 t。龙刘水库少蓄水 25

亿~40 亿 m^3 方案，宁蒙河段平均平滩流量 1 490~1 720 m^3/s，最小平滩流量 1 300~1 570 m^3/s；与现状方案相比，宁蒙河段平均平滩流量增加 200~430 m^3/s，最小平滩流量增加 320~590 m^3/s。

中国水利水电科学研究院计算成果与黄河设计公司计算成果相比，宁蒙河段淤积量、减淤量、平滩流量差别不大，整体略小。

9.2.2.2 对中下游河段的减淤作用

龙刘水库运用方式调整不同方案对中下游河道减淤作用分析时，中下游河道按现状工程条件考虑，水库工程主要考虑三门峡、小浪底（小浪底水库为正常运用期）。

1. 进入中下游河段的水沙

龙刘水库运用方式调整不同方案进入小北干流（龙门+河津）、黄河下游（小黑武）水沙量特征值统计见表 9-6、表 9-7。

表 9-6　龙刘水库不同运用方案进入小北干流（龙门+河津）水沙量特征值（162 年系列）

黄河来沙情景	项目	方案	水量/亿 m^3			沙量/亿 t			汛期大于 2 000 m^3/s 水沙情况		
			汛期	非汛期	年	汛期	非汛期	年	天数/d	水量/亿 m^3	沙量/亿 t
情景方案 1	水沙特征	现状方案⊙	108.83	112.70	221.53	4.27	0.70	4.97	10.93	25.50	1.51
		方案 1①	133.95	92.46	226.41	4.48	0.67	5.15	21.07	47.80	2.34
		方案 2②	138.99	93.94	232.93	4.52	0.67	5.19	24.07	54.03	2.53
		方案 3③	144.14	95.91	240.05	4.57	0.68	5.25	25.91	57.97	2.69
		方案 4④	149.10	97.13	246.23	4.61	0.68	5.29	27.85	61.84	2.75
	水沙调节效果	方案 1(①-⊙)	25.12	-20.24	4.88	0.21	-0.03	0.18	10.14	22.30	0.83
		方案 2(②-⊙)	30.16	-18.76	11.40	0.25	-0.03	0.22	13.14	28.53	1.02
		方案 3(③-⊙)	35.31	-16.79	18.52	0.30	-0.02	0.28	14.98	32.47	1.18
		方案 4(④-⊙)	40.27	-15.57	24.70	0.34	-0.02	0.32	16.92	36.34	1.24
情景方案 2	水沙特征	现状方案⊙	104.83	108.56	213.39	3.20	0.52	3.72	9.44	22.04	1.04
		方案 1①	129.95	88.32	218.27	3.41	0.49	3.90	19.44	43.81	1.72
		方案 2②	134.99	89.80	224.79	3.46	0.50	3.96	22.44	49.94	1.88
		方案 3③	140.14	91.76	231.90	3.50	0.50	4.00	24.17	53.63	2.02
		方案 4④	145.09	92.98	238.07	3.54	0.51	4.05	25.96	57.19	2.07
	水沙调节效果	方案 1(①-⊙)	25.12	-20.24	4.88	0.21	-0.03	0.18	10.00	21.77	0.68
		方案 2(②-⊙)	30.16	-18.76	11.40	0.26	-0.02	0.24	13.00	27.90	0.84
		方案 3(③-⊙)	35.31	-16.80	18.51	0.30	-0.02	0.28	14.73	31.59	0.98
		方案 4(④-⊙)	40.26	-15.58	24.68	0.34	-0.01	0.33	16.52	35.15	1.03

表 9-7　龙刘水库不同运用方案进入黄河下游(小黑武)水沙量特征值(162 年系列)

黄河来沙情景	项目	方案	水量/亿 m^3			沙量/亿 t			汛期大于 2 600 m^3/s 水沙情况		
			汛期	非汛期	年	汛期	非汛期	年	天数/d	水量/亿 m^3	沙量/亿 t
情景方案 1	水沙特征	现状方案⊙	150.95	127.34	278.29	7.35	0.21	7.56	14.00	42.89	4.00
		方案 1①	175.73	108.45	284.18	7.69	0.21	7.90	19.65	59.17	4.99
		方案 2②	180.73	110.52	291.25	7.79	0.22	8.01	20.76	62.35	5.17
		方案 3③	185.79	112.38	298.17	7.92	0.21	8.13	21.87	65.70	5.29
		方案 4④	190.66	113.60	304.26	8.03	0.22	8.25	22.59	67.65	5.35
	水沙调节效果	方案 1(①-⊙)	24.78	-18.89	5.89	0.34	0	0.34	5.65	16.28	0.99
		方案 2(②-⊙)	29.78	-16.82	12.96	0.44	0.01	0.45	6.76	19.46	1.17
		方案 3(③-⊙)	34.84	-14.96	19.88	0.57	0	0.57	7.87	22.81	1.29
		方案 4(④-⊙)	39.71	-13.74	25.97	0.68	0.01	0.69	8.59	24.76	1.35
情景方案 2	水沙特征	现状方案⊙	145.84	122.63	268.47	5.44	0.23	5.67	13.02	39.38	3.04
		方案 1①	170.61	104.17	274.78	5.77	0.22	5.99	18.38	54.75	3.65
		方案 2②	175.62	106.26	281.88	5.86	0.24	6.10	19.41	57.71	3.78
		方案 3③	180.70	108.07	288.77	5.94	0.24	6.18	20.48	60.93	3.88
		方案 4④	185.54	109.29	294.83	6.04	0.24	6.28	21.10	62.56	3.93
	水沙调节效果	方案 1(①-⊙)	24.77	-18.46	6.31	0.33	-0.01	0.32	5.36	15.37	0.61
		方案 2(②-⊙)	29.78	-16.37	13.41	0.42	0.01	0.43	6.39	18.33	0.74
		方案 3(③-⊙)	34.86	-14.56	20.30	0.50	0.01	0.51	7.46	21.55	0.84
		方案 4(④-⊙)	39.70	-13.34	26.36	0.60	0.01	0.61	8.08	23.18	0.89

注:小浪底水库汛期大流量调控指标为 2 600~4 000 m^3/s。

由表 9-6 可知:情景方案 1,与现状相比,龙刘水库少蓄水 25 亿~40 亿 m^3 方案,进入小北干流河段的汛期水量比例提高了 10.0%~11.4%,2 000 m^3/s 以上天数增加了 10.14~16.92 d,相应水量增加 22.30 亿~36.34 亿 m^3,相应沙量增加 0.83 亿~1.24 亿 t。情景方案 2,与现状相比,龙刘水库少蓄水 25 亿~40 亿 m^3 方案,进入小北干流河段的汛期水量比例提高了 10.4%~11.8%,2 000 m^3/s 以上天数增加了 10.00~16.52 d,相应水量增加 21.77 亿~35.15 亿 m^3,相应沙量增加 0.68 亿~1.03 亿 t。

由表 9-7 可知:情景方案 1,与现状相比,龙刘水库少蓄水 25 亿~40 亿 m^3 方案,进入下游河段的汛期水量比例提高了 8.0%~11.3%,2 600 m^3/s 以上天数增加了 5.65~8.59 d,相应水量增加 16.28 亿~24.76 亿 m^3,相应沙量增加 0.99 亿~1.35 亿 t。情景方案 2,与现状相比,龙刘水库少蓄水 25 亿~40 亿 m^3 方案,进入下游河段的汛期水量比例提高了 8.3%~11.7%，2 600 m^3/s 以上天数增加了 5.36~8.08 d，相应水量增加 15.37 亿~23.18 亿 m^3，相应沙量增加 0.61 亿~0.89 亿 t。

可见，龙刘水库运用方式调整，改变进入中下游河道径流年内分配，增加了大流量过程，对提高中下游河道输沙有作用。

2. 对河道的减淤作用

龙刘水库运用方式调整，除对宁蒙河段有减淤作用外，对中下游河道也有一定减淤作用。黄河设计公司、中国水利水电科学研究院利用数学模型计算了黄河中下游河道及三门峡、小浪底库区冲淤量变化，分析了不同调整方案减淤效果，计算汇总成果见表 9-8 和表 9-9。

表 9-8　龙刘水库运用方式调整不同方案对水库河道减淤效果计算汇总成果(黄河设计公司)

黄河来沙情景	方案设置	淤积量/亿 t				减淤量/亿 t				减淤总量/亿 t
		宁蒙河段	小北干流	三小水库	黄河下游	宁蒙河段	小北干流	三小水库	黄河下游	
情景方案 1	现状方案	0.620	0.497	0.003	1.860					
	方案 1	0.470	0.383	-0.018	1.700	0.140	0.114	0.021	0.120	0.395
	方案 2	0.450	0.323	-0.023	1.650	0.170	0.174	0.026	0.180	0.550
	方案 3	0.420	0.298	-0.022	1.600	0.200	0.199	0.025	0.230	0.654
	方案 4	0.390	0.253	-0.024	1.540	0.220	0.244	0.027	0.210	0.701
情景方案 2	现状方案	0.620	0.425	-0.002	1.280					
	方案 1	0.470	0.322	-0.036	1.190	0.140	0.103	0.035	0.070	0.348
	方案 2	0.450	0.262	-0.039	1.140	0.170	0.163	0.038	0.110	0.481
	方案 3	0.420	0.241	-0.039	1.120	0.200	0.184	0.038	0.150	0.572
	方案 4	0.390	0.182	-0.041	1.100	0.220	0.243	0.039	0.170	0.672

注：小浪底水库按正常运用期考虑。

表 9-9　龙刘水库运用方式调整不同方案对水库河道减淤效果计算汇总成果(中国水利水电科学研究院)

黄河来沙情景	方案设置	淤积量/亿 t				减淤量/亿 t				减淤总量/亿 t
		宁蒙河段	小北干流	三小水库(三门峡)	黄河下游	宁蒙河段	小北干流	三小水库(三门峡)	黄河下游	
情景方案 1	现状方案	0.570	0.492	0.003	1.290					
	方案 1	0.470	0.328	-0.002	1.260	0.100	0.164	0.005	0.030	0.299
	方案 2	0.440	0.304	-0.003	1.265	0.130	0.188	0.006	0.025	0.349
	方案 3	0.400	0.275	-0.004	1.256	0.170	0.217	0.007	0.034	0.428
	方案 4	0.370	0.255	-0.004	1.288	0.200	0.237	0.007	0.002	0.446

续表 9-9

黄河来沙情景	方案设置	淤积量/亿 t				减淤量/亿 t				减淤总量/亿 t
		宁蒙河段	小北干流	三小水库(三门峡)	黄河下游	宁蒙河段	小北干流	三小水库(三门峡)	黄河下游	
情景方案 2	现状方案	0.570	0.342	0.001	0.570					
	方案 1	0.470	0.213	-0.005	0.549	0.100	0.129	0.006	0.021	0.256
	方案 2	0.440	0.193	-0.007	0.558	0.130	0.149	0.008	0.012	0.299
	方案 3	0.400	0.169	-0.007	0.569	0.170	0.173	0.008	0.001	0.352
	方案 4	0.370	0.154	-0.008	0.597	0.200	0.188	0.009	-0.027	0.370

注：小浪底水库按正常运用期考虑。

黄河设计公司计算：情景方案 1，与现状运用方式相比，龙刘水库少蓄水 25 亿～40 亿 m^3 方案，宁蒙河段、小北干流、三小水库和黄河下游总减淤量为 0.395 亿～0.701 亿 t。情景方案 2，与现状运用方式相比，龙刘水库少蓄水 25 亿～40 亿 m^3 方案，宁蒙河段、小北干流、三小水库和黄河下游总减淤量为 0.348 亿～0.672 亿 t。

中国水利水电科学研究院计算：情景方案 1，与现状运用方式相比，龙刘水库少蓄水 25 亿～40 亿 m^3 方案，宁蒙河段、小北干流、三小水库和黄河下游总减淤量为 0.299 亿～0.446 亿 t。情景方案 2，与现状运用方式相比，龙刘水库少蓄水 25 亿～40 亿 m^3 方案，宁蒙河段、小北干流、三小水库和黄河下游总减淤量为 0.256 亿～0.370 亿 t。

可见，龙刘水库少蓄水 25 亿～40 亿 m^3 方案，增加汛期泄量能够在黄河主要冲积性河段尤其是宁蒙河段和小北干流河段实现河道减淤，随着汛期下泄水量增加，河道减淤量增加。

9.2.3 龙刘水库运用方式调整的影响

9.2.3.1 对流域水资源配置的影响

现状运用方式情况下，通过龙刘水库的运用，在满足防洪、防凌、河口镇最小流量等前提下，龙刘水库在汛期蓄水，非汛期根据供水和发电要求下泄水量，同时龙羊峡水库承担全河水量调配的任务。通过径流调节计算，河口镇断面汛期水量为 96.12 亿 m^3，年水量为 203.46 亿 m^3；利津断面汛期水量为 110.56 亿 m^3，年水量为 180.51 亿 m^3。

龙刘水库少蓄水 25 亿～40 亿 m^3 方案，计算至河口镇断面年水量为 203.63 亿～214.96 亿 m^3，其中汛期水量 120.99 亿～136.10 亿 m^3；中下游通过万家寨、三门峡、小浪底等水库的调蓄以及区间引水等，计算利津断面年水量为 186.52 亿～199.45 亿 m^3，其中汛期水量为 128.89 亿～143.30 亿 m^3。相对于现状运用方式，由于汛期下泄水量增加，非汛期可用水量减少，引起黄河干流水资源配置量减少 6.01 亿～18.94 亿 m^3。龙刘水库运用方式调整对黄河干流水资源配置影响成果见表 9-10。

表 9-10　龙刘水库运用方式调整对黄河干流水资源配置影响成果　单位：亿 m^3

方案	河口镇断面		利津断面		水资源配置影响量
	年水量	汛期水量	年水量	汛期水量	
现状方案	203.46	96.12	180.51	110.56	—
方案 1	203.63	120.99	186.52	128.89	6.01
方案 2	204.93	126.12	189.29	133.04	8.78
方案 3	210.08	131.21	194.42	138.35	13.91
方案 4	214.93	136.10	199.45	143.30	18.94

9.2.3.2　对梯级发电的影响

黄河流域水力资源理论蕴藏量 43 312 MW，其中干流 32 827 MW，占 75.8%，具有良好的水电开发条件。截至目前，黄河上游干流已建、在建水电站 20 余座，装机容量达 15 280.3 MW。黄河上游已形成龙羊峡和刘家峡两库联合补偿调节、梯级水电站群联合运行的格局，使黄河上游成为目前国内梯级水电站最多、调节性能最好、电量保证程度最高的水电基地。龙刘水库现状运用方式下（现状方案），龙羊峡—河口镇河段梯级电站保证出力 4 120 MW，多年平均发电量 513.1 亿 kW·h，其中非汛期发电量 306.5 亿 kW·h；河口镇以下河段梯级电站保证出力 1 163 MW，多年平均发电量 129.3 亿 kW·h，其中非汛期发电量 82.8 亿 kW·h。

龙刘水库少蓄水 25 亿～40 亿 m^3 方案，龙羊峡—河口镇河段梯级电站保证出力 2 610～3 967 MW，与调整前相比保证出力减小 153～1 510 MW；多年平均发电量 478.6 亿～492.9 亿 kW·h，与调整前相比减少 20.2 亿～34.5 亿 kW·h；非汛期发电量 217.4 亿～254.4 亿 kW·h，与调整前相比减少 52.1 亿～89.1 亿 kW·h。河口镇以下河段梯级电站保证出力 907～993 MW，与调整前相比保证出力减少 170～256 MW；多年平均发电量 121.5 亿～122.3 亿 kW·h，与调整前相比减少 7.0 亿～7.8 亿 kW·h；非汛期发电量 65.0 亿～67.4 亿 kW·h，与调整前相比减少 15.4 亿～17.8 亿 kW·h。龙刘水库运用方式调整对黄河干流梯级电能指标影响见表 9-11。

可以看出，龙刘水库运用方式调整后龙刘水库在汛期少蓄水，非汛期下泄水量减少，对黄河干流梯级多年平均发电量影响不大，主要影响电站的保证出力和非汛期的发电量，多年平均情况下影响黄河龙羊峡以下梯级电站保证出力 323～1 766 MW，影响非汛期发电量 67.5 亿～106.9 亿 kW·h。随着非汛期向汛期水量调整力度的加大，对黄河干流梯级非汛期的发电量影响也越来越大，对电网的调度和电能质量的影响也将越来越大。

表 9-11　龙刘水库运用方式调整对黄河干流梯级电能指标影响

方案	龙羊峡—河口镇梯级电站				河口镇以下梯级电站				龙羊峡以下梯级电站			
	保证出力/MW	发电量/亿 kW · h			保证出力/MW	发电量/亿 kW · h			保证出力/MW	发电量/亿 kW · h		
		全年	非汛期	非汛期影响		全年	非汛期	非汛期影响		全年	非汛期	非汛期影响
现状方案	4 120	513.1	306.5	—	1 163	129.3	82.8	—	5 283	642.4	389.3	—
方案 1	3 967	492.9	254.4	-52.1	993	122.3	67.4	-15.4	4 960	615.2	321.8	-67.5
方案 2	2 610	483.3	237.3	-69.2	907	121.5	65.0	-17.8	3 517	604.8	302.3	-87.0
方案 3	2610	481.0	227.4	-79.1	907	121.5	65.0	-17.8	3 517	602.5	292.4	-96.8
方案 4	2 610	478.6	217.4	-89.1	907	121.5	65.0	-17.8	3 517	600.1	282.4	-106.9

需要说明的是，当龙刘水库汛期少蓄水量达到 30 亿 m^3 时，河口镇断面非汛期流量基本达到 250 m^3/s，如果龙刘水库进一步减少蓄水，则需要通过削减宁蒙河段用水来实现保证河口镇生态流量 250 m^3/s 的要求，因此在保证河口镇生态流量 250 m^3/s 的情况下，当龙刘水库汛期少蓄水量超过 30 亿 m^3 对河口镇以下河段梯级电站的发电影响不变。

9.2.3.3　对河道内生态环境的影响

龙刘水库现状运用方式下，河口镇断面非汛期水量 107.34 亿 m^3，利津断面非汛期水量 69.95 亿 m^3。龙刘水库少蓄水 25 亿～40 亿 m^3 方案，河口镇断面非汛期水量 78.83 亿～82.64 亿 m^3，利津断面非汛期水量 56.15 亿～57.63～亿 m^3，基本满足《黄河流域综合规划(2012～2030 年)》提出的河口镇、利津非汛期生态水量 77 亿 m^3、50 亿 m^3 要求。龙刘水库运用方式调整对主要控制断面生态水量影响见表 9-12。

表 9-12　龙刘水库运用方式调整对主要控制断面生态水量影响

方案	河口镇断面水量/亿 m^3		利津断面水量/亿 m^3	
	年水量	非汛期水量	年水量	非汛期水量
生态需水量	192	77	200	50
现状方案	203.46	107.34	180.51	69.95
方案 1	203.63	82.64	186.52	57.63
方案 2	204.93	78.81	189.29	56.25
方案 3	210.08	78.87	194.42	56.07
方案 4	214.93	78.83	199.45	56.15

注：生态需水量为《黄河流域综合规划(2012～2030 年)》成果。

9.2.4　龙刘水库运用方式调整的可行性

综上分析，调整龙刘水库运用方式，减少水库汛期蓄水量，并根据河道泥沙冲淤特性泄放大流量过程，对减少宁蒙河段淤积、恢复中水河槽行洪输沙功能具有一定的作用，但龙刘水库汛期增泄水量增大，将会影响龙羊峡水库的多年调节能力，造成流域内缺水量增加。随着龙刘水库运用方式调整水量的增加，龙刘水库在汛期的蓄水量逐渐减少，使黄河干流非汛期可用水量逐渐减少，与现状相比，方案 1~4 多年平均河道外配置水量分别减少 6.0 亿 m^3、8.8 亿 m^3、13.9 亿 m^3、18.9 亿 m^3，将严重影响黄河流域经济社会供水。

另外，如果进行龙刘水库运用方式调整，将使黄河干流梯级电站的发电效益特别是保证出力和非汛期电能指标减少较大，电站保证出力降低 323~1 766 MW，非汛期电量减少 67.5 亿~106.9 亿 kW · h。例如，对于汛期少蓄水 30 亿 m^3 方案，黄河龙羊峡以下梯级电站的保证出力将降低 1 766 MW，梯级发电量减少 37.6 亿 kW · h，非汛期电量减少 86.9 亿 kW · h。由于保证出力和非汛期电量的减少，将影响西北电网调峰和“西电东送”的高峰期送电任务，严重影响电网的供电安全，同时，由于非汛期电量减少、汛期弃水量增加，也会对电力工业占用相当比重的青海省和甘肃省的经济发展带来不利影响。

受黄河水资源条件和水资源配置需求的限制，调整龙刘水库运用方式将受到制约，根据各方案全河水资源配置分析，汛期增泄水量不宜大于 25 亿 m^3。同时，由于龙刘水库距宁蒙河段远，坝址以下还有湟水、洮河、祖厉河等支流加入，调控大流量的时机难以把握，稍有不慎，可能造成水库下泄大流量与区间洪水（如 2018 年黄河第 2 号洪水）遭遇，加大防洪压力，且调整龙羊峡水库运用方式还涉及经济、社会等多方面因素，涉及管理体制的制约，实际操作起来非常困难。

9.3　其他措施分析

黄河上游宁蒙河段，自 20 世纪 80 年代中期以后，由于河道淤积萎缩导致防凌防洪问题日益突出，要采取措施恢复宁蒙河段适宜的中水河槽规模。前文研究了龙刘水库运用方式调整对河道减淤、恢复中水河槽的作用，下面针对加高堤防、挖河、宁蒙河段十大孔兑治理等措施进行分析。

9.3.1　加高堤防

根据河道冲淤预测成果估算，宁蒙河段年均淤积泥沙约 6 200 万 t，各河段年均淤积抬高速度为 0.010~0.035 m/s，50 年淤积厚度为 0.5~1.75 m。近期国家发展和改革委员会批复的《黄河内蒙古段二期防洪工程可行性研究》中对堤防欠高 0.5 m 的堤段进行了加高加固，每千米投资额 860 万元，按照这个标准进行估算，考虑 50 年淤积宁蒙河段需加高加固的堤防长度达到约 1 163 km，堤防加高工程量的静态总投资约 100 亿元。虽然依靠加高堤防可以满足设防水位要求，且仅从堤防加高的工程量和投资来看，其数值并不太大，但从长远看，若仅依靠堤防加高来解决宁蒙河段防凌防洪问题存在较为严重的问题。

9.3.1.1　**宁蒙河段将形成极为严峻的悬河态势，对保障防凌防洪安全极为不利**

由于水沙关系不协调，目前宁蒙河段特别是内蒙古河段淤积严重，已形成了继黄河下游之后的又一处“地上悬河”。今后若水沙条件不能改善，河道淤积抬高的局面不能得到遏制，宁蒙河段“地上悬河”的态势将持续严重。由于河道淤积抬高，其汛期的水位大幅度抬高，凌汛期水位抬高更多，尤其是河道主槽过流能力减小，造成凌水漫滩、堤防长时期偎水浸泡，其稳定性和安全性将受到极大考验，极易造成堤防溃决，且决口时洪水居高临下，决口急剧发展，不仅使两岸的淹没面积和损失加大，且决口后极难修复，对防洪安全造成极大的威胁。修筑堤防本身对泥沙淤积问题而言，只是以空间换时间，而不能根治，虽然修筑加高大堤，可以减轻防洪压力，但是由于两岸堤防之间的沉沙容积有限，随着泥沙在河槽及滩地的逐年淤积，河床逐渐抬升而成为“地上悬河”，防御洪水的能力也将随着河床的淤高而降低。仅靠加高大堤防御宁蒙河段的洪凌灾害，那么大堤越加越高，河床也越淤越高，“地上悬河”形势越来越严峻。

9.3.1.2　**河道形态恶化的局面不能改善，严重影响防凌防洪安全**

20 世纪 80 年代以前，内蒙古河段平滩流量基本在 3 000 m^3/s 以上，1986 年以后，由于水沙条件恶化，平滩流量持续减小，最小不足 1 000 m^3/s，主槽淤积萎缩使得中水河槽过流能力降低，直接导致汛期行洪输沙和凌汛期输水排冰能力下降，河道槽蓄水增量增加，先后发生 5 次凌汛决口。良好的河槽形态对宁蒙河段防凌安全极为重要，加高堤防不改变进入宁蒙河段的水沙条件，无法改善河道形态。因此，仅依靠加高堤防，在目前工程条件下，宁蒙河段严峻的防凌形势将长期存在。

综合上述两方面分析，认为堤防加高措施只是被动地进行宁蒙河段治理，无法根本改变宁蒙河段淤积抬高的局面，也不能塑造有利于行洪、输沙、排冰的良好河槽形态，只是“治标不治本”的被动措施。

9.3.2　加强水土流失综合治理

黄河上游祖厉河、清水河、十大孔兑等支流来沙多，尤其是内蒙古十大孔兑集中来沙淤堵干流是影响宁蒙河段河道淤积的一个重要因素。进行水土保持治理对减少上游支流来沙尤其是十大孔兑来沙十分必要。

内蒙古十大孔兑流经丘陵沟壑区、风沙区，水土流失类型多样，水土流失严重，流失面积为 8 361.6 km^2，占土地总面积的 95.0%。其中，水蚀面积 4 357.5 km^2，风蚀面积 4 004.1 km^2。流域上游为丘陵沟壑区，以水力侵蚀为主；中游为库布齐沙漠，风力侵蚀极为严重。流域平均侵蚀模数达 10 000 $t/(km^2 \cdot a)$。十大孔兑水土保持治理始于 20 世纪 50 年代初，80 年代以后治理速度加快，治理形式上由原来的单项治理变为以小流域为单元，从坡面到沟壑，从支沟到干沟，因地制宜、因害设防，工程措施、植物措施和保土耕作措施相结合，山、水、田、林、草、路综合治理。目前，十大孔兑累计共完成水土保持生态建设面积 21.8 万 hm^2，占水土流失总面积的 27%，产水产沙的环境有一定程度的改善。

根据有关水土保持规划，计划在十大孔兑流域实施生态修复面积 21.04 万 hm^2，建设 237 座拦沙工程，新建引洪滞沙工程 6 处，改建扩建引洪滞沙工程 5 处。按规划工程考虑，拦沙坝工程平均每年拦沙约 752 万 t，拦沙库容淤满后可减少入黄泥沙约 150 万 t，坡面措施平均每年的保土作用约 550 万 t，即十大孔兑治理的长期减沙作用不足 700 万 t，减少的入黄沙量仅占来沙量的 26%。

从十大孔兑流域水土保持措施已实施情况和未来治理规划情况看，水土保持存在治理资金投入不足、工程运营管理难度大等问题，同时区域干旱少雨、生态环境脆弱的本质难以彻底改变，可以断定暴雨导致的支流高含沙洪水仍然会是内蒙古河段淤积的重要影响因素。

9.3.3　挖河疏浚

挖河是黄河治理措施中一项重要措施。就挖河疏浚而言，在减少河道泥沙淤积、扩大河槽行洪输沙能力方面可以在短时间内达到预期效果。自 20 世纪 70 年代初期，黄河下游开始采用简易吸泥船的方式进行以保障防洪安全为目的的吸泥固堤淤背，加固了堤防。80 年代初，为开展黄河河口治理，曾进行了挖沙疏浚、整治河口、稳定黄河入海流路的试验，包括挖除河道内河心滩，疏浚拖淤降低河床、打通拦门沙、修建导流堤、淤地技术及水沙资源的利用等，取得了一定效果。1986 年汛前，在小北干流汾河口—潼关河段采用拖轮推进器冲刷方式拖泥进行河道疏浚，但由于疏浚技术不完善，对游荡型河道疏浚问题认识不够，缺乏前期科学研究，因此虽然通过疏浚一时形成了所谓的航道，但很快全部被淤死。为改变黄河潼关高程的淤积抬升状况，减轻因潼关高程抬升对黄河小北干流和渭河下游防洪造成的不利影响，1996 年和 1997 年在三门峡库区潼关河段开展了人工机械冲沙清淤试验，取得了一定的效果。总的来看，黄河挖河治理均取得了一时的效果，但是由于黄河来沙量大，河势游荡多变，以及受挖河作业时间、作业方式等方面的限制，挖河整治工程难以持续运作，挖河疏浚效果也不能持续发挥作用。从黄河已有挖河实践经验看，宁蒙河段挖河措施存在如下制约：

(1)大规模挖河费用高、施工布置难度大。

在淤积严重的河段进行挖河疏浚，有利于增加主槽的排洪能力，塑造中水河槽，理顺河势。若在仁存渡—陶乐渡河段、三湖河口—蒲滩拐河段进行全河段挖河疏浚，疏浚长度分别为 106.3 km、105.1 km、184.9 km，排距按 1.5 km 计算，按照《黄河下游防洪工程初步设计》中放淤固堤泥沙处理单价约 20 元/m^3，按照宁蒙河段河道治理经验，挖河疏浚出来的泥沙考虑在堤防背水侧做压浸平台，压浸平台高度按 1.0 m 考虑，50 年规划期处理的 23 亿 m^3 泥沙占地约 345 万亩，按照《黄河内蒙古段二期防洪工程可行性研究》中河道整治工程建设征地投资估算成果，征地费用大约 1.2 万元/亩，考虑征地费用估算宁蒙河段挖河平均每年静态投资约需 17.5 亿元。可见，大规模挖河投资费用高，同时受沿河地形条件限制施工布置难度也很大。

(2)大规模挖河施工对环境影响较大。

黄河宁蒙河段沿河分布有多个自然保护区，包括宁夏沙湖湿地、包头南海子湿地，卫宁段兰州鲶国家级水产种质资源保护区、青石段大鼻吻鮈国家级水产种质资源保护区、鄂尔多斯段黄河鲶国家级水产种质资源保护区等。挖河期间，大量机械车辆跑、冒、滴、漏的油料，以及产生的生产生活废水、废气、废料等都会对附近的土壤环境、水环境以及大气环境等造成不利影响，同时施工期间产生的噪声，对人居环境和水生生物、陆生生物的生存环境也会带来不利影响。因此,从环境保护角度来看,实施大面积开挖疏浚的可能性不大。另外,挖河疏浚泥沙需要堆筑,长期开挖疏浚必然涉及大量的土地占压和移民安置以及堆筑区其他可能产生的次生危害,如堆筑区沙化带来的水土流失等问题。

(3)河势游荡多变不利于挖河疏浚工程实施。

黄河宁蒙河段全长1 203.8 km,由于各河段两岸地形及河床组成不同,因此形成不同的河型,其河势变化也各不相同。总的来说,除峡谷河段外,仁存渡以上卵石河床河势变化较小,主槽较为稳定,仁存渡以下河势变化大,主槽摆动剧烈,如内蒙古的巴彦高勒—三湖河口河段为典型游荡性河段,从近期大断面变化情况看,主河槽平均摆幅550 m,其中最大摆幅为4 350 m。因此,从实施挖河疏浚需要达成的目的要求看,河势多变、主槽摆动不定的特性,将可能导致疏浚河道复归淤积,挖河疏浚的实施效果难以维持。

(4)汛期、凌汛期时间长不利于挖河施工作业持续开展。

黄河上游宁蒙河段汛期时间长。汛期洪水主要来自兰州以上,由暴雨形成,一般年最大流量多发生在7月或9月,尤以9月居多,洪量大,且峰型较胖,洪水涨落平缓,历时长约45 d;凌汛期11月至翌年3月,由于宁蒙河段冬季气温低,河流由低纬度流向高纬度,几乎每年都会发生不同程度的凌情,一般从11月中下旬开始流凌,12月上旬封冻,翌年3月中下旬解冻开河。因此,受汛期和凌汛期影响,挖河施工作业难以持续开展,施工来回反复进场既增加施工作业成本,也不利于周边环境影响控制。

因此,从宁蒙河段沿河两岸群众生产生活情况以及气候、地形条件看,实施大面积、长时间开挖疏浚的难度很大。建议结合堤防加固、洼地改造等需求,借鉴已有的挖河疏浚经验,考虑减少支流泥沙淤堵干流的角度出发,在支流汇入口进行适当的挖沙。具体的挖河形式、挖河时间、挖河效果等方面有待进一步研究,对挖河可能带来的负面问题也需要慎重考虑。

9.4 各项措施综合研究

从各项措施研究结果看,调整龙刘水库运用方式,可在一定程度上改善黄河水沙关系,有利于减少河道淤积和恢复中水河槽行洪输沙能力,但由于黄河水资源供需矛盾十分突出,调整龙刘水库运用方式,将严重影响黄河枯水年特别是连续枯水年的供水安全,对流域发电也有较大影响。单依靠龙羊峡水库增加汛期输沙水量,并不能有效恢复宁蒙河段中水河槽,无法改善目前严峻的防凌形势。

仅依靠被动地加高宁蒙河段堤防,虽然可以短期内减轻防洪压力,但无法根本改变宁蒙河段淤积抬高的局面,也不能塑造有利于行洪、输沙、排冰的良好河槽形态,只是“治标不治本”的短期临时措施,无法从根本上解决宁蒙河段防凌防洪问题。

水土流失治理尤其是宁蒙河段十大孔兑治理,可以减少进入宁蒙河段的入黄泥沙,有利于河道减淤,但十大孔兑地区干旱少雨、生态环境脆弱的本质难以彻底改变,暴雨导致的支流高含沙洪水仍然会是内蒙古河段淤积的重要影响因素。

在宁蒙河段实施挖河治理,短期内可以达到减少河道淤积量,扩大河槽行洪输沙能力的效果,但每年所需的投资费用巨大,且由于每年淤积的泥沙量不同、淤积部位不同,挖河疏浚工程难以布置和实施，堆放开挖泥沙的占地较多，同时该地区干旱少雨，大风季节较多，泥沙堆放场所的水土保持比较困难，对周边环境将带来较大影响。更为关键的是，如果上游水库还维持目前的调度运用方式，中下游汛期输沙水量和造床流量不足的问题仍得不到解决。

建设黑山峡水库反调节径流过程，在调水调沙和水库拦沙作用下，将明显减少宁蒙河段淤积，恢复并维持宁蒙河段一定的中水河槽规模(详见第 10 章)，但由于黄河水资源供需矛盾突出，在南水北调西线一期工程生效前，黄河汛期输沙水量仍不能满足要求，中水河槽规模仍然不足。

综上所述，解决宁蒙河段的问题，必须根据“增水、减沙，调控水沙”的基本思路进行综合治理。一要根据河道淤积泥沙的主要来源区分布，以控制入黄泥沙特别是对河道淤积影响最大的粗沙为着重点，加大上游洮河、湟水、祖厉河、清水河，特别是内蒙古十大孔兑和上游沙漠区的综合治理力度，尽量保护好现有自然植被，改进孔兑洪水的入黄方式，减少进入内蒙古河段的泥沙。二要节水和跨流域调水，建成南水北调西线一期工程调水 80 亿 m^3，弥补被经济社会挤占的部分河道生态水量。三要恢复天然情况下进入宁蒙河段的中常洪水过程。由于改变龙刘水库运用方式，将影响流域经济社会供水安全和黄河防断流问题，因此推荐黑山峡水库与龙羊峡水库、刘家峡水库共同构成黄河水沙调控体系中的水量调控体系，黑山峡水库对龙刘水库的下泄流量进行反调节，塑造一定历时的连续大流量过程，恢复并长期维持中水河槽行洪输沙功能。四要对卡口河段和严重畸形河段，通过河道治理和挖河疏浚，增加河道排沙能力。为了满足防凌安全需要，还要根据河道淤积情况，适时加高加固堤防。

9.5 小　结

9.5.1 黑山峡河段开发及库容需求

黑山峡河段开发面临多个方面的需求，一是调节水沙，增强全河的水沙调控能力；二是防凌防洪，增强宁蒙河段防洪保安能力；三是改善生态，促进区域高质量发展；四是保障供水，改善流域主要是宁蒙地区用水条件；五是开发水电，促进实现“双碳”战略目标。

根据黑山峡河段各项开发需求，分析了 7 月中旬至 9 月水沙调控库容、11 月至翌年 3 月防凌库容、5~7 月供水库容等不同需求库容设置要求以及相互关系，提出了黑山峡河段开发需求库容为：南水北调西线一期工程生效前黑山峡水库库容需求为 40.8 亿 m^3，南水北调西线一期工程生效后黑山峡水库库容需求为 57.6 亿 m^3。据此，结合现状工程条件，分析了黑山峡河段目前可能承担的库容规模和替代性方案。

9.5.2 龙刘水库运用方式调整研究

调整龙刘水库运用方式，减少水库汛期蓄水量，对减少宁蒙河段淤积、恢复中水河槽行洪输沙功能具有一定的作用，汛期少蓄水 25 亿~40 亿 m^3，宁蒙河段年均淤积减淤量为 0.1 亿~0.2 亿 t，平滩流量恢复 200~400 m^3/s，宁蒙河段仍然维持较高的淤积水平和较小的中水河槽规模，汛期少蓄水 40 亿 m^3 方案，宁蒙河段淤积量为 0.4 亿 t 左右，平滩流量维持在 1 700 m^3/s，不能解决宁蒙河段防凌防洪问题。同时由于龙刘水库运用方式调整，给流域的供水、发电带来严重影响，汛期少蓄水 40 亿 m^3 方案河道外配置水量减少 18.9 亿 m^3，将严重影响黄河流域经济社会供水；减少保证出力 1 766 MW，减少非汛期发电量 106.9 亿 kW · h，将影响西北电网调峰和"西电东送"的高峰期送电任务，严重影响电网的供电安全，同时，由于非汛期电量减少、汛期弃水增加，也会对电力工业占用相当比重的青海省和甘肃省的经济发展带来不利影响。

9.5.3　宁蒙河段治理措施综合研究

通过分析调整龙刘水库运用方式、修建黑山峡水库和南水北调西线一期工程、加高两岸堤防、治理水土流失、挖河疏浚等治理措施。认为要减轻或根治宁蒙河段洪凌灾害，不能只靠单一的途径或单一的工程措施，需要多种措施相互配合。黑山峡河段开发对宁蒙河段治理具有十分重要的意义，要在已建工程的基础上修建黑山峡高坝大库和建设南水北调西线工程，增加河道内汛期水量、调水调沙维持中水河槽。在重大和根本措施实施之前的相对长时期内，宁蒙河段还需要继续开展堤防工程建设、水土保持以及局部挖河疏浚等措施，宁蒙河段的长治久安，需要多种措施相互配合。

第 10 章　黑山峡水库不同库容规模作用与河段功能定位

结合水库淹没调查、环境影响评价、方案比选专题成果，开展不同库容规模作用研究，着重从不同库容规模方案的作用和效果论证满足河段开发功能需求的程度，进一步明确功能定位。

10.1　不同库容规模方案简介

黑山峡河段不同梯级方案坝址示意图见图 10-1。

图 10-1　黑山峡河段不同梯级方案坝址示意图

10.1.1　一级开发大柳树高坝方案

该方案是在黑山峡峡谷出口以上 2 km 的大柳树坝址修建高坝。考虑水库泥沙淤积、黑山峡灌区水源条件以及发电要求，比选拟定水库死水位为 1 330 m（左岸可自流引水，右岸仍需建扬程为 20 m 的一级泵站）。甘肃省靖远川内耕地多，人口密集，为了得到较大的调节库容并控制水库回水尽量不淹靖远川，正常蓄水位确定为 1 380 m，水库回水末端在靖远川地下部末端，淹没水深最大约 3.1 m。在此基础上，从泥沙淤积控制有利于长期维持有效库容、保持较大调水调沙水量、较优电能指标、水资源合理调配等方面确定汛限水位为 1 365 m。电站装机容量 2 000 MW。

正常蓄水位 1 380 m 以下的原始库容为 114.5 亿 m^3，原始调节库容约 85.3 亿 m^3，淤积 50 年后水库有效库容为 77 亿 m^3，淤积平衡后水库有效库容为 46 亿 m^3（见表 10-1）。

表 10-1　黑山峡河段大柳树一级开发方案工程规模指标

项目	大柳树规模指标
1　水位指标	
1.1　正常蓄水位/m	1 380
1.2　汛限水位/m	1 365
1.3　死水位/m	1 330
1.4　设计洪水位/m	1 367.97
1.5　校核洪水位/m	1 382.04
2　库容指标	
2.1　正常蓄水位以下原始库容/亿 m^3	114.5
2.2　死水位以下库容/亿 m^3	29.2
2.3　原始调节库容/亿 m^3	85.3
2.4　淤积平衡后有效库容/亿 m^3	46
2.5　淤积 50 年后有效库容/亿 m^3	77
3　装机容量/MW	2 000

10.1.2　二级开发小观音高坝方案

小观音高坝坝址位于黑山峡谷进口以下 21 km 处甘肃境内，设计坝型为双曲混凝土拱坝。正常蓄水位 1 380 m，相应库容 72.6 亿 m^3，死水位 1 330 m，原始调节库容 59 亿 m^3，淤积 50 年后剩余调节库容 42.9 亿 m^3，装机容量为 1 400 MW（见表 10-2）；大柳树坝址修建混凝土低坝，正常蓄水位 1 276 m，回水与小观音高坝衔接，装机容量 440 MW。

表 10-2　黑山峡河段二级开发方案工程规模指标

项目	二级开发规模指标
1　水位指标	
1.1 正常蓄水位/m	1 380
1.2 汛限水位/m	1 365
1.3 死水位/m	1 330
2　库容指标	
2.1 正常蓄水位以下库容/亿 m^3	72.6
2.2 死水位以下库容/亿 m^3	13.6
2.3 原始调节库容/亿 m^3	59
2.4 淤积平衡后剩余库容/亿 m^3	25.1
2.5 淤积 50 年后剩余库容/亿 m^3	42.9
3　装机容量/MW	1 400

10.1.3　低坝四级开发方案

该方案是在红山峡、五佛、小观音和大柳树 4 个坝址修建低坝，其中红山峡坝址位于红山峡峡谷内老龙湾上游约 4.7 km，上距靖远县城约 61 km，下距五佛坝址约 43.8 km；五佛坝址位于五佛川地进口约 7.1 km，距下游小观音坝址约 42.9 km；小观音坝址位于黑山峡峡谷进口下游约 21 km，距下游大柳树坝址约 47.8 km；大柳树坝址位于黑山峡峡谷出口约 2 km，大柳树坝址距离下河沿水文站约 12 km。

该方案水库基本无调节能力，各电站总装机容量 1 680 MW（见表 10-3）。

表 10-3　黑山峡河段四级低坝方案工程规模指标

项目	规模指标				小计
	红山峡	五佛	小观音	大柳树	
1　水位指标					
正常蓄水位/m	1 374	1 338	1 302	1 276	
死水位/m	1 366	1 334	1 298	1 274	
2　库容指标					
总库容/亿 m^3	1.19	1.00	1.11	1.52	4.82
原始调节库容/亿 m^3	0.53	0.38	0.36	0.42	1.69
3　装机容量/MW	320	360	400	600	1 680

10.2　水库运用方式与库区泥沙冲淤计算

黑山峡河段不同库容规模方案具备的调节能力不同，水库运用方式不同，对龙刘水库的运用要求也不同。

7~9 月为黄河主汛期，龙刘水库在汛期限制水位以下蓄水运用。10 月龙刘水库继续蓄水运用，至 10 月底龙刘两库最高水位允许达到正常蓄水位。

11 月为黄河枯水季节，龙刘水库泄水发电运用。其中，11 月上中旬为宁蒙河段冬灌期，宁蒙河段需水量较大，当黑山峡水库无法满足宁蒙河段用水需求时，刘家峡水库泄水补充；11 月下旬黑山峡水库加大泄水量，满足较大流量封冻要求，并预留一定防凌库容。当黑山峡水库自身防凌库容不足时，刘家峡水库需要在 11 月加大泄水量，在 11 月底前预留防凌库容。

12 月至翌年 4 月为黄河枯水季节，宁蒙河段需水量很小，且 12 月至翌年 3 月为宁蒙河段防凌运用时期，黑山峡水库按防凌要求下泄水量，梯级出力主要依靠龙羊峡水库放水，龙羊峡水库水位消落，刘家峡水库维持正常蓄水位（当刘家峡水库参与防凌时，在凌汛期蓄水运用，最高可蓄至正常蓄水位），黑山峡水库防凌蓄水，3 月底黑山峡水库允许蓄至正常蓄水位。4 月龙刘水库泄水发电运用，黑山峡水库可继续蓄水至正常蓄水位，或维持在正常蓄水位运行，以备灌溉季节之需。

5~6 月为宁蒙河段主要灌溉期，由于河道来水量不足，需水库补水。补水次序为：先黑山峡水库补水，如不足再由龙刘水库补水，6 月底龙刘水库水位降至汛限水位及以下。

10.2.1　一级开发方案

由于大柳树水库库容大，基本能够满足宁蒙河段水沙关系调节、防凌和流域供水等库容需求，还能利用汛限水位以上库容进行防洪，削减洪水峰量，提供宁蒙河段防洪标准（根据宁蒙河段防洪工程设计情况，可对 100 年一遇以下 5 000 m^3/s 以上的流量过程进行拦蓄，估算拦蓄水量约 5.8 亿 m^3）。该开发方案下，龙刘水库在防凌、供水等方面的约束基本能够得到解放。

10.2.1.1　黑山峡水库运用方式

1. 7 月 1 日至 9 月 30 日

7 月 1~10 日以供水、发电为主；7 月 11 日至 9 月 30 日（主汛期，下同）以调水调沙、防洪减淤为主，兼顾供水、发电。

1）7 月 1~10 日

若来水流量超过 5 000 m^3/s，水库防洪运用；否则，考虑供水和生态用水需求，控制水库蓄水位接近但不超过汛限水位。

入库流量大于宁蒙河段用水需求流量（主要包括宁蒙河段工农业用水流量和河口镇断面最小生态流量两部分），若水库水位低于汛限水位，使出库流量 $Q_{出}$ 等于宁蒙河段用水需求流量；否则，使出库流量等于入库流量。

入库流量小于宁蒙河段用水需求流量，水库按宁蒙河段用水需求流量泄放，直至死水位。若到达死水位，入库流量仍旧小于宁蒙河段用水需求流量，则以入库流量下泄，供水无法满足（见图 10-2）。

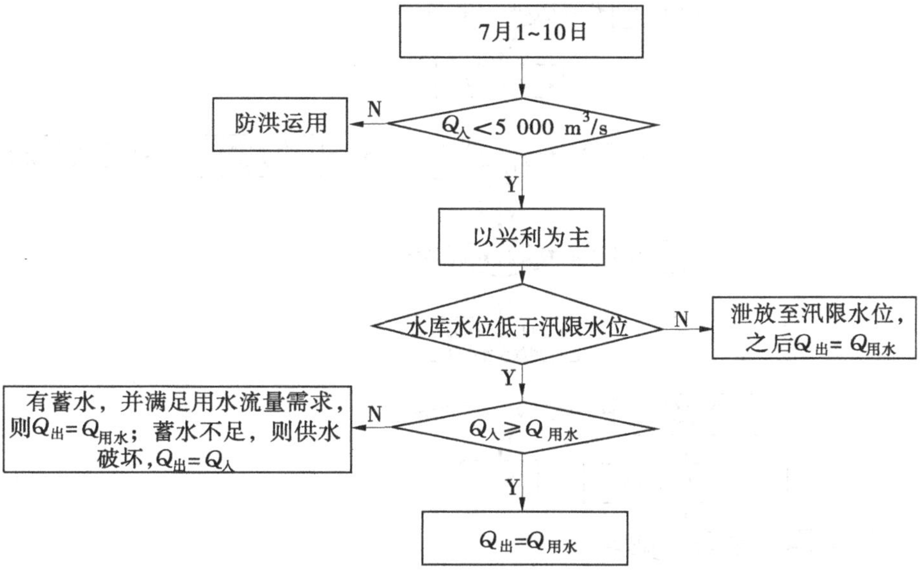

图 10-2　一级开发方案 7 月 1~10 日调节指令执行流程

2）7 月 11 日至 9 月 30 日

若来水流量超过 5 000 m^3/s，水库防洪运用；否则，调水调沙运用。

主汛期开始，水库蓄水量满足一次调控水量要求或蓄水位达到汛限水位，入库流量大于 2 500 m^3/s，使出库流量等于入库流量，否则凑泄出库流量等于 2 500 m^3/s，直至水库蓄水位降至死水位；其后，若入库流量大于宁蒙河段用水需求流量，水库蓄水，使出库流量等于宁蒙河段用水需求流量，否则按入库流量控泄。当蓄水量满足一次调控水量要求时，再次按调控流量泄水至死水位，如此反复运用直至 9 月 30 日（见图 10-3）。

2. 10 月 1~31 日

10 月 1~31 日，原则上允许水库蓄水至正常蓄水位，但考虑到 11 月下旬需腾出防凌库容，适当限制 10 月的水库蓄水量（暂按不超过汛限水位考虑）（见图 10-4）。

3. 11 月 1 日至翌年 3 月 31 日

水库以防凌为主（防凌库容较大，控泄流量一般能够满足防凌要求，防凌任务由黑山峡水库独立承担），兼顾供水、发电运用。11 月底水库为防凌留足库容，按照防凌要求控制下泄流量（见图 10-5）。

4. 4 月 1 日至 6 月 30 日

水库以供水、发电为主。

4 月 1 日至 6 月 30 日，水库在满足供水和生态用水需求的前提下，蓄水兴利运用，6 月底控制库水位降低至汛限水位（实际调度中若遇丰水年份，6 月下旬可将汛限水位以上的多余蓄水量以大流量过程泄放至正常高水位，进行汛前调水调沙）（见图 10-6）。

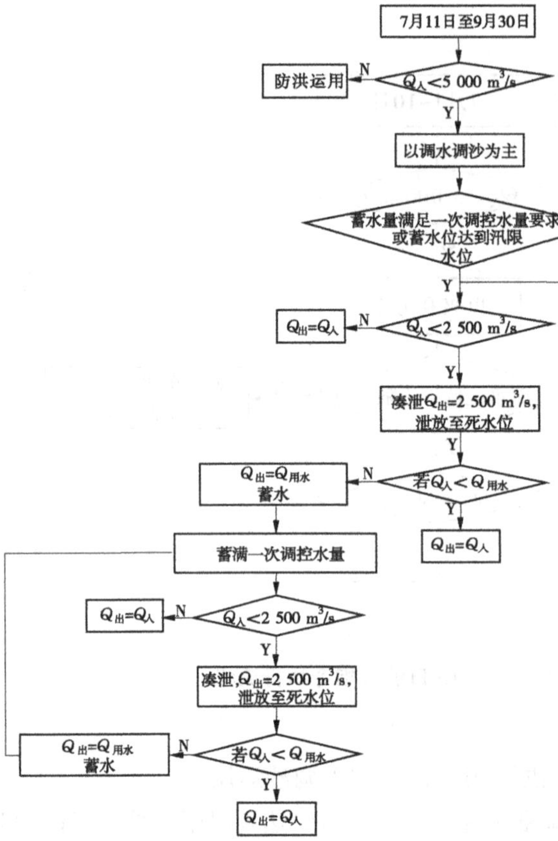

图 10-3　一级开发方案 7 月 11 日至 9 月 30 日调节指令执行流程

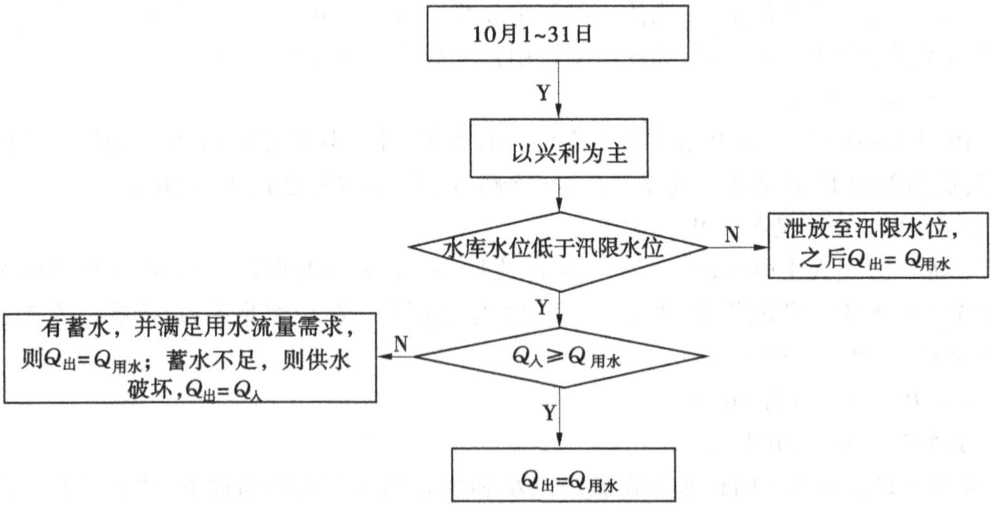

图 10-4　一级开发方案 10 月 1~31 日调节指令执行流程

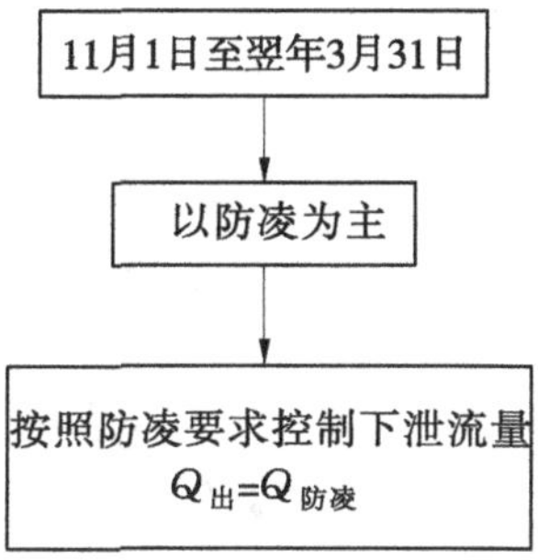

图 10-5 11 月 1 日至翌年 3 月 31 日调节指令执行流程

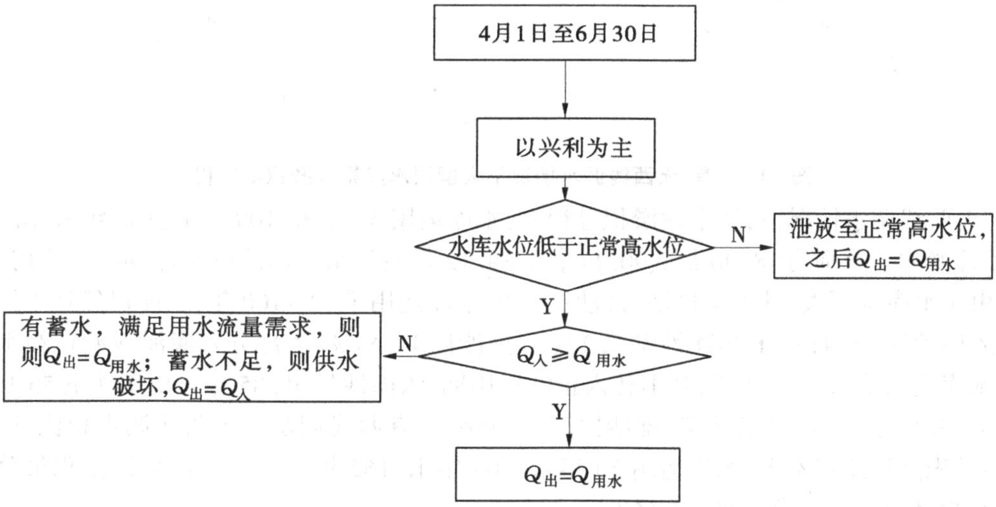

图 10-6 一级开发方案 4 月 1 日至 6 月 30 日调节指令执行流程

10.2.1.2 黑山峡库区泥沙冲淤计算

利用数学模型计算无西线调水和有西线调水两种情况下大柳树水库库区泥沙冲淤成果见表 10-4 和图 10-7。

表 10-4 大柳树水库库区泥沙冲淤计算成果

水沙系列长度	来沙量/亿 t	无西线调水			有西线调水		
		出库沙量/亿 t	排沙比/%	淤积量/亿 t	出库沙量/亿 t	排沙比/%	淤积量/亿 t
1~50 年	48.96	0	0	48.96	0	0	48.96
51~100 年	48.41	7.2	14.87	41.21	6.84	14.13	41.57
101~162 年	55.85	56.9	101.88	-1.05	56.62	101.38	-0.77
1~162 年	153.22	64.1	41.83	89.12	63.46	41.42	89.76

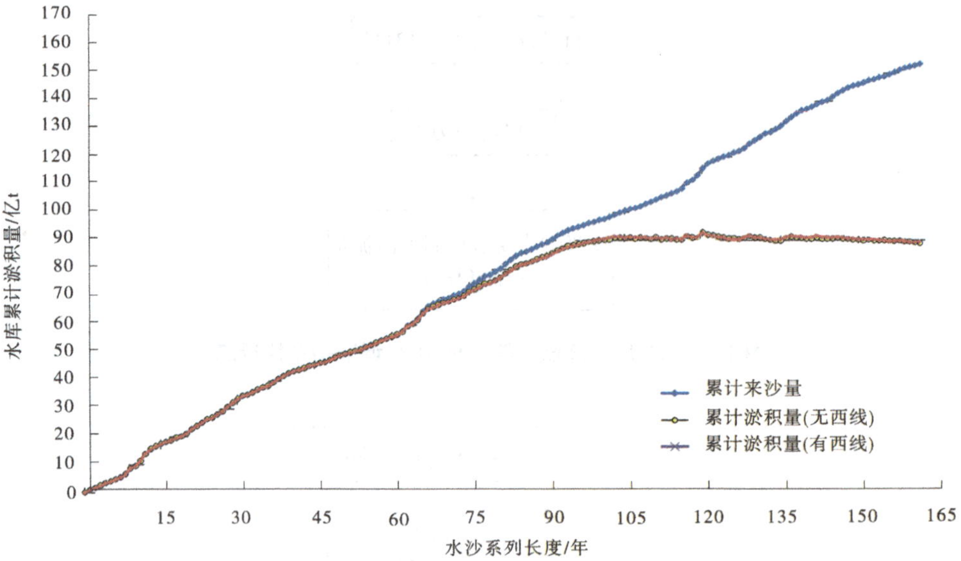

图 10-7　有、无西线调水情况下大柳树水库累计淤积量过程

无西线调水情况下,从水库淤积过程看,水库运用 50 年末、100 年末、162 年末库区泥沙累计淤积量分别为 48.96 亿 t、90.17 亿 t、89.12 亿 t;从水库排沙情况看,水库运用前 50 年,由于水库水深大,基本不排沙,排沙比为 0;水库运用第 51~100 年,水库仍然处于拦沙期,入库沙量 48.41 亿 t,出库沙量 7.2 亿 t,排沙比 14.87%,大部分入库泥沙淤积在水库内;水库运用第 101~162 年,基本转入正常运用期,入库沙量 55.85 亿 t,出库沙量 56.9 亿 t,水库基本处于冲淤平衡状态,排沙比超过 100%。有西线调水与无西线调水相比,库区泥沙淤积过程差别不大,水库运用 50 年末、100 年末、162 年末库区泥沙累计淤积量分别为 48.96 亿 t、90.53 亿 t、89.76 亿 t。

10.2.2　二级开发方案

该方案由小观音水库进行水沙调节,但是由于水库库容相对较小,难以独立承担宁蒙河段防凌等任务(不承担宁蒙河段防洪任务),因此在宁蒙河段防凌防洪、流域供水等方面还需要联合上游龙刘水库一并完成。该开发方案下,龙刘水库在防凌、供水等方面的约束基本能够得到一定程度的解放。

10.2.2.1　黑山峡水库运用方式

1.7 月 1 日至 9 月 30 日

7 月 1~10 日以供水、发电为主;7 月 11 日至 9 月 30 日(主汛期,下同)以调水调沙为主,兼顾供水、发电。

1)7 月 1~10 日

入库流量大于宁蒙河段用水需求(主要包括宁蒙河段工农业用水流量和河口镇断面最小生态流量两部分),若水库水位低于汛限水位,使出库流量 $Q_{出}$ 等于宁蒙河段用水需求流量;否则,使出库流量等于入库流量。

入库流量小于宁蒙河段用水需求流量,水库按宁蒙河段用水需求流量泄放,直至死水位。若到达死水位，入库流量仍旧小于宁蒙河段用水需求流量，则以入库流量下泄，供水无法满足（见图 10-8）。

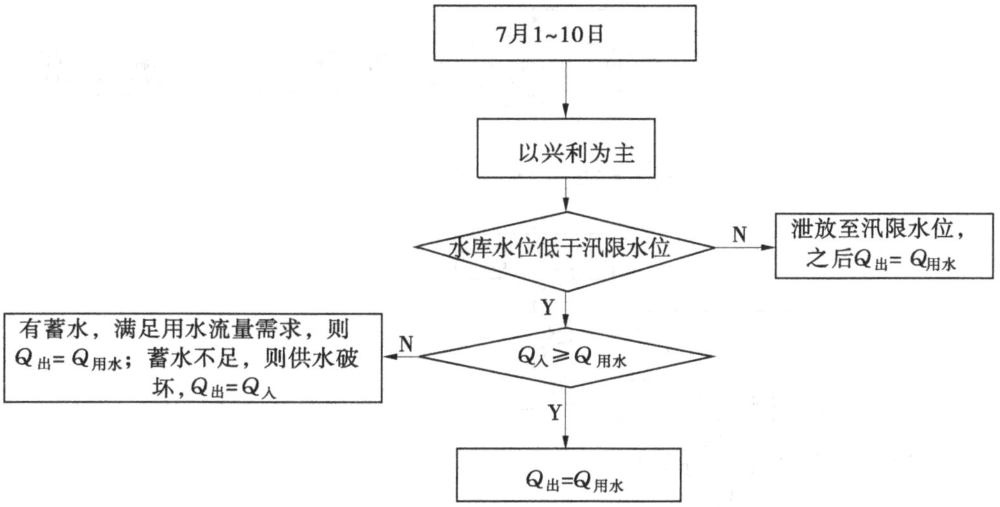

图 10-8　二级开发方案 7 月 1～10 日调节指令执行流程

2）7 月 11 日至 9 月 30 日

主汛期开始，若入库流量大于 2 500 m^3/s，使出库流量等于入库流量，否则凑泄出库流量等于 2 500 m^3/s，直至水库蓄水位降至死水位。其后，若入库流量大于宁蒙河段用水需求流量，水库蓄水，使出库流量等于宁蒙河段用水需求流量，否则按入库流量控泄。当蓄水量满足一次调控水量要求时，再次按调控流量泄水至死水位，如此反复运用直至 9 月 30 日（见图 10-9）。

2. 10 月 1～31 日

10 月 1～31 日，原则上允许水库蓄水至正常蓄水位，但考虑到 11 月下旬需腾出防凌库容，适当限制 10 月的水库蓄水量（见图 10-10）。

3. 11 月 1 日至翌年 3 月 31 日

水库以防凌为主（水库运用初期，库容较大，可满足一般年份的防凌要求，随着水库淤积进入正常运用期后，库容减小，防凌库容不足，需要刘家峡水库分担），兼顾供水、发电运用。11 月底水库为防凌腾空库容，按照防凌要求控制下泄流量（见图 10-11）。

4. 4 月 1 日至 6 月 30 日

水库以供水、发电为主。

4 月 1 日至 6 月 30 日，水库在满足用水需求的前提下，蓄水兴利运用，维持正常蓄水位（汛限水位）运行（见图 10-12）。

10.2.2.2　黑山峡库区泥沙冲淤计算

利用数学模型计算无西线调水和有西线调水两种情况下小观音水库库区泥沙冲淤成果，见表 10-5 和图 10-13。

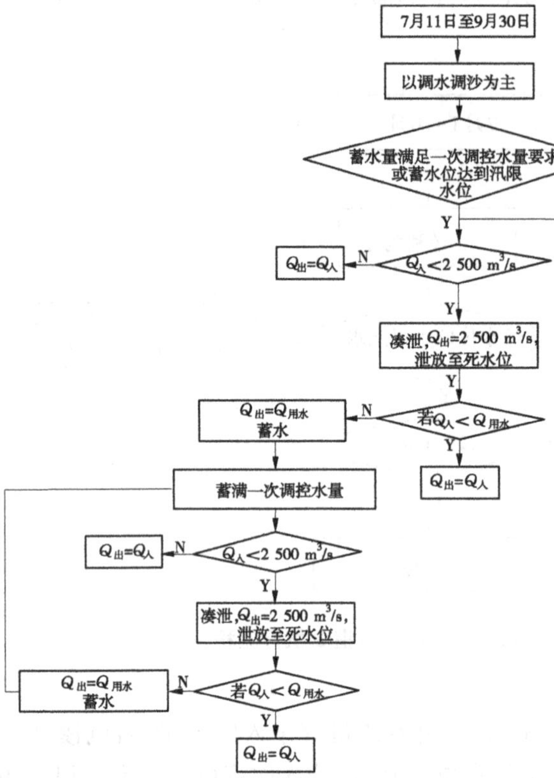

图 10-9　二级开发方案 7 月 11 日至 9 月 30 日调节指令执行流程

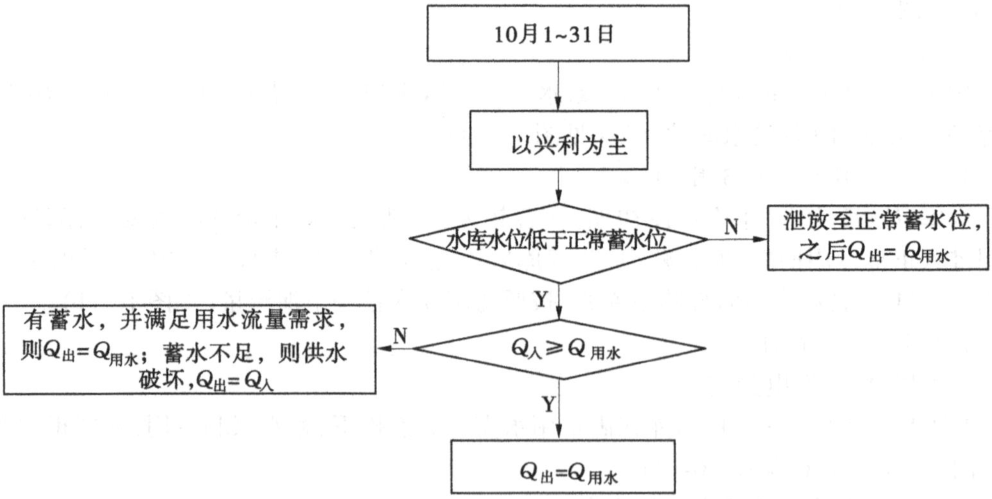

图 10-10　二级开发方案 10 月 1~31 日调节指令执行流程

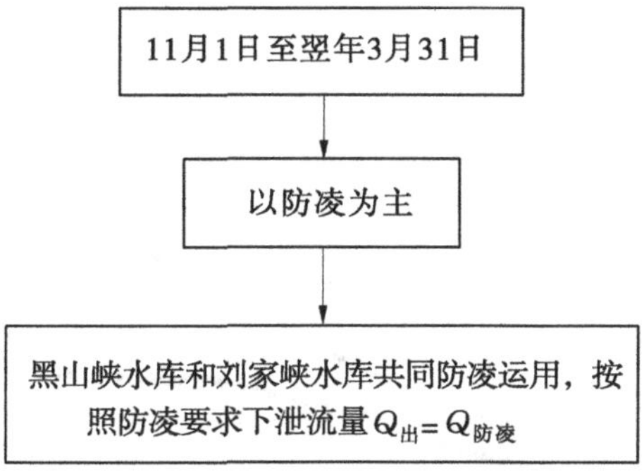

图 10-11　二级开发方案 11 月 1 日至翌年 3 月 31 日调节指令执行流程

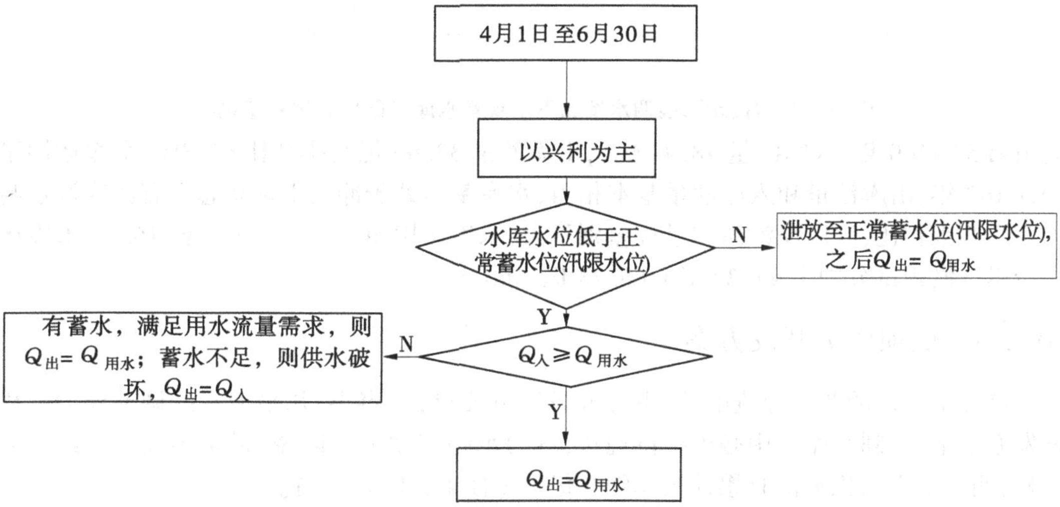

图 10-12　二级开发方案 4 月 1 日至 6 月 30 日调节指令执行流程

表 10-5　小观音水库库区冲淤计算成果

水沙系列长度	来沙量/亿 t	无西线调水			有西线调水		
		出库沙量/亿 t	排沙比/%	淤积量/亿 t	出库沙量/亿 t	排沙比/%	淤积量/亿 t
1～50 年	48.96	4.59	9.4	44.37	4.74	9.7	44.22
51～100 年	48.41	32.60	67.3	15.81	32.35	66.8	16.06
101～162 年	55.85	54.23	97.1	1.62	55.62	99.6	0.23
1～162 年	153.22	91.42	59.7	61.80	92.71	60.5	60.51

无西线调水情况下，从水库淤积过程可以看出，水库运用 50 年末、100 年末、162 年末库区泥沙累计淤积量分别为 44.37 亿 t、60.18 亿 t、61.80 亿 t；从水库排沙比来看，水库运用前 50 年，排沙比为 9.4%，之后水库由拦沙期逐渐过渡到正常运用期，排沙比增加；水库

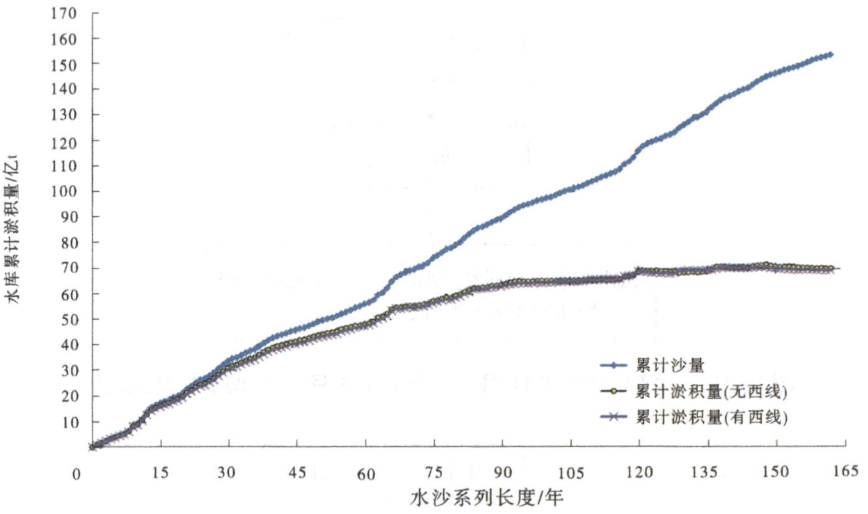

图 10-13　有、无西线调水情况下小观音水库库区累计淤积量过程

运用第 51～100 年，入库沙量 48.41 亿 t，出库沙量 32.60 亿 t，排沙比 67.3%；水库运用第 101～162 年，出库沙量和入库沙量基本相当，水库基本处于冲淤平衡状态。有西线调水与无西线调水相比，库区泥沙淤积过程差别不大，水库运用 50 年末、100 年末、162 年末库区泥沙累计淤积量分别为 44.22 亿 t、60.28 亿 t、60.51 亿 t。

10.2.3　低坝四级开发方案

该方案建设的四个径流电站，主要考虑发电要求，库容小，几乎无水沙调节能力。该开发方案下，龙刘水库运用必须维持现状，尽力承担宁蒙河段防凌、供水等任务。经计算分析，四个水库淤积平衡时累计淤积约 3 亿 m^3(合 4.5 亿 t)左右。

10.3　不同库容规模方案的减淤作用

10.3.1　对宁蒙河段的减淤作用

10.3.1.1　进入宁蒙河段的水沙

由于黑山峡水库的调节作用，显著改变了进入宁蒙河段的干流水沙条件(见表 10-6)。由表 10-6 可知，与现状相比，黑山峡河段一级开发大柳树高坝方案，进入宁蒙河段汛期水量由 131.96 亿 m^3 增大至 145.16 亿 m^3，增加 13.2 亿 m^3，汛期水量比例由 46.3%增加至 50.9%；汛期流量大于 2 500 m^3/s 的天数由 4.81 d 增加至 35.8 天，相应水量增加了 68.81 亿 m^3；由于水库拦沙，进入宁蒙河段干流的沙量由 0.94 亿 t 减少至 0.40 亿 t，减少 0.54 亿 t，从时段上看，前面 1～50 年拦蓄全部来沙量，年均 0.98 亿 t，51～100 年年均拦沙量 0.82 亿 t，之后随着水库拦沙期满，冲淤达到平衡，基本不拦沙。西线调水进入宁蒙河段的水量增加，汛期水量变为 166.10 亿 m^3，与现状相比汛期水量增加了 34.14 亿 m^3，大流量天数增加，流量大于 2 500 m^3/s 的天数增加至 41.9 d，相应水量增加了 84.41 亿 m^3。

表 10-6 黑山峡河段不同开发方案干流进入宁蒙河段水沙量特征值(162 年系列)

项目	水沙系列长度	水量/亿 m^3			沙量/亿 t			主汛期大于 2 500 m^3/s 水沙			主汛期大于 2 000 m^3/s 水沙		
		汛期	非汛期	年	汛期	非汛期	年	天数/d	水量/亿 m^3	沙量/亿 t	天数/d	水量/亿 m^3	沙量/亿 t
现状方案	1~50 年	133.54	152.77	286.31	0.79	0.19	0.98	5.20	13.36	0.13	8.88	20.40	0.19
	51~100 年	134.76	152.69	287.45	0.78	0.18	0.96	5.20	13.36	0.13	9.26	21.09	0.20
	101~162 年	128.43	153.22	281.65	0.72	0.18	0.90	4.19	10.77	0.10	7.77	17.56	0.16
	1~162 年	131.96	152.92	284.88	0.76	0.18	0.94	4.81	12.37	0.12	8.57	19.52	0.18
一级开发无西线	1~50 年	150.18	135.54	285.72	0	0	0	44.5	100.21	0	40.9	92.18	0.01
	51~100 年	148.48	140.44	288.92	0.10	0.04	0.14	41.2	93.19	0.06	36.2	81.77	0.17
	101~162 年	138.43	142.66	281.09	0.72	0.20	0.92	24.4	56.16	0.11	27.1	61.05	0.20
	1~162 年	145.16	139.78	284.94	0.31	0.09	0.40	35.8	81.18	0.06	34.1	77.05	0.13
一级开发有西线	1~50 年	174.47	168.34	342.81	0	0	0	52.8	120.49	0	54.1	122.98	0
	51~100 年	167.30	178.89	346.19	0.10	0.03	0.13	45.1	104.05	0.07	46.6	106.98	0.07
	101~162 年	158.38	180.33	338.71	0.74	0.18	0.92	30.6	71.80	0.18	34.9	79.96	0.28
	1~162 年	166.10	176.18	342.28	0.31	0.08	0.39	41.9	96.78	0.09	44.4	101.58	0.13
二级开发无西线	1~50 年	144.08	141.4	285.48	0.07	0.02	0.09	39.3	88.41	0.03	39.84	89.46	0.04
	51~100 年	141.53	147.18	288.71	0.4	0.25	0.65	27.38	61.66	0.31	28.58	64.01	0.34
	101~162 年	131.32	149.39	280.71	0.56	0.32	0.88	38.2	87.12	0.23	38.88	88.46	0.25
	1~162 年	138.41	146.24	284.65	0.36	0.21	0.57	33.72	76.17	0.21	34.58	77.86	0.22
二级开发有西线	1~50 年	170.56	169.93	340.49	0.08	0.02	0.10	38.06	100.25	0.03	38.48	101.06	0.03
	51~100 年	169.31	173.36	342.67	0.49	0.16	0.65	28.07	73.69	0.25	28.96	75.43	0.34
	101~162 年	159.98	176.37	336.35	0.59	0.31	0.90	37.15	98.09	0.24	37.58	98.94	0.28
	1~162 年	166.12	173.45	339.57	0.4	0.17	0.57	33.31	87.68	0.18	33.94	88.93	0.23
四级开发	1~50 年	133.54	152.77	286.31	0.73	0.17	0.90	5.20	13.36	0.13	8.88	20.40	0.19
	51~100 年	134.76	152.69	287.45	0.78	0.18	0.96	5.20	13.36	0.13	9.26	21.09	0.20
	101~162 年	128.43	153.22	281.65	0.72	0.18	0.90	4.19	10.77	0.10	7.77	17.56	0.16
	1~162 年	131.96	152.92	284.88	0.74	0.18	0.92	4.81	12.37	0.12	8.57	19.52	0.18

与现状相比，黑山峡河段二级开发小观音坝址方案，进入宁蒙河段汛期水量由131.96亿m^3变为138.41亿m^3，增加6.45亿m^3，汛期水量比例由46.3%增加至48.6%；汛期流量大于2 500 m^3/s的天数由4.81 d增加至33.72 d，相应水量增加了63.8亿m^3。由于水库拦沙，进入宁蒙河段干流的沙量由0.94亿t减少至0.57亿t，减少0.37亿t，从时段上看，前面1~50年拦蓄大部分来沙，年均拦沙量0.89亿t，之后随着水库拦沙量逐渐减小，51~100年年均拦沙量0.32亿t、101~162年年均拦沙量0.03亿t。西线调水进入宁蒙河段的水量增加，汛期水量变为166.12亿m^3，与现状相比汛期水量增加了34.16亿m^3，大流量天数增加，流量大于2 500 m^3/s的天数增加至33.31 d，相应水量增加了75.31亿m^3。

二级开发小观音高坝方案与一级开发大柳树高坝方案相比，一级开发大柳树高坝方案库容大，对水量的调节程度更高、塑造的大流量天数更多、拦蓄的泥沙量也更大，对下游河道减淤更为有利。

低坝四级开发方案，由于是径流发电站，水库库容小，对水沙过程影响不大，与现状方案基本相同。

10.3.1.2 对宁蒙河段的减淤作用

黄河设计公司、中国水利水电科学研究院利用数学模型计算的不同方案宁蒙河段冲淤量、平滩流量变化结果见表10-7、表10-8、图10-14、图10-15。

表10-7 黑山峡河段不同开发方案对宁蒙河段冲淤的减淤作用（黄河设计公司）

项目	方案	水沙系列长度/年	年均淤积量/亿t			最小平滩流量/(m^3/s)	
			宁夏河段	内蒙古河段	宁蒙河段	平均值	最小值
年均冲淤量及平滩流量	现状方案⊙	1~50	0.06	0.49	0.55	1 600	1 380
		51~100	0.07	0.59	0.66	1 330	1 150
		101~162	0.07	0.56	0.63	1 080	950
		1~162	0.07	0.55	0.62	1 320	950
	一级开发无西线①	1~50	-0.09	0.05	-0.04	2 400	1 670
		51~100	-0.01	0.20	0.19	2 580	2 460
		101~162	0.06	0.44	0.50	2 270	1 990
		1~162	0.01	0.26	0.27	2 400	1 670
	一级开发有西线②	1~50	-0.14	0.02	-0.12	2 550	1 660
		51~100	-0.02	0.20	0.18	2 970	2 760
		101~162	0.05	0.44	0.49	2 810	2 630
		1~162	-0.01	0.22	0.21	2 778	1 661
	二级开发无西线③	1~50	-0.09	0.08	-0.01	2 280	1 640
		51~100	0.05	0.37	0.42	2 350	2 100
		101~162	0.07	0.51	0.58	1 980	1 730
		1~162	0.03	0.32	0.35	2 190	1 640

续表 10-7

项目	方案	水沙系列长度/年	年均淤积量/亿 t			最小平滩流量(m³/s)	
			宁夏河段	内蒙古河段	宁蒙河段	平均值	最小值
年均冲淤量及平滩流量	二级开发有西线④	1～50	-0.12	0.02	-0.10	2 290	1 650
		51～100	0.01	0.30	0.31	2 340	2 300
		101～162	0.07	0.48	0.55	1 980	2 070
		1～162	0.02	0.26	0.28	2 190	1 650
	四级开发⑤	1～50	0.05	0.45	0.50	1 640	1 420
		51～100	0.07	0.59	0.66	1 330	1 150
		101～162	0.07	0.57	0.64	1 080	950
		1～162	0.06	0.54	0.60	1 330	970
减淤效果	(①-⊙)	1～50	-0.15	-0.44	-0.59	800	290
		51～100	-0.08	-0.39	-0.47	1 250	1 310
		101～162	-0.01	-0.12	-0.13	1 190	1 040
		1～162	-0.06	-0.29	-0.35	1 080	720
	(②-⊙)	1～50	-0.20	-0.47	-0.67	950	280
		51～100	-0.09	-0.39	-0.48	1 640	1 610
		101～162	-0.02	-0.12	-0.14	1 730	1 680
		1～162	-0.08	-0.33	-0.41	1 458	711
	(③-⊙)	1～50	-0.15	-0.41	-0.56	680	260
		51～100	-0.02	-0.22	-0.24	1 020	950
		101～162	0	-0.05	-0.05	900	780
		1～162	-0.04	-0.23	-0.27	870	690
	(④-⊙)	1～50	-0.18	-0.47	-0.65	690	270
		51～100	-0.06	-0.29	-0.35	1 010	1 150
		101～162	0	-0.08	-0.08	900	1 120
		1～162	-0.05	-0.29	-0.34	870	700
	(⑤-⊙)	1～50	-0.01	-0.04	-0.05	40	40
		51～100	0	0	0	0	0
		101～162	0	0.01	0.01	0	0
		1～162	-0.01	-0.01	-0.02	10	20

表 10-8　黑山峡河段不同开发方案对宁蒙河段冲淤的减淤作用(中国水利水电科学研究院)

项目	方案	水沙系列长度/年	年均淤积量/亿 t			最小平滩流量/(m^3/s)	
			宁夏河段	内蒙古河段	宁蒙河段	平均值	最小值
年均冲淤量及平滩流量	现状方案⊙	1~50	0.07	0.54	0.61	1 560	1 430
		51~100	0.06	0.60	0.66	1 360	1 220
		101~162	0.06	0.48	0.54	1 110	980
		1~162	0.06	0.54	0.60	1 330	980
	一级开发无西线①	1~50	-0.11	-0.03	-0.14	2 210	1 640
		51~100	-0.04	0.23	0.19	2 560	2 450
		101~162	0.09	0.33	0.42	2 350	2 130
		1~162	-0.01	0.18	0.17	2 370	1 640
	一级开发有西线②	1~50	-0.15	-0.09	-0.24	2 420	1 650
		51~100	-0.06	0.17	0.11	3 020	2 840
		101~162	0.08	0.25	0.33	2 910	2 750
		1~162	-0.03	0.12	0.09	2 790	1 650
	二级开发无西线③	1~50	-0.07	-0.01	-0.08	2 300	1 650
		51~100	0.03	0.32	0.35	2 510	2 300
		101~162	0.07	0.43	0.50	1 970	1 630
		1~162	0.01	0.27	0.28	2 240	1 630
	二级开发有西线④	1~50	-0.13	-0.06	-0.19	2 280	1 650
		51~100	0.03	0.25	0.28	2 590	2 430
		101~162	0.05	0.36	0.41	2 230	1 980
		1~162	-0.01	0.19	0.18	2 360	1 650
减淤效果	(①-⊙)	1~50	-0.18	-0.57	-0.75	650	210
		51~100	-0.10	-0.37	-0.47	1 200	1 230

续表 10-8

项目	方案	水沙系列长度/年	年均淤积量/亿 t			最小平滩流量/(m^3/s)	
			宁夏河段	内蒙古河段	宁蒙河段	平均值	最小值
减淤效果	(①-⊙)	101～162	0.03	-0.15	-0.12	1 240	1 150
		1～162	-0.07	-0.36	-0.43	1 040	660
	(②-⊙)	1～50	-0.22	-0.63	-0.85	860	220
		51～100	-0.12	-0.43	-0.55	1 660	1 620
		101～162	0.02	-0.23	-0.21	1 800	1 770
		1～162	-0.09	-0.42	-0.51	1 460	670
	(③-⊙)	1～50	-0.14	-0.55	-0.69	740	220
		51～100	-0.03	-0.28	-0.31	1 150	1 080
		101～162	0.01	-0.05	-0.04	860	650
		1～162	-0.05	-0.27	-0.32	910	650
	(④-⊙)	1～50	-0.20	-0.60	-0.80	720	220
		51～100	-0.03	-0.35	-0.38	1 230	1 210
		101～162	-0.01	-0.12	-0.13	1 120	1 000
		1～162	-0.07	-0.35	-0.42	1 030	670

由表 10-7 可知,黄河设计公司计算黑山峡一级开发大柳树高坝方案 1～162 年系列年均淤积量为 0.27 亿 t,其中 1～50 年略有冲刷,年均冲刷 0.04 亿 t,51～100 年年均淤积 0.19 亿 t,101～162 年年均淤积 0.50 亿 t。有西线调水可进一步减轻宁蒙河段淤积,1～162 年系列年均淤积量为 0.21 亿 t,其中 1～50 年年均冲刷 0.12 亿 t,51～100 年年均淤积 0.18 亿 t,101～162 年年均淤积 0.49 亿 t。二级开发小观音坝址方案 1～162 年系列年均淤积量为 0.35 亿 t,其中 1～50 年略有冲刷,年均冲刷 0.01 亿 t,51～100 年年均淤积 0.42 亿 t,101～162 年年均淤积 0.58 亿 t;有西线调水可进一步减轻宁蒙河段淤积,1～162 年系列年均淤积量为 0.28 亿 t,其中 1～50 年年均冲刷 0.10 亿 t,51～100 年年均淤积 0.31 亿 t,101～162 年年均淤积 0.55 亿 t。

由表 10-8 可知,中国水利水电科学研究院计算黑山峡一级开发大柳树高坝方案 1～

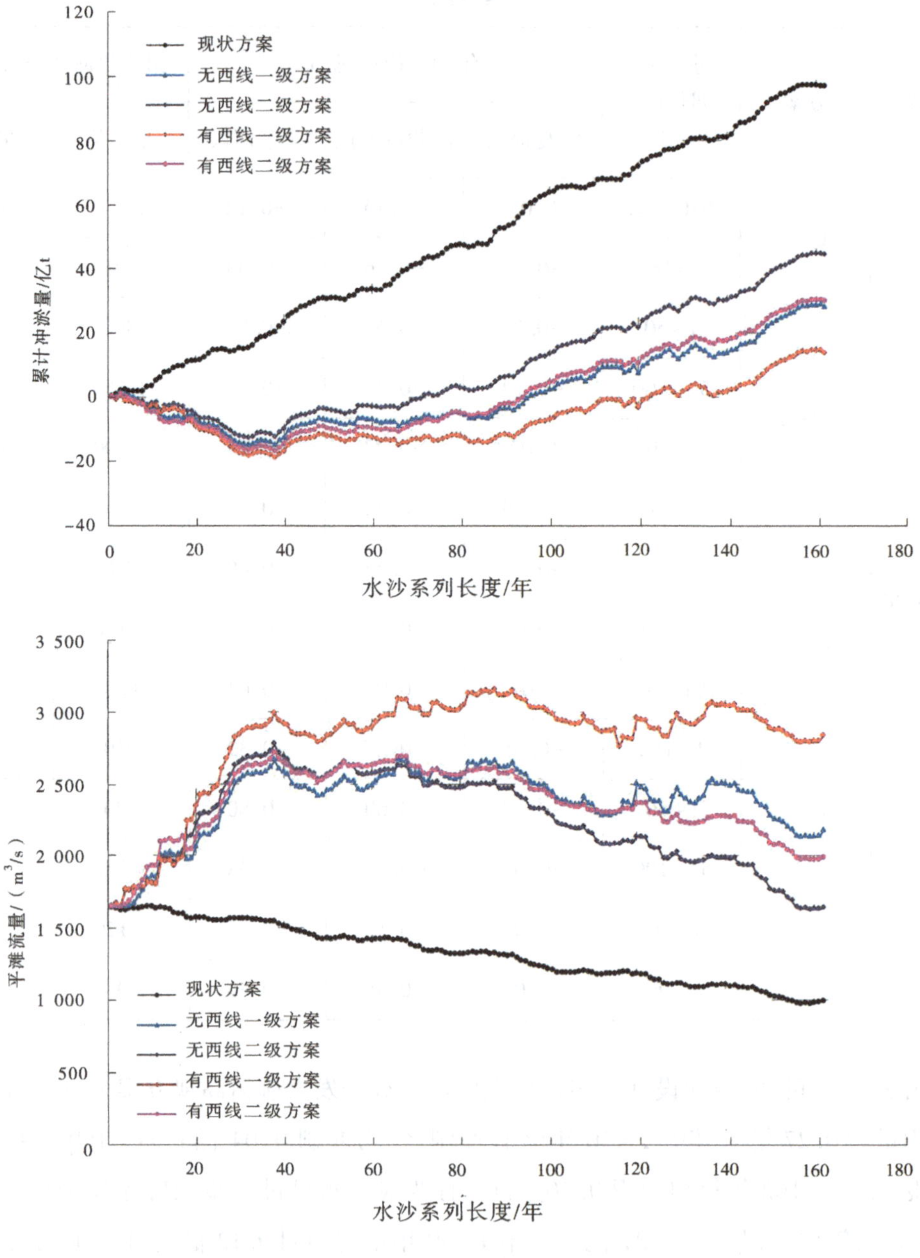

图 10-14 不同方案宁蒙河段累计冲淤量、平滩流量变化过程(黄河设计公司)

162 年系列年均淤积量为 0.17 亿 t,其中 1~50 年年均冲刷 0.14 亿 t,51~100 年年均淤积 0.19 亿 t,101~162 年年均淤积 0.42 亿 t。有西线调水可进一步减轻宁蒙河段淤积,1~162 年系列年均淤积量为 0.09 亿 t,其中 1~50 年年均冲刷 0.24 亿 t,51~100 年年均淤积 0.11 亿 t,101~162 年年均淤积 0.33 亿 t。二级开发小观音高坝方案 1~162 年系列年均淤积量为 0.28 亿 t,其中 1~50 年年均冲刷 0.08 亿 t,51~100 年年均淤积 0.35 亿 t,101~162 年年均淤积 0.50 亿 t;有西线调水可进一步减轻宁蒙河段淤积,1~162 年系列年均淤

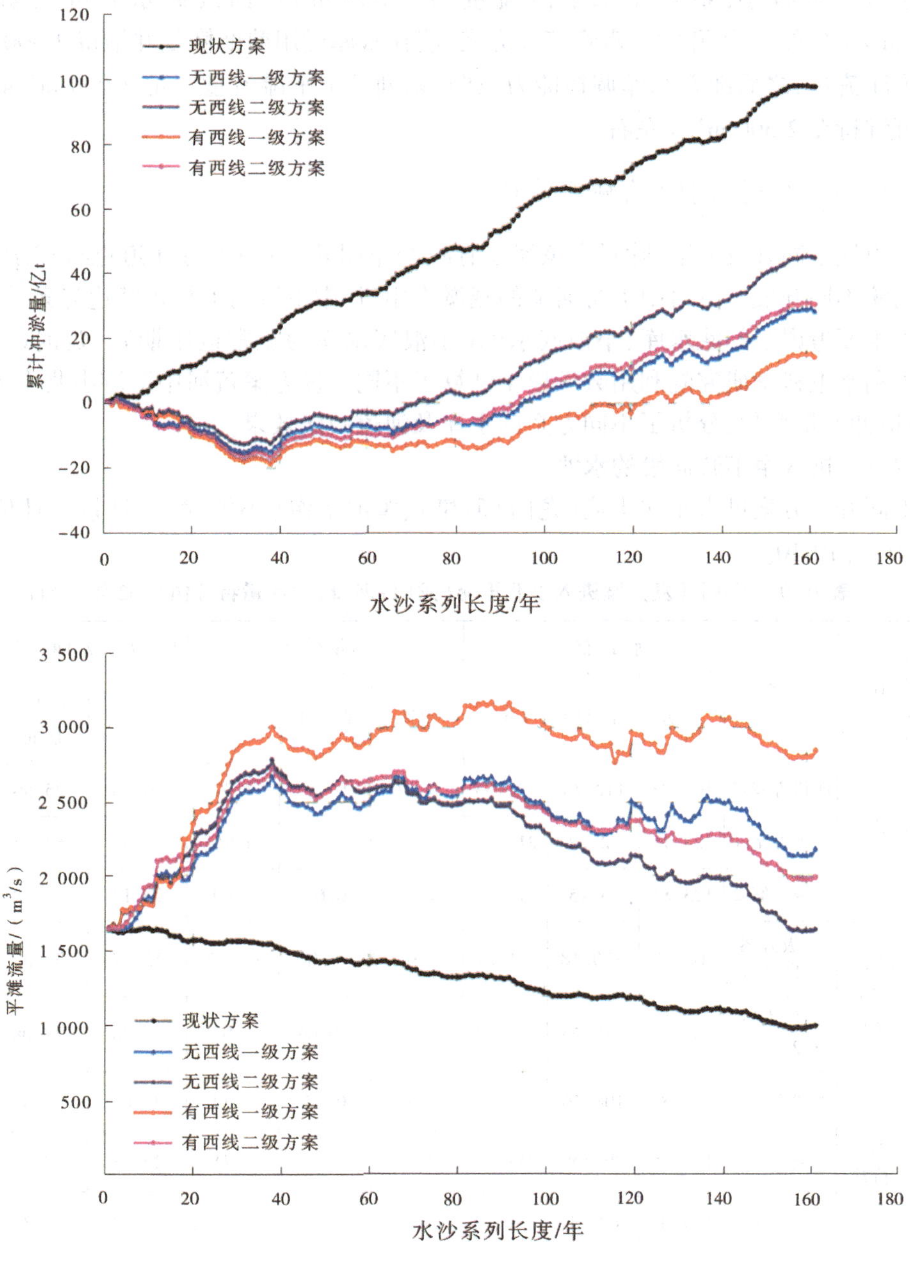

图 10-15　不同方案宁蒙河段累计冲淤量、平滩流量变化过程(中国水利水电科学研究院)

积量为 0.18 亿 t,其中 1~50 年年均冲刷 0.19 亿 t,51~100 年年均淤积 0.28 亿 t,101~162 年年均淤积 0.41 亿 t。

综上分析,黄河设计公司与中国水利水电科学研究院计算结果比较接近。一级开发大柳树高坝方案尤其是有西线调水后一级开发大柳树高坝方案能够较大程度地减轻宁蒙河段淤积,使宁蒙河段在长时间内冲淤基本维持平衡,从平滩流量的变化看,一级开发大柳树高坝方案能够使宁蒙河段平滩流量恢复,并在拦沙期内维持在 2 500 m^3/s 左右,拦沙期结束后逐渐减小，系列年末平滩流量约 2 000 m^3/s，西线调水后可长期维持在 3 000 m^3/s 左右；二级开发小观音高坝方案，能在水库运用前期恢复并维持 2 500 m^3/s 左右的平滩流量，之后随着水库调控能力减弱，系列年末平滩流量不足 2 000 m^3/s，西线调水后可维持在 2 500 m^3/s 左右。

10.3.2 对中下游河段的减淤作用

黑山峡不同开发方案，除对宁蒙河段有减淤作用外，对中下游河道也有减淤作用；分析黑山峡不同开发方案对中下游河道的减淤作用时，中下游河道按现状边界条件考虑，水库工程主要考虑三门峡水库、小浪底水库（小浪底水库为正常运用期）。黄河设计公司、中国水利水电科学研究院利用数学模型计算了不同开发方案黄河中下游小北干流以下水库、河道冲淤量变化，分析了不同方案的水库及河道减淤效果。

10.3.2.1 进入中下游河段的水沙

不同开发方案进入小北干流（龙门+河津）、黄河下游（小黑武）水沙量特征值统计见表 10-9、表 10-10。

表 10-9 不同开发方案进入小北干流（龙门+河津）水沙量特征值（162 年系列）

黄河来沙情景	项目	方案	水量/亿 m^3			沙量/亿 t			汛期大于 2 000 m^3/s 水沙情况		
			汛期	非汛期	年	汛期	非汛期	年	天数/d	水量/亿 m^3	沙量/亿 t
情景方案 1	水沙特征	现状方案⊙	108.83	112.70	221.53	4.27	0.70	4.97	10.93	25.50	1.51
		一级方案①	127.16	92.22	219.38	4.31	0.64	4.95	26.80	62.05	2.23
		二级方案②	123.81	93.45	217.26	4.35	0.64	4.99	23.13	53.58	2.10
	水沙调节效果	一级方案（①-⊙）	18.33	-20.48	-2.15	0.04	-0.06	-0.02	15.87	36.55	0.72
		二级方案（②-⊙）	14.98	-19.25	-4.27	0.08	-0.06	0.02	12.20	28.08	0.59
情景方案 2	水沙特征	现状方案⊙	104.83	108.56	213.39	3.20	0.52	3.72	9.44	22.04	1.04
		一级方案①	123.16	88.08	211.24	3.24	0.47	3.71	25.43	58.23	1.63
		二级方案②	119.81	89.31	209.12	3.29	0.47	3.76	22.02	50.38	1.52
	水沙调节效果	一级方案（①-⊙）	18.33	-20.48	-2.15	0.04	-0.05	-0.01	15.99	36.19	0.59
		二级方案（②-⊙）	14.98	-19.25	-4.27	0.09	-0.05	0.04	12.58	28.34	0.48

由表 10-9 可知：情景方案 1，与现状方案相比，黑山峡河段一级开发大柳树高坝方案，汛期进入小北干流的水量增加 18.33 亿 m^3，汛期水量比例提高了 8.83 个百分点，2 000

m^3/s 以上天数增加了 15.87 d,相应水量增加 36.55 亿 m^3,相应沙量增加 0.72 亿 t。进入黄河下游的汛期水量及大流量过程也有增加,2 600 m^3/s 以上天数增加 10.31 d,相应水量增加 30.96 亿 m^3,相应沙量增加 1.05 亿 t。黑山峡河段二级开发小观音高坝方案,汛期进入小北干流的水量增加 14.98 亿 m^3,汛期水量比例提高了 7.86 个百分点,2 000 m^3/s 以上天数增加了 12.20 d,相应水量增加 28.08 亿 m^3,相应沙量增加 0.59 亿 t。进入黄河下游的汛期水量及大流量过程也有增加,2 600 m^3/s 以上天数增加 7.95 d,相应水量增加 23.77 亿 m^3,相应沙量增加 0.85 亿 t。情景方案 2 与情景方案 1 相似,黑山峡河段高坝方案均能不同程度地增加中下游河道的汛期水量和大流量过程,有利于中下游河道减淤。

表 10-10　不同开发方案进入黄河下游(小黑武)水沙量特征值(162 年系列)

黄河来沙情景	项目	方案	水量/亿 m^3			沙量/亿 t			汛期大于 2 000 m^3/s 水沙情况		
			汛期	非汛期	年	汛期	非汛期	年	天数/d	水量/亿 m^3	沙量/亿 t
情景方案 1	水沙特征	现状方案⊙	150.95	127.34	278.29	7.35	0.21	7.56	14.00	42.89	4.00
		一级方案①	169.49	107.97	277.46	7.40	0.34	7.74	24.31	73.85	5.05
		二级方案②	165.93	109.25	275.18	7.43	0.25	7.68	21.95	66.66	4.85
	水沙调节效果	一级方案(①-⊙)	18.54	-19.37	-0.83	0.05	0.13	0.18	10.31	30.96	1.05
		二级方案(②-⊙)	14.98	-18.09	-3.11	0.08	0.04	0.12	7.95	23.77	0.85
情景方案 2	水沙特征	现状方案⊙	145.84	122.63	268.47	5.44	0.23	5.67	13.02	39.38	3.04
		一级方案①	164.44	103.39	267.83	5.50	0.35	5.85	22.80	68.64	3.76
		二级方案②	160.87	104.66	265.53	5.54	0.26	5.80	20.54	61.83	3.62
	水沙调节效果	一级方案(①-⊙)	18.60	-19.24	-0.64	0.06	0.12	0.18	9.78	29.26	0.72
		二级方案(②-⊙)	15.03	-17.97	-2.94	0.10	0.03	0.13	7.52	22.45	0.58

10.3.2.2　对河道的减淤作用

黄河设计公司、中国水利水电科学研究院利用数学模型计算了黑山峡河段不同开发方案下黄河中下游河道及三门峡水库库区、小浪底水库库区冲淤量变化,分析了不同方案的水库及河道减淤效果,计算汇总成果见表 10-11 和表 10-12。

黄河设计公司计算:情景方案 1,与现状运用方式相比,黑山峡河段一级开发大柳树、二级开发小观音高坝方案在宁蒙河段、小北干流、三小水库和黄河下游总减淤量分别为 0.88 亿 t、0.65 亿 t;情景方案 2,与现状运用方式相比,黑山峡河段一级开发大柳树、二级开发小观音高坝方案在宁蒙河段、小北干流、三小水库和黄河下游总减淤量分别为 0.76 亿 t、0.56 亿 t。

表 10-11　不同开发方案对水库河道减淤效果计算汇总成果(黄河设计公司)

黄河来沙情景	方案设置	淤积量/亿 t				减淤量/亿 t				减淤总量/亿 t
		宁蒙河段	小北干流	三小水库	黄河下游	宁蒙河段	小北干流	三小水库	黄河下游	
情景方案 1	现状方案(四级方案)	0.62	0.50	0.003	1.86					
	一级方案	0.25	0.33	-0.012	1.54	0.37	0.17	0.02	0.32	0.88
	二级方案	0.30	0.42	-0.009	1.62	0.32	0.08	0.01	0.24	0.65
情景方案 2	现状方案(四级方案)	0.62	0.43	-0.002	1.28					
	一级方案	0.25	0.26	-0.023	1.08	0.37	0.17	0.02	0.20	0.76
	二级方案	0.30	0.35	-0.023	1.13	0.32	0.07	0.02	0.15	0.56

注:小浪底水库按正常运用期考虑。

表 10-12　不同开发方案对水库河道减淤效果计算汇总成果(中国水利水电科学研究院)

黄河来沙情景	方案设置	淤积量/亿 t				减淤量/亿 t				减淤总量/亿 t
		宁蒙河段	小北干流	三小水库	黄河下游	宁蒙河段	小北干流	三小水库	黄河下游	
情景方案 1	现状方案(四级方案)	0.600	0.492	0.003	1.290					
	一级方案	0.170	0.327	-0.005	1.192	0.430	0.165	0.008	0.098	0.701
	二级方案	0.280	0.349	-0.003	1.179	0.320	0.143	0.006	0.111	0.580
情景方案 2	现状方案(四级方案)	0.600	0.342	0.001	0.570					
	一级方案	0.170	0.199	-0.008	0.519	0.430	0.144	0.009	0.051	0.634
	二级方案	0.280	0.224	-0.006	0.499	0.320	0.118	0.007	0.071	0.516

中国水利水电科学研究院计算:情景方案 1,与现状运用方式相比,黑山峡河段一级开发大柳树、二级开发小观音高坝方案在宁蒙河段、小北干流、三小水库和黄河下游总减淤量分别为 0.701 亿 t、0.580 亿 t;情景方案 2,与现状运用方式相比,黑山峡河段一级开发大柳树、二级开发小观音高坝方案在宁蒙河段、小北干流、三小水库和黄河下游总减淤量分别为 0.634 亿 t、0.516 亿 t。

可见,黑山峡河段一级开发大柳树、二级开发小观音高坝方案,增加了汛期水量和大流量过程,能够在黄河主要冲积性河段尤其是宁蒙河段和小北干流河段实现河道减淤,随着汛期下泄水量增加，河道减淤量增加。

10.3.3　对中游水库水沙调节的作用

黑山峡水库运用后，将改善进入中游的水沙条件，表 10-13 为头道拐站现状工程条件和黑山峡水库建成条件下汛期不同流量级出现的天数和相应水量统计，头道拐站汛期水量由现状条件下的 97.0 亿 m^3 增加到 115.2 亿 m^3，流量大于 2 000 m^3/s 的天数由现状条件下的 6.1 d 增加到 27.8 d，相应水量由 13.5 亿 m^3 增加到 56.1 亿 m^3，可以看出，进入中游的汛期水量和大流量过程显著增加，将给中游水库调节水沙创造有利条件，也有利于延长水库拦沙年限。

表 10-13　头道拐站设计水沙条件下不同工程方案汛期各流量水沙特征值统计

项目	流量级/(m^3/s)	天数/d	水量/亿 m^3
现状工程（龙刘水库现状运用条件，无黑山峡河段开发）	0~500	29.6	8.6
	500~1 000	49.7	32.1
	1 000~2 000	37.6	42.8
	>2 000	6.1	13.5
	合计	123.0	97.0
黑山峡建成运用后	0~500	50.9	14.3
	500~1 000	20.8	12.5
	1 000~2 000	23.5	32.3
	>2 000	27.8	56.1
	合计	123.0	115.2

注：统计系列长度为 1~162 年。

龙门站在黑山峡水库建成前后的水沙特征值统计见表 10-14。可以看出，没有黑山峡水库开发条件下，龙门站 2 000 m^3/s 以上流量级的天数为 9.7 d，相应水量、沙量、含沙量分别为 22.7 亿 m^3、1.4 亿 t、60.5 kg/m^3；黑山峡水库运用后，龙门站 2 000 m^3/s 以上流量级的天数为 25.5 d，相应水量、沙量、含沙量分别为 58.4 亿 m^3、2.1 亿 t、36.0 kg/m^3，黑山峡水库运用后，改善了进入中游的水沙条件，通过中游水库调节，使中游的大流量历时增加、含沙量减小，水沙关系明显改变。同时，延长了水库拦沙年限，碛口水库有无黑山峡水库运行条件下的淤积过程见图 10-16。

表 10-14　龙门站设计水沙条件下不同工程方案汛期各流量水沙特征值统计

项目	流量级/(m^3/s)	天数/d	水量/亿 m^3	沙量/亿 t	含沙量/(kg/m^3)
无黑山峡河段开发(碛口水库、古贤水库正常运用期)	0~500	31.5	8.2	0.4	46.1
	500~1 000	42.6	27.2	0.9	32.6
	1 000~2 000	39.2	46.1	1.5	33.1
	>2 000	9.7	22.7	1.4	60.5
	合计	123.0	104.2	4.2	39.9
黑山峡建设运用后(碛口水库、古贤水库正常运用期)	0~500	42.7	9.1	0.4	49.3
	500~1 000	23.9	15.0	0.6	37.2
	1 000~2 000	30.9	40.2	1.1	27.4
	>2 000	25.5	58.4	2.1	36.0
	合计	123.0	122.7	4.2	34.3

注:统计系列长度为 109~162 年。

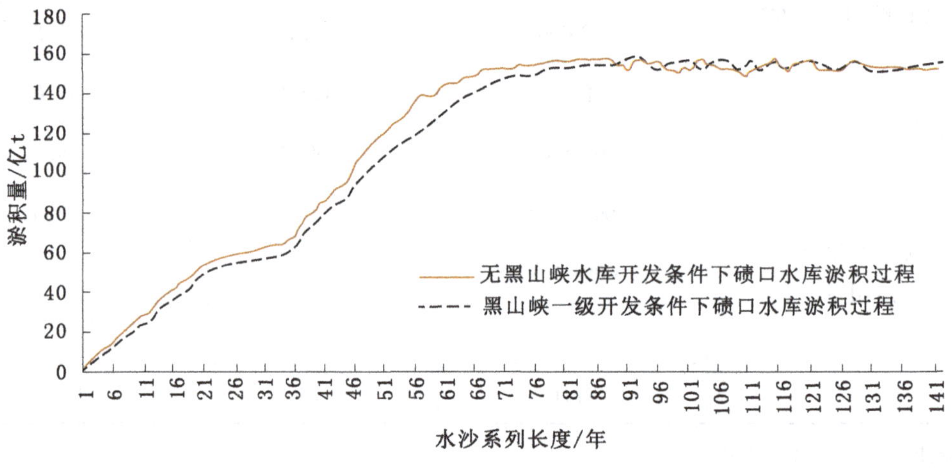

图 10-16　碛口水库有无黑山峡水库运行条件下的淤积过程

10.4　不同库容规模方案的防凌防洪作用

10.4.1　改善热力条件

大型水库的运用可改变下游河道的热力条件。已有历史资料统计,刘家峡水库建成后,水库下游 250 km 长河道的凌汛危害缓解或消失;小浪底水库建成后,水库下游高村以上 300 km 长河道不封冻，凌汛危害基本解除。低坝四级开发方案为径流式电站，库容小，出库水温变化不大，基本不改善宁蒙河段凌汛期热力条件。黑山峡河段一级开发大柳树、二级开发小观音高坝方案建设的水库，由于库容较大，水库出库水温会有明显提高，将改善宁蒙河段凌汛期热力条件，下面进行详细分析。

10.4.1.1　水库建成后出库水温

黑山峡水库与刘家峡水库地理位置接近、气候和气象条件相似、凌汛期水库运用方式基本相同，刘家峡水库建成前后出库水温及变化情况可作为黑山峡水库的重要参考。

1956~1967 年，刘家峡水库建成前贵德、小川、黑山峡等测站的 11 月至翌年 3 月各旬水温见表 10-15，从贵德站至黑山峡站，由于地理位置等差异水温沿程略有升高，11 月和翌年 3 月黑山峡站与小川站水温差别略大，在 1 ℃左右，12 月中下旬至翌年 2 月水温差别在 0.3 ℃以内。也就是说刘家峡建库前，黑山峡站与小川站水温总体差别不大。

表 10-15　刘家峡水库建成前(1956-1967)主要站冬季各旬平均水温　　单位:℃

测站	11 月			12 月			翌年 1 月			2 月			3 月		
	上	中	下	上	中	下	上	中	下	上	中	下	上	中	下
贵德(龙羊峡出库)	4.8	3.2	1.4	0.2	0.1	0.1	0.1	0.1	0.1	0.1	0.2	0.5	1.7	3.5	4.9
小川(刘家峡出库)	6.3	4.8	2.4	0.7	0.3	0	0.1	0.1	0.1	0.1	0.2	0.6	3.1	5.5	7.1
黑山峡(距下河沿 57 km)	7.2	5.5	3.1	1.1	0.4	0.3	0.3	0.3	0.3	0.4	0.4	0.6	2.2	5.9	8.3
黑山峡-小川	0.9	0.7	0.7	0.4	0.1	0.3	0.2	0.2	0.2	0.3	0.2	0	-0.9	0.4	1.2

注：黑山峡站主要测验水温、水位，距离下游的下河沿水文站 57 km。

1972~1985 年，刘家峡水库运用后小川站水温从 11 月上旬到翌年 2 月下旬水温均有不同程度的上升(见表 10-16)，其中 11 月、12 月各旬的水温升高幅度在 5~8 ℃，1 月各旬水温上升 3~5 ℃，2 月各旬上升 2~3 ℃，3 月水温有所下降。龙羊峡水库运用后，贵德站水温也明显升高，11 月、12 月各旬的水温升高幅度在 5~7 ℃，1 月各旬水温上升 4~6 ℃，2 月各旬上升 3~5 ℃；建库前后龙羊峡水库出库站水温变化幅度较刘家峡略大，这与龙羊峡水库库容大，调蓄能力强有关；龙羊峡水库建成后小川站水温无明显变化，说明龙羊峡水库对刘家峡出库水温影响不大。

表 10-16　刘家峡水库、龙羊峡水库建成前后小川等站冬季各旬水温　　单位:℃

测站		11月			12月			翌年1月			2月			3月		
		上	中	下	上	中	下	上	中	下	上	中	下	上	中	下
小川	1957~1966年①	6.3	4.8	2.4	0.7	0.3	0	0.1	0.1	0.1	0.1	0.2	0.6	3.1	5.5	7.1
	1972~1985年②	11.6	10.1	8.6	7.2	6	5	4.3	3.7	3.3	2.9	2.7	2.6	2.7	3.3	4.2
	1987~2019年③	11.8	10.4	8.9	7.3	6.1	5.1	4.3	3.7	3.1	2.9	2.9	3.1	3.5	4.1	5.0
	建刘家峡水库前后差②-①	5.3	5.3	6.2	6.5	5.7	5	4.2	3.6	3.2	2.8	2.5	2	-0.4	-2.2	-2.9
	建龙羊峡水库前后差③-②	0.2	0.3	0.3	0.1	0.1	0.1	0	0	-0.2	0	0.2	0.5	0.8	0.8	0.8
贵德	1972~1985年①	5.1	2.9	1	0.2	0	0	0	0	0	0	0.1	0.6	1.6	2.8	4.3
	1987~2019年②	10.2	9.6	8.9	8.0	7.0	6.2	5.9	5.1	4.6	4.2	4.1	3.9	3.9	4.1	4.5
	建龙羊峡水库前后差②-①	5.1	6.7	7.9	7.8	7.0	6.2	5.9	5.1	4.6	4.2	4.0	3.3	2.3	1.3	0.2
黑山峡	1957~1966年①	7.2	5.5	3.1	1.1	0.4	0.3	0.3	0.3	0.3	0.4	0.4	0.6	2.2	5.9	8.3
	1967~1986年②	9.8	7.5	5.3	3.7	2.6	1.5	0.9	0.7	1	1.1	2.2	2.6	3.5	4.7	6.3
	1987~2019年③	10.7	9.1	6.8	4.9	3.6	2.5	1.9	1.4	1.4	1.9	2.7	3.5	4.6	6.2	7.3
	建刘家峡水库前后差②-①	2.6	2	2.2	2.6	2.2	1.2	0.6	0.4	0.7	0.7	1.8	2	1.3	-1.2	-2
	建龙羊峡水库前后差③-②	0.9	1.6	1.5	1.2	1.0	1.0	1.0	0.7	0.4	0.8	0.5	0.9	1.1	1.5	1.0

黑山峡出库水温参考刘家峡水库各旬出库水温,同时考虑天然情况下黑山峡站与小川站的水温差值对黑山峡出库水温进行修正,黑山峡水库各旬出库水温见表 10-17。与建库前水温比较,黑山峡水库蓄水运用后,出库水温在 11 月至翌年 1 月上升 2~3 ℃,2 月水温变化不明显,3 月水温比建库前下降 1.5 ℃左右。

10.4.1.2　水库建成后下游水温变化及零温度断面

1. 类比法

刘家峡水库建成前、后下游河道断面水温变化情况见表 10-18、表 10-19。由此可知,刘家峡水库运用后,出库小川站水温升高至 5 ℃左右,出库水温的影响河段为水库至石嘴山站以上,对石嘴山站以下河段的水温几乎无影响。水库下游的最上端零温断面位置在下河沿附近,距刘家峡坝址 460 km 左右。

表 10-17　黑山峡预测出库水温值与建库前水温比较　单位:℃

测站	11月			12月			翌年1月			2月			3月		
	上	中	下	上	中	下	上	中	下	上	中	下	上	中	下
小川 1957~1966 年①	6.3	4.8	2.4	0.7	0.3	0	0.1	0.1	0.1	0.1	0.2	0.6	3.1	5.5	7.1
黑山峡 1957~1966 年②	7.2	5.5	3.1	1.1	0.4	0.3	0.3	0.3	0.3	0.4	0.4	0.6	2.2	5.9	8.3
水温差 ③=②-①	0.9	0.7	0.7	0.4	0.1	0.3	0.2	0.2	0.2	0.3	0.2	0	-0.9	0.4	1.2
小川 1987~2019 年④	11.8	10.4	8.9	7.3	6.1	5.1	4.3	3.7	3.1	2.9	2.9	3.1	3.5	4.1	5.0
黑山峡 1987~2019 年⑤	10.7	9.1	6.8	4.9	3.6	2.5	1.9	1.4	1.4	1.9	2.7	3.5	4.6	6.2	7.3
预测黑山峡出库⑥=④+③	12.7	11.1	9.6	7.7	6.2	5.4	4.5	3.9	3.3	3.2	3.1	3.1	2.6	4.5	6.2
建库前后差 ⑥-⑤	2.0	2.0	2.8	2.8	2.6	2.9	2.6	2.5	1.9	1.3	0.4	-0.4	-2	-1.7	-1.1

黑山峡水库建成后,对下游河道的水温影响按此推算,则上端零温断面位置将移至磴口站至巴彦高勒站之间,但是考虑到刘家峡水库的影响河段和黑山峡水库的影响河段在气象和河道条件上是有差别的:兰州站至下河沿站之间河段冬季各月气温相当,1 月平均气温略高于-8 ℃,再往下游沿程气温有较明显降低,至石嘴山站 1 月平均气温达-9 ℃,至巴彦高勒站 1 月平均气温为-10.4 ℃;从直接影响水温丧失速率的沿程水面平均宽度与水流平均传播时间看,下河沿站以下河段较黑山峡站以上,水面宽度大、流速慢,同样的距离传播时间更长,水温削减得快,所以按该法估算黑山峡水库的零温断面偏远。

表 10-18　刘家峡水库建成前黄河上游主要控制站冬季各旬平均水温　单位:℃

测站	11月			12月			翌年1月			2月			3月		
	上	中	下	上	中	下	上	中	下	上	中	下	上	中	下
小川	6.3	4.8	2.4	0.7	0.3	0	0.1	0.1	0.1	0.1	0.2	0.6	3.1	5.5	7.1
上诠	6.5	4.7	2.2	0.5	0.2	0.2	0.2	0.1	0.1	0.2	0.3	0.7	1.9	4.6	6.5
兰州	5.8	4.4	2.2	0.6	0.2	0.1	0.1	0.1	0	0	0.1	0.5	2.1	5.2	7.0
乌金渡	7.3	5.5	3.0	0.8	0.1	0.1	0.1	0.1	0.1	0.1	0.2	0.5	2.2	5.6	7.8
安宁渡	6.8	5.2	2.8	0.7	0.2	0.2	0.1	0.1	0.1	0.1	0.2	0.4	2.4	5.6	7.5

续表 10-18

测站	11月			12月			翌年1月			2月			3月		
	上	中	下	上	中	下	上	中	下	上	中	下	上	中	下
黑山峡	7.2	5.5	3.1	1.1	0.4	0.3	0.3	0.3	0.3	0.4	0.4	0.6	2.2	5.9	8.3
下河沿	5.7	2.7	0.8	0.1	0	0	0	0	0	0	0.2	1.6	4.8	7.9	
青铜峡	6.8	5.0	2.0	0.5	0.2	0.1	0	0	0	0	0	0	1.1	4.2	7.2
石嘴山	5.9	3.7	1.4	0.2	0.1	0.1	0.1	0.1	0.1	0.1	0.1	0.1	0.3	2.0	5.7
磴口	5.2	3.3	1.3	0.3	0	0	0	0	0	0	0	0.1	0.1	1.4	5.4
巴彦高勒	4.1	2.3	1.2	0.2	0	0	0	0	0.1	0.1	0.1	0.1	0.1	0.7	4.2
三湖河口	4.2	2.2	0.6	0.1	0.1	0.1	0.1	0.1	0.1	0.1	0.1	0.1	0.1	0.2	2.7
昭君坟	4.3	1.9	0.2	0	0	0	0	0	0.1	0.1	0.1	0	0	0.1	1.3
头道拐	4.5	2.1	0.1	0	0	0	0	0	0	0	0	0	0	0	1.0

表 10-19　刘家峡水库蓄水后龙羊峡水库蓄水前黄河上游主要控制站各旬平均水温　单位:℃

测站	11月			12月			翌年1月			2月			3月		
	上	中	下	上	中	下	上	中	下	上	中	下	上	中	下
小川	11.6	10.1	8.6	7.2	6.0	5.0	4.4	3.8	3.4	2.9	2.8	2.7	2.8	3.3	4.2
上诠	10.8	9.2	7.3	5.7	4.5	3.4	2.7	2.3	1.9	1.7	1.9	2.1	2.5	3.1	4.1
兰州	10.4	8.3	6.7	5.2	4.0	3.1	2.6	2.4	2.0	1.8	2.1	2.3	2.8	3.8	4.8
乌金渡	11.0	9.1	7.0	5.1	3.6	2.8	2.3	2.1	1.9	1.8	2.3	2.6	3.4	4.3	5.6
安宁渡	10.2	8	6.0	4.4	2.9	2.0	1.7	1.4	1.5	1.5	2.1	2.4	3.4	4.7	5.9
黑山峡	9.8	7.5	5.3	3.7	2.6	1.5	0.9	0.7	1.0	1.1	2.2	2.6	3.5	4.7	6.3
下河沿	10.6	8.4	6.1	4.0	2.4	1.3	0.9	0.9	1.1	1.0	1.9	2.5	3.6	4.9	6.6
青铜峡	9.5	6.6	4.3	2.3	0.9	0.3	0	0.1	0.1	0.3	1.2	1.4	3.3	5.1	6.9
石嘴山	7.3	3.6	1.9	0.5	0.1	0	0.1	0	0	0	0	0.1	0.9	3.2	5.6
磴口	5.2	3.3	1.3	0.3	0	0	0	0	0	0	0	0.1	0.1	1.4	5.4
巴彦高勒	6.7	3.0	1.4	0.2	0	0	0	0	0	0	0	0	0	0.9	4.9
三湖河口	4.8	1.4	0.3	0	0	0	0.1	0	0	0	0	0	0	0	1.8
昭君坟	5.2	1.4	0.2	0	0	0	0	0	0	0	0	0	0	0	1.1
头道拐	4.7	1.3	0.1	0	0	0	0	0	0	0	0	0.1	0	0	0.9

2. 水温沿程递减率法

按照 1987~2019 年下河沿以下各河段实际水温递减关系(见表 10-20),考虑下游河段实际情况,预测黑山峡水库建成后下游水温沿程变化及零温断面位置。

表 10-20　龙羊峡水库蓄水后(1987~2019 年)黄河上游主要控制站各旬平均水温

单位:℃

测站	11月			12月			翌年1月			2月			3月		
	上	中	下	上	中	下	上	中	下	上	中	下	上	中	下
黑山峡	10.7	9.1	6.8	4.9	3.6	2.5	1.9	1.4	1.4	1.9	2.7	3.5	4.6	6.2	7.3
下河沿	10.9	9.2	6.8	4.7	3.4	2.4	1.7	1.3	1.2	1.7	2.6	3.5	4.8	6.2	7.6
青铜峡	10.1	8.0	5.7	3.6	2.3	1.3	0.8	0.5	0.5	1.0	2.2	3.4	4.7	6.4	8.3
石嘴山	7.5	4.8	3.0	1.3	0.4	0.1	0	0	0	0	0.4	1.1	3.4	5.5	7.7
磴口	8.1	5.4	3.1	1.4	0.5	0.1	0	0	0	0	0.1	0.3	1.7	4.2	7.6
巴彦高勒	7.3	4.4	2.4	0.9	0.2	0	0	0	0	0	0	0.2	1.0	3.9	7.1
三湖河口	5.3	2.6	0.6	0.3	0.1	0	0	0	0	0	0	0	0	1.1	4.8
昭君坟/包头	4.2	2.1	0.5	0	0	0	0	0	0	0	0	0	0	0.1	3.2
头道拐	4.6	2.2	0.7	0.4	0.2	0	0	0	0	0	0	0	0	0.4	3.0

通过已有资料分析可知,相对于建库前,建库后的出库水温明显提高,但一定距离内沿程水温的衰减也较建库前快。刘家峡水库建成前,从小川站到上诠站水温相当,水库建成后,从小川站到上诠站水温削减约 1.5 ℃,上诠站以下各河段水温削减程度与建库前差别不大。因此,对于紧邻黑山峡出库的下河沿至青铜峡河段水温的递减关系,除考虑实测递减值外,还考虑水库建成后沿程递减程度的增加值,下河沿至青铜峡河段长 122 km,按小川站至兰州站 100 km 河段在刘家峡水库建成前后的水温递减值的变化进行修正。1987 年以后实测下河沿至青铜峡河段的水温递减值为 1 ℃左右,考虑黑山峡水库建成后下游水温递减程度增加,预测下河沿至青铜峡河段水温递减 2.5 ℃左右。青铜峡以下河段的部分时段,无法计算相邻站水温差值时借用同期下河沿到青铜峡河段 100 km 的实测水温递减值,按实际河段长度推求。综上分析,预测黑山峡水库下游各河段逐旬水温沿程递减值见表 10-21。将黑山峡出库水温,按表 10-21 中的递减值,推算至各控制断面,见表 10-22。

表 10-21　预测黑山峡水库下游各河段逐旬水温沿程递减值　　单位:℃

河段	11月			12月			翌年1月			2月			3月		
	上	中	下	上	中	下	上	中	下	上	中	下	上	中	下
下河沿—青铜峡	1.7	2.8	3.0	2.7	2.6	2.6	2.2	1.8	1.7	1.4	0.6	0.1	-0.9	-0.1	-0.6
青铜峡—石嘴山	2.8	3.3	2.7	2.4	1.9	1.6	1.4	1.4	1.3	1.3	1.7	1.8	1.3	0.9	0.6
石嘴山—磴口	0.1	0.2	0.4	1.1	0.9	0.7	0.6	0.6	0.6	0.6	0.8	0.8	1.5	1.1	0.5
磴口—巴彦高勒	0	0.2	0.2	0.7	0.5	0.4	0.4	0.4	0.4	0.4	0.5	0.5	0.9	0.7	0.3
巴彦高勒—三湖河口	2.0	1.7	1.7	2.7	2.1	1.8	1.6	1.6	1.4	1.4	1.9	2.0	3.7	2.8	2.5
三湖河口—昭君坟	0.8	0.3	0.1	1.6	1.2	1.0	0.9	0.9	0.8	0.8	1.1	1.2	2.1	1.6	0.9
昭君坟—头道拐	0.2	0.5	0.2	2.1	1.7	1.4	1.3	1.3	1.1	1.1	1.5	1.6	2.9	2.2	1.1

表 10-22　预测黑山峡水库下游主要控制站逐旬水温　　单位:℃

测站	11月			12月			翌年1月			2月			3月		
	上	中	下	上	中	下	上	中	下	上	中	下	上	中	下
黑山峡出库(下河沿)	13.0	11.5	10	8.0	6.4	5.5	4.7	3.9	3.2	3.3	3.2	3.1	2.5	4.4	6.1
青铜峡	11.3	8.7	7.0	5.3	3.8	2.9	2.5	2.1	1.5	1.9	2.6	3.4	3.4	4.5	6.7
石嘴山	8.5	5.4	4.3	2.9	1.9	1.3	1.1	0.7	0.2	0.6	0.9	1.2	2.1	3.6	6.1
磴口	8.4	5.2	3.9	1.8	1.0	0.6	0.4	0	0	0	0.1	0.4	0.6	2.5	5.6
巴彦高勒	8.4	5.0	3.7	1.2	0.5	0.1	0	0	0	0	0	0	0	1.8	5.3
三湖河口	6.4	3.3	2.0	0.4	0.2	0	0	0	0	0	0	0	0	0	2.8
昭君坟	5.6	3.0	1.9	0.1	0	0	0	0	0	0	0	0	0	0	1.9
头道拐	5.4	2.5	1.7	0.4	0.3	0	0	0	0	0	0	0	0	0	0.8

比较表 10-21、表 10-22 可知,黑山峡水库建成前,下游最近零温断面位于青铜峡—石嘴山河段;黑山峡水库建成后,下游最近零温断面位置在石嘴山—磴口河段,如果按龙羊峡水库、刘家峡水库蓄水运用后,青铜峡实测水温在略高于零度的情况下,仍可见稀疏流

凌这一现象，估计黑山峡水库运用后，初始流凌断面位置还可能靠近石嘴山站附近，即最冷期下游最近零温断面位置可能在距坝址约 300 km 处。与建库前相比，零温断面自青铜峡下移至石嘴山。

从各站零温时段看，黑山峡水库建成后下游河段零温时间有所减少，建库前石嘴山河段零温时段从 12 月下旬至翌年 2 月上旬，建库后零温时段缩减为 1 月下旬；磴口段零温时段从建库前的 12 月上旬至翌年 3 月上旬缩减到 1 月中旬至 2 月中旬，巴彦高勒零温开始时间从建库前的 12 月上旬推迟到 12 月下旬，巴彦高勒以下河段变化较小。汇总各断面零温时段见表 10-23。

表 10-23　黑山峡水库建成前后内蒙古河段沿程水温达零度时间比较

控制站	黑山峡水库蓄水前	黑山峡水库蓄水后
石嘴山	12 月下旬至翌年 2 月上旬	1 月下旬
磴口	12 月上旬至翌年 3 月上旬	1 月上旬至 2 月下旬
巴彦高勒	12 月中旬至翌年 3 月上旬	12 月下旬至翌年 3 月上旬
三湖河口	12 月上旬至翌年 3 月中旬	12 月上旬至翌年 3 月中旬
昭君坟	12 月上旬至翌年 3 月中旬	12 月上旬至翌年 3 月中旬
头道拐	11 月下旬至翌年 3 月中旬	12 月上旬至翌年 3 月中旬

10.4.1.3　水库建成后下游封冻河段及其时间变化

凌汛期水库的运用使下游河道水温升高，零温断面下移，减少了下游封冻河段长度及封冻时间。分析刘家峡水库、龙羊峡水库运用后宁蒙河段各站凌情特征日期与相应旬平均水温关系(见表 10-24 和表 10-25)，可以看出，各站流凌日期出现在水温为零的前 1~2 旬，封冻时间在水温持续为零的时段，开河日期出现在水温为零的结束旬。按照这个关系可以根据预测的黑山峡水库下游各站平均旬水温来初步推测冰情特征日期(流凌期、封河期、开河期)，见表 10-26。

由表 10-26 可知，黑山峡水库运用后，石嘴山以上河段不再封冻，封冻河段较水库运用前减少在 100 km 以上(黑山峡水库运用前，青铜峡水库库区以及自青铜峡坝址 90 km 处至石嘴山站的 105 km 河段封冻)，宁夏河段的凌汛基本消失；黑山峡水库运用后，各站封河时段有一定程度减少或者封河日期向后推迟，石嘴山站以上封河时段从 1 月中旬到 2 月上旬约 1 个月减少至 0，磴口河段封河日期从 1 月上旬推迟到 1 月中旬，巴彦高勒河段以下河段变化不大。

表 10-24 不同时段各站旬平均水温与凌情特征日期对照 单位:℃

测站		11月			12月			1月			2月			3月		
		上	中	下	上	中	下	上	中	下	上	中	下	上	中	下
刘家峡水库蓄水后	青铜峡	9.5	6.6	4.3	2.3	0.9	0.3	0	0.1	0.1	0.3	1.2	1.4	3.3	5.1	6.9
	凌情特征				*	*	—	—	—	—	—	⊙				
	石嘴山	7.3	3.6	1.9	0.5	0.1	0	0.1	0	0	0	0	0.1	0.9	3.2	5.6
	凌情特征			*	*	*	*	—	—	—	—	—	—	⊙		
	磴口	5.2	3.3	1.3	0.3	0	0	0	0	0	0	0	0.1	0.1	1.4	5.4
	凌情特征			*	*	—	—	—	—	—	—	—	—	—	⊙	
	巴彦高勒	6.7	3.0	1.4	0.2	0	0	0	0	0	0	0	0	0	0.9	4.9
	凌情特征			*	—	—	—	—	—	—	—	—	—	—	⊙	
	三湖河口	4.8	1.4	0.3	0	0	0	0.1	0	0	0	0	0	0	0	1.8
	凌情特征		*	*	—	—	—	—	—	—	—	—	—	—	—	⊙
	昭君坟	5.2	1.4	0.2	0	0	0	0	0	0	0	0	0	0	0	1.1
	凌情特征		*	*	—	—	—	—	—	—	—	—	—	—	⊙	
	头道拐	4.7	1.3	0.1	0	0	0	0	0	0	0	0	0.1	0	0	0.9
	凌情特征		*	*	—	—	—	—	—	—	—	—	—	—	—	⊙
龙羊峡水库蓄水后	青铜峡	9.5	7.7	5.6	3.6	2.3	1.5	1.2	0.5	0.4	1	2.7	2.8	4.2	5.9	7.8
	凌情特征								*	*						
	石嘴山	6.8	4.2	2.6	1.5	0.7	0.2	0.1	0.1	0	0.1	0.6	0.9	3.6	4.8	6.9
	凌情特征				*	*	*	*	—	—	—	⊙				
	磴口	6.0	3.9	2.5	1.4	0.7	0.2	0.1	0	0	0.1	0.1	0.3	2.1	3.9	6.4
	凌情特征				*	*	*	—	—	—	—	—	—	⊙		
	巴彦高勒	6.3	3.8	2.3	1.1	0.4	0.1	0	0	0	0	0	0	0.8	3.3	6.2
	凌情特征				*	*	—	—	—	—	—	—	—	⊙		
	三湖河口	4.4	2.1	0.6	0.1	0	0	0	0	0	0	0	0	0	0.3	3.5
	凌情特征		*	*	—	—	—	—	—	—	—	—	—	—	⊙	
	昭君坟	4.2	2.1	0.5	0	0	0	0	0	0	0	0	0	0	0.1	2.9
	凌情特征		*	*	—	—	—	—	—	—	—	—	—	—	⊙	
	头道拐	3.9	1.5	0	0	0	0	0	0	0	0	0	0	0	0.1	1.9
	凌情特征		*	*	—	—	—	—	—	—	—	—	—	—	⊙	

注:“*”流凌期、“—”封河期、“⊙”开河期。

表 10-25　黑山峡水库下游沿程预测的水温及冰情发生期对照表　　单位:℃

测站		11月			12月			1月			2月			3月		
		上	中	下	上	中	下	上	中	下	上	中	下	上	中	下
黑山峡水库蓄水后	青铜峡	11.3	8.7	7.0	5.3	3.8	2.9	2.5	2.1	1.5	1.9	2.6	3.0	3.4	4.5	6.7
	凌情特征															
	石嘴山	8.5	5.4	4.3	2.9	1.9	1.3	1.1	0.7	0.2	0.6	0.9	1.2	2.1	3.6	6.1
	凌情特征							*	*	*	*	*	*			
	磴口	8.4	5.2	3.9	1.8	1.0	0.6	0.4	0	0	0	0.1	0.4	0.6	2.5	5.6
	凌情特征						*	*	—	—	—	—	—	⊙		
	巴彦高勒	8.4	5.0	3.7	1.2	0.5	0.1	0	0	0	0	0	0	0	1.8	5.3
	凌情特征				*	*	—	—	—	—	—	—	—	—	⊙	
	三湖河口	6.4	3.3	2.0	0	0	0	0	0	0	0	0	0	0	0	2.8
	凌情特征		*	*	—	—	—	—	—	—	—	—	—	—	—	⊙
	昭君坟	5.6	3.0	1.9	0	0	0	0	0	0	0	0	0	0	0.1	1.9
	凌情特征		*	*	—	—	—	—	—	—	—	—	—	—	—	⊙
	头道拐	5.4	2.5	1.7	0	0.2	0	0	0	0	0	0	0	0	0	0.8
	凌情特征		*	*	—	—	—	—	—	—	—	—	—	—	—	⊙

注:“＊”流凌期、“—”封河期、“⊙”开河期。

表 10-26　预测黑山峡水库下游沿程各站冰情特征日期

冰情类型	各站冰凌特征日期					
	石嘴山	磴口	巴彦高勒	三湖河口	昭君坟	头道拐
流凌日期	1月上旬	12月下旬	12月上旬	11月中旬	11月中旬	11月中旬
封河日期		1月中旬	12月中旬	12月上旬	12月上旬	12月上旬
开河日期		3月上旬	3月中旬	3月下旬	3月下旬	3月下旬

10.4.2　改善动力条件

龙羊峡水库、刘家峡水库距离宁蒙河段较远,刘家峡水库出库站(小川站)至石嘴山站 777 km,至头道拐站 1 449 km,凌汛期出库流量演进至石嘴山站、头道拐站的时间分别为 7 d、17 d,加上刘家峡—宁蒙河段区间支流和宁蒙河段灌区引退水等对流量的影响,使得龙羊峡水库、刘家峡水库防凌调度不能与凌情变化准确响应。

黑山峡河段建设高坝大库后,将通过封河期流量的控制,尽量避免封河期产生冰塞灾害;在宁蒙河段冬灌期间适当加大下泄流量,可避免由于工农业大量引水造成的小流量封河情况;在宁蒙河段冬灌结束、灌区大量退水期间,适当减小下泄流量,可避免流量波动过大,造成“水鼓冰开”和严重的冰塞状况;通过开河期流量控制,减少开河期凌峰流量,在特殊情况下甚至可以关门停泄,减少开河期冰坝灾害,可尽量消除"武开河"的情况发生。与刘家峡水库现状防凌运用时内蒙古河段流量过程比较,黑山峡水库凌汛期按设计流量过程下泄时,进入内蒙古河段凌汛期流量过程(以石嘴山断面旬流量平均过程为代表)进一步改善了宁蒙河段防凌动力条件:

(1)促使流凌封河期内蒙古河段流量波动幅度减小。根据宁蒙灌区冬灌引、退水情况,调整黑山峡水库的下泄流量过程,使石嘴山断面 11 月中、下旬至 12 月上旬流量均保持为 520 m³/s(见表 10-27)。与刘家峡水库防凌运用以后 1989~2013 年刘家峡水库防凌运用时石嘴山站实测流量比较,黑山峡水库控泄后 11 月下旬、12 月上旬流量分别减小 214 m³/s、169 m³/s,可避免封河后遇冬灌停止引水、灌区退水造成的流量加大形成的严重冰塞壅水情况(如 2000 年)。同时黑山峡水库距宁蒙灌区近,运用比较灵活,与海勃湾水库联合运用,可根据灌区引水情况准确、适时调整流凌封河期流量,避免小流量封河情况发生。

表 10-27 黑山峡水库防凌运用石嘴山流量预测值与实测流量过程比较 单位:m³/s

项目		11月			12月			1月			2月			3月		
		上旬	中旬	下旬	上旬	中旬	下旬	上旬	中旬	下旬	上旬	中旬	下旬	上旬	中旬	下旬
1989~2013 年(无水库)	月均	641			646			519			548			507		
	旬均	610	579	734	689	642	607	540	519	499	546	556	540	470	439	610
黑山峡水库运用后	月均	500			500			440			400			370		
	旬均	470	520	520	520	500	490	440	440	440	430	390	380	350	330	440

注:石嘴山逐旬流量预测值是用黑山峡设计下泄流量与 2000~2013 年下河沿站与石嘴山站同期旬流量差值相加。

(2)促使稳封期内蒙古河段流量过程平稳递减。在封河后的 12 月中、下旬黑山峡水库控制下泄流量 450 m³/s,考虑灌区退水过程的逐步衰减,使石嘴山断面保持了流量过程的平稳递减,以适应气温降低、冰盖变厚、过流能力降低的情况,预测石嘴山断面各旬流量分别为 500 m³/s、490 m³/s,小于流凌封河期流量。在 1 月及 2 月上旬使石嘴山断面流量稳定在 440 m³/s 左右,比流凌封河期流量小约 80 m³/s,比 1986~2013 年石嘴山站同期实测流量减小 60~100 m³/s,有利于减少稳封期河道槽蓄水增量。

(3)促使开河期内蒙古河段流量进一步减小。从 2 月中旬起,进一步削减下泄流量,与稳封期平均流量相比,削减石嘴山断面流量 60~110 m³/s,超过了 2000~2004 年冰期同期流量减小幅度,有利于槽蓄水量提前释放,减小开河期水动力因素。

10.4.3 减少年最大槽蓄水增量

年最大槽蓄水增量是宁蒙河段凌汛形势最重要的判别指标之一,对防凌工作意义重大。黑山峡河段高坝大库方案可以减小并控制宁蒙河段年最大槽蓄水增量。分析宁蒙河段槽蓄水增量形成及变化的影响因子(见表 10-28),选取主要影响因子构建年最大槽蓄水增量预估模型,包括多元回归模型和神经网络模型。

表 10-28 各影响因子与宁蒙河段年最大槽蓄水增量相关系数

影响因子	单因子相关系数	是否选为主要影响因子
下河沿稳封期平均流量	0.30	√
石嘴山流凌日期(距离 11.1 d 的天数)	0.38	√
三湖河口平滩流量	-0.32	√
头道拐封河日期(距离 11.1 d 的天数)	0.41	√
头道拐最大冰厚	0.46	
包头累计负气温	0.14	

10.4.3.1 多元回归模型

经归一化处理后,利用多元线性回归基本原理构建了年槽蓄水增量多元回归模型。模型回归方程如下(下述变量均经过归一化处理):

$$\mathrm{CSI} = 0.327\,0 + 0.415\,9\,Q'_{\mathrm{f下}} + 0.155\,6\,D'_{\mathrm{f石}} - 0.578\,8\,Q_{\mathrm{b'三}} + 0.337\,3D'_{\mathrm{f头}} \tag{10-1}$$

式中:CSI 为年最大槽蓄水增量;$Q'_{\mathrm{f下}}$为下河沿稳封期平均流量;$D_{\mathrm{f}}'_{石}$为石嘴山流凌日期(距离 11.1 d 的天数);$Q_{\mathrm{b}}'_{三}$为三湖河口平滩流量;$D_{\mathrm{f}}'_{头}$为头道拐封河日期(距离 11.1 d 的天数)。

经计算,式(10-1)的相关系数 r=0.70,可用于年最大槽蓄水增量预测。

10.4.3.2 人工神经网络模拟模型(BP-ANN 模型)

人工神经网络(ANN)是一种具有极强非线性模拟能力的计算模型。常用的 ANN 模型一般由输入层、输出层和隐含层组成,通过对一定容量样本的学习与训练,确定网络有关参数,其工作过程包括信息正向传播和误差反向传播两个反复交替的过程。本次研究用到的 ANN 均采用 3 层 BP 算法和权重自适应策略,并以 Sigmoid 函数进行激活,对建立的 BP-ANN 模型进行了验证,模型模拟值与实际值的对比见图 10-17。由图 10-17 可知,建立的模拟模型模拟效果较好,实际计算的相关系数可达 0.84,可用于年最大槽蓄水增量预测。

采用建立的多元线性回归模型、BP-ANN 模型,对黑山峡水库一级方案和二级方案运用后宁蒙河段年最大槽蓄水增量进行预估。根据黑山峡水库运用后河道条件、热力条件等情况,确定下河沿站稳封期平均流量采用 450 m^3/s,石嘴山站流凌日期采用 1 月 1 日,头道拐站封河日期采用 1989~2013 年的多年均值,为 12 月 14 日,三湖河口站平滩流量采用计算的系列后 30 年值。两个模型计算的年最大槽蓄水增量结果见表 10-29。由表 10-29 可见,黑山峡一级方案和二级方案的年最大槽蓄水增量平均为 12.54 亿 m^3 和 13.16 亿 m^3。相较于宁蒙河段 2000~2013 年的槽蓄水增量的均值 14.97 亿 m^3 和最大值 19.39 亿 m^3,一级方案减幅达 16%~35%,二级方案减幅达 12%~32%。可见,黑山峡一级方案和二级方案可以减小或控制宁蒙河段年最大槽蓄水增量,相对而言一级方案作用更加明显。

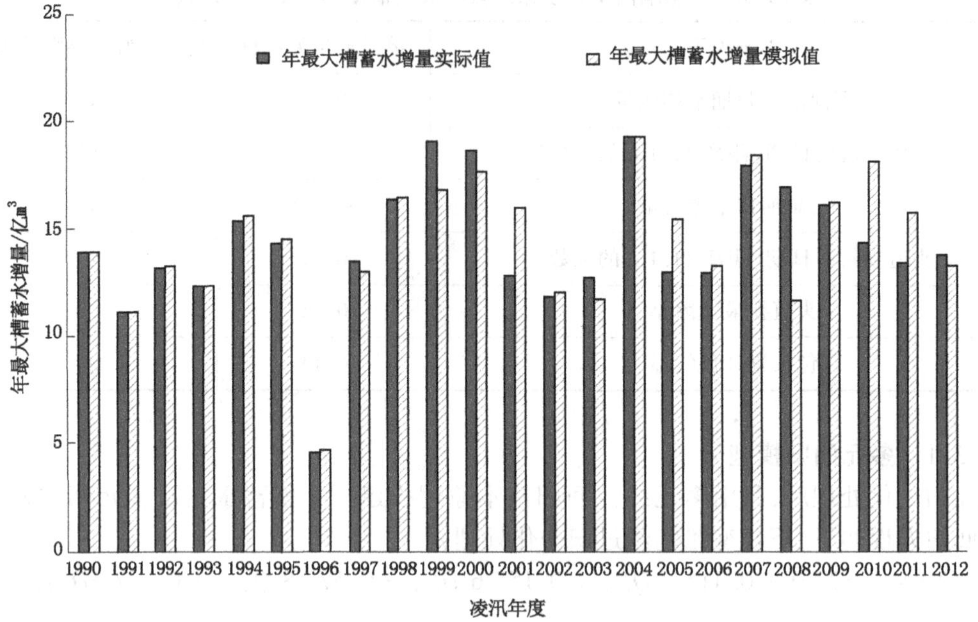

图 10-17　3 层 BP-ANN 模拟年最大槽蓄水增量与实际值对比

表 10-29　年最大槽蓄水增量预估　　单位：亿 m^3

方案	一级方案	二级方案
多元回归	12.01	12.79
BP-ANN	13.06	13.52
平均	12.54	13.16

10.4.4　解除或缓解刘家峡水库的防凌压力

黄河上游以龙羊峡水库、刘家峡水库为龙头的梯级水库，担负着发电、防凌防洪、供水等任务，其联合运用在维持黄河健康生命、保障西北电网安全经济运行、实施全河水量调度以及支撑区域经济社会发展方面发挥着巨大的作用。但是由于水库防凌调度对下泄流量的控制限制了黄河上游水资源综合利用效率的提高及沿黄各省（区）电网电量结构的优化，也使得上游防凌与梯级电站发电、兰州市供水流量要求之间的矛盾较突出。以青海省为例（《黄河上游防凌期水库控制运用关键技术研究》，西安理工大学等，2011 年 9 月），青海省水电装机容量占青海省总装机容量的 80% 以上，夏季青海省电力富余、弃水比较大，冬季为满足宁蒙河段防凌、龙刘水库控制下泄流量，上游梯级电站出力降低，使得青海缺电，且随着近年来青海经济发展对电力需求量的增加，缺电现象更加突出。例如，2007 年、2008 年青海省外购电量 13.28 亿 kW·h、12.41 亿 kW·h，外购电价 223.43 元/千 kW·h、238.81 元/千 kW·h；缺电及高额电价差对青海省人民生活水平提高、社会经济可持续发展都产生了不利影响。现状兰州市城市供水主水源为黄河，当黄河流量低于 300 m^3/s 时，兰州市取水困难，在防凌关键期，如果刘家峡水库大幅压减下泄流量，将会影响兰州市城市供水安全。

黑山峡一级开发大柳树高坝方案刘家峡将不再承担宁蒙河段防凌任务，可有效解决由于刘家峡水库 11 月至翌年 3 月防凌运用带来发电、供水影响问题，提高黄河上游水资源利用效率，优化沿黄各省(区)电网电量结构，提高兰州市城市供水安全。

黑山峡二级开发小观音高坝方案刘家峡仍需承担部分宁蒙河段的防凌任务，现状因刘家峡水库防凌运用带来的发电、供水影响可得到部分缓解。

10.4.5　综合分析

黑山峡河段不同开发方案在宁蒙河段防凌上的作用不尽相同，见表 10-30。一级方案和二级方案均可改善宁蒙河段防凌热力条件，改善宁蒙河段防凌动力条件，减小或控制宁蒙河段年最大槽蓄水增量，只是具体的防凌作用深度略有差别。一级方案刘家峡水库将不再承担宁蒙河段防凌任务，完全解除刘家峡水库的防凌压力，有效解决目前由于刘家峡水库 11 月至翌年 3 月防凌运用带来发电、供水影响问题，提高黄河上游水资源利用效率，优化沿黄各省(区)电网电量结构，提高兰州市城市供水安全，同时将宁蒙河段防洪标准由 20~50 年一遇提高到 100 年一遇；而二级方案只能部分缓解刘家峡水库的防凌压力。低坝四级开发方案，水库库容小，为径流式发电站，对宁蒙河段防凌基本没有作用。

表 10-30　黑山峡河段不同库容规模防凌作用简表

防凌作用	一级方案	二级方案	四级方案
改善热力条件	●●	●●	○
改善动力条件	●●	●●	○
减控年最大槽蓄水增量	●●	●●	○
解除或缓解刘家峡水库防凌压力	●● (解除)	● (缓解)	○

注：●代表具有相应防凌作用及作用程度；○代表无相应防凌作用。

10.5　不同库容规模方案的供水、发电作用

10.5.1　供水作用

10.5.1.1　对满足工农业用水和河道内生态流量的作用

黑山峡水库下泄流量要求满足附近地区生态用水、宁蒙河段工农业用水、河口镇断面最小流量等，特别是需要解决 5~7 月宁蒙河段灌溉高峰期的用水问题，在南水北调西线工程生效前、后需要黑山峡水库提供的调节库容分别为 26.2 亿 m^3 和 25.5 亿 m^3。

一级开发大柳树高坝方案水库淤积 50 年后的调节库容不仅可以满足不同来水年份

工农业供水对水量调节的需要，且可为宁蒙河段、中下游河道减淤增加汛期输沙水量和大流量过程。

低坝四级开发方案为径流式开发，基本没有调节库容，仍需依靠刘家峡水库在5～7月增加下泄水量满足工农业用水和河道内生态水量要求。由于刘家峡水库死水位以上调节库容仅19.5亿m^3，不能满足水量要求，还需要龙羊峡水库增加下泄水量来满足。

二级开发小观音高坝方案的水库淤积50年后调节库容42.9亿m^3，满足宁蒙河段供水要求。

10.5.1.2　改善用水条件作用

一级开发大柳树高坝方案死水位1 330 m，可使宁夏约220万亩灌区由抽水灌溉改为自流灌溉，节省扬水电力、降低供水成本。水库水位抬高后将为解决这一地区的人畜饮水创造极为有利的条件，彻底消灭长期危害群众健康的地方病。与此同时，实施生态绿洲建设项目将部分旱地改为水浇地，有效改善当地生产、生活条件，也可接受无生产生活条件的农牧民异地搬迁，使其逐步脱贫致富，促进贫困农牧民增加收入，促进农村和牧区的经济发展，促进民族团结和社会稳定，为构建和谐社会、保障国家生态安全创造条件。

低坝四级开发方案和其他开发方案，虽然在一定程度上也可以抬高水库水位，但与高坝方案相比，扬水灌区的扬程降低少，将增大供水成本。

10.5.2　发电作用

目前，龙羊峡水库和刘家峡水库共同承担宁蒙河段防凌任务和其他综合利用要求。一级开发大柳树高坝开发方案工程建成后，龙羊峡水库、刘家峡水库和黑山峡水库进行联合运用，由黑山峡水库承担防凌、减淤和供水等任务，使上游梯级电站按照最优发电方式运行，大大增加梯级电站保证出力和发电量。黑山峡河段不同开发方案对流域发电作用大不相同，不同开发方案计算龙羊峡—河口镇河段梯级电能指标成果见表10-31。

表10-31　不同开发方案计算龙羊峡—河口镇河段梯级电能指标成果

方案				保证出力/MW			年发电量/亿kW·h		
				黑山峡	其他电站	合计	黑山峡	其他电站	合计
无西线	电能指标	0	无黑山峡	0	3 898	3 898	0	489	489
		1	一级开发	332	5 488	5 820	70.9	513.0	583.9
		2	二级开发	343	5 404	5 747	70.6	512.3	582.9
		3	四级开发	341	3 898	4 239	63.0	489.2	552.2
	发电效益	1-0	一级开发	332	1 590	1 922	70.9	23.7	94.6
		2-0	二级开发	343	1 506	1 849	70.6	23.1	93.7
		3-0	四级开发	341	0	341	63.0	0	63.0

与黑山峡河段不开发相比，南水北调西线一期工程生效前：

(1)一级开发方案可使黑山峡河段年发电量增加70.9亿kW·h，保证出力增加332

MW,加上高坝开发自身发电作用,龙羊峡—河口镇河段年发电量增加 94.6 亿 kW·h,保证出力增加 1 922 MW。

(2)二级开发方案可使黑山峡河段年发电量增加 70.6 亿 kW·h、保证出力增加 343 MW,加上高坝开发自身发电作用,龙羊峡—河口镇河段年发电量增加 93.7 亿 kW·h,保证出力增加 1 849 MW。

(3)四级开发方案不能增加上游龙羊峡—河口镇河段梯级电站年发电量和保证出力,仅四级电站本身使年发电量增加 63.0 亿 kW·h,保证出力增加 341 MW。

对比可见,各高坝方案建成后,均可通过龙羊峡水库、刘家峡水库和大柳树水库进行联合调蓄,增加上游梯级电站保证出力和发电量。其中,一级开发大柳树高坝方案对电能指标影响最大,大柳树高坝水库承担防凌、减淤和供水等综合利用任务的同时,可以使黑山峡河段以上梯级电站按照最优发电方式运行,增加上游梯级电站保证出力和发电量,对上游梯级发电效益的作用巨大。

10.6 综合分析

10.6.1 不同库容规模方案对黑山峡河段开发需求的满足程度综合比较

10.6.1.1 对调节水沙、维持中水河槽功能需求的满足程度

黄河水少沙多,水沙关系不协调,宁蒙河段河道淤积萎缩,目前正面临严峻的防凌防洪形势;小浪底水库运用后黄河下游防洪形势暂时得到缓解;潼关高程居高不下,对渭河下游防洪不利。从宁蒙河段防凌、河道行洪输沙等方面分析宁蒙河段中水河槽规模应不小于 2 000 m^3/s,对防凌有利的中水河槽规模应达到 3 000 m^3/s。

一级开发大柳树高坝方案,水库运用前 50 年,受水库拦沙和调水调沙双重作用,宁蒙河段年均冲刷 0.04 亿 t,中水河槽得到有效恢复,并维持在 2 500 m^3/s 左右,有西线调水情况下,宁蒙河段年均冲刷量进一步加大,为 0.12 亿 t,中水河槽恢复增大至 3 000 m^3/s 左右;水库运用 50~100 年,水库拦沙能力减弱,50~100 年宁蒙河段年均淤积 0.20 亿 t,中水河槽过流能力基本能够维持在 2 500 m^3/s,有西线调水情况下,宁蒙河段年均淤积 0.18 亿 t,中水河槽基本维持在 3 000 m^3/s;水库运用 100 年以后进入了正常运用期,宁蒙河段年均淤积 0.54 亿 t,在这种情况下,由于水库调水调沙作用,宁蒙河段中水河槽过流能力虽有所减小,但还能维持在较大规模,平滩流量最小 2 000 m^3/s,有西线调水情况下,中水河槽过流能力最小 2 600 m^3/s。大柳树高坝水库除对宁蒙河段有减淤塑槽显著作用外,还为中游骨干水库调水调沙和有效库容恢复提供水流动力条件,协调进入中下游水沙关系,减轻中下游河道淤积,禹潼河段和黄河下游河段年均减淤量分别为 0.22 亿 t、0.34 亿 t(情景方案 1~162 年系列,下同)。可见,一级开发大柳树高坝方案水库尤其是在有西线调水的情况下,可以很好地协调黄河的水沙关系,有效恢复宁蒙河段中水河槽过流能力,并在长时期内维持较大的中水河槽规模,对中下游河段减淤也有较大作用。

二级开发小观音高坝方案,水库运用前 50 年水库处于拦沙期,对宁蒙河段减淤塑槽作用与一级开发大柳树高坝方案水库情况基本相同,宁蒙河段年均冲刷 0.01 亿 t,中水河

槽有效恢复，并维持在 2 500 m^3/s 左右；水库运用 50 年后进入正常运用期，由于宁蒙河段淤积量较大，50～100 年、101～162 年宁蒙河段年均淤积量分别为 0.37 亿 t、0.52 亿 t，中水河槽逐渐减小，在没有西线调水的情况下，不能维持 2 000 m^3/s 的中水河槽规模。二级开发小观音高坝方案水库对中下游河道的减淤作用也明显小于一级开发大柳树高坝，禹潼河段和黄河下游河段年均减淤量分别为 0.02 亿 t、0.19 亿 t。

低坝四级开发方案，由于水库库容小，无法对水沙进行调节。宁蒙河段年均淤积量为 0.64 亿 t，中水河槽不能得到恢复，减小至 1 000 m^3/s 左右。即使调整龙刘水库运用方式，也不能长期维持宁蒙河段较大中水河槽规模，且给流域供水、发电等方面带来严重影响。

综上分析，一级开发大柳树高坝方案水库能够在长时间内满足黄河水沙调节、维持宁蒙河段较大中水河槽规模的功能需求，而二级开发小观音高坝方案能够在一段时期内满足功能需求，低坝四级开发方案不能满足功能需求。

10.6.1.2　对宁蒙河段防凌防洪功能需求的满足程度

南水北调西线一期工程生效前，黑山峡水库的防凌库容需求为 38.4 亿 m^3；南水北调西线一期工程生效后，黑山峡河段水库的防凌库容需求为 57.6 亿 m^3。

一级开发大柳树高坝方案，水库初始调节库容为 85.3 亿 m^3，运用 50 年后剩余调节库容 67.4 亿 m^3 左右，可以长期满足南水北调西线一期工程生效前后的防凌库容需求。

二级开发小观音高坝方案水库初始调节库容 72.6 亿 m^3，运用 50 年后剩余调节库容 42.9 亿 m^3 左右，可长期满足南水北调西线一期工程生效前的防凌库容需求，需要刘家峡水库承担较小库容即可满足南水北调西线一期工程生效后防凌库容。

低坝四级开发方案不提供防凌库容，只能维持现状。现状条件下，一级开发大柳树高坝、二级开发小观音高坝方案建设的高坝大库在防凌方面要明显优于龙刘水库。

1. 水库防凌调度的及时性、有效性要明显高于龙刘水库

高坝大库基本控制了凌汛期进入宁蒙河段的流量过程，流量抵达宁蒙河段的传波时间短了 3 d。在目前凌汛预报技术条件下，水库用于宁蒙河段防凌调度的及时性、有效性要明显高于龙刘水库的防凌作用。例如，水库在调配宁夏灌区引退水，改善目前封河偏早年份出现的小流量封河后，遇大流量退水导致冰塞比较频繁的情况下，水库调度运用将更为直接有效；在开河期，可以根据预报，选择更为适时的水量调控力度来改善开河形势。

2. 水库在减少河道槽蓄水增量方面明显优于龙刘水库

高坝大库凌汛期下泄水温增高影响宁蒙河段冰情范围，要大于刘家峡水库下泄水温影响范围，对缓解宁蒙河段封河期、开河期凌汛紧张状况要明显优于刘家峡水库作用。在水库下泄水温影响下，石嘴山站以上凌汛基本消失，青铜峡—石嘴山河段的槽蓄水增量为零、石嘴山—巴彦高勒河段槽蓄水增量削减，这将直接改善目前内蒙古河段的开河形势。

3. 水库在协调防凌与供水、发电等矛盾方面远比龙刘水库优越

目前龙刘水库防凌调度与供水、发电等各方用水矛盾比较突出。由于现状内蒙古河段淤积比较严重，为改善防凌形势，需要在目前基础上(最小控泄流量已接近兰州市引水最低流量 300 m^3/s 要求)进一步削减凌汛期下泄流量，将影响兰州市供水。水库距离内蒙古河段近，防凌运用制约因素少，与刘家峡水库相比可以适当缩减控泄的时间与力度，在紧急防凌调度时的及时性、有效性和可操作性远优于刘家峡水库。

综上分析，低坝四级开发方案不提供防凌库容，维持宁蒙河段防凌现状。一级开发大柳树高坝水库基本能够在长时期内满足宁蒙河段南水北调西线一期工程生效前后的防凌库容需求；二级开发小观音高坝方案水库联合刘家峡水库能长期满足宁蒙河段南水北调西线一期工程生效后的防凌库容需求。此外，一级开发大柳树高坝、二级开发小观音高坝方案建设的水库对宁蒙河段凌情还有直接影响，改善热力条件和水流动力条件，减少槽蓄水增量，水库用于宁蒙河段防凌调度所需准备时间短，涉及的矛盾少，调度的灵活性、及时性、有效性等方面具有明显优势。

10.6.1.3　对合理调配流域水资源及调控南水北调西线来水需求的满足程度

南水北调西线一期工程生效前后，来水频率为 75% 年份需调节库容分别为 26.2 亿 m^3、25.5 亿 m^3。

一级开发大柳树高坝方案，运用 50 年后剩余调节库容 67.4 亿 m^3 左右，不仅可以协调水量调度和发电运用矛盾，满足不同来水年份工农业供水对水量调节的需要，且在水库蓄满时，还可为宁蒙河段、中下游河道减淤增加汛期下泄水量约 20 亿 m^3 左右。同时西线工程生效前后凌汛期冰下过流能力达到 450 m^3/s、550 m^3/s 左右，可以满足河口镇断面最小流量 250 m^3/s 的要求。

二级开发小观音高坝方案，运用 50 年后剩余调节库容 52.0 亿 m^3 左右，满足不同来水年份工农业供水对水量调节的要求。该方案凌汛期冰下过流能力基本满足河口镇断面最小流量 250 m^3/s 的要求。

低坝四级开发方案，基本没有调节库容，仍需依靠刘家峡水库在 5~7 月增加下泄水量满足工农业和河道生态水量要求。由于目前刘家峡水库死水位以上调节库容仅 19.5 亿 m^3，不能满足水量调节要求，还需龙羊峡水库增加下泄水量来满足。由于该方案河道平滩流量最小仅 1 000 m^3/s，凌汛期适宜的稳封期冰下过流能力仅 170~200 m^3/s，不能满足河口镇断面最小流量 250 m^3/s 的要求。

10.6.1.4　对改善附近地区供水条件、改善民生和保障生态安全需求的满足程度

黑山峡附近地区气候干旱，水资源贫乏，生态环境脆弱，人民生存环境恶劣，饮水十分困难，经济发展十分落后。黑山峡大柳树、二级开发小观音高坝方案建设的大库，由于水库调节库容较大，蓄水位特别是大柳树高坝水库蓄水位高，能够提供稳定可靠的水源，显著改善附近地区的供水条件，一级开发大柳树高坝方案能为黑山峡灌区提供自流引水条件，减少供水成本。同时保障附近地区引水安全，改善城乡人民生活用水水质，为附近地区生态文明建设创造良好条件，改善人居环境。低坝四级开发方案由于为低坝径流式电站，无法向附近地区提供高坝水库所提供的优越水源条件、供水条件。

10.6.1.5　对能源结构调整和新能源开发促进实现碳中和需求的满足程度

新形势下，以黑山峡河段水电开发为依托，建设多能互补新型清洁能源基地是区域能源结构调整和新能源开发促进实现碳中和的重要需求。黑山峡河段开发水力资源，水电站要承担调峰调频任务，日内出库流量过程不稳定，对下游用水特别是凌汛期防凌控制可能造成影响，必须要有反调节水库，估计需要约 3 000 万 m^3 库容进行反调节，二级开发小观音高坝方案大柳树低坝可作为反调节水库，满足库容条件要求。一级开发大柳树高坝

方案，需利用现有水库作为反调节水库，沙坡头水库原始总库容 2 600 万 m^3，但目前淤积后剩余库容仅约 900 万 m^3，不满足反调节库容要求。因此，从增强水力发电站的灵活性、充分发挥多能互补清洁能源基地的作用看，二级开发小观音高坝方案中的小观音方案的大柳树水库作为反调节水库，相对较为有利。

10.6.2　黑山峡河段功能定位

进入中国特色社会主义新时代，为推动黄河生态保护和高质量发展重大国家战略实施，根据《黄河流域生态保护和高质量发展规划纲要》要求，以及促进西部大开发形成新格局、建立更加有效的区域协调发展新机制和加快形成国内大循环为主体、国内国外双循环相互促进的新发展格局等国家战略的要求，进行黑山峡河段开发，具备以下功能和作用：

一是调节水沙，增强全河的水沙调控能力。建设黑山峡水库，增强全河水资源调控能力，对上游梯级电站下泄水量进行反调节，合理安排汛期下泄水量和流量过程，恢复宁蒙河段中常洪水过程，遏制新悬河发育，长期维持宁蒙河段 2 500 m^3/s 左右的中水河槽规模。为中游水库群库区冲刷、排沙保库容和协调中下游水沙关系创造有利条件，年均减少小北干流及下游河道的淤积 0.2 亿~0.3 亿 t。

二是防凌防洪，增强宁蒙河段防洪保安能力。建设黑山峡水库，调控宁蒙河段凌汛期水量、水温，可减少宁蒙河段封河长度，石嘴山以上 300 余 km 河道不再封冻，河道槽蓄水增量减少 20%左右，防凌调度及时灵活，能够有效处置宁蒙河段不利凌情，同时将宁蒙河段防洪标准由 20~50 年一遇提高到 100 年一遇。

三是改善生态，支撑西北生态安全屏障建设。建设黑山峡水库，将提高宁蒙河段生态流量保证率，向生态移民安置区供水，保障附近区域生态环境用水，维系适宜的绿洲规模，阻挡区域沙漠侵蚀合龙，支撑西北生态安全屏障建设。

四是保障供水，改善流域主要是宁蒙地区用水条件。建设黑山峡水库，可有效调控黄河径流过程和未来西线来水，改善区域供水条件，提高供水保证率，使宁夏已建的约 220 万亩灌区抽水灌溉改为自流灌溉，减少抽水扬程，降低供水成本。远期对西线来水进行有效调配，适度发展大柳树生态灌区，保障国家粮食安全。

五是开发水电，促进多能互补清洁能源基地建设。以黑山峡水电开发为依托，可撬动风光资源 4 万 MW 左右，构建 6 万 MW 装机规模的多能互补清洁能源基地，年发电量约 900 亿 kW · h，相当于减少开采和消耗原煤约 5 000 万 t，减少 CO_2 排放量约 9 000 万 t，减少 SO_2 排放量约 270 万 t，减少碳粉尘排放量 2 400 万 t，年发电收益约 280 亿元，碳汇收益约 40 亿元。

除以上功能与作用外，建设黑山峡水利枢纽在库区形成的宽大深水接近 200 km，对促进库区通航和区域文化旅游高质量发展也具有重要意义。

综上，认为黑山峡河段开发建设水利枢纽工程应具备调节水沙、防凌防洪、改善生态、供水、发电，结合南水北调西线工程水量调节等综合利用功能。建议站位黄河保护治理全局，从满足河段开发功能要求的角度进行黑山峡河段开发方案比选。

第11章　结　论

黄河黑山峡河段位于甘肃省与宁夏交界处,下游紧接宁蒙河段,是黄河上游最后一个可以修建峡谷高坝大库的河段,河段出口处控制流域面积 25.2 万 km^2,天然年径流量 317 亿 m^3,占全河水量的 62%。特殊的地理位置使其在黄河治理开发中具有承上启下的战略地位。本次专题论证在以往研究成果基础上,深入研究了黄河主要河段水沙特性及其变化规律,详细剖析了宁蒙河段泥沙淤积原因以及利用修建高坝大库冲刷河道淤积、增加调蓄能力的技术经济可行性、可替代性,系统论证了国家经济发展战略、黄河长治久安对黑山峡河段开发的需求,综合分析确定黑山峡河段开发的功能定位。主要研究结论如下。

11.1　水沙特性与变化

分析了黄河主要是黄河上游水沙、风沙变化及变化成因,基本摸清了上游宁蒙河段粗沙来源及组成,提出了设计水沙条件。

11.1.1　黄河水沙特性与变化

黄河水沙异源,水量主要来自上游,约占黄河来水量的 62%,沙量主要来自中游,约占黄河来沙量的 89%。上游水沙也是异源的,水量主要来自兰州站以上河段,占头道拐站来水量的 99%,而超过 50%的沙量来自兰州至头道拐区间祖厉河、清水河、十大孔兑等支流。黄河水沙量年际变化大,年内分配不均,自然状态下汛期水量占全年水量的 60%左右,汛期沙量占全年沙量的 80%以上。1987 年以后,黄河水沙量大幅减少,水沙量减少程度在空间上分布不均,沙量减少主要集中在中游尤其是头道拐至龙门区间,水量减少主要集中在头道拐站以上河段;水沙量减少的同时径流量年内分配及过程发生显著变化,刘家峡水库以下汛期水量占全年的比例由 1968 年以前的 60%左右减少至 1987 年以后的 40%左右,汛期有利于输沙塑槽的大流量历时明显减少,潼关站、下河沿站日均流量大于 2 000 m^3/s 的天数由 1968 年以前的 78.4 d、54.0 d 减少至 1987 年以后的 15.3 d、4.2 d。

11.1.2　宁蒙河段水沙组成及变化成因

宁蒙河段水沙来源包括干流水沙、区间支流水沙和入黄风积沙。1987 年以后,干流下河沿站来水来沙量减少,汛期水量比例降低,有利于输沙塑槽的大流量过程减少;区间支流水沙量有增有减,没有明显的趋势性变化;入黄风积沙量减小。宁蒙河段水沙变化受上游水库拦蓄、经济社会用水增加、支流水利水保措施减水减沙等人类活动影响及降水、风速变化等自然因素影响,这些影响因素不同程度地减少了近期进入宁蒙河段的水沙量,其中水库拦沙是宁蒙河段干流来沙减少的主要影响因子,2000 年以后支流水保措施减沙影响增强;风速减弱是宁蒙河段入黄风积沙量减少的主要影响因子。

宁蒙河段粗沙来自干流、支流及两岸入黄风积沙，大于0.05 mm粗沙尤其是大于0.1 mm的粗沙主要来自宁蒙河段区间的支流和风积沙，占60%~75%。2000年以前宁蒙河段粗沙量变化不大，近十余年粗沙量明显减少，1960~1968年、1969~1986年、1987~1999年、2000~2018年大于0.05 mm的粗沙量分别为0.654亿t、0.568亿t、0.663亿t、0.259亿t，大于0.08 mm的粗沙量分别为0.475亿t、0.426亿t、0.467亿t、0.208亿t，大于0.1 mm的粗沙量分别为0.355亿t、0.330亿t、0.336亿t、0.169亿t。

11.1.3 设计水沙条件

在对黄河水沙尤其是黄河上游宁蒙河段水沙变化分析研究的基础上，结合专题论证需要，考虑下垫面条件变化、水资源开发利用等多方面因素，预估未来长时期黄河上游宁蒙河段下河沿站来水量285亿m^3左右，黄河中游四站来水量270亿m^3左右；预估未来长时期黄河上游宁蒙河段下河沿站来沙量约1亿t，区间支流来沙量0.6亿t左右，入黄风积沙量0.16亿t，黄河中游来沙量采用8亿t、6亿t两个情景方案，并选取1956~2010年54年系列循环3次组成162年的水沙代表系列。

11.2 河道冲淤变化特征与成因

研究了黄河干流主要冲积性河段主要是宁蒙河段不同时期冲淤变化，深入剖析了宁蒙河段1986年以来的淤积萎缩特点及淤积原因。

11.2.1 宁蒙河段冲淤变化

从1960年以来冲淤量变化看，20世纪80年代以前宁蒙河段冲淤交替，略有冲刷，1960~1968年年均冲刷量0.327亿t。80年代中期以后至21世纪初宁蒙河段淤积萎缩严重。淤积主要发生在汛期，集中在内蒙古冲积性河段尤其是三湖河口—头道拐河段，集中在小于0.1 mm的各粒径组泥沙，集中在河槽，导致断面萎缩，同流量水位显著升高，过流能力下降，河段平均平滩流量由3 000~4 000 m^3/s快速下降至2000年左右的1 500 m^3/s左右，2004年平滩流量最小，不足1 000 m^3/s，之后随着上游来水转丰，特别是2012年、2018~2020年等稀遇连续丰水年份，主槽发生冲刷有所恢复，2018年平均平滩流量达到2 500 m^3/s左右。

11.2.2 宁蒙河段淤积原因

宁蒙河段的水沙条件（包括干流水沙、支流水沙以及引水等）是宁蒙河段冲淤变化的主要影响因子。根据宁蒙河段水沙来源情况，分别从多个方面对宁蒙河段淤积加重原因进行了剖析。分析表明，宁蒙河段区间支流来水来沙和入黄风积沙、灌区引水以及青铜峡、三盛公水库排沙对河道淤积萎缩的影响较小，干流来水量减少和来水过程改变尤其是龙刘水库联合运用对干流来水过程的显著改变，包括减少了汛期水量以及大流量过程，是导致宁蒙河段淤积特别是20世纪80年代中期至21世纪初河道淤积萎缩的主要原因。

11.3　宁蒙河段泥沙输移与洪水冲淤特性

分析了宁蒙河段河床泥沙组成，通过理论与实测资料分析、物理模型试验和数学模型计算研究分组泥沙冲淤和起动特性，提出了河床泥沙起动条件以及有利于宁蒙河段尤其是内蒙古河段泥沙输移的水沙条件。

11.3.1　宁蒙河段泥沙起动与输移形式

宁蒙河段大部分河道为平原冲积性河道，大部分河段河床泥沙为沙质组成，中数粒径、平均粒径范围一般在 0.05~0.22 mm，巴彦高勒以上略大于 0.2 mm，巴彦高勒以下一般不足 0.2 mm，多在 0.15~0.2 mm，与目前黄河下游高村以上河段的河床泥沙组成相似。虽然河槽泥沙相对较粗，但在河槽泥沙中小于 0.1 mm 的泥沙仍然还有 10%~30%。

理论计算分析表明，宁蒙河段河床泥沙属于泥沙起动流速较小颗粒范围，河槽、滩地泥沙起动流速一般不超过 0.6 m/s，从宁蒙河段实测流量与流速关系判断，来水流量大于 1 500 m^3/s 后，河槽泥沙就容易起动。宁蒙河段河床大部分沙质组成在水流强度较大时都有可能以悬移形式运移，持续大流量以足够的水流强度作用于河床，可以使粗颗粒泥沙更多地以悬移形式向下游输移。

物理模型试验表明，宁蒙河段各个河段水流输沙能力随着流量增大而增大。一定流量条件下，河道均能发生冲刷，模型试验进一步验证了宁蒙河段河床泥沙起动、冲刷条件，河床泥沙即使粗颗粒泥沙也可以被冲刷输移，流量大于 2 000 m^3/s 的低含沙量水流可使内蒙古河段床面上粒径 0.1 mm 以上的沙质推移质运动有较大规模，被冲刷的泥沙除一部分呈推移质运动形式外，还有一部分在近河底处呈悬移质运动状态，容易同床面泥沙发生交换。

数学模型计算表明，通过有效的水沙搭配关系和持续的洪水过程，可以使主槽得到有效冲刷。主槽的冲刷强度随着流量的增加呈现增大的趋势，持续的洪水过程可使内蒙古河段河槽得到有效冲刷，实现有利的淤滩刷槽局面；河道冲淤特性与来水来沙条件之间存在非线性的响应关系，流量 1 500 m^3/s 以下的水流挟沙能力较小，随着流量增大，挟沙能力增大，流量 2 000 m^3/s 时水流挟沙力明显增大，0.05 mm 以上的泥沙在大流量过程作用下能够实现长距离输移。

11.3.2　宁蒙河段干支流洪水冲淤特性

干流漫滩洪水，多为淤积，但是以滩地淤积、主槽冲刷为主，有利于恢复和塑造中水河槽，2012 年典型洪水证实了漫滩洪水的“淤滩刷槽”作用。干流非漫滩洪水，随着含沙量级的增大，整个宁蒙河段逐步由冲刷转为淤积；随着流量级的增大，整个宁蒙河段由淤积逐步转为冲刷或者淤积效率降低。各分组泥沙在不同水流条件下均能不同程度的得到输移；洪水含沙量 7 kg/m^3 以下，随着流量的增大，河床发生不同程度的冲刷，冲刷效率随着流量增大而增大，流量 2 500~3 000 m^3/s 时有利于宁蒙河段全线冲刷且冲刷效率达到最大，流量大于 3 000 m^3/s 以后冲刷效率减小。洪水含沙量 7 kg/m^3 以上，随着流量的增大，淤积效率逐渐降低，流量大于 2 500 m^3/s 以后转为冲刷。

支流洪水一般具有峰高量大、历时短、含沙量高的特点，支流来沙期间容易造成河道淤积，淤积程度与干流来水流量大小密切相关，干流来水流量越大，河道淤积程度越小，排沙比尤其是粗沙排沙比越大，干流来水条件是减少支流洪水期淤积及其淤后泥沙输移的关键。

11.4　黄河水沙调节对黄河黑山峡河段开发的需求

在对黄河重点治理河段现状、存在问题与对策分析的基础上，提出了重点河段治理对策，重点研究了全河水沙联合调控和宁蒙河段输沙塑槽对黑山峡河段开发的需求。

11.4.1　重点治理河段现状、存在问题及治理对策

分析了黄河下游河段、潼关河段、宁蒙河段目前治理现状与存在问题。小浪底水库建成运用后，黄河下游河道持续冲刷，中水河槽过流能力恢复扩大至 4 650 m^3/s，同时进行了大规模的标准化堤防、河道整治工程建设，使黄河下游防洪压力暂时得到缓解。潼关河段采取了改变三门峡水库运用方式、清淤疏浚等一系列措施，阻止了潼关高程进一步抬升，维持在 328 m 左右，仍然居高不下。宁蒙河段开展了河防工程建设、分滞洪区建设，提高了抗御洪水能力，但宁蒙河段中水河槽过流能力不能长期维持较大的中水河槽规模，未来防凌防洪形势仍将十分严峻。针对重点河段治理存在问题，结合治理规划及治黄实践经验，提出要按照“增水、减沙，调控水沙”的基本思路进行治理，遏制悬河发育，长期维持适宜的中水河槽规模。

11.4.2　有利于宁蒙河段输沙塑槽的水沙调控指标

从宁蒙河段泥沙输移、河道冲淤和塑槽等多方面分析论证提出宁蒙河段调控指标，调控流量宜控制在 2 500~3 000 m^3/s。现阶段，考虑河道条件以及沿河两岸用水影响，调控大流量控制在 2 500 m^3/s，一次历时应不小于 15 d。南水北调西线一期工程生效后，调水调沙水量增加，调控大流量可逐步增加到 3 000 m^3/s。考虑宁蒙河段干、支流洪水泥沙特点，确定 7 月中旬至 9 月下旬为主汛期，上游水库进行调水调沙，对水沙过程进行优化；7 月中旬至 8 月下旬是宁蒙河段支流尤其是内蒙古十大孔兑主要来沙期，也是中游支流主要来沙期，应泄放大流量防止淤堵干流河道。

11.4.3　黑山峡水库满足黄河水沙调控的库容需求

当前，黄河水沙调控体系不完善。上游以龙羊峡水库、刘家峡水库为主的水量调控体系，在对流域水资源调配的同时，也因汛期大量蓄水带来的负面影响难以消除，造成宁蒙河段水沙关系恶化、河道淤积萎缩形成新悬河，对中下游水沙关系也造成不利影响。根据宁蒙河段干支流水沙关系调节需求，以及协调黄河中下游水沙关系、促进中游水库有效库容恢复和保持的有关需求，分析了黑山峡水库水沙调控库容规模，南水北调西线一期工程生效前低限的水沙调控库容为 21 亿 m^3 左右，南水北调西线一期工程生效后为 23.6 亿

m^3 左右。

11.5 黄河凌情特征与防凌防洪对黑山峡河段开发的需求

黄河凌汛主要发生在黄河下游河段和黄河上游的宁蒙河段特别是内蒙古河段。小浪底水库运用后基本解除了下游凌汛威胁。因此,重点研究了宁蒙河段凌情特征、凌汛成因以及现状防凌存在问题,提出了宁蒙河段防凌防洪对黑山峡河段开发的需求。

11.5.1 宁蒙河段凌情特征与变化成因

从凌情特征日期、凌情特征指标、槽蓄水增量、封开河水位流量、冰塞冰坝等方面分析了宁蒙河段重点是内蒙古河段凌情变化。分析结果表明,近年来内蒙古河段流凌、封河时间略有推迟、开河时间提前,封河期缩短;槽蓄水增量显著增加,巴彦高勒站、三湖河口站封开河水位明显上升,漫滩水位持续时间长;凌灾损失增加,防凌形势更加严峻。分别从影响凌情变化的水动力条件、热力条件和河道边界条件三方面研究了凌情变化,近期水库防凌调度对凌汛期流量过程的控制以及近年来宁蒙河段冬季气温总体偏暖是有利于宁蒙河段防凌的,但是由于平滩流量减小导致冰下过流能力降低、槽蓄水增量增加使得防凌极为不利,同时多发的气温异常升降事件对防凌调度提出了更高要求。

11.5.2 宁蒙河段现状防凌存在的主要问题

在对龙刘水库防凌调度总结以及龙刘水库联合海勃湾水库防凌运用分析研究基础上,结合目前防凌工程建设现状,分析研究了宁蒙河段防凌存在问题。现状工程条件下,无法长期维持宁蒙河段较大的中水河槽规模。龙刘水库由于距离内蒙古河段远,无法有效控制区间来水以及宁蒙灌区冬季引水退水,防凌调度不够及时、灵活,不能有效控制槽蓄水增量,难以有效处置突发凌情,且水库防凌调度与发电、供水矛盾突出,水库防凌调度压力大。海勃湾水库原始调节库容为4.43亿 m^3,淤积10年、50年后的调节库容分别为1.84亿 m^3,0.54亿 m^3,由于调节库容小,对龙刘水库防凌辅助作用有限。应急分洪区由于位置和库容条件限制,被动防守,也不能有效解决内蒙古河段的凌洪问题。

11.5.3 宁蒙河段适宜的中水河槽规模

宁蒙河段防凌需要维持较大的中水河槽规模,通过对宁蒙河段防凌、河道行洪输沙等方面分析了宁蒙河段适宜的中水河槽规模,提出中水河槽规模应不小于2 000 m^3/s,对防凌有利的中水河槽规模应达到3 000 m^3/s。结合水沙条件分析了可能塑造的中水河槽规模,提出在南水北调西线工程生效前,通过水库优化水沙过程,可以使宁蒙河段中水河槽规模不小于2 000 m^3/s,达到2 500 m^3/s 左右,南水北调西线调水后,宁蒙河段中水河槽过流能力可以进一步增大,达到3 000 m^3/s 左右。

11.5.4 防凌控泄流量与防凌库容需求

1986年以来宁蒙河段堤防先后发生7次决口,其中6次凌汛决口,给沿河两岸地区造成巨大损失。沿河两岸地区群众对保障黄河防凌防洪安全的呼声越来越高，解决好流域人民群众特别是少数民族群众关心的防洪安全、饮水安全、生态安全等问题，是黄河流域生态保护和高质量发展的基本要求。在对宁蒙河段凌情发展过程充分认识的基础上，分析了内蒙古河段封河流量、稳封期流量和开河关键期流量等重要控制指标，研究明确了中水河槽变化对冰下过流能力、槽蓄水增量影响，考虑黑山峡水库至内蒙古河段区间流量变化，提出南水北调西线一期工程生效前后黑山峡水库适宜的防凌控制流量。根据黄河水沙调控体系的总体运用要求，以充分发挥龙刘水库对黄河水资源和南水北调西线入黄水量的配置作用，充分发挥黄河上游梯级电站发电效益为原则，提出黑山峡水库独立承担宁蒙河段防凌的库容需求为：南水北调西线一期工程生效前为 38.4 亿 m^3，南水北调西线一期工程生效后为 57.6 亿 m^3。

11.6　流域水资源合理调配对黑山峡河段开发的需求

分析了黄河径流量变化和流域水资源配置要求，以充分发挥龙羊峡水库、刘家峡水库对黄河水资源和南水北调西线入黄水量的配置作用为基本原则，分析提出了水资源合理调配对黑山峡河段开发的需求。

（1）黄河流域水资源年内和年际分配不均，来水与用水在地区和时间上不相适应，刘家峡水库至万家寨水库近 1 600 km 河段无大的调蓄工程，难以保障黄河大“几”字弯工农业、城镇、生态用水安全。黑山峡河段以上是黄河上游水电基地，是西北电网的主要调峰电源，发电调度与防凌、供水矛盾突出，灌溉高峰期发电出力大，凌汛期发电出力严重下降，调峰运行受到严重影响。合理调配黄河水资源，协调上游防凌、供水与发电矛盾对黑山峡水利枢纽工程提出了需求。

（2）黄河流域属于资源性缺水流域。随着黄河流域经济社会的迅速发展和人民生活水平的提高，水资源严重短缺的局面将进一步加剧。按照 1956~2010 年径流系列分析的流域水资源供需形势，即使在强化节水用水模式下，2035 年水平流域多年平均河道外缺水总量将由现状的 82.09 亿 m^3 增加到 133.1 亿 m^3，枯水年份缺口更大，缺水形势十分严峻。南水北调西线工程是国家“四横三纵”骨干水网工程的重要组成部分，实施南水北调西线一期工程可缓解流域缺水形势。南水北调西线工程从长江上游干支流调水进入黄河上游，需要有一个“大水盆”。支撑国家骨干水网建设、西线调水水量进行合理调配对黑山峡河段开发提出了需求。

（3）根据黄河水沙调控体系的总体运用要求，以满足黑山峡河段以上的工农业用水和充分发挥梯级水电站发电效益为重要任务，利用 1956~2010 年长系列进行龙羊峡、刘家峡、黑山峡等梯级水库联合调节计算，南水北调西线一期工程生效前，满足 5~7 月工农业用水和河口镇断面最小流量要求的调节库容为 26.2 亿 m^3；南水北调西线一期工程生效后，满足 5~7 月工农业用水和河口镇断面最小流量要求的调节库容为 25.5 亿 m^3。

11.7　国家经济发展战略对黑山峡河段开发的需求

从国家经济发展战略层面，宏观分析了地区经济社会发展趋势和战略布局、保障附近地区供水安全、保障生态安全与改善民生需求、水电开发与供电安全等方面对黑山峡河段开发的需求。

(1)受国家宏观经济环境变化和经济发展方式转变的影响,黑山峡河段甘肃、宁夏、内蒙古和陕西四省(区)经济社会发展面临困扰。但随着黄河流域生态保护和高质量发展重大国家战略、西部大开发战略、"一带一路"倡议等实施,以及国务院印发的《全国主体功能区规划》《国家新型城镇化规划》等重大规划的推进,在我国能源安全、粮食安全、城镇化建设、生态文明建设、区域协调发展等方面进行了一系列的战略布局,黑山峡河段附近地区经济社会发展面临新的机遇。依托能源、矿产等资源优势建立的工业格局仍在经济发展中具有重要地位,能源基地发展对水资源的需求依然呈刚性增长,对黑山峡河段开发调配水资源提出了要求。

(2)黑山峡河段地区煤炭资源十分丰富,是我国重要的能源和重化工基地,已成为黄河流域乃至国家能源发展战略总体布局的主体,在国家能源发展战略总体布局中具有举足轻重的地位,确保水资源有效、稳定供给是黑山峡地区能源发展的重中之重,对黑山峡河段合理开发利用水资源提出了要求。

(3)面对近年来我国耕地资源、水资源农转非的严重现象,以及华北、东北产粮区地下水超采、土壤污染等环境问题,未来我国粮食安全保障面临着严峻考验。综合当前农业发展逐渐向规模化和现代化发展的趋势,充分发挥现有灌溉面积的经济效益,在巩固已有灌区的基础上,为保障粮食安全及实现乡村振兴,结合土地资源条件和西线工程调水,发展部分生态移民灌区,保障移民生活生产发展基本用水。区域生产粮食安全对黑山峡河段开发提出了要求。

(4)黑山峡河段人民生活水平比较低,干旱缺水、自然条件恶劣等是其主因,水资源短缺制约了人民生产生活水平的提高,同时也是黑山峡河段脆弱的生态环境中最为重要的限制性因子;黑山峡河段开发,对于落实黄河流域生态保护和高质量发展重大国家战略、"一带一路"倡议及西部大开发战略等起到支撑作用,可以缓解黄河上游电力不足和中游水资源供需矛盾、调节黄河水沙和防凌防洪,加快西部地区的经济发展,缩小东西部差距,改善西部地区的生态环境,维护民族团结,促进社会稳定。

(5)黑山峡河段是构成我国生态安全屏障的重要部分,是阻止"五大沙漠"握手的生态绿带,但周边地区脆弱的生态环境对我国整体生态安全构成巨大威胁,同时严重制约了地区经济社会的发展,对下游黄河干流河道的生态安全产生极为不利的影响。加快黑山峡河段生态安全建设,阻隔沙漠扩张,依托黄河保证稳定的生态水量供给,是实现西北地区自身可持续发展的基本需求,是保障我国中东部地区及下游黄河干流河道生态安全的重要手段,是推进落实黄河流域生态保护和高质量发展重大国家战略、"一带一路"倡议及西部大开发战略等的必然要求。

(6)西北电网是国家"西电东送"的重要骨干网络,黑山峡河段开发可增强区域电力外送能力;同时,水电作为调节灵活的清洁能源,可承担系统调频、调相的作用,提高系统调峰容量,其调峰能力可增加西北地区新能源装机容量,有利于西北地区新能源的扩大发展,推进风电、光电、水电、火电多能互补,缓解弃风弃电弃水的现象,提升新能源发电就地消纳能力;水电替代火电,可有效降低二氧化碳、二氧化硫、氮氧化物、烟尘等大气污染物排放量,促进空气质量好转,有效减少大气污染。

11.8 黑山峡水库库容需求综合分析与替代方案研究

结合黄河水沙调节、防凌、水资源合理调配以及国家经济发展战略等方面对黑山峡河段开发需求分析,研究了需要的库容设置及相互关系,提出了黑山峡河段开发库容要求,研究了可能的替代方案。

11.8.1 黑山峡河段开发库容需求

黑山峡河段开发面临多个方面的需求,一是调节水沙,增强全河的水沙调控能力;二是防凌防洪,增强宁蒙河段防洪保安能力;三是改善生态,促进区域高质量发展;四是保障供水,改善流域主要是宁蒙地区用水条件;五是开发水电,促进实现"双碳"战略目标。

根据黑山峡河段各项开发需求,分析了7月中旬至9月水沙调控库容、11月至翌年3月防凌库容、5~7月供水库容等不同需求库容设置要求以及相互关系,提出了黑山峡河段开发需求库容为:南水北调西线一期工程生效前,黑山峡水库库容需求为40.8亿m^3。南水北调西线工程生效后,黑山峡水库库容需求为57.6亿m^3。据此,结合现状工程条件,分析研究了黑山峡河段目前可能承担的库容规模和可能的替代性方案。

11.8.2 龙刘水库运用方式调整研究

调整龙刘水库运用方式,减少水库汛期蓄水量,对减少宁蒙河段淤积、恢复中水河槽行洪输沙功能具有一定的作用,汛期少蓄水25亿~40亿m^3,宁蒙河段年均淤积减淤量为0.1亿~0.2亿t,平滩流量恢复200~400 m^3/s,宁蒙河段仍然维持较高的淤积水平和较小的中水河槽规模;汛期少蓄水40亿m^3方案,宁蒙河段淤积量为0.4亿t左右,平滩流量维持在1 700 m^3/s,不能解决宁蒙河段防凌防洪问题。同时由于龙刘水库运用方式调整,给流域的供水、发电带来严重影响,汛期少蓄水40亿m^3方案河道外配置水量减少18.9亿m^3,将严重影响黄河流域经济社会供水;减少保证出力1 766 MW,减少非汛期发电量106.9亿kW·h,将影响西北电网调峰和"西电东送"的高峰期送电任务,严重影响电网的供电安全,同时,由于非汛期电量减少、汛期弃水增加,也会对电力工业占用相当比重的青海省和甘肃省的经济发展带来不利影响。

11.8.3 宁蒙河段治理措施综合研究

通过分析调整龙刘水库运用方式、修建黑山峡水库和南水北调西线一期工程、加高两岸堤防、治理水土流失、挖河疏浚等治理措施。认为要减轻或根治宁蒙河段洪凌灾害,不能只靠单一的途径或单一的工程措施,需要多种措施相互配合。黑山峡河段开发对宁蒙河段治理具有十分重要的意义,要在已建工程的基础上修建黑山峡高坝大库和建设南水北调西线工程,增加河道内汛期水量、调水调沙维持中水河槽。在重大和根本措施实施之前的相对长时期内,宁蒙河段还需要继续开展堤防工程建设、水土保持以及局部挖河疏浚等措施,宁蒙河段的长治久安,需要多种措施相互配合。

11.9 黑山峡水库不同库容规模作用与河段功能定位

结合水库淹没调查、环境影响评价、方案比选专题成果提出的开发方案，研究了黑山峡河段不同开发方案水库运用方式，通过库区、河道泥沙冲淤计算，分析研究了不同开发方案对黄河三大冲积性河段尤其是宁蒙河段的减淤塑槽作用，以及不同开发方案对防凌、供水、发电等方面作用，结合不同开发方案的淹没影响、环境影响，考虑现实与可能，明确了黑山峡河段开发功能定位。

进入中国特色社会主义新时代，为推动黄河生态保护和高质量发展重大国家战略实施，根据《黄河流域生态保护和高质量发展规划纲要》要求，以及促进西部大开发形成新格局、建立更加有效的区域协调发展新机制和加快形成国内大循环为主体、国内国外双循环相互促进的新发展格局等国家战略的要求，进行黑山峡河段开发，具备以下功能和作用：

一是调节水沙，增强全河的水沙调控能力。建设黑山峡水库，增强全河水资源调控能力，对上游梯级电站下泄水量进行反调节，合理安排汛期下泄水量和流量过程，恢复宁蒙河段中常洪水过程，遏制新悬河发育，长期维持宁蒙河段 2 500 m^3/s 左右的中水河槽规模。为中游水库群库区冲刷、排沙保库容和协调中下游水沙关系创造有利条件，年均减少小北干流及下游河道的淤积 0.2 亿~0.3 亿 t。

二是防凌防洪，增强宁蒙河段防洪保安能力。建设黑山峡水库，调控宁蒙河段凌汛期水量、水温，可减少宁蒙河段封河长度，石嘴山以上 300 余 km 河道不再封冻，河道槽蓄水增量减少 20%左右，防凌调度及时灵活，能够有效处置宁蒙河段不利凌情，同时将宁蒙河段防洪标准由 20~50 年一遇提高到 100 年一遇。

三是改善生态，支撑西北生态安全屏障建设。建设黑山峡水库，将提高宁蒙河段生态流量保证率，向生态移民安置区供水，保障附近区域生态环境用水，维系适宜的绿洲规模，阻挡区域沙漠侵蚀合龙，支撑西北生态安全屏障建设。

四是保障供水，改善流域主要是宁蒙地区用水条件。建设黑山峡水库，可有效调控黄河径流过程和未来西线来水，改善区域供水条件，提高供水保证率，使宁夏已建的约 220 万亩灌区抽水灌溉改为自流灌溉，减少抽水扬程，降低供水成本。远期对西线来水进行有效调配，适度发展大柳树生态灌区，保障国家粮食安全。

五是开发水电，促进多能互补清洁能源基地建设。以黑山峡水电开发为依托，可撬动风光资源 4 万 MW 左右，构建 6 万 MW 装机规模的多能互补清洁能源基地，年发电量约 900 亿 kW · h，相当于减少开采和消耗原煤约 5 000 万 t，减少 CO_2 排放量约 9 000 万 t，减少 SO_2 排放量约 270 万 t，减少碳粉尘排放量 2 400 万 t，年发电收益约 280 亿元，碳汇收益约 40 亿元。

除以上功能与作用外，建设黑山峡水利枢纽在库区形成的宽大深水水面接近 200 km，对促进库区通航和区域文化旅游高质量发展也具有重要意义。

综上，认为黑山峡河段开发建设水利枢纽工程应具备调节水沙、防凌防洪、改善生态、供水、发电，结合南水北调西线工程水量调节等综合利用功能。建议站位黄河保护治理全局，从满足河段开发功能要求的角度进行黑山峡河段开发方案比选。

参考文献

[1] 刘晓燕,等. 黄河近年水沙锐减成因[M]. 北京:科学出版社,2016.

[2] 汪岗,范昭. 黄河水沙变化研究:第一卷[M]. 郑州:黄河水利出版社,2002.

[3] 汪岗,范昭. 黄河水沙变化研究:第二卷[M]. 郑州:黄河水利出版社,2002.

[4] 杨根生,拓万全,戴丰年,等. 风沙对黄河内蒙古河段河道泥沙淤积的影响[J]. 中国沙漠,2003,23(2):152-159.

[5] 中国科学院兰州沙漠所黄土高原考察队. 黄河沙坡头:河曲河段风成沙入黄沙量的估算[J]. 人民黄河,1988(1):14-20.

[6] 杜鹤强,薛娴,王涛,等. 1986—2013 年黄河宁蒙河段风蚀模数与风沙入河量估算[J]. 农业工程学报,2013,29(14):210-219.

[7] 张翔,李鹏,张洋,等. 东柳沟沉积泥沙粒径空间分布与特征[J]. 水土保持学报,2015(2):75-148.

[8] 郑艳爽,刘树君,彭红,等. 黄河典型冲积性河道输沙能力影响因素分析[J]. 人民黄河,2012(10):34-36.

[9] 侯素珍,王平,郭秀吉. 黄河内蒙古段河道冲淤对水沙的响应[J]. 泥沙研究,2015(2):61-66.

[10] 汪宏芳,贾晓鹏,王海兵. 黄河内蒙古段淤积泥沙洪水冲刷效应[J]. 中国沙漠,2017(4):1143-1149.

[11] 秦毅,张晓芳,王凤龙,等. 黄河内蒙古河段冲淤演变及其影响因素[J]. 地理学报,2011(3):324-330.

[12] 师长兴,范小黎,邵文伟. 黄河内蒙河段河床冲淤演变特征及原因[J]. 地理学报,2013(5):787-796.

[13] 张冠英. 黄河沙漠宽谷段河床演变特征及影响因素[J]. 人民黄河,2012(12):40-42.

[14] 苏晓慧,张晓华,田世民,黄河上游宁蒙河段水沙变化特征分析[J]. 人民黄河,2013(2):13-15.

[15] 冉大川,姚文艺,张攀. 黄河头道拐站水沙来源空间分布及其影响因素[J]. 泥沙研究,2015(2):43-48.

[16] 贺莉. 近 50 a 黄河宁蒙河段输沙量的沿程变化规律[J]. 人民黄河,2012(12):34-36.

[17] 吴保生. 内蒙古十大孔兑对黄河干流水沙及冲淤的影响[J]. 人民黄河,2014(10):5-8.

[18] 余明辉,申康,张俊宏,等. 黄河宁蒙河段河道岸滩特性及入黄泥沙来源初步分析[J]. 泥沙研究,2014(8):39-43.

[19] 刘晓燕,侯素珍,常温花. 黄河内蒙古河段主槽萎缩原因和对策[J]. 水利学报,2009(9):1048-1054.

[20] 翟家瑞,钱云平. 黄河宁蒙河段防洪形势分析与对策[N]. 黄河报,2006-03-07(3).

[21] 冯国华,朝伦巴根,高瑞忠,等. 黄河内蒙古段防凌对策研究[J]. 水文,2009(2):47-49.

[22] 龙虎,杜宇,邬虹霞,等. 黄河宁蒙河段河道淤积萎缩及其对凌汛的影响[J]. 人民黄河,2007(3):25-26.

[23] 可素娟,吕光圻,任志远. 黄河巴彦高勒河段冰塞机理研究[J]. 水利学报,2000(7):66-69.

[24] 周丽艳,鲁俊,张建. 黄河宁蒙河段沙量平衡法冲淤量的计算及修正[J]. 人民黄河,2008(7):30-31.

[25] 张建,周丽艳,陶冶. 黄河宁蒙河段冲淤演变特性分析[J]. 人民黄河,2008(8):43-44.

[26] 侯素珍,王平,常温花,等. 黄河内蒙古河段冲淤量评估[J]. 人民黄河,2007(4):21-23.
[27] 鲁俊,周丽艳,张厚军,等. 黄河青铜峡水库排沙对下游河道冲淤的影响[J]. 人民黄河,2012(3):19-21.
[28] 李秋艳,蔡强国,方海燕. 黄河宁蒙河段河道演变过程及影响因素研究[J]. 干旱区资源与环境,2012(2):68-73.
[29] 晓萌,贾晓鹏,王海兵,等. 黄河宁蒙河段粗泥沙重矿物特征及其指示意义[J]. 中国沙漠,2013(7):1000-1007.
[30] 窦国仁. 再论泥沙起动流速[J]. 泥沙研究,1999(12):1-9.
[31] 韩其为. 泥沙起动规律及起动流速[J]. 泥沙研究,1982(6):11-26.
[32] 唐存本. 泥沙起动规律[J]. 水利学报,1964(8):69-73.
[33] 张红武. 泥沙起动流速的统一公式[J]. 水利学报,2012(12):1387-1396.
[34] 侯素珍. 黄河内蒙古河段近期演变规律分析[J]. 人民黄河,1996,18(9):43-44.
[35] 侯素珍,常温花,王平,等. 黄河内蒙古段河道萎缩特征及成因[J]. 人民黄河,2007, 29(1):25-26.
[36] 龙虎,杜宇,邬虹霞,等. 黄河宁蒙河段河道淤积萎缩及其对凌汛的影响[J]. 人民黄河,2007,29(3):25-26.
[37] 申冠卿,张原锋,侯素珍,等. 黄河上游干流水库调节水沙对宁蒙河道的影响[J]. 泥沙研究,2007(2):67-75.
[38] 沙玉清. 泥沙运动学引论[M]. 西安:陕西科学技术出版社,1996.
[39] 窦国仁. 全沙模型相似律及设计实例[J]. 水利水运科技情报,1977(3): 1-20.
[40] 舒安平. 水流挟沙力公式的验证与评述 [J]. 人民黄河,1993,14(1):11-13.
[41] 张红武,张清. 黄河水流挟沙力公式的计算 [J]. 人民黄河,1992,13(11):7-9.
[42] 邓贤艺,曹如轩,钱善琪. 水流挟沙力双值关系研究[J]. 水利水电技术,2000(9):9-11.
[43] 姜德文. 论黄河干流内蒙古段泥沙危害及其防治[J]. 水土保持通报, 1998, 18(6): 4-7.
[44] 赵文林,程秀文,侯素珍,等. 黄河上游宁蒙河道冲淤变化分析[J]. 人民黄河, 1999(6):11-14.
[45] 吴守信,王彦成. 黄河内蒙古平原段近期河势演变遥感调查及对策[J]. 内蒙古水利,1996(1):22-25.
[46] 张建,周丽艳,陶冶. 黄河宁蒙河段冲淤演变特性分析[J]. 人民黄河,2008,30(8): 43-44.
[47] 营浩然,王晓明,刘俊卿. 黄河上游宁蒙河段造床流量分析[J]. 河南水利与南水北调,2008(9):35-36.
[48] 杨忠敏,任宏斌. 黄河水沙浅析及宁蒙河段冲淤与水沙关系初步研究[J]. 西北水电,2004(3):50-55.
[49] 万景文. 近期黄河宁蒙河道增淤主要是支流高含沙洪水泥沙造成:兼论修建大柳树水库为宁蒙段冲淤的合理性[J]. 西北水电,2006(4):11-14.
[50] 钱意颖,叶青超,曾庆华. 黄河干流水沙变化与河床演变[M]. 北京:中国建材工出版社,1993.
[51] 费祥俊. 高含沙水流长距离输沙机理与应用[J]. 泥沙研究,1998(3):55-61.
[52] 师长兴,王随继,许炯心,等. 黄河宁蒙段河道洪峰过程洪-床-岸相互作用机理[M]. 北京:科学出版社. 2016.
[53] 高卫平,秦毅,黄强,等. 唐乃亥流域近期降雨径流特性变化分析[J]. 西安理工大学学报,2005,21(4):429-432.
[54] 拓万全,等. 黄河宁蒙河道泥沙来源与淤积变化过程研究[R]. 兰州:中国科学院寒区旱区环境与工程研究所,2009.
[55] 张晓华,姚文艺,郑艳爽,等. 黄河宁蒙河道输沙特性与河床演变[M]. 郑州:黄河水利出版

社,2015.

[56] 岳德军,侯素珍,潘贤娣,等.引水引沙对黄河河道冲淤的影响[J].人民黄河,1996(8):29-31.

[57] 李子文,秦毅,陈星星,等. 2012 洪水对黄河内蒙古段冲淤影响[J].水科学进展,2016,27(5):687-695..

[58] 张晓华,郑艳爽,尚红霞.宁蒙河道冲淤规律及输沙特性研究[J].人民黄河,2008,30(12):29-30.

[59] Qin Yi, Zhang Xiao-fang, Wang Feng-long, et al. Scour and silting evolution and its influencing factors in Inner Mongolia reach [J]. Journal of Geographical Sciences ,2011(3):324-330..

[60] Velikanov MA. Dynamics of Channel Flow [J]. Sediments and the Channel,1955.

[61] QIN Y, ZHANG X F, WANG F L,et al. Scour and silting evolution and its influencing factors in Inner Mongolian Reach of the Yellow River[J]. J. Geogr. Sci. 2011,21(6):1037-1046.

[62] Du Boys M P. Le rhone et les rivieres a Lit affouillable[J]. Annales de Ponts et Chausses,1879,18(5):141-195.

[63] Einstein H A. The bedload function for sediment transportation in open Channel flows[R]. U. S. Department of Agricultrure,Soil Conservation Service Technical Bulletin, No. 1026, 1950.

[64] Shamov G I. Riverine sediments: River channel and their catchment erosion [J]. Publisher "Gidrometeopizdat", Leningrad, Russia,1954.

[65] Bagnold R A. An approach to the sediment transport problem from general physics[R]. U. S. Geology Survey, Professional Paper No. 422-Ⅱ, 1966.

[66] Yang C T. Sediment transport: theory and practice[M]. New York:McGraw-Hill, 1996.

[67] Campbell F B, Bauder H A. A Rating-curve method for determining silt-discharge of streams [J]. Trans. America Geophysical Union, 1949.

[68] 安催花,鲁俊,吴默溪,等.黄河宁蒙河段水沙调控指标[J].泥沙研究,2020,45(6): 74-80.

[69] Cuihua An,Jun Lu,Yu Qian,et al. The scour-deposition characteristics of sediment fractions in desert aggrading rivers:taking the upper reaches of the Yellow River as an example[J]. Quaternary International 523 (2019) 54-66.

[70] Jun Lu,Cuihua An, Qiushi Luo, et al. Estimation of Aeolian Sand into the Yellow River from Desert Aggrading River in the Upper Reaches of the Yellow River[C]//E-proceedings of the 38th IAHR World Congress,2019.

[71] 鲁俊, 安催花, 梁艳洁, 等.黄河黑山峡河段大柳树水库淤积平衡形态分析[C]// 中国大坝工程学会 2018 学术年会,2018(10):174-181.

[72] 鲁俊,刘红珍,李超群,等.黄河内蒙古河段中水河槽过流能力变化对凌情的影响[C]//贾金生,尚宏琦,张利新,等.中国水利学会 2018 学术年会论文集.郑州:黄河水利出版社,2018:404-410.

[73] 安催花,鲁俊,钱裕,等.黄河宁蒙河段冲淤时空分布特征与淤积原因[J].水利学报,2018(2):195-215.

[74] 鲁俊,安催花,吴晓杨.黄河宁蒙河段水沙变化特性与成因研究[J].泥沙研究,2018(6):40-46.

[75] 安催花, 鲁俊, 吴默溪, 等. 黄河下游河道平衡输沙的沙量阈值研究[J].水利学报,2020, 51(4):402-409.